ミー・ビフォア・ユー

きみと選んだ明日

ジョジョ・モイーズ
最所篤子 訳

集英社文庫

【目次】

ミー・ビフォア・ユー
きみと選んだ明日……7
解説――選ぶことの意味　中江有里……634

【主な登場人物】

ルイーザ・クラーク（ルー）……………求職中の女性。二十六歳
ウィル・トレイナー……………………元実業家の男性。事故で四肢麻痺になる
カトリーナ・クラーク（トリーナ）……ルイーザの妹。シングルマザー
バーナード・クラーク…………………ルイーザの父
ジョゼフィン・クラーク（ジョジー）…ルイーザの母
トーマス…………………………………カトリーナの五歳の息子
パトリック………………………………ルイーザの恋人
カミラ・トレイナー……………………ウィルの母。治安判事
スティーヴン・トレイナー……………ウィルの父。城の管理者
ジョージーナ・トレイナー……………ウィルの妹
ネイサン…………………………………ウィルの看護師
アリシア…………………………………ウィルの元恋人
ルパート…………………………………ウィルの元同僚

ミー・ビフォア・ユー
きみと選んだ明日

チャールズへ
愛をこめて

プロローグ

二〇〇七年

彼がバスルームから出てくると、彼女はもう目を覚まし、積み重ねた枕に寄りかかってベッド脇に置いてあった旅行パンフレットをぱらぱらとめくっていた。彼のTシャツを着ていて、ほつれた長い髪が前夜のあれこれを思い起こさせる。彼はそこに立ち、束の間のフラッシュバックを愉《たの》しみながら、タオルで濡れた髪を拭《ふ》いた。

彼女がパンフレットから顔を上げ、口をとがらせた。口をとがらせるにはやや年齢がいきすぎているきらいはあるが、それもまだ可愛いと言えるほど、二人は付き合って日が浅い。

「ねえ、どうしても山脈のトレッキングだとか渓谷にぶら下がるだとかが入ってるやつじゃないとだめなの？　二人で過ごすはじめてのちゃんとした休暇なのよ。なのにここに載ってるのって、冗談抜きで全部そんなのばっかり。どこだかから身投げするのとか――」彼女は身を震わせてみせる。「――**フリース**着用必須とか」

彼女はパンフレットをベッドの上に投げ出すと、キャラメル色に日焼けした両腕を上げて伸びをした。声がかすれている。二人の数時間分の寝不足の証《あかし》だ。「バリの高級スパなんてどう？　砂浜でのんびりするの……好きなだけマッサージを受けて……ゆったりとリラックスした夜を過ごして……」

「そういう休暇は僕向きじゃない。なにかしてないとだめなんだよ」

「飛行機から身投げするとか」

「やってみないうちからそう決めつけるなって」

彼女は顔をしかめる。「どれでもあなたには同じことなら、断固反対のままでいますよーだ」

彼のシャツがわずかに湿り気を帯びて肌に張りついている。髪に櫛《くし》を通し、ブラックベリーの電源を入れると、携帯の小さな画面にたちまちずらりと表示されたメッセージの列にげんなりした。

「さて」と彼は言う。「もう行かないと。朝食は好きに食べてくれていいから」彼はベッドに身を屈《かが》めると彼女にキスした。彼女の匂いは温《あたた》かで、香水が混じり、くらっとするほどセクシーだ。彼女の髪から漂う香りを吸いこみ、首にからんだ腕にベッドにひきずりこまれそうになって、彼は思わずそれまで考えていたことを忘れかけた。

「この週末、二人でどこかに行く予定は変わらないのよね？」

彼はしぶしぶ彼女の腕から抜け出した。「この契約がどうなるかによるな。今はまだはっきりしないんだよ。ニューヨークに行かなくちゃならない可能性もあってね。どっちにしても木曜日にはどこかでディナーをしよう。君の行きたい店でいい」レザーのバイクウェアはドアの内側にかけられている。彼はそれに手を伸ばした。

彼女は目を細くした。「ディナーね。ミスター・ブラックベリーも一緒？　それとも抜き？」

「なに？」

「ミスター・ブラックベリーが一緒だとわたし、仲間《ミス・グーズベリー》はずれみたいな気分になるんだもの」

また口をとがらせる。「いつも誰か別の人があなたの気を惹《ひ》こうとしてるみたいで」

「ミュートにするよ」

「ウィル・トレイナー！」彼女は気色ばむ。「あなたには電源を切れるときはないわけ？」

「昨日の晩は切っただろ？」

「恐るべき強迫に耐えられなかったからでしょ」

彼は微笑《ほほえ》む。「これからアレをそう呼ぶことにする？」バイクウェアを着た。そして彼の心を引き留めるアリシアの魔法がついに解けた。バイク用のジャケットを腕に掛け、彼は彼女にキスを投げると部屋を出た。

ブラックベリーには二十二件のメッセージが残っていて、一件目は午前三時四十二分にニューヨークから送信されていた。法務関係のトラブルだ。昨夜の事態を把握しようとつとめながら、エレベーターで地下の駐車場に降りる。

「おはようございます、トレイナーさん」

守衛が守衛用ボックスから出てきた。耐候性のボックスだ。ここには耐えるといっても風も雨もないのだが。ウィルは時折、守衛は夜更けにここで何をしているのだろう、と考える。監視カメラの映像と、染み一つない六万ポンドの車の光り輝くバンパーを眺めながら。

彼は歩きながらレザージャケットに両腕を通した。「外はどんな様子だい、ミック？」

「ひどい天気ですよ。土砂降りで」

ウィルが立ち止まった。「マジ？　バイクはやめたほうがいいかな？」

ミックは首を振った。「おやめになったほうがいいでしょうな。エアバッグが付いてるんでなければ。それとも自殺でもしようっていうなら別ですがね」

ウィルは自分のバイクを見つめると、バイクウェアを脱いだ。アリシアがどう思おうが、彼は不要なリスクを冒すことをよしとする人間ではない。バイクのトップボックスの鍵を開けると、中にウェアを入れてロックをかけ、キーをミックに放った。ミックはそれを片手で器用に受け取った。「うちのドアのポストに入れておいてくれるか？」

「かしこまりました。タクシーをつかまえましょうか？」

「いや。二人して濡れても意味ないからね」

ミックはボタンを押して自動のフェンスを開け、ウィルはありがとう、というように片手を上げ、外に出た。夜が明けたばかりの街は暗く、土砂降りの雷雨が彼を包んだ。まだようやく七時半になるかどうかなのに、ロンドン中心部の車の流れはもう渋滞し、のろのろと進んでいた。彼は襟《えり》を立て、急ぎ足で交差点に向かった。そこならタクシーを捕まえられるだろう。水に濡れた道はすべり、灰色の光が鏡のような歩道に反射していた。

ほかにもスーツを着た人々が縁石の端に立っているのを横目で見ながら、ウィルは心の中で毒づいた。いつからロンドンの連中はこんなに早起きになったんだ？　誰もかれも考えることは同じらしい。

どこにいたら一番いいだろうと考えていたときに、電話が鳴った。ルパートだ。

「今、オフィスに向かってる。タクシーを探してるんだ」道の反対側に、オレンジ色のランプをつけたタクシーが一台近づいてくるのを見つけ、彼は、ほかに誰も気づかないことを願いながら、そちらに向かって歩きはじめた。バスが轟音《ごうおん》と共に通りすぎ、続くトラックが悲鳴のようなブレーキの音を立て、ルパートの声をかき消した。「聞こえないよ、ルパート」

彼は車の騒音に対抗して声を張り上げる。「もう一回言ってくれ」道路の中の島のようになった部分にちょっと立ち止まる。潮のように通りすぎていく車の流れの中で、オレンジ色の光が輝くのが見えた。運転手が豪雨の中、彼を見つけてくれることを願いながら、空いているほうの手を上げる。

「ウィル、ニューヨークのジェフに電話してくれ。まだ起きて君の電話を待ってる。昨日の晩、連絡をとろうとしてたんだ」

「どうしたんだ？」

「法的にまずいことがあった。……条の二項について、こう着状態で……署名が……書類……」ルパートの声は、通りすぎる車のタイヤが濡れた道できしむ音にかき消される。

「聞こえない」

タクシーが彼を見つけた。スピードを落とし、細かい水の飛沫《しぶき》を上げながら道の反対側にゆっくりと止まろうとしている。離れたところにいた男が走りだしかけ、ウィルのほうが先にタクシーにたどり着きそうなのを見て、がっかりしながら足をゆるめたのが目に入った。ひそかな勝利感を覚える。「とにかく、カリーに僕のデスクに書類を持ってこさせておいてくれ」彼は怒鳴った。「十分で着くから」

道の両側に目を走らせ、首をすくめながら、向こう側のタクシーに向かって最後の数歩を走る。「ブラックフライアーズまで」という言葉がもう口に出かかっていた。雨が襟とシャツのあいだの隙間に染みこんでいく。オフィスに着くまでにずぶ濡れになりそうだ。ほとんど歩いてもいないのに。この分だと、秘書に言ってシャツの替えを買いにいかせなくてはならないだろう。

「それからこの調査報告書をかたづけないと、今にマーティンが首を突っこんで——」

彼はけたたましいブレーキの音と、無遠慮に鳴り響くクラクションに目を上げた。目の前に光沢のある黒いタクシーの横腹が見え、運転手は行き先を聞くためにすでに窓を下げている。そして視界の端になにか、よく分からないものが映った。なにかがありえないスピードでこちらに向かってくる。

彼はそれに向きなおる。そしてその瞬間、自分がそれの進路にいて、それを避けようがないことを悟る。彼の手のひらは驚きに開き、ブラックベリーが地面に落ちる。叫び声が聞こえるが、それは彼自身の悲鳴かもしれない。最後に目にしたのは片方の革の手袋、ヘルメットの下の顔、ショックに見開かれた男の両目と、その目が映す彼自身の衝撃。爆発、そしてすべてが粉々に砕け散った。

無が訪れた。

1

二〇〇九年

バス停から家までは百五十八歩。でも急いでなくて、たとえばプラットフォームシューズを履いてたら百八十歩になることもある。それとも、チャリティショップで買った、つま先に蝶々がついているのはいいけど、かかとがパカパカして、さすが超激安の一・九九ポンドなわけだよね、っていう靴を履いてたら。角を曲がるともう、うちの通り（六十八歩）で、すぐにわが家が見える――ベッドルームが三部屋か四部屋の二軒ずつつながったテラスハウスが並ぶ中の、ベッドルームが三部屋の一軒。パパの車が表に停まっている。ということはまだ出勤していないらしい。

背後では、夕陽がストートフォールド城のうしろに沈んでいくところだった。お城の黒い影が、蠟《ろう》が溶けるみたいに丘の斜面を流れてきて、わたしを捕まえようとする。小さいころ、この通りを古いカウボーイ映画のＯＫ牧場《コラル》に見立てて、長い影をひきずって銃の撃ちあいごっこをした。こんな日でなければ、この通りでの思い出話はいろいろとあるのだけれど。補助輪なしで自転車に乗る乗り方をパパが教えてくれたこと、ウィッグが曲がっているミセス・ドハーティが、昔、よくウェルシュ・ケーキを焼いてくれたこと、トリーナが十一歳のとき、植え込みに手を突っこんでスズメバチの巣をつついてしまい、二人できゃあきゃあ叫びながらお城まで走って逃げたこと。

トーマスの三輪車が小道にひっくりかえっていた。わたしは門を閉め、それをポーチの下にひっぱっていき、ドアを開けた。暖かい空気がエアバッグみたいに押しかえしてくる。ママが寒いのがものすごく苦手で、年中ヒーターをつけているからだ。パパはいつも窓を開け、ママのせいでうちは破産しちまうよ、と文句を言う。うちの暖房費はアフリカの小さい国のGDPを超えてるよって。

「おまえかい？」

「うん」わたしはジャケットをほかの上着のあいだに割りこませるようにしてフックに掛けた。

「どっちのおまえだ？　ルーか？　トリーナか？」

「ルー」

わたしは居間のドアから中を覗《のぞ》きこんだ。パパがソファにうつぶせになって、腕をクッションの隙間に突っこんでいる。クッションに腕がすっぽり飲みこまれたみたいに見える。五歳の甥《おい》のトーマスがしゃがんでパパを真剣に見つめていた。

「レゴがな」パパはこちらに顔を向けて言った。大奮闘のせいで赤くなっている。「まったくなんだってパーツをこんなに小さく作らなきゃならんのかね。おまえ、オビ＝ワン・ケノービの左腕を見なかったか?」

「DVDプレーヤーの上にあったけど。トーマスがオビの腕とインディ・ジョーンズの腕を入れ替えたんじゃない?」

「ふむ。ところがだな、オビの腕は絶対にベージュであっちゃならんのだとさ。黒い腕じゃないといかんのだ」

「いいじゃないの。どうせダース・ベイダーがエピソード2で腕を切り落としちゃうんじゃなかった?」わたしはトーマスに向かって、キスして、と自分の頬を指した。「ママはどこ?」

「二階だよ。ありゃ違うかな?　お、二ポンド硬貨だ!」

　わたしは上を見た。耳慣れたアイロン台のきしむ音がかすかに聞こえる。ジョジー・クラーク、わが母は腰を下ろすということがない。それは面子《メンツ》にかかわる問題なのだ。家族がそろって日曜日のローストビーフを食べているというのに、外の梯子《はしご》にのぼって窓枠のペンキを塗っていた話は語り草だ。ときどき手を休めてこちらに手を振ってはいたけれど。

「おまえ、代わりにこのいまいましい腕を探してくれんか?　もう三十分も探させられてるんだが、仕事に行く支度をせにゃならん」

「今日は夜勤?」

「ああ。五時半からな」

わたしは時計に目をやった。「まだ四時半だけど」

パパはクッションのあいだから腕を抜くと、目を細めて腕時計を見た。「それじゃ、おまえ、こんなに早くどうしたんだ？」

まるでその問いを聞き違えたみたいに、わたしはあいまいに首を振ってキッチンに行った。おじいちゃんがキッチンの窓のそばの自分の椅子に座って数独パズルに熱中している。保健師が言うには、おじいちゃんにとって集中力を養うのにいいらしい。脳卒中のあとで、意識を正常に維持する助けになるのだそうだ。でも、気づいてるのはたぶんわたし一人しかいないけど、おじいちゃんは、ただ頭に浮かんだ数字をでたらめに書いて空欄を埋めているだけだ。

「おじいちゃん」

おじいちゃんは顔を上げてにっこりした。

「紅茶いる？」

おじいちゃんは首を振り、少し口を開いた。

「冷たいものがいい？」

うなずく。

わたしは冷蔵庫のドアを開けた。「アップルジュースはないみたい」そうだった、アップルジュースは高いから。「ライビーナでいい？」

首を横に振る。

「お水?」

おじいちゃんはうなずき、コップを渡すと、どうやら、「ありがとう」らしき言葉をもごもごと言った。

ママがきちんとたたんだ洗濯物を入れた巨大な籠《かご》を抱えて入ってきた。「これあんたの?」靴下を一足、持ち上げてみせる。

「トリーナのじゃないかな」

「ああやっぱり。変な色だわね。パパのプラム色のパジャマと一緒になっちゃったんだわ、きっと。早かったのね。どこか出かけるの?」

「ううん」わたしはコップに水道の水をくんで、飲んだ。

「あとでパトリックが来るの? さっき電話があったわよ。あんた携帯の電源切ってた?」

「うん」

「旅行の予約のことだって言ってたわよ。パパがね、テレビでそのことをやってたぞって。どこに行くって言ってたっけ? イプソス? カリプソス?」

「スキアトス島」

「それそれ。ホテルはちゃんと気をつけて確認しなさいよ。インターネットでできるんでしょ。パトリックとパパ、お昼のニュースでなんかを見たんだって。ああいうのって、工事中だったりするらしいわよ。格安パッケージツアーの半分はそうなんですって。でね、着いてみるまで分からないんだって。お父さん、お茶飲みます? ルーったら、お父さんにお茶を淹《い》れてくれなかったのね」母は電気ポットのスイッチを入れ、わたしをちらりと見上げた。わたしがずっと黙っていることにようやく気づいたらしい。「どうかした？　ずいぶん顔色が悪いわね」

ママは手を伸ばすとわたしの額《ひたい》に触れた。二十六歳のわたしじゃなくて、もっとずっと小さな子供にするように。

「わたし、旅行には行かないと思う」

ママの手が止まった。子供のころからママの目にはエックス線みたいなものが具わっている。「パトリックとなにかあったの？」

「ママ、わたし――」

「余計な口出しするつもりはないのよ。ただね、あんたたちずいぶん長いこと付き合ってきたでしょう。たまにはややこしいことが起こるのもあたりまえですよ。つまりね、パパもママも――」

「わたし、クビになったの」

わたしの声は沈黙を切り裂くように響いた。その言葉はそこにとどまり、音が消え去ったあともずっと、小さな部屋に焼き印を押したように残っていた。

「あんたがどうしたって？」

「フランクさんがカフェを閉めるの。明日から」わたしは少し湿った封筒を差し出した。家に帰る道すがら、ぼうぜんとしながらそれをずっと握りしめていたのだ。バス停からの百八十歩をずっと。「三か月分のお給料だって」

その日はいつもと変わりなくはじまった。知り合いはみんな月曜日の朝ほど嫌なものはないと言うけれど、わたしは全然気にしない。カフェの《バタード・バンズ《バターつきロールパン》》に早めに出勤するのも、隅で巨大な湯沸かし器《ティー・アーン》のスイッチを入れるのも、裏からミルクとパンのクレートを運び入れるのも、開店準備をしながらフランクさんとおしゃべりするのも好きだったから。

ベーコンの香りが漂うカフェの温かくこもったような空気に、ドアが開閉するたびに冷気がさっと流れこむ。低くつぶやくような会話。誰もいないとき、フランクさんのラジオが片隅できしむような音を立てながら歌う声が好きだった。洒落た店じゃない——壁にはぐるっと丘の上のお城のいろんな景色を撮った写真が飾られ、テーブルトップはいまだに耐熱プラスチック製、メニューはわたしが働きだしてからずっと変わらない。チョコレートバーの種類が二、三回変わったのと、アイシングケーキのトレイにチョコレートブラウニーとマフィンが加わっただけだ。

でも一番好きだったのはそこに来るお客さんたちだった。配管工のケヴとアンジェロ。ほとんど毎朝やって来て、その肉の出所はまともなんだろうな、とフランクさんをからかう。タンポポ夫人も好きだった。真っ白のふわふわした髪にちなんでついたあだ名だ。彼女は月曜日から木曜日まで卵一つとポテトのフライ《チップス》を毎日注文し、お茶を二杯飲みながら備え付けの新聞を読む。わたしはいつも彼女とおしゃべりするように心がけていた。それが老婦人にとって一日で唯一の会話らしいと察していたから。

　お城に登る途中や、降りてくる途中で足を止める観光客たちも好きだった。学校帰りに寄り道し、甲高《かんだか》い声ではしゃぐ小学生たちも、道の向かいのオフィスのお得意さんたちも、《バタード・バンズ》の全メニューのカロリーを暗記している美容師のニナとシェリーも好きだった。週に一度はお釣りが間違っていると言って因縁をつける、おもちゃ屋の店長の赤毛のおばちゃんみたいな困ったお客でさえ、気にならなかった。

　わたしはカフェのテーブルを挟んで、恋がはじまり、終わるところを見てきた。離婚した夫婦のあいだを行き来させられる子供たち、どうしても料理する気になれない親たちのやましげな、でもほっとした表情、フル・イングリッシュ・ブレックファーストを前にした年金生活者たちのひそやかな歓び。あらゆる人生がその場所を通りすぎた。その多くはわたしと二言、三言、言葉を交わし、湯気の立つ紅茶の入ったマグカップごしに冗談や意見をやりとりした。パパはわたしの口から次になにが出てくるか見当もつかないといつも言うけれど、カフェでは気にする人なんていなかった。

　フランクさんはわたしを気に入ってくれていた。自分はおとなしい性質《たち》だから、わたしのおかげで店が明るくなると言っていた。なんだかバーの女の子みたいだけど、でもカフェでは酔っぱらいに悩まされることはない。

　ところが、その日の午後のことだった。ランチタイムの混雑が一段落し、少しのあいだ店ががらっぽになったとき、フランクさんが両手をエプロンで拭きながら、ホットプレートのうしろから出てきて、小さな「閉店」の札をひっくりかえして道路のほうに向けた。

「やだそんな、だめですって、フランクさん。前に言ったでしょ。最低賃金じゃそっちの追加サービスは無理って」フランクさんがゲイなのは、パパの言葉を借りれば、ヌーの群れの中の青い一頭と同じくらい一目瞭然なんだけど。わたしは顔を上げた。

彼は微笑んでいなかった。

「やだ。もしかして、またわたし、砂糖入れに塩入れちゃった？」

彼は両手でふきんをひねくり回しながら、これまで見たことがないほどばつの悪そうな顔をした。ふと、誰かがわたしのことで苦情を言ってきたのかと思った。彼は座るように、と身振りをした。

「ごめんね、ルイーザ」話が終わったあと、フランクさんは言った。「でも、オーストラリアに帰ろうと思って。父の加減があまりよくないし、それにお城で別のカフェの営業がはじまるのは確実みたいなのよ。お知らせが壁に貼ってあったの」

そこに座っているあいだ、文字どおりわたしの口はぽかんと開いていたと思う。それからフランクさんはわたしにあの封筒を渡し、質問がわたしの口から出る前にそれに答えた。

「ね、わたしたち正式な契約もなにもなかったでしょ。それは分かってるんだけど、でもあなたのことちゃんとしてあげたくて。これね、三か月分のお給料が入ってるから。お店は明日閉店よ」

「三か月分だと！」パパが憤慨している横で、ママはわたしの手に甘い紅茶のカップを押しこんだ。「ふん、そりゃあご親切なこった。あそこでルーが六年もせっせせっせと身を粉《こ》にして働いてきたことを考えりゃな」

「バーナード」ママが警告するような目つきをして、トーマスのほうを顎でさした。両親は毎日、トリーナの仕事が終わるまで、放課後トーマスのお守りをしている。

「この子はこれからいったいどうすりゃいいんだ？　クビを知らせるなら前日じゃなく、もっと早くに言えってんだ」

「とにかく……別の仕事を探さなきゃってだけのことでしょう」

「仕事なんてないんだよ、ジョジー。おまえだって分かってるじゃないか。不況の真っただなかなんだから」

ママは心を落ち着けようとするように目を閉じ、それから口を開いた。「この子は賢いから、なにか見つけるわよ。立派な職歴があるんだもの、ね？　フランクさんがちゃんとした紹介状をくれますよ」

「ふん、ごたいそうな話だな。『ルイーザ・クラークはトーストにバターを塗る才能に優れ、昔ながらのティーポットでお茶を淹れることにかけては名人級』ってか」

「お墨つきをありがと、パパ」

「ちょっとふざけただけさ」

わたしはパパの心配のほんとうの理由を知っていた。両親はわたしの給料を当てにしていたのだ。トリーナの花屋での稼《かせ》ぎは雀の涙だ。ママはおじいちゃんの面倒を見ないといけないから働けない。おじいちゃんの年金はあって無いようなものだ。パパは家具工場での仕事のことをずっと不安がっていた。上司が何か月も人減らしの可能性をほのめかしていたからだ。家では借金とクレジットカードのやりくりについて、ひそひそ話が交わされていた。二年前、パパの車が保険未加入のドライバーにぶつけられて廃車になり、これで崖っぷちにあった両親の財政状態は完全にとどめをさされた。わたしのささやかな給料は最低限の生活費になり、そのおかげでなんとか家族はその週その週を暮らしていくことができていたのだ。「先走りするのはやめましょう。明日、職業安定所《ジョブ・センター》に行って募集を見てくればいいんだからね。当座のお金はあるんだし」二人はわたしがその場にいないみたいに話していた。「それに頭がいい子だから。ねえルー、あんた頭いいものねえ？　タイプのコースでもとったらどうかしら。事務の仕事をするのよ」

わたしが座っている横で、両親はわたしの限られた資格と能力でほかにどんな仕事に就けそうか議論していた。工場勤務、機械オペレーター、ロールパンのバター塗り。その日の午後はじめて、わたしは泣きたくなった。トーマスは大きなまん丸い目をしてわたしを見つめていたが、黙って湿ったビスケットを半分くれた。「ありがとうね、トモ」わたしは小さな声で言うと、それを食べた。

彼はアスレチック・クラブにいた。いるに決まっているのだ。月曜から木曜まで、列車の時刻表並みに規則正しく、パトリックはそこのジムにいるのでなければ照明に照らされたトラックをえんえんとランニングしている。寒さのあまり身体を抱くようにしながら、わたしは階段を降り、ゆっくりとトラックに出て、顔の見分けがつくくらいの距離にきた彼に手を振った。

「一緒について走ってくれよ」彼は白い息を吐きながら近づいてきた。息が薄い雲みたいに見える。「あと四周なんだ」

わたしは一瞬ためらい、それから彼の隣を走りはじめた。この人となにか会話的なものをしようと思ったらこうするしかない。わたしはターコイズ色の紐《ひも》のついたピンクのスニーカーを履いていた。持っている中で走れそうな靴はこれだけだ。

その日、わたしは家で、なんとか役に立とうと努力していた。でも、ママにうっとうしがられるまでに、たぶん一時間もかからなかった気がする。ママとおじいちゃんはいつもの決まった日課があるのに、わたしが手を出すと邪魔になった。パパは、今月は夜勤だから寝ていて、起こさないようにしないといけない。わたしは自分の部屋をかたづけ、座りこむと音量を低くしてテレビを観た。そして何時間かおきになぜ自分が昼間から家にいるのかを思い出して、文字どおり胸が締めつけられるように痛くなった。

「ルーが来るとは思わなかったよ」

「家にいるの嫌になっちゃった。一緒になんか気晴らししたいなと思って」

彼は横目でこちらを見た。顔にうっすらと汗が浮いている。「早く次の仕事を見つけたほうがいいな」

「前の仕事をなくしてからまだ二十四時間なんだよ。ちょっとくらいしょんぼりしてちゃだめ？　今日だけでも？」

「まあ、いい面も見るようにしないとな。ルーだって永久にあそこにいられるとは思ってなかっただろ。前を向いてもっと上を目指さないとさ」二年前、パトリックはその年のストトフォールド町最優秀青年起業家に選ばれ、その名誉がもたらした余韻をいまだに引きずっていた。そのあと、彼はジンジャー・ピートというビジネスパートナーを手に入れ、周囲四十マイルの地域のクライアントを相手にパーソナル・トレーニングを提供する事業をしている。あと手に入れたのは、会社のテーマカラーに塗装したバン二台。ただし月賦で。そうそう、オフィスのホワイトボードも手に入れた。その上に太い黒いマーカーで売り上げ予測を書き散らすのが趣味で、満足するまで何度も何度も計算し直している。そういう数字が現実を少しでも反映しているのかどうか、わたしとしてはさっぱり分からないけれど。

「リストラされんのは人生を変えるチャンスなんだぜ、ルー」彼は腕時計に目をやり、ラップタイムを確認した。「ルーはなにがやりたいんだ？　再訓練受けるのもいいよな。君みたいな連中のための奨学金があるよ、きっと」

「わたしみたいな連中？」

「新しいチャンスを探してる人たちだよ。ルーはなにになりたい？　そうだ、美容師でいいじゃん。それなりに可愛いしさ」一緒に走りながら彼はわたしを小突いた。そのお世辞に喜べってこと？

「わたしの日々の美容メニュー知ってるでしょ。石鹸《せっけん》、水、あとは紙袋かぶっちゃえば見えないし」

パトリックの表情がいらいらしてきた。

わたしは遅れだしていた。走るのなんて大嫌い。彼がスピードをゆるめてくれないのも大嫌い。

「それじゃ……販売スタッフとか。秘書、不動産業は？　分かんないけど……なんかやりたいことがあるはずだろ」

でも、ないのだ。わたしはカフェにいられれば満足だった。《バタード・バンズ》について知っているべきことをすべて心得ていて、そこに来ては去っていく人たちの人生に耳をすませるのが好きだった。あそこにいることが心地よかった。

「うじうじしてる場合じゃないぜ。乗りこえなくちゃ。最高の起業家はみんなどん底から這《は》い上がってきたんだぞ。ジェフリー・アーチャーだって。リチャード・ブランソンも」遅れているわたしのペースを上げさせようと、彼はわたしの腕を軽く叩いた。

「ジェフリー・アーチャーはティーケーキを温める仕事からリストラされたりしないと思う」わたしは息を切らせていた。それに、今してるブラだって走るのに向いていない。わたしは足取りをゆるめ、両手を膝についた。

彼は向きを変えてうしろ向きに走りだした。声がしんとした冷たい空気の中に響く。「でもしそうだったらって……まあ俺も言ってみてるだけだけどね。一晩考えて、きちんとしたスーツを着て、ジョブ・センターに行けよ。じゃなきゃ、俺のところで働けるように仕込んでやろうか。そのほうがいいならね。この仕事は金になるぜ。あと、旅行のことは心配すんな。俺が出すよ」

わたしは彼に笑顔を向けた。

彼はこちらに向かってキスを投げ、その声がからっぽのスタジアムの向こうから響いてきた。「落ち着いたら返してくれればいいからさ」

わたしは生まれてはじめて求職者給付金の申請をした。四十五分間の面接を受け、そのあとのグループ面接では、二十人くらいのばらばらな男女の一団と一緒に席についた。その半数は、そろって少しぼうぜんとした顔をしていたけれど、たぶんわたしも同じ表情を浮かべていたのだろう。残り半分は無表情で無関心。もうここにはうんざりするほど来たことがあるからだ。わたしはワードローブの中でパパが〝一般人向け〟と呼んでいる服を着ていた。

こうした努力の結果として、わたしは鶏肉加工工場での夜勤の欠員補充の仕事についた、と思ったら辞め、次に家庭エネルギー・アドバイザーのトレーニングコースを二日間受講した。ところが間もなく、要するにお年寄りを言いくるめて電力会社を乗り換えさせるための指導を受けているのだと気づき、担当〝アドバイザー〟のサイードさんに、できません、と告げた。彼が続けろと言って聞かないので、わたしはこうしろと言われた手口のいくつかを披露し、それでようやく彼は少しおとなしくなって、二人で（わたしたちのうちの一人には職があるのは明らかなのに、彼は必ず「二人で」と言う）ほかを当たろうと言った。

　わたしはファストフード・チェーンの店で二週間働いた。勤務時間数は悪くなかった。恐ろしいほど趣味が悪くて髪の毛が逆立ちそうな制服にも我慢できた。でも、「いらっしゃいませ、なになになさいますか？」とか「ご一緒にポテトのLはいかがですか？」とか、そういう〝適切な応対〟のマニュアルに従うことがわたしにはどうしてもできなかった。四歳児とおまけの各種おもちゃの利点について議論しているところをマニュアル・ガールの一人に見つかって、わたしはクビになった。でもだってどうすればよかったの？　その子は頭のいい四歳児だったし、それにわたしも『眠れる森の美女』のフィギュアはダサいと思ったし。

　そういうわけでわたしは四回目の面接の席につき、サイードさんはさらなる雇用〝機会〟を求めてタッチスクリーンに目を通していた。どんなに望みのなさそうな求職者でもなんとかして働き口に押しこんできたサイードさんは、頑として陽気な態度を崩さなかったけれど、その口調には少しうんざりした響きが混じりはじめていた。

「そうだな……エンターテインメント業界に入ることを考えたことは？」

「え？　女装のパントマイム？」

「いや、そうじゃない。ポールダンサーの空きが一件あるんだ。一件じゃないな、いくつかある」

　わたしは片眉を上げた。「冗談ですよね？」

「自営業扱いで週三十時間。チップはいいと思うよ」

「ねえ、お願い、頼むから嘘だって言って。今わたしに勧めたのって、ブラとパンツで知らない人たちの前を歩き回る仕事じゃないですよね」

「接客が上手《うま》いって言ってただろ。それに……ステージっぽい……衣装が好きみたいだし」

彼はわたしのはいている緑色のラメ入りタイツにちらりと目をやった。元気が出ると思ったのだ。トーマスだって朝ごはんのあいだじゅう、映画『リトル・マーメイド』のテーマ曲を口ずさんでくれたし。

サイードさんはキーボードになにかを打ちこんだ。「じゃ〝アダルトチャットライン・スーパーバイザー〟は？」

わたしは相手に目を据《す》えた。

彼は肩をすくめた。「人と話すことが好きだって言ったから」

「却下。それからセミヌード・バーのスタッフもだめ。マッサージ嬢も。あとウェブカム・オペレーターもなし。お願い、なにかあるでしょう、うちの父に冗談抜きで心臓麻痺《まひ》を起こさせないですむ仕事が」

これを聞いて彼は困惑したようだった。「フレックスタイムの小売業の仕事くらいしかほかにはないな」

「夜間の商品補充？」ここに通っているおかげで今や専門用語も自由自在だ。

「待機リストがあるね。子持ちの人が希望することが多いんだよ。学校の時間にちょうど合うから」申し訳なさそうに言ってまた画面に視線を注ぐ。「ということは実際のところ、残るは介護職だな」

「お年寄りのお尻を拭くのね」

「残念ながら、ルイーザ、君の技能でできることはそんなに多くはないんだよ。再訓練を受けたいなら、喜んで君に向いた進路を勧めてあげられる。成人教育センターにはいろんなコースがあるからね」

「でもそのことはもう話したじゃないですか、サイードさん。もしそうしたら、求職者給付金が打ち切りになるんでしょ？」

「求職者じゃなくなればね、そうなるな」

わたしたちはしばらく黙りこんで座っていた。わたしは入口のほうを眺めた。がっしりした警備員が二人、立っている。この人たちもジョブ・センターで仕事を見つけたんだろうか、とわたしは思った。

「わたし、お年寄りの扱いは得意じゃないんです。祖父が脳卒中を起こしてから一緒に暮らしてるんだけど、うまくいかなくて」

「ああ、じゃあ介護の経験がなくはないんだね」

「ないですよ。母がなにもかも世話してるもの」

「お母さんは仕事探してない？」

「冗談やめてください」

「冗談なんかじゃないよ」

「そしてわたしが祖父の介護をするんですか？　けっこう毛だらけ。これって祖父がよく言うんですけど、こっちが言いたいわ。どこかのカフェの仕事はないんですか？」

「君の雇用を確保できるほど、カフェの数はないみたいだよ、ルイーザ。ケンタッキー・フライド・チキンに当たってみようか。少しは君向きかもしれない」

「チキンマックナゲットよりチキンバーレルを売るほうがずっと得るものが大きいから？　無理無理」

「それじゃあ、もっと地域を広げて探さないと」

「この町を通るバスは一日四本だけなんですよ。知ってるでしょう。きっと観光バスを調べろって言うんでしょうけど、もうバスの停車場に電話してみたんです。夕方の五時でおしまいですって。それに、普通のバスの倍の料金だし」

サイードさんは椅子の背に寄りかかった。「こうなってくるとだね、ルイーザ、はっきりさせておくべきだと思うんだが、健康で労働する能力のある人間として、君が引き続き給付金を受ける資格を有するためには──」

「──職に就こうと努力している姿勢を示さなければならない。分かってます」

わたしがどんなに働きたいか、どうしたらこの人に分かってもらえるだろう？　わたしが前の仕事をどんなに恋しがっているか、この人にほんの少しでも理解できるだろうか？　これまで、失業というのは実感のない言葉だけのものだった。ニュースで、造船所や自動車工場に関連して淡々と話題にされるものだった。仕事を失うことが手足をなくすようなものだとは思いもしなかった。そのことが絶え間なくくりかえし心にのしかかってくる。お金や、将来についての不安は当然だけど、職を失うことで、自分が無能で、なんだか役立たずのように感じるなんて考えもしなかった。目覚まし時計に乱暴に叩き起こされていたころより、朝起きるのが辛《つら》いことも。共通点なんかほとんどなくても、一緒に働いていた人たちを恋しく思うことも。あるいはふと気づくと、大通り《ハイストリート》を歩きながら知った顔を探しているなんてことも。立ち並ぶ商店の前を、タンポポ夫人が心細い足取りで、まるでわたしの心のようにあてどもなく歩いているのを見かけたときは、思わず駆け寄って抱きしめたくなる衝動をおさえなくてはならなかった。

サイードさんの声で考えごとがとぎれた。「おや。これならいいかもしれない」

わたしは画面を覗きこもうとした。

「今、ちょうど入ってきたんだ。たった今ね。介護ヘルパーの仕事だ」

「言ったじゃないですか、わたしには合わないって——」

「老人ホームじゃないよ。個人の家の……仕事だ。自宅で介助をするんだよ。住所は君の家から二マイルも離れてない。〝障害のある男性の介助と話し相手〟。運転はできる？」

「ええ。でも拭かなくちゃいけないんですか？　その人の——」

「これを見るかぎり、お尻拭きは要求されてないな」彼は画面に目を通した。「この人は……四肢《しし》麻痺患者だ。日中、食事の世話をしたり、手助けをする人を必要としてる。だいたいこういう仕事は待機してて、外出したいときに同行したり、本人ができない基本的なことを介助したりするんだ。へえ。給料はいいな。最低賃金よりかなりいい」

「それってお尻拭きが含まれるからでしょう、たぶん」

「電話してお尻拭きが含まれてないことを確かめるよ。でももし含まれてても、面接には行くだろう?」

その口調はまるで質問しているように聞こえた。

でもわたしたち二人とも答えは分かっていた。

わたしはため息をつき、家路につこうとバッグを取り上げた。


「おいおい」パパは言った。「ほんとうかね? 車椅子になっちまっただけでも十分ひどい目にあってるのに、その上うちのルーがやってきて、話し相手になるんだって?」

「バーナード!」ママが叱《しか》りつけた。

わたしのうしろで、おじいちゃんがお茶の入ったマグカップを覗きこむようにして笑っていた。

2

わたしは頭が悪いわけじゃない。こう言うのは、今のうちにそこのところをはっきりさせておいたほうがいいと思うからだ。とはいえ、うちの妹と並んで育つと、どうしても脳細胞の方面でやや引け目を感じるのはしかたがないと思う。なにしろあの子は一学年飛び級してわたしのクラスに編入し、さらに追い越して一学年先に行ってしまったから。

しっかりしてる、だとか、頭がいい、だとか言われるようなことはみんな、わたしよりも十八か月年下なのに、カトリーナに必ず先を越される。たまに本を読めばどれもあの子が先に読んでるし、わたしが夕食のテーブルでなにかコメントすれば、それも全部、もうとっくにあの子は知っている。試験が本気で好きな人なんてわたしの周囲ではあの子くらいしか知らない。たまに、自分がこういう服装をするのは、トリーナの唯一苦手なものが、服のコーディネートだからじゃないかと思ったりする。妹はプルオーバーとジーンズが制服、というタイプの子だ。あの子の考えるちゃんとした服装といったら、とりあえずジーンズにアイロンをかけることなのだ。

パパはわたしを〝変わり者〟と言うけれど、それは頭に浮かんだことをそのまま口にしてしまうせいだ。パパに言わせると、わたしは、一度も会ったこともないリリー叔母さんに似ているらしい。一度も会ったことのない誰かといつも比べられるのは、妙な気分だ。紫色のブーツを履いて階下に降りていくと、パパはママに向かってうなずいて、こう言う。「おまえ、リリー叔母さんとあの紫のブーツを思い出さんか？」するとママは舌を鳴らし、なにか秘密のジョークを聞いたように笑いだす。ママはわたしを〝個性的〟と言う。それはわたしの服装がどうも腑《ふ》に落ちないことを遠回しに言っただけだ。

十代のころの短い一時期を除いて、わたしはトリーナや学校のほかの女の子みたいな服装をしたいと思ったことはまったくなかった。十四歳ごろまでは男の子みたいな服装のほうが気に入ってたし、今は自分をハッピーにするために服を着る――その日の気分に合わせて。わたしの場合、コンサバに見せようとしてもうまくいかない。わたしは小柄で、黒髪で、パパによれば、妖精《エルフ》みたいな顔をしている。〝妖精みたいに美しい〟という意味ではない。ブスでもないけど、誰かがわたしを綺麗だと言うことは絶対にないだろう。わたしには優雅さというものが欠けてるから。パトリックはエッチな気分になると君はゴージャスだと言うけど、考えてることはかなり見え見えだ。わたしたちは付き合うようになってもうすぐ七年になる。

二十六歳にもなって、わたしは自分がどういう人間なのか実はよく分かっていなかった。失業するまで、そんなこと考えもしなかった。たぶんパトリックと結婚し、子供を二人か三人産んで、これまでずっと暮らしてきた場所からほとんど離れていないところで暮らすんだろうと思っていた。風変わりな服装の好みと、ちょっと小柄だということ以外、自分と道ですれちがう人たちとのあいだにたいした違いはない。わたしを振りかえって見る人はいないだろう。平凡な人生を生きる、平凡な女の子。ほんとうのところ、それでわたしは満足だった。

「面接にはスーツを着ていくもんですよ」ママは言い張った。「このごろじゃ、みんなあまりいい加減すぎるんだわよ」

「お年寄りにスプーンでごはん食べさせるんだから、やっぱりピンストライプのスーツよね」

「生意気な口きいて」

「スーツなんて買うお金ないもん。もしその仕事に決まらなかったらどうするの？」

「ママのを着たらいいわ。素敵なブラウスがあるからアイロンをかけてあげる。それから今度だけはやめときなさいよ、髪をその――」ママはわたしの頭を指した。わたしは髪をたいてい頭の両脇に黒いお団子みたいにねじってまとめている。「――レイア姫スタイルにするのは。とにかく普通の人に見えるようしてね」

ママと言い合いをしても無駄だということはよく分かっている。そのうえ、パパにわたしの服装についてなにか余計なことを言わないように釘をさしておいたらしい。きつすぎるスカートをはいてぎこちない足取りで家を出ようとしたとき、パパは「行っておいで」と言って口の端をぴくぴくさせた。「がんばってな。なかなか……ビジネスウーマンっぽいぞ」

恥ずかしいのは、着ているのがママのスーツだということでも、一九八〇年代後半に流行が終わったデザインだということでもなくて、それがわたしには若干《じゃっかん》きつすぎることだった。ウエストがお腹《なか》にくいこむし、ダブルのジャケットが横につれている。パパの憎まれ口じゃないけど、金串の方がよっぽどママよりグラマーだから。

バスに乗っている短い間、座席に座りながらわたしはなんとなく吐きそうな気分だった。ちゃんとした仕事の面接はこれがはじめてだった。《バタード・バンズ》に就職したのは、わたしが一日で仕事を見つけられるわけがない、とトリーナが断言したからだ。賭《か》けてもいいって。だからわたしは店に入っていき、単刀直入にフランクさんに人手はいりませんか、と訊いてみた。その日がお店のオープンの日で、フランクさんは感謝のあまり目がくらみそうな勢いだった。

そういえばフランクさんとお金のことを話した覚えすらない。フランクさんが週にいくら、と金額を示して、わたしが同意しただけだ。それから年に一回、ちょっぴり週給を上げると言ってくれた。その金額はわたしが上げてもらいたいと思う額よりもたいてい少しだけ多かった。

そもそも面接ってなにを訊かれるんだろう？　なにかそのご老人の世話を実際にやってみてくださいなんて言われたらどうしよう？　食事をさせるとか、お風呂にいれるとか。サイードさんによると、男性の看護師がいて、〝よりパーソナルなケア〟（その言い方を聞いてぞっと鳥肌が立った）はその人の担当だ。サブの介護人の仕事は、サイードさんの言葉を借りれば、「今のところ、ちょっとはっきりしていない」。わたしは老人の口元からよだれを拭いてあげるところを想像した。たぶん、大声で**お茶はいかがですか**と訊きながら。
脳卒中からやっと回復しはじめたとき、おじいちゃんは自分ではなに一つできなかった。ママがなにもかもやってあげていた。「ママはほんとに聖人だ」とパパは言ってたけど、それは、ママが悲鳴を上げて家から逃げ出したりしないで、おじいちゃんのお尻を拭いてあげていたという意味だと思う。わたしは聖人だなんて誰にも言われたことがない。それは確実だ。おじいちゃんの食べ物を細かく切ってあげたり、お茶を淹れてあげたりはするけれど、それ以外、自分がそういうことに向いている気がしない。

グランタ・ハウスはストートフォールド城を挟んだ反対側の、中世の城壁のそばにあって、四軒の家とナショナル・トラストの売店しかない未舗装の長い道沿いだった。まさに観光エリアのど真ん中だ。これまでの人生で百万回もこの家の前を通っているのに、一度もちゃんと意識して見たことはなかった。今、駐車場とミニチュア鉄道を通りすぎながら眺めると――駐車場にもミニチュア鉄道にも人影がなく、夏場に賑《にぎ》わう場所を二月に眺めたとき特有のわびしい光景だった――その家は考えていたよりも大きかった。両開きの扉のある赤レンガ造りの家で、病院の待合室でぱらぱらとめくる『カントリー・ライフ』のバックナンバーで見かけるようなお屋敷だ。

誰かが窓から見ているかどうかについては考えないようにしながら、長い車寄せの私道をのぼった。長い私道をのぼると、人間、立場が弱くなるものだ。自然と卑屈《ひくつ》な気分になるから。本気で最敬礼するべきかしらと考えていたとき、扉が開き、わたしは飛び上がった。

わたしよりそれほど年上ではない女の人が、ポーチに出てきた。白いスラックスと、医療関係者らしい上着を着ていて、コートとファイルを小脇に抱えていた。すれちがいざま、礼儀正しく微笑みをこちらに向けた。

「ご足労をおかけしました」家の中から声が聞こえた。「またご連絡いたします。あら」女の人が顔を覗かせた。中年だが美しく、ヘアスタイルはお金がかかっていそうな、計算しつくされたカットだ。着ているパンツスーツはパパの一か月の稼ぎよりも高そうに見える。

「ミス・クラークね」

「ルイーザです」わたしは手を差し出した。ママにくれぐれもそうしなさいと言われたからだ。最近の若い人たちは握手の手を差し出そうともしない、というのが両親の一致した意見だった。あんたね、昔は「ハーイ」でおしまいなんて夢にも思わなかったものよ、ほっぺにキスなんてとんでもない。見たところ、この女の人もほっぺへのキスを歓迎しそうもなかった。

「ああ、ええ。どうぞお入りになって」彼女はこれ以上早かったら人間業《わざ》じゃない、というスピードで手をひっこめたけれど、その視線はじっとこちらに注がれていた。まるでもうすでにわたしを値踏みしているみたいだ。

「こちらへどうぞ。応接間でお話ししましょう。わたしはカミラ・トレイナーといいます」その日、同じ言葉をもう何度もくりかえしたように、疲れた口調だった。

わたしは彼女のあとについて、床から天井までのフランス窓のあるだだっ広い部屋に入った。分厚いカーテンが太いマホガニー製のカーテンポールから優雅に垂れ、複雑な模様のペルシャ絨毯《じゅうたん》のラグが床に何枚も敷かれている。蜜蠟《みつろう》とアンティークの家具の匂いが漂っている。小さくて優雅なサイドテーブルがそこここに置かれ、つやつやしたその天板の上にはどれも飾り箱が載っていた。わたしはふとトレイナー家ではいったいどこにお茶のカップを置くのだろうと思った。

「さて、ジョブ・センターの求人票を見ていらっしゃったんだわね？　おかけになって」

彼女が書類ファイルをめくっている間、わたしはこっそりと部屋を見回していた。来る前は、吊り上げ具があったり、どこもかしこもぴかぴかに拭き清めてある介護施設みたいな家かと思っていた。でもここは、なんというか、超高級ホテルみたいだった。代々受け継がれてきた財産がうなっている。大事にされてきた物たちは、どれ一つとっても価値がありそうだ。サイドボードの上には銀のフレームに入った写真が並んでいたけれど、遠すぎて顔がはっきり見えなかった。トレイナー夫人が書類に目を通している隣で、わたしはよく見ようと座ったまま身体をずらした。

音がしたのはまさにその瞬間だった――まごうことなき縫い目がはじける音。視線を下にやると、右脚の脇で縫い合わされている二枚の布が裂け、ほころびた絹糸の切れ端が上向きに飛び出してぶざまなフリンジみたいになっていた。顔がかっと熱くなった。

「それで……クラークさん……四肢麻痺患者と接した経験はおありかしら？」

わたしはトレイナー夫人のほうに顔を向け、身体をもじもじと動かして、できるかぎりジャケットでスカートを隠そうとした。

「ありません」

「介護人の経験は長いの？」

「あの……実際にやったことはないんです」と言ってから、サイードさんの声が耳元で聞こえた気がして付け足した。「でも、覚えられると思います」

「四肢麻痺というのがどういうことかご存じ？」

わたしはためらった。「それは……車椅子でしか動けなくなってしまったってことですよね？」

「そういうふうにも言えるでしょうね。いろいろな程度の差があるけれど、わが家の場合は、両脚が全く使えなくて、両手、両腕の自由もほとんどない状態のことを言ってるの。それは問題じゃない？」

「ご本人が問題だと思ってらっしゃるほどには。あたりまえですけど」わたしは笑顔を見せたけれど、トレイナー夫人の顔は無表情だった。

「すみません――そういうつもりじゃ――」

「車の運転はできます？　クラークさん」

「はい」

「交通違反の履歴はない？」

わたしはうなずいた。

カミラ・トレイナーはリストのなにかにチェックを入れた。

裂け目が広がってきている。それが容赦なく太腿《ふともも》を這いのぼってくるのが分かる。この分だと、立ち上がるころには、ラスベガスのショーガールみたいな姿になってしまいそうだ。

「どうかなさった?」トレイナー夫人がわたしを見つめている。

「ちょっと暑くなってしまって。ジャケットを脱いでもかまいません?」相手がなにか言う前に、わたしはするりとジャケットを脱ぐと、腰の周りに巻いてスカートの裂け目をごまかした。「ほんとに暑くって」とわたしは彼女に微笑みかけた。「外から入ってきたからですね、きっと」

ほんの一瞬の間を置いて、トレイナー夫人はまた書類ファイルに目を落とした。「おいくつでしたかしら?」

「二十六歳です」

「それで前の職場では六年間働いていたのね」

「はい。推薦状の写しがお手元に届いてると思いますけど」

「ええと……」トレイナー夫人はそれを取り上げると、目を細めて眺めた。「前の雇い主はあなたが『親切で、おしゃべりで、一緒にいると毎日が明るくなる』と書いているわね」

「ええ。実は賄賂《わいろ》を使ったんです」

またもやあのポーカーフェイス。

もういいや、とわたしは思った。

まるで品定めされているみたいだった。必ずしもいい意味ではない。ママのブラウスが急に安っぽい気がしてきた。合成繊維の糸が弱い光に当たってテカっている。自分の持ってる一番地味なパンツとシャツを着てくればよかった。なんでもいいからこのスーツ以外のものを。

「それじゃ、どうしてその仕事を辞めたの？　こんなに高く評価してもらっているのははっきりしているのに」

「フランクさんが――オーナーですけど――カフェを売ったんです。お城のふもとにある店です。《バタード・バンズ》っていう。あ、あった、ですね」わたしは言い直した。「ほんとうはずっと続けたかったんですけど」

トレイナー夫人はうなずいた。それについてもうなにも言う必要がないと思ったか、彼女もわたしがそこにずっといたほうがよかったと思っているかのどちらかだろう。

「それで、将来の希望はなにかあるの？」

「え？」

「キャリアについて目指しているものはあるのかしら？　この仕事はほかのなにかをするための準備なの？　これから追求していきたい職業上の夢は？」

わたしはぽかんとして相手を見た。

これってなにかのひっかけ問題だったりする？

「わたし……ほんとうのところ、そんなに先のことまで考えてなくて。失業したから、ただ――」つばを飲みこむ。「ただまた働きたくて」

その言葉は頼りなく聞こえた。いったいどこの誰が、自分がなにをしたいのかも分からないまま面接に来るだろう？　トレイナー夫人の表情が、彼女も同じ思いでいることを物語っていた。

彼女はペンを置いた。「それじゃあ、クラークさん、わたしがほかの応募者をさしおいてあなたを雇うべき理由を言ってくれるかしら？　たとえば、さっきいらした方は四肢麻痺患者を世話した経験が何年もあるんですよ」

わたしは彼女を見た。「そうですね……正直言って、分かりません」こう言ったら無言で返されたので、付け加えた。「でも、それってそちらのご都合で決めることなんじゃないでしょうか？」

「あなたを雇うべき理由を**ただの一つ**も言えないの？」

ママの顔がとつぜん、目の前に浮かんだ。台無しになったスーツとまたしても失敗に終わった面接結果をお土産《みやげ》に家に帰るなんて無理。それにこの仕事は時給九ポンド以上だし。

わたしはちょっと姿勢を正した。「ええと……わたし、物覚えが早いし、すごく丈夫だし、住んでるのはお城を挟んだ向こう側ですぐ近くだし、見た目よりも力もあるし……たぶん、ご主人を動かすお手伝いをするのにも十分お役に立てると――」

「主人ですって？　あなたにお世話してもらうのは主人じゃないわ。息子ですよ」

「息子さん?」わたしは目をぱちくりさせた。「ええと……忙しいのも平気です。どんな人ともうまく付き合えますし……それにお茶を淹れるのが上手いんです」沈黙の中でぺらぺらと話しつづけた。世話をする相手が彼女の息子だということでわたしは面食らっていた。

トレイナー夫人がわたしを見ている様子には、なにかちょっと奇妙なところがあった。

「すみません」自分が言ったことに気づいてしどろもどろになった。「そういうつもりで言ったんじゃないんです、その……麻痺が……四肢麻痺が……息子さんが……お茶の一杯で解決するなんて言うつもりじゃ」

「お話ししておかなくてはいけませんが、クラークさん。これはずっと続く契約ではありません。最長で六か月間なの。それでサラリーが……それに見合った金額なんです。ふさわしい方に来ていただきたかったから」

「ほんとのとこ、わたし、以前の工場のシフトのことを考えたら、グアンタナモ・ベイで六か月っていう仕事にだって飛びついちゃいます」**ちょっと、ルイーザったらなに言ってんのよ。**わたしは唇を噛《か》んだ。

でもトレイナー夫人は気に留めていないようだった。彼女はファイルを閉じた。

「息子は——ウィルは——二年ほど前に交通事故で重傷を負ったの。以前は二十四時間の介護が必要で、そのほとんどは専門の看護師についてもらっていました。わたしが最近、職場に復帰したので、日中ここにいるお世話係が必要になったの。ウィルの相手をしたり、食べたり飲んだりする手助けをしたり、お手伝い全般をして、それから息子が怪我《けが》するようなことがないよう見守っていただきたいんです」カミラ・トレイナーは膝に視線を落とした。「ウィルのそばにいる人には、その責任の重大さをちゃんと理解しておいてもらわないと困るの」

彼女の言葉のすべてが、そのアクセントの置き方にいたるまで、わたしの間抜けさへの当てつけのような気がした。

「分かりました」わたしはバッグを取ろうとした。

「それで、この仕事をやっていただけます？」

それはあまりに予想外で、はじめは聞き違いかと思った。「なんですって？」

「できるだけ早くはじめていただきたいわ。お給料は一週ごとにお支払いします」

わたしは一瞬、なんと言っていいか分からなかった。「わたしを雇うっておっしゃるんですか？　ほかの人をさしおいて――」わたしは言いかけた。

「勤務時間はかなり長くなります――午前八時から午後五時まで、もっと遅くなることもあります。お昼休みのようなものはありませんが、ウィルの看護師のネイサンが毎日、お昼ごろあの子の世話をしにくるので、三十分は手が空《あ》くと思います」

「なにか……治療的なことは必要ないんですか？」

「ウィルにはわたしたちができるかぎりの医療をすべて受けさせています。息子のために探しているのは、元気のいい……前向きな人なの。あれの人生は……複雑なんです。大事なのは息子を励まして――」彼女はそこで言葉を切った。そのまなざしはフランス窓の外のなにかにじっと注がれていた。やがて彼女はこちらに向きなおった。「まあ、あの子の心の健康が、身体の健康と同じくらいわたしたちにとって大切なんだと言っておきましょう。お分かりいただけたかしら？」

「ええ、そう思います。あの……制服はあるんでしょうか？」

「いいえ。制服なんてとんでもないわ」彼女はわたしの脚に目をやった。「でももう少し……露出の少なめのものを着ていただいたほうがいいかもしれないけれど」

下を見ると、ジャケットがずれて、素肌の太腿が思いっきりむきだしになっていた。「これ……すみません。破けちゃったんです。この服、ほんとはわたしのじゃなくて」

でもトレイナー夫人はもう聞いていないようだった。「仕事をはじめるときに、していただくことを説明します。ミス・クラーク、今のウィルは一緒にいて楽な相手とはいえません。この仕事は芯《しん》の強さが問われると思います……あなたがお持ちの職業的スキルと同じくらいにね。それじゃ、明日から来てくださるわね？」

「明日？　でも……わたし、ご本人にお会いしなくていいんですか？」

「今日はウィルは調子が悪いの。明日、改めてお引き合わせしたほうがいいと思うわ」

トレイナー夫人がもうわたしを送り出そうと待っているのに気づき、わたしは立ち上がった。

「分かりました」と言うと、わたしはママのジャケットをひっぱって回した。「それじゃ、ありがとうございました。明日、八時にこちらに伺《うかが》います」

ママはパパのお皿に大きなスプーンでジャガイモをサーブしているところだった。二個載せたところで、パパが横から三個目と四個目を大皿から取ろうとする。ママはパパを押しとどめて、ジャガイモを大皿に戻し、またしても伸びてきたパパの指の節を、とうとう取り分け用のスプーンでこつんと叩いた。小さな食卓を両親、妹とトーマス、おじいちゃん、パトリックが囲んでいた。パトリックは毎週水曜日、かかさず夕食にやってくる。

「お父さん」とママがおじいちゃんに言った。「誰かにお肉を切ってもらいましょうか? トリーナ、お父さんのお肉を切ってあげてくれる?」

トリーナは身を乗りだして、器用におじいちゃんのお皿の上で肉を切りはじめた。反対側に座っているトーマスにも、もう同じことをし終わったところだ。

「で、そいつはどれくらいひどい状態なんだ、ルー?」とパトリックが言った。

「うちの娘に好き放題させてもかまわんってくらいだから、ろくな状態じゃないやな」パパが応じた。わたしのうしろではパパとパトリックがサッカーを観るためにテレビがついている。ときどき、二人は食事を中断し、食べ物を口に入れたまま嚙むのをやめ、わたしをよけるようにしてパスだかニアミスだかを見つめている。

「すごくいいお話じゃないの。大きなお屋敷で働くんだからねえ。立派なおうちに雇われて。その人たち、上流階級なんでしょ、ねえ?」

この界隈《かいわい》では、一族の誰かが反社会的行動禁止命令《ASBO》の令状を食らっていなければ誰でもみんな〝上流階級〟だ。

「だと思うけど」

「おまえ、ちゃんとおじぎの練習はしといただろうな?」パパがにやにやした。

「その人にはもう会ったの?」トリーナが身を乗りだし、トーマスの肘《ひじ》がぶつかって床にジュースが落ちるのを阻止した。「その身体の不自由な人に。どんな人だった?」

「明日会うの」

「でも変なの。その人と毎日、一日じゅう一緒にいるんだよね。九時間も。パトリックよりその人に会ってるほうが長いじゃん」

「別に平気よ」わたしは言った。

食卓の向かいに座っているパトリックは聞こえないふりをした。

「まあな、古きよきセクハラの心配はないもんな? なあ?」とパパ。

「バーナード!」ママがぴしゃりと言った。

「みんなが考えてることを言っただけじゃないか。考えてみりゃ、自分の付き合ってる娘《こ》の雇い主としては一番いいかもしれんぞ、なあ、パトリック?」

食卓の向こうで、パトリックはにやっとした。彼はママのがんばりにも負けず、ジャガイモをせっせと断っていた。三月はじめのマラソンに備えて炭水化物抜き月間だから。

「ねえ、思ったんだけど、あんた手話を習ったりしなくちゃいけないんじゃないの? だって、その人が意思を伝えられないんだったら、どうしてほしいか分からないでしょう?」

「口がきけないとは言ってなかったわ」正直、トレイナー夫人がなにを言ったのか思い出せなかった。ほんとうに仕事をもらえた驚愕《きょうがく》からまだ完全には立ち直っていなかったのだ。

「たぶん、ああいう機械を使って話すんだろう。ほらあの科学者の奴みたいに。『ザ・シンプソンズ』に出てくる奴」

「アホ」とトーマス。

「違うな」とパパ。

「スティーヴン・ホーキング」とパトリック。

「まったくもう、パパなのね」とママはとがめるような視線をトーマスからパパに移した。ステーキだって切れそうな鋭い目つきだ。「この子に悪い言葉を教えてるでしょ」

「違うぞ。いったいどこで覚えてきたんだろうなあ」

「アホ」とトーマスは言い、まっすぐに自分の祖父を見ている。

トリーナが顔をしかめた。「わたしだったらちょっととまどうかも。その人がああいう発声器を使って話してたら。だって想像できる？　水‐ヲ‐クダサイ、とかって」口真似をする。

頭はいいのに、腹ボテにならずにすますほどの頭はない、とパパがよくぶつくさ言う。うちの一族で大学に入ったのはトリーナがはじめてだ。でも、それはトーマスが生まれて卒業の年に中退することになるまでの話だった。両親はいつかトリーナがわが家を大金持ちにしてくれるという希望をまだ捨てていない。もしくは、せめて受付が防犯用スクリーンで守られていない職場に就職するか。そのどちらでもオーケーだ。

「車椅子に座ってるからって、なんで『ドクター・フー』のダーレクみたいなしゃべり方をすることになるのよ?」わたしは言った。

「けど、その人のそばに寄って身の回りのことをしてあげなくちゃいけないんでしょ。最低でも口を拭いたりとか、飲み物を飲ますとか」

「だから? そんなのどこが大変なの? ロケット科学じゃあるまいし」

―と、トーマスにおむつの裏と表を間違ってはかせた人がおっしゃっています」

「一回だけでしょ」

「二回だよ。おまけに、おむつを替えたのはたったの三回だし」

わたしはサヤインゲンに手を伸ばし、実際の内心よりも余裕たっぷりであるように見せようとした。

でも、バスに乗って家に帰ってくる間も、ハチがぶんぶんとつきまとうみたいに同じ考えが頭から離れなかった。なにを話せばいいんだろう? その人が一日じゅう頭をだらんとさせたまま、こっちをじっとにらんでいたらどうしよう? 怖くなっちゃったりするだろうか? その人がなにをしてほしいのか、分からなかったらどうしよう? なにかの世話をすることのわたしの下手さ加減といったら伝説的で、ハムスターと、ナナフシと、金魚のランドルフの悲劇以来、うちではもう観葉植物も置かないし、ペットも飼わないことに決まっている。それにあのお堅い母親はしょっちゅう顔を出すのだろうか? ずっと見張られていることを考えるとうんざりした。トレイナー夫人ににらまれていたら、びくついて、ちゃんとできることもできなくなりそう。

こえる。

「で、パトリック、この話どう思うかね？」

パトリックは水をぐいと飲みほすと、肩をすくめた。

外では雨が窓ガラスを叩き、その音がお皿やナイフやフォークがぶつかる音に混じって聞こえる。

「カネは悪くないですよね。とりあえず、以前の鶏肉工場の夜勤よりいいんじゃないですか」

食卓を囲んで、みんなの同意のつぶやきが起こった。

「なによ、わたしがせっかく新しい仕事に就いたのに、あんたが言えることって、飛行機の格納庫みたいな工場で鶏肉を並べるよりはましって、それだけ？」わたしは言った。

「まあさ、ほら、そのあいだにダイエットして、パトリックのパーソナル・トレーニングってやつを手伝えるさ」

「ダイエットして、ね。ご忠告ありがと、パパ」わたしはもう一個、ジャガイモをとろうとしていたところだったのを、思い直した。

「あら、なんで、いいじゃないの？」ママがやっと席につくかと見えて——みんな一瞬、動きを止めたけど、やっぱりママはまた立ち上がっておじいちゃんのお皿にグレイヴィーをついでいる。「そういうのも頭においといたら先々、役に立つかもしれないよ。あんた口が達者なのは確かだからね」

「達者な口は食うほうだろうが」パパが鼻で笑った。

「やっと仕事を見つけたばっかりなんだよ」わたしは言った。「しかも言ったらなんだけど、前よりずっとお給料もいい仕事なんだから」

「けど期限付きだろ」パトリックが口を挟んだ。「お父さんの言うとおりだよ。この仕事があるうちにダイエットはじめたほうがいいぜ。ちょっと本気出せばルーはいいパーソナル・トレーナーになれるって」

「パーソナル・トレーナーになんてなりたくないもん。ああいう……飛んだり跳ねたりって興味ないの」わたしはパトリックに憎々しげに言い、彼はにやりとした。

「ルーがやりたいのは、足を高くしてお昼のテレビを観ながら、ストローでよぼよぼの鬼警部アイアンサイドみたいなおじいちゃんに流動食を食べさせるお仕事だもんね」トリーナが言った。

「そうですよーだ。しおれたダリアを水の入ったバケツに生け直すお仕事は、知力と体力を振り絞らないとできないもんね、でしょ、トリーナ?」

「みんなおまえをからかってるんだよ」とパパが紅茶のマグカップを持ち上げた。「おまえが仕事に就けてほんとによかった。みんなよくやったと思ってるさ。それにな、賭けてもいいが、そのでかい屋敷にいったんおまえが腰をすえたら、そこんちのアホどもだっておまえを手放そうなんて思うもんか」

「アホ」とトーマス。

「わしじゃないからな」とパパはママに口を開く間も与えず、もぐもぐと食べ物を嚙みながら言った。

3

「ここが離れです。以前は馬小屋だったんですけど、全部ワンフロアだからウィルにはここのほうが屋敷よりも合っているのが分かったのでね。ここは必要なときネイサンが泊まる予備の部屋よ。はじめのころは、誰かにいてもらわないといけないことが多かったから」

トレイナー夫人は、扉を次々に示しながら、うしろを振りかえらずにきびきびとした足取りで廊下を歩いていく。ハイヒールがタイルにこつこつと当たる音がする。わたしがちゃんとついてきているのは当然のことらしい。

「車の鍵はここです。あなたも保険の対象にしておいたわ。申告してくれた細かいことに間違いはないでしょうね。ネイサンが傾斜板《ランプ》の使い方を教えられるはずよ。ウィルの車椅子をちゃんと正しい位置に停めれば、あとは車が自動的にやってくれるの。でも……今は、息子はどこかに行きたくてむずむずしているというわけじゃないけれど」

「おもてはちょっと寒いですしね」わたしは言った。

それはトレイナー夫人の耳には入らなかったようだった。

「キッチンで紅茶やコーヒーを淹れて飲んでくださってけっこうよ。食品棚にいろいろ入れておきます。バスルームはこの奥です――」

彼女がドアを開け、わたしはバスタブの上にぶら下がっている金属とプラスチックでできた白い吊り具をまじまじと見つめた。シャワーの下には広い洗い場があり、その横に折りたたみの車椅子が置かれていた。隅にはガラス扉のキャビネットがあり、ビニールで包装された包みが整然と並んでいる。ここからはそれがなにかは見えなかったけれど、かすかな消毒薬の匂いが漂っていた。

トレイナー夫人はドアを閉め、急に振りかえってわたしに顔を向けた。「もう一度言っておきますけど、ウィルのそばに必ずいつも誰かが付き添っていることがなによりも大事なの。前の介護人が一度、自分の車の修理で何時間かいなくなってね、ウィルは……そのあいだに怪我をしたんです」それを思い出し、まだショックが醒めやらないというように彼女はごくりと喉を鳴らした。

「わたし、どこにも行きません」

「もちろん……休憩はとってくださいね。ただわたしが言うのは、あの子を、そうね、十分とか十五分以上、一人にしておいてはいけないということなの。ほかにどうしようもないときは、主人のスティーヴンが家にいるかもしれないからインターコムを押して。でなければ、わたしの携帯に電話をくださいい。休暇をとる必要があるときは、なるべく早めにあらかじめ教えてくださいね。代わりの人を見つけるのはなかなか難しいのよ」

「分かりました」

トレイナー夫人は食器棚を開けた。彼女の話し方は、何度もくりかえしリハーサルしたスピーチを読み上げているみたいに聞こえる。

わたしの前に何人の介護人がいたのだろう、とふと思った。

「ウィルがなにかで忙しくしているときは、簡単な家事をしてくださると助かります。寝具を洗濯したり、掃除機をかけたり、といったようなことね。掃除用具はシンクの下にあります。あの子はずっとそばにいられるのを嫌うかもしれないから。どういう距離感で付き合っていくのかは二人で決めてちょうだいね」

トレイナー夫人はまるではじめて気づいたようにわたしの服に目を留めた。わたしが着ていたのは、それを着るとダチョウみたいに見えるぞとパパが言う、もじゃもじゃのシャギーのベストだ。わたしは笑顔になろうとした。けっこう難しかった。

「もちろん、あなたがたが……仲良くやっていってくれればと思っています。息子があなたをお金を払っている雇い人ではなく、友達と思うようになれば嬉しいわ」

「分かりました。息子さんはその……なにをするのがお好きなんですか？」

「映画鑑賞かしら。ときどきはラジオや音楽を聴いたりね。なんていうのかしら、デジタルの装置があるのよ。あの子の手の近くに置いてくれれば、たいていは自分で操作できるわ。握るのは難しいけれど、指は少し動くの」

わたしは目の前が開けた気分になった。音楽や映画が好きなら、きっとなにか共通点を見つけられるはずだもの、でしょ？　とつぜん、自分とその人がハリウッドのコメディ映画を観ながら笑い、彼が音楽を聴いているあいだに自分が掃除機をかけている光景が目に浮かんだ。もしかしたらうまくいくかもしれない。もしかしたらわたしたち、友達になれるかもしれない。これまで障害のある人と友達になったことはないけど――トリーナの友達のデイヴィッドを除いては。彼は耳が聞こえないが、それを障害だなんて言おうものなら、ヘッドロックをかけられてしまう。

「なにか質問は？」

「大丈夫です」

「それじゃ、向こうに行って紹介しましょうね」腕時計に目をやる。「そろそろネイサンがウィルの着替えをすませているはずだわ」

わたしたちはドアの前でためらい、それからトレイナー夫人がノックした。「いるの？ウィル。ミス・クラークを紹介したいのだけれど」

答えはなかった。

「ウィル？　ネイサン？」

ニュージーランド訛《なま》りまる出しの声がした。「着替えはすみましたよ、ミセス・T」

彼女はドアを押し開けた。離れの居間は思いがけず広々としていた。一方の壁全体がガラスドアになっていて、開けた田園風景が見渡せる。片隅で薪《まき》ストーブが静かに赤く燃え、巨大なフラットスクリーンのテレビの前にはベージュの低いソファが置かれていた。ソファのシートにはウールの掛け布が敷いてある。部屋の雰囲気は上品で落ち着いていた。北欧風にまとめた独身男性らしい部屋だ。

　部屋の中央に、座面と背もたれのクッションに羊革を張った黒い車椅子が置かれていた。襟なしの手術着みたいな白衣を着た体格のいい男の人がしゃがんで、車椅子のフットレストにのっている足の位置を調節している。わたしたちが部屋に入ると、車椅子に座った男性が、ぼさぼさの乱れた髪のあいだからこちらを見上げた。その目がわたしの目と合い、彼は一瞬おいて、身の毛もよだつうめき声を上げた。口をひん曲げ、もう一度、この世のものとは思えない声でわめいた。

　彼の母親が身を硬くしたのが感じとれた。

「ウィル、おやめなさい！」

　彼はそちらを見ようともしなかった。また原始人みたいな声が胸のあたりのどこかから湧《わ》いてくる。恐ろしい、苦しみもだえるみたいな声。わたしはつとめてたじろがないようにした。彼は顔をしかめ、首を肩のあいだにめりこませるように傾け、ゆがんだ表情でわたしを見据えた。その顔はグロテスクで、怒りのようなものが浮かんでいる。気がつくと、バッグを持っているわたしの手の関節が白くなっていた。

「ウィル！　お願い」彼の母親の声にはかすかにヒステリックな響きがあった。「お願いだからそんなことしないで」

　ああ神様、わたしは思った。**どうしよう、これは無理。**わたしは息を吸いこんだ。深く。

彼はまだわたしをにらんでいる。わたしがなにかするのを待っているみたいだ。

「わたし――わたし、ルーです」柄にもなく震えているわたしの声が沈黙を破った。手を差し出そうかと迷ったけれど、とっさに相手がそれを握れないことを思い出し、代わりに弱々しく手を振った。「ほんとはルイーザなんですけど」

すると驚いたことに彼の表情は普通になり、頭が肩の上でまっすぐになった。

ウィル・トレイナーは落ち着きはらったまなざしをわたしに向けた。かすかな微笑みが顔をよぎる。「おはよう、ミス・クラーク」彼は言った。「君が僕の新しいお守りらしいね」

ネイサンはフットレストの調節を終えた。立ち上がりながら首を振っている。「だめだよ、ミスター・T。そんなことしちゃ」彼はにやりとして、大きな手を差し出し、わたしはそれを力なく握った。ネイサンはびくともしていない様子だった。「気の毒に、今のはウィルの十八番《おはこ》のクリスティ・ブラウン（アイルランドの作家・画家。脳性麻痺で左足を使って執筆した）のものまねでね。すぐ慣れるよ。吠えるけど嚙みつきゃしないから」

トレイナー夫人は首につけた十字架を細く白い指でつまんでいた。金の鎖の上で、それを前後にすべらせている。神経がいらだっているときの癖らしい。その顔はこわばっていた。

「あとは三人に任せます。困ったらインターコムで呼んでね。ネイサンがウィルの日課と機械のことを説明してくれますから」

「僕がいるんだけどな、お母さん。僕をさしおいてネイサンと話すことないだろう。頭は麻痺してないからね。今のところ」

「ええ、そうね。でも、あなたが不愉快なことをするなら、ミス・クラークはネイサンと直接話したほうがいいと思うわ」彼の母親は話すときに彼を見ようとしない。そのことにわたしは気づいた。視線を十フィートくらい先の床に落としたままだ。「今日は家で仕事をしていますから。お昼ごろに様子を見にくるわね、クラークさん」

「分かりました」声が裏返ってしまう。

トレイナー夫人が去った。わたしたちは黙って、彼女のせわしない足音が廊下を母屋《おもや》に向かって遠ざかっていくのを聞いていた。

ネイサンが沈黙を破った。「ウィル、あっちでミス・クラークに君の薬のことを説明してきていいかな？　テレビを観るかい？　音楽にする？」

「ラジオ4を頼む」

「よしきた」

ネイサンとわたしはキッチンに入っていった。

「君は四肢麻痺患者の世話の経験はあまりないって、ミセス・Tが言ってたけど？」

「ありません」

「そうか。今日のところは簡単にしておくね。ウィルの日課と、緊急時の連絡先について知っといてもらいたいことはほとんど全部このファイルに書いてある。時間があるときに読んどいて。時間はけっこうあると思うよ」

ネイサンはベルトから鍵をはずすと、鍵付きのキャビネットを開けた。そこには箱や小さなプラスチックの薬の容器がいっぱいに詰まっている。「さてと。ここはまあ俺の領分なんだけど、君もいざというときのためにどこになにがあるか知っといたほうがいい。壁に予定表が貼ってあるから、毎日ウィルがなにを何時に飲むかはそれを見れば分かる。特別になにかを飲ませたときはそこに印をつけるんだ——」と彼は指さした。「——けど、今はまだ、なんでもミセス・Tに確認をとってからのほうがいいね」

「薬を扱わなくちゃいけないって知らなかったわ」

「たいしたことないさ。ウィルが必要なことはほとんど分かってるから。ただ、飲むのにちょっと手助けがいるんだ。たいていはここにあるストローカップを使ってる。それか、このすり鉢とすりこぎで砕いて、飲み物に混ぜるんだ」

わたしはボトルの一つを取り上げた。薬局以外でこんなにたくさんの薬を見たのははじめてのような気がした。

「じゃあいいかい。ウィルは二種類の血圧の薬を飲んでる。こっちが寝る前に血圧を下げる薬、こっちが起きるときの血圧を上げるほうだ。これは筋肉のけいれんをおさえるためにわりと頻繁に飲まないといけない——午前中の中ごろと、午後の中ごろにもう一回だ。小さい糖衣錠だから、ウィルが飲みこむのはそれほど難しくないよ。こっちは膀胱《ぼうこう》けいれんの薬。それからこれが胃酸の逆流をおさえる薬で、食後、調子が悪くなったらたまに飲まなくちゃならない。それから、朝に飲む抗ヒスタミン剤と、これはスプレー点鼻薬だけど、いつもは帰る前に俺がやってるから、君は気にしなくていいはずだ。痛みがあるときはパラセタモールを飲ませていい。ときどき睡眠薬を飲むこともあるけど、飲むと日中にいらつくから、できれば制限するようにしてる」

「これは――」と彼は別のボトルを取り上げた。「――カテーテル交換のために二週間ごとに飲んでる抗生剤だ。普通は俺が飲ませるけど、いないときはちゃんと指示を書いておくよ。もし万一、清拭《せいしき》をしなくちゃならないことがあれば、ここの箱にゴム手袋が入ってる。それから、床ずれができたときのクリームもそこ。でもエアマットレスを入れてからずいぶんよくなったんだけどね」

そこに突っ立っていると、彼はポケットに手を入れて別の鍵をわたしに手渡した。「これがスペアだ」と彼が言った。「誰にも渡しちゃだめだよ。ウィルにもだ。いいね？　死んでも守り抜くこと」

「覚えることがいっぱい」わたしはつばを飲みこんだ。

「全部、紙に書いてあるよ。今日、君が覚えておかなくちゃいけないのは、抗けいれん薬を飲ませることだけだ。ほら、あれね。俺に連絡したい場合はこれが携帯の番号だから。ここにいないときは俺、学校に行ってるんだ。だからあんまりしょっちゅう電話されると困るけど、自信がつくまでは気にしないでかけてきていいよ」

わたしは自分の前のファイルを見つめた。テスト勉強もしないでテストを受けるような気分だ。「もし、ウィルが……トイレに行きたくなったらどうするの？」わたしはあの吊り具のことを思った。「わたし、あの人を、その、持ち上げられないかも」必死でパニックが顔に出ないようにする。

ネイサンは首を振った。「そういうのはぜんぜんやらなくていい。それ用にカテーテルが入ってるからね。俺が昼ごろに来て、全部交換するから。君の役目は身体のほうの世話じゃない」

「わたしの役目はなんなの？」

ネイサンは床をしばらく見つめてからわたしを見た。「ウィルを少し元気づけることかな？　彼は……彼はちょっと気難しくてさ。こういう……状態だから、しかたないけどね。いろいろうまく受け流さないとならないことはあると思う。今朝のあのお芝居はああやって君を動揺させようとしたんだよ」

「だからお給料がこんなにいいの？」

「ああ、そうだ。働かざる者食うべからずってね」ネイサンはわたしの肩をパンと叩いた。その振動が身体に響いた。「でも、ウィルはいい奴だよ。あいつの周りで気をつかってこそこそすることないからね」彼は口ごもった。「俺はウィルが好きだよ」

その口ぶりはウィルを好きな人間は自分しかいないとでもいうようだった。

わたしはネイサンについて居間に戻った。ウィル・トレイナーの車椅子は窓辺に移動していて、彼は背中をこちらに向けて外を見つめながら、ラジオを聴いていた。

「こっちはかたづいたよ、ウィル。帰る前にしてほしいことはあるかい？」

「いや、いい。ありがとう、ネイサン」

「じゃあ、有能なミス・クラークの手に君をゆだねて、俺は行くとするか。昼にまた来るからな」

わたしは愛想のいい看護師が上着を着るのを見ながら、不安がだんだん募《つの》ってくるのを感じた。

「じゃあな、お二人さん、お楽しみあれ」ネイサンはわたしにウィンクし、行ってしまった。

わたしはポケットに両手を入れたまま、なにをしていいか分からず、部屋の真ん中に突っ立っていた。ウィル・トレイナーは、わたしなどいないように、ずっと窓の外に目を向けている。

「紅茶を淹れましょうか？」とうとう沈黙に耐えられなくなって、わたしは言った。

「ああ、そうだった。紅茶を淹れるのが君の天職だったっけね。どれくらいで技のご披露にあずかれるかと思っていたんだ。いや、紅茶はけっこう」

「じゃあ、コーヒーは？」

「今のところ、熱い飲み物はいらない、ミス・クラーク」

「ルーって呼んでください」

「そうするとなにかいいことがあるのか？」

わたしはまばたきして、口をちょっと開け、閉じた。それをやると実際よりもさらに馬鹿に見えるといつもパパに言われている。「それじゃ……なにかいるものはありますか？」

彼は振りかえってこちらを見た。顎は何週間分かの無精髭《ひげ》に覆《おお》われ、その目に浮かんだ表情は読み取れなかった。彼は横を向いた。

「それじゃ――」わたしは部屋を見回した。「それじゃ、なにか洗濯物がないか見てきます」わたしは部屋を出た。心臓がどきどきしている。キッチンに隠れると、携帯をひっぱり出して妹にメールを打った。

もう最悪。わたし憎まれてるっぽいんだけど。

数秒で返事が返ってきた。

まだ働きはじめて一時間じゃない、根性なし！
ママとパパはお金のことをすごく心配してるんだよ。
がんばって、時給のこと考えて。X

わたしはパチンと携帯を閉じ、頬をふくらませた。バスルームのランドリー・バスケットを見て、一回分の四分の一くらいしかない洗濯物を取り出し、何分間かかけて洗濯機の説明書を読んだ。間違ってセットしたら困るし、ウィルやトレイナー夫人にあきれたような目で見られるのはごめんだった。洗濯機を回しはじめ、そこに立ったまま、ほかにやっても叱られそうもないことを考えた。棚から掃除機をひっぱり出すと、廊下を行ったり来たりして掃除機をかけ、二部屋の寝室に入りながら、もし親たちがこの姿を見たら、記念に写真を撮るといってきかないだろうな、とずっと考えていた。予備の寝室はホテルの部屋みたいにほとんどなにもなかった。ネイサンはあまりそこに泊まらないのだろう。まあ無理もないけど。ウィル・トレイナーの寝室の前でもじもじとためらったが、この部屋だってほかと同じように掃除機をかける必要がある、と自分に言い聞かせた。一方の壁は造りつけの棚になっていて、そこに二十枚くらい、フレームに入れた写真が飾られていた。

ベッドの周りに掃除機をかけながら、わたしはちらりと写真に目をやった。両腕をキリストの像みたいに広げて、崖からバンジージャンプをしている男性の写真があった。ジャングルみたいなところにいる、たぶんウィルらしい人の写真。あ、こっちにも。酔った仲間たちに交ざって写っている。男たちが蝶ネクタイとディナージャケット姿で、お互いの肩に腕を回している。

スキー場のスロープに立つ彼。隣にはサングラスをかけた長いブロンドの若い女性がいる。わたしは身をかがめて、スキーゴーグルをつけた彼をもっとよく見ようとした。その写真の彼はきれいに髭を剃《そ》り、強烈な日差しにも負けず、いかにもお金がかかっていそうなつやつやした顔をしている。リッチな人たちが年に三回も休暇に出かけて手に入れる、あの色つやだ。スキージャケットの上からでも、彼が幅の広い、がっしりした肩をしているのが分かる。その写真を注意深く棚に戻すと、ベッドのうしろに回りこんで掃除を続けた。ようやく掃除機のスイッチを切り、コードを巻き上げようとする。プラグを抜くために手を下に伸ばしたとき、目の端になにか動くものが映り、わたしは小さな悲鳴を上げて飛び上がった。戸口にウィル・トレイナーがいて、わたしを見ていた。

「クールシュヴェルで撮った写真だ。二年半前にね」

わたしは赤面した。「すみません、ただ――」

「ただ君は僕の写真を見てただけだ。こんな生活をしていたのが、障害者になるなんてさぞ辛いだろうと思いながらね」

「違います」わたしはますます真っ赤になった。

「ほかの写真は一番下の引き出しだよ。念のため、また好奇心に負けるようなことがあればね」彼は言った。

そして電動車椅子の低いブーンという音とともに、彼は右に向きを変え、行ってしまった。


その午前中はぐずぐずと、いつまでも続くことに決めたみたいだった。一分、一時間がこんなに果てしなく続いたことはこれまでになかった。時間をつぶすためにできるかぎり仕事を探し、われながら意気地がないとは思ったけど、なるべく居間には行かないようにした。意気地なんかなくていい。

十一時に、ネイサンに言われたとおり、水を入れたストローカップと抗けいれん薬をウィル・トレイナーのところに持っていった。錠剤を彼の舌の上にのせ、ネイサンの指示どおりにウィルにストローカップを差し出す。それは白っぽい半透明のプラスチック製で、前にトーマスが使っていたようなものだ。横に『ボブとはたらくブーブーズ』のイラストがついていないところだけ違うけど。ウィルは少し苦労してそれを飲みこむと、身振りでわたしにあっちへ行け、と示した。

はたきをかける必要のない棚にはたきをかけたあと、次は窓拭きをしようかと考える。離れのわたしの周囲はしんとして、ただ、ウィルが座っている居間のテレビの音が低く聞こえてくるだけだった。キッチンでラジオの音楽番組をかける度胸はなかった。きっとウィルに音楽の趣味についてなにかひどいことを言われるのがせいぜいだろう。

十二時半に、ネイサンが外の冷たい空気と一緒に入ってきて、片方の眉を上げた。「うまくいってる?」彼は言った。

人生で誰かに会ってこんなに嬉しかったことはなかった。

「なんとか」

「よかった。三十分休憩していいよ。これから俺とミスター・Tでかたづける用があるからね」

わたしはほとんど走るようにしてコートを取りにいった。お昼に外に出るつもりはなかったけれど、その家から出たときは、ほっとしたあまり気が遠くなるかと思った。襟をひっぱり上げ、ハンドバッグを肩に掛けると、まるでどこかに用事があるように、急ぎ足で私道を歩いていった。ほんとうは、きつく巻きつけたマフラーの中に熱い息を吐きながら、三十分間、近所の通りを歩き回っていただけなんだけど。

《バタード・バンズ》が閉店した今、町のこちら側にカフェは一軒もない。お城に人影はなかった。食事ができる一番近い店はガストロパブで、軽いランチどころか飲み物一杯だってわたしには払えそうもない。駐車場に停まっている車はみんな巨大で、高そうで、ぴかぴかのナンバープレートがついている。

　わたしはグランタ・ハウスから見えないように気をつけて、お城の駐車場で妹の携帯に電話をかけた。「もしもし」

「職場で電話禁止って知ってるでしょ。まさか辞めたんじゃないでしょうね？」

「辞めてないよ。ただ、ほっとできる声を聞かないとやってらんないだけ」

「やだ、そんなにひどいの？」

「トリーナ、あの人、わたしが**嫌でしょうがない**みたい。猫がひきずってきたなにかを見るみたいな目でこっちを見るんだよ。お茶もいらないって言うし。わたし、彼から逃げ回ってるの」

「なにそれ、信じらんない」

「え？」

「とにかく彼に話しかけなさいよ。頼むわよ、ほんと。その人、暗ーい気分なの。あたりまえじゃない、車椅子から動けないんだから。あんた、たぶんなんの役にも立ってないでしょ。とにかく話をするの。その人とちゃんと知り合わないと。別に怖いことが起きるわけでもないでしょ？」

「どうかなあ……続けられる気がしないよ」

「半日で音《ね》を上げたなんてママに言えないからね。もう失業手当はもらえないんだよ、ルー。辞めちゃだめ。そんなことばっかしてたらみんな困るんだから」

ああ、そうでしょうとも。妹なんて大嫌い。

短い沈黙があった。トリーナの声が彼女らしくもなくなだめるような調子に変わった。これは本気で不安な兆候だ。つまりそれは、この仕事がほんとうは世界最悪の仕事だって、トリーナも承知しているってことだから。「ねえいい？」と彼女は言った。「たった六か月じゃない。六か月だけがんばって、履歴書に書くことができれば、好きな仕事に就けるから。それに、そうだ――こう考えたら。とりあえず、これは例の工場の夜勤じゃないんだからって。ね？」

「なんかこれと比べたら、例の工場の夜勤が天国みたいな気がしてくるんだけど――」

「もう切らなきゃ、ルー。あとでね」


「午後はどこか行きたいところはあります？　もしよかったら車で出かけません？」

ネイサンが行ってから三十分くらいたっていた。この世のものとは思えないほどのろのろと時間をかけてお茶のマグカップを洗い終えたわたしは、あと一時間このしんとした家の中にいたら頭が爆発しそうな気分だった。

彼は顔をこちらに向けた。「どこか特に行くあてはあるのか？」

「さあ。ちょっと田舎道をドライブなんてどうです？」わたしはトリーナになったふりをしていた。ときどきやるのだ。妹は冷静沈着にして有能で、だから誰も妹にけんかを売ろうなんて思わない。わたしの声は、われながら有能ではつらつとして聞こえた。

「田舎道ね」と彼はそれについて考えるように言った。「そしてなにを見るんだ？　木か？　それとも空か？」

「分かりませんけど。普段はどんなことをしてるんですか？」

「僕はなにも**しない**よ、ミス・クラーク。もはやなにもできないからね。僕は座っている。ただ存在している」

「でも」わたしは言った。「車椅子用の車があるって伺ってるんですけど？」

「だから、それを毎日使わないと動かなくなるんじゃないかと心配か？」

「いえ、でも――」

「君は僕に外出しろと命令しているのか？」

「ただわたし――」

「ただちょっとドライブすれば僕にとっていいだろうと思った？　新鮮な空気を吸ったりして？」

「わたし、ただ、あの――」

「ミス・クラーク、ストートフォールドの田舎道をドライブしても、僕の人生が顕著な改善を見ることはないよ」彼は顔をそむけた。

頭を肩のあいだに埋《うず》めるように沈みこませ、わたしは首が痛くないかしら、と思った。でも、それを訊くタイミングではない気がした。わたしたちは黙って座っていた。

「パソコンを持ってきましょうか？」

「おや、僕が参加できる四肢麻痺患者のサポートグループでも思いついたのか？　四肢麻痺友の会とか？　車椅子《テイン・ウイール》クラブとか？」

わたしは深呼吸をし、落ち着いた声を出そうと努力した。「分かりました……それじゃ……これからずっと一緒に過ごすことになるんですから、お互いについて少し知り合うのもいいんじゃ――」

彼の顔のなにかがわたしを口ごもらせた。彼はまっすぐに壁を見つめ、顎がぴくっとけいれんするようにひきつった。

「ただ……一緒にいるの、長時間でしょう？　一日じゅうですもの」わたしは続けた。「よかったら、なにをしたいとか、なにがお好きとか教えてくださったら、わたし……いろいろお好みに合わせられると思うんですけど」

今度の沈黙は痛いほどだった。自分の声がそれにゆっくりと飲みこまれていくのを聞きながら、手のやり場に困って途方に暮れた。トリーナと彼女のデキる女の態度はどこかに消えていた。

とうとう、車椅子がうなり、彼はゆっくりとわたしに顔を向けた。

「僕が君について知っていることはね、ミス・クラーク。母によれば君は口が達者だということだ」と彼はまるでそれが災厄であるかのように言った。「一つ取り決めしないか？　僕の近くではできるだけ口下手になってほしいんだが」

わたしはつばを飲みこみ、顔が真っ赤になるのを感じた。

「分かりました」口がきけるようになると、わたしは言った。「キッチンにいますから。ご用のときは呼んでください」

「もう辞めるなんてだめだからね」

わたしはティーンエージャーのころよくそうしていたように、ベッドに横向きに寝そべって、両脚を伸ばして壁にもたせかけていた。夕食のあとずっとここにいる。わたしにしては珍しいことだ。トーマスが生まれたあと、トーマスとトリーナが大きいほうの部屋に移り、わたしは物置部屋に移った。狭くて、三十分ここに座っていると閉所恐怖に襲われそうになる。

でもママやおじいちゃんと一緒に階下で座っている気分ではなかった。ママがこちらを心配そうに見ては、「そのうちうまくいくわよ」とか「どんな仕事も初日は嫌なものよ」とかばかり言うからだ。この二十年、仕事になんか就いたこともないくせに。そう言われると、自分が悪いことをしたような気がした。でも、わたしはまだなにもやっていないのに。

「辞めるなんて言ってないじゃん」

さっきトリーナがノックもしないで入ってきた。トリーナはいつもそうだ。そのくせわたしには、トーマスが寝ていたらいけないからそっとノックしてよ、といつも言う。

「もし裸だったらどうするのよ。ちょっと声くらいかけてよ」

「もっとコワいものも見たことあるもん。ママ、ルーが退職願出すんじゃないかって思ってるよ」

わたしは横向きのまま壁に沿って下に脚をすべらせると、起き上がって座った。

「でもひどいんだよ、トリーナ。思ってたよりももっと悪いの。あの人、みじめすぎる」

「動けないんだから、みじめに決まってるじゃん」

「そうじゃなくて。そのせいで根性が曲がっちゃって、性悪《しょうわる》なのよ。わたしがなんか言ったり、こうしましょうかって提案したりすると、馬鹿じゃないかみたいな顔してこっちを見るの。それとか、こっちが二歳児みたいな気がするようなこと言ったりして」

「たぶん、あんたがなんか馬鹿なことを言ったんだよ。ただお互いに慣れが必要なだけでしょ」

「絶対言ってないよ。すごい気をつかってるもん。『ドライブに行きたいですか？』とか『お茶はいかがですか？』以外ほとんどなにも言ってない」

「じゃあ、きっと、その人、はじめは誰とでもそんな感じなのよ。相手が長続きするか分かるまで。その家っていっぱい介護の人が来ては辞めてるんでしょ」

「同じ部屋にいるのも嫌みたいなんだよ。こんなの続けらんないよ、トリーナ。絶対無理。ほんと、あんただってあそこにいたら言ってる意味分かるから」

トリーナはなにも言わずにわたしのことをちょっと見ていた。彼女は起き上がると、踊り場に誰かいないか確かめるように、ドアの外を覗いた。

「わたしね、大学に戻ろうと思ってるんだ」と彼女はようやく言った。

この話の展開についていくのに、わたしの脳みそは数秒かかった。

「嘘でしょ」わたしは言った。「だって――」

「学費はローンで払うつもり。でもトーマスがいるから、なんていうか、特別な奨学金ももらえるの。それに大学は授業料を減免してくれるって言うし、つまり……」トリーナはちょっと照れくさそうに肩をすくめた。「わたしは有望な学生になると思われてるみたい。ビジネス学科で退学した人が出て、来学期のはじめから再入学できるんだって」

「トーマスは？」

「学内に保育所があるの。平日は大学の寮のフラットに住んで、週末はだいたいここに帰ってくることにする」

「ふうん」

トリーナがじっとわたしを観察している。どんな顔をしていいか分からなかった。

「わたしね、また脳みそを使いたくてしょうがないんだ。花ばかり相手にしてたら、いらいらしちゃって。学びたいの。もっと上を目指したいのよ。それに冷たい水で手が凍《こご》えるのももううんざり」

わたしたちはトリーナの手を見つめた。それはわが家の南国みたいな暖かさの中ですら、ピンク色を帯びていた。

「けど――」

「そういうこと。わたし、仕事辞めるから、ルー。ママにお金を入れられなくなる。それどころか……少し援助してもらわなくちゃならないかもしれない」これを言って、彼女はばつの悪い顔をした。目を上げてわたしを見たその表情は、申し訳なさそうと言ってもいいくらいだった。

階下ではママがテレビを観て笑っている。おじいちゃんに大きな声で話しかけるのが聞こえる。ママはよくおじいちゃんに番組の筋を説明するのだ。わたしたちはそんなことしなくていい、といつも言っているのだけれど。わたしは何も言えなかった。妹が言ったことの重大さがゆっくりと、しかし容赦なく迫ってきた。わたしの気分は、足首の周りでゆっくりとコンクリートが固まっていくのを見つめるマフィアの犠牲者そのものだった。

「どうしてもやらなくちゃいけないのよ、ルー。トーマスのために、わたしたち二人のために、もっといい生活を目指したいの。身を立てていくには大学に戻るしかないのよ。わたしにはあんたのパトリックみたいな人もいないからね。トーマスが生まれてからわたしにちょっとでも興味を持ってくれた人なんかいやしないんだもの。それ考えたら、一生わたしのパトリックは現れないかもしれない。だから自分でできるだけのことをしないと」

わたしが黙っていると、彼女は付け加えた。「自分と、トーマスのためにね」

わたしはうなずいた。

「ルー、分かってくれる？」

妹がそんな顔をしたのを見るのははじめてだった。そのせいで落ち着かなくてしかたがなかった。わたしは顔を上げ、笑みを浮かべた。やっと声が出ると、それは自分の声ではないように聞こえた。

「まあ、あんたの言うとおり、慣れの問題よね。はじめの何日かなんて、うまくいかないのがあたりまえだもん、でしょ？」

4

二週間が過ぎ、そのあいだに一日のパターンのようなものができてきた。毎朝、わたしは八時にグランタ・ハウスに着き、声をかけて出勤したことを知らせる。それから、ネイサンがウィルを着替えさせたあと、ウィルの薬について――それと、それよりもっと重要な、彼のご機嫌について――知っておくべきことを説明してくれるのに熱心に耳を傾ける。

ネイサンが帰ったあと、わたしはウィルのためにラジオかテレビの番組のチャンネルを合わせ、薬を飲ませる。ときには錠剤を小さな大理石製のすり鉢とすりこぎで砕くこともある。いつも十分かそこらで、ウィルはわたしがそこに存在するのは不快である、と表明する。そうするとわたしは狭い離れの家事をしてどうにか時間をつぶすのだ。汚れてもいないふきんを洗ったり、適当に掃除機のパーツを使って壁の幅木《はばき》や窓枠の狭いところを掃除したり。そしてトレイナー夫人の指示どおりに、十五分ごとに規則正しくドアからひょいと中を覗く。そうすると、たいてい彼は椅子に座って、寒々しい庭を眺めている。

しばらくたってから、たいていウィルに水を持っていく。それか、体重をつけさせるための、壁紙用の糊《のり》みたいに見えるパステルカラーの高カロリー飲料。なにか食べさせることもある。彼は両手を少し動かせるけれど、腕は動かせないから、フォークで一口ずつ食べさせてあげなくちゃならない。これが一日で一番嫌な時間だった。大の男の口に食べ物を運んで食べさせるのは、なにかが間違っているような気がした。それに気まずさのせいで、わたしはへまをし、まごまごする。ウィルはそれが大嫌いで、食事のあいだじゅう、わたしと目も合わせようとしなかった。

それから一時少し前にネイサンが来て、わたしは自分のコートをつかんで通りに散歩に出ていく。ときどきはお城の外のバス停の屋根の下でお弁当を食べることもあった。外は寒いし、そこにちょこんと座ってサンドウィッチを食べてる姿はわびしい眺めだったかもしれないけど、そんなの気にしなかった。あの家で一日じゅう過ごすなんてありえなかった。

午後は、映画のＤＶＤをかける。ウィルはＤＶＤクラブの会員になっていて、毎日新しい映画が郵便で届いた――でも、一度として一緒に観ようと声をかけてくれたためしはなかった。だから、わたしはいつもキッチンか予備の部屋に行って座っていた。そのうち本や雑誌を持ちこむようになったけど、ちゃんと仕事をしてないことが変に申し訳ない気がして、内容があまり頭に入ってこなかった。ときどき、一日の終わりに、トレイナー夫人が顔を出す――でも、「万事、問題ないかしら?」と訊く以外、ほとんどなにも言わなかった。その問いには「はい」としか答えようがない気がした。

彼女はウィルになにかほしいものはないか訊いたり、ときには翌日、これをやったらどう、と勧めることもあった。ちょっとした外出とか、誰か友達が彼に会いたがっているとか、そういうことだ。そして、ウィルは、露骨に失礼な態度ではないにしても、必ずと言っていいほどそっけない返事をした。彼女は悲しげな顔をして指であの細い金鎖をもてあそび、そしてまた姿を消した。

ウィルの父親は、恰幅《かっぷく》のいい、優しそうな人で、たいていわたしが家を出るころに帰ってきた。パナマ帽をかぶってクリケットを観ている人たちの中にいそうなタイプで、ロンドンのシティ地区での高給取りの仕事を退職してから、お城の管理の責任者をしているらしかった。きっとそれは、気のいい地主が、〝腕がなまらないように〟ときどきジャガイモを植えてみたりするようなものなのだろう。毎日、ぴったり夕方の五時に仕事を終えて、ウィルと一緒に座ってテレビを観る。帰りがけに、ニュースの話題について彼がなにか言っているのがたまに聞こえた。

そのはじめの数週間で、わたしはウィル・トレイナーを間近でよく観察することになった。彼は、以前の自分とはかけ離れた外見になろうと固く心に誓っているらしかった。明るい茶色の髪は伸び放題でぼさぼさ。無精髭が顎全体を覆っている。青灰色の目の周りには、疲労のせいか、それともいつも不快感が取れないためか、くまができていた（ネイサンによれば、ウィルは身体が楽なときが滅多にないらしい）。その目はうつろで、周囲の世界からいつも数歩、退《ひ》いているみたいだった。それは一種の防御メカニズムなのだろうか、とわたしはときどき考えた。この人が人生と折り合っていくには、人生は自分とは関係なく進んでいくものだというふりをするしかないのかもしれない、と。

彼を気の毒だと思いたかった。ほんとうに心からそう思いたかった。こんなに悲しい人に今まで会ったことがない、と窓の外を見つめる彼にちらりと目をやるたびに思った。そして日がたつにつれ、彼の置かれた状況が、単に車椅子に座ったまま身体の自由がきかないというだけではないことも分かってきた。彼は、屈辱と、さまざまな健康上の問題と、リスクと、不快な症状の終わりのないくりかえしの中に閉じこめられていた。もしわたしがウィルだったら、きっと、相当みじめな気分だろうとも思った。

でも、ああ、神様。ウィルは悪魔のようにひどい態度をとるのだ。なにを言っても、きつい言葉を返してきた。寒くないですか、と訊けば、もう一枚ブランケットがほしかったら、わたしに言うことくらいできる、と憎まれ口。掃除機がうるさくありませんか、と訊けば――映画の邪魔をしたくなかったから訊いたのに――へえ、音を出さずに掃除機をかける方法を発明したのか、と訊きかえす。食事をさせているときは、食べ物が熱すぎるとか冷たすぎるとか、前の一口を飲みこむ前に次の分を口元に運んできたとかと文句を言う。彼はわたしがなにを言ってもやっても全部ねじまげて、わたしを小馬鹿にするやり方を心得ていた。

そのはじめの二週間で、わたしは完全に無表情なままでいるのがだいぶうまくなり、ただ向きを変えて別の部屋に消え、できるだけ彼に話しかけないようにした。彼のことが嫌いになりはじめていた。彼もそのことに気づいていたと思う。

それまでも前の仕事が恋しかったけれど、そのときの気持ちはそれどころじゃきかないことに改めて気づいた。フランクさんに会いたかった。わたしが朝、出勤すると、彼がこちらを見て嬉しそうな顔をしてくれるのが懐かしかった。お客さんたちも、お客さんたちと一緒に過ごす時間も、自分の周りで穏やかな海の波のように高くなったり低くなったりする気のおけないおしゃべりも、恋しくてしかたがなかった。この家は、美しくてお金がかかっているかもしれないけれど、死体置き場みたいにしんと静まりかえっていた。耐えきれなくなると、**六か月**、とわたしはこっそりつぶやいた。**六か月**、と。

そして、ある木曜日のことだった。ちょうどウィルの十時のおやつの高カロリー飲料を混ぜていると、トレイナー夫人の声が廊下から聞こえてきた。ただ、その日は珍しくほかの誰かの声も混じっていた。わたしはフォークを持った手を止め、待った。女の人の声が聞きとれた。若くて気取った感じ。それから男の人の声。

トレイナー夫人がキッチンの戸口に現れたので、わたしはストローカップの中身をせっせとかき混ぜ、忙しいふりをした。

「それ、六対四で水と牛乳を混ぜてるのね？」彼女は飲み物を見ながら訊いた。

「はい。ストロベリー味のです」

「ウィルのお友達が会いにきてくださったの。悪いけど、もしできたら――」

「わたしはこちらに控えてますね、いろいろかたづけることがありますし」とわたしは言った。ほんとうのところ、一時間かそこらウィルの相手をしなくてすむのでかなりほっとしていた。わたしはストローカップの蓋《ふた》を回して戻した。「お客さまにお茶かコーヒーをお出ししましょうか？」

彼女はほとんどびっくりしたような顔をした。「そうね。そうしてくれるとありがたいわ。コーヒーね。わたし……」

　彼女はいつもよりもさらに神経をとがらせているように見え、視線を廊下のほうにさっと動かした。そっちから低いささやき声が聞こえた。ウィルを訪ねてくる人はたぶんあまりいないのだろう。

「わたし……あの人たちに任せることにするわ」彼女は外の廊下をじっと見つめた。なにかにすっかり気をとられているらしかった。「ルパートなの。ルパートが来たの。息子が職場で一緒だった昔のお友達」彼女は急にわたしを振りかえった。

これはどうやら重大なことで、トレイナー夫人は誰かに――たとえわたしにでも――打ち明けずにはいられないらしかった。

「それからアリシアも。二人は……少しのあいだ……とても親しくしてたのよ。コーヒーでけっこうよ。ありがとう、クラークさん」

　わたしは少しためらってからドアを開け、腰でそれを支えるようにして、両手でお盆のバランスをとった。

「奥様がコーヒーをお持ちするようにおっしゃいましたので」と部屋に入りながら言い、お盆をローテーブルに置いた。ウィルのストローカップを車椅子のホルダーに入れ、彼が頭を動かせば届くようにストローを回しながら、わたしは二人の来客を盗み見た。

まず目に留まったのは女性のほうだった。長い脚とブロンド、淡いキャラメル色の肌。こういう人を見ると、人間ってほんとうにみんな同じ種類の生き物なんだろうか、と思ってしまう。なんだか競走馬を人間にしたみたいだ。前にもこういう女性たちを見かけることはあった。彼女たちはたいてい、高級ブランドのボーデンの子供服を着た小さい子供の手を握って、坂道をはつらつとお城に登っていく。そしてうちのカフェに入ってくると、「ハリー、あなた、コーヒーがいい？　マキアートができるか訊いてみましょうか」と言う。その声ははっきりしていて、他人に遠慮などまったくない。間違いない。これはマキアート女だ。彼女のすべてが、お金と、特権と、高級雑誌のページから抜け出てきたような暮らしの匂いをまとっている。

さらに彼女をしげしげと見ながら、わたしははっと気がついた。（a）この人はウィルのスキーの写真の人であり、そして（b）ものすごく居心地悪そうにしている、ということに。

彼女はウィルの頬にキスし、気まずい笑顔を浮かべながら、そのままうしろに下がった。彼女は茶色のラムファーのジレを着ていた。わたしが着ると、雪男みたいになるやつ。それから淡いグレーのカシミアのスカーフを首に巻いている。彼女はそれをはずすべきかどうか決めかねるように、スカーフをいじりはじめた。

「元気そうね」と彼女はウィルに言った。「とっても元気そう。ちょっと……髪が伸びたわね」

ウィルはなにも言わなかった。彼はただ彼女を見ていて、その表情は相変わらず読めなかった。彼がそんなふうに見る相手がわたしだけではないことに、ちょっと嬉しくなった。

「新しい車椅子か?」男の人がウィルの椅子の背を軽く叩いた。最高級のスポーツカーに見とれるみたいに、顎にしわを寄せるようにしてうなずき、感心した顔をする。「なかなか……スマートじゃないか。実にその……ハイテクで」

わたしはどうすればいいか分からなかった。そこに突っ立って、一方の足からもう一方に体重を移していると、ウィルの声が沈黙を破った。

「ルイーザ、悪いが、ストーブにもう少し薪をくべてくれないか? ちょっと火をかき立ててやったほうがよさそうだ」

ウィルがわたしをクリスチャンネームで呼んだのはそれがはじめてだった。

「はい」わたしは言った。

わたしは薪ストーブに近寄り、火をかき立て、薪入れの中をより分けてちょうどいい大きさの薪を探した。

「ほんと、外は寒くて」と女性が言った。「ちゃんと燃えてる火っていいわね」

わたしは薪ストーブの蓋をあけ、火かき棒で燃えている薪を突っついた。

「こっちはロンドンよりゆうに二、三度は寒いわ」

「ああ、まったくだ」と男性が同意した。

「うちでも薪ストーブを入れようかと思ってるの。暖炉よりもずっと効率がいいんですって」

アリシアはストーブをよく見ようと少し身をかがめた。まるでこれまで薪ストーブを見たことがないみたいに。

「ああ、そうらしいね」と男性が言った。

「研究してみなくちゃ。そういうことってやろうと思っててもなかなかね……」彼女の語尾は消えた。「美味《おい》しいコーヒーだわ」ちょっと間をおいて、彼女は言い足した。

「それで――最近なにやってるんだ、ウィル？」男性の声にはわざとらしい明るさがあった。

「特になにも。意外か？」

「いや、理学療法とかそういうやつだよ。その、いろいろ回復してきてるのか？　少しは……よくなってきてるかい？」

「まだしばらくスキーはできそうもないな」そう答えたウィルの声は皮肉たっぷりだった。

わたしは思わず顔をほころばせかけた。これぞわたしの知っているウィルだ。ストーブの前の火床《ひどこ》の灰を掃きはじめる。みんなの視線を感じる。その沈黙は重かった。実はセーターからラベルが飛び出してたりして、と思ったけれど、確かめたくなる気持ちをおさえた。

「それで……」やっとウィルが口を開いた。「どういうわけでこうして君たちにご足労いただく栄誉にあずかれたのかな？　あれから……八か月ぶりか？」

「ええ、分かってるわ。ごめんなさい。その……すごく忙しかったのよ。チェルシーで新しい仕事が決まったの。サーシャ・ゴールドスタインのブティックの店長よ。サーシャを覚えてる？　週末もけっこう働かなくちゃいけなくて。土曜日がすごく混むのよ。休みを取るのがほんと大変」アリシアの声が弱々しくなった。「何度か電話はしたんだけど。お母様から聞いてる？」

「ルウィンズ社のオフィスもめちゃくちゃ忙しくてさ。想像つくだろ、ウィル。新しいパートナーが来たよ。ニューヨークからな。ベインズって奴。ダン・ベインズだ。会ったことあるか？」

「いや」

「とんでもない野郎でさ、本人が一日二十四時間働くのはいいとして、他人にも同じことを期待するんだ」話しやすい話題を見つけていかにもほっとしているのが声で分かる。「ほら、昔ながらのアメリカ野郎って頭ガチガチだろ――ランチも時間どおり、下ネタは禁止――。ウィル、真面目な話、会社の雰囲気はがらっと変わったよ」

「そうか」

「いや、ほんとさ。病気だろうがなんだろうが必ず出社すべしって、もう規則みたいになってる。俺なんか、椅子から一歩も動く気しないもんな」

部屋の空気が全部、一瞬にして吸いとられ、消えてしまったようだった。誰かが咳をした。わたしは立ち上がり、ジーンズで手を拭いた。「わたし……もう少し、薪を取ってきます」漠然とウィルのいる方向に向かってつぶやいた。

そしてバスケットを取り上げると、逃げ出した。

外は凍えるように寒かったが、薪を選びながらぐずぐずと時間稼ぎをした。凍傷になるほうが、あの部屋に戻るよりましかも、と思う。でもとにかくすごく寒くて、裁縫のときに必ず使う人差し指が一番に青くなってきたので、とうとう降参を認めるしかなくなった。せいいっぱい時間をかけて薪を運びながら、わたしは離れの中に入り、のろのろと廊下を戻っていった。居間に近づくと、女性の声が少し開いたドアから漏れてくるのが聞こえた。

「実はね、ウィル、わたしたちがここに来たのにはもう一つ理由があるのよ」彼女は言っていた。「ちょっとお知らせがあって」

わたしは薪を入れたバスケットを両手でしっかり握りしめ、ドアのところでためらった。

「わたし――いえ、わたしたち――あなたに知らせるべきだと思ったのよ……でも、その、つまり、ルパートとわたし、結婚するの」

わたしはじっと身をすくませたまま、物音を聞きつけられずに回れ右できるかと忙しく頭を働かせた。

彼女は弱々しく続けた。「ねえ、きっとあなたには少しショックよね。分かってるわ。わたしにだってかなりショックだったんだから。わたしたち――その、そういうことになったのって、ずっとあとになってからなのよ、あれから……」

腕が痛くなってきた。バスケットをちらっと見下ろし、どうすればいいか考えようとする。

「とにかく、あなたも分かってるでしょ、あなたとわたし……わたしたち……」

再び重苦しい沈黙。

「ウィル、お願いだからなにか言って」

「おめでとう」彼はようやく言った。

「考えてることは分かるわ。でもわたしたちのどちらもこういうふうになるつもりはぜんぜんなかったの。ほんとうよ。すごく長いあいだ、ただの友達だった。あなたのことを心配してる友達同士だったのよ。ただ、あなたの事故のあと、ルパートがとても支えになってくれて——」

「それはそれは」

「お願い、そんなふうに言うのやめて。もうほんと最低だわ。あなたに話すの、ものすごく怖かったのよ。二人とも」

「そのようだね」ウィルはにべもなく言った。

ルパートの声が割って入った。「なあ、俺たち二人ともおまえのことを気にかけてなきゃ、話しになんかこないよ。おまえが人づてに聞くようなことになってほしくなかったんだ。けどさ、分かるだろ。人生は続いていくんだ。分かるよな。なんたって、もう二年になるんだから」

沈黙があった。これ以上、聞いていたくない、とわれに返ったわたしは、バスケットの重さに小さくうなりながら、戸口からそっと離れはじめた。でも、ルパートの声がまた響いてきた。声がさっきよりも大きくなったので、まだ聞きとれてしまう。

「なあ、おまえにとって相当きついのは分かるよ……こういう全部がさ。けど、アリシアのことを少しでも大事に思うなら、彼女にいい人生を送らせてやりたいと願うべきだろ」

「なにか言って、ウィル。お願い」

彼の顔が目に浮かんだ。無表情で、同時にかすかな嘲《あざけ》りを感じさせる、あの顔つきが見えるようだ。

「おめでとう」彼はやっと言った。「二人ともさぞかし幸せになるだろう」

アリシアが抗議の声を上げはじめた――なにを言っているかは聞きとれなかった――それをルパートが止めた。「よせよ、アリシア。もう失礼しよう。ウィル、俺たちはおまえに祝福してもらおうと思って来たわけじゃない。礼儀を通そうと思ったんだ。アリシアは――いや俺たち二人とも――おまえは知っておくべきだと思ったんだよ。すまなかった。俺……おまえにとって万事いい方向に向かうことを心から祈ってるよ。いろいろ……その……いろいろ落ち着いたら、また顔を見たいと思ってくれたら嬉しいよ」

わたしは足音を聞くと、薪のバスケットの上にかがみこんで、今、外から入ってきたようなそぶりをした。二人が廊下に出てきた音がし、目を上げるとそこにアリシアが立っていた。目の縁が赤く染まり、今にも泣きだしそうだ。

「お手洗い、お借りしていい？」彼女は言った。その声は喉がつまったようで聞きとりにくかった。

わたしはゆっくりと指を上げて、無言でバスルームの方向を指さした。

そのとき彼女がぐっとにらんだので、思っていることが顔に出ていたらしいことにわたしは気がついた。感情を隠すのはあまり得意なほうではないのだ。

「あなたがなに考えてるか、分かってるわ」彼女は、一呼吸おいて言った。「でもわたしだって努力したのよ。ほんとうに努力したの。何か月も。でも、あの人、わたしを突き放したの」彼女の顎は硬くこわばり、表情は見当違いな怒りに燃えていた。「あの人、わたしにここにいてもらいたくないって、はっきりそう言ったんだから」

彼女はわたしがなにか言うのを待っているみたいだった。

「わたしには関係ありませんから」わたしはやっとのことで言った。

わたしたちは顔を見合わせながら立っていた。

「あのね、相手が助けてほしいと思っていなかったら、助けるのはほんと言って無理なのよ」彼女は言った。

そして行ってしまった。

わたしは少しのあいだそこで二人の車が私道を遠ざかっていく音に耳をすませ、それからキッチンに入っていった。そこに立って、お茶を飲みたいわけでもないのに湯沸かしポットのスイッチを入れた。もう読み終わった雑誌のページをめくる。ようやくわたしは廊下に戻り、うんうん言いながら薪のバスケットを持ち上げた。部屋に入ろうとしているのがウィルに分かるように、入る前にバスケットをドアに軽くぶつけ、居間に運びいれた。

「思ったんですけど、もしかして――」わたしは言いかけた。

でもそこには誰もいなかった。

居間はからっぽだった。

そのときだった。なにかが割れる音がした。廊下に走り出ると、ちょうどまた物が割れる音が聞こえ、ガラスが砕け散る音が続いた。ウィルの寝室からだった。**どうしよう。どうか彼が怪我をしていませんように。**わたしはパニックになった——トレイナー夫人の警告が頭に響いてくる。わたしはウィルを十五分以上、一人にしてしまったのだ。

わたしは廊下を走り、すべって急ブレーキをかけるように戸口で止まり、両手でドアの枠を握りしめた。ウィルは部屋の中央にいて、車椅子にまっすぐに座り、両方の肘掛けにわたすように杖《つえ》をのせていた。杖が左側に十八インチくらいはみ出している。まるで槍《やり》のように。長い棚の上に残っている写真は一枚もなかった。高価なフォトフレームが粉々になって床に散乱し、カーペットにキラキラするガラスの破片が刺さっている。彼の膝にはガラスの細かい破片と木製のフレームの屑《くず》が塵《ちり》のように降りかかっていた。めちゃくちゃになった現場を見てとり、彼が怪我をしていないことが分かると、わたしはゆっくりと心臓の鼓動が収まっていくのを感じた。なにをしたにせよ、相当、力を振り絞ったらしく、ウィルは荒い息をついていた。

彼は車椅子の向きを変え、ガラスが踏みしだかれる音がした。彼の目がわたしの目と合った。その目はとてつもなく疲れていた。それは、同情などしてみろ、ただじゃおかないぞ、と言っていた。

わたしは彼の膝を見下ろし、それから彼の周囲の床に視線を移した。彼とアリシアの写真がちょうど目に入った。彼女の顔は、ほかの犠牲者たちのあいだに挟まれ、ひしゃげた銀のフレームに隠れていた。

わたしは深呼吸して、それを見つめ、ゆっくりと目を上げて彼の目を見た。それはそれまでの人生で一番長く感じた数秒間だった。

「それってパンクするもの？」ようやく、わたしは彼の車椅子のほうに向かって顎をしゃくり、言った。「ジャッキをセットするったってするとこないでしょ、それ？」

彼の目が見開かれた。一瞬、しまった、と思ったけれど、彼の顔を、ほんのかすかな微笑がよぎった。

「あの、じっとしててくださいね」わたしは言った。「掃除機を取ってきます」

杖が床に落ちる音がした。部屋を出るとき、わたしは彼がすまない、と言うのを聞いたような気がした。

《キングズ・ヘッド》は木曜の晩はいつも混んでいるけれど、個室のその隅っこはさらにぎゅうぎゅう詰めだった。わたしはパトリックと、ラッターとかいう男のあいだに押しつぶされるように座り、頭上のオーク材の梁《はり》に打ちつけられている真鍮《しんちゅう》製の馬具飾りと、柱のところどころに貼ってあるお城の写真を時折、交互に見つめながら、周囲の会話にぼんやりとでも興味があるふりをしようと努力していた。会話は主に、体脂肪率と炭水化物の摂取量を中心として展開されているらしかった。

前から常々、思っていることだけど、二週間ごとのストートフォールド・トライアスロン・テラーズのミーティングは、パブの主人にとって悪夢の中の悪夢に違いない。アルコールを飲むのはわたしだけ。わたしが食べた空っぽのポテトチップスの袋がくしゃくしゃに丸められて、テーブルにぽつんとのっている。ほかの全員がミネラルウォーターをするか、ダイエット・コークの甘味料が何パーセントかチェックしている。やっとフードを注文するかと思えば、サラダにはカロリーオフじゃないドレッシングがついた葉っぱ一枚、皮のついた鶏肉の一切れも許されない。みんながほしくないふりをするのを眺めたいばっかりに、わたしはときどきチップスを注文する。

「フィルは四十マイルあたりでバテたって。マジ幻聴が聞こえてきたって言ってた。足は鉛《なまり》みたいになるし。ゾンビみたいな顔してさ」

「俺、あの新しい日本製のバランス・シューズを何足か試してみたよ。十マイルの自己記録が十五分も縮まったぜ」

「バイク・バッグはソフトタイプはだめだね。ナイジェルの奴、トライアスロンのキャンプに着いたらコートハンガーみたいなかっこになってたぞ」

トライアスロン・テラーズの集まりは楽しいとは言えないけれど、わたしの働く時間が長くなったのと、パトリックのトレーニング・スケジュールのおかげで、確実に彼に会える数少ないチャンスの一つではあった。彼はわたしの隣に座り、外は凍えるように寒いのに、筋肉もりもりの太腿を短パンから突き出している。できるだけ服を着ないことが、クラブのメンバーのあいだの名誉の印なのだ。男たちは細マッチョで、究極の〝汗とり〟機能を誇るどこかの高価なスポーツウェアとか、空気よりも軽量だとかのボディウェイトをこれ見よがしに身につけている。スカッドとかトリグとかいう呼び名の二人の男たちが、お互いに身体のあちこちを曲げては、傷や筋肉が増えたらしいところを自慢し合いっこしていた。女の子たちはノーメイクで、真っ赤なほっぺから察するに、氷のように冷たい寒風の吹きすさぶ中を何マイルもジョギングするのなんてへっちゃららしい。彼女たちがわたしを見る視線にはそこはかとない嫌悪感が——それとも、理解不能ってことかもしれないけれど——こもっていた。わたしの体脂肪率を見積もり、改善の余地ありだと思っているに違いない。

「ひどいよね」わたしはパトリックに言いながら、みんなに殺されそうな恐ろしい目でにらまれずに、チーズケーキを注文できるかしら、と考えていた。「だって彼女と、親友だよ」

「そりゃしょうがないよ」と彼は言った。「ルーが言ってるのは、俺が首から下が麻痺してても、ずっとそばにいてくれるってこと?」

「あたりまえでしょ」

「いや、それはないね。それに俺だってそんなこと期待してない」

「一緒にいるもん」

「でも、そうしてほしくないよ。お情けで誰かに一緒にいてもらいたくなんかない」

「お情けだなんて誰が言った?　そうなったって中身は同じ人じゃん」

「違うね。そうじゃない。同じ人間なんかじゃぜんぜんないよ」彼は鼻にしわを寄せた。「俺なら生きていたくなくなるな。なにもかも人に頼らなきゃならないんだぜ。他人にケツを拭いてもらって――」

頭を剃りあげた男がわたしたちのあいだに顔を突っこんだ。「パット、新しいゼリー飲料、飲んでみたか？　先週、バックパックの中で爆発しちゃってさ。あんなのはじめてだよ」

「飲んでないよ、トリグ。俺はバナナとルコゼードで十分だ」

「ダザーのやつ、ノースマン・エクストリーム・トライアスロンに出たとき、ダイエット・コーク飲んで海抜三千フィートで全部吐いちまったの。ありゃ笑ったな」

わたしはあいまいな笑みを浮かべた。

スキンヘッド男がいなくなると、パトリックはまたこっちを向いた。まだウィルの運命について考えていたらしい。「たまんないよ。あれもできない、これもできないって考えたら……」彼は首を振った。「もう走れもしないし、自転車にも乗れない」まるで今、そんな身の上になったみたいな顔で、わたしを見る。「**セックス**もだぜ」

「もちろんできるよ。女の人が上にならなくちゃいけないけど」

「俺たちだと大変だな」

「うるさいわね」

「それに、首から下が麻痺してたら、たぶんさ……その……道具もちゃんと役に立たないんじゃないの」

わたしはアリシアのことを考えた。**でもわたしだって努力したのよ。ほんとうに努力したの。何か月も。**

「大丈夫な人もいるはずよ。とにかく、こういうことは、想像力を働かせれば方法はあると思う」

「方法ね」パトリックは水を一口飲んだ。「明日、奴に訊いてみろよ。なあ、ルーはそいつ、すごく嫌な奴だって言ってただろ。事故の前から嫌な奴だったかもしれないぜ。彼女がそいつを振ったのはそのせいかもしれない。それは考えた？」

「どうかなあ……」わたしは写真のことを考えた。「二人、ほんとに幸せそうに見えたけど」でも、写真なんてなんの証拠にもならない。うちに額入りの写真があって、わたしがパトリックに向けてる笑顔は、火事で燃えてる家から今まさに救い出してもらった瞬間みたいに見えるけど、実際にはわたしが「あんたなんかサイテー」と言い、彼が「なんだよ、うっせえな」とわめきかえしたところだったんだから。

パトリックは興味をなくしていた。「おい、ジム……ジム、あの新しい軽量バイク、見てみた？　よかったか？」

わたしは彼が話題を変えるのにかまわず、アリシアが言ったことを考えていた。ウィルが彼女を突き放すのは簡単に想像がつく。でも、もし誰かを愛してたら、その人のそばにいるのが務めなんじゃない？　辛い時期を乗りこえる支えになるべきよね？　病めるときも健《すこ》やかなるときも、とか言うでしょ？

「お代わりは？」

「ウォッカ・トニック。じゃない、スリムライン・トニック」パトリックが片方の眉を上げるのを見て、言い直した。

パトリックは肩をすくめるとカウンターに向かった。

わたしは自分の雇い主のことをあんなふうに話題にしたことに、少し罪悪感を覚えはじめていた。あの人はずっと耐え忍んできたんだ、と改めて気がつくと、なおさら申し訳なくなった。彼の生活のよりプライベートな部分について想像をめぐらせないではいられなかった。

わたしはすっかり気をとられていた。みんなはスペインへの週末トレーニング旅行のことを話していた。片耳だけで適当に聞いていたわたしは、隣に戻ってきたパトリックに小突かれて、われにかえった。

「どう？」

「なにが？」

「スペインでの週末だよ。ギリシャ旅行の代わりにさ。四十マイルの自転車ツーリングが嫌だって言うんなら、ルーはプールサイドでのんびりしてりゃいい。飛行機の格安チケットとってさ。六週間後だ。君も金回りよくなってきたし……」

わたしはトレイナー夫人のことを考えた。「そうねえ……でも、まだ仕事はじめたばかりなのに休みをとるの、あんまり歓迎されない気がする」

「じゃ、俺は行ってもいい？　本気で高地トレーニングやっときたいんだよ。例のやつ、やってやろうと思ってさ」

「例のやつって？」

「トライアスロンだよ。エクストリーム・バイキング。自転車が六十マイル、マラソンが三十マイル、氷点下の北海での素敵な遠泳」

　どこか遠くの血みどろの戦いから戻った兵士のようにさっきまで互いの傷を競い合っていた男たちが、バイキング・トライアスロンについて畏怖《いふ》の念をこめて話している。パトリックはわくわくして舌なめずりしそうだった。わたしは自分の恋人を見ながら、この人はもしかしてエイリアンじゃないだろうか、と考えていた。彼が電話セールスの仕事をしていて、ガソリンスタンドに停まるたびにマーズ・チョコバーを買いこまずにはいられなかったころのほうがよかったな、とふと思う。

「やるんだ？」

「当然。今、コンディションも最高だしな」

　ああまたトレーニングにつぐトレーニング――それに体重と距離、コンディションと持久力についての会話が果てしなく続くのだ。今だって、せいぜいパトリックの関心をこちらに向けさせられればラッキー、というところなのに。

「ルーもいっしょにやろうぜ」なんて言う。絶対ありえないと思っているくせに。二人のどちらもそんなこと分かりきっている。

「それはあなたに任せとく」わたしは言った。「いいんじゃない。がんばって」

　そしてチーズケーキを注文した。

もしわたしが前日の出来事でグランタ・ハウスに雪解けが訪れるだろうと思っていたとしたら、それはとんだ見込みちがいだった。

満面の笑みを浮かべ、元気のいい挨拶《あいさつ》でウィルに声をかけたものの、彼は窓から振りかえることすらしなかった。

「今日は調子のいい日じゃなくてね」ネイサンが、コートの袖に腕を通しながら帰りがけにささやいた。

陰気な、雲が低くたれこめた朝で、雨粒が意地悪く窓に当たり、また太陽が顔を出すなんて想像するのも難しかった。わたしだってこんな日はどんよりした気分になる。ウィルがさらに陰気になるのはぜんぜん不思議じゃない。わたしは朝の家事にとりかかり、そのあいだじゅう、別にたいしたことないじゃないの、と自分に言い聞かせていた。雇い主を好きになる必要なんかないもの、でしょ？　雇い主を好きじゃない人なんてたくさんいる。わたしはトリーナの雇い主のことを考えた。険しい顔つきの、連続離婚魔の女性だ。妹が何回トイレに行ったかを観察していて、正常な膀胱活動の範囲を超えていると判断すると、それについて棘《とげ》のある嫌みを言う。そうそう、それに、もうここで働きはじめて二週間だ。ということは、あとたったの五か月と十三日がんばればいいんだもの。

フォトフレームは一番下の引き出しの中に注意深く積み重ねられている。前日、そこに入れておいたのだ。そして今、わたしはしゃがんで、写真を床に並べて整理しながら、修理できそうなフレームを見定めていた。わたしは物を修理するのがわりと得意なのだ。それに、時間をつぶすのにちょうどぴったりだし。

十分ほど作業をしていると、車椅子のモーターの静かな作動音がして、わたしはウィルが来たことに気づいた。

彼は戸口に座って、わたしを見ていた。目の下に濃いくまができている。ネイサンが、ウィルはたまにほとんど眠れないこともあると言っていた。それがどんな感じなのかわたしは想像したくなかった。ベッドに囚《とら》われたまま、そこから出ることもできず、夜中じゅうずっと、ただ暗いもの思いだけを抱えて横たわっているなんて。

「直せそうなのがないか、見てみようと思ったんです」とわたしは一つを取り上げて言った。それは彼がバンジージャンプをしている写真だった。わたしは朗《ほが》らかな表情をしてみせようとした。**息子には誰か明るい、前向きな人が必要なの。**

「なぜ？」

わたしはまばたきした。「なぜって……まだ使えるのもあるんじゃないかと思って。接着剤を持ってきたんで、もしよかったら直してみます。それとも、新品がいいなら、お昼休みに町まで行ってちょっと見てきてもいいですし。そうだ、一緒に行きません？　気が向いたら外出するのも……」

「誰がそれを直せと言った？」

彼の視線は微動だにしなかった。

ヤバい、とわたしは思った。「わたし……ただお役に立てるかなって」

「君は、僕が昨日やったことを正そうというわけか」

「わたし――」

「いいか、ルイーザ。一度でいいから――僕が望んでいることに関心を払ってもらえるとありがたい。僕がその写真立てを壊したのは、事故じゃない。前衛的なインテリア・デザインを試してみたかったからでもない。実を言うとね、僕はそれを見たくないから壊したんだ」

わたしは立ち上がった。「すみません。それは考えなくて――」

「君が考えたのは、自分が一番よく分かっているってことだ。みんな、僕がなにを必要としてるか知っていると思ってる。**写真をもとどおりにしましょうね。哀れな病人になにか見るものを与えなくっちゃ、**か。僕はね、毎度ベッドにじっとしたまま、そのいまいましい写真がこっちを向いてるのが我慢ならないんだよ、誰かが来て僕をまたベッドから出してくれるまでね。分かるか？　君にそれが理解できるか？」

わたしはつばを飲みこんだ。「アリシアさんのは直すつもりはありませんでした――わたし、そこまで馬鹿じゃないです……ただ、時間がたったらあなたも気分が変わるかと――」

「ああ、まったく……」彼は顔をそむけた。その声はとげとげしかった。「心理療法なんぞまっぴらだ。あっちに行って、ゴシップ雑誌でもなんでも読んでろよ。お茶を淹れてないときはいつもそうしてるんだろう」

わたしは頰が燃えるように熱くなった。彼が狭い廊下で車椅子を操作しているところを見ながら、思わず言葉が飛び出していた。

「そんなクソ野郎みたいな態度とらなくたっていいじゃない」

その言葉がしんとした空気の中に鳴り響いた。

車椅子が止まった。長い沈黙があり、それから彼は車椅子をバックさせてゆっくりと向きを変え、わたしに面と向かった。彼の手は例の小さなジョイスティックにかかっている。

「なんだと？」

わたしは彼と向き合った。心臓がどきどきしている。「あなたのお友達はひどい目にあわされたけど、それはいいわよ。きっとそれだけのことをしたんでしょう。でもね、わたしはただここに来る日も来る日も通ってきて、せいいっぱいちゃんと仕事しようとがんばってるだけなの。だからね、悪いけどわたしの毎日までほかの人たちのみたいにみじめにしないでくれる？」

ウィルの目が少し見開かれた。一拍おいて、彼は口を開いた。「それじゃ、もしもう君はいらないと言ったら？」

「わたしの雇い主はあなたじゃありません。わたしはあなたのお母さんに雇われてるの。だからお母さんがもう来なくていいと言うまでは、出ていきません。でも、あなたのことが心配だからとか、このくだらない仕事が好きだからとか、あなたの人生をどうにか変えてやりたいとか、そういうんじゃありませんから。わたしはお金がいるの。分かる？　わたしはどうしてもお金がいるのよ」

ウィル・トレイナーの表情はあまり変わらなかったけれど、わたしはそこに驚愕の色を見た気がした。まるで誰かに歯向かわれることに慣れていないみたいに。

ああ、やっちゃった、とわたしは思った。自分がたった今やったことの実感が湧いてくる。

今度こそもうおしまいだ。

でも、ウィルはただちょっとのあいだわたしを見つめ、わたしが目をそらさないでいると、憎まれ口をたたこうとするときみたいに小さく息を吐いた。

「なるほどな」彼は言った。そして車椅子の向きを変えた。「とにかく写真は一番下の引き出しにしまっておいてくれ。全部」

そして低いブーンという音と共に、行ってしまった。

5

とつぜん、まったく新しい生活に放りこまれると——というか、少なくとも、誰かの生活に密着させられて、まるでその人の家の窓にぺったり顔を押しつけているのと変わらないような事態になると——自分がどういう人間なのかについてこれまでの見方を考え直さずにはいられなくなる。あるいは、自分が他人にどう見られるか、ということについて。

両親にとって、わたしはわずか四週間のうちに、前よりほんの少し興味深い存在になった。わたしは今や、別世界につながるパイプだった。特にママは、グランタ・ハウスとその家庭における習慣について、未知の新種の生物とその生息地について科学調査を行う動物学者よろしく質問を浴びせかけてきた。「トレイナー夫人は食事のたびにリネンのナプキンを使うのかい?」とか「うちみたいに、あちらでは毎日掃除機をかけるのかしらね?」とか「ジャガイモはどんなふうにお料理してる?」とか。

毎朝、グランタ・ハウスで使っているトイレットペーパーのブランドはなにか、それからシーツは綿とポリエステルの混紡かどうか確かめるようにという厳命とともにわたしは送り出される。でも、たいていはなにも思い出せなくて、ママは心底がっかりする。わたしが六歳のころ、お上品なしゃべり方をするクラスメートがいて、そのお母さんに、「埃《ほこり》が舞い上がるから」と居間で遊ばせてもらえなかった話をしてからというもの、ママは上流階級の人たちは豚のような暮らしをしているものとひそかに決めこんでいるのだ。

わたしが家に帰って、うん、そうそう、犬はキッチンで餌《えさ》を食べていいことになってるよ、とか、ううん、トレイナー家ではママみたいに毎日、玄関の階段をブラシでこすってないよ、と報告すると、ママは口を引き結び、横目でパパをちらっと見て、無言のまま満足げにうなずく。わたしのおかげで、これまで疑っていた、上流階級のだらしない生活ぶりの確証が得られたというように。

二人がわたしの収入に頼っていること、それとも、わたしがこの仕事をほんとうはやりたくないのを知っていることもあるかもしれないけれど、わたしは家で少しだけ前より大事にされるようになった。ただ、実際のところたいした変化ではない――パパが、わたしを〝デカケツ〟と呼ばなくなったこと、家に帰るとたいてい、ママがマグカップにお茶を注いでくれることくらい。

パトリックと、それから妹にとっては、わたしは前と変わりなかった――相変わらずからかいのタネで、ハグしたりキスしたりけんかしたりする相手だ。わたしもなんの変化も感じなかった。外見も今までどおり、トリーナに言わせると、チャリティショップでレスリングの試合をしてきたみたいな服を着ている。

グランタ・ハウスの住人のほとんどがわたしのことをどう思っているのかは見当もつかな

かった。ウィルはなにを考えているか分からない。ネイサンにとっては、わたしはたぶんこれまで雇われてきた長いヘルパーの行列の一番新しい一人、というだけだろう。彼は普通に愛想はいいけれど、なんとなくよそよそしかった。わたしがあまり長く続くとは思っていない感じ。トレイナー氏は、廊下ですれちがうと礼儀正しくうなずいてみせて、道路は混んでいなかったかとか、この家に慣れたかとか、ときたま尋ねてくる。でも、もし別の場所で引き合わされたら、トレイナー氏はわたしが分からないんじゃないかという気がした。

でも、トレイナー夫人には——残念ながら——トレイナー夫人には、わたしはこの地球上で一番馬鹿で一番無責任な人間に見えているらしかった。

そもそもはあのフォトフレームが発端だった。あの家でトレイナー夫人の目から逃れるものはなにもない。そしてわたしもフレーム叩き割り事件が重大事件に数えられることに気づけばよかったのだ。夫人は、正確に何分間、ウィルを一人にしておいたのか、なにがきっかけだったのか、破片をかたづけるのにどれくらいかかったか、わたしを尋問した。はっきり叱られたわけじゃない——トレイナー夫人はお上品すぎて、大きな声を出すこともしないから。でも、わたしが答えるたびにゆっくりとまばたきする様子や、わたしの話の合間に挟む、そう……そう……、という相槌《あいづち》で、すべてが伝わってきた。ネイサンが、夫人は治安判事なんだよ、と教えてくれたとき、ああやっぱり、と思ったものだ。

そう……次はウィルをそんなに長く一人にしておかないほうがいいわね、いくら気まずいことがあっても。そう……次にはたきをかけるときは、間違って床に落ちたりしないように、ものは端から離しておいたほうがいいわね（彼女はあれを事故だと思いたいらしかった）。夫人のおかげでわたしはマヌケ大王に変身した気分になり、その結果、夫人が現れるとマヌケ大王に変身した。彼女が来たときにかぎって、わたしはものを床に落とし、コンロのスイッチをうまく使えなくなった。そして外から薪を集めて入ってくれば、夫人が軽くいらだった顔つきで廊下に立っている。ほんとはそんなに長くいなかったわけでもないのに。

変な話、彼女の態度はウィルの無礼な振る舞いよりももっとしゃくにさわった。なにか問題でもあるんですか、と何度か正面切って訊いてやろうかという誘惑にかられさえした。わたしを雇ったのは、わたしの職業的技能のためじゃなくて人柄が気に入ったからだっておっしゃったじゃないですか、と言ってやりたかった。だから、ほらこのとおり、毎日、にこにこ明るくしてますよ。お望みどおり、元気よくね。なのになにが気に入らないんです？

でも、カミラ・トレイナー夫人はそんな口のきけるような相手ではなかった。それに、あの家では誰も他人に率直にものを言うということがないらしいし。

「前にいたリリーはなかなか賢かったの。いつもそのお鍋で二種類の野菜を一度にゆでていたのよ」というのは**あなたは散らかしすぎよ**という意味。

「お茶を飲みたいんじゃない、ウィル？」というのは、**あなたになんて言っていいか分からないわ**という意味。

「かたづけなくちゃいけない書類が少しあって」は、**そんな失礼な態度をとるなら部屋を出ていきますからね。**

そういう言葉を口にするたびに、彼女の顔にはあのどこか傷ついたような表情が浮かび、細い指が十字架を通した鎖の上を行き来する。夫人はあまりにも感情を出さず、自分をおさえこんでいた。その姿を見ていると、うちのママが歌手のエイミー・ワインハウスに見えてくるほどだ。わたしは礼儀正しく微笑んで、気づかなかったふりをし、お給料分の仕事をした。

というか、少なくともその努力をした。

「なんでフォークにニンジンをこっそりのせようとするんだ?」

わたしは皿を見下ろした。テレビの女性司会者を見ていて、もしあの色に染めたら自分の髪はどんなふうになるかな、と考えていたところだった。

「え?　そんなことしてませんけど」

「したね。ニンジンをつぶしてグレイヴィーの中に紛れこませようとしただろう。見てたぞ」

わたしは赤くなった。ばれたか。二人でぼんやりとお昼のニュースを観ながら、わたしはウィルに食事をさせていた。メニューはローストビーフのマッシュポテト添え。その日、ウィルは、野菜は食べたくないと宣言していたのにもかかわらず、彼の母親はわたしにお皿に三種類の野菜をのせるように命じていた。わたしが用意するように言われている食事で、徹底的に栄養バランスがとれていないことなんて一度もない。

「どうして僕にこっそりニンジンを食わせようとするんだ?」

「してませんってば」

「じゃあそこにニンジンはのってないんだな？」

ちっちゃいオレンジ色のかけらにちらっと目をやる。「ええと……まあ……」

彼は眉を上げて待ちかまえている。

「その……たぶん、野菜は身体にいいんじゃないかな、と」

それは、半分はトレイナー夫人の命令に従ったのと、半分は習慣のせいだった。しょっちゅうトーマスに食べさせるので癖になっているのだ。トーマスときたら野菜をつぶしてペーストにし、マッシュポテトの山の下に隠すとか、パスタのあいだにひそませないと食べてくれない。ほんのちょっぴりずつトーマスが食べてくれるたびに、ちょっと勝った気分になる。

「はっきりさせよう。君はティースプーン一杯分のニンジンが僕の生活の質を向上させると考えているのか？」

そんなふうに言うのはほんとに馬鹿みたいだ。でも、ウィルがしたり言ったりすることに動じないのが肝心だということをわたしは学んでいた。

「分かりました」わたしは落ち着いて言った。「二度とやりません」

そしてそのとき、だしぬけに、ウィル・トレイナーは笑いだした。ぷっとふきだして。まったく不意打ちのように。

「やれやれ」彼は首を振った。

わたしは彼を見つめた。

「いったいほかになにを僕の食べ物に忍びこませた？　そのうち、さあお口のトンネルを開けましょうね、ほら、汽車ぽっぽくんがつぶした芽キャベツを乗っけて、真っ赤なお隣の駅に運んでいきますよ、とか言いだすんじゃないだろうな」

わたしはちょっと考え、「いいえ」と真面目な顔で答えた。「わたしはミスター・フォークとしかお付き合いがないんです。ミスター・フォークは汽車じゃありません」

トーマスが何か月か前に、このとおりのことを断言していた。

「母がそうしろと言ったのか？」

「違います。ごめんなさい、ウィル。わたし……ちょっとぼうっとしてたの」

「珍しくもないけどな」

「はいはい、分かりました。そんなにニンジンに頭にくるなら、ほら取ってあげますから」

「頭にくるのはニンジンにじゃない。ナイフとフォークをミスター・アンド・ミセス・フォークと呼ぶネジのゆるんだ女が僕にニンジンを盛るからだ」

「それは冗談ですって。ほら、ニンジンを取りますよ――」

彼はそっぽを向いた。「もういらない。お茶を淹れてくれ」そしてわたしが部屋を出ようとするうしろから声をかけた。「ズッキーニを混ぜたりするなよ」

ちょうどお皿を洗い終わったときにネイサンが入ってきた。「ウィルはご機嫌だね」彼は言い、わたしはマグカップを手渡した。

「そう？」わたしはキッチンでサンドウィッチを食べながら言った。外は身を切るように寒かったし、このごろ、なんとなくこの家もそんなにいたたまれない感じがしなくなっていた。

「君に毒を盛られそうだって言ってるよ。でもその言い方が——分かるだろ——いい感じでさ」

　これを聞いて、わたしは妙に嬉しくなった。

「うん……まあ……」それを顔に出さないようにしながら言った。「そのうち盛ろうかな」

「それに少ししゃべるようになった。何週間もほとんど一言も口をきかなかったのに、ここ二、三日は、間違いなく話をする気になってる」

　そういえば、このあいだ口笛を吹くのをやめなきゃ、車椅子でひき殺してやるって言われたっけ。「あの人の考えてるおしゃべりとわたしのはなんか違う気がするけど」

「でも、俺ら、ちょっとクリケットの話をしたよ。あとさ、言っといたほうがいいと思うんだけど——」ネイサンは声をひそめた。「——ミセス・Tが一週間かそこら前に、君がちゃんとやってると思うかって訊いてきたんだ。とても真面目にやってると思うって言っといたけど、俺のにらんだとおり、訊きたかったのはそういうことじゃなかったみたいでさ。昨日また来て、君たちが笑ってるのを聞いたって言うんだよ」

　わたしは前の晩のことを思いかえした。「ウィルがわたしを**笑いもの**にしたんだけどね」わたしがジェノベーゼ・ソースも知らないと言って、ウィルが大笑いしたのだ。夕食は「緑色のタレのかかったパスタです」って言ったんだっけ。

「ああ、そんなのいいんだよ。とにかくウィルがなにかで笑うのは久しぶりなんだ」

たしかにそうだった。ウィルとわたしは、お互いに一緒にいやすくする方法を編みだしていたと思う。それは主にウィルがわたしに失礼な態度をとり、わたしがときどき失礼のお返しをするというふうに展開する。わたしがなにかをするのが下手だ、と彼が言ったら、そんなにそれが問題なら丁寧《ていねい》に頼んだらどうなんですか、とわたしがやりかえす。彼はののしり言葉を吐くか、むかつく奴だ、と言う。わたしは、それならそのむかつく奴なしで、どれだけやっていけるか試してみたら、と応じる。ちょっとわざとらしさはあったけど、わたしたちにはこれが合っているみたいだった。ときどき、それが彼の息抜きになっているように見えるときさえあった。つまり、自分に無礼な口をきいたり、言いかえしたり、彼の態度が悪いと言ったりするのにためらわない人間がいる、ということが。事故からこっち、誰もかれもが腫《は》れものに触るように彼に接してきたのだろう——ネイサンはたぶん違うけど。ネイサンにたいしては、ウィルは無意識に敬意を払っているらしかった。それに、ネイサンはウィルがきついことを言ってもびくともしなさそうだし。人間装甲車みたいだもの。

「とにかく、もっと奴のジョークのタネになってやってくれよ、いいね?」

わたしはマグカップをシンクに置いた。「そんなのぜんぜん、余裕よ」

家の中の雰囲気が変わったこと以外で、もう一つの大きな変化は、ウィルが前ほどわたしに向こうに行ってろ、と言わなくなったことだ。それどころか、午後、ここで一緒に映画を観ないか、と訊いてきたことが二度ほどあった。『ターミネーター』だったらまあ観る気になったかもしれない。『ターミネーター』シリーズは全部もう観てるけど。でも、彼が字幕付きのフランス映画を示したので、わたしはカバーにちらっと目をやり、やっぱりご遠慮しときます、と答えた。

「どうして?」

わたしは肩をすくめた。「字幕の映画って苦手で」

「それは、俳優が出る映画は嫌いだと言ってるようなものだぞ。馬鹿馬鹿しい。どこが嫌なんだ? なにかを観ながら、同時になにかを読まなくちゃいけないことか?」

「ただ、外国映画がほんとうに好きじゃないんです」

「『ローカル・ヒーロー』以降の映画はみんな外国映画だ。ハリウッドはバーミンガムの郊外にあるわけじゃないんだからな」

「意地悪ね」

実は一度も字幕付き映画を観たことがない、とわたしが白状すると、ウィルは信じられないようだった。でも、うちでは、夜はたいてい両親がテレビのリモコンの所有権を主張するし、パトリックが外国映画を観ようと言うなんて、かぎ針編みの夜間講座を二人で取ろうと言いだすくらいありえない。一番近い町のシネマコンプレックスは最新のアクション映画かロマンチック・コメディしか上映しないし、客はヒューヒューやじを飛ばすパーカ姿の子供ばかりで、この辺りの人たちはよっぽどのことがないと行かない。

「この映画は観るべきだ、ルイーザ。これは命令だ。この映画を観たまえ」ウィルは車椅子でうしろに下がり、アームチェアのほうに向かってうなずいた。「ほら、あそこに座れよ。

終わるまで動くな。字幕付きの映画を観たことがないとはね。信じられん」彼はつぶやいた。

それは古い映画で、フランスの農家を相続した、背中がひどく曲がった男の物語だった。ウィルは有名な本が原作だと言ったけれど、わたしは知らなかった。はじめの二十分間は字幕に閉口しながらもじもじして、トイレに行きたいと言ったらウィルは怒るかしらと考えていた。

でもその後なにかが起こった。わたしはいっぺんに聞いたり読んだりするのは大変すぎる、と思うのをやめ、ウィルの薬の時間も、トレイナー夫人にさぼっていると思われるのを気にするのも忘れ、よこしまな隣人の罠《わな》にはまりかけている、気の毒な男とその家族のことを心配しはじめた。背中の曲がった男が死んだころには、わたしは黙ってすすり泣き、鼻水を袖で拭いていた。

「さて」ウィルが隣に来て言った。わたしを意味ありげに見る。「さっぱり面白くなかったようだね」

顔を上げると、驚いたことに外は暗かった。「これでまた大威張りするんでしょ?」わたしはつぶやいてティッシュの箱に手を伸ばした。

「まあね。とにかく驚きだよ、そんないい年齢《とし》まで──いくつだっけ?」

「二十六」

「二十六歳で、一度も字幕付きの映画を観たことがないとはね」彼はわたしが目元をぬぐうのを見ていた。

ティッシュを見ると、マスカラがすっかり落ちていた。「みんな観なきゃいけないものだなんて知らなかったもん」わたしはぶつぶつ言った。

「なるほどね。それじゃ、ルイーザ・クラーク。映画を観ないなら、普段なにをやってるんだ？」

わたしは丸めたティッシュをこぶしの中に握った。「ここにいないときに、わたしがなにをしてるかってこと？」

「お互いについて知り合ったほうがいいと言ったのは君だぞ。だからほら、自分のことを話せよ」

ウィルはいつも、こっちをからかっているのかどうか迷わせるような話し方をする。わたしは様子を見ることにした。「なぜ？」わたしは言った。「なんで急に知りたくなったの？」

「ああ面倒だな。君の社会生活なんか、国家機密とは言えんだろう」表情がいらいらしてきた。

「ええと……」わたしは言った。「パブに飲みにいったり、テレビをちょっと観たり。彼が走ってるときは見にいったり。別に変わったことはしてません」

「恋人が走ってるところを見るのか」

「はい」

「でも、自分は走らない」

「走りません。わたしあんまり――」自分の胸をちらりと見下ろす。「体型がそれ向きじゃなくて」

それを聞いて彼はにやっと笑った。

「ほかに?」

「ほかにって?」

「趣味は?　旅行は?　行きたい場所は?」

昔の進路指導の先生みたいな口調になってきた。

わたしは頭を絞った。「ほんとうのとこ、わたし、趣味ってないんです。読書をちょっと。あと服が好きですけど」

「嫌いじゃ困るだろ」彼は、皮肉っぽく言った。

「そっちが訊いたんでしょう。わたし、趣味がいっぱいあるタイプじゃないんです」そう言ったわたしの声は妙に言い訳がましかった。「いろいろ手を出すタイプじゃないの。別にいいでしょ?　働いて、家に帰るだけ」

「家はどこ?」

「お城の反対側。レンフルー・ロード」

彼はきょとんとした。当然だ。お城の向こうとこっちでは、人の行き来はほとんどないのだから。「広い幹線道路から外れたところです。マクドナルドの近くの」

彼はうなずいたけれど、わたしがどのあたりのことを話しているのかほんとうに分かっているのかは怪しかった。

「旅行は？」

「スペインに行ったことはあります。パトリックと。彼ですけど」わたしは付け加えた。「子供のころは、家族でドーセットに行ったくらい。あとウェールズのテンビーも。叔母がテンビーに住んでるので」

「それで、どうしたいと思ってる？」

「どうしたいって、なにを？」

「人生をだよ」

わたしはまばたきした。「それってちょっとおおげさじゃないですか？」

「ただ一般的なことだよ。自分について心理分析してくれと頼んでるわけじゃない。どうしたいんだ、って訊いてるだけだ。結婚したいのか？　ちびっこを産む？　夢の仕事は？　世界旅行は？」

長い沈黙があった。

口に出して言う前から、その答えを聞いたら彼ががっかりするのが分かっていた気がする。

「分かりません。ほんとに、そんなこと考えたことないんです」

金曜日は病院に行った。その朝、出勤するまでウィルの診察のことをわたしは知らなかったのだけれど、かえってそれでよかった。もし知っていたら、ウィルを車で病院に連れていくという使命についてくよくよ考えて一睡もできなかっただろう。もちろん、車の運転はできる。ただし、わたしが運転できるというのは、わたしがフランス語を話せるというのと同レベルの話だ。たしかに、ちゃんと試験を受けて合格はしている。けれど、免許をとってからその技術を活用したのは年に一回あるかないか。ウィルと車椅子を改良ミニバンに積みこんで、無事に隣町に運び、連れて帰ってくることを考えると、恐ろしくて生きた心地もしなかった。

何週間もあの家で働きながら、ここから外に出られる用事があればいいのにと願っていたのに、今は、なんでもしますから家にいさせてくださいという感じだ。わたしは彼の健康に関する書類ファイルを探して診察券を見つけた。ファイルは分厚いバインダーで、〝移動〟〝保険〟〝障害者の生活の手引き〟〝診察予約〟に分かれている。わたしは診察券を手に取り、それが今日の日付であることを確認した。ウィルの勘違いだったらいいな、とかすかな希望を抱いていたのだが。

「お母さんは一緒に行かれるんですか?」

「いや。診察には来ない」

わたしは驚きを隠せなかった。トレイナー夫人はウィルの治療のことはなにからなにまで把握したいのだろうと思っていたからだ。

「前は来てたんだけどね」ウィルは言った。「今は二人でそういう合意に達したんだ」

「ネイサンは?」

わたしはウィルの前にひざまずいていた。緊張のあまり、ウィルのお昼ごはんを彼の膝に少しこぼしてしまい、それを拭きとろうとむなしい努力をしていた。その結果、彼のズボンにはかなり大きな染みができていた。ウィルは頼むからもう謝るのをやめてくれ、と言った以外なにも言わなかったけれど、わたしの全体的な緊張感に変化はなかった。

「なぜだ？」

「いえ、別に」こんなにびくついているのを知られるわけにいかない。その日の午前中のほとんどを——普段なら掃除をしている時間ずっと——わたしは車椅子の昇降機の取扱説明書を何度もくりかえし読んでいた。それでも自分一人でウィルを二フィートも宙に持ち上げて車に乗せる、その瞬間が怖くてたまらなかった。

「なんだ、クラーク。どうしたんだ？」

「大丈夫です。ただ……ただ、はじめてのときは誰かやり方を知ってる人がいてくれたほうが楽かなって」

「僕ではない人間がね」

「そういう意味じゃ」

「僕が自分の介護についてなにか知ってるなんて思いもよらないからか？」

「あなた昇降機を操作できます？」とわたしは無遠慮に訊いた。「正確にやり方を教えてくれます？」

彼はわたしを見た。そのまなざしは平静だった。けんかをふっかける気だったのだとしたら、気が変わったようだった。「一本とられたな。ああ、ネイサンも来るよ。いろいろ助かるからね。それに彼がいれば、君もそんなにおたおたしないだろうと思ったんだ」

「おたおたなんてしてません」わたしは抗議した。

「たしかに」彼は膝を見下ろした。わたしはまだそこをふきんで拭いている。パスタソースは取れたけど、彼はびしょ濡れだった。「で、僕はおもらししたまま出かけるのか？」

「まだ終わってません」わたしはヘアドライヤーをコンセントにつなぎ、吹き出し口を彼の股間に向けた。

熱風をズボンに吹きつけられながら、彼は両方の眉を上げた。

「まあそう言われれば」わたしは言った。「金曜の午後にこんなことがあるとは予想してなかったけど」

「ほんとうは緊張してるだろ？」

彼が自分を観察しているのが分かる。

「元気出せよ、クラーク。アソコにやけどしそうな熱風を当てられてるのは僕だ」

わたしは返事をしなかった。ヘアドライヤーの轟音の向こうから彼の声が聞こえる。

「気にするな、最悪の事態といったところで、このうえなにがある？　僕が車椅子になるとか？」

馬鹿みたいに聞こえるかもしれないけど、わたしはつい笑ってしまった。これでもせいいっぱい、ウィルはわたしを励まそうとしているのだ。

車は外からは普通のワンボックスカーみたいに見えたけれど、後部座席のドアの鍵を解除すると、横から傾斜板が下がってきて、地面に着いた。ネイサンが見守るなか、ウィルのお出かけ用の車椅子（彼は外出用に別の車椅子を持っている）をそのスロープ上に、傾斜に対してまっすぐに載せ、電動ロックブレーキを確認してから、ゆっくりとウィルを持ち上げて車内に運び入れるようにセットする。ネイサンは反対側の座席に座り、ウィルのシートベルトを締め、車輪を固定した。わたしは手の震えをおさえようとつとめつつハンドブレーキをはずし、そろそろと私道を下り、病院に向かって出発した。

家から離れると、ウィルは少し小さく縮んだように見えた。外は寒く、ネイサンとわたしで、彼をマフラーやコートでぐるぐる巻きにしていた。それでも彼は静かになり、顎の線をこわばらせ、周囲の広々した空間のせいでどことなく心細そうに見えた。バックミラーを覗くといつも（そして覗くのはしょっちゅうだった――ネイサンがいても、車椅子が金具からはずれて動きだしやしないかと気が気でなかったから）彼は窓の外を見ていて、その表情は硬く、読み取れなかった。何度かやってしまったエンストや急ブレーキのときも、彼はちょっと顔をしかめただけで、わたしがなんとか切り抜けるのを待っていた。

病院にたどり着いたころには、わたしはほんとうにうっすらと汗をかいていた。とにかく広々と開いている駐車スペース以外、恐ろしくてバックできず、病院の駐車場を三回もぐるぐる回っていたら、男二人はキレそうになっていた。そして、やっとのことで、わたしは傾斜板を下げ、ネイサンが手を貸してウィルの車椅子をアスファルトの上に降ろした。

「上出来、上出来」とネイサンが車から降りがけにわたしの背中を叩いたけれど、とてもそうは思えなかった。

車椅子の人に付き添ってみないと気がつかないことがある。一つは、たいていの舗道がほんとうにひどい状態だということだ。あちこちの穴が適当に埋められてでこぼこだらけ、そうでなくてもぜんぜん平坦じゃない場合もある。ウィルが車椅子を進める横をゆっくり歩いていると、彼がゆがんだコンクリート板に突き上げられて痛い思いをしたり、障害物になりそうなものを避けてしょっちゅう迂回《うかい》したりする様子に気づく。ネイサンは知らんぷりをしていたけど、見ていると彼も気を配っていた。ウィルはただ険しい顔つきで、毅然《きぜん》としていた。

もう一つは、ドライバーの多くがいかに配慮がないか、ということだった。歩道の切れ目に寄せて車を停めたり、駐車している車同士が近すぎて、車椅子で道路を横断するなんて不可能なこともある。あんまり頭にきて、何度か汚い文句を書いたメモをワイパーに挟んでやろうかと思ったけれど、ネイサンとウィルは慣れっこみたいだった。ネイサンが横断できる場所を見つけ、わたしと二人でウィルを挟むようにして、なんとか道路を渡った。

ウィルは家を出てから一言も口をきいていなかった。

病院そのものはぴかぴかのきれいな低層の建物で、磨き上げられたレセプションは、どちらかというとモダンなホテルみたいだった。個人保険がものをいう証拠だろう。

ウィルが受付の人に名前を告げるあいだ、わたしはうしろに控えていて、それから長い廊下を彼とネイサンのあとについていった。ネイサンは巨大なバックパックを背負っていて、その中にはストローカップから着替えまで、短い訪問のあいだにウィルが必要になるかもしれないものがすべて入っていた。彼はその朝、わたしの目の前で荷物を詰めながら、起こりうる不測の事態について一つ一つ説明した。「こういう外出はあんまりしょっちゅうあることじゃないからさ、よかったよね」と、わたしのぼうぜんとした顔を見て、ネイサンは言った。

わたしは診察には付き添わなかった。ネイサンとわたしは医師の診察室の前のゆったりした椅子に座っていた。病院の匂いはしない。窓台には花瓶に生けた花が飾ってある。それも普通によく見かける花ではなかった。名前も知らない異国の大きな花が、ミニマルなスタイルで何輪かずつ芸術的にアレンジされている。

「中でどんなことしてるの？」三十分たって、わたしは訊いた。

ネイサンは本から顔を上げた。「ああ、ただの三か月ごとの定期検診だよ」

「え、それって少しはよくなってるか、確認するためってこと？」

ネイサンは本を置いた。「ウィルは回復しないよ。脊髄《せきずい》損傷だからね」

「でも、理学療法とかそういうのやってるでしょう？」

「それはウィルの身体の状態を維持しておくためにやってるんだ――筋肉が衰えたり、骨が脱灰《だつかい》したり、脚がうっ血したりとか、そういうことを防ぐためにね」

彼がまた口を開いたとき、その声は優しかった。まるでわたしをがっかりさせたと思ったかのように。「ウィルは二度と歩くことはないんだよ、ルイーザ。そういうのが起こるのはハリウッド映画だけだ。俺らがやってるのは、痛みを取り除くこと、それからまだ動かせる範囲を維持するための努力なんだ」

「あの人、あなたが言ったら、ちゃんとやってくれる？　理学療法とか。わたしが言ってもぜんぜんやる気がないみたいなの」

ネイサンは鼻にしわをよせた。「やってるよ。でも、熱心ではないね。俺がはじめて来たときは、あいつ、かなりやる気だったんだ。リハビリでも相当がんばってね。けど、一年たってもなんにも変わらなくて、やる意味があると信じつづけるのがやっぱり難しくなったんだと思う」

「やりつづけるべきだと思う？」

ネイサンは床を見つめた。「俺の本音かい？　あいつはC5／6レベルの脊髄損傷による四肢麻痺だ。つまり、ここら辺から下はぜんぜん、動かない」彼は自分の胸の上のほうに手を置いた。「まだ脊髄損傷の治療法は見つかってないんだよ」

わたしはドアを見つめ、冬の日差しの中をドライブしていたときのウィルの顔を、そしてスキー旅行の写真に写っていた男性の笑顔を思い浮かべた。「でも医学っていろいろ進歩してるでしょ、ね？　その……こういうところでは……ずっといろんな研究してるはずだし」

「かなりいい病院だよ」ネイサンは感情をこめずに言った。

「生きてれば希望はあるよね、でしょ？」

ネイサンはわたしを見て、それから本に戻った。「だね」と彼は言った。

わたしは三時十五分前にコーヒーを買いにいった。ネイサンが行っておいでよ、と言ったのだ。こういう診察はだいぶ長くかかることもあるから、戻ってくるまで俺が番をしてるよ、と。わたしは受付のあたりで少し時間をつぶし、売店の雑誌をぱらぱらめくり、チョコ・バーの前でぐずぐずした。

案の定というべきか、わたしはさっきの廊下への帰り道を探しながら迷子になり、数人の看護師にどこに行けばいいか尋ねなくてはならなかった。しかもそのうちの二人は答えられなかった。やっとたどり着いたとき、手に持ったコーヒーは冷めかけ、廊下には誰もいなかった。近づくと、診察室のドアが少し開いているのに気がついた。ドアの外でためらったが、このごろ、ウィルを一人にしたと言って責めるトレイナー夫人の声がいつも耳元でするようになっていた。ああ、またやっちゃった。

「では、三か月後ですね。トレイナーさん」と声が言っていた。「抗けいれん薬は調整しておきました。検査結果は、必ずお電話させるようにします。たぶん月曜日ごろになりますな」

ウィルの声が聞こえた。「階下の薬局で買えますか？」

「ええ。これをどうぞ。これでそれも買えるはずです」

女の人の声がする。「ファイルをお持ちしましょうか？」

彼らが部屋から出てこようとしているのだと気づき、わたしはノックした。誰かがどうぞ、と言った。二組の目がわたしのほうを向いた。

「ああ、すみませんね」と医師が言って、椅子から立ち上がった。「理学療法士だと思ったもので」

「わたしはウィルの……ヘルパーです」わたしはドアのところで動かずに言った。ウィルは車椅子に座って前に身体を傾け、ネイサンがシャツを着せているところだった。「すみません――もう終わったと思ったんです」

「ちょっと待っててくれるか、ルイーザ?」ウィルの声が部屋に響いた。

謝罪の言葉をつぶやきながら、わたしはあとずさりして外に出た。顔が火のように熱かった。

わたしが衝撃を受けたのはウィルの裸の身体――痩せた、傷痕の残る身体を見たからではなかった。医師のどこかいらだったような表情のせいでもなかった。そんな顔は毎日、トレイナー夫人に見せられている。前より高い時給を稼ぐようになったとはいえ、相変わらず自分はうっかり者の間抜けだと思い知らされる表情。

いや、そうじゃない。わたしが衝撃を受けたのは、ウィルの両手首を走る赤黒い線を見たからだった。ネイサンがウィルの袖を素早く引き下げても、見誤りようのない、長い、切り裂かれたような傷痕を。

6

雪はほんとうにとつぜん降りだした。家を出たときはよく晴れた青空だったのに、それからまだ三十分もたたないうちにお城の前を通りすぎたときは、お城は分厚い真っ白なアイシングで覆われたデコレーションケーキみたいになっていた。

私道を重い足取りでのぼっていく。足音はくぐもり、つま先にはもう感覚がなく、薄すぎるチャイニーズ・シルクのコートの下で身体は震えていた。永遠のような鉄灰色の空から湧いてくる濃く白い雪の渦に、グランタ・ハウスがかき消されそうだ。音が吸い取られ、世界の動きは不自然なほどゆっくりになる。きちんと刈りこまれた生垣の向こうを、何台かの自動車が生まれてはじめてのような慎重さで通りすぎ、歩行者が歩道ですべって悲鳴を上げる。わたしは鼻の上までマフラーをひっぱり上げ、バレエシューズとベルベットのミニドレスよりもっとましなものを着てくればよかったと後悔した。

驚いたことに、ドアを開けてくれたのはネイサンではなくウィルの父親だった。

「息子は寝ていてね」と彼は言い、ポーチの下で空をちらりと見上げた。「あまり具合がよくないんだ。医者に電話をかけようか迷ってたところなんだよ」

「ネイサンはどこですか？」

「今朝は休みなんだ。まったく今日にかぎって。代わりの派遣の看護師は来たと思ったらかっきり六秒で帰っちまうんだから。この雪が続いたら、後はどうしたらいいんだろうな」トレイナー氏はいたしかたない、というように肩をすくめると、廊下の奥にひっこんだ。きっと、肩の荷を下ろしてほっとしているのだろう。「君、息子に必要なことは分かってるね？」背中ごしに言った。

わたしはコートと靴を脱ぎ、トレイナー夫人が法廷に出ていることを知っていたので（夫人は離れのキッチンのカレンダーに、出廷の日の印をつけている）、濡れた靴下をラジエーターの上にのせて乾かした。ウィルの靴下が一足、洗ってある洗濯物のバスケットに入っているのを見つけて、はいた。わたしがはくと、大きすぎてマンガみたいに見えたけれど、温かくて乾いた足は極楽だ。声をかけてもウィルの返事がなかったので、少し後でドリンクを用意して、そっとノックし、ドアを開けて頭を覗かせた。ほの暗い光の中で、羽毛布団をかぶった輪郭だけが見分けられた。ウィルはぐっすりと眠っていた。

わたしは後ずさりで一歩下がり、ドアを閉めて、午前中の仕事をはじめた。

うちの母は整理整頓された家に、ほとんどエクスタシー的なものを感じてしまう人だ。でも、わたしはここ一か月、毎日欠かさず掃除機をかけて、掃除をしているけれど、その魅力にまだ目覚めていない。この人生で、掃除をほかの誰かにやってもらうほうがいいと思わない日はたぶん来ない気がする。

けれど、今日みたいな、ウィルがベッドで寝ていて、外の世界が静止してしまったような日には、離れの建物の一方の端から反対側の端まで仕事をかたづけていくことに、なんとなく瞑想《めいそう》的な満足感があることがわたしにも分かった。塵を払い、磨き上げながら、ウィルを起こさないように音量を低くしたラジオと一緒に部屋から部屋を移動する。定期的にウィルの部屋のドアから中を覗き、息をしているか確認した。一時になってようやく、ウィルがまだ目を覚まさないことに気づき、わたしは少し不安になりはじめた。

薪のバスケットをいっぱいにしたとき、雪がもう数インチ以上積もっていることに気がついた。ウィルに新しくドリンクを作り直し、ドアをノックした。もう一度、今度は大きな音で。

「なんだ？」その声は今の音で目覚めたようにかすれていた。

「わたしです」返事がないので、わたしは言った。「ルイーザです。入っていいですか？」

「別にサロメのダンスを踊ってる最中じゃないしな」

部屋は薄暗く、カーテンはまだ引かれたままだった。わたしは部屋に入り、目がその暗さに慣れると、ウィルは横向きで寝ていて、一方の腕がまるで身を起こそうとするように身体の前に折り曲げられていた。それはさっき覗いたときのままだった。ウィルが自分で寝がえりを打てないことを、ときどきうっかり忘れてしまう。彼の髪は一方が立っていて、身体は羽根布団でしっかりとくるまれていた。温かく、身体を洗っていない男性の匂いが部屋を満たしていた――不快ではないけれど、仕事の日常の一部としてはやっぱり少しどきりとする。

「なにかしてほしいことあります？　飲み物は？」

チェストの上にドリンクを置いて、ベッドのほうに近づいた。

「寝がえりを打たないとまずい」

「え？　なにをしてほしいですって？」

彼はゆっくりとつばを飲んだ。喉が痛いのかしら？「僕を持ち上げて向きを変えさせてくれ。それからベッドの背もたれを上げて。こっちに……」彼は顎で、もっと近くに来るように示した。「両腕を僕の腕の下から差しこんで、背中で手を組んだらうしろにひっぱるんだ。自分の尻をベッドから持ち上げるなよ。そうすれば腰を痛めない」

なんか変な感じ、と思っていないふりはできなかった。彼の身体に両腕を回し、彼の匂いを鼻腔《びこう》に思いきり吸いこみ、肌の温かさを自分の肌の上に感じている。耳にかじりつくんでもなければこんなに近づくことないわよね、そう思うと、笑いがこみあげてきて、真顔を保つのが難しくなった。

「なんだ？」

「別に」わたしは息を吸いこみ、両手を組み合わせ、彼をしっかり支えられたと感じられるまで自分の体勢を整えた。ウィルは思ったよりもがっしりしていて、重かった。それから、三つ数えてうしろにひっぱった。

「うわ」彼はわたしの肩に伏せたまま、声を上げた。

「え？」わたしは思わず彼を落としそうになる。

「ずいぶん冷たい手だな」

「そうよ。ベッドからお出ましになれば、外は雪だってことがお分かりあそばしますわよ」

冗談半分で言ったが、ふとウィルのTシャツの下の肌が熱いことに気がついた。身体の奥から強い熱が発せられている。枕に寄りかかった身体の位置を調節していると、彼がかすかにうめいたので、わたしはできるだけ動作をゆっくりと優しくするように心がけた。ウィルは、頭と肩の位置を高くするリモートコントローラーを示した。「でもあまり上げすぎないでくれ」と彼はつぶやいた。「ちょっと眩暈《めまい》がするんだ」

弱々しい抗議を無視して、わたしはベッドサイドのランプをつけ、彼の顔を見ようとした。

「ウィル――大丈夫？」二度、そう訊いてようやく彼が反応した。

「絶好調とは言えないな」

「痛み止め、いる？」

「ああ……強いやつを」

「パラセタモールでいい？」

彼は冷たい枕に寄りかかったまま、ため息をついた。

ストロー容器を近づけ、彼が飲みこむのを見つめる。

そして「ありがとう」と、彼は言い、わたしはとつぜん不安になった。

ウィルはなにをしても絶対、ありがとうなんて言わないのに。

彼は目を閉じ、わたしはしばらく入口に立って、彼の様子を観察していた。Tシャツを着た胸が上下し、口が少し開いている。呼吸は浅く、ほかの日にくらべて少し荒いようだった。でも、ウィルが車椅子に座っていない姿を見るのはそのときがはじめてだった。だから、その呼吸が横になっているときの圧迫感のせいなのかどうか判断がつかなかった。

「行けよ」彼がつぶやいた。

わたしは部屋を出た。


わたしは雑誌を読んでいた。頭を上げても、見えるのは家の周りに分厚く降り積もる雪だけだ。粉をまぶしたような景色の中で、雪が窓の縁を這いのぼっていく。ママが十二時三十分に、パパが車を道に出せない、というメールを送ってきていた。「そっちを出る前に、まず電話するのよ」とママは命じていた。だけど、どうするつもりだろう――パパをセント・バーナード犬に引かせた橇《そり》で迎えによこすとか？

ラジオで地元のニュースを聴いた。思いがけない雪嵐のおかげで、高速道路が渋滞し、列車が止まり、学校が休校になっていた。わたしはウィルの部屋に戻り、また彼の様子を見た。嫌な感じの顔色だった。青白く、両頰に鮮やかな色が浮いている。

「ウィル？」わたしはそっと言った。

反応がない。

「ウィル？」

わたしは焦《あせ》りが湧いてくるのを感じた。大声で彼の名をもう二回呼ぶ。返事はなかった。

とうとうわたしは彼の上に身を乗りだした。顔にははっきり分かるような動きはない。胸はまったく動いていないように見える。息をしてる？　息は感じとれるはずだ。顔を近づけ、吐く息を感じとろうとする。感じとれない。わたしは手を伸ばして彼の顔をそっと触った。

　彼は身震いし、目がぱっと開いた。わたしの目からほんの数インチしか離れていない。

「ごめんなさい」わたしは言って、飛びすさった。

　ウィルはまばたきし、どこか遠くから帰ってきたみたいに、部屋を見回した。

「ルーよ」彼がわたしを分かっているのかさだかでなく、そう言った。

　彼はいつもの少し怒っているような表情を浮かべた。「分かってる」

「スープでも飲む？」

「いや、いい」彼は目を閉じた。

「鎮痛剤、もっといる？」

　彼の頬骨のあたりがうっすらと汗で光っていた。わたしは手を差し出した。羽根布団が熱っぽく汗で湿っている感じがする。そのことがわたしを不安にした。

「なにかわたしがやったほうがいいことはない？　ネイサンが来られなかったら」

「いや……大丈夫だ」彼はつぶやき、また目を閉じた。

　わたしはファイルを見直し、なにか見落としていることがないか調べようとした。薬品棚と、それぞれゴム手袋とガーゼの包帯の入った箱を開けてみる。でも、やっぱりそれをどうすればいいのか見当もつかない。インターコムを鳴らしてウィルの父親に相談しようとしたけれど、呼び鈴の音は、空っぽの家の中に消えていった。それが離れのドアの向こうにこだまするのが聞こえた。

トレイナー夫人に電話しようとしたそのとき、裏口のドアが開き、ネイサンが入ってきた。分厚い服を何枚も重ね、ウールのマフラーと帽子でぐるぐる巻きになって、どこが頭か見分けがつかない。ネイサンと一緒に冷たい空気がさっと入り、粉雪が舞いこんだ。

「やあ」ネイサンは言いながらブーツから雪をはらい落とし、ドアをバタンと閉めた。

急に、夢の中のようだった家が目覚めたような気がした。

「ああ助かった、来てくれたのね」わたしは言った。「ウィルがよくないの。午前中ほとんどずっと寝てて、なにも飲んでないのも同然なのよ。どうしたらいいか分からなくて」

ネイサンは肩をすくめるようにしてコートを脱いだ。「ここまでずっと歩いてこなくちゃならなかったんだ。バスが止まっちゃってね」

彼がウィルの様子を見にいっているあいだに、わたしはお茶を淹れにかかった。お湯がまだ沸きもしないうちにネイサンは戻ってきた。「すごい熱だ。どれくらいこんな状態なんだ?」

「午前中ずっとよ。熱っぽいなとは思ったの。でも、ただ寝かしておいてくれ、ってウィルが言うから」

「なんだって、午前中ずっと? ウィルは自分で体温調節できないんだぞ、知らなかったのか?」ネイサンはわたしを押しのけると、薬品棚をかきまわしはじめた。「抗生物質だ。強いやつ」彼は瓶を取り上げると、すり鉢とすりこぎを使い、一錠を猛烈な勢いで砕きはじめた。

わたしはそのうしろでおろおろする。「パラセタモールは飲ませたんだけど」

「フルーツキャンディをやったようなもんだ」

「知らなかったの。誰も教えてくれなかったから。温かくはしておいたわ」

「そのファイルに書いてあるよ。いいか、ウィルは俺らみたいに汗がかけないんだ。実際、あいつは損傷部分より下は一滴も汗をかけないんだよ。つまり、ちょっとでも風邪をひいたら、あいつの体温調節はめちゃくちゃになる。扇風機を探してきてくれ。ウィルの熱が下がるまで、部屋に置くんだ。それから首のうしろに巻く濡れタオル。雪がやむまで医者には連れていけない。ったく派遣看護師め。今朝、診《み》たんなら気づいたはずなのに」

こんなに怒っているネイサンは見たことがなかった。もうわたしに話しかけてさえくれなかった。

わたしは扇風機を取りに走った。

だいたい四十分くらいかかって、ウィルの体温は許容範囲に下がった。一番強い熱冷ましの薬が効いてくるのを待ちながら、わたしはネイサンの指示で、ウィルの額に一枚、首の周りに一枚、タオルを置いた。二人で彼の服を脱がせ、胸の上にコットンのシーツをかけ、その上に当たるように扇風機をセットした。裸の腕に、傷痕がむきだしになった。三人とも、わたしにはそれが見えていないふりをした。

ウィルはほとんど黙ったまま、こうして世話を焼かれることに耐えていた。ネイサンの問いにはイエスかノーで答えていたけれど、うわごとのようで、自分で言っていることが分かっているのか、わたしは心配になった。今、改めて明るいところで見直してみると、ウィルは間違いなく本格的に具合が悪そうで、気づかなかったことが申し訳なくてしかたがなかった。わたしは、ネイサンがもういらいらするからやめてくれ、と言うまで謝りつづけた。

「よし」彼は言った。「俺がやることをよく見ておくんだ。後で君一人でやらなきゃならないことだってあるからね」

嫌だと言えるような雰囲気ではなかった。でも、ネイサンがウィルのパジャマのズボンのウエストを引き下げ、青白いお腹をむきだしにして、下腹部の細いチューブに巻いたガーゼの包帯を注意深く解き、チューブをそっときれいにして包帯を交換する様子を見ていたら、眉をひそめないでいるのは難しかった。ネイサンはベッドに取りつけたバッグの交換方法を教え、それをウィルの身体よりも必ず低い位置にしておかなければならない理由を説明した。わたしは温かい液体の入ったパウチを手に部屋を出ながら、自分が淡々となにも感じないでいることに驚いた。ウィルがほとんどこっちを見ていなかったことにほっとした――ほっとしたのは、彼になにかきついことを言われずにすんだということもあったけれど、こんなふうに他人に見せない日常の手順をわたしに見られたら、ウィルも気まずい思いをするような気がしたからだった。

「これでよし」ネイサンが言った。ようやく一時間がたって、ウィルは新しいコットンのシーツの上に横たわって眠りに落ち、その顔は、元気そうとは言えないにしても、恐ろしいほど具合が悪いようには見えなかった。

「寝かせておこう。でも、二時間たったら起こして、ストローカップに一杯くらい、飲み物を必ず飲ませるんだ。五時に解熱剤だよ、いいね？　体温は四時ごろからまた上がるかもしれないけど、五時より前には飲ませるなよ」

　わたしはなにもかもメモ帳に書き留めた。一つでも間違えるのが怖かった。

「そしたら、今、一緒にやったことを、夕方、もう一度やるんだ。できるね？」ネイサンはイヌイットみたいに着ぶくれて、雪の中に出ていこうとしていた。「とにかくファイルを読んで。あわてんなよ。なにか困ったら電話して。全部、説明してやるから。どうしても必要ならまた来るよ」


　ネイサンが帰ったあともわたしはウィルの部屋にいた。怖くてそこを離れられなかった。隅に、読書灯のある古い革張りのアームチェアがあった。たぶん、ウィルが元気だったころからあるのだろう。わたしは本棚からひっぱり出した短編集を手に、その上に丸くなった。

　その部屋には不思議なほど安らかな時間が流れていた。カーテンの隙間から外の世界が見える。白いブランケットに覆われ、静かで、美しい。内側の世界は暖かで、しんとして、時折、セントラルヒーティングが立てるかちかちという音や、シューという音のほかに、ものの思いを妨《さまた》げるものもなかった。わたしは本を読み、ときどき目を上げてウィルが穏やかに眠っていることを確かめた。そして、これまでの人生で、なにもしないでただ音のないところに座っているだけなんて一度もなかったことに、ふと気づいた。掃除機や、大音量のテレビや、騒ぎ声が決して鳴りやまないわが家みたいな家で育つと、静けさに慣れることがない。たまにテレビがついていなければ、パパが昔のエルヴィスのレコードを大音量でかけている。カフェも、ざわめきと食器がぶつかる音がとぎれなかった。

ここにいると、自分の考えていることが聞こえる。心臓の鼓動さえ聞こえそうだ。意外なことに、それが心地よいことにわたしは気がついた。

五時、携帯電話が鳴ってメールが届いたことを知らせた。ウィルが頭を動かしたので、起こしてしまわないうちにそれを手に取ろうと、わたしは椅子から飛び上がった。

列車が止まったの。できたら今晩、泊まってもらえないかしら？　ネイサンは無理なんですって。カミラ・トレイナー

わたしはよく考えもしないで返事を打った。

分かりました。

わたしは両親に電話し、今晩ここに泊まることを話した。ママはほっとしたようだった。

泊まる分のお金も払ってもらえることを話すと、躍《おど》り上がった。

「まあ、聞いた？　バーナード」ママは手を電話に半分かぶせて言う。「寝てててもお金を払ってくれるんですってよ」

パパが快哉《かいさい》の叫びを上げるのが聞こえた。「ばんざい、ルーがついに夢の仕事を見つけたぞ！」

わたしはパトリックに、職場に泊まることになったけど、あとで電話する、とメールした。返事は数秒後に戻ってきた。

今夜はクロスカントリー雪上マラソンに行ってくる。ノルウェー行きのいい練習になるよ！　X　P

氷点下にシャツとショートパンツ姿でジョギングするのを、どうしてこんなに楽しみにできる人がいるのか納得がいかない。

ウィルは眠っていた。わたしは自分の食事を作り、ウィルがあとで飲むかも、と思ってスープを解凍しておいた。気分がよくなって居間に出てこられるようになったときのことを考えて、薪ストーブの火を盛んにする。短編をもう一つ読み、このまえ本を買ったのはいつだろう、と考えた。子供のころは本を読むのが大好きだった。でも、そのあとはずっと、雑誌以外、なにかを読んだという記憶がなかった。トリーナは読書家だ。本を手にすると、彼女の領分を侵すような気がしてしまう。トリーナとトーマスが大学に行ってしまうことを考えると、それが嬉しいのか悲しいのかまだよく分からないことに気づいた。たぶんその両方が入り混じっているのだろう。

ネイサンが七時に電話してきた。わたしが一晩泊まると知ってほっとしているようだった。

「トレイナー氏につながらないの。家の電話にもかけてみたんだけど留守電につながっちゃって」

「ああ、うん。出かけてるだろうな」

「出かけた？」

一晩、この家でウィルとわたしの二人きりになるのだと気づいて、とつぜん本能的なパニックに襲われた。なにかまた重大な間違いをしたらどうしよう。そしてウィルの状態をもっと悪くしちゃったら。「じゃあトレイナー夫人に電話したほうがいい？」

電話の向こう側で短い沈黙があった。「いや、しないほうがいい」

「でも――」

「あのさ、ルー。おやじさんはときどき……ミセス・Tが泊まりのとき、どこかよそに行くんだよ」

ネイサンが言っていることを理解するまで一呼吸かかった。

「ああ、そうか」

「とにかく君がいてくれればそれでいいよ。ウィルの様子はよさそうなんだよね。だったら明日の朝一番にそっちに行くから」

時間には、普段の時間と、病気で動けないときの時間がある。病人の時間は流れが速くなったり滞《とどこお》ったりする。そんなとき、人生は――現実の人生は少し離れたところに存在しているように思える。わたしは少しテレビを観て、食事をし、キッチンをかたづけ、静かな離れの中を歩き回った。そして最後にウィルの部屋にまた戻った。

わたしがドアを閉めたとき、彼は少し動いて首を持ち上げかけた。

「今、何時だ？　クラーク」彼の声は枕がかぶさって少しくぐもっていた。

「八時十五分よ」

彼は頭を落とすと、そのことを考えた。「飲み物をくれないか？」

今の彼にはとげとげしさはなかった。病気になったせいで、やっと強がりがとれたのかもしれなかった。わたしは彼に飲み物を飲ませ、ベッドサイドの明かりをつけた。ベッドの脇に腰かけ、子供のころ、ママがたぶんそうしてくれたように、彼の額に手を当てた。まだ少し熱っぽかったが、さっきよりはずっとよくなっていた。

「手が冷たくて気持ちいいな」

「さっきは文句言ったのに」

「そうだっけ？」本気で驚いているような声だった。

「少しスープ飲む？」

「いや」

「身体は楽?」

ウィルがどれくらい苦しい状態なのか、わたしには知りようがなかった。でも、きっと彼はそれを白状しないだろう。

「向きを変えたいな。転がしてくれればいい。身体を起こさなくていいから」

わたしはベッドに乗って、できるだけそっと彼を動かした。彼の身体はもう不吉な熱を発散してはいなかった。しばらく羽根布団にくるまっていた身体の、あたりまえの温かみだけだ。

「ほかになにかない?」

「家に帰らないといけないだろ?」

「大丈夫」わたしは言った。「今晩は泊まるから」

外では、とうの昔に昼間の光のなごりは消えていた。雪はまだ降っている。ポーチの窓から射す明かりに当たって、雪は淡い金色のもの悲しげな光を帯びていた。わたしたちは穏やかな静けさの中で座り、眠気を誘うように降りしきる雪を見つめていた。

「一つ訊いていい?」わたしはとうとう言った。彼の両手はシーツの上にのっている。その手はすごく普通で、すごく強そうに見える。でも、なんの役にも立たない。それがとても不思議だった。

「どうせ訊くんだろ」

「なにがあったの?」わたしがずっと考えていたのは彼の手首の傷痕のことだった。この質問だけは、はっきり訊けなかった。

彼は片方の目を開けた。「どうしてこうなったかって?」

わたしがうなずくと、彼はまた両目を閉じた。「バイクの事故だ。僕が運転してたんじゃない。僕は罪のない歩行者だった」

「スキーとかバンジージャンプとかそういうのだと思ってた」

「みんなそう言うよ。神様も冗談きついよな。僕は自分の家の前の道路を渡ろうとしてたんだ。ここじゃない」と彼は言った。「ロンドンの家だ」

わたしは彼の本棚の本の列を見つめた。小説——ペンギン社のよく読みこまれたペーパーバックに交じって、ビジネス書が並んでいた。会社法、企業合併、そしてわたしの知らない名前の要覧。

「仕事を続けるのは無理だったの?」

「無理だった。フラットも、旅行も、人生もね……僕の前の恋人には会ったんだったな」そこでとぎれた声は、苦々しさを隠すことはできなかった。「だが、僕は感謝しなくちゃならないらしいよ。しばらくのあいだ、もう助からないと思われていたからね」

「嫌なの?　ここで暮らしていること」

「ああ」

「またロンドンで暮らす方法はないの?」

「こんな状態じゃね」

「でもよくなるかもしれないわよ。その、ネイサンが、こういう怪我の治療はどんどん進歩してきてるって」

　ウィルはまた目を閉じた。

　わたしは待った。そして彼の頭の下の枕を調節し、胸のところで羽根布団をたくしこんだ。

「ごめんなさい」わたしは姿勢を正した。「いっぱい訊きすぎちゃって。向こうに行ってたほうがいい？」

「いや、しばらくいてくれ。なにか話してくれないか」彼は息を吸いこんだ。目が開き、視線が上にすべり、わたしの目と合う。疲れ果てているようだった。「なにかいい話をしてくれよ」

　わたしはちょっとためらって、それから彼の隣の枕に寄りかかった。わたしたちは薄闇の中に座り、一瞬、明かりに照らされては夜の闇に消えていく雪を眺めていた。

「あのね……わたしも昔、よくパパにそう言ったの」とわたしはやっと言った。「でもパパがなんて返事したか話したら、わたしのこと、頭おかしいって思うわね」

「今僕が思ってるよりも？」

「悪夢を見たり、悲しいことがあったり、怖い目にあうと、パパが歌を歌ってくれたの……」わたしは笑いだす。「やだ……無理」

「いいから」

「うちのパパ、〝モラホンキーの歌〟を歌ってくれたの」

「なんだって？」

「〝モラホンキーの歌〟。みんなが知ってるもんだと思ってたわ」

「信じてくれ、クラーク」と彼はつぶやいた。「僕はモラホンキー・バージンだ」

わたしは深く息を吸いこみ、目を閉じて歌いはじめた。

ああ、住るみりたらいりなら、住るみりたらいりなら、
モラホンキー・ラ・ラ・ランドに
ぼろくるがら生るまられれたらラ・ラ・ランド
そろしりてれ、ふるるるい、バ・バ・バンジョロローを弾りころう、ラ・ラ
ぼろくるの、ふるるるいバンジョロローーーはずっとぼろくるを待っているう・
う・う

「なんだそりゃ」

わたしは息つぎをした。

ぼろくるは、そろれれをしゅるうるりりやさんに持っていくう・う・う
ならんとろからしりてれくるれれまらせれんからとろ、ロ・ロ

でも、しゅるうるりりやさんは言った、
ぼろくるのろバンジョロローはいりかられれてれる、ル・ル・ル
だらかららららもう、つるからえれならいい・い・い

短い沈黙があった。

「君はどうかしてるよ。君の家族全員、どうかしてる」

「でも効き目はあったもの」

「おまけに歌が下手すぎる。お父さんはもっとましだったことを願うよ」

「ここは『ありがとう、ミス・クラーク、僕を愉しませようとしてくれて』って言うとこじゃないの？」

「これまで受けたほとんどの心理療法と効果はあまり変わらないよ。よし、クラーク」彼は言った。「なにか別の話をしてくれ。歌は抜きで」

わたしは少し考えた。

「そうね……じゃあ……こないだ、わたしの靴を見てたでしょ？」

「見ずにはいられないからね」

「うちのママに言わせると、わたしって三つのころから変わった靴の趣味を持ってたんですって。ママがね、きれいなターコイズ色のキラキラする長靴を買ってくれたの。そのころってそういうのは相当珍しかったのよ。昔の子の長靴って、よくある緑色のとか、運がよくて

も赤でしょ。で、それを買って帰ってきた日、わたし、絶対、脱がないってがんばったんだって。ベッドで寝るときも、お風呂に入るときも脱がなくて、夏中、幼稚園に履いていったの。そのキラキラの長靴と、ハチさんのタイツがわたしのお気に入りの格好だったわ」

「ハチさんのタイツ？」

「黒と黄色のシマシマ」

「それはものすごいな」

「ちょっと、どういう意味？」

「だってそうだろ。目が痛くなりそうだよ」

「あなたには目が痛くなりそうでもね、ウィル・トレイナーさん。女の子が全員、男受けしようと思って服を選んでるわけじゃないの、驚いた？」

「それはないね」

「なくない」

「女がなにかするときは必ず男のことが頭にある。誰だってなにかするときはいつもセックスが頭にあるんだ。マット・リドレーの『赤の女王』を読んだことないのか？」

「なに言ってるのかぜんぜん分かんない。でも言っときますけど、あなたのベッドに座って〝モラホンキーの歌〟を歌ったからって、エッチしてやろうと狙《ねら》ってるわけじゃありませんからね。それから三つのころは、ほんとにシマシマの脚になりたくてしょうがなかったの」

一日じゅう、自分を囚えていた不安が、ウィルがなにか一言言うたびに少しずつ薄れていくのを感じた。いつのまにか、わたしは具合の悪い四肢麻痺患者の世話を一人で任されているヘルパーではなくなっていた。ただ、いつもどおりのわたしが、とびきり皮肉屋の男性の隣に座り、おしゃべりをしているだけだった。

「それで、そのゴージャスなキンキラの長靴はどうなった？」

「ママに捨てられちゃったわ。ひどい水虫になったから」

「素晴らしい」

「それにタイツも捨てられちゃったの」

「なぜ？」

「知らない。でもほんとに悲しかった。あんなに気に入ったタイツには二度と出会えなかったわ。もう作ってないのよ。作ってても、大人用はないの」

「ふむ、それはなぜなんだろう」

「もう、馬鹿にして。あなた、そんなふうになにかをすごく好きになったことないの？」

もう彼の顔はよく見えなかった。部屋はほとんど闇に包まれていた。頭上のライトをつけることもできたけれど、なぜかそうしたくなかった。そして、わたしは自分が口にしたことに気づき、そのとたん、後悔した。

「いや」彼は静かに言った。「いや、あったよ」

もう少し話をしているうちに、ウィルは眠りこんだ。わたしはそこに横たわって、彼の呼吸を観察していた。彼が目を覚まして、わたしが彼の長すぎる髪や、疲れた目元や、痩せた顎の伸びかけの髭を見つめていたことに気づいたら、なんと言うだろうという不安がときどき胸をかすめた。でも、動けなかった。その数時間は非現実的な、時間の流れにぽっかりと浮かんだ小島だった。彼のほかに家にいるのはわたしだけだ。そして、まだわたしは彼のそばを離れるのが怖かった。

十一時を少し過ぎて、また汗をかきはじめ、呼吸が浅くなってきたので、ウィルを起こし、解熱剤を飲ませた。ありがとうとつぶやいただけで、彼は口をきかなかった。掛けシーツと枕カバーを取り換え、またウィルが眠ってしまうと、わたしは彼からこぶし三つ分離れて横になった。ずいぶんたってから、わたしも眠った。

名前を呼ぶ声に目が覚めた。教室の机で居眠りをしていて、先生が黒板を叩きながらわたしの名前を何度もくりかえしている。集中しなくちゃいけないのは分かっているし、居眠りなんかしてたら先生に反抗的だと思われるに決まってるけど、でもどうしても頭を机から上げられない。

「ルイーザ」

「うーん……」

「ルイーザ」

机はひどく柔らかかった。わたしは目を開けた。言葉は頭上から降ってくる。ひそめているけれど、すごく重々しい感じ。**ルイーザ**。

わたしはベッドに寝ていた。まばたきして、目の焦点が合ってくると、見えたのはわたしを見下ろしているカミラ・トレイナーだった。分厚いウールのコートを着て、肩にバッグを掛けている。

「ルイーザ」

わたしはぎょっとして居ずまいを正した。横ではウィルが上掛けに埋もれて眠っていた。口がわずかに開き、直角に曲げた肘が身体の上にのっている。窓から光が射しこみ、冷たく明るい朝がきたことを告げていた。

「あ」

「なにをしているの？」

わたしはなにかとんでもないことをしているところを見つかったような気がした。顔をこすり、頭を整理しようとする。どうしてここにいるんだっけ？　なんて言えばいいんだろう？

「あなた、ウィルのベッドでなにをしているの？」

「ウィルの……」わたしは小声で言った。「ウィルの具合が悪くて……そばで見てたほうがいいかと思って――」

「具合が悪くてってどういう意味？　とにかく、廊下に出てちょうだい」彼女はさっさと部屋を出ていった。わたしがついてくるのは当然だと思っている。

服を直しながら、そのあとに続いた。ああ、メイクが崩れてひどい顔になってそう。

トレイナー夫人はウィルの寝室のドアを閉めた。

わたしは彼女の前に立って、髪を撫《な》でつけながら、言うことをまとめた。「ウィルが熱を出したんです。ネイサンが来て熱を下げてくれたんですけど、わたし、その体温調節のこと知らなくて、だからそばで見てたほうがいいと思って……ネイサンがウィルから目を離すなって言ったし……」はっきりしない舌足らずな話し方。自分がつじつまの合うことを話しているのかも自信がなかった。

「どうして電話してくれなかったの？　息子の調子が悪いときはすぐ連絡してくれないとだめじゃないの。わたしじゃなくても主人に」

まるで神経細胞がとつぜん、パチッとつながったみたいだった。**トレイナー氏？　まずい、どうしよう。**わたしは時計を見上げた。八時十五分前だ。

「それは……ネイサンが……」

「いいかしら、ルイーザ。そんなに難しいことじゃないでしょう。あなたがウィルの部屋で寝なくちゃいけないほどウィルの具合が悪いなら、わたしに連絡するべきだった、って言ってるの」

「はい」

わたしはまばたきをして、うつむいた。

「どうして電話しなかったのか、わけが分からないわ。主人には連絡してみたの？」

ネイサンはなにも言うなって言ってた。

「あの――」

そのとき、離れのドアが開いた。トレイナー氏が新聞を小脇にかかえて立っている。「ああ君、帰ってこられたんだな！」トレイナー氏は肩から雪を払い落としながら、妻に言った。「今、やっとの思いで新聞と牛乳を買いにいってきたところだよ。道はまったく危なくてしょうがない。氷の張ってるところを避けてたら、はるばるハンスフォード・コーナーまで行くはめになってね」

トレイナー夫人は夫を見た。昨日と同じシャツとセーターを着ていることに気づいただろうか、とわたしは思った。

「ウィルが夜のあいだ、具合が悪かったのご存じだった？」

トレイナー氏はまっすぐにわたしを見た。わたしは視線を足元に落とした。こんなに気まずい思いをしたのは生まれてはじめてみたいな気がする。

「呼び鈴を押したかね、ルイーザ？　すまなかったね――なにも聞こえなかったよ。インターコムが故障してるんだな。このごろ、聞こえないことが何度かあってね。実はわたしも昨日の晩は少し気分が悪かったんだよ。それであっという間にぐっすり眠りこんでしまった」

わたしはまだウィルのソックスをはいたままだった。それを見つめながら、これもトレイナー夫人に叱られるだろうかと考えていた。

でも、夫人はなにかに気を取られているらしかった。「帰りは遠くて大変だったわ。それじゃ……あとはお願いね。でもこういうことが今度あったら、すぐに連絡してちょうだい。いいわね？」

わたしはトレイナー氏の顔を見たくなかった。「はい」と答えると、キッチンにひっこんだ。

7

一夜明けると春になっていた。冬は、まるで招かれざる客のように、前触れもなく肩をすくめてコートに腕を通し、さよならも言わずに姿を消した。あらゆるものが緑色を帯び、道には淡い日光が降りそそぐ。急に空気がやわらいだ。かすかな花の香りと歓迎の気配が漂い、鳥のさえずりが一日の優しいＢＧＭになる。

でもそのどれもわたしの目には入らなかった。その前の晩、わたしはパトリックの家に泊まった。彼の強化トレーニング・スケジュールのおかげで会うのはほとんど一週間ぶりなのに、バスソルトを半袋入れたお風呂に四十分浸かった後、彼は疲れ果ててほとんど口もきこうとしなかった。背中を撫でて、めずらしく誘惑を試みると、俺マジでへとへとなんだよ、とつぶやき、手を振ってわたしを払いのけるようにした。四時間たっても、わたしはまだ目を覚ましたまま不満いっぱいで彼の部屋の天井をにらんでいた。

パトリックとわたしが出会ったのは、カフェ以外でわたしがこれまで就いた唯一の仕事、つまり《カッティング・エッジ》という、ストートフォールドの町唯一のユニセックスの美容院で見習いをやっていたときだった。店長のサマンサの手が離せないときに、店に入ってきてバリカンで短めに刈ってくれ、と注文したのがパトリックだった。それでわたしがやってあげたのだが、後で彼が言うには、そのカットは彼の人生最悪の髪型というだけでなく、人類史上最悪の髪型だった。三か月後、自分の髪をいじるのがいくら好きでも、他人の髪をどうこうするのに向いているとは必ずしも言えないことを悟り、わたしは美容院を辞め、フランクさんのカフェの仕事に就いた。

付き合いはじめたころ、パトリックはセールスの仕事をしていて、彼の好きなものを挙げるなら、好きな順番に、ビール、チョコ・バー、話をすること、特にスポーツについてと、あとセックス（セックスはするほう、話すんじゃなく）。二人にとって最高のデートはだいたいこの四つで成り立っていた。彼はハンサムというより、並みの外見で、お尻はわたしのよりもぷよぷよしてたけど、わたしはそれが好きだった。彼のしっかり受け止めてくれる感じ、腕を回して抱きついたときの感触が好きだった。お父さんはもう亡くなっていて、お母さんをいつもかばって、細々と気をつかうところも好きだった。四人の兄弟姉妹はまるでドラマの『わが家は11人』みたいで、ほんとうに仲がよさそうだった。はじめてデートしたとき、頭の中で小さな声が聞こえた。**この人は絶対、わたしを傷つけない。**それからほぼ七年間、彼の行動でそれを疑いたくなったことは一度もなかった。

そして、パトリックはマラソン・マンに変身した。

パトリックのお腹はわたしが寄り添っても、もう柔らかくへこんだりしない。それは硬くて、すべてを跳ねかえす板みたいだ。彼はよくシャツを引き上げてはお腹にいろんな物をぶつけて、その堅さを見せびらかそうとする。顔の肉はそぎ落とされ、いつも屋外で過ごしているせいで荒れていた。太腿はがっしりした筋肉の塊《かたまり》。そのこと自体はけっこうセクシーだったかもしれない。でもそれは、彼が実際にセックスする気があればの話だ。わたしたちのペースはだいたい月二回に落ち、わたしは自分からお願いするタイプではなかった。

身体が引き締まれば引き締まるほど、彼は自分の体型に夢中になり、わたしの身体には興味を失うみたいだった。もうわたしのこと好きじゃないの、と何回か訊いたことがあるけれど、そこはきっぱりしていた。「君はゴージャスだよ」彼はそう言った。「ただ、俺、へとへとなんだ。とにかく、君は痩せるなよ。クラブの女の子たちなんて、全員分を合わせたってまともなおっぱい一個分もないんだからさ」そんな複雑な計算、どうやって考えついたの、と訊きたかったけど、基本的には褒《ほ》め言葉なので、そのまま聞き流した。

わたしだって彼がやっていることに興味を持ちたかった。それはほんとうだ。トライアスロン・クラブの集まりにも行ったし、ほかの女の子たちにも話しかけようとした。でも、すぐに自分がそこになじまないことに気がついた。わたしみたいなガールフレンドは一人もいなかった。クラブのほかの人たちはみんなシングルか、でなければ同じくらい筋肉自慢の相手と付き合っていた。カップルは励まし合ってワークアウトをやり、スパンデックス・ショーツ着用の週末を計画し、財布に入れている写真には、手に手を取ってトライアスロンのゴールを決めた姿とか、ペアのメダルを得意げに見せ合っている姿が写っている。お話にならなかった。

「なにが不満なのか分かんない」と、この話をしたら妹は言った。「わたしなんかトーマスが生まれてから一回しかエッチしてないんだから」

「え？　誰と？」

「ああ、花束を買いにきた男の人よ。まだわたしでもいけるか、確かめたかっただけ」

わたしがぽかんと口を開けたのを見て言った。「やだ、そんな顔しないでよ。仕事中じゃないってば。それにお葬式用の花束。奥さんへの花束だったら、わたしだってグラジオラスで彼を撫でたりしないよ、あたりまえでしょ」

別にわたしはセックス大好きというわけじゃない——つまるところ、彼と付き合ってもうずいぶんになるし。ただ、わたしの心のいじけた部分が、自分の女としての魅力を疑いはじめたというだけだ。

パトリックは、わたしが彼の言う〝独創的な〟服装をしてもぜんぜん、気にしなかった。でも、もしそれが彼の本音じゃなかったら？　パトリックの仕事、いや今や社会生活の全部が、身体の肉をコントロールすること——それを手なずけ、減らし、鍛《きた》えること——を中心に回っている。もしトラックスーツのボトムスをはいた、ああいうきゅっと小さいお尻を目の前にして、わたしのお尻が急にみっともなく見えてきたりしたら？　わたしは自分の丸みを帯びた身体の線を女らしくていいと思っていたけれど、彼の厳しい目にはただのたるみに映っているとしたら？

こんな考えがまだ頭の中でうごめいているとき、トレイナー夫人が入ってきて、ウィルとわたしに外に出るように、と有無を言わせない調子で言った。「春の大掃除のために人を頼んだの。そのあいだ、あなたがたはいいお天気を愉しんだらいいんじゃないかしら」

ウィルの目がわたしの目と合い、眉がかすかに上がった。「ノーとは言えないみたいだね、お母さん」

「ただ、外の空気を少し吸ったらいいんじゃないかと思ったのよ」と彼女は言った。「傾斜板も用意してあるわ。そうだわ、ルイーザ、お茶を持って出たらどう?」

それはまったく理不尽な提案でもなかった。庭は美しかった。ほんのわずか気温が上がっただけで、なにもかもがちょっぴり緑になろうと急に心を決めたみたいだった。いつのまにかラッパ水仙が伸び、もうすぐ咲きそうな黄色いつぼみをいくつもつけている。茶色の木々は一斉に芽吹き、多年草たちが黒い湿った土の中からおずおずと顔を覗かせている。わたしは扉を開け、二人で外に出た。ウィルはヨーク産の石を敷いた小道に車椅子を進めた。クッションを置いた鋳鉄《ちゅうてつ》製のベンチのほうを彼が顎でさしたので、わたしはそこに座った。しばらく二人で顔を上に向けて柔らかな日差しを浴び、植え込みでけんかしている雀たちの声に耳を傾けた。

「どうかしたのか?」

「どうして?」

「静かだからさ」

「静かにしてほしいって言ったでしょ」

「こんなに静かにしろとは言っていない。気味が悪いじゃないか」

「なんでもないです」わたしは言い、付け加えた。「ただちょっと彼のことで。そんなに気になるなら」

「ああ、マラソン・マンか」

わたしは目を開け、彼が皮肉を言っているのか確かめようとした。

「どうしたんだ？」彼は言った。「ほら、ウィルおじさんに話してごらん」

「嫌」

「母上のおかげで、掃除の連中があと一時間はあの中で大騒ぎで駆けずり回ってる。どうせなにかについて話さなくちゃならないんだぞ」

わたしはまっすぐに座り直し、彼に顔を向けた。自宅用の車椅子にはコントロールボタンがあって、彼が人と話すときに見上げないですむようにシートが上がるようになっている。それを使うとウィルはたいてい眩暈がするので普段は出番があまりないけれど、今はそれが役に立っていた。実際、わたしは彼を見上げなくてはならなかった。

コートを身体に巻きつけ、横目で彼を見た。「じゃあ、言ってみて。なにを知りたいの？」

「付き合ってどれくらい？」彼は言った。

「あと少しで七年」

彼は驚いたみたいだった。「それは長いな」

「ええ」わたしは言った。「まあ」

わたしは身を乗りだして彼のひざかけを直した。日差しは、見かけ倒しだった――もっと暖かいとばかり思ったのに。わたしはパトリックのことを思い浮かべた。今朝も六時半ぴったりに起きて、朝のランニングに行っている。たぶん、わたしもランニングをはじめればいいのだ。そうすれば、ああいうお揃《そろ》いのストレッチ素材のスポーツウェアを着たカップルになれる。それとも、ひらひらの下着を買って、セックス・テクニックをネットで調べるべきなんだろうか。でも自分がそのどちらもやらないことを知っていた。

「彼の仕事は?」

「パーソナル・トレーナー」

「だからランニングなのか」

「だからランニングなの」

「どんなタイプだ? もし言いにくかったら三つの言葉で言って」

わたしは考えた。「前向き。誠実。体脂肪率に夢中」

「それは四語だ」

「おまけしとく。それじゃ、彼女はどんな人だったの?」

「誰が?」

「アリシア」わたしは彼がさっきわたしを見たように、まっすぐに相手を見た。彼は息を深く吸いこんで、視線を上げ、背の高いプラタナスの木を見つめた。髪が目に落ちかかり、わたしはそれを彼の代わりに一方に撫でつけたい衝動に駆られた。

「ゴージャス。セクシー。金がかかる。意外なほど心が不安定」

「なんで心が不安定にならなきゃいけないの？」思わずその言葉が口から出ていた。

彼は面白がっているみたいだった。「知ったら驚くよ。アリシアみたいな女性はルックスに長いこと頼りすぎて、自分にはほかになにもないと思いこんでるんだ。でも、この言い方はフェアじゃないな。彼女、センスはいい。いろんなもの──服とか、インテリアとかのね。ものを美しく見せる才能がある」

ダイヤモンド鉱山くらいの深さのあるお財布を持ってたら、ものを美しく見せるのなんて誰にでもできるでしょ、と言いたいのを必死で我慢する。

「ちょっとなにか動かすだろ、そうすると部屋がまったく前と違って見えるんだ。どうしてそんなことができるのか見当もつかなかった」彼は家のほうに向かってうなずいた。「この離れも彼女がやったんだ。はじめにここに引っ越してきたときにね」

思わず、完璧にデザインされた居間を心に浮かべた。それを賛嘆する気持ちが、急に今までよりほんの少し素直でなくなったことにわたしは気づいた。

「どれくらい付き合ってたの？」

「八か月、九か月かな」

「そんなに長くないのね」

「僕にしては長いほうだ」

「どこで会ったの？」

「ディナー・パーティ。本気で最悪のディナー・パーティだ。君は？」

「美容院。わたし美容師だったの。彼はお客さん」

「なるほどね。きみがその週末の特別メニューってわけか」

わたしはきょとんとしていたのだろう。彼は首を振ってそっと言った。「なんでもない」

家の中から、掃除機の低くうなる音が聞こえてくる。清掃会社の女の人たちは四人で、お揃いのスモックを着ていた。あの狭い離れで、二時間もすることが見つかるのかしら、とわたしは思った。

「彼女に会いたい？」

女性たちがおしゃべりしているのが聞こえる。誰かが窓を開け、ときどき笑い声が漏れてきた。

ウィルはどこか遠くを見つめているようだった。「前はね」彼はこちらを振りかえり、淡々と言った。「でも考えてみると、彼女とルパートは似合いの組み合わせかもしれない」

わたしはうなずいた。「馬鹿馬鹿しい結婚式をやって、前、あなたが言ったみたいにちびっこを一人か二人産んで、田舎に家を買って、彼のほうは五年もしないうちに秘書とエッチするのよね」

「たぶんね」

わたしは勢いづいた。「でね、彼女はどうしてだか分からないけど彼のことがむかついてしょうがないの。だから超つまんないディナー・パーティで彼のことをさんざんいじめて、友達みんなをいたたまれなくするの。でも、慰謝料が怖くて彼は離婚しようとしないのよ」

ウィルはわたしを見た。

「セックスは六週間に一回で、彼、子供のことは可愛くてしょうがないんだけど、実際の世話はぜんっぜんやらないの。彼女のほうはヘアスタイルはびしっと決めてるけど、こういうしぶい顔して――」わたしは口の端を下に曲げた――「それは本音を絶対に言わないせいなの。で、取りつかれたみたいにピラティスに夢中になるとか、犬とか馬を飼うとかして、乗馬のインストラクターに熱を上げちゃう。彼のほうは四十になったらジョギングをはじめて、ハーレー・ダビッドソンを買うんだけど、彼女はそれが大っ嫌いなの。で、彼は毎日、仕事に行って会社の若い男たちを眺めて、週末、誰をナンパしただとか、どこに遊びにいったかとかいう話をバーで聞きながら、なんとなく感じるの。俺はハメられた、って。でもなんでそんな気がするのか分からないんだけどね」

わたしは横を向いた。

ウィルがわたしを見つめていた。

「ごめんなさい」一呼吸おいて、わたしは言った。「なんでこんなこと言ったんだろう」

「マラソン・マンがほんのちょっと気の毒になってきたよ」

「あら、彼のせいじゃないわ」わたしは言った。「何年もカフェで働いてきたからよ。いろんなことを見たり聞いたりするから。そういうパターンとか、人の行動とかね。いろいろあってびっくりするわよ」

「だから結婚してないのか？」

わたしはまばたきした。「そうかも」

プロポーズされたことがないからだとは、言いたくなかった。

わたしたちはたいしたことをしていなかったように聞こえるかもしれない。でも、実際にはウィルとの毎日には微妙な変化があった――彼の気分、そしてなによりも、彼の痛みの程度に応じて。家に着き、ウィルの歯を食いしばった顎の線を見て、彼がわたしと――わたしだけでなく、誰とも話したくないのが分かる日もある。そういうときは離れのあちこちで、忙しく手を動かし、彼が必要そうなことを見つくろって、いちいち訊いて彼を煩《わずら》わせないようにした。

痛みが出るのにはありとあらゆる原因があった。筋肉が減ったことからくる全身の痛み。ネイサンが理学療法で手をつくしても、姿勢を保つ筋肉があまりにも不足していた。消化不良からくる胃痛、肩の痛み、膀胱の感染による痛み――それは、みんなでどう努力しても、避けられないようだった。回復の初期のころに鎮痛剤を飲みすぎたせいで胃潰瘍《かいよう》にもなっていた。薬をミントみたいに口に放りこんでいたらしい。

ときどき、同じ体勢でずっと座りすぎたために、床ずれができることもあった。二度ほど、ウィルはベッドに寝たきりになって、その傷が治るのを待たなくてはならなかった。でも、彼はうつぶせで寝るのが大嫌いだった。横たわってラジオを聴きながら、その目はおさえがたい怒りを帯びた光を放っていた。それからウィルは頭痛にもなった——たぶん怒りと欲求不満の副作用だろう。彼の内面はエネルギーで満ちあふれていた。それなのにエネルギーを発散するところがない。それはどこかに蓄積されるしかなかった。

でも、なによりも彼を消耗させるのが、両手と両脚の焼けつくような感覚だった。容赦なく脈打つ痛みで、ほかのことにまったく意識を向けられなくなる。わたしは不快感がやわらぐことを願って、冷たい水を張ったボウルを用意し、手足を浸したり、冷たくしたフランネルで巻いたりした。顎の筋がけいれんするように動き、ときどき、彼が消えてしまいそうに思えた。その感覚と折り合いをつける唯一の方法が、自分の身体から抜け出し自らを消し去ることだけだというように。ウィルの生活の中でのそういう身体的な要求は、わたしにとって驚くほどあたりまえのことになった。でも、使うこともできず、感じることもできないのに、手足のせいでこれほど辛い思いをしなくてはならないなんて、間違っている気がした。

こんなに大変でも、ウィルは弱音を吐かなかった。彼が苦しんでいることにわたしが気づくまで何週間もかかったのはそのためだ。今は、眉を寄せた様子や、沈黙や、内に引きこもっているように見える様子から、推《お》し量ることができる。彼はただ「ルイーザ、冷たい水をくれないか？」とか「鎮痛剤の時間じゃないかな」と言うだけだった。ときどき、激痛で彼の顔は文字どおり色を失い、青白いセメントのようになる。そういうのは一番、具合が悪い日だった。

でも、そうでない日はお互いけっこううまくやっていた。わたしが話しかけても、はじめのころみたいにこの世のものとも思えないほど機嫌が悪くなることはなくなった。今日は痛みがない日らしかった。トレイナー夫人が、あと二十分で掃除が終わると言いに出てきて、わたしは彼と自分にお茶のお代わりを淹れた。それから庭をゆっくりと回った。ウィルは小道の上を進み、わたしは自分のサテンのパンプスが濡れた芝生で黒ずんでいくのを眺めていた。

「興味深い靴の趣味だ」ウィルが言った。

それはエメラルドグリーンの靴だった。チャリティショップで見つけたのだ。パトリックは、それを履いたわたしをアイルランドの妖精のレプラコーンが女装したみたいだと言う。

「なんというか、君はこの辺の人とは違う服装をするよな。次はどんなありえないコーディネートで現れるかと、けっこう楽しみにしているんだ」

「だったら、〝この辺の人〟はどんな服を着るの？」

彼は小道に落ちている小枝を避けるために、少し左に車椅子を進めた。「フリースかな。それとも、もし君が母の同類だったら、イエーガーとかホイッスルズの服」彼はわたしを見た。「で、どこでそのエキゾチックな趣味をものにしたんだ？　ここ以外でどこで暮らしたことがある？」

「どこにも」

「嘘だろう、この町にしか住んだことないのか？　これまでどこで働いたことがある？」

「ここだけよ」わたしは振りかえり、身構えるように胸の前で腕を組んだ。「だから？　それのどこがそんなに変なの？」

「だってこんな小さな町だぞ。ほんとうになにもないし、城だけの町じゃないか」わたしたちは小道で立ち止まり、そのお城が、遠くの奇妙なドームのような丘の上にそびえているのを見つめた。子供が描いたみたいな完璧な形の丘だ。「ここは人が帰ってくる場所だと思っていたよ。ほかのことすべてにうんざりしたときにね。それともほかの場所に行く想像力がなくなったときに」

「余計なお世話」

「そのこと自体はなにも**悪く**ないよ。でも……それにしてもだ。変化があるとは言えないだろ？　いろんなアイディアとか、興味深い人間とか、チャンスでいっぱいなわけじゃない。ここらの人間は、土産物屋で売ってるランチョンマットのミニチュア鉄道の絵柄が変わっただけで大騒ぎするんだ」

わたしは思わず笑った。先週の地元の新聞にまさにその話題についての記事が掲載されていたから。

「君は二十六歳だ、クラーク。外に出るべきだよ。世界をその手でつかむんだ。バーで面倒を起こしたり、怪しげな男たちにそのユニークな装いを見せびらかして……」

「わたしはここでいいの」とわたしは言った。

「いや、よくない」

「あなたって、人にどうしろこうしろ言うのが好きね?」

「自分が正しいって分かってるときだけだ」彼は言った。「飲み物の位置を直してくれるか? 届かないんだ」

わたしはストローを回して届きやすいようにし、彼がお茶を飲むのを見ていた。かすかな冷気に当たって、彼の耳の先はピンク色に染まっていた。

彼は顔をしかめた。「これはなんだ。お茶を淹れるプロだったにしては、ひどいな」

「あなたがお茶もどきに慣れちゃってるだけよ。ラプサンスーチョン茶とかそういうハーブ系のやつに」

「お茶もどきだって!」彼はむせそうになった。「とにかく、この階段用ワックスよりはずっとましだ。まったく、スプーンが立ちそうなほど濃いじゃないか」

「分かったわよ、わたしのお茶の淹れ方まで間違ってるってわけね」わたしは彼の前のベンチに座った。「わたしが言うことなすこと、あなたがいちいち意見を述べるのは許されるのに、あなたには誰もなにも言えないのはどうしてよ?」

「じゃあ言えよ、ルイーザ・クラーク。僕に意見してみろよ」

「あなたのことで?」

彼は芝居がかったため息をついた。「やむをえんだろう」

「髪を切るべきね。そんな頭だと、どこかのホームレスみたい」

「うちの母上みたいな口のきき方だ」

「だって、ほんとにひどいもの。とにかく髭は剃るべきよ。そんなに顔に毛を生やしてて、かゆくならない？」

彼は横目でわたしを見た。

「そうなんでしょ？　だろうと思ってた。よし、今日の午後、その毛をわたしが全部、取っちゃおう」

「やめてくれ」

「やるわよ。わたしの意見を求めたじゃない。だからこれが答え。あなたはじっとしてればいいから」

「嫌だと言ったら？」

「どっちにしてもやるかも。これ以上伸びたら、くっついた食べ物をつまんでとらなくちゃならなくなるもの。言っときますけど、もしそうなったら、職場に不当な苦痛をもたらしたって理由で訴えるわよ」

するとも彼は微笑んだ。まるでわたしの言うことを面白がっているように。こう言うとちょっと痛々しく聞こえるかもしれないけれど、ウィルが笑顔になることはほんとうに珍しかったのだ。おかげでわたしは嬉しさにちょっと頭がくらくらした。

「なあ、クラーク」と彼は言った。「頼んでいいか？」

「なに？」

「耳を掻いてくれないか？　かゆくておかしくなりそうなんだ」

「掻いてあげたら髪を切らせてくれる？　ちょっと整えるだけでも？」

「調子に乗るな」

「あら、緊張させないでよ。わたしハサミを使うの、得意じゃないんだから」

　わたしはバスルームのキャビネットを探して剃刀《かみそり》とシェービング・フォームを見つけた。それらは清拭用のワイプとコットンの箱のうしろ奥深くにしまいこまれ、しばらく使われていないようだった。彼をバスルームに来させ、シンクにお湯を張り、ヘッドレストを少しうしろに倒してもらい、顎の上に熱くしたフランネルの布を置いた。

「なんだこれ？　理髪店でもやるつもりか？　このフランネルはなんに使うつもりなんだ？」

「さあ」とわたしは白状した。「映画でそうしてるから。お産のときのお湯とタオルみたいなもんでしょ」

　口は見えなかったけれど、彼の目元にはかすかに笑いじわが寄っていた。そんなふうでいてほしかった。彼に楽しい気分でいてほしかった――彼の顔から、あの憑《つ》かれたような用心深い表情が消えてほしかった。わたしはぺちゃくちゃしゃべった。ジョークを飛ばした。ハミングをはじめた。また彼が陰鬱《いんうつ》な顔になるまでの時間を引きのばすためなら、なんでもやった。

　わたしは袖をまくり、彼の顎から耳にかけて、シェービング・フォームを塗りつけた。そして剃刀を彼の顔の上に構え、ちょっとためらった。「今まで剃ったことあるのって脚だけなんだけど、それ、今、言わないほうがいい？」

　彼は目を閉じ、ゆったりと寄りかかっていた。わたしは剃刀の刃をそっと彼の顎にそって動かしはじめた。静けさを破るものは、わたしが洗面器の水で剃刀をゆすぐときの水のはねる音だけだ。わたしは黙ったまま手を動かした。剃刀を進めながら、ウィル・トレイナーの顔をじっと観察する。口の両脇に刻まれたしわは、年齢の割に深すぎるような気がした。髪を顔の横からうしろに撫でつけると、傷を縫った痕がありありと見えた。事故のときのものだろう。紫色のくまは幾晩も続く眠れぬ夜を物語り、眉間《みけん》の深いしわは、無言の苦痛を訴えている。彼の肌から温かな甘い香りが立ちのぼってくる。シェービング・フォームの香りと、ウィル自身のもつ、控えめな、しかしお金のかかっていそうななにかだ。彼の顔が現れはじめた。彼にとってアリシアみたいな女性を惹きつけるのはなんでもないことだったにちがいない、と思う。

　彼がほんのひとときでもくつろいでいるらしいことに励まされ、ゆっくりと丁寧に作業した。ふと気がついた。ウィルが誰かに触れられるのは、医学的な処置や治療のときだけだ。わたしは指を軽く彼の顎に置いたまま、ネイサンや医師が彼に触れるときの、味気ない手際のよさとはできるだけかけ離れた動きを心がけた。

　それは──ウィルの髭を剃ることは──奇妙に親密な作業だった。わたしはそれを続けながら、自分は、彼の車椅子がバリアになってくれることを当てにしていたのだと気づいた。

つまり、彼に障害があるから、エロティックな気配が忍びこんでくることはありえないと思っていたのだ。けれど妙なことに、それは見込みちがいだった。こんなに誰かにぴったりと寄り添い、その人のなめらかに張りつめた肌を指先で感じ、その人の吐息を吸いこみ、その人の顔が自分の顔からほんの少ししか離れていないところにあったら、心のかすかなざわめきを感じないでいるのは不可能だった。反対側の耳にたどりつくころには、まるで目に見えない境界線を踏みこえたかのように、わたしは気恥ずかしさを覚えはじめていた。

たぶん、ウィルは肌を押す力の微妙な変化を読みとったのかもしれない。それとも単に、周囲の人の気分に、より敏感なのだろうか。彼は目を開け、その目はわたしの目を覗きこんでいた。

短い間があって、それから彼は真顔で言った。「頼むから眉毛を剃り落としたなんて言わないでくれよ」

「片っぽだけね」わたしは言った。剃刀をゆすぎ、振りかえるまでに頬から赤みが消えてくれていることを願った。「はい、おしまい」とようやくわたしは言った。「お疲れさま。もうちょっとしたらネイサンが来るのよね?」

「髪は?」彼が言った。

「ほんとに切ってほしいの?」

「まあ、切ってもいい」

「わたしのこと、信用してないんだと思ってた」

彼はせいいっぱい肩をすくめた。ほんのわずかな両肩の動きだ。「それで二週間、文句を聞かないですむなら、それくらいの代償はしょうがないな」

「わあ、すごい。トレイナー夫人が大喜びしちゃうわね」わたしは言いながら、残っていたシェービング・フォームの小さな泡を拭きとった。

「ああ、まあ、だからってやめることもないだろう」

散髪は居間でやることにした。わたしは薪ストーブをつけて、映画――アメリカのスリラー映画――のDVDを再生すると、彼の肩をタオルで覆った。ちょっと腕が鈍っているかも、という警告はしてあったが、でも、今よりひどいことにはならないから、と付け加えた。

「それはなにより」彼は言った。

わたしは仕事にとりかかった。指のあいだに彼の髪をすべらせ、かつて学んだ基礎テクニックをいくつか思い出そうとする。ウィルは映画を観ながら、リラックスして、満足そうと言ってもいいくらいだった。ときどき、彼は映画について――主演俳優がほかにどんな映画に出ているとか、この映画をどこではじめて観たかとか――コメントし、わたしはあいまいな、興味がありそうな声を出す（トーマスがおもちゃを見せてくれるとき、そういう声を立てる）。でも、ほんとうのところ、わたしの全神経は彼の髪をひどいありさまにしないことに注がれていた。やっとの思いで難関をクリアし終え、できばえを見るために彼の前に回った。

「どう？」ウィルはＤＶＤを一時停止した。

わたしは背筋を伸ばした。「こんなにちゃんとあなたの顔が見えるのってどうなのかしら。ちょっとどきどきしちゃう」

「涼しくなったな」彼は言い、その感じを確かめるように首を左右に動かした。

「ちょっと待ってて。鏡を二枚持ってくる。そしたらちゃんと見えるから。でも動かないでね。もう少し整えないと。まだ片っぽの耳を剃り落としてないの」

寝室で、彼の引き出しを開けて小さな鏡を探しているとき、ドアの音が聞こえた。きびきびした足音が二組。トレイナー夫人の心配そうな大きな声。

「ジョージーナ、お願い、やめて」

居間のドアが勢いよく開いた。わたしは鏡をつかむと、寝室から走り出た。またウィルを一人にしていたところを見つかるのはごめんだった。トレイナー夫人は居間の入口に立ち、まだはじまってもいない言い争いを見守るように両手を口元に上げていた。

「あなたはわたしの人生で一番勝手な人よ！」若い女性が怒鳴った。「信じられない、ウィル。前も勝手だったけど、今のほうがもっとひどいわ」

「ジョージーナ」トレイナー夫人の視線が、近づいていくわたしのほうにちらりと向けられた。「頼むからやめてちょうだい」

わたしは彼女のうしろについて部屋に入った。ウィルの肩にはタオルがかけられ、車椅子の車輪に柔らかな茶色のシダの葉っぱのように髪の毛がくっついている。その顔は若い女性のほうを向いていた。彼女は長い黒髪を、頭のうしろでラフなお団子にまとめていた。肌は日焼けし、高級な穴あきデニムとスエードのブーツを履いている。アリシアのように美しく整った顔立ちで、歯磨き粉のコマーシャルもびっくりの真っ白な歯をしている。それに気づいたのは、彼女が怒りで顔を真っ赤にしながら、まだ彼にわめきたてていたからだ。「信じられない。そんなことを思いつくことすら信じられない。いったい――」

「**お願いだから**。ジョージーナ」トレイナー夫人の声が鋭く響いた。「今はやめなさい」

ウィルは、無表情な顔で、まっすぐ前の、目に見えないどこか一点を見つめていた。

「あの……ウィル？　大丈夫ですか？」わたしは低い声で訊いた。そのとき、わたしはその目に涙がいっぱい浮かんでいることに気づいた。

「あなた誰よ？」彼女がくるりと振りかえって言った。

「ジョージーナ」ウィルは言った。「こちら、ルイーザ・クラーク。僕のヘルパー兼衝撃的に独創的な美容師でね。ルイーザ、これは妹のジョージーナだ。わざわざオーストラリアから飛行機に乗って、僕を怒鳴りつけにきたらしい」

「ふざけないで」ジョージーナが言った。「お母様に聞いたのよ。お母様から**全部**聞いたんだから」

誰も動かなかった。

「向こうに行っていましょうか？」わたしは言った。

「そうしてくれるかしら」トレイナー夫人のソファのアームをつかんだ指の節が白くなって

いた。

わたしは部屋をそっと出た。

「そうだわ、ルイーザ、ちょうどいいから今、お昼休みをとってちょうだい」

こういう日はバス停ランチの日だ。わたしはキッチンからサンドウィッチを取ってくると、コートを着こんで裏の道を下っていった。

出がけに、ジョージーナ・トレイナーが声を張り上げたのが聞こえた。「ウィル、考えたことあるの？　そうは思ってないかもしれないけど、これはあなた**だけ**の問題じゃないのよ」


きっかり三十分後に戻ってみると、家はしんとしていた。ネイサンがキッチンのシンクでマグカップを洗っていた。

彼はわたしを見て向き直った。「やあ」

「もう帰った？」

「誰が？」

「妹さん」

彼はちらっと後ろを見た。「ああ、あれがそうなのか。うん、帰ったよ。ちょうど俺が来たとき車を急発進させて出てった。兄妹げんかってやつ？」

「さあ」とわたしは言った。「ウィルの髪を切ってたら女の人が入ってきて、怒鳴りちらしだしたの。また違う彼女かと思った」

ネイサンは肩をすくめた。

ネイサンはたとえ知っていても、ウィルの人生のプライベートな事情には興味がないらしかった。

「ウィルはなんか静かだけどね。ところで、きれいに剃れたね。あのもじゃもじゃの下から奴を救出したのはお手柄だ」

わたしは居間に戻った。ウィルはテレビを見つめたまま座っていた。画面はわたしが部屋を出たときのまま静止していた。

「これ、また再生する？」わたしは言った。

少しのあいだ、その声が耳に入らなかったようだった。彼は頭を肩のあいだに沈め、さっきのリラックスした表情には幕が下りていた。ウィルはまた殻を閉ざし、わたしには突き破れないもののうしろに引きこもっていた。

ウィルはまばたきした。そのときやっとわたしに気づいたみたいに。「ああ」と彼は言った。

話し声が聞こえたのは廊下で洗濯物の籠を運んでいるときだった。離れのドアが少し開いていて、トレイナー夫人と娘の声が長い廊下を伝わってくる。その声は音のない波に乗って流れてくるようだった。ウィルの妹は静かにすすり泣いていた。声から怒りはすっかり消えていた。彼女の口調は子供っぽいほどだった。

「なにか方法があるはずよ。医学の進歩とか。アメリカに連れていけないの？　アメリカはなんでも進んでるもの」

「お父様があらゆるニュースに目を配ってるわ。でもね、ないの。なんにも……具体的なものはないのよ」

「ウィルは……変わっちゃったわ。絶対にものごとのいい面を見ないって決めてるみたい」

「あの子ははじめからずっとああよ、ジョージーナ。あなたは家に帰ってきたときしか会ってないからだと思うわ。あのころも、やっぱり……頑固だったと思うけれど。あのころは、なにかが変わるかもしれないって信じてたのね」

こんな内密の会話を聞いていることが、少し居心地悪くなってきた。でも、そのどこか意味ありげな調子がわたしの足を進めさせた。気がつくと、わたしはそのドアにそっと歩み寄っていた。靴下をはいた足は床を踏んでも音を立てない。

「あのね、お父様もわたしも、あなたに話してないことがあるの。動揺させたくなかったから。でもね、ウィルは……」彼女は言葉を探した。「ウィルは……自殺しようとしたのよ」

「なんですって？」

「お父様が見つけたの。一月のことよ。それは……それはひどかったわ」

この言葉は、実際、それまで推測していたことを裏づけただけだというのに、わたしは血の気が引くのを感じた。押し殺した泣き声、なだめるようなささやき。またしばらく沈黙が流れた。それからジョージーナが、悲嘆のあまり聞きとりにくい声でまた言った。

「あの子は……？」

「ええ。ルイーザはああいうことが二度と起こらないようにするために来てもらってるの」

わたしは凍りついた。廊下の反対側、バスルームから、ネイサンとウィルが低い声で話しているのが聞こえた。ほんの数フィート離れたところで、こんな会話が交わされているのも知らずに。わたしはもう一歩、ドアに近づいた。彼の手首の傷痕を見てからずっと、そのことは分かっていたと思う。結局、それですべてのつじつまが合うのだ――ウィルをあまり一人にしておいてはいけない、というトレイナー夫人の心配、わたしがここにいることを彼がひどく嫌ったこと、自分がなんの役にも立っていない気がする長い長い時間――。これは見張りだったのだ。わたしは知らなかったけれど、ウィルは知っていて、それでわたしを嫌っていたのだ。

ドアのハンドルに手を伸ばし、そっと閉めようとした。ネイサンはなにを知っているのだろう。ウィルは今、前より満足しているんだろうか。ウィルの反感がわたしにではなく、わたしが――ほかの誰でも――彼の見張りとして雇われているという事実に向けられていたと知って、身勝手にもかすかな安堵《あんど》を感じている自分にわたしは気づいた。いろいろな考えが頭の中をせわしなく飛び交い、あやうくそのあとの会話を聞き逃すところだった。

「でもそんなことさせるわけにいかないわ、お母様。止めなくちゃ」

「わたしたちが選ぶことじゃないのよ」

「いいえ、違う。お母様たちの選択よ——ウィルがお母様に協力してくれって言ってるなら」ジョージーナが抗議した。

わたしの手の中でハンドルが静止した。

「承知したなんて信じられない。お母様の信仰はどうなるの？　これまでやってきたこと全部は？　前のときにウィルを助けたのだって意味がなくなるじゃない？」

トレイナー夫人の声はわざとらしく落ち着いていた。「それは言いすぎよ」

「でも、お母様、ウィルを連れてくんでしょ。それなら——」

「ちょっと考えてごらんなさい。もしわたしがやらないと言ったら、あの子はほかの誰かに頼むでしょう」

「でも、〈ディグニタス〉だなんて。そんなの間違ってる。ウィルが辛いのは分かるわよ。でも、そんなことしたらお母様もお父様も立ち直れなくなる。分かるでしょ。お母様がどんな気持ちになるか考えてみて。世の中に知れ渡るわ。お母様の仕事は？　二人への世間の目は？　**あの人**、分かるべきでしょう。そんなこと頼むだけでも自分勝手よ。なんでできるの？　あの人、なんでこんなことできるの？　**お母様**はなんでこんなことできるのよ？」彼女はまたすすり泣きはじめた。

「ジョージーナ……」

「そんな顔しないで。お母様、わたしだってウィルのこと気にかけてるわ。ほんとよ。兄だし、大事だもの。でも、こんなこと考えるの耐えられない。ウィルが頼むのも間違ってるし、お母様たちがそれについて考えるのもおかしい。この話を進めたら、ただウィルが自分の命を失うだけじゃない、なにもかもが失われるのよ」

わたしはドアから一歩、後ずさりした。耳の中で血が激しく脈打っている。その音でトレイナー夫人の答えが聞こえないほどだった。

「六か月あるの、ジョージーナ。あの子は六か月くれると約束したの。いい、もうこの話は二度としないでちょうだい。もちろん他人の前ではだめよ。そして……」彼女は深いため息をついた。「この六か月のうちになにかが起きて、あの子が気持ちを変えてくれるように、いっしょうけんめい祈りましょう。それしかないのよ」

8

カミラ

わたしは息子を殺すのに加担するつもりはありませんでした。

そんな言葉を読むのも奇妙な気がする――タブロイド紙で目にするような言葉だ。あるいは、労働者階級の女性がハンドバッグからよく覗かせている、ああいう下品な雑誌に載っているような。自分の娘と浮気なパートナーに駆け落ちされた女たちや、奇跡の減量ストーリーや、センセーショナルな奇病の話でいっぱいの雑誌に。

わたしはこういうことが起こるはずのない人間だった。いや、少なくとも、自分では起こるはずがないと思っていた。わたしの人生はおおむね計画どおりの人生だった――今の世の中の基準からいえば、平凡な人生だ。結婚してじきに三十七年になる。二人の子供を育て、仕事を続け、学校ではＰＴＡの活動をし、子供から手が離れてから判事になった。

治安判事になって、もう十一年だ。あらゆる人生が法廷を通りすぎていくのを見つめてきた。だらしなくて裁判所に出頭する時間も守れない、どうしようもないチンピラたち、常習的な犯罪者たち、怒りに満ちたこわもての若い男たち、疲れ果て借金にまみれた母親たち。同じ顔、同じ過ちをくりかえし何度も見ていると、平静を保ち、理解ある態度を示すのは容易ではない。時折、自分の声にあるいらだちの響きに気づく。責任ある行動を試みることすら頭から拒絶する人間の姿は、妙に気を滅入らせるものだ。

そしてわたしたちの小さな町――美しい城や、多くの指定歴史的建造物や、絵画のような田園風景に恵まれたこの町も、そうしたことと無縁ではない。摂政《せっしょう》時代の広場にはティーンエージャーたちがシードルを飲みながらたむろし、藁《わら》ぶき屋根のコテージは夫たちが妻子を殴りつける音を内に隠している。混沌《こんとん》と、ひたひたと寄せる荒廃の波を前に、むなしい判決を言い渡しながら、海の波に向かって止まれと命じたクヌート大王の気分になることもある。それでもわたしは仕事が好きだった。この仕事をしてきたのは、秩序と道徳に信念を持っていたからだ。わたしは、ものごとには正しいことと間違っていることがあると信じていた。そういう考え方はもう流行《はや》らないかもしれないけれど。

辛い日々を乗り切ってこられたのは、庭のおかげだった。子供たちが大きくなるにつれ、わたしはとりつかれたように庭に夢中になった。もし誰かが指さしたら、ほとんどの植物のラテン名を言ってみせることができる。学校でラテン語など勉強しなかったのだから不思議だ。わたしが行った学校は、あまり有名でない女子校のパブリック・スクールで、教育の重点は、料理や刺繍《ししゅう》、つまりよき妻になるために役立つことにおかれていた。でも、そういう植物の名前はどういうわけか、頭に残った。一度、聞きさえすればずっと忘れなかった。へレボルス・ニゲル、エレムルス・ステノフィルス、アシリウム・ニポニカム。学生のころにはなかった流暢《りゅうちょう》さで、それらの名をくりかえすことができる。

ある年齢にならないと、庭のよさをほんとうには理解できないものだという。そのとおりかもしれない。きっと、生命の大きな循環にかかわることなのだろう。荒涼とした冬のあとに、新しい芽生えの屈託のなさに気づき、年ごとの変化――自然が、庭のさまざまな片隅を選んでは、せいいっぱい華やかに飾るさま――に見出だす幸福は、まるで奇跡のように思える。いろいろなことがあった――結婚生活に想定外の人数が交ざっていることに気づいたこともあった。庭が逃げ場になってくれたことも、喜びだったこともあった。

正直に言えば、庭が悩みの種だったこともある。せっかく新しいボーダー花壇を作ったのに綺麗に咲かなかったり、美しいアリウムの列が、一夜にしてぬるぬるした厄介者にだめにされたりすることほど失望することはなかった。でも、庭の世話にかかる時間や手間、午後じゅう草むしりをしたあとのふしぶしの痛み、爪がいつも薄汚れていることに文句は言っても、わたしは庭を愛していた。屋外にいる恍惚《こうこつ》感、その香り、指で触る土の感触、なにかが生きて、成長し、そして束の間の美に輝く姿を見つめる満足感――そうしたものをわたしは愛していた。

ウィルの事故の後、わたしは一年間、庭仕事をしなかった。時間がなかったせいではない。たしかに、病院で過ごした時間は果てしなかったし、車での頻繁《ひんぱん》な往復、それにミーティング――ああ、あの憂鬱《ゆううつ》なミーティングにはほんとうに時間をとられたけれど。職場からは六か月間の特別休暇をとったが、それでも足りないくらいだった。

庭仕事をしなくなったのは、急にその意味を見失ったからだった。庭師を雇って手入れにきてもらった。そして一年の大半、せいぜいざっと庭に目をやることしかしなかった。

離れの改造が終わってウィルを家に連れて帰ってきてから、ようやくまた庭を美しくすることに意味が見出せるようになった。息子になにか見るものを与える必要があった。息子に、ものごとは移り変わることを、成長し、あるいは枯れ、しかしそれでも命は続いていくと、言葉ではない方法で伝える必要があった。わたしたちはみな、なにか大きな循環、パターンの一部で、それは神のみがお分かりになっているものなのだ、と。もちろん、それを口にするわけにはいかなかった——ウィルとわたしは以前からあまり二人で話をしなかったから。けれど、あの子に示してやりたかった。それは言うなれば、もっと広いものの見方があり、未来に光はあるという、言葉に出さない約束だった。

スティーヴンが薪ストーブを突《つつ》いていた。半分燃え残った薪を火かき棒で器用に動かすと、火花が煙突に舞い上がる。それから新しい薪を真ん中に落とした。うしろに下がると、いつものように、炎が盛んになるのを黙って満足そうに眺め、手をコーデュロイのズボンで払っている。わたしが部屋に入ると彼は振りかえった。わたしはグラスを差し出した。

「すまんね。ジョージーナは降りてくるのかね？」

「来そうもないわ」

「なにをしているんだ？」

「二階でテレビを観てるわ。一人でいたいんですって。訊いてみたの」

「そのうち元気になるだろう。時差ぼけじゃないのか」

「それならいいんですけど。スティーヴン、あの子、今、わたしたちにずいぶん腹を立てているのよ」

わたしたちは黙ったまま立ち、炎を見つめた。部屋は暗くしんとしていた。風と雨に叩かれて、窓ガラスが小さく震えている。

「ひどい晩だな」

「そうね」

犬が部屋の中に入ってきて、ため息をつくと、ストーブの前にごろりと横になり、寝そべったまま、わたしたちを愛情のこもった目で見上げた。

「で、どう思う？」彼は言った。「散髪のことだが」

「分からないわ。いい兆候だと思いたいけれど」

「ルイーザというのはなかなか面白い子じゃないか」

わたしは夫が微笑をもらすのを見ていた。**まさかあの子にまで**、と自分が思っていることに気づき、その考えを心の中で押し殺した。

「ええ。ええ、そのようね」

「あの子は適任だと思うかい？」

わたしは答える前に飲み物を飲んだ。ジンを指二本分、レモンのスライスを一切れ、トニック・ウォーターをたっぷり。「さあ？」わたしは言った。「もうなにが正しくてなにが間違っているのか、わたしにはさっぱりですわ」

「あいつ、あの子が好きなんだ。好きに決まってる。こないだの晩、ウィルとニュースを観ながら話をしていたんだが、そのとき二回もあの子の名前を言うんだ。そんなことは前にはなかった」

「そうね。でも、わたしならあまり期待しすぎませんけど」

「いけないか？」

スティーヴンは炎から振りかえった。わたしを見つめている。きっと目の周りの新しいしわや、このところ、心労のせいで薄くまっすぐに結ばれたままの口元に気づいているだろう。彼は、小さな金の十字架を見ていた。このごろいつも首にかかっている。そんなふうに見られるのは嫌だった。誰かと比較されている感じをどうしてもぬぐい去れなかった。

「ただ、現実的なだけですわ」

「その口ぶり……その口ぶりだと、そうなることをもう予想してるみたいだな」

「わたしの息子ですもの」

「われわれの息子だ」

「ええ。わたしたちの息子ですわ」でも、やっぱりわたしの息子よ、とわたしは考えていた。

あなたはあの子にほんとうに寄り添ってやったことは一度もなかった。精神的な意味でね。

あなたは不在だった。あの子はそこにいないあなたに褒められたくて努力してきたのよ。

「きっと気が変わるさ」スティーヴンは言った。「まだ時間はたっぷりある」

わたしたちはそこに立っていた。わたしは酒をゆっくりとすすった。炎が放つ温かみに対して氷のように冷たい。

「わたし、ずっと考えてるの……」火床を見つめながら言った。「なにか見落としてるんじゃないかとずっと考えているんですの」

夫はまだわたしを見つめていた。視線を感じる。でもその視線に目を合わせられなかった。たぶん、そうしたら彼はわたしのほうに腕を伸ばしたかもしれない。でも、もうそんなことをするには、わたしたち二人のあいだはもう遠くなりすぎていた。

夫は酒をすすった。「やれることをやるしかない」

「分かってますわ。でも、それでは足りないのでしょう、違う?」

彼はまた火のほうを向き、意味もなく薪を火かき棒で突きだした。わたしは背を向けて足早に部屋を出た。

わたしがそうするだろうと、あの人が思っていたとおりに。

はじめてウィルが自分の望みをわたしに話したとき、あの子は二度、その話をくりかえさなければならなかった。一度目は、聞き違いに決まっているとわたしが思ったからだ。彼がなにを提案しているのかを理解したとき、わたしはわりあい、平静を保っていた。それから馬鹿なことを言わないで、と言って、一目散に部屋を出た。車椅子の人を置き去りにするのは不公平だ。離れと母屋のあいだには二段の階段があり、ネイサンの助けがなければウィルはそこを乗りこえられない。わたしは離れのドアを閉め、わが家の廊下に立ちつくした。耳には息子が淡々と語った言葉が、まだ鳴り響いていた。

三十分もそうしていたかもしれない。

あの子はその望みを手放そうとしなかった。ウィルという子は、どんなときでも自分が決めなければ気がすまなかった。あの子はわたしが様子を見にいくたびに要求をくりかえし、おかげで、こちらは毎日、離れに行くたびに自分を奮《ふる》い立たせなくてはならなくなった。**お母さん、僕はこんなふうに生きるのは嫌なんだ。これは僕が選んだ人生じゃない。回復する見込みはまったくない。だから、自分が適切だと思う方法でそれを終わりにしたいと望むのは、実に理にかなっている。**その口調を聞きながら、ビジネス・ミーティングの場にいるあの子がどんなだったか目に浮かぶようだった。あの子が富を築き、傲慢《ごうまん》さを身につけた職業だ。結局、あの子は自分の言い分を通すことに慣れている人間だった。どういう形であれ、わたしがあの子の将来を決める権限をもつこと――わたしが再びあの子の**母親**になることに、ウィルは我慢できなかった。

あの子があんなことをしなければ、わたしは同意しなかった。信仰が禁じているからではない――ウィルがあの子自身の絶望によって地獄に堕《お》ちるという先行きを考えると恐ろしかったのはたしかだけれど（わたしは神、善なる神は、わたしたちの苦しみを理解し、過ちをお赦《ゆる》しになると信じることにした)。

ただ、母親というのがどういうものかは、なってみないと分からない。母親の前にいるのは、駐車違反切符や、磨いていない靴や、恋人とのごたごたを持ちこんでくる一人前の男——汚らしく、髭が伸び、ひどい臭いがする、へそ曲がりのわが子——ではない。母親の目には、これまでのあの子の、ありとあらゆる姿が一つになって映るのだ。

ウィルを見ると、自分がこの腕に抱いた赤ん坊が見える。じっとりと汗ばみ、新しい人間を産み落としたことを信じられず、ぼうぜんと腕に抱いた赤ん坊が。わたしの手を握ろうと手を伸ばすよちよち歩きの幼児が、ほかの子にいじめられて憤然と涙を流す小学生の男の子が見える。あの子のか弱さが、愛が、これまでの成長が見える。あの子がわたしに消し去ってほしいと頼んでいたのはそれだった。大人になった息子も、幼子《おさなご》も、あれだけの愛情も、あれだけの歴史も。

そして一月二十二日、わたしが法廷で、えんえんと呼び出される万引きと、無保険ドライバーと、泣きわめき怒鳴り合う元夫婦たちの列にかかりきりだったあの日、スティーヴンは離れに入っていき、わたしたちの息子がほとんど意識不明になっているのを発見したのだった。あの子の頭は肘掛けにだらりともたれ、車椅子はどす黒い、固まりかけた血だまりの中にあった。あの子は、裏の部屋の、急ごしらえの木部に半インチほど飛び出した錆《さ》びた釘を見つけ、そこに手首を当て、皮膚がずたずたになるまで、前後に車椅子を動かしつづけたのだ。苦痛で半分、朦朧《もうろう》としていたかもしれない。でも、今になってもあの子を駆り立てた決意がどんなものか、わたしには想像がつかない。医師たちは、あと二十分遅ければ死んでいた、と言った。

あれは、助けを求める叫びなどではありませんな、と医師たちは控えめに言った。

病院で、ウィルが助かると聞いたあと、わたしは庭に出ていって、憤怒《ふんぬ》の叫びを上げた。神に、自然に、これほどの深みにわたしたち家族を落とした運命に向かって、わたしは激昂《げっこう》した。今、振りかえると、正気を失ったように見えたかもしれない。寒い夜に庭に立ち、大きなブランデーのグラスを二十フィート離れたイオニマス・コンパクタスの茂みに投げこみ、わたしは絶叫した。その声は空気を切り裂き、城壁にぶつかって、遠くにこだましていった。わたしは猛烈に怒っていた。周りにある物は、どれも動かしたり、曲げたり、伸ばしたり、増やしたりできる。そしてわたしの息子は――わたしの生命力とカリスマ性に満ちた、素晴らしい息子は――**物**だった。動けないまま、うなだれ、血まみれで、苦しんでいる。物たちの美しさはひどく汚らわしく見えた。わたしは叫び、わめき、ののしった。そんな言葉を自分が知っていることを知らなかった。やがてスティーヴンが出てきて、わたしの肩に手を置き、わたしが静まったと確信するまで待っていた。

あの人は理解していなかった。夫はまだそのことに気づいていなかった。ウィルはまたやる、ということに。わたしたちは次に備えて、今度はどんな恐ろしいことをあの子が自分にするかに備えて、常に神経を張りつめて生活しなければならなかった。わたしたちはあの子の目を通してものを見なければならなかった。毒になりそうなもの、鋭くとがったもの。あのいまいましいバイク乗りがきっかけを作ったこの仕事をやり遂げようとしてあの子がなにを思いつくかに、目を配らなくてはならなかった。そのたった一つの行為が行われる可能性を水も漏らさぬように包囲するために、わたしたちの生活は小さく縮こまらなくてはならなかった。そして、分《ぶ》があるのはあの子のほうだった——ほかになにも考えることがないのだから。そうでしょう?

二週間後、わたしはウィルに言った。「分かったわ」

もちろんそうした。

ほかにわたしになにができたというのだろう?

9

その晩、わたしは眠れなかった。狭い物置部屋で目を覚ましたまま横になり、天井を見上げながら、今、知ったことをもとに、この二か月間を注意深く組み立て直していた。あらゆるものが移動し、ばらばらに分解され、別の場所に収まって、見覚えのない図柄を作っていく。

だまされたような気がした。なにが起きているのかも知らない、頭の鈍い脇役みたいな気分だった。ウィルに野菜を食べさせようとしたり、髪を切ろうとしたり、そんなわたしの努力――彼を元気づけようとする小さな努力を、みんな、きっと隠れて笑っていたのだろう。結局、どんな意味があったってこと？

わたしは何度も何度も耳にした会話を思い起こしては、別の解釈を探し、二人の話を聞き違えたんだ、と自分に言い聞かせようとした。けれど〈ディグニタス〉は小旅行に出かけるような場所ではない。カミラ・トレイナーがわが子にそんなことをしようと考えるなんて信じられなかった。たしかにあの人は冷たいとも思ったし、彼のそばで居づらそうにしているとも思った。うちのママがわたしたちを抱きしめるように、あの人がウィルを抱きしめるところは想像しにくかった。うちのママは、力いっぱい、心から嬉しそうに、わたしたちがお願いだから離して、と身をよじって逃げだすまで抱きしめる。でも正直なところ、上流階級の人たちの子供への接し方はそういうものなんだろうくらいに思っていた。なにしろ、ちょうどウィルに借りたナンシー・ミットフォードの『寒冷地の愛』を読んだところだったし。とはいえ自分から進んで息子の死に手を貸すなんて、あっていいのだろうか？

　振りかえると、彼女の態度は余計に冷たく、なにか悪意がこもっていたような気がしてきた。わたしは彼女に腹を立て、ウィルに腹を立てた。二人がわたしをそんな茶番にひっぱりこんだことが腹立たしかった。どうすればいろんなことをもっと改善できるだろうか、どうすればウィルをもっと楽に、あるいは幸せにしてあげられるだろうかと座りこんで考えつづけたあの時間が腹立たしかった。腹を立てていなければ、悲しかった。ジョージーナを慰めようとするカミラ・トレイナーの声がかすかにかすれていたことを思い出すと、彼女のために悲しくてたまらなくなった。彼女があまりにも辛い立場にいることは、わたしにも分かっていた。

　でも、なによりもわたしの心を占領していたのはぞっとする嫌悪感だった。知ってしまった事実が頭を離れなかった。死ぬ日までの日数をただつぶしているだけだと知りながら、どうして毎日を生きていけるの？　今朝、わたしが指で触れた、温かい血が通う肌、その肌の持ち主は、どうして自分をなかったことにしようなんて決心できるの？　みんなの納得ずくで、その同じ肌が、六か月たったら、地面の下で朽《く》ちていくなんて、そんなことあっていいの？

誰かに話すこともできなかった。それが一番悪い部分だったかもしれない。自分はもう、トレイナー家の秘密に加担してしまったのだ。気分が悪く、ぐったりしたわたしはパトリックに電話して、調子が悪いから今日は家にいる、と言った。いいよ、六マイルほど走ろうと思ってるからさ、と彼は言った。どっちにしても、九時過ぎまでアスレチック・クラブのほうが片づきそうもないし、と。彼には土曜日に会うことになった。彼はなにかに気をとられているような話しぶりだった。まるで、心はもうどこか遠くの空想上のトラックを走っているみたいに。

わたしは夕食を断った。ベッドに横たわり、考えれば考えるほど思いは暗く凝り固まっていき、とうとうその重さに耐えられなくなった。八時半に階下に降りると、おじいちゃんの向かい側にちょこんと座って、黙ってテレビを観た。うちの家族で、わたしになにも訊いてこないのが確実なのはおじいちゃんだけだ。おじいちゃんはお気に入りのアームチェアに座り、うつろな目でじっと画面を見つめていた。おじいちゃんがテレビを観ているのか、それとも心をどこかぜんぜん違うところにさまよわせているのか、さっぱり分からなかった。

「あんた、ほんとになにもいらないの？」ママがお茶のマグカップを手にわたしの隣に現れた。わが家では一杯のお茶で解決しないものはない、ということに決まっている。

「うん。お腹すいてないの。ありがとう」

わたしはママがパパにちらっと目をやったのを見た。きっと後で、トレイナー家ではわたしを働かせすぎる、そんな病人の世話をするのはやっぱり負担が大きすぎたんだと、ひそひそ言葉を交わすのだ。そして、わたしにそんな仕事に就けと勧めた自分たちを責めるだろう。二人にはそう思わせておくしかない。

皮肉なことに、翌日、ウィルは絶好調だった。いつもと違って口数が多く、居丈高《いたけだか》で、好戦的だった。これまでのどの日よりもおしゃべりだったかもしれない。わたしと言い合いしたいのに、乗ってこないのでなんだかがっかりしているようだった。

「それで、いつこのざんばら頭を仕上げるつもりだ?」

わたしは居間のかたづけをしていた。ソファのクッションをふくらませながら顔を上げた。

「なにを?」

「この髪だ。半分しか終わってないじゃないか。これじゃヴィクトリア朝の孤児みたいだ。それともイーストエンドのクリエイターどもかな」彼は頭を回して、わたしに自分の仕事がもっとよく見えるようにした。「これが例の君のオルタナティブなスタイルの表現だっていうなら別だが」

「続きをカットしてほしいってこと?」

「まあね、そうすると君の機嫌がよさそうだからな。それにこっちもクレイジーなパンク野郎みたいに見えるのは困る」

わたしは黙ってタオルとハサミを取りにいった。

「僕がどうやら男らしく見えるようになったんで、ネイサンが喜んでるのは間違いない」彼は言った。「ただ彼の指摘によれば、僕の顔が原状回復したとなると、毎日、髭剃りをする必要が出てきた」

「あら、そうなの」わたしは言った。

「かまわないだろう？　週末はデザイナーまがいの無精髭で我慢するから」

わたしは彼と調子が合わせられなかった。目を合わせるのも難しかった。まるで、恋人が浮気していたのを知ったときみたいだった。妙なことに、わたしは彼に裏切られたような気がしていた。

「クラーク？」

「うん？」

「また今日も気味が悪いほど静かだな。〝ややいらつかせるほどのおしゃべり〟はどこへ行った？」

「ごめんなさい」わたしは言った。

「またマラソン・マンか？　今度はなにをされたんだ？　走ってどこかに逃げていったんじゃないだろうな？」

「違います」わたしは人差し指と中指のあいだにウィルの柔らかな髪の束を挟み、指の上に出ている分を切りそろえようとハサミを持ち上げた。それはわたしの手の中で動かなかった。どういう方法でやるんだろう？　注射をするの？　薬？　それともたくさんの剃刀と一緒に部屋に置き去りにする?

「疲れてるみたいだな。さっき入ってきたときは黙ってるつもりだったが――まったく、ひどい顔だ」

「そう?」

手足を動かせない人をどうやって介添えするんだろう? いつのまにか、彼の手首を見下ろしている自分に気づいた。それはいつも長袖に包まれている。何週間もずっと、彼がわたしたちよりも寒さを余計に感じるせいだと思ってきた。また、嘘だ。

「クラーク?」

「え?」

彼の背後にいてほっとした。顔を見られたくなかった。

彼はためらった。首のうしろの、髪で隠れているところは、肌のほかの部分よりももっと青白い。柔らかくて白くて、妙に傷つきやすく見えた。

「妹のことは悪かった。あいつ……あいつ、すごく気が動転してたんだ。でもだからって無礼な口をきいていいことにはならない。妹はちょっとずけずけものを言いすぎるんだ。どれだけ人に嫌な思いをさせるか分かってない」彼は口をつぐんだ。「たぶん、それであいつはオーストラリアに住みたがるんだろうな」

「それって、向こうではみんなほんとうのことを話すってこと?」

「え?」

「なんでもない。頭を上げてくれる？」

わたしはハサミを動かし、櫛を通して、機械的に彼の頭の周りの作業を進めた。やがて一本残らず髪の毛は切られるかそろえられるかし、彼の足元に細かな屑となって散った。

その日が終わるころには、わたしの心ははっきり決まっていた。ウィルが父親とテレビを観ているあいだに、プリンターからA４の紙を一枚と、キッチンの窓のそばの瓶からペンを取ってきて、思うところを書いた。その紙をたたみ、封筒を見つけ、キッチンのテーブルの上に置いた。それは彼の母親宛てだった。

その夕方、わたしが屋敷を出るとき、ウィルとウィルの父親はおしゃべりをしていた。実のところ、ウィルは笑い声を上げていた。わたしは廊下で立ち止まり、バッグを肩に掛けたまま、耳をすました。なんであの人は笑ってるの？　自殺するまでほんの数か月しかないのに、いったいなにが可笑《おか》しいっていうの？

「帰ります」わたしは戸口から声をかけ、歩きだした。

「ああ、クラーク――」彼が言いかけたが、わたしはもうドアを閉めていた。

バスに乗っている短いあいだに、わたしは両親になんと言うか考えをまとめようとしていた。二人の目から見ればわたしにぴったりの、給料もいい仕事を辞めてきたと聞けば、ものすごく怒るだろう。はじめのショックの後、ママは辛そうな顔で、この子には荷が重すぎたのよ、とわたしをかばう。パパは、どうしてわたしは妹みたいにできないのか、と訊くに決まっている。パパはよくそう訊くのだ。でも、妊娠して、お金も子守りもほかの家族に頼らなきゃならなくて、自分で自分の人生をめちゃめちゃにしたのはわたしじゃないのに。うちではそんなことは絶対に口にしてはいけないことになっている。なぜなら、うちのママによれば、トーマスが神様からの授かりものではないと言っているように聞こえるからだ。そして、赤ん坊はみんな神様からの授かりものだ。たとえ、しょっちゅう〝アホ〟と言い、その授かりものがいるせいで一家の働き手の半分がまともな職に就けないとしても。

両親にほんとうのことは言えない。ウィルと彼の家族になんの義理もないのは分かっているけれど、近所の人たちの好奇の目に彼をさらすつもりはなかった。

バスを降り、こんなことを考えながら丘を下った。うちの通りの角まで来たとき、怒鳴り声が聞こえ、空気がびりびりと震えるのを感じた。そのとたん、なにもかも頭からすっ飛んでしまった。

小さな人だかりがわが家の周りにできている。なにごとが起きたのかとわたしは足を速めたが、そのとき両親がポーチで上を仰いでいるのが目に入った。見ればそれはぜんぜん、うちではなかった。お隣の結婚生活を彩《いろど》る、果てしなくくりかえされる小さな戦争の歴史がまた更新されたというだけだった。

リチャード・グリシャムがとりわけ誠実な夫とは言えないことは、うちの通りでは目新しいことでもなんでもない。でも、リチャードの家の前庭のありさまから判断すると、奥さんにとってはそうではなかったらしかった。

「あたしのこと馬鹿にしてたんだろう。あの女、あんたのTシャツを着てたんだよ！　あたしがあんたの誕生日に作ったやつを！」

「なあ、おまえ……ディムプナ……そんなんじゃねえって」

「あたしはね、あんたのスコッチエッグを買いにいったんだよ！　そしたらあの女があれを着てるじゃないか！　厚かましいったらありゃしない！　あたしはそもそもスコッチエッグなんか好きでもないのにさ！」

わたしは足をゆるめ、集まった人々を押し分けて、うちの門にたどり着いた。リチャードがDVDプレーヤーをよけて首をすくめた。次に飛んできたのは靴が一足。

「あれ、どれくらいやってるの？」

ママはエプロンを腰の周りにきちんと巻いて、組んでいた腕をほどくと腕時計を見た。

「四十五分はたっぷりやってるわね。バーナード、四十五分くらいだわね？」

「奥さんが服を投げはじめたとこからか、あいつが帰ってきてそれに気がついたとこからかによるな」

「帰ってきてからじゃないかしらね」

パパはそのことについて考えた。「なら三十分ってとこだ。はじめの十五分でずいぶんいろんなものを窓から放り出したけどな」

「あんたのお父さんはね、もし今度こそ、奥さんがほんとにリチャードを追い出したら、リチャードのブラック・アンド・デッカー社の電動工具を買い取るんですって」

人だかりは大きくなり、ディムプナ・グリシャムの勢いが止まる気配はなかった。それどころか、見物人が増えてきたので、ますます闘志が湧いてきたらしい。

「あんたのいやらしい本をあの女のとこに持ってってやりよ」彼女は怒鳴って、窓から雑誌を雨のように降らせた。

人々から小さな歓声が上がる。

「日曜の午後の半分も、あんたがそれ持ってトイレに座ってるって知ったらあの女、どう思うかね、え?」家の中にひっこみ、また窓のところに現れて、洗濯物の籠の中身を、まだ芝生が見えているところにぶちまける。「それからあんたの汚らしいパンツ。こんなのを毎日洗うようになったら、あんたのことを――ええとなんて言うんだっけ――イ、ケ、メ、ンだなんて思うもんかね!」

リチャードは自分の持ち物が芝生の上に落ちてくるたびに、むなしく両腕にそれを拾い集めていた。窓に向かってなにか怒鳴りかえしていたけれど、みんなが騒ぎたてたりやじったりしているせいで聞きとれなかった。あっさりと負けを認めるように、彼はやじ馬を押しのけて、車の鍵を開け、両腕に抱えた持ち物を後部座席に放りこみ、車のドアを叩きつけるように閉めた。CDのコレクションとテレビゲームは大人気だったのに、どういうわけか誰も彼の汚れた洗濯物には手を出そうとしなかった。

ガシャン。ステレオが小道にぶつかり、一瞬、あたりが静まりかえった。

リチャードは信じられない面もちで見上げた。「このいかれビッチ!」

「あんたはガレージ住まいの性病もちのブスと寝てるっていうのに、このあたしがいかれビッチだって？」

ママがパパのほうを振りかえった。「お茶を一杯どう、バーナード？　ちょっと冷えてきたわね」

パパは隣の家から目を離そうとしなかった。「そりゃいいな、もらおうか」

わたしがその車に気づいたのは、ママが家の中に入ったときだった。あまりにも予想外だったので、はじめそれとは気づかなかった――トレイナー夫人の、車体の低い上品な濃紺のメルセデスだ。彼女は車を停め、窓から歩道で繰り広げられている光景を見て、一瞬ためらってから車を降りた。彼女はそこに立って、あちこちの家を見つめていた。きっと番地を確かめているのだろう。そしてわたしを見つけた。

わたしはポーチからそっと出ると、パパにどこへ行くんだと訊かれないうちに小道を降りていった。トレイナー夫人は人垣の横に立って、暴動を起こした農民の一群を眺めるマリー・アントワネットのような顔で混乱を見つめていた。

「夫婦げんかです」わたしは言った。

彼女は視線をはずした。まるで、見ているところを見つかったのを恥じているみたいに。

「ああそう」

「あの二人の基準からすると、けっこう建設的なほうなんです。結婚カウンセリングにも通ってるし」

彼女のエレガントなウールのスーツ、真珠のネックレス、それにお金のかかっていそうなヘアスタイルは、スウェット・パンツや、チェーン・ストアのけばけばしく安っぽい服だけのうちの通りでは、それだけで十分に人目を惹いた。彼女は硬い表情をしていた。あの朝、家に帰ってきてウィルの部屋で寝ていたわたしを見つけたときよりももっとこわばっている。心のどこかで、わたしはカミラ・トレイナーに会えなくなっても残念には思わないだろう、と思った。

「二人でちょっとお話ししたいのだけど」彼女は歓声に負けないように声を張り上げた。

グリシャム夫人が、今度はリチャードの上等のワインを投げていた。ボトルが割れるたびに歓声が上がり、グリシャム氏の必死の嘆願が聞こえる。赤ワインの川が人々の足元を縫い、排水溝に流れていく。

わたしは人だかりを見渡し、それから自分の家を振りかえった。トレイナー夫人をうちの居間に通すなんて考えられない。おもちゃの電車が散らかり、おじいちゃんがテレビの前で音を立てずにいびきをかき、ママがパパの靴下の臭いをごまかすために消臭剤をスプレーし、トーマスがときどき近寄ってきては、はじめてのお客に**アホ**、とつぶやくうちの居間になんて。

「あの……今、ちょっと都合が悪くて」

「車の中で話せないかしら？　ほんの五分でいいのよ、ルイーザ。それくらいしてくれてもいいでしょう」

わたしが車に乗りこんだとき、近所の人たちが数人、こちらを見ていた。その晩のトップ・ニュースがグリシャム夫妻だったのはラッキーだった。でなければ、たぶんわたしが話の種にされただろう。うちの通りでは、誰かが高級車に乗りこんだら、サッカー選手をうまくひっかけたか、私服警官に逮捕されたかのどっちか、ということになっている。

高級車らしくほとんど音もさせずにドアが閉まると、とつぜん、あたりはしんとした。車は革の匂いがし、そこにはわたしとトレイナー夫人がいるだけで、ほかにはきれいさっぱり、なにもなかった。キャンディの包み紙もなく、泥も、置きっぱなしのおもちゃも、三か月前にこぼしたミルク一カートン分の臭いをごまかすためにぶら下げられた、香りつきの飾りもなかった。

「あなたとウィルは仲良くやってると思っていたのに」彼女は、まるで自分の正面にいる誰かに向かって話しかけるように言った。わたしが黙っていると、言った。「お金のことが問題なの？」

「いいえ」

「もっとお昼休みがほしいの？　少し短いとは思っています。ネイサンに頼んで――」

「勤務時間のことじゃありません。お給料のことでもないです」

「それじゃ――」

「ほんとにわたし無理なんです――」

「あのね、今すぐ辞めるという書き置きだけ残して、なにが問題なのか質問もさせないなんて、通りませんよ」

わたしは深く息を吸いこんだ。「わたし、聞いちゃったんです。奥様とお嬢さんが話してるのを。昨日の夜。わたし嫌なんです……そういうことにかかわりたくないんです」

「なるほど」

わたしたちは黙って座っていた。グリシャム氏が玄関のドアを叩き破って中に入ろうとしている。グリシャム夫人は手当たり次第に窓から夫の頭にものを投げ落とすのに忙しい。発射されるミサイルは、トイレットペーパー、タンポンの箱、トイレブラシ、シャンプーボトル。今、バスルームにいるのだろう。

「お願い、辞めないでちょうだい」トレイナー夫人は静かに言った。「ウィルはあなたと一緒にいるとくつろげるの。ずっとそんなふうだったことはなかったわ。……またほかの誰かを見つけて、そういう状態を作るのはとても難しいと思うの」

「でも、奥様は……ウィルを連れていくんでしょう、人が自殺しにいくところに。〈ディグニタス〉に」

「いいえ。息子がそんなことをしないように、できることは全部やるつもりです」

「例えば？　お祈りとか？」

彼女はうちのママなら「とさかにきた」と言うような顔でわたしを見た。「もうあなたにも分かっていると思うけれど、ウィルが人を拒絶しようと決めたら、誰にも、できることはほとんどないの」

「全部分かってるんですよ」わたしは言った。「要するに、わたしがあそこにいるのはウィルが六か月たつ前にずるして、やっちゃわないようにするためですよね。そうでしょう？」

「いいえ、違います」

「だからわたしの資格のことを気にしなかったんですよね」

「わたしは、あなたが賢くて、明るくて、ユニークだと思ったの。あなたは看護師みたいには見えなかった。あなたの態度は……ほかの誰とも違っていたわ。だから思ったのよ……あなたならあの子を元気づけられるかもしれないって。そしてそのとおりだったわ——あなたはあの子を元気づけてくれたの、ルイーザ。昨日、あのひどい髭がなくなったあの子を見たときはもう……。あなたは、ウィルの心に入りこめる、得がたい人なのよ」

寝具が窓から出てきた。塊になったシーツが、一瞬、優雅に空中に尾を引き、地面に落ちた。二人の子供が一枚を拾い、頭の上に持ち上げて狭い庭を駆け回りはじめた。

「この仕事は、要は自殺しそうな人の見張りだとおっしゃってくださったほうがフェアだったと思いませんか？」

カミラ・トレイナーがついたため息には、人が、ものすごく頭の悪い誰かになにかを丁寧に説明しなければならなくなったときの響きがあった。この人はなにか言うたびに、相手に自分は馬鹿なんだと思わせることに気づいているんだろうか、とわたしは思った。わざとそういう技を身につけたんだろうか。わたしは、誰かに引け目を感じさせるなんてできたためしがない。

「はじめにあなたに会ったときはそういう面もあったかもしれません……でも今はウィルは約束を守ると信じてます。あの子は六か月くれると約束したわ。わたしはそれを守り抜くつもりなの。わたしたちにはこの時間が必要なのよ、ルイーザ。あの子に**可能性**があると、分かってもらうためにこの時間が必要なの。たとえあの子の思っていたような人生ではなくても、あの子が楽しむことができる人生がある、という考えをあの子に植えつけたいの」

「でも、なにもかも嘘ですよね。わたしにも嘘をついてたし、みんなお互いに嘘ばっかりついてる」

彼女はわたしの言うことを聞いていないようだった。振り向くと、わたしをまっすぐ見て、ハンドバッグから小切手帳を出し、片手にペンを構えた。

「いくらほしいの？　お給料を二倍にするわ。いくらほしいか言ってちょうだい」

「お金なんかいりません」

「車は？　なにか手当は？　ボーナスも――」

「いりません」

「それじゃ、どうすれば気持ちを変えてくれるの？」

「ごめんなさい。とにかく無理なんです」

わたしは車を降りようとした。彼女の片手がさっと伸びた。わたしの腕の、それが触れた部分に妙な電流のような感覚が走った。二人ともその手を凝視した。

「あなたは契約書に署名したのよ、ミス・クラーク」彼女は言った。「あなたは六か月間、うちで働くと約束した契約書に署名した。わたしの計算では、まだ二か月しかたっていません。ご自分の契約義務を遂行《すいこう》していただかなくてはならないわ」

声がかすれていた。下を見ると、トレイナー夫人の手は震えていた。

彼女は喉をごくりとさせた。「お願い」

両親がポーチから見つめていた。手にマグカップを持ったまま、隣でくりひろげられている寸劇に背を向けているのはその二人だけだ。わたしが気づいたのを見て、二人は気まずそうによそを向いた。パパが履いているタータンチェック柄のスリッパにペンキの染みがついているのが見えた。

ドアのレバーを押した。「ミセス・トレイナー、なにもしないで見てるなんてわたしにはできません……そんなのおかしいです。かかわりたくないんです」

「とにかく考えてみて。明日は聖金曜日のお休みよ。ただ時間がいるなら、ウィルにはおうちの用事があると伝えます。月曜日もバンク・ホリデーで休日だわ。お休みをとって考えてみて。でもどうかお願い。戻ってきて。戻ってきてあの子を助けて」

わたしは振りかえらずに家の中に入った。居間に座り、テレビをにらんだ。両親が後から入ってきて、互いに顔を見合わせ、こちらを見ないふりをしていた。

ようやくトレイナー夫人の車のエンジンがかかり、走り去っていく音がしたのは、およそ十一分後のことだった。

妹は、家に帰ってから五分もたたないうちに、階段をのぼってきて、わたしの部屋のドアを乱暴に開けた。

「どうぞ、お入りくださいませ」わたしは言った。わたしはベッドに寝そべり、両足を伸ばして壁にもたせかけ、天井を見つめていた。タイツとブルーのスパンコールのショートパンツ姿で、ショートパンツが脚の付け根でみっともなくしわを作っている。

トリーナは入口に立っていた。「ほんとなの？」

「ディムプナ・グリシャムが、とうとうあの浮気性でろくでもない女好きのダンナを追い出して――」

「ふざけんじゃないわよ。仕事のことよ」

わたしは足の親指で壁紙の模様をなぞった。「はいはい、退職願出しました。はいはい、分かってます、ママとパパはあんまり喜んでません。はいはいはい、なんでも言いたいこと言いなさいよ」

妹はそっとドアを閉めて、わたしのベッドの足のほうの端にどすんと腰を下ろし、勢いよく悪態をついた。「信じらんない」

そしてわたしの足を払ったので、足は壁を伝ってすべり落ち、ベッドにつきそうになった。わたしは起き上がった。「痛いよ」

彼女は顔を真っ赤にしていた。「あんた信じらんない。ママは下でがっくりきてるよ。パパは平気なふりしてるけど、パパだって同じだよ。二人とも、お金どうすんの？　パパが仕事のことでパニックになってるの知ってるでしょ。なんであんないい仕事を放りだすのよ？」

「お説教しないでよ、トリーナ」

「誰かが言わなきゃだめでしょ！　あんた、ほかのとこであんなお金、ぜったい稼げないよ。それにこれから履歴書になんて書くのよ」

「なによ、そんなこと言って、ほんとは自分と自分のやりたいことのためじゃん。かっこつけるんじゃないわよ」

「どういう意味？」

「わたしがなにしようが、ほんとはどうでもいいくせに。自分がご立派なキャリアを目指してやり直せればいいんでしょ。わたしに家計を支えさせて、子守りさせたいだけじゃないの。他人なんかどうでもいいくせに」意地悪で嫌みに聞こえるのは分かっていたけど、自分をおさえられなかった。結局、うちの家族がこういうはめにおちいったのは妹の今の境遇のせいなのだ。何年分もたまった腹立たしさが、染み出してくる。「可愛いカトリーナちゃんが素敵な夢をかなえるために、みんな大っ嫌いな仕事でも我慢して続けなくちゃなんないってこと」

「わたしのためじゃないよ」

「へえ？」

「違うってば。あんた、ここ何か月も、せっかくまともな仕事に就いたってろくに続けられてないじゃん。そのことを言ってるの」

「わたしの仕事のことなんて、**なんにも**知らないくせに」

「最低賃金よりずっといい給料だってことは知ってるわよ。それだけ知ってりゃ十分よ」

「人生はお金がすべてじゃないこともあるの、知らないの？」

「ああ、そうですか。じゃあ、下に行ってパパとママにそう言ってやれば」

「何年間もこの家に一ペニーも入れてないくせに、お金のことでわたしにどうこう言うんじゃないわよ」

「トーマスがいるから、あんまり余裕がないの知ってるでしょ」

わたしは妹をドアのほうに押しやりはじめた。この前妹に実際に手を上げたのがいつか、もう思い出せないけれど、今は誰かを思いっきり殴りつけたかったたし、妹が目の前にいたら自分がなにをするかと思うと怖かった。「出てってよ。出てって、一人にして」

わたしは妹の前でドアを叩きつけるように閉めた。やがて階段をゆっくり降りていく足音が聞こえ、わたしは妹が両親になんと話すかについて考えないようにした。これで、わたしは壊滅的に無能で、価値あることはなに一つできないとみんなに思われるだろう。ジョブ・センターのサイードさんのことも、技能のいらない仕事の中では最高に給料のいいこの職場を辞める理由をどう説明するかについても、考えないようにした。それから前に働いていた工場のことも、その奥深くで今も眠っているだろうビニール製オーバーオールとわたしの名前がまだ付いている衛生キャップのことも。

わたしは仰向けになって、ウィルのことを考えた。彼の怒り、彼の悲しみについて考えた。彼の母親が言ったこと――わたしは彼の心に入りこめるめったにいない人間だと言ったことについて考えた。雪が金色に染まって窓辺を舞う夜、彼が〝モラホンキーの歌〟に笑いをこらえていたことを考えた。あの温かい肌、柔らかな髪、あの手のことを考えた。あの手の持ち主は生きていて、わたしよりもずっとずっと賢くて、面白くて、それなのに、自分自身を消し去るよりましな将来を思い描けないでいる。そして、とうとう、わたしは枕に顔をうずめ、泣いた。なぜなら自分の人生がとつぜん、これまで想像もしなかったほど、重苦しく、複雑になってしまったから。わたしは戻りたかった。最大の心配が、フランクさんとカフェで注文したチェルシー・バンズ（ドライフルーツ入りロール菓子）が足りるかどうかだったころに戻りたかった。

ドアをノックする音がした。

わたしは鼻をかんだ。「あっち行ってよ、カトリーナ」

「さっきはごめん」

わたしはドアを見つめた。

彼女の声は鍵穴に唇をつけているみたいにこもっていた。「ワイン持ってきた。ね、お願いだから中に入れて。じゃないとママに聞こえちゃう。セーターの下に『ボブとはたらくブーブーズ』のマグを二個入れてきたの。上でお酒飲むとママがうるさいじゃん？」

わたしはベッドから降りると、ドアを開けた。

彼女はわたしの涙に濡れた顔をちらっと見上げ、素早く中に入ると寝室のドアを閉めた。

「よし」彼女は言って、スクリュー式の蓋を開け、マグカップにワインを注いだ。「ほんとはなにがあったの？」

わたしは妹をじっと見た。「このこと、誰にも言わないでよ。パパにも。ママには特に」

そしてわたしは話した。

誰かに話さないではいられなかった。

わたしはいろんな意味で妹が嫌いだった。何年か前だったら、そのことについて書きなぐったリストを見せることだってできた。あの子は毛量の多いストレートヘアなのにわたしの髪は肩を越したら傷んで切れてしまうからあの子が嫌い。わたしがなにを言っても、あの子が先に知らなかったことなんて一度もないからあの子が嫌い。学校中の進路指導の先生たちが、あの子がどれだけ賢いか、聞きたくないのに声をひそめてわたしに言いつづける。あの子が賢いおかげで、こっちは万年、引き立て役だっていうのに。だからあの子が嫌い。あの子と、あの子の産んだ赤ん坊が大きいほうの寝室を使えるように、二十六歳にもなってわたしはテラスハウスの物置部屋に住んでいる。だから、あの子が嫌い。それでもたまには、あの子と姉妹でよかった、と心から思うこともないわけじゃない。

だってトリーナはぎょっとして悲鳴をあげたりしなかったから。ショックを受けたようにも見えなかったし、ママとパパに話さなきゃだめよとも言わなかった。わたしが仕事を辞めたのは間違っているとも、一言も言わなかった。

彼女はぐいとお酒を飲んだ。「やばいね」

「でしょ」

「しかも違法じゃないんだよね。止められないってことでしょ？」

「知ってる」

「うわ。考えらんない」

話しているあいだに、わたしたちは二杯飲み干していて、わたしは頬がほてってきたのを感じた。「あの人を放ってきたと思うとすごく嫌なの。でも、こんなことにかかわりたくないのよ、トリーナ。無理だよ」

「うーん……」彼女は考えていた。妹はほんとうに〝考えている顔〟をする。その表情を見ると、みんな話しかけるのをためらう。パパは、わたしがなにか考えているときの顔はトイレに行きたくてむずむずしている顔みたいだという。

「どうすればいいんだろう」わたしは言った。

彼女はわたしを見上げた。急に表情が明るくなった。

「簡単じゃない」

「簡単？」

彼女はもう一杯ずつ注いだ。「あれ。もう飲み終わっちゃうね。そうよ、簡単よ。その家、お金はあるんでしょ？」

「お金がほしいんじゃないもん。お給料を上げてくれるって言われたけど。それは関係ないでしょ」

「黙っててよ。あんたがもらうお金じゃないってば、バカね。そこの家、もともとお金あるんでしょ。それに彼だって、たぶん事故のせいでものすごい保険金をもらってる。だからね、あんた、ちゃんと予算をくれ、って言って、そのお金を——ええと何か月だっけ——残りの四か月で使うの。で、ウィル・トレイナーの決心を変えさせるのよ」

「え？」

「ウィルの決心を変えさせるんだってば。その人、ほとんど家の中にいるって言ってたじゃん？　なんか簡単なことからはじめて、外にまた出るようになったら、今度は彼のためにいろんな素敵なことを考えるの。もう一度、生きたいって思ってもらえるようなことをいっぱい——冒険とか、外国旅行とか、イルカと泳ぐとか、なんでもいいから。で、それをあんたが実行するのよ。手伝うよ。図書館のインターネットで調べてあげる。二人でやれば、彼がやれる最高なことが見つかるって。彼をほんとに幸せにできることが」

　わたしは彼女を見つめた。

「トリーナ——」

「分かってる」わたしの顔に笑みが浮かんでくるのを見て、妹はにやっとした。「さすが天才、でしょ」

10

彼らは少し驚いたようだった。実のところ、少し驚いたどころではなかった。トレイナー夫人はあぜんとして、それから少し途方に暮れた顔をし、それからまったく無表情になった。娘のほうは、ソファの隣で丸くなっていたけれど、ただこちらをにらんだだけだった――昔、そんな顔すると元に戻らなくなっちゃうわよ、とママによく言われたような顔だ。わたしが願っていたような前向きな反応とはいえない。

「でも、現実問題、なにをしたいって言うの？」

「まだ分かりません。妹が調べものが得意なんです。四肢麻痺の人でもできることを今、調べてくれてます。でも、みなさんがこれに賛成してくださるか、伺っておきたかったんです」

そこは母屋の応接間だった。わたしが面接を受けた部屋だ。ただ今回は、トレイナー夫人と娘がソファに座り、よだれを垂らした年寄りの犬がその真ん中に座っているところが違っている。それから、暖炉のそばにトレイナー氏が立っている。わたしは、濃紺のデニム素材のワークジャケット、ミニドレス、それにアーミーブーツ姿だった。考えてみれば、計画をプレゼンするにあたって、もう少し職業人らしい服装を選ぶべきだったかもしれない。

「ちょっとはっきりさせたいのだけど」とカミラ・トレイナーが身を乗りだした。「ウィルをこの家から連れ出したいということね」

「そうです」

「それで、いろんな〝冒険〟をさせたい、と」まるでわたしが、ウィルに内視鏡手術をやらせてください、と提案したみたいな口ぶりだ。

「そうです。さっきも言いましたけど、まだなにがやれるかは分かりません。でも、とにかく、彼を連れ出して、世界を広げるのが目的なんです。はじめはこの近くでなにかやれることがあるかもしれないし、それから、できればあまり時間がたたないうちに、もっと遠くまで行ければと思ってます」

「外国に行くってこと？」

「外国……？」わたしは目をぱちくりさせた。「考えてたのは、たとえば彼をパブに連れていくみたいなことですけど。それとか、ショーとか。手はじめに」

「ウィルは病院の診察のほか、二年間この家をほとんど出たことがないのよ」

「ええ、ですよね……だから、出るように説得してみようと思って」

「そして、もちろん、あなたもこの冒険全部に同行するのよね」ジョージーナ・トレイナーが言った。

「あの、そんなおおげさなことじゃないんです。わたしが言ってるのは、まず、彼を家から連れ出すってことです。お城の周りの散歩とか、パブに行ってみるとか。フロリダでイルカと泳ぐことになったら、そりゃ素敵ですけど、わたしはただ、彼を家から出して、なにか別のことを考えてもらえるようにしたいだけなんです」一人でウィルの世話を引き受けて病院に車で行くことを考えただけでも冷や汗が出る、とは言い足さなかった。彼を連れて外国に行くなんて、わたしがフルマラソンを走るくらいありえない。

「それは素晴らしいアイディアだと思うね」トレイナー氏が言った。「ウィルが外に出るというのは非常にいいと思うよ。来る日も来る日も壁をにらんでるのが、あれにとっていいわけがない」

「わたしたちだって外出させようとしたのよ、スティーヴン」トレイナー夫人が言った。

「あの子をあそこに放りっぱなしにしてたわけじゃありませんわ。わたし何度もやってみたんですよ」

「分かっているさ、君。しかし、われわれではあまりうまくいかなかったじゃないか？　ウィルがやる気になれるものをルイーザが考えつけるなら、いいことに違いないだろう？」

「ええ、まあ。〝やる気になれる〟っていうのが合言葉みたいだわね」

「ただのアイディアです」わたしは言った。急にいらだちを覚えた。彼女が考えてることくらい分かる。「これをやらせてもらえないんでしたら……」

「……辞めるの？」彼女はまっすぐにわたしを見た。

わたしは目をそらさなかった。もう怖くなんかない。彼女はわたしより優れているわけじゃないと、もう分かっているから。椅子に寄りかかって、目の前で息子を死なせることができる女なんだから。

「ええ、たぶんそうすると思います」

「それじゃ、脅迫じゃない」

「ジョージーナ!」

「こんな場合に回りくどい言い方したってしょうがないでしょ、パパ」

わたしは少し背筋を伸ばした。「いいえ。脅迫じゃありません。わたしにかかわれるのはそこまでだって言ってるんです。ただ手をこまぬいて、その時が来るのを待つなんてできません。その……ウィルが……」わたしの声は消え入るように小さくなった。

みんなが手の中のお茶の入ったカップを見つめた。

「さっきも言ったが」トレイナー氏がきっぱりと言った。「わたしは、実にいい考えだと思う。ウィルにうんと言わせられるなら、なんの問題もないんじゃないかね。あれが旅行に出かけるというのは嬉しいじゃないか。君は、こちらですべきことを知らせてくれればいい」

「いいこと考えたわ」トレイナー夫人が片手を娘の肩にのせた。「あなたも一緒に旅行に行けばいいのよ、ジョージーナ」

「わたしはかまいませんよ」わたしは言った。もちろんかまわない。なにしろ、ウィルを旅行に連れ出せる確率は、わたしがテレビの《マスターマインド》クイズに出場するのとどっこいどっこいだもの。

ジョージーナ・トレイナーは困ったようにソファの上で身体をもじもじさせた。「無理よ。あと二週間で新しい仕事がはじまるって言ったでしょ。仕事がはじまれば、しばらくイギリスには帰ってこられないわ」

「あなた、オーストラリアに戻るの？」

「そんなにびっくりしないでよ。今回は、ちょっと帰ってきただけだって言ったじゃない」

「ただわたしは……その……ここしばらくの状況を考えたら、あなたももう少しこっちにいたいのじゃないかと思ったものだから」カミラ・トレイナーは、娘を見つめた。ウィルにだったら、たとえどんなに無礼なことをされても、そんな視線を向けることはない。

「だってすごくいい仕事なのよ、お母様。この二年間、それを目指してがんばってきたの」

彼女は父のほうを見やった。「ウィルの精神状態のために、自分の人生を全部、保留になんてできないわ」

長い沈黙があった。

「こんなのフェアじゃないわよ。車椅子になったのがわたしだったら、お母様はウィルにあの人の計画を全部、保留にしてくれって頼む？」

トレイナー夫人は娘を見なかった。わたしは手元のリストに目を落とした。一段落目を何度も何度も読んだ。

「わたしにだって人生があるのよ」それは抗議のようだった。

「この話はまた別のときにしよう」トレイナー氏が手を娘の肩に置き、そっと力をこめた。

「そうね、そうしましょ」トレイナー夫人が前に置いてある紙を集めはじめた。「分かったわ。じゃあ、こうしましょう。あなたが計画してることを全部、教えてちょうだい」彼女はわたしを見上げながら言った。「費用の計算をしたいの。それから、もしできれば、スケジュールも。わたしも一緒に行けるように休みをとる段取りをしますから。まだ有給休暇が残っているから――」

「それはいかんよ」

わたしたちは全員、トレイナー氏を振りかえった。彼は犬の頭を撫でていて、表情は穏やかだったが、口調は厳しかった。「だめだ。カミラ、君は行かないほうがいい。ウィルにはこれを一人でやらせてやるべきだ」

「ウィルは一人ではできませんわ、スティーヴン。ウィルがどこかに行くとなったら考えておかなくちゃいけないことがものすごくたくさんあるんですから。大変なのよ。ほんとうに、任せてしまうわけには……」

「いや、ダーリン」彼はくりかえした。「ネイサンが手伝ってくれるし、ルイーザがうまくやってくれる」

「でも――」

「ウィルに男らしい気分を味わわせてやるべきだ。もし母親や――それを言うなら妹がいつもそばについてたら、そうはいかんだろう」

そのとき、わたしはほんの少しトレイナー夫人が気の毒になった。やっぱり、いつものつんとした表情を浮かべていたけれど、その表情に隠れて、ちょっと呆然としているようだった。まるで、夫のやろうとしていることがうまく理解できないみたいに。彼女の手がネックレスのほうに上がった。

「必ずウィルに危険がないようにします」わたしは言った。「それから、じゅうぶんに余裕をもって、事前に計画を全部お知らせします」

歯を固く食いしばっているせいで、夫人の頬骨のすぐ下の小さな筋肉が浮きだしていた。この人はほんとうはわたしを憎んでいるんだろうか、とそのときわたしは思った。

「わたしも、ウィルに生きたいと思ってほしいんです」わたしはようやく言った。「そのことはみんな分かってるよ」トレイナー氏が言った。「それに、君の決意には感謝している。配慮にもね」わたしは、その言葉はウィルの件についてなのか、それともまったく別のなにかについてなのだろうかといぶかった。そして彼が立ち上がったので、わたしは下がっていい、という意味だと気づいた。ジョージーナと母親は黙ってソファに座ったままだった。わたしが部屋を出たら、またひとしきり話し合いがあるのだろう。

「じゃあ」わたしは言った。「頭の中の整理がついたら、すぐ紙に書いてお見せします。急いでやりますから。あまり時間も……」

トレイナー氏がわたしの肩を叩いた。

「ああそうだな。君は思いついたことを教えてくれればいい」彼は言った。

トリーナは両手に息を吹きかけ、両足はその場で行進しているみたいに、無意識に足踏みしている。わたしの緑色のベレー帽をかぶっていて、くやしいことに、わたしよりずっとよく似合っていた。彼女は身を乗りだして、ポケットからひっぱり出したリストを指しながらそれをこちらに手渡した。

「たぶん、三番目はボツにしたほうがいいかも。それかとりあえず、もう少しあったかくなるまで延期ね」

わたしはリストに目を通した。「四肢麻痺患者バスケットボール？　彼がバスケットボールが好きかどうかも知らないのに」

「それは別にいいのよ。ああもう、上に来ると寒いね」彼女はベレー帽をひっぱって耳の上におろした。「大事なのは、なにが可能かを知るチャンスを彼にあげることなの。同じくらいひどい状態でも、スポーツとかいろんなことやってる人もいるって知ってもらうのよ」

「どうかなあ。彼、カップも持ち上げられないんだよ。この人たちって下半身だけが不自由なんだと思うけど。腕が使えなかったらボールを投げられるはずないでしょ」

「だからそうじゃないんだってば。実際に**やる**わけじゃなくても、視野が広がるでしょ、ね？　ほかのハンディキャップのある人たちがどういうことやってるか知ってもらうんだって」

「そう言うならまあ、そうかもね」

　人混みから低いどよめきがあがった。遠くにランナーが見えてきたのだ。つま先立ちすれば、なんとか見分けることができる。たぶん二マイルくらい離れた谷の下のほうを、ぴょこぴょこ動く白い点の小さな塊が、寒さをついて湿った灰色の道沿いに進んでくる。わたしたちはその名もウィンディ・ヒル《風の丘》の端にそろそろ四十分くらい立っていて、わたしはもう足の感覚がなかった。

「地元でやってるのを調べたんだけど、遠くまで運転したくないんなら、二週間後にスポーツセンターで試合があるよ。勝敗で賭けもできるんだって」

「賭け？」

「そうすれば試合に出なくても、ちょっと参加してる気分になれるじゃん。あ、見て、あれそうだよね。ここまで来るのにあとどれくらいかかるかな？」

　わたしたちはゴール近くに立っていた。頭上には〝春季トライアスロン大会ゴール〟と大書した、防水シート製の横断幕が容赦ない風に寒々しくはためいている。

「さあ。二十分くらい？　もっとかな？　非常食のマーズ・チョコバーがポケットに入ってるけど、半分こする？」わたしはポケットに手を入れた。片手だとリストが風になぶられるのをおさえられない。「ほかになに思いついたの？」

「もっと遠くまで行きたいって言ってたでしょ？」彼女はわたしの指を突いた。「大きいほう取ったね」

「ならこっちあげるよ。あの家の人たちは、わたしをたかり屋だと思ってるみたい」

「なにそれ、あんたが何回かしょぼい遠足に連れてきたいって言ってるから？　かんべんしてよ。わざわざそんなことしてくれるなんてありがたいと思うべきでしょ。その分だと、感謝なんかしてないね」

トリーナはもう半分のマーズ・チョコバーを取った。「とにかく、あたしは五番がいいと思う。パソコンの講座なんだけどね。頭にこう、なにかくっつけて、それでうなずくとキーボードに触るようになってるの。ネット上には四肢麻痺患者のグループがすごくいっぱいあるのよ。それならたくさん新しい友達ができるでしょ。これだと、いちいち家から出なくてもいいってことだし。あたし、チャットルームで二人ばかりと話してみたの。よさそうな人たちだったよ。わりと――」彼女は肩をすくめた。「――**普通**っていうか」

わたしたちは、みすぼらしいランナーたちの一団が近づいてくるのを見つめながら、黙ってマーズ・チョコバーを半分ずつ食べた。パトリックは見えなかった。いつも見つけられないのだ。彼は集団に入ったとたん、見分けがつかなくなるタイプの顔の持ち主だから。

彼女は紙を指さした。

「とにかく、文化的なものを試すのね。障害のある人向けのコンサートがあるよ。彼って教養があるって言ってたでしょ？　ほら、これならただ座って、音楽にうっとりしてればいいじゃない？　音楽って人を別世界に連れていくものだもん。ね？　バイト先のちょび髭のデレクが教えてくれたの。障害が超重い人たちが大声出すこともあるから、たまにうるさいときがあるって言ってたけど、それでも楽しんでくれるんじゃないかな」

わたしは鼻にしわを寄せた。「どうかなあ、トリーナ――」

「〝文化〟って言ったから、ビビってるだけでしょ。あんたはただそこに彼と一緒に座ってればいいの。ポテトチップスの袋をがさごそしなければ大丈夫。それとも、もしもうちょっと気が利いてるのがよければ……」彼女はわたしを見てにっと笑った。「ストリップクラブはどう？　ロンドンに連れてくの」

「雇い主に、ストリッパーを観せにいくの？」

「だって、あんた、ほかのことはなにもかもやってあげてるって言ってたじゃん――身体拭いたり、食事させたりとか、そういうの。彼がその気になってるあいだ、横で見てるだけならいいんじゃないの」

「トリーナ！」

「とにかく、彼だって、そういうの恋しいと思うよ。膝乗り《ラップ》ダンスをおごってあげたら」

人だかりの中の、わたしたちの周囲の数人が頭をこちらに向けた。妹は笑っていた。この子はセックスについて平気でそういうふうに話すのだ。まるでそれが娯楽の一種みたいに。べつにたいしたことじゃないみたいに。

「それから裏にね、もっと大がかりな旅行プランが書いてあるから。あんたがどういうのが好みか分かんないけど、ロワール川沿いのワイン・テイスティングの旅とか……手はじめに。あんまり遠くないしね」

「四肢麻痺患者って酔っぱらって平気なの？」

「知らない。彼に訊いてみなよ」

わたしは難しい顔でリストを見た。「それじゃ……戻ってトレイナー夫妻にこう言えってことね。自殺志願の四肢麻痺患者の息子さんを酔っぱらわせてきます。あと、ストリッパーとラップダンサーの見物にいくお金をください。それから障害者オリンピックに息子さんを放りこんできます――」

トリーナはリストをわたしからひったくった。「なによ、**あんた**はもっとこれだっていうようななにかを思いついたわけ？　そうは見えないけど」

「ただね……なんかね」わたしは鼻をこすった。「正直言うと、ちょっとおじけづいちゃって。庭に出るように説得するのも一仕事だから」

「だからってそういう態度はないでしょ？　あ、見て。来たわよ。ほら笑って」

わたしたちは人を押し分けて前に出ると、応援をはじめた。ただ、寒さで唇もほとんど動かなくて、人にやる気を起こさせる声なんか出るものじゃなかったけれど。

そのときパトリックが見えた。筋肉を張りつめた肉体の海の中に、頭《こうべ》を垂れ、顔を汗で光らせ、首の腱《けん》すべてを伸ばし、まるでなにかの拷問に耐えているような苦悶《くもん》の表情を浮かべている。その顔は、ゴールを越えたとたん明るく輝くのだ。たぶん、高みを達成するためには、自分自身を深く掘りさげていくしかないのだろう。彼はわたしを見なかった。

「行け、パトリック！」わたしは叫んだ。弱々しく。

そして彼は一瞬のうちに、ゴールに向かって走り抜けていった。

トリーナは、自分が作った〝やるべきこと〟リストにわたしがしかるべき熱意を示さなかったので、二日間、わたしと口をきかなかった。両親はそのことに気づかなかった。わたしが仕事を辞めないことにしたと聞いて、有頂天になっていたのだ。その週末、家具工場の経営陣がいくつか会議を招集していて、パパは、自分がリストラされることを確信していた。四十歳を超えて、〝間引き〟を生き延びた人はいないのだ。

「あんたが家計を助けてくれてほんとに感謝してるのよ」とママがあまりしつこく言うので、少しきまり悪くなったほどだった。

妙な一週間だった。トリーナが大学に行くために荷物をまとめはじめ、毎日、わたしは二階にそっと上がっては、もう荷物を詰めてあるバッグを調べて、トリーナが持っていこうとしているわたしの持ち物を探した。服のほとんどは無事だったけれど、今のところ回収したのは、ヘアドライヤー、フェイクのプラダのサングラス、レモン柄のお気に入りの洗面ポーチ。そのことについてトリーナになにか言っても、ただ肩をすくめて、「え、でもぜんぜん使ってないじゃん」と言うだけだ。そこが問題じゃないのに。

それがトリーナだった。自分の思いどおりにして当然だと思っている。トーマスが生まれても、末っ子気質は抜けなかった――世界は本当に自分を中心に回っていると、心の底から思いこんでいる。子供のころ、わたしの持っていたなにかがほしくて、ものすごく大きい革《かわ》砥《と》を投げつけてきたことがある。ママは「頼むからあの子にやってちょうだい」と、家の中を平和にしたい一心で、わたしを説《と》き伏せようとした。あれから二十年近くたつけど、ほんとうになに一つ変わっていない。わたしたちはトリーナが出かけられるようにトーマスの世話をし、トリーナが心配しなくていいようにトーマスに食事をさせ、誕生日やクリスマスには〝トーマスがいて、我慢することが多いからね〟と、特別いいプレゼントを買う。レモン柄の洗面ポーチくらい我慢したらいいのだ。わたしは自分の部屋のドアの上にメモを貼った。〝わたしの物はわたしの物。**入るな**〟。トリーナはそれをひっぱがすと、こんなお子様、見たことない、トーマスのほうがよっぽどましで、ルーにはトーマスの小指くらいの大人らしさもない、とママに言いつけた。

でも、そのおかげでわたしは思いついたのだ。ある晩、トリーナが夜間クラスに出かけたあと、わたしはキッチンに座った。ママがパパのシャツにアイロンをかけようとより分けている。

「ママ……」

「なあに」

「トリーナが家を出たら、トリーナの部屋に移ってもいい？」

ママはたたみかけたシャツを胸に押しあてて、手を止めた。「どうかしらね。考えてもみなかったけど」

「だって、トリーナとトーマスがいなくなるなら、わたしがまともな広さの寝室を使ったっていいでしょ？　二人が大学に行って、空いたままにしとく意味ないもん」

ママはうなずいて、シャツをそっと洗濯籠に入れた。「そう言われればそうだわね」

「それに本来は、あの部屋はわたしの部屋だったはずでしょ、わたしのほうが年上とかそういうことで。あの部屋をトリーナが取ったのは、トーマスが生まれたからだし」

ママはその理屈を分かってくれたようだった。「そりゃそうね。トリーナに話しとくわ」

ママは言った。

今、考えれば、先に妹に話すべきだったかもしれない。

三時間後、トリーナは雷みたいな顔で居間に入ってきた。

「そんなにあわててわたしの後釜に座るってわけ？」

おじいちゃんが、椅子に座ったままびくっとして目をさまし、反射的に胸をつかんだ。

わたしはテレビから目を上げた。「なにそれ？」

「週末、あたしとトーマスはどこに行けばいいのよ？　物置に二人は無理よ。ベッドを二台入れる場所もないんだから」

「そのとおり。こっちはそこに五年間も入りっぱなしなんですけど」自分にもほんのちょっとは非があると分かっているせいで、思ったより口調がとげとげしくなる。

「あたしの部屋なのに取らないでよ。そんなのずるい」

「もう住まないくせに！」

「でも必要だもん！　トーマスと二人で物置なんて絶対、狭すぎる。パパ、なんか言ってよ！」

パパの顎は襟のどこか奥深くに沈みこんでいき、両腕が胸の前で組まれた。パパはわたしたちがけんかをするのが大嫌いで、たいていはママに仲裁させる。「おまえたち、少し静かにしなさい」パパは言った。

おじいちゃんが、みんなはなにを言っているのだろう、というふうに首を振っていた。このごろ、おじいちゃんはしょっちゅう首を振っている。

「信じらんない。だからそんなに熱心にあたしが家を出るのを手伝ってくれてたんだ」

「なに言ってんの？　それじゃ、仕事を辞めないで、お金を援助してくれってあんたがわいわい頼んできたのも、わたしの邪悪な計画の一部ってこと？」

「あんた、ほんと偽善者だよね」

「カトリーナ、落ち着きなさい」ママが入口に現れた。ゴム手袋から泡と水が絨毯にしたたりおちる。「静かに話せるでしょ。おじいちゃんをどきどきさせるんじゃないの」

トリーナの顔がまだらに赤くなった。子供のころ、ほしい物が手に入らなかったときのままだ。「あんた、わたしに出てってほしいんでしょ。そうなんでしょ。出てくのが待ちきれないのよ。わたしが人生でなんか意味のあることをやろうとしてるからって嫉妬《しっと》して。だから、わたしが家に帰ってきにくくしたいだけなのよ」

「週末に家に帰ってくるかどうかも、分かんないじゃん」わたしは傷ついて大声を出した。「わたしだって寝室がほしいの。物置じゃなくて。あんたがずっと一番いい部屋をもらってきたのは、間抜けでうっかり子持ちになったからじゃないの」

「ルイーザ！」ママが言った。

「ええ、そうよ。あんただってまともな仕事に就けるほど鈍くなければ、一人暮らしできてるはずじゃん。いい年してさ。なんか問題でもあるの？　パトリックがこの先、絶対結婚を申しこんでこないってやっと気づいたってわけ？」

「そこまでだ！」パパが吠え、あたりは静まりかえった。「いいかげんにしろ！　カトリーナ、キッチンへ行け。ルイーザ、座って口を閉じろ。ただでさえ心配事があるっていうのに、おまえたちがぎゃあぎゃあわめき合うのを聞かなきゃならんなんて」

「あたしがあんたの馬鹿らしいリストの手伝いをすると思ったら、大間違いだからね」ママに背中を押されて部屋を出しな、トリーナはわたしに向かって吐き捨てた。

「いいわよ。あんたの手伝いなんていらないもん、**たかり屋のくせに**」わたしは言い、首をすくめて、パパがわたしの頭めがけて投げた《ラジオ・タイムズ》誌をよけた。


土曜日の朝、わたしは図書館に行った。考えれば小学校のころ以来、ずっと足を踏み入れていない——七年生のときになくしたジュディ・ブルームの本を図書館の人が覚えていて、ヴィクトリア朝の支柱のある入口をくぐったら、じっとり冷たい手が伸びてきて「罰金三千八百五十三ポンドです」と請求されそうで怖かったのだ。

　そこは記憶とはすっかり変わっていた。本の半分はＣＤやＤＶＤに入れ替わり、大きな書棚にはオーディオブックがびっしり並んでいる。グリーティングカードのスタンドまであった。そして静まりかえってもいなかった。歌い声や手拍子が子供の本のコーナーから漏れてくる。どこかのお母さんたちと赤ちゃんたちのグループが和気あいあいと楽しんでいた。雑誌を読んだり、小声でおしゃべりをしている人たちもいた。以前、無料の新聞を広げて老人たちが居眠りをしていたセクションは消え、代わりに大きな楕円《だえん》形のテーブルが置かれて、その縁に沿ってパソコンが間隔を空けて据えられていた。誰も見ていないことを願いながら、恐る恐る一台の前に座る。パソコンは本と同じで、妹の領分だ。運がいいことに、わたしみたいな人がおどおどするのは想定されているらしく、司書の人が立ち止まって、カードと、使い方を書いたラミネート加工したシートを渡してくれた。彼女はわたしの肩のところに立って見下ろしたりはしないで、分からないことがあればデスクのところにいますから、とだけ小声で言った。そしてあとに残されたのは、わたしと、ぐらぐらするキャスターのついた椅子と、空っぽの画面だった。

ここ何年か、触ったことのあるパソコンといったら、パトリックのだけだ。彼はもっぱらフィットネスの計画表をダウンロードしたり、アマゾンにスポーツ技術の本を注文したりするために使っている。ただ、もしほかになにかやっていたとしても、正直わたしは知りたくない。でも、一段階終わるごとに念入りにチェックしながら、司書のくれた説明書どおりにすると、びっくりしたことに、パソコンはちゃんと動いてくれた。しかも動くどころか、楽勝だった。

四時間後、わたしは自分のリストに取りかかっていた。

そして誰もジュディ・ブルームについてなにも言わなかった。ただし、それは妹の図書館カードを使ったおかげかもしれないけれど。

家に帰る途中で、文房具店に寄って、カレンダーを買った。毎月めくるたびにジャスティン・ティンバーレイクとかマウンテンポニーの新しい写真が出てくるようなのではなく、一枚のウォールカレンダーだ。オフィスに貼ってある、社員の有給休暇を油性ペンで書きこむようなカレンダー。わたしは事務仕事に没頭するのがなにより好きな人みたいに、いかにも有能そうな顔でそれを買った。

家に帰って、自分の狭い部屋でそれを広げると、注意深くドアのうしろに貼った。そしてトレイナー家で働きはじめた日、ずっとさかのぼって二月のはじめに印をつけた。それから、先に数えていって、その日に印をつけた――八月十三日――あと四か月もない。一歩下がって、それをじっと見つめ、その小さな黒い丸印に、それが予告するものの重大さを感じようとした。見つめていると、自分がなにを引き受けようとしているのか実感が湧いてくる。

わたしは、この小さないくつもの白い長方形を、幸福や、満足や、達成感や、喜びをもたらす一生分のできごとで埋めつくさなければならないのだ。手足の力が失われたために、自分ではそれを実現できない一人の男性のために、思いつけるかぎりの素晴らしい経験でいっぱいにしなくてはならない。外出や、旅行や、お客さんの招待や、ランチや、コンサートで埋めるべき印刷された長方形はあと四か月分もなかった。なんとしても、それを実現する具体的な方法を考えつかなければ。そして、絶対に失敗しないようにしっかりとリサーチしなくては。

そしてそのうえ、ウィルを説得して、それを実際にやってもらわなくてはならないのだ。

わたしはカレンダーを見つめた。ペンを握った手が止まった。小さなラミネート紙は突如として、巨大な責任の象徴になった。

ウィル・トレイナーに、彼にも生きる理由があると納得させるために、わたしに与えられた時間はあと百十七日だった。

11

季節の移り変わりを知らせるのが、渡り鳥という土地もあれば、潮の干満だという土地もある。ここ、わたしたちの小さな町では、それは戻ってくる観光客だ。はじめは、色鮮やかなウォータープルーフの上着をまとい、ガイドブックとナショナル・トラストのメンバーズカードを握りしめた人たちが、ぽつぽつと雨だれのように列車や車から降りてくる。やがて、空気がゆるみ、季節がそっと前に進むにしたがって、彼らはシューッという排気ガスとともに観光バスから吐き出され、ハイストリートをいっぱいにする。アメリカ人、日本人、外国の修学旅行生たちの集団が、点々とお城の周囲に散らばる。

冬の数か月、開いている店はほとんどない。裕福なショップオーナーたちは、長く侘《わび》しい何か月間かを逆手にとって、外国の別荘に行ってしまう。いっぽう、もっと腹のすわった人たちは、クリスマスの行事を主催し、時折開かれるお城の敷地のキャロル・コンサートや陽気な手芸品フェアに資金を出す。でも、気温がするすると上がっていくにつれ、お城の駐車場が車で埋まり、町に何軒もあるパブがプロウマンズ・ランチ（ハム、チーズ、パン、ピクルスなどからなる軽食）のオーダーの殺到で売り上げを増やし、晴れた日曜が二、三回も来ると、この町は眠ったようなマーケット・タウンから、古きよきイギリスの観光地の姿を取り戻す。

わたしは、今年の気の早い数人がうろうろしているのをよけながら丘を登った。みんな合成ゴム製のヒップバッグとよく読みこんだ観光ガイドを手に、春のお城を思い出に残そうと、もうカメラを構えている。わたしは数人に微笑みかけ、ほかのグループには差し出されたカメラで写真を撮ってやった。地元では観光シーズンについて文句を言う人たちもいる――交通渋滞や、公衆トイレの行列や、《バタード・バンズ》での妙な注文（「スシはないんですか？　手巻きのも？」）や、そういうことだ。でも、わたしは違った。外国の空気を感じ、自分とかけはなれた人生を身近に垣間見るのが好きだった。さまざまなアクセントを耳にし、その持ち主たちがどこの出身か考え、《ネクスト》のカタログを見たこともなく、《マークス&スペンサー》で五枚セットのショーツを買ったこともない人々の服装を観察するのも好きだった。

「楽しそうだな」わたしがバッグを廊下にすべり落とすと、ウィルが言った。まるでそれが腹立たしいような言い方だ。

「だって今日だから」

「なにが？」

「遠足。二人でネイサンを競馬に連れてくの」

ウィルとネイサンは顔を見合わせた。わたしは笑いだしそうになった。空模様を見て心からほっとしていたのだ。太陽を見たとたん、これでなにもかもうまくいくと確信したから。

「競馬？」

「そう。平地レース。ええと――」ポケットからメモ帳をひっぱり出す。「――場所《イーチウェイ》はロングフィールドよ。今すぐ出れば第三レースに間に合うわ。マン・オー・マン号の単複馬券を五ポンド買おうと思って。だからさっさと行きましょ」

「競馬ね」

「そうよ。ネイサン、行ったことないんですって」

この特別な機会に敬意を表して、わたしは青のキルトのミニドレスに、馬具模様の縁取りのついたスカーフを襟元に結び、革の乗馬ブーツできめていた。

ウィルはこちらをじっと観察し、それから車椅子を後退させ、向きをぐるりと変えると、ネイサンを見た。「ネイサン、これが君の長年の夢だったたってわけか？」

わたしは警告するように怖い顔をしてみせた。

「そ、そうだよ」と彼は言い、笑顔になった。「そうなんだ。お馬さん見にいこうぜ」

もちろん、彼には前もって話してあった。金曜日に電話をかけて、何曜日なら付き合ってもらえるか訊いたのだ。トレイナー夫妻は彼の超過勤務分の時給を払うことに同意した（ウィルの妹はもうオーストラリアに帰っていたので、二人は誰か〝分別のある〟人間に付き添ってほしかったのだろう）。けれど、実際になにをするのか決まったのは日曜だった。これははじめの一歩としては完璧なように思えた。素敵な遠足、しかも車で三十分もかからない。

「で、行きたくないと言ったら？」

「そしたらわたしに四十ポンド借りね」わたしは言った。

「四十ポンド？　どこから出てきたんだ？」

「わたしの払戻金。イーチウェイを五ポンド買って、オッズが八倍だもの」わたしは肩をすくめた。「一着は絶対マン・オー・マンなんだから」

彼は面食らったようだった。

ネイサンは両手で膝を叩いた。「いいねえ。天気もいいしさ」彼は言った。「弁当作ろうか？」

「ううん」わたしは言った。「素敵なレストランがあるの。勝ったらおごるわ」

「競馬にはよく行くのか？」ウィルが言った。

そして彼がほかになにか言いだす前に、わたしたちは彼をコートにくるみ、わたしは車をバックさせに外に走り出た。


分かると思うけれど、わたしは隅から隅まで目論見があった。みんなできれいな青空の下、競馬場に到着する。つややかな毛並み、ほっそりした脚のサラブレッドたちが、風をはらむ色とりどりの絹のウェアをまとったジョッキーを背に疾走する。ブラスバンドの一つや二つ演奏しているかもしれない。スタンドいっぱいの見物客が応援の歓声を上げ、わたしたちはその中に席を見つけて、当たり馬券を振る。持ち前の負けず嫌いが頭をもたげ、ウィルはネイサンやわたしより絶対に勝ってみせると、思わずオッズの計算をはじめてしまう。そして、たっぷり馬を観たあとで、評判のいい競馬場のレストランに行き、三人でとびきりのごちそうを食べるのだ。

パパの言うことをちゃんと聞いておくべきだった。「願望は常に現実に勝利するって言葉の意味を知りたきゃ」パパはよく言っていたものだ。「家族の楽しいお出かけってやつを計画してみるんだな」

ことのはじまりは駐車場だった。車はつつがなくそこに到着した。今ではわたしにも、時速十五マイル以上出してもウィルをひっくりかえさない自信が少しついていた。道順は図書館で調べてある。そこに着くまでほとんどずっと、美しい青空だとか、田舎の眺めだとか、空いている道だとかについて朗らかにしゃべりつづけた。ただし競馬場の入口に行列はなく、本音を言えば、期待していたよりいま一つ輝かしさに欠ける感じではあった。そしてそこには黒々と駐車場の看板が出ていた。

ただしそこが草地だなんてわたしは聞いていなかった。おまけに、雨つづきの冬のあいだ、タイヤで踏みしだかれつづけた草地だなんて。開いたスペースにバックで駐車し（楽々だった。駐車場は半分は空いていたから）、傾斜板を下ろしたとたん、ネイサンが不安げな顔をした。

「軟らかすぎるよ。ウィルが沈んじゃうぜ」

わたしはスタンドのほうをちらりと見やった。「あの小道まで行けば平気なはずでしょ」

「とんでもなく重いんだよ、あの車椅子」と彼は言った。「小道まで四十フィートはあるし」

「なに言ってるの、大丈夫よ。こういう車椅子は、ちょっとくらい軟らかい地面に耐えられるようにできてるわよ」

わたしはウィルの車椅子を注意深くうしろ向きにおろし、そして車輪が数インチほどめりこむのを見つめた。

ウィルはなにも言わなかった。彼は不機嫌そうで、三十分間のドライブのあいだもほとんど黙っていた。わたしたちは彼の隣に立ち、コントローラーをいじった。風が強くなってきて、ウィルの頰がピンク色に染まった。

「しょうがない」わたしは言った。「人力でやるしかないわ。二人でやればどうにかあそこまで行けるって」

わたしたちはウィルをうしろに傾けた。わたしが片方のハンドルを持つと、ネイサンがもう一方を持ち、道のほうに椅子をひっぱりはじめた。歩みは遅かった。腕は痛いし、おまけに乗馬ブーツが泥で重くなって、何度も立ち止まるはめになったのでなおさらだった。ようやく小道に着いたとき、ウィルのブランケットは半分ずり落ち、いつのまにか車輪にからまって、一方の隅が破れて泥だらけになっていた。

「気にするな」ウィルは素っ気なく言った。「ただのカシミアだ」

その言葉は受け流した。「さてと。これでよし。さあ、お楽しみの番よ」

お楽しみとはよく言ったものだ。いったいどこの誰が、競馬場の入口に回転バーをつけようなんて考えたのだろう？　群衆が押し寄せて交通整理が必要になる事態なんてあるわけないのに。チャーリーズ・ダーリンが三着でゴールしなかったからって、競馬ファンがわめきながら大挙して押しかけて、暴動を起こしそうになるとか、厩務員《きゅうむ》の女の子たちが大暴れするから馬小屋に閉じこめなくちゃならないとか、ありえないでしょう？　わたしたちは回転バーを見て、背後のウィルの車椅子を振りかえった。そしてネイサンとわたしは顔を見合わせた。

ネイサンがチケット売場に歩いていって、わたしたちの窮状を中の女性に説明した。彼女は頭をかしげてウィルを見ると、スタンドの遠い端を指さした。

「身障者用の入口はあちらです」彼女は言った。

その身障者という言い方は、正しい話し方コンテストの出場者みたいなシャープな発音だった。そこまではたっぷり二百ヤードは離れている。やっとたどり着くと、急に青空が姿を消し、代わりにいきなりスコールがやってきた。当然のことながら、傘なんて持ってきていなかった。まったく笑っちゃうわよね、ほんと冗談みたい、と、わたしはこのことについて、意地になって朗らかなコメントを続け、それはわれながら無意味で、いらだたしく聞こえた。

「クラーク」とついにウィルが言った。「落ち着けよ。こっちが疲れる」

わたしたちはスタンドのチケットを買い、やっとたどり着いた安堵に気が遠くなりかけながら、わたしはウィルの車椅子を押して、メインスタンドのちょうど横の、屋根のあるエリアに向かった。ネイサンがウィルの飲み物を準備しているあいだ、わたしはほかの観客たちを眺める余裕があった。

スタンドの一番下は、時折、雨が吹きこむことはあったが、なかなか快適だった。わたしたちの上には、前面にガラスを張ったバルコニーがあり、スーツ姿の男性たちが、結婚式用みたいなよそゆきを着た女性たちにシャンパンのグラスを勧めている。そこの人たちは温かく居心地がよさそうで、たぶん、チケット売場のボードの、天まで届きそうな数字の隣に書かれていた特別席なのだろう。みんな、自分たちは特別だということを示すために赤い紐をつけた小さなバッジをさげている。一瞬、わたしたちの青い紐に色を塗ったらどうかなと思ったけれど、車椅子を使っているグループはわたしたちだけだから、目立ってすぐバレてしまうだろう。

　わたしたちの横、スタンドにぽつぽつと並んで座っていたのは、コーヒーの入った発泡スチロールのカップや小さなフラスクを手にした、ツイードのスーツ姿の男性たちや、お洒落なダウンコートの女性たちだった。みんな、階上の人たちよりもう少し普段着っぽく見え、付けているバッジも青だった。きっとほとんど調教師や厩務員や、なにか馬関係の人たちなのだろう。前方の小さなホワイトボードのそばに白手袋のチックタックマン《信号手》たちが立っていて、腕を振り回し、意味の分からない奇妙な信号を賭け屋《ブックメーカー》に送っている。彼らは新しい数字の組み合わせを走り書きしては、袖の裏で拭き消していた。

　それから、まるで階級制度のパロディを思わせるように、パドックの周りには缶ビールを手にしたストライプのポロシャツ姿の男たちがいた。なにかの集まりだろうか。剃り上げた頭を見ると、たぶん軍関係者だ。ときどき、みんなで歌いだしたり、頭をお互いにぶつけっこしたり、相手の首を腕で抱えこんだりして、騒々しくじゃれ合っている。トイレに行こうとしてそばを通りすぎると、ミニスカート姿にやじを飛ばすので（スタンド中でスカートをはいているのはわたしだけのようだった）、背中で中指を立ててやった。でも、七、八頭の馬が回ってくると彼らは興味をなくし、慣れた様子でスタンドに悠々と入っていって、そろって次のレースに備えていた。

周囲のその小さな集団が、とつぜん目覚めたように歓呼の声を上げ、わたしは飛び上がった。馬たちが出走ゲートから飛び出したのだ。立ち上がって馬たちが走るのを見つめる。尾がうしろになびき、背に乗った派手な色合いの衣装の男たちが必死に先を争いせめぎ合う。わたしはその場にくぎづけになり、湧き上がる興奮をおさえられなかった。勝者がゴールを駆け抜けたときは、思わず歓声を上げた。

わたしたちが観戦していたのはシスターウッド・カップ、そして未勝利馬戦で、ネイサンがオッズの低いイーチウェイ馬券で六ポンド勝った。ウィルは、賭けはやらないと言った。全部のレースを観てはいたが、黙ったままで、ジャケットの高い襟に顎をうずめていた。あんなに長いこと外に出なかったんだから、いろいろなものに違和感があって当然よ、とわたしは考え、それにぜんぜん気づかないふりをすることに決めた。

「あれがルーの言ってたレースじゃないか。ヘンプワース・カップ」ネイサンがスクリーンを見上げて言った。「どれに賭けるんだっけ？　マン・オー・マン？」にやっと笑う。「実際に馬を観てると、賭けってこんなに面白いんだね、知らなかったよ」

「あのね、言わなかったんだけど、わたしも競馬に来たのはじめてなのよ」ネイサンに言った。

「なんだそりゃ」

「馬に乗ったこともないの。うちの母が馬を怖がるから。そのせいで馬場に連れてってもらったことないし」

「姉貴が二頭飼ってるよ、クライストチャーチのすぐそばでね。赤ん坊みたいに可愛がっててさ。全財産、注ぎこんでるよ」肩をすくめる。「最後に**食える**わけでもないのにな」

周りの音に混じって、ウィルの声が聞こえてきた。「それで、あと何レース観たらネイサンの長年の野望を叶えたことになるんだ？」

「ご機嫌斜めね。なんでも一度はやってみたほうがいいって言うじゃない」わたしは言った。

「競馬は、〝ただし、近親相姦とモリスダンス（五月祭などを祝うイギリスの伝統舞踊。棒や布を振り回しながら踊る）をのぞく〟のほうに分類されると思うけどね」

「わたしに視野を広げろっていつも言ってるくせに。そういうの大好きでしょ」わたしは言った。「嫌いなふりしないでよ」

そして馬たちがスタートした。マン・オー・マンは紫の地に黄色のダイヤモンド柄のマスクをつけている。白い柵ぎりぎりに沿って回っていく。馬たちは頭を差しのべ、騎手の脚はポンプのように上下し、腕は馬の首に沿って前後に激しく動く。

「行け！」ネイサンは思わず我を忘れていた。両のこぶしを握り、コースの向こう側をスピードを上げて疾走する馬たちの、かすむ一団に視線を張りつかせている。

「行け、マン・オー・マン！」わたしは叫んだ。「みんなのステーキがあんたの背中に乗ってるんだからね！」マン・オー・マンが鼻孔を広げ、耳をうしろにぴったり寝かせて先頭に出ようとするが、出られない。心臓が口元まで飛び上がる。そして、最後の一ハロンに入ったとき、わたしの声援は小さくなった。「あーあ。これじゃコーヒーだわ」わたしは言った。「コーヒーでいい？」

スタンドの周囲で怒号と叫び声が湧きおこった。わたしたちから二列後ろの席で、女の子がぴょんぴょん跳ね、声をからして叫んでいる。わたしも思わず、つま先で飛び跳ねていた。そして、ふと下を見た。ウィルが目を閉じ、眉間にかすかなしわを寄せている。わたしはトラックから注意をひきはがして、しゃがんだ。

「大丈夫、ウィル？」彼のそばに寄りながら言った。「なにかいるものある？」どよめきに対抗するために怒鳴らなくてはならない。

「スコッチ」彼は言った。「たっぷりだ」

わたしは彼を見つめ、彼は視線を上げてわたしと目を合わせた。彼は心の底からうんざりしているように見えた。

「お昼にしよっか」わたしはネイサンに言った。

マン・オー・マン――あの四本脚の詐欺《さぎ》師は、みじめな六着でゴールを通過した。また歓声が上がり、場内アナウンスの声がスピーカーから聞こえてきた。

ご観覧のみなさま、一着はラブ・ビー・ア・レディ、完勝です。続く二着はウィンター・サン、二馬身遅れて三着にバーニー・ラブル……。

わたしはこちらに注意を向けない人々のあいだをウィルの車椅子を押して進んだ。二度目に頼んでも道を開けてくれないときは、わざとかかとにぶつかりながら。

エレベーターのところに着いたとき、ウィルの声がした。「さて、クラーク。これはつまり、君は僕に四十ポンドの借りがあるということになるのか?」

レストランは改装が終わり、テレビで人気のシェフが料理を監修している。その顔が載っているポスターが競馬場じゅうに貼られていた。メニューは前もって確認ずみだ。

「鴨のローストのオレンジソース添えが有名なの」わたしは男たち二人に言った。「七〇年代レトロなんですって」

「君の服装と同様にね」ウィルが言った。

寒さから逃れ、人混みから離れて、ウィルは少し機嫌を直したようだった。自分だけの世界にひっこむかわりに、周りを見回しはじめた。美味しい温かいランチを思い浮かべ、わたしはお腹が鳴りはじめた。トレイナー夫人が〝予備費〟として八十ポンドくれていた。わたしは自分の分は自分で払い、領収書を見せるつもりだった。そうすれば、メニューの好きな物を――レトロな鴨のローストでもなんでも、遠慮なく注文できる。

「ネイサン、外食するの好き？」わたしは言った。

「どっちかって言うと、ビールとテイクアウト派だな、俺は。でも今日は楽しみだよ」

「最後に外で食事したのっていつ、ウィル？」わたしは言った。

彼とネイサンは顔を見合わせた。「俺が働きだしてからはないね」ネイサンが言った。

「他人の前でスプーンで食べさせてもらうのは、あまり気が進まなくてね。どういうわけか」

「じゃあ、ほかの人に背中を向けられるテーブルを取るから」このことは先に考えておいたのだ。「もし有名人がいたら、見逃しちゃってお気の毒だけど」

「三月の泥だらけの田舎の競馬場は有名人でいっぱいだからな」

「わたしの楽しみを台無しにしないでよね、ウィル・トレイナー」エレベーターの扉が開いた。「この前、外で食事したのって、ストートフォールド唯一の屋内ボウリング場で開かれた四歳児の誕生会なんだから。なにもかもフライの衣《ころも》まみれなの。子供たちまでね」

カーペット敷きの廊下を、車椅子を押していく。レストランは片側のガラスの壁の向こう側に広がり、空いたテーブルがたくさん見えた。食べ物をかぎつけた胃が鳴りはじめる。

「こんにちは」わたしはレセプションに近づいて言った。「テーブルをお願いします。三名なんですけど」**どうかウィルを見ないで。**わたしはその女性に心の中で言った。**彼を気まずくさせないで。どうしても彼に楽しんでもらわないといけないんだから。**

「バッジをお見せいただけますか？」彼女は言った。

「え？」

「プレミア・エリア・バッジですが？」

わたしはぽかんとして彼女を見た。

「当店はプレミア・バッジをお持ちのお客様専用でございます」

わたしはうしろのウィルとネイサンにちらりと目をやった。二人にはわたしの声は聞こえず、そこで期待とともに待っている。ネイサンがウィルのコートを脱がせてやっていた。

「あの……。どこでも好きなところで食事しちゃいけないって知らなかったの。青のバッジはありますけど」

彼女は微笑んだ。「申し訳ございません」彼女は言った。「こちらはプレミア・バッジのお客様専用になっておりまして。当店の宣伝用のパンフレットにもそう但《ただ》し書きさせていただいております」

わたしは深呼吸した。「分かりました。ほかにレストランはあります？」

「《ウェイイング・ルーム》というカジュアルなダイニング・エリアがございますが、あいにく、ただいま改装中でございます。ですが、スタンドに沿って売店がありますので、そちらで食べ物をお求めになれますよ」わたしの顔が暗くなったのを見て、彼女は付け加えた。

「《ザ・ピッグ・イン・ア・ポーク》はわりと美味しいんです。パンの中にローストポークが入ってまして。アップルソースもかかってますし」

「売店」

「はい」

わたしは彼女のほうに身を乗りだした。「お願い」わたしは言った。「わたしたち遠くから来たの。あそこにいる友人は、寒いところが苦手なんです。なんとかここに入れていただけません？　とにかくどうしても彼を温かいところに連れてかないといけないの。彼に今日を楽しんでもらうことがすごく大事なのよ」

彼女は鼻にしわを寄せた。「まことに申し訳ございません」彼女は言った。「規則を勝手に変えるとわたしが仕事をクビになってしまいます。でも、身障者の方用の休憩所が階下にあって、そこならドアを閉めておけます。コースは見えませんが、わりと居心地はいいんですよ。ヒーターなどもありますし。そちらで召し上がったらいかがでしょう」

わたしは彼女をにらみつけた。足元から緊張がじわじわとのぼってくる。身体がすっかり硬直して動けなくなった気がする。

彼女の名札を読んだ。「シャロン」わたしは言った。「テーブルが埋まってきてるわけでもないじゃない。席の半分も空っぽにしておくより、食事する人が多いほうがいいに決まってるでしょ？　ルールブックに意味不明の階級がどうとかって規則があったって。ね？」

ダウンライトの下で彼女の微笑みが冷たく光った。「お客様、ご説明したとおりでございます。お客様のために規則をゆるめましたら、ほかの方全員にそうしなくてはならなくなります」

「でも、意味分かんないじゃない」わたしは言った。「雨降りの月曜日のランチタイムよ。テーブルは空いてる。こっちはお金を払って食事をしたいの。ちゃんとした、ナプキンとかそういうのがそろった、いいお値段の食事よ。わたしたち、なんにも見えないクロークルームでホットドッグなんか食べたくないの、どんなに居心地よくても」

ほかの客たちが、入口での言い争いに興味を惹かれ、席についたままこちらを振りかえりはじめた。ウィルが当惑した表情を浮かべている。なにか問題が起きていることに彼とネイサンが気づいてしまった。

「さようでしたら、恐れ入りますが、プレミア・エリア・バッジをお買い求めいただきませんと」

「分かったわよ」わたしはハンドバッグに手を伸ばし、中をかき回して財布を探した。「プレミア・エリア・バッジはいくらなの？」ティッシュ、古いバス乗車券、トーマスの《ホットウィール》のミニカーが飛び出した。もうそんなのどうでもよかった。絶対レストランでウィルにお上品なランチを食べさせてみせるんだから。「ほら。いくらよ？　あと十ポンド？　二十？」札を手に握りしめて突き出す。

彼女はその手を見下ろした。「失礼ですが、お客様。わたしどもではバッジは販売しておりません。こちらはレストランでございます。チケット売場にお戻りいただけますでしょうか」

「チケット売場はレース場の反対側のずっと遠くのほうじゃないの」

「さようでございます」

わたしたちはにらみあった。

ウィルの声が割ってはいった。「ルイーザ、行こう」

わたしの目は急に涙でいっぱいになった。「嫌よ」わたしは言った。「こんなの馬鹿げてる。はるばる来たんじゃない。二人はここにいてよ、みんなの分のプレミア・エリア・バッジを買ってくるから。それから食事にしましょう」

「ルイーザ、僕は腹が減ってない」

「食べれば元気になるわよ。また馬とかいろいろ観ましょ。そしたら大丈夫だって」

ネイサンが前に出て、わたしの腕に手をかけた。「ルイーザ、ウィルはほんとに家に帰りたいんだと思うよ」

今や、わたしたちはレストランじゅうの注目の的だった。客たちの視線はわたしたちの上をなめ、わたしを素通りしてウィルに注がれ、かすかな憐《あわ》れみや嫌悪に曇った。彼の身になればそれが分かる。なにもかも最低だ。目を上げて受付の女性を見た。ウィルが口をきいた今、彼女はやや気まずい表情を浮かべるくらいの礼儀はわきまえていた。

「ありがとう」わたしは言った。「ほんと、こちらの事情に配慮してくれて助かったわ」

「クラーク――」ウィルの声に警告の響きがあった。

「こんなに融通きくなんてもう感謝感激よ。知り合い全員にこの店を推薦しとくから」

「ルイーザ！」

　わたしはバッグをつかむと、腕の下に抱えた。

「ミニカーをお忘れですよ」ネイサンが押さえてくれていたドアをさっさと通り抜けたとき、彼女が声をかけてきた。

「なによ、それにもクソバッジが必要なわけ？」わたしは言い、二人についてエレベーターに乗りこんだ。

　わたしたちは無言のまま下に降りていった。エレベーターに乗っている短い時間、わたしは怒りで震える両手を必死でおさえようとしていた。

　一階のコンコースに着くと、ネイサンが小声で言った。「ここらの売店でなにか買ったほうがいいんじゃないかな。みんな、なにか食べてからもう二、三時間たってるし」そしてウィルを見下ろしたので、わたしは彼がほんとうは誰のことを言っているかに気づいた。

「分かったわ」わたしは明るく言った。軽く息を吸いこむ。「クラックリング（パリッとした豚の皮）大好物なの。そのローストポークの店に行きましょ」

　わたしたちは皮のパリッとしたポークとアップルソースを挟んだパンを三つ注文し、ストライプ柄の日よけの下で雨宿りしながらそれを食べた。わたしはウィルと同じ目線になるように小さなゴミ箱に座り、必要なときは指で肉を裂いて、口に入る大きさにして彼に食べさせた。カウンターのうしろで働いている二人の女性たちはこちらを見ないふりをしていた。目の端でウィルを観察し、ときどき、わたしたちが見ていないと思うとお互いに小声で話し合っている。**気の毒に。**そう言っているのが聞こえるようだった。**あんなになっても生きて**

るなんてねえ。わたしは二人をにらみつけた。よくもそんな目で彼を見たわね。そしてウィルが感じているに決まっているものについては深く考えないようにした。

雨は止んだが、吹きさらしの競馬場は急に寒々としてきた。茶色と緑の地面には捨てられた馬券が散らばり、地平線は平らで空っぽだ。駐車場は雨のあいだに閑散として、別のレースの馬たちがひづめの音をとどろかせて駆け抜けると、遠くでスピーカーのひずんだ音がかすかに聞こえた。

「そろそろ戻ったほうがいいんじゃないかな」ネイサンが口元を拭いて言った。「楽しかったけどさ、混雑に巻きこまれないほうがいいだろ？」

「そうね」わたしは言った。紙ナプキンをまるめ、ゴミ箱に投げ入れる。ウィルは自分のパンの残り三分の一を手を振って断った。

「口に合わなかったかね？」ネイサンが草地を横切って車椅子を押していこうとしたとき、カウンターの女性が言った。

「さあ。付け合わせがやじ馬じゃなきゃ、もっと美味しく食べられたかも」わたしは言い、残りをゴミ箱に力いっぱい突っこんだ。

でも、車に戻って傾斜板を上るのは口で言うほど簡単ではなかった。競馬場にいた数時間で、駐車場は車の出入りのせいで泥の海に変わっていた。ネイサンの驚異的な力をもってしても、わたしがせいいっぱい肩で押しても、草地を横切る車までの距離の半分も車椅子は進んでくれなかった。車輪は横すべりし、情けない音でうなっている。どうしてもあとちょっとで踏んばりがきかない。わたしとネイサンの足はずるずるすべり、泥が靴の両側に盛り上がった。

「駄目だな」ウィルが言った。

わたしは彼の言葉を無視した。こんなふうにわたしたちの一日が終わるなんて考えたくなかった。

「誰か手助けを見つけないと」ネイサンが言った。「俺じゃ車椅子を道にも戻せないよ。はまっちゃってる」

ウィルが聞こえるようにため息をついた。こんなにうんざりしている彼を見たのはたぶんはじめてだ。

「ウィル、俺が君を抱えて前の座席に座らせるんならできるかもしれん。ちょっと座席を傾ければね。そのあと、ルイーザと俺で車椅子を入れられるかやってみよう」

ウィルの声が、食いしばった歯のあいだから絞りだされた。「このうえ火事場から助け出されるみたいに肩に担がれるなんてごめんだぞ」

「すまん」ネイサンが言った。「けど、ルーと俺だけじゃどうにもならないよ。おい、ルー、君は俺より可愛いんだからさ、行って誰か二、三人、捕まえてきてくれよ」

ウィルは目を閉じ、顎をぐっとひきしめた。わたしはスタンドに向かって駆けだした。

車椅子が泥の中で立ち往生している、と助けを求められて断れる人がこんなに大勢いるなんて、それまでなら信じられなかったと思う。おまけにミニスカート姿の女の子がとびきりの笑顔を振りまきながら助けを求めてるっていうのに。普段は人見知りなほうだけれど、必死のあまりわたしは怖いもの知らずになっていた。大観覧席にいる観客のグループからグループへと歩き回り、ほんの数分でいいから助けてくれませんか、と頼みこんだ。人々はわたしと、わたしの服装を見て、これはなにかの詐欺じゃないかという顔をした。

「車椅子の男性がいるんです」わたしは言った。「立ち往生してしまって」

「次のレースを待ってるんでね」と彼らは言った。あるいは「すまんね」と。あるいは「二時半まで待っててくれるかい。俺たちこいつに五百賭けたからさ」と。

　わたしはジョッキーを一人か二人、ひっぱっていくことさえ考えた。でも囲いに近づいてみると、彼らはわたしよりもさらに小柄だった。

　パドックに来たころには、おさえた怒りで火を吹きそうになっていた。そのころにはもう微笑みかけるどころか、相手に食ってかかっていたような気がする。そうしたら――ああ神様ありがとう――そこにいたのはさっきのストライプのポロシャツ姿の男たちだった。シャツの背中には〝マーキーズ・ラスト・スタンド《マーキーの最後の戦い》〟と書かれ、手にピルスナーやテネンツ・ラガー・エクストラの缶を握っている。言葉のアクセントから察すると、北東部のどこかの出身で、この二十四時間以内に特にアルコールを摂取していなかった時間はほぼゼロなのは間違いない。わたしが近づいていくと、彼らははやしたて、わたしはまた中指を立てたくなる衝動と戦った。

「可愛いじゃん、笑って笑って。俺ら、この週末はマーキーの独身おさらばパーティなの」一人がろれつの回らない口調で言い、特大のハムみたいな大きさの手をわたしの肩に置いた。

「今日、月曜日よ」わたしはたじろがないようにしながら、それをひきはがした。

「うっそだろ。もう月曜日ぃ？」彼はうしろによろめいた。「なあ、マーキーにキスしてやってよ、な？」

「あのね」わたしは言った。「わたし、助けてほしくて来たの」

「なぁんでも助けてやるぜい、ベイビー」と、今度はいやらしく片目をつぶる。

仲間たちが、周りで水草のようにゆらゆらと揺れている。

「ほんとうなの。友達を助けてほしいの。あっちの駐車場で」

「あぁわりい。俺ぁこんなんじゃ友達を助けてやれそうもねえよ、ベイビー」

「おい、しっかりしろ。次のレースはじまるぜ、マーキー。金賭けたよな？　俺は賭けたような気がすんだけどな」

彼らはもう興味を失い、トラックのほうを向いた。わたしは駐車場を振りかえった。背中を丸めたウィル。ネイサンが車椅子のハンドルをむなしくひっぱっている。わたしは家に帰ってウィルの両親に、ウィルのウルトラ高価な車椅子を駐車場に残してきたと報告する自分を思い浮かべた。入れ墨が目に止まったのはそのときだった。

「彼、軍人なの」とわたしは大声で言った。「以前、軍人だったの」

一人ずつ、彼らがこちらを振り向いた。

「負傷したの。イラクで。わたしたち今日、彼を外出させて楽しませてあげたかっただけなのに、誰も助けてくれなくて」その言葉を口にしながら、目に涙があふれてきた。

「退役か？　マジかよ。どこにいるって？」

「駐車場。いろんな人に頼んだの、でも誰も助けてくれないのよ」

わたしが言ったことを彼らが飲みこむまでに一分か二分かかった。でもそのあと驚いたように互いに顔を見合わせた。

「行くぜ、おい。ほっとけるかよ」一同はわたしのあとについてゆらゆらしながら、危なっかしく列になってついてきた。腹を立てたようにつぶやいているのが聞こえる。「ったく民間人どもはよ……分かっちゃいねえんだ、あれがどんなもんか……」

二人のところにたどり着いたとき、ネイサンはウィルの隣に立っていた。ネイサンがもう一枚のブランケットで肩をくるんでも、ウィルは寒さでコートの襟に深く顔をうずめている。

「こちらの親切なみなさんが助けてくださるって」とわたしは言った。

ネイサンはラガーの缶を見つめた。無理もなかった。どこから見てもこの男たちの誰一人として、正義の騎士には見えない。

「そいつをどこに運べって？」一人が言った。

ほかの面々はウィルを取り囲み、挨拶がわりにうなずいている。ウィルが受け取れないことが分からないらしく、一人がビールを差し出した。

ネイサンがわたしたちの車のほうを身ぶりで示した。「最終的には車に戻りたいんだ。でもそれには、まずスタンドに彼を連れていって、それから車を彼のところまでバックしていくしかない」

「そんなんいらねえさ」と一人が言って、ネイサンの背中を叩いた。「俺らでこいつを車まで連れてけるよな、な?」

みんながいっせいに賛成の声を上げた。それぞれがウィルの車椅子を囲んで位置につく。わたしは不安げにもじもじと身体を動かした。「でも……運ぶには遠すぎるわ」思いきって言う。「それに車椅子はものすごく重いの」

みんな、途方もなく酔っていた。何人かはお酒の缶も持っていられないほどだ。一人が自分のテネンツの缶をわたしの手に押しこんだ。

「だぁいじょぶだって、ベイビー。戦友のためならどんとこいだ、だろ、みんな?」

「てめえを見捨てやしねえよ。俺らは倒れた奴を見捨てたことなんてねえよな?」

わたしはネイサンの顔を見、そこに浮かんだいぶかしげな表情に向かって必死でかぶりをふった。ウィルはなにも言いそうもなかった。彼はただむっつりとし、そして男たちが自分の車椅子をつかみ、かけ声とともに持ち上げると、やや落ち着かなげな表情になった。

「どこの連隊だって、ベイビー?」

わたしは微笑もうとし、記憶をひっかきまわして名前を思い出そうとした。

「ライフル連隊……」わたしは言った。「第十一ライフル連隊よ」

「第十一ライフル連隊なんて知らねえな」ともう一人が言った。

「新しい連隊なの」口ごもる。「トップ・シークレットなのよ。イラクに駐屯してて」

彼らのスニーカーが泥の中ですべり、わたしは心臓が縮み上がった。ウィルの車椅子が、まるでセダンの車かなにかのように地面から数インチくらい持ち上げられた。ネイサンがウィルのバッグを取りに走り、前方の車のドアのロックを開けた。

「キャタリックで訓練受けてた奴らか？」

「そう、それよ」わたしは言い、話題を変えた。「それで、どの人が結婚するの？」

みんなで電話番号を交換し、ようやくマーキーとその仲間たちを追い払った。彼らは仲間でカンパを募り、ウィルのリハビリ資金にと言って四十ポンドばかりを差し出して、どんなに断ってもひっこめようとしなかった。それよりもわたしたちのために一杯やってくれたら三人とも一番嬉しい、と言って、なんとかそれを収めてもらった。わたしは一人残らず全員にキスするはめになり、終わったころには、お酒の臭いでくらくらしていた。スタンドに戻っていく彼らの背中に手を振りつづけていると、ネイサンがクラクションを鳴らし、わたしを車に呼び戻した。

「いい人たちだったでしょ？」エンジンをかけながらわたしは明るく言った。

「あのでかい奴、僕の右脚にビールを一本分、こぼしたぞ」とウィルが言った。「醸造所みたいな臭いがする」

「信じらんねえ」ネイサンが言った。ようやくメインゲートに向かって車が動きだしたときだった。「見ろよ。あのスタンド脇、あそこ全部、障害者用の駐車場だ。しかもしっかり舗装されてる」

ウィルはその日の残り、ほとんどなにも言わなかった。ネイサンを自宅に降ろしたときに彼に声をかけたあとは、お城までの道をわたしがよろよろと運転しているあいだ、ずっと黙っていた。また気温が下がってきて、道は空いていた。わたしは離れの外に車を停めた。

ウィルの車椅子を降ろし、彼を屋内に入れ、温かい飲み物を用意した。靴とズボンをはきかえさせ、ビールの染みのついたズボンを洗濯機に入れて、身体を温めるよう、薪ストーブに火をつけた。テレビのスイッチを入れ、カーテンを引いたので、部屋はこぢんまりと気持ちよくなった——外の寒い中にいたおかげでなおさらそう感じたのかもしれない。でも、彼と一緒に居間に座ってお茶をすすっていたとき、わたしは彼がずっと口をきいていないことに気づいた。疲れているためでもなく、テレビを観たいからでもない。ただ、わたしに口をきこうとしないのだ。

「あの……どうかした?」地元のニュースについて三度目にわたしがコメントして、彼が返事をしなかったとき、言ってみた。

「教えてくれよ、クラーク」

「なにを?」

「だって君は僕についてなんでも承知してるんだろう。だから君が教えてくれ」

わたしは彼を見つめた。「ごめんなさい」やっとの思いで言った。「今日が計画どおりにいかなかったのは分かってる。でも、ほんとうに楽しいお出かけになるはずだったの。あなたが喜ぶと思って」

彼が頑固に不機嫌な態度を変えようとしなかったことも、彼に自分から楽しんでもらうために、わたしがどれだけがんばったか少しも分かってくれていないことも、彼が楽しもうともしなかったことも、口にしなかった。あのくだらないバッジを買わせてくれれば、みんなで素敵なランチをして、そのほかのことは全部帳消しになったかもしれないことも、黙っていた。

「問題はそこなんだ」

「なにが？」

「やっぱり、君もほかの連中と変わらないな」

「どういう意味？」

「ちょっと訊いてくれればよかったんだ、クラーク。この僕らのいわゆる楽しいお出かけについて、一度でも僕に意見を訊いてくれていれば、僕は君に言えたはずだ。僕は馬が嫌いなんだよ。競馬もね。昔からだ。なのに君は僕に訊こうともしなかった。僕にさせたいと思うことを勝手に決めて、思いどおりに実行した。君もほかの連中と同じことをやったんだよ。僕の代わりにものごとを勝手に決めるってことをね」

わたしは息をのんだ。

「そんなつもりは――」

「でもやった」

彼は車椅子を回して背を向けた。二、三分の沈黙が流れ、わたしは部屋を出ていけと言われていることを悟った。

12

自分が怖いもの知らずであることをやめた日を、わたしははっきりと言うことができる。それはほぼ七年前のこと、七月のけだるい、熱に浮かされたような日のことだった。お城の周りの細い路地は観光客であふれ、空気は、彼らのそぞろ歩く足音と、丘の上にいつも並んでいるアイスクリームの販売車のチャイムの音に満ちていた。

長く病《やまい》に伏していた祖母が一か月前に亡くなり、その夏には、ベールのように悲しみの薄膜がかかっていた。それはわたしたちのすることすべてをそっと覆い、わたしと妹の騒々しい態度もなりをひそめ、夏の恒例の小旅行や遠出も取りやめになった。ママは洗いおけの前で一日中、立ちつくし、涙をこらえようとするその背中をこわばらせていた。パパは毎朝、むっつりと固い表情で仕事に行き、何時間後かに熱気でてらてら光る顔で帰ってきて、ビールの缶を開けるまでは口もきかなかった。妹は大学の一年目が終わって家に帰ってきていたが、頭の中はもうこの小さな町から遠く離れていた。わたしは二十歳で、あと三か月でパトリックに出会おうとしていた。その夏は、いつになく自由な夏だった。お金を稼ぐ責任もなく、借金もなく、誰にも時間をとられない。わたしは夏のアルバイトをし、持っている時間のありったけを、化粧の練習や、パパに眉をひそめさせるようなヒールの靴を履くことや、そしていわゆる自分探しに費やしていた。

そのころは、わたしはあたりまえの服を着ていた。というか、町に住むほかの女の子たちと同じような服装だったと言ったほうがいいかもしれない――ロングヘアを肩になびかせ、インディゴ・デニムに、ぴったりしたTシャツでほっそりしたウエストと盛り上がった胸を見せびらかす。何時間もかけてリップグロスを完璧に仕上げ、目元のスモーキーな色合いを微調整する。なにを着てもさまになったのに、みんな、存在しないセルライトや目に見えない肌の欠点について文句ばかり言っていた。

そしてわたしにはいろいろなアイディアがあった。やりたいこともたくさんあった。学校で一緒だった男の子の一人が世界一周旅行に出て、どことなくこれまでとは違う、とらえどころのなさを身に付けて帰ってきた。昔、二限つづきのフランス語の授業中、つばで風船を作っていたうす汚い十一歳とは別人だった。わたしは気まぐれにオーストラリア行きの格安航空券を予約し、誰か一緒に行ってくれる相手を探そうとしていた。その旅で彼が身に付けた外国の雰囲気や、不可解さに惹かれていた。彼は広い世界の風をそっと吹きこみ、それは奇妙に誘惑的だった。結局、ここに住む人たちはみんなわたしのことをなにもかも知っている。おまけにトリーナみたいな妹がいたら、そのことを忘れさせてもらえない。

それは金曜のことだった。その日一日、学校で知っている女の子たちのグループに交じって駐車場係として働き、お城の庭で開かれている手芸品フェアのお客の整理をしていた。一日を彩るアクセントは笑い声と、暑い太陽の下でがぶ飲みする炭酸飲料。空は青く、光がお城の胸壁に反射してきらめいている。その日、わたしに微笑みかけなかった観光客はきっと一人もいなかった。陽気に笑いさざめく少女たちに微笑みかけないでいるなんて不可能だ。わたしたちは三十ポンドもらったが、売り上げに気をよくした主催者がそれぞれに五ポンドずつ余計にくれた。わたしたちはビジター・センターの隣の遠いほうの駐車場で働いていた男の子たちと飲んで打ち上げをした。彼らはみんな気取った話し方で、ラガーシャツを着、柔らかそうな長髪だった。一人はエドという名前で、二人は大学生だった――今考えてもどこの大学だったか思い出せないけど。そしてみんな、同じように旅行の費用を稼いでいた。彼らは駐車場係をして働いた一週間のあとでふところが暖かく、わたしたちがお金を使い果たすと、髪をかき上げ、自分たちの膝に座り、きゃあきゃあ騒いで冗談を言ったり自分たちをお坊っちゃんねとからかう、地元のちょっと軽い女の子たちに喜んでおごってくれた。彼らの話すことは外国語のようだった。高校卒業後、大学に入学するまでのギャップ・イヤーや夏休みを南米で過ごしたこと、タイをバックパックで旅したこと、外国でインターンシップをやろうと思っている誰かのこと。話に耳を傾け、お酒を飲みながら、みんなで芝生にだらしなく寝そべっていると、ビアガーデンの横に妹が来て立っていたことを覚えている。妹は古ぼけたパーカを着て、すっぴんだった。待ち合わせしていたことをすっかり忘れていた。ママとパパに三十歳過ぎたら家に帰るって言っといて、とわたしは妹に言った。どういうわけか、これが馬鹿みたいに可笑しくてしかたがなかった。彼女は眉を上げ、わたしのことを、この世に生まれた一番むかつく人間のような顔で見ると、ずんずんと大股《おおまた》で行ってしまった。《レッド・ライオン》が閉店になると、みんなでお城の迷路の真ん中に行って座った。誰かがゲートをよじのぼって乗りこえ、ぶつかったりくすくす笑ったりしながら、全員でその迷路の中心にたどりつくと、強いシードルを飲み、誰かがマリファナを回した。星をじっと見上げながら、星々のあいだの無限の深淵に吸いこまれるような気がしたことを覚えている。地面が巨大な船のデッキのようにわたしの周りでゆるやかに揺れ、かしいだ。誰かがギターを弾き、わたしは履いていたピンク色のサテンのハイヒールを丈の高い草の中に蹴りこみ、そのまま取りにもいかなかった。宇宙の支配者みたいな気分だった。

三十分くらいたって、わたしはほかの女の子たちが姿を消しているのに気づいた。わたしを見つけたのは妹だった。その迷路の中心で、だいぶ時間がたってから、夜の雲に星々がかき消されてしばらくたってからのことだった。前にも言ったけれど、妹はとても頭がいい。わたしよりはいい、とりあえず。

わたしの知っている中で、あの迷路から無事に脱出する道を見つけられるのは妹だけだ。

「言ったら笑うでしょうけど。わたし、図書館の会員になったの」

ウィルはCDのコレクションのそばにいた。車椅子の向きをぐるりと変え、わたしが飲み物をカップホルダーに入れるのを待っている。「へえ？　なにを読んでるんだ？」

「ぜんぜんたいしたものじゃないの。きっと好みじゃないと思う。恋愛物ばっかり。でも面白いからいいの」

「このあいだ、僕のフラナリー・オコナーを読んでたね」彼は飲み物を一口すすった。「僕が調子悪かったとき」

「短編集？　気づいてないと思ってたのに」

「気づかずにいられないよ。出しっぱなしだったからな。僕はかたづけられないだろ」

「あら」

「くだらんものを読むな。オコナー作品集を持っていけ。そっちを読めよ」

わたしは嫌だと言いかけたが、断る理由が思い当たらないことに気づいた。「じゃあそうする。読み終わったらすぐ返すわ」

「音楽をかけてくれるか、クラーク？」

「なにがいい？」

彼は答え、それがあるだいたいの位置に向かって首を振った。わたしはCDを繰ってそれを見つけた。

「アルバート・シンフォニアでバイオリンの首席奏者をしてる友達がいてね。来週この近くで演奏するって電話で言ってきたんだ。この曲だよ。聴いたことある？」

「クラシック音楽のことはぜんぜん知らないの。ときどき父が間違ってクラシックFMにラジオを合わせちゃうことはあるけど――」

「一度もコンサートに行ったことがないのか？」

「ないわ」

彼は本気でショックを受けたようだった。

「ええと、ウエストライフのライブを聴きにいったことはあるけど、それは数に入らないかな。妹が行こうって言ったの。ああ、それから二十二歳の誕生日にロビー・ウィリアムズを聴きにいくはずだったんだけど、食中毒になっちゃって」

ウィルはおなじみの表情を浮かべた——君はほんとうは何年間も誰かの家の地下室に閉じこめられていたんじゃないのかと言いたげな例の表情だ。

「行くべきだな。友達がチケットをくれるって言ってるんだ。今回のは最高に素晴らしいはずだ。君のお母さんと一緒に行ってくればいい」

わたしは笑って首を振った。「それはないわね。うちの母はまず出かけない人なの。それにわたしの趣味でもないし」

「字幕付きの映画が君の趣味じゃなかったみたいに？」

わたしはむっとした顔を彼に向けた。「わたし、あなたのプロジェクトじゃないんですけど、ウィル。『マイ・フェア・レディ』じゃあるまいし」

「『ピグマリオン』だ」

「え？」

「君が言ってる戯曲さ。『ピグマリオン』だ。映画の『マイ・フェア・レディ』はそのしがないできそこないバージョンだよ」

わたしは彼をにらみつけた。でも効きめはなかった。CDをかける。振りかえると、彼はまだ頭を振っていた。

「君ほどお高くとまった人間はいないな、クラーク」

「なんですって？　**わたしが？**」

「〝自分はそういう人間じゃない〟と自分に言いきかせて、あらゆる経験をシャットアウトしてる」

「でもほんとうにそうなんだもの」

「どうして分かる？　なにもしてこなかったし、どこにも行ったことがない。自分がどんな人間かこれっぽっちだって分かるわけがない」

どうして彼みたいな人に、わたしがわたしであることがどんな気分かほんのわずかでも想像できるだろう？　そのことをどうしても分かろうとしない彼に、腹が立ってきた。

「やってみろよ。心を開いて」

「嫌」

「なぜ？」

「だって、気まずいから。みんな……みんな分かっちゃうと思うから」

「誰が？　なにを分かるんだ？」

「ほかのみんなにわたしは場違いだって分かるってこと」

「じゃあ僕はどう感じてると思う？」

わたしたちは顔を見合わせた。

「クラーク、今、僕がどこに行っても、人は僕のことを場違いだという目で見るんだよ」

音楽が鳴りはじめ、わたしたちは黙って座っていた。ウィルの父親が母屋の廊下で電話に出ている。低い笑い声が、はるかかなたからのように、廊下を伝って離れに響いてくる。身障者用の入口はあちら、あちらです、と競馬場の女性は言った。彼が違う種類の生き物だとでもいうように。

わたしはCDジャケットを見つめた。「あなたが一緒に来てくれるなら行く」

「でも、一人じゃ行かないんだな」

「絶対無理」

わたしたちはそこに座り、彼はそれについて考えた。「まったく、君は実に面倒な奴だよ」

「いつも言ってるとおりにね」

今度はなんの計画も立てなかった。なにも期待しなかった。あの惨憺《さんたん》たる競馬のあとで、ウィルにまだ離れから出ようという気があることにひそかな希望を持っただけだった。彼の友達のバイオリニストは、約束どおり無料のチケットと会場についてのインフォメーション・リーフレットを送ってくれた。そこは車で四十分の距離だった。わたしは宿題をちゃんとこなし、身障者用駐車場の位置を確かめ、ウィルが車椅子で座席まで一番行きやすいルートを検討するために、前もって会場に電話をかけた。会場では最前列に席を用意してくれ、わたしはウィルの隣に置いた折りたたみ椅子に座ることになった。

「実は一番いい席なんですよ」とチケット売場の女性が朗らかに言った。「一階席でオーケストラのすぐそばにいると、迫力がぜんぜん違うんです。わたしもよくそこに座れたらいいのになんて思ったりして」

彼女は駐車場で出迎えて、座席まで案内する人は必要かとまで訊いてくれた。ウィルが人目につきすぎると感じるかもしれないと思い、わたしは感謝して辞退した。

その夕べが近づくにつれ、ウィルとわたしのどちらがより緊張しているか分からなくなった。わたしは前回の外出の失敗をひしひしと感じていたし、トレイナー夫人が離れに十四回も出たり入ったりして、それがいつどこで開かれるのか、手順がどうなっているか確認するのにも参ってしまった。

ウィルの夜の世話はずいぶん時間がかかるの、と彼女は言った。絶対に誰かの手が必要よ、と。ネイサンには別の予定があった。トレイナー氏はその晩、出かけるらしかった。「最低でも一時間半はかかるわ」彼女は言った。

「恐ろしく面倒だしね」ウィルが言った。

彼は行かない口実を探しているのだとわたしは気づいた。「わたしがやります」と言った。「なにをすればいいかウィルが教えてくれれば。残ってお手伝いするのは平気です」自分がなにに同意したのか気がつく前に、そう言ってしまった。

「やれやれ、じゃあ二人でそれを楽しみにするか」母親が行ってしまったあと、ウィルはむっつりと言った。「君は僕の尻をたっぷりと眺めて、僕は人の裸を見るとひっくりかえる誰かさんに清拭されるんだ」

「人の裸を見たってひっくりかえったりしないわよ」

「クラーク、君みたいに人間の身体に対してびくびくする奴は見たことないぞ。黴菌《ばい》でもっいてるみたいな態度じゃないか」

「ならお母さんにやってもらったら」わたしは言いかえした。

「そうだな、そうすれば外出するという思いつきが、ますます魅力的になるもんな」

次なる問題は着ていくものだった。なにを着ればいいのかさっぱり分からない。競馬には間違った格好で行ってしまった。今度こそ失敗しないためにはどうしたらいいだろう？　ウィルになにを着ればいいのか尋ねると、彼は頭がどうかしたのかという目でわたしを見た。「照明が暗くなるんだぞ」彼は説明した。「だから誰も君なんか見てない。みんな音楽を聴きにきてるんだから」

「あなたって女性のこと**なんにも**分かってないのね」わたしは言った。

結局、四通りの服をパパのおんぼろのスーツ入れに入れてバスに持ちこみ、仕事場に持ってきた。そうしないとどうしても行ける気がしなかったのだ。

ネイサンが五時三十分に夕食の時間のシフトのために到着し、ウィルの世話をしているあいだに、わたしはバスルームにひっこんで支度をした。まず、〝アートっぽい〟と思っている服を着る。大きな琥珀《こはく》色のビーズが縫いこんである緑色のスモックドレスだ。コンサートに行く人たちはアート好きできらびやかなのではないかと想像したからだ。わたしが部屋に入っていくと、ウィルとネイサンはそろってわたしに目を据えた。

「ノーだ」ウィルがきっぱりと言った。

「うちのおふくろが着そうな服だな」とネイサン。

「君のおふくろさんがナナ・ムスクーリだなんてはじめて聞いたぞ」ウィルが言った。

バスルームに退却するとき、二人がくすくす笑っているのが聞こえた。

次はとてもシンプルなバイアスカットのブラックドレスで、手作りの白いカラーとカフが縫いつけてある。自分ではシックで〝パリっぽい〟と思っている服だ。

「今にもアイスクリームを皿によそってくれそうだな」ウィルは言った。

「うーん。けどさ、ルーはすごくいいメイドになるよ」ネイサンがうなずきながら言った。

「昼間それ着るといいよ、マジで」

「ネイサン、次はちょっとしゃがんで幅木の埃をとってくれとか言いだしそうな顔だぞ」

「そういや幅木、たしかに埃っぽいね」

「二人とも」わたしは言った。「明日のお茶にはミスター・マッスルの洗剤が入ってると思いなさいよ」

三番目の服――黄色のワイドパンツ――は却下した。今からウィルが『くまのルパート』についてなにか言うのが聞こえそうだったから。それで、代わりに四番目の候補の、真紅のサテンのヴィンテージ・ドレスを着た。みんながもっとほっそりしていた時代に作られた服で、着るたびに、どうかファスナーがウエストを通過して上まで来てくれますように、とひそかに祈らなくてはならないけれど、それを着ると五〇年代の新進女優みたいな雰囲気になる。それに、それはいわゆる〝勝負服〟で、着ていると必ず気分が上がるのだ。銀色のボレロを肩にまとい、グレーのシルクのスカーフを首に巻いて胸の谷間を隠すと、ドレスと同じ色の口紅を塗って、居間に足を踏みいれた。

「いいね《カーバウ》」とネイサンが感嘆したように言った。

ウィルの目がドレスを上から下まで眺める。そのときはじめて、わたしは彼がシャツとスーツのジャケットに着替えていることに気づいた。きれいに髭を剃り、髪を短く整えた彼は、驚くほどハンサムだった。彼を見て、わたしは思わず微笑んだ。彼が素敵だったからだけではなくて、その努力を払ってくれたことが嬉しかった。

「決まりだな」彼は言った。その声に感情はこもらず、妙に淡々としていた。そしてわたしが胸の開きを整えようと手を伸ばしたとき、言った。「だが、上着はなしだ」

確かに。あまり合っていないのはわたしにも分かっていた。わたしはそれを脱ぎ、ていねいにたたんで椅子のうしろに掛けた。

「それにスカーフも」

わたしの手が襟元にさっと上がる。「スカーフも？　なぜ？」

「合わないからだ。それになにか隠そうとしてるみたいに見える」

「でもわたし……だって、そうしないと谷間が丸見えなんだもの」

「だから?」彼は首をすくめた。「なあ、クラーク。そういうドレスを着るなら、堂々と着なきゃだめだ。身体だけじゃなくて心で着るんだよ」

「ウィル・トレイナー、女性にドレスをどう着ろなんて命令するのはあなたくらいのものよ」

　それでもわたしはスカーフを外した。

　ネイサンがウィルのバッグを用意しにいった。ウィルの横柄さについて、もうちょっとなにか言ってやろうと頭を働かせながら振り向くと、彼はまだわたしを見ていた。

「綺麗だよ、クラーク」彼は静かに言った。「実に」

　普通の人たち——カミラ・トレイナー夫人なら〝労働者階級《ワーキング・クラス》〟と呼ぶような人たち——については、ウィルに対して基本的にどういう態度をとるかいくつかのパターンがもう分かっている。たいていはじろじろ見る。気の毒そうに微笑んで同情を示したり、どうしたのかとウィルには聞こえないことにしてわたしに訊く人もいる。ときどき、反応を見てみたくて「MI6のスパイと戦ってやられちゃったの」と言いたくなる気持ちにかられるけれど、まだ言ったことはない。
　でも中流階級《ミドル・クラス》の人たちはこうだ。彼らは見ないふりをするけれど、ほんとうは見ている。礼儀を心得ているから、あからさまにじろじろ見ることはしない。その代わり、視界にウィルの姿をとらえながら、絶対に彼を**見ない**という奇妙なことをする。彼が通りすぎてしまうまでは見ない。彼が通りすぎると、たとえほかの誰かと会話をしていても、ちらりと彼のほうにまなざしを向ける。でも彼のことを話題にしたりはしない。それは不作法だから。

着飾った人たちが片方の手にハンドバッグやプログラムを、もう一方の手にジン&トニックを持って立っているシンフォニーホールのロビーを移動していくと、そういう反応が彼らのあいだを軽いさざ波のように通りぬけ、一階席に向かうわたしたちを追いかけた。ウィルが気づいていたかどうかは分からない。ときどき、なにも目に入らないふりをしなければ、彼はやりきれないのだろうと思うことがある。

わたしたちは席についた。真ん中のブロックの一列目にはわたしたち二人しかいない。右側には、もう一人車椅子の男性がいて、両脇の女性と楽しそうにおしゃべりしている。わたしは彼らを眺め、ウィルも気づいてくれることを祈った。でも彼はまっすぐ前を見つめ、頭を肩のあいだに沈め、透明人間になろうとしているかのようだった。

これじゃまずいわ、と小さな声が言った。

「なにかいるものはある?」わたしはささやいた。

「いや」彼は首を振り、それからつばを飲みこんだ。「そうだ、頼んでいいかな。カラーの中でなにかが触るんだ」

わたしは身を乗りだして、カラーの内側にそって指を触れた。ナイロン製のタグが内側にそのままになっていた。切れるかと思ってひっぱってみたものの、頑固にくっついたまま取れない。

「新しいシャツだからね。すごく気に障る？」

「いや、ひまつぶしに言ってみただけだ」

「バッグにハサミは入ってる？」

「さあね、クラーク。信じないかもしれないけど、僕はめったに自分で荷物を詰めないんでね」

　ハサミは入っていなかった。わたしは背後に目をやった。聴衆たちがまだ座席で居ずまいを整えたり、小声で話し合ったり、プログラムに目を通したりしている。ウィルがリラックスして音楽に集中できなければ、この外出は無駄になってしまう。今度こそ失敗するわけにはいかない。

「動かないでね」わたしは言った。

「なん――」

　彼が言い終わる前に、わたしは彼の上に覆いかぶさるようにして、カラーを首の横からそっと引きはがすと、それに口を当て、うっとうしいタグを前歯でくわえた。嚙みちぎるのに二、三秒かかり、わたしは目を閉じたまま、爽《さわ》やかな男性の香りも、肌に触れる彼の肌の感触も、自分のやっていることの突拍子のなさも無視しようとした。やがて、ようやくそれがはずれたのを感じた。わたしは頭をうしろに引き、目を開けて、前歯のあいだにとれたタグをくわえたまま勝ち誇ったような顔をした。

「とれた！」わたしは言い、タグを歯のあいだからとると、座席の向こうに放った。

ウィルがわたしを見つめている。

「なによ?」

椅子に座ったままくるりと振りかえると、聴衆はみんなプログラムがとつぜん面白くてたまらなくなったらしかった。わたしはまたウィルのほうを向いた。

「なんなのよもう。みんな女の子が男の人のカラーをかじるところ見たことないのかしら」

どうやら彼は何も言えなくなったらしい。ウィルは二、三度、目をぱちくりし、首を振るようなそぶりをした。わたしは彼の首が真っ赤に染まっているのに気づいて面白くなった。スカートをまっすぐに直す。「とにかく」わたしは言った。「それがズボンの中にあったんじゃなかったことにお互い感謝しなくちゃね」

そのとき、彼がなにか言う前に、ディナージャケットとカクテルドレス姿のオーケストラが入ってきて、聴衆がしんと静まりかえった。思わず興奮に胸がときめく。わたしは両手を膝に重ねて置き、姿勢を正した。オーケストラは音合わせをはじめ、とつぜん、ホールは一つだけの音に満たされた——これまで聴いたことのない、生きた、立体的な音。肌の産毛《うぶげ》がすっかり逆立ち、息が喉につまる。

ウィルが横目でわたしを見ていた。その顔にはさっきの束の間の笑いが残っている。**オーケー**、彼の表情は言っていた。**一緒にこれを愉しもう**。

指揮者が壇に上がり、指揮台を二度叩くと、厳《おごそ》かな静けさがあたりを包んだ。その静寂とホールの高まっていく期待を感じる。そのとき指揮者が指揮棒を振りおろし、とつぜん、すべてが純粋な音になった。まるで形あるもののように、それは耳の中にとどまってなどいなかった。わたしを貫き、包み、五感を振動させる。鳥肌が立ち、手のひらが汗ばんだ。ウィルはこんなことなにも言わなかった。きっと退屈だろうと思っていたのに。それは今までに聴いた音の中で最も美しいものだった。

そしてそのせいでわたしの想像力は思いがけないことをはじめた。そこに座りながら、わたしは自分が何年も考えたことのないことを考えていることに気づいた。忘れていた感情が胸に押し寄せ、新しい考えや思いがわたしの中から引き出される。それはまるで、知覚そのものが引きのばされて形を変えてしまうようだった。圧倒されそうだったけれど、でも終わってほしくなかった。そこに永遠に座っていたかった。わたしはウィルを盗み見た。彼はうっとりとし、にわかに無防備になっていた。わたしは目をそらした。不思議だけれど彼を見ているのが怖くなったのだ。彼が感じているだろうもの、彼の喪失の深さ、彼の恐怖の大きさが怖くなった。ウィル・トレイナーの人生はわたしが経験してきたものとは桁《けた》ちがいだ。それをどう生きたいと望むべきか彼に言うなんて、わたしは何様なのだろう？

ウィルの友達はあとで楽屋に会いにきてほしいというメモを残していたが、ウィルは気が進まなかった。一度はうながしてみたものの、硬くこわばらせた顎を見れば、気を変えるつもりはないのが分かった。彼を責めることはできなかった。あの日、昔の仕事仲間が彼をどんな目で見たかを――憐れみと、嫌悪と、そしてどこかに、自分はこんな運命の一撃にあわずにすんだという深い安堵が混ざったあの目つきを、わたしは覚えていた。そういう再会を、彼はそういくつも我慢できないのだろう。

　コンサートホールが空っぽになるまで待ってから、わたしはウィルの車椅子を押して外に連れ出し、エレベーターで駐車場まで降りて、無事に彼を車に乗せた。わたしはあまり口をきかなかった。頭の中でまだ音楽が鳴り響いていて、それに消えないでほしかった。心は何度もそこに戻っていった。ウィルの友達は、自分の奏《かな》でる音にすっかり没入していた。音楽は聴く人の抱えているものを解き放ち、指揮者でさえ分からないどこかにその人を連れていく。そんなことを、わたしは知らなかった。それは周りの空気に刻印を残し、人々はその場を去るときにそのなごりをまとっていく。しばらくのあいだ、聴衆の中に座りながら、わたしはウィルが隣にいることとすら忘れ去っていた。

　離れの外に車を停めた。二人の前の、塀《へい》の真上にお城が見えた。満月に照らされ、丘の上のいつもの場所から静かに下界を見下ろしている。

「さてと。君はクラシック音楽は苦手らしいね」

　わたしはバックミラーを覗きこんだ。ウィルは微笑んでいた。

「ほんっとにつまんなかったわ」

「分かるよ」

「終わりのほうの、バイオリンがソロで歌い上げる部分が特によくなかった」

「あそこは嫌だったみたいだね。あんまり嫌すぎて君、目に涙を浮かべてたもんな」

わたしは彼に微笑みかえした。「すごく素敵だったわ」わたしは言った。「クラシック音楽全部が好きかどうかは分からないけど、今日のは素晴らしかった」わたしは鼻をこすった。「ありがとう。連れていってくれて、ありがとう」

わたしたちは黙って座り、お城を見つめていた。いつもの夜は、城壁の周りを点々と囲む照明でオレンジ色がかった光に包まれている。でも今夜は、満月の下で幻想的な青い色に輝いていた。

「あそこではどんな音楽を奏でていたのかしら？」わたしは言った。「なにか音楽は聴いていたはずでしょう」

「城か？　中世のやつだろうな。リュートとか、他の弦楽器とか。僕の好みじゃないけど、聴いてみたければCDを持ってるから貸すよ。ほんとうにそれを体感してみたいなら、イヤフォンで聴きながら城の中を歩き回ってみるといい」

「ううん。お城にはわたし、行かないの」

「そういうものかもな。すぐ近くに住んでいると」

わたしはあいまいな答えをした。わたしたちはもう少しそこに座り、静けさの中でエンジンがカチカチと音を立てるのに耳を傾けていた。

「さてと」わたしは言い、シートベルトを外した。「中に入ったほうがいいわ。晩のお世話が待ってるしね」

「ちょっと待ってくれ、クラーク」

わたしは座席に座ったまま振りかえった。ウィルの顔は陰になっていて、よく見えなかった。

「このまま、あと一分だけ」

「どうかした?」いつのまにか視線が彼の車椅子のほうに落ちていく。身体のどこかが挟まったり、ひっかかったりしてるとか。わたしなにか失敗した?

「なんでもない。ただ……」

彼のカラーがダークスーツのジャケットを背景にぼんやりと白く見えた。

「まだ入りたくないんだ。ただ座って、考えないですめばって……」彼は喉をごくりと鳴らした。

薄暗がりの中でも、その言葉は口に出すのに努力がいるようだった。

「ただ僕は……赤いドレスの女の子とコンサートに行ってきた普通の男でいたいんだ。あとほんの数分だけでいいから」

わたしはハンドルから手を離した。

「もちろん」

わたしは目を閉じ、頭をヘッドレストにもたせかけ、わたしたちは一緒にしばらくのあいだそこに座っていた。記憶の中の音楽に身をゆだね、月に照らされた丘の上のお城の影に半ば隠れながら。

妹とわたしは、あの晩、迷路で起きたことについて一度もきちんと話したことはない。二人とも言葉が見つからなかったのだろうと思う。彼女はわたしをちょっと抱きしめ、それからしばらくかかって服を探すのを手伝ってくれ、生い茂った草をかきわけながら、もういいの、と言うまで、わたしの靴を見つけようとむなしく探し回った。どうせもうそれを履くことはなかっただろう。それから二人でのろのろと家に歩いて帰った――わたしは裸足で、妹は腕をわたしの腕にからませていた。そんなことをしたのは、あの子が小学校一年生で、ママにトリーナを絶対に離すんじゃないわよ、と念を押されて以来のことだった。

家に着くと、わたしたちはポーチに立って、妹は濡らしたティッシュでわたしの髪と、それから両目をぬぐい、それから二人で玄関のドアを開けてなにごともなかったように入っていった。

パパはまだ起きていて、サッカーの試合を観ていた。「おまえたち、ちょっと遅いじゃないか」パパは大声で言った。「金曜日なのは分かってるがな、そうは言っても……」

「分かってる、パパ」わたしたちは声をそろえて言った。

そのころ、わたしの部屋は今のおじいちゃんの部屋だった。さっさと二階に上がり、妹が一言も言わないうちに、部屋に入り、ドアを閉めた。

次の週、わたしは髪をばっさり切った。飛行機のチケットをキャンセルした。卒業した学校の女の子たちとは出かけなくなった。ママは自分の悲しみに沈んでいて気づかず、パパは家の中の雰囲気がどう変わっても、わたしが今までになく部屋に閉じこもるようになっても、

〝女の気まぐれ〟だとかたづけた。わたしは自分がどういう人間かという答えを見つけた。それはくすくす笑いながら見知らぬ他人と酔っぱらう少女とはかけはなれた誰かだった。思わせぶりだと受け取られそうなものはいっさい着ない誰かだった。とりあえず《レッド・ライオン》に行くような男たちにアピールしそうな服は絶対に。

いつもどおりの生活が戻ってきた。わたしは美容院の仕事に就き、それから《バタード・バンズ》で働き、それを全部忘れた。

その日からお城の前を五千回は通ったはずだ。

でも、あの迷路には一度も行っていない。

13

パトリックはフィールドのトラックの端に立って、その場でジョギングしていた。新品のナイキのTシャツとショートパンツが汗で濡れた手足にところどころ張りついている。わたしは、彼の顔を見がてら、その晩パブで開かれるトライアスロン・テラーズのミーティングには出ないと言いに立ち寄ったところだった。ネイサンが休みをとったので、代わりに晩の日課を引き受けることになっていた。

「これで欠席、三回目じゃないか」

「そうだっけ?」わたしは指で数えた。「そうなるかな」

「来週は来いよ。エクストリーム・バイキングの旅行の計画を立ててるんだから。それに誕生日になにしたいのかまだ教えてくれてないよ」彼はストレッチをはじめた。脚を高く上げ、胸を膝に近づける。「映画は?　おおげさな食事はパスしたいんだよな。少なくともトレーニングやってるあいだはさ」

「あら。でもうちの両親が特別ディナーの予定を立ててるんだけど」

彼はかかとをつかみ、膝頭を地面に向けた。

その脚が気味が悪いほどムキムキになりつつあるのに思わず目がいってしまう。

「それじゃデートとは言えないんじゃないの？」

「でも、シネコンだって同じでしょ。とにかく、そのほうがいいと思って。ママがちょっと落ちこんでるから」

トリーナが先週末、家を出た（例のレモン柄のポーチ抜きで——前の晩に取り戻したから）。ママはがっくりきていた。トリーナがはじめて大学に行ったときよりももっと悪いくらいだった。身も世もなくトーマスを恋しがった。赤ん坊のころから居間の床にちらばっていたおもちゃは箱に詰められ、かたづけられた。戸棚にはチョコレート・フィンガーもジュースの小さなパックも並んでいない。午後三時十五分に学校に行く理由はなくなり、短い帰り道、おしゃべりする相手もいなくなった。ママが家を出るのはその時間だけだった。今、パパと一緒に週に一度スーパーマーケットに行く以外、ママはまったく外出しなくなった。

三日間、途方に暮れた顔つきで家の中でぼんやりしたあと、ママはやおら、おじいちゃんまで縮み上がらせる勢いで春の大掃除をはじめた。おじいちゃんは、座っている椅子の下に掃除機をかけられたり、肩にはたきをかけられたりし、歯のない口でもごもごと抗議した。トリーナは、トーマスが落ち着くまではじめの二、三週間は帰ってこないと言っていた。毎晩、電話をかけてくるたびに、ママは二人と話し、そのあと寝室でたっぷり三十分間泣いていた。

「このごろ、ルーはいつも遅くまで働いてるよな。ほとんど会ってない気がするよ」

「でも、パトリックだっていっつもトレーニングじゃない。とにかく、お給料いいんだもん。残業を断る気しないわよ」

　パトリックもこれにはなにも言えなかった。

　これまでの人生でこんなに稼いだことはなかった。両親に渡す金額を二倍にし、毎月、貯蓄口座に少し入れ、それでも使いきれないほど手元に残った。一つには、勤務時間が長すぎて、店が開いている時間にグランタ・ハウスを出たためしがなかったからということもある。でも、もう一つには、正直、お金を使おうという気が起こらなかったのだ。空いた時間には、わたしは図書館に行ってインターネットで調べものをして過ごすようになっていた。

　そのパソコンから目の前に世界が広がった。積み重なった地層のような世界が。それがこのごろ、わたしに誘惑の声を投げかけてくる。

　きっかけは礼状だった。コンサートの二日後、わたしはウィルに友達のバイオリニストに手紙を書いてお礼をするべきだと思う、と言った。

「来るときに綺麗なカードを買ってきたの」わたしは言った。「書きたいことを言ってくれたら、わたしが書くわ。ちゃんと上等なペンも持ってきたし」

「嫌だ」ウィルが言った。

「え？」

「聞こえただろ」

「嫌だですって？　お友達は一番前の座席を用意してくれたのよ。素晴らしかったって自分で言ったじゃないの。せめて感謝くらいしなくちゃ」

ウィルの表情は頑として動かなかった。

わたしはペンを置いた。「それとも、いろんな人から物をもらうのに慣れちゃって、ありがたいとも思わないとか？」

「君に分かるもんか、クラーク。他人に頼らなきゃ自分の言葉を書けないのは、ほんとにいらいらするものなんだ。あのフレーズ、〝誰それに代わってご挨拶申し上げます〟なんて……屈辱だ」

「そう？　でもそれだって、なんにも書かないでふんぞりかえってるよりはずっとましだと思うけど」わたしはぶつぶつ言った。「とにかく**わたしは**お礼を書きますからね。本気でそんな恩知らずでいたいなら、あなたの名前は書かないでおくわよ」

わたしはカードを書き、投函した。そのことについてはもう触れなかった。でもその晩、ウィルの言葉がまだ頭の中でこだましていて、気がついたら図書館に寄り道をしていた。空いているパソコンを見つけると、インターネットにログインする。ウィルが自分で書くのに使えるような機械はないか、検索してみた。一時間もしないうちに、三つの手段が見つかった。音声認識ソフトウェア、まばたきに反応するソフトウェア、それから妹が言っていたような、ウィルが頭に装着してタップできる装置。

思ったとおり、ウィルは頭に付ける装置を鼻で笑ったけれど、音声認識ソフトウェアは使えるかもしれない、と譲歩した。そして一週間以内に、ネイサンの助けを借り、わたしたちはそれをウィルのパソコンにインストールした。パソコン用のトレイを車椅子に取りつければ、彼はもう人にタイプしてもらわなくてもすむようになった。はじめは少し照れていたが、わたしが、ドラマのセリフみたいに、まず「タイプしてくれたまえ、ミス・クラーク」って言ってからはじめればいいのよ、と教えたあとは、すっかり平気になった。

トレイナー夫人ですら、文句のつけようがなかった。「ほかに便利かもしれないと思う機械があったら」と彼女は言った。でも唇をぎゅっと結んでいる。これが非のうちどころなくいいものだということがどうしても受け入れられないらしい。「教えてちょうだいね」彼女はウィルのほうを不安げに見た。彼が今にもパソコンにかじりついてねじり取るんじゃないかしら、とでもいうように。

三日後、仕事に出かけようとしたとき、わたしは郵便配達員から手紙を手渡された。バスに乗りながら、遠いいとこの誰かから来た早めのバースデーカードだろうと思いながらそれを開ける。そこには、こう記されていた。

親愛なるクラーク

僕が完全に自分勝手なクソ野郎とも言えないことを君に証明しようと思ってこれを書いている。実際、君の努力にはほんとうに感謝しているんだ。

ありがとう。

ウィル

わたしがあんまり笑い転げるので、バスの運転手が、宝くじにでも当たったのかね、と訊いた。

何年もあの物置部屋で、外の廊下のレールに服を掛けて暮らしていたあとだと、トリーナの部屋は宮殿のような気がした。そこで寝たはじめての夜、ただ左右同時に両手が壁にぶつからない贅沢《ぜいたく》を味わいたくて、腕を広げてくるくる回ってみたくらいだ。ＤＩＹショップに行って、ペンキと新しいブラインド、それにベッドサイド・ランプと棚をいくつか買った。棚は自分で組み立てた。そういうことが得意なわけではないけれど、自分ができるか試してみたかったのだと思う。

部屋の改造に取りかかり、毎晩、仕事から帰ってくると一時間、ペンキを塗った。その週の終わりにはパパでさえ、なかなか上出来だと認めないわけにはいかなかった。わたしがやった枠塗りをしばらく見つめ、自分で取り付けたブラインドに指で触れて、パパはわたしの肩に手を置いた。「おまえも成長したもんだな、ルー」

わたしは新しいベッドカバーと、ラグ、それに大きなクッションをいくつか買いこんだ——万一、誰かが遊びにきて、くつろぎたくなったときのために。とはいえ誰も来はしなかったけれど。あのカレンダーは新しいドアの内側に移した。わたし以外、誰もそれを見なかった。とりあえず、それがなにを意味するか知っているのは他に誰もいなかった。

トーマスの折りたたみ式ベッドを物置のトリーナのベッドの横に置いて、ほんとうに床のスペースがほとんどなくなったときは、少しばかり気がとがめた。でも、すぐに言い訳した――二人はもうここに住んでもいないんじゃない。物置はあの子たちにとっては寝るためだけの場所だもの。広い部屋を何週間も空けておくなんて意味がないわよ。

ウィルを連れていける場所のことを考えながら、毎日、仕事に通っていた。全体を通したプランがあるわけではなかった。ただ、その日その日で、彼を外に連れ出し、楽しく過ごさせることだけを考えていた。日によってはウィルの手足が焼けつくように痛み、感染症のせいで熱っぽい身体でぐったりとベッドに寝こまなければならないこともあった。そういう辛い日もあれば具合のいい日には、春の日射しを浴びに何度か彼を連れ出すことができた。今では、ウィルがなにより嫌いなことの一つが他人からの憐れみだと分かっていたので、わたしは車を運転して彼を近くの景色のいいところに連れていき、二人だけで一時間かそこらを過ごした。ピクニックの用意をして、野原のはずれに座り、ただそよ風に吹かれ、家を離れていることを愉しんだ。

「わたしの彼があなたに会いたいって言ってるの」ある午後、チーズとピクルスのサンドウイッチを彼のために細かくちぎりながらわたしは言った。

そこは町から数マイル離れた丘の上で、お城が谷の向こうに見えた。わたしたちとのあいだには子羊が群れる緑の草原が広がっている。

「なぜ？」

「毎晩、わたしが遅くまで誰と一緒にいるのか知りたいんだって」

妙なことに、これを聞いて彼は嬉しそうな顔をした。

「マラソン・マンか」

「両親も会いたがってるみたい」

「女の子に両親に会ってほしいと言われるとそわそわしちゃうな。ところでお母さんの調子は？」

「同じよ」

「お父さんの仕事は？　なにか変化は？」

「ううん。来週、今度こそ通告があるみたい。とにかく、金曜日のわたしの誕生日のディナーにあなたを招待したいかって両親に訊かれたの。すごく気楽なものなんだけど。家族だけだしね。でもいいわ……。あなたは来たくないだろうって言っといたから」

「僕が行きたくないって誰が言った？」

「知らない人嫌いでしょ。人前で食事するのも好きじゃないし。それにわたしの彼にもいい印象を持ってないみたいだもん。考えなくたって分かるわよ」

このごろでは、ウィルのことが分かってきていた。彼になにかさせたいと思ったら、あなたがやりたくないのは分かってる、と言えばいいのだ。頑固でつむじまがりなところはあいかわらずで、そう言われるとウィルは黙っていられない。

彼は一分間、考えこんだ。「いや。誕生日に行くよ。少なくとも、君のお母さんは気が紛れるだろうし」

「ほんと？　大変、ママに言ったら、今晩から磨いたりはたきをかけたりしはじめそう」

「君、ほんとにお母さんと血がつながってるのか？　普通は遺伝子的にどこか似たところがあるものだろ？　サンドウィッチをくれ、クラーク。ピクルスをもうちょっとのせて」

わたしが言ったことの半分は冗談ではなかった。ママは四肢麻痺患者をお客に迎えると考えただけで、すっかり動転してしまった。両手が顔に上がり、それから、ドレッサーの上のものをまっすぐに置き直しはじめた。話してから数分以内に彼が到着するわけでもないのに。

「でも、もしお便所に行きたいって言ったらどうするの？　一階にはお便所がないんだよ。パパじゃその人を二階に運べないでしょうし、わたしも手伝えるけど……でも、どこを持ったらいいか、気になっちゃう。パトリックがやってくれるかしらねえ？」

「そっち方面のことは心配しなくて大丈夫だから、ほんと」

「それから食べ物は？　すりおろさないといけないのかねえ？　食べられないものはあるの？」

「ううん、ただ口に運んであげればいいだけ」

「誰がそれをやるの？」

「わたし。落ち着いてよ、ママ。彼、いい人だから。きっと気に入るって」

そして、手はずが整えられた。ネイサンがウィルを車で連れてきてくれ、二時間後に迎えにきて家に送り、晩の日課をすませる。わたしは自分がやると申し出たけれど、二人とも、誕生日には〝仕事を忘れて羽目をはずすべきだ〟と言ってきかなかった。二人はどう考えてもうちの親を分かってない。

七時半の約束の時間きっかりに、ドアを開けるとウィルとネイサンが玄関ポーチにいた。ウィルは洒落たシャツとジャケットを着ている。わざわざおめかししてくれたことを喜ぶべきか、これであと二時間、ママがもっとちゃんとした格好をしなかったと気に病むのを心配するべきか、悩ましいところだ。

「ああ、いらっしゃい」

パパがわたしのうしろから現れた。「傾斜板はうまく役に立ったかね?」パパは午後じゅうかかって、外の階段用に木質ボードを使って傾斜板を作ったのだ。

ネイサンは注意深くウィルの車椅子を引き上げて、狭いわが家の廊下に入った。「助かりましたよ」ネイサンは言い、わたしは彼のうしろでドアを閉めた。「すごく助かりました。病院だってあんなのなかなかないですからね」

「バーナード・クラークだ」パパは手を伸ばし、ネイサンの手を握った。ウィルに手を差しだし、あわてて気まずそうにさっとひっこめた。「バーナードだ。すまんね、その……どう挨拶したらいいか……君のその——」パパは言葉につまった。

「宮廷式のお辞儀とか?」

パパは彼を見つめ、それから、ウィルが冗談を言っているのだと分かると、ほっとして大声で笑った。「ハ!」パパはウィルの肩を叩いた。「なるほど。お辞儀な。そりゃいい、ハ！」

それで緊張がほどけた。ネイサンは手を振り、ウィンク一つを残して帰っていき、わたしはウィルの車椅子を押してキッチンに入った。ママは運がいいことに、キャセロール皿を持っていたのでパパみたいにまごまごしないですんだ。

「ママ、こちらウィル。ウィル、母のジョゼフィンよ」

「ジョジーと呼んでちょうだいね」ママは彼ににっこり微笑んだ。肘までのオーブン用手袋をはめている。「ようやく会えて嬉しいですよ、ウィル」

「お会いできて光栄です」とウィルは言った。「どうぞ僕にかまわず」

ママは皿を置き、髪を手ぐしで整えた。うちのママがこれをやるのは必ずいい兆候だ。ただ、まずオーブン用手袋を外すのを忘れていたのが失敗だったけれど。

「すみませんねえ」ママは言った。「ローストディナーなのよ。タイミングが大事でね、ご存じでしょ？」

「いや、あんまり」とウィルが言った。「僕は料理しないんです。でも美味しい食事は大好きですよ。だから今晩を楽しみにしてました」

「それじゃ……」パパが冷蔵庫を開けた。「一つこいつはどうだね？　特別なビール用の……カップはあるのかい、ウィル？」

「パパが怪我をしたんだったら」とわたしはウィルに言った。「車椅子よりまずビール用の改造カップを手に入れたと思うわ」

「ものごとには優先順位ってもんがあるからな」パパは言った。わたしはウィルのバッグをかき回してストローカップを見つけた。

「ビールをいただきます、ありがとう」

ウィルはビールをすすり、わたしはキッチンに立って、急に自分たちのちっぽけでみすぼらしい家が気になりはじめた。一九八〇年代の壁紙、キッチン棚のでこぼこの扉。ウィルの家はエレガントに飾りつけられ、物がなくてすっきりと美しい。わが家ときたら、家の中の物の九〇パーセントが近所の一ポンドショップで買ってきたみたいに見える。トーマスの描いた角の折れた絵が壁にところせましと貼ってある。でも、もしそれに気づいていたとしても、ウィルはなにも言わなかった。ウィルとパパはあっという間に共通の話題を見つけ――それはわたしがあらゆる点でいかにぶきっちょであるかについてだったけれど、わたしは気にしなかった。それで二人とも機嫌がいいんだもの。

「知っとるかね？　あれは一度、車止めのポールにバックで突っこんで、それをポールのせいだって言い張るんだよ……」

「僕の傾斜板を降ろすときの彼女をお見せしたいな。ときどき、車から出るとき、ＢＢＣの《スキー・サンデー》みたいな気がしますよ……」

パパがふきだした。

二人をそのままにして部屋を出た。ママがついてきて、やきもきしている。グラスをのせたお盆を食卓に置くと、時計をちらりと見上げた。「パトリックはどうしたんだろうねえ？」

「トレーニングからそのまま来るって」とわたしは言った。「たぶん、なにかで時間がかかってるのよ」

「あんたの誕生日ぐらい休めないのかね？　待ってたらチキンがまずくなっちゃう」

「ママ、大丈夫よ」

　わたしはママがお盆を下ろすのを待って、それから両腕を回してハグした。ママは心配でがちがちに固まっている。急に同情の波が押し寄せてきた。わたしのママでいるのは楽な仕事じゃないだろう、たぶん。

「ほんとよ。きっと美味しいって」

　ママは身体を離し、わたしの頭のてっぺんにキスして、両手でエプロンを撫でつけた。

「あんたの妹もいてくれたらねえ。あの子がいないのにお祝いするなんて間違ってる気がするのよ」

　わたしにとってはちっとも間違っていなかった。今日のこの日だけは自分が注目の的であることが嬉しかった。子供じみて聞こえるかもしれないけれど、ほんとうにそうだったのだ。ウィルとパパがわたしのことで笑っているのが嬉しかった。夕食のメニューがなにからなにまで——ローストチキンからチョコレートムースまで——わたしの好物であることが嬉しかった。妹に自分がどんな人間だったかを思い出させられずに、好きに振る舞えることが嬉しかった。

　ドアベルが鳴り、ママが両手を打ち合わせた。「来たわ。ルー、盛りつけをはじめてくれる？」

パトリックはトラックでの特訓のなごりで顔をほてらせていた。「誕生日おめでとう、ベイブ」彼は言い、かがんでわたしにキスした。アフターシェーブとデオドラントとシャワーを浴びたばかりの温かな肌の匂いがした。

「すぐ入って」わたしは居間のほうを顎で示した。「ママが時間を気にしてメルトダウン中なの」

「え？」彼は時計をちらっと見る。「ごめん、時間がたつのも忘れてた」

「自分のタイムは忘れないくせに」

「なんだって？」

「なんでもない」

パパが大きな折りたたみ式のテーブルを居間に移していた。それに、わたしの言いつけどおり、ソファの一つを反対側の壁際に動かして、ウィルがスムーズに部屋に入れるようにしてあった。ウィルはわたしが示した席に車椅子を動かし、少し座席を高くしてほかのみんなと同じ高さになるようにした。わたしは彼の左側に座り、パトリックが反対側に座った。彼とウィルとおじいちゃんは互いにうなずいて挨拶をした。パトリックには握手しようとしないようにと注意しておいた。席につきながら、わたしはウィルがパトリックを観察しているのを感じ、両親に対してそうだったようにわたしの恋人にも感じよくしてくれるかしら、とちょっと気になった。

ウィルはわたしのほうに頭を傾けた。「車椅子のうしろを見てくれ。ディナーのためのちょっとしたものが入ってるから」

わたしはうしろに寄りかかって、彼のバッグの中に手を突っこんだ。ひっぱり出した手にはローラン・ペリエのシャンパンの瓶。

「誕生日にはシャンパンがつきものだからね」

「まあ、ちょっとご覧よ」ママが皿を運んできながら言った。「素敵ねえ。でもうちにはシャンパングラスがないんですよ」

「これでかまいませんよ」ウィルが言った。

「俺が開けるよ」パトリックが手を伸ばし、針金を外して親指をコルクの下に当てた。ウィルのほうばかり見ている。まるで、予想していたのとぜんぜん違った、というように。

「そうやると」とウィルが注意した。「そこらじゅうに飛び散るよ」腕をほんの少し持ち上げ、あいまいな動作をした。「コルクを押さえてボトルを回すほうが無難な気がするな」

「シャンパンのことなら専門家にお任せだ」パパが言った。「ほらパトリック。ボトルを回すんだって？　いや知らなかったなあ」

「俺だって知ってますよ」パトリックが言った。「そうするつもりだったんだ」

シャンパンは無事にポンと開いて注がれ、みんなわたしの誕生日を祝って乾杯した。

おじいちゃんが大声で、たぶん「賛成《ヒヤ》、賛成《ヒヤ》」と言った。

わたしは立ち上がってお辞儀をした。今日着ているのは、チャリティショップで買った一九六〇年代の黄色のAラインのミニドレスだ。〈ビバ〉というブランドの服かも、とお店の女の人は言っていたけれど、ラベルは誰かに切り取られていた。

「今年こそ、われらがルーが大人になってくれますように」パパが言った。「『なにかやることを見つけてくれますように』と言うつもりだったんだが、どうやらとうとう見つけたみたいだからな。実のところね、ウィル、君のところで働くようになってから、この子は——その、自分の殻をようやく破ってくれたんだ」

「わたしたちほんとに鼻が高くてね」ママが言った。「それに、感謝してるんですよ。あなたにね。この子を雇ってくださって」

「感謝するのは僕のほうです」ウィルは言い、横目でわたしを見た。

「ルーに」パパは言った。「この子の今後の成功を祈って」

「それからここにいない家族にもね」ママが言った。

「びっくりしちゃう」わたしは言った。「お誕生日がもっといっぱいあればいいのに。みんないつもひどいことばっかり言うんだもの」

みんなおしゃべりをはじめた。パパがまた別のわたしのへまについての話を披露してママと一緒に大笑いした。二人が笑っているのを見るのは嬉しかった。ここ数週間、パパはすっかりしょげかえり、ママは、ほんとうの自分はどこか違うところに行ってしまったみたいに、うつろな目をして心ここにあらずだった。わたしは、冗談を言い合い、温かな家族のだんらんの中で二人がそれぞれの悩みを忘れている今の時間を味わいたかった。そのときばかりはトーマスがここにいてもよかったかも、という気がした。それを言うなら、トリーナも。

すっかり考えごとにふけっていたので、パトリックの表情に目を留めるまで一分くらいかかった。わたしはおじいちゃんに話しかけながらウィルに食べさせていた。スモークサーモンを指で折りたたんで、ウィルの唇に運ぶ。今では毎日の生活のあたりまえの一部になっていたので、パトリックのショックを受けた顔を見てはじめてその作業の親密さにはっとした。

ウィルがパパになにか言い、わたしはパトリックをにらんだ。頼むからそんな顔しないで。彼の隣ではおじいちゃんが嬉しそうにお皿をつつき、わたしたちがおじいちゃんの〝美味しい音〟と呼んでいる音――小さなうなり声や満足のつぶやきを漏らしている。

「うまいサーモンですね」とウィルがママに言った。「とても風味がいい」

「毎日口に入るようなもんじゃありませんけどね」ママが微笑んだ。「でも今日はほんとうに特別にしたかったんですよ」

見るのやめて。わたしは心の中でパトリックに言った。

とうとう彼はわたしの目つきに気づいて、視線をそらした。ひどく腹を立てているようだった。

わたしはウィルにもう一口食べさせ、彼がパンに目をやったのでパンを口に運んだ。そのとき気づいたのだけれど、わたしはウィルが望んでいることにすっかりシンクロしていて、彼がほしいものがなにか、ほとんど見なくても分かるようになっていた。反対側で、パトリックがうなだれたまま、スモークサーモンを細かく切って、フォークに突き刺しながら食べていた。パンには手をつけていなかった。

「それで、パトリック」ウィルが言った。たぶん、わたしが困っているのを察したのだろう。「ルイーザが言ってたんだが、君はパーソナル・トレーナーなんだそうだね。どんな仕事なんだい？」

そんなこと訊いてくれなければよかったのだ。パトリックは熱弁をふるい、個人的モチベーションや、いかにして健康な身体が健全な精神を作るかについてえんえんと語った。それからとぎれることなくエクストリーム・バイキングのためのトレーニング計画について話しはじめた。北海の水温や、マラソンを走るのに必要な体脂肪率や、各種目でのベストタイムについて。いつもならこのあたりでわたしは話を聞くのをやめるのだが、ウィルが隣に座っている今は、これがどんなに不適切な話題かということしか考えられなかった。どうして適当にあいまいな話をして、おしまいにできないのだろう？

「実はね、君が来るってルーに聞いたとき、勧められるような理学療法がないか本で探してみようかと思ったんだ」

わたしはシャンパンでむせた。「それってかなり専門的なことよ、パトリック。あなたの出る幕じゃないと思うけど」

「俺だって専門的なことできるぜ。スポーツ外傷もみるし。医学的なトレーニングを受けてるよ」

「足首の捻挫《ねんざ》じゃないんだから、パット」

「二、三年前、一緒に働いた奴だけど、下半身麻痺のクライアントがいたんだ。今じゃほとんど回復してるって言ってるよ。トライアスロンやなんかもやってるんだって」

「まあすごいねえ」ママが言った。

「そいつがカナダの新しい研究を教えてくれてね、筋肉は訓練すれば前にやったことを覚えられるんだそうだ。毎日、その訓練をしっかりやれば、脳のシナプスみたいなもんで——回復することがあるんだって。たぶん、本気でちゃんとした方法でやれば、君の筋肉記憶に変化が起こると思うよ。ルーの話だと、君も以前はかなり活動的だったそうだし」

「パトリック」わたしは大きな声を出した。「なにも知らないくせに」

「俺はただ——」

「いいえ、**やめてちょうだい**。ほんとに」

食卓はしんとなった。パパが咳をして、そのことを謝った。おじいちゃんは用心深そうな面持ちで、黙ったままテーブルを見渡した。

ママはみんなにもっとパンを勧めようとしたが、気が変わったようだった。

またパトリックが話しはじめたとき、その口調にはかすかに殉教《じゅんきょう》者のような気配が混ざっていた。「その研究がもしかしたら役に立つかもと思っただけなんだ。でも、もうそれについては黙るよ」

ウィルは顔を上げて冷たい礼儀正しい笑みを浮かべた。「もちろん、そのことは頭に入れておくことにするよ」

わたしは立ち上がって皿を下げはじめた。食卓から逃げ出したかった。でもママが座っていなさい、と叱った。

「あんたはお誕生日の主役なのよ」ママは言った――いずれにせよ、ママがほかの人になにか手を出させることはいつもないのだけれど。「バーナード。チキンを出してくださいな」

「ははは、そろそろ羽をばたばたさせるのをやめたかな?」パパは笑ったが、歯をむき出した顔はなんとなくほろ苦かった。

そのあとの食事は滞りなく進んだ。見たところ、両親はウィルの魅力にすっかり捕えられてしまっていた。パトリックはそうでもなくて、彼とウィルはほとんど口をきかなかった。ママがローストポテトを取り分けようとしたあたりで――パパがいつものとおりいくつか余分に取ろうと狙っている――わたしは心配するのをやめた。パパはウィルに以前の生活について、事故についてまで、ありとあらゆる質問をした。そしてウィルはリラックスして率直に応じていた。実際、これまで話してくれていなかったことをわたしはずいぶん知った。例えば、彼の仕事は、ウィルは控えめに言っていたけれど、相当、すごいものだったらしい。企業を売買して、それで確実に利益を上げる。パパがいろいろ言って聞きだしたところ、ウィルの言う利益というのは六桁どころか七桁の数字だった。気がつくとわたしはウィルをじっと見つめて、自分の知っている男性と、彼が今、語っていたシティの非情な実業家とを結びつけようとしていた。パパは家具工場を買収しようとしている会社のことを彼に話し、その名前を言ったとたん、ウィルはほとんど申し訳なさそうにうなずいて、はい、知ってます、と言った。ええ、自分でもそうしたと思う、と。その言い方は、パパの仕事の今後が明るいようには聞こえなかった。

ママはウィルにひたすら甘い声で話しかけ、せっせと世話をやいた。ママの笑顔を見ながら、食事のどこかの段階で、ママにとってウィルは自分の食卓についている単なるスマートな若い男性になってしまったらしいことにわたしは気づいた。パトリックが面白くないのも無理もない。

「バースデーケーキかね？」ママがお皿を下げはじめると、おじいちゃんが言った。

その言葉があまりにはっきりとしていて、予想外だったので、パパとわたしは驚いて顔を見合わせた。食卓がしんとなった。

「ううん」わたしはテーブルを回っていき、おじいちゃんにキスした。「違うの、おじいちゃん。ごめんね。チョコレートムースなんだ。でもきっと美味しいわよ」

おじいちゃんはかまわんよ、というようにうなずいた。ママは満面の笑みを浮かべていた。

みんなにとってこれ以上のプレゼントはない気がした。

ムースが運ばれ、一緒に電話帳ほどもある、薄紙に包まれた大きな四角いプレゼントが食卓に置かれた。

「プレゼントだね？」パトリックが言った。「ほら、これは俺から」彼はわたしに微笑みかけて、プレゼントをテーブルの真ん中に置いた。

わたしも笑顔を返した。なんと言っても今日はいがみ合う日じゃないもの。

「さあ」とパパが言った。「開けてごらん」

まず両親からのを開けた。破れないようにそっと包み紙をはがす。それはアルバムで、どのページにもわたしの人生の一年につき一枚ずつの写真が貼ってあった。赤ん坊のころのわたし、真面目くさった、ぽっちゃりした顔の女の子だったわたしとトリーナ。中学校に入学した日のわたし。ヘアクリップばかり目立ち、長すぎるスカートをはいている。もっと最近では、わたしとパトリックの写真があった。実はわたしが彼にあんたなんかサイテー、と言っている写真だ。そして、グレーのスカートをはいた、新しい仕事に就いた初日のわたし。そういうページとページのあいだには、トーマスが描いた家族の絵や、ママが取っておいてくれた学校の旅行のときの手紙が貼ってあった。子供っぽいわたしの字で、浜辺での日々や、アイスクリームを盗られたことや、泥棒カモメのことが書いてある。わたしはぱらぱらとページをめくり、長い黒髪をなびかせている少女を見つけてほんのわずかためらい、次のページをめくった。

「見てもいいかい?」ウィルが言った。

わたしが彼の前でページをめくっていると、「今年は……いろいろ大変でね」とママが言った。「いえね、みんな元気だし、なんでもないのよ、でも、その、まあいろいろとあってね。そしたらおじいちゃんが、お昼のテレビで自分でプレゼントを作る番組を観て、そういうのって、ほら……ちゃんと意味があるもののような気がしたのよ」

「ほんとにそうよ、ママ」目から涙があふれそうになった。「すごく嬉しい。ありがとう」

「おじいちゃんが選んでくれた写真もあるのよ」とママが言った。

「素晴らしいです」とウィルが言った。

「ほんとにありがとう」わたしはもう一度言った。

ママとパパが交わした、心からほっとした表情は、これまでに見た中で一番悲しいものだった。

「次は俺の」とパトリックが小さな箱をテーブルの向こうから押してよこした。一瞬、もしかして婚約指輪かも、と、なんとなくあわてた気分で、そろそろとそれを開けた。わたしにはまだ準備ができていなかった。自分の部屋を持てたことにも頭がついていかないのに。その小さな箱を開けると、そこにあったのは濃紺のベルベットの上に置かれた、細い金の鎖に小さな星のついたペンダントだった。可愛らしくて、繊細で、そしてぜんぜんわたしらしくなかった。わたしはそういうアクセサリーをつけないのだ。一度もつけたことがない。

なんと言えばいいか考えながら、それを見つめた。「可愛いわ」彼が身を乗りだしてそれを首につけてくれたとき、わたしは言った。

「気に入ってくれてよかった」とパトリックは言い、唇にキスした。誓ってもいいけれど、今まで、両親がいる前でそんなふうにわたしにキスしたことは一度もなかった。

ウィルはわたしを見ていた。その顔に変化はなかった。

「さて、そろそろデザートを食べたほうがいいな」とパパが言った。「お熱くなりすぎんうちに」自分のジョークに声をあげて笑っている。シャンパンのおかげですっかりご機嫌だ。

「バッグの中にもなにかあるよ」とウィルが静かに言った。「僕の椅子のうしろを見てくれ。オレンジ色の包装紙だ」

わたしはウィルのバックパックからプレゼントを出した。

ママが取り分け用のスプーンを手にしたまま、動きを止めた。「ルーにプレゼントをくださるの、ウィル？　なんてご親切なんでしょう。ありがたいわねえ、ねえバーナード？」

「まったくだ」

包装紙には、鮮やかな色合いの中国のキモノが描かれていた。一目見ただけで自分がそれを大事に取っておくのが分かる。たぶん、それをお手本にして服を作るかもしれない。リボンを外し、取っておくために横に置いた。包装紙、次に中の薄紙を開け、奇妙に見覚えのある黒と黄色のボーダー模様を見つめる。

包みからその布をひっぱり出した。両手の中には黒と黄色の縞のタイツが二足。大人用の、不透明の、指のあいだをすべるような柔らかいウール製の。

「信じられない」わたしは言った。そして笑いだした——思いがけなく、嬉しさのあまり。

「びっくりしたわ！　どこで見つけたの？」

「作らせたんだ。僕の新品の音声認識ソフトウェアを使って、その女性に指示を送ったよ。満足だろ？」

「タイツ？」パパとパトリックが声をそろえて言った。

「この世で一番素敵なタイツよ」

ママがそれをじっと見つめた。「ねえ、ルイーザ。それとそっくりなタイツをあんたがちっちゃいときに持ってた気がするんだけどね」

ウィルとわたしは視線を通わせた。

わたしは顔をほころばせっぱなしだった。「今、はいてみていい？」わたしは言った。

「なんてこった、ハチの巣にはまったマックス・ウォール（イギリスのコメディアン）みたいになるぞ」とパパは言い、頭を振った。

「バーナード、お誕生日なんですよ。好きなものをはいたっていいじゃないですか」

わたしは部屋の外に駆けだすと、廊下でタイツをはいた。つま先をとがらせ、その馬鹿馬鹿しさを愉しんだ。これまで、プレゼントをもらってこんなに嬉しかったことがあっただろうか。

わたしはゆっくりと部屋に戻った。ウィルが小さな感嘆の声を上げた。おじいちゃんが両手でテーブルを叩いた。ママとパパがふきだし、パトリックはあぜんとして見ていた。

「どんなにこれが気に入ったか、なにから言えばいいかも分からないわ」わたしは言った。「嬉しい。ありがとう」わたしは片方の手を伸ばし、彼の肩のうしろに触れた。「ほんとうに」

「中にカードも入ってる」と彼は言った。「あとで開けて」

ウィルが帰るとき、両親は大騒ぎだった。

パパは、酔っぱらっていて、わたしを雇ってくれたことについてくどくどお礼を言い、また来るようにウィルに約束させた。「失業したら、そのうち遊びにいくから一緒にサッカーでも観ようじゃないか」とパパは言った。

「いいですね」とウィルは言った。彼がサッカーの試合を観ているところを見たことはなかったけれど。

ママは残ったムースをプラスチックの容器に入れて彼に押しつけた。「すごくおいしそうにしてたからね」

なんて紳士なんだろう、と彼が帰ってから小一時間、二人は言いつづけた。あれは本物の紳士だよ。

パトリックも廊下に出てきた。両手はポケットに深く突っこんでいる。たぶん、ウィルの手を思わず握りたくならないようにするためだろう。わたしはそう大目にみることにした。

「会えてよかった、パトリック」ウィルが言った。「それから……アドバイスをありがとう」

「ああ、ただ俺の彼女が仕事でうまくやれるように手を貸そうとしただけさ」彼は言った。「それだけだよ」**俺の**というところを明らかに強調して。

「ああ、君は運がいい」ウィルは言い、ネイサンが車椅子を押して外に向かった。「彼女、清拭《ベッドバス》が最高だからね」彼はすごく早口でそれを言い、パトリックが言われたことに気づいたときにはもうドアは閉まっていた。

「ベッドで身体を拭いてやってるなんて聞いてないぞ」

わたしたちは、パトリックの家に戻っていた。町のはずれにある新築のフラットだ。〝高層階での暮らし〟というのが売りだったが、見下ろせるのは大型ショッピングセンターで、高さも四階建てでしかない。

「それってどういう意味だよ——奴のアソコを洗うのか？」

「彼のアソコは洗わないわよ」わたしはパトリックの家に置かせてもらえる数少ないものの一つであるメイク落としを取り、撫でるようにして化粧を落としはじめた。

「やってるって奴が言ったんだぞ」

「からかってるのよ。彼が昔はどんなに活動的だったかなんてあんなに言われたあとだもの、言いたくなる気持ちも分かるわよ」

「それじゃなにをしてやってるんだよ？　どう見ても俺に話してないことがあるんじゃないか」

「ときどきは彼の清拭をやるわよ。でも上半身を下着のところまでだけ」

パトリックのこっちを見る目つきはなにか言いたそうだった。やっと視線をそらすと、靴下を脱いでそれを洗濯物の籠に放りこむ。「ルーの仕事はそういうことじゃないはずだ。医療的なことはやらないって話だったろ。身体に触れる世話はしないって。それは仕事内容に入ってなかった」とつぜん、彼に考えが浮かんだ。「訴えろよ。〝業務内容の不利益変更〟っていうんだっけ、確か。仕事の条件を変えられた場合」

「馬鹿言わないで。わたしがやるのはネイサンがいつもいられるわけじゃないからよ。派遣で来るぜんぜん知らない他人に世話されるのはウィルにとって嫌なことだから。それに、もう慣れちゃったもの。別になんでもないわよ」

どう説明すればいいのだろう――人の身体をこんなにもあたりまえに受け入れられるようになることを？　わたしはウィルのチューブを慣れたプロの手つきで取り換え、会話をとぎれさせることなく彼の裸の上半身をスポンジで洗うことができる。今ではウィルの傷痕にためらうこともなかった。しばらく、わたしの目に映るのが、一人の自殺志願者でしかなかった時期もあったけれど、今、彼はウィルだった――しゃくに障る、気まぐれで、賢くて、面白いウィル、わたしというイライザ・ドゥーリトルを相手にヒギンズ教授を演じるのが好きなウィルだった。彼の身体は単に彼という全体の一部で、時折、手をかけてあげる必要があるものでしかなく、それが終わればわたしたちはまた会話に戻っていく。わたしにとって、それは彼の中で一番、どうでもいい部分になっていた。

「ただ信じらんなくてさ……俺たちあんな大変だったのに……俺が君のそばに近寄れるようになるまでどんだけかかったか……そしたらなんか知らねえ奴が出てきて、君は平気で近くで馴《な》れ馴れしくしてさ――」

「ねえ、今晩はその話やめない？　誕生日よ」

「はじめたのは俺じゃないだろ。ベッドで清拭とかなんとか言いだしたのは」

「それって彼がかっこいいから？」わたしは強く言った。「だからなの？　もしウィルが

──なんていうか──話もできない状態だったらいろんなことがもっと我慢しやすいってこと？」

「じゃあ、ルーはあいつがかっこいいって思ってるんだ」

わたしはドレスを頭からすっぽりと脱ぎ、タイツを注意深く脱ぎはじめた。最後に残っていた楽しい気分も、とうとう消え失せてしまった。「こんな態度とるなんて信じらんない。彼に嫉妬するなんて信じらんないよ」

「嫉妬なんかしてない」見下すような口調だった。「障害者なんかになんで俺が嫉妬するんだよ？」

その晩、パトリックはわたしを抱いた。たぶん〝抱く〟というのはちょっと無理がある表現かもしれない。わたしたちがしたのはセックスで、それがマラソンのようにえんえんと続くあいだ、彼は自分の運動能力と筋力と力強さを誇示しようと心に決めていたようだった。わたしをシャンデリアからぶら下げられるなら、きっとそうしただろうと思う。ほったらかされ気味だった何か月ものあとで、こんなに求められていると感じ、パトリックがわたしに注目してくれるのは嬉しかった。でも、心のどこか隅のほうが、そのあいだずっと醒《さ》めたままだった。結局、それはわたしのためという気がしなかった。そのことは割とすぐに理解した。このちょっとしたショーはウィルへの当てつけなのだ。

「どうだった、え？」その後で、彼はわたしを抱きしめた。汗ばんだ肌が少しくっつく。そしてわたしの額にキスした。

「よかった」わたしは言った。

「愛してるよ、ベイブ」

そして、満足した彼は寝がえりを打ち、片腕を頭の下に入れ、数分のうちに眠りに落ちた。寝つけなかったわたしは、ベッドから出ると階下のバッグのところに行った。中をかき回し、フラナリー・オコナーの短編集を探す。それをバッグから取り出したとき、封筒が落ちた。

わたしはそれを見つめた。ウィルのカードだ。食卓で開けなかったのだった。今、開けながら、その中央に意外な弾力性があるのを感じた。封筒からそっとカードを引き出し、開いた。中にはぱりっとした五十ポンド札が十枚入っていた。自分の目が信じられなくて、二度も数えた。カードの内側にはこう書かれていた。

誕生日のボーナスだ。がたがた言わずに受け取れ。法律で決まってるんだ。W

14

五月は奇妙な月だった。新聞もテレビも〝死ぬ権利〟と名付けられたものについてのヘッドラインであふれていた。進行性の病気で苦しんでいる女性が、自分の苦痛が耐え難くなって、夫が自分を〈ディグニタス〉に連れていった場合に、夫の立場が確実に守られるよう、法律を明確にすることを求めていた。若いサッカー選手が自分をそこに連れていくよう両親を説得し、自殺を遂げた。警察の調べが入った。貴族院で討議されることが決まった。

わたしはニュースを観、安楽死反対派やモラルを専門にする有名な哲学者の法律に関する議論に耳を傾けたが、自分の立場がそのどこにあるのか、よく分からなかった。なにもかも、不思議議とウィルとは無関係なことのように思えた。

その一方、わたしたちは、少しずつ外出を増やし――ウィルが足を延ばそうという気になる距離も長くなっていた。お芝居に行ったし、それからすぐ近くでやっていたモリスダンスを観にいったし（ウィルはダンサーたちのベルやハンカチを見ながら真顔を保っていたけれど、その努力で少し顔がピンクになっていた）、それから近くの邸宅で開かれた屋外コンサートに行った晩もあった（わたしよりも彼の趣味だけど）。一度はシネマコンプレックスに行って、わたしのリサーチ不足の結果、不治の病の少女についての映画を観るはめになった。

でも、彼もそういう見出しを目にしていることをわたしは知っていた。新しいソフトウェアを手に入れてから、彼はパソコンを使うことが増え、親指をトラックパッドの上でひきずるようにしてマウスを動かす方法を編みだした。こういう骨折りの結果、彼はオンラインでその日の新聞を読めるようになった。ある朝、お茶を持っていくと、彼はその若いサッカー選手について読んでいるところだった。彼が死に至るまでの顚末《てんまつ》を詳細に追った記事だ。わたしが背後に立っていることに気づくと、ウィルは画面を暗くした。そのささいな動作が、わたしの胸のどこか上のほうに塊を残し、そのつかえが消えるまでたっぷり三十分かかった。

わたしは同じ記事を図書館で探した。そのころからわたしは新聞を読むようになり、どういう記事がより深く内容を掘り下げている傾向があるか、判断できるようになっていた。煮出してひからびた骨みたいになった事実だけの情報が、常に有益とはかぎらない。

サッカー選手の両親は、タブロイド紙に猛烈に責めたてられていた。**なぜ息子を見殺しに？**　と新聞の見出しは激しく追及した。わたしもそう感じずにはいられなかった。レオ・マキナニーは二十四歳だった。怪我をしてからほぼ三年間、生きた。ウィルよりたいして長い期間ではない。生きる理由がもうなに一つないと決めつけるには、若すぎると言っていいはずだ。それからわたしはウィルが読んでいたものを読んだ——論説記事ではなく、この若者の人生に実際になにが起きたのかを注意深く追った記事だった。書き手は彼の両親に直接取材したようだった。

レオは、両親によれば、三歳のときからサッカーをプレーしていた。サッカーが人生のすべてだった。タックルが失敗し、〝百万回に一回〟の災難と言われる事故で、彼は負傷した。息子を元気づけ、人生にはまだ価値があると感じてもらおうと、両親はせいいっぱい手をつくした。しかし、レオは心を閉ざし、うつ状態になった。彼は運動能力を失った運動選手というだけではなかった。動くこともできず、時には息をするのにも補助が必要だった。どんなものにも喜びのかけらも見出すことができなかった。彼の毎日は苦痛に満ち、感染症に悩まされ、常に他人の援助に依存する日々だった。友達に会いたいのに、会うことを拒んだ。恋人にはもう会わないと告げた。来る日も来る日も、両親に生きていたくないと言った。自分が生きるつもりだった人生の、たとえ半分でもほかの人間が生きるのを見ているのは耐え難い、と言った。それは拷問だ、と。

二度、絶食し自殺を試みたが入院させられた。そして家に帰ってきたとき、どうか寝ているあいだに窒息《ちっそく》させてくれ、と両親に乞うた。それを読んだとき、わたしは図書館に座っていたけれど、握りしめた両のこぶしを目に押し当てた。そして、すすり泣きをもらさずに息ができるようになるまでじっとしていた。

パパは失業した。そのことについてパパはとても勇敢だった。その日の午後、家に帰ってくると、シャツを着替え、ネクタイを締めて、次のバスに乗って町に戻り、ジョブ・センターの登録に行った。

もう決心した、とパパはママに言った。長年の経験も技術もある職人には違いないが、どんな仕事でも応募する、と。「今はえりごのみしてる余裕はねえからな」と、パパはママの抗議に耳を貸さずに言った。

でも、わたしも仕事に就くのは難しかったけれど、これまで一つの仕事しかしてこなかった五十五歳男性の見通しはもっと厳しかった。まったく相手にもしてもらえんよ、とまた面接から帰ってきたパパは絶望したように言った。国が給料に補助金を出すという理由で、どこかの信用のおけないはなたれ十七歳を雇い、しっかりした職歴のある大人の男性を雇おうとしないのだ。二週間、面接に落ちつづけたあと、両親は、当座を乗り切るために、困窮者用の給付金を申請するしかないとあきらめ、洗濯機を使うのは何人かとか、この前、二人が国外に出たのはいつか（パパの記憶だと一九八八年らしい）とかいう、五十ページもの分かりにくい申請用紙を前に、頭を突き合わせていた。わたしはウィルが誕生日にくれたお札をキッチンの棚の中のお金を入れる缶に入れた。少しでもいざというときの備えがあると思えば、気が楽になるだろうと思ったからだ。

でも、朝、起きると、それは封筒に入れられてドアの下から押しこまれていた。

観光客がやってきて、町がまた賑わいはじめていた。このごろトレイナー氏が家にいることはだんだん少なくなり、お城を訪れる人の数が増えるのに合わせて、仕事時間も長くなっていった。一度、木曜日の午後に、クリーニング店経由で家に歩いて帰るとき、町で彼を見かけた。それ自体は不思議ではないけれど、ただ、彼は赤毛の女性に腕を回していて、その人はどう見てもトレイナー夫人ではなかった。彼はわたしを見て、熱いジャガイモみたいにその人から手を離した。

わたしは顔をそむけ、お店のウィンドウの中を覗いているふりをした。わたしが見たと、彼に気づかせたいのかどうか分からなかった。そして無理やりそのことについては考えないようにした。

パパが失業した次の金曜日、ウィルは招待状を受け取った――アリシアとルパートからの結婚式の招待状だ。いや厳密にいえば、招待状はティモシー・デヴォー大佐夫妻、つまりアリシアの両親からで、令嬢とルパート・フレッシュウェル氏の結婚の祝賀にウィルの出席を賜りたいというものだった。それは羊皮紙仕上げの分厚い紙の封筒に入って到着し、中には式次第と、招待客が買うべき結婚《ウェディング・リスト》のプレゼントのリストが折りたたまれて入っていた。お店のリストがついてるけど、わたしは名前も聞いたことがない。

「彼女たいした玉だわね」わたしは金箔《きんぱく》をほどこしたレタリングの文字や、分厚いカードの金縁をしげしげと見ながら言った。「捨てる？」

「好きにしていい」ウィルの全身は、むきになって無関心を装おうとしている人の見本だった。

わたしはリストを見つめた。「ところで、クスクス鍋ってなに？」

彼が向きを変え、パソコンのキーボードに向かって忙しくしはじめた、そのスピードのせいかもしれない。それとも、彼の声の調子のせいだろうか。とにかくどういうわけか、わたしはそれを捨てなかった。捨てずに、それをキッチンにある彼のファイルの中にそっとしまった。

ウィルはまた別の短編集をアマゾンに注文し、それと『赤の女王』をくれた。それは見るからにわたし好みの本ではなかった。「小説でもないのね」裏表紙を確かめたあとわたしは言った。

「だから？」ウィルは応じた。「少しは冒険してみろよ」

読んではみた――遺伝子学に興味が湧いたからではなく、読まないでいたらウィルにいつまでも責め立てられると思うとうんざりしたからだ。このごろの彼はそういう感じで、実を言うと、けっこう意地悪だった。おまけに、すごくむかつくことに、わたしがちゃんと読んだか確かめるために、なにか読むとどれだけ読めているかテストする。

「あなたはわたしの先生じゃないのに」わたしはぶつぶつ言う。

「ありがたいことにね」と彼は思い入れたっぷりに答える。

この本は――読んでみたら案外、読みやすかったのだが――要は生き延びるための戦いみたいなものについての本だった。それによると、女性が男性を選ぶのは相手を愛しているからではぜんぜんない。生物のメスは、自分の子孫に最善のチャンスを与えるために、どんなときも一番強いオスを求める。女はそうしないわけにいかない。それが自然の摂理だから。

わたしはこれに同意しなかった。その論理が気に食わなかった。そこにはウィルがわたしに納得させようとしているものに通じる不愉快な考え方が見え隠れしていた。ウィルは、この著者の目から見ると、肉体的に弱り、ダメージを受けている。つまり彼は生物学的に無意味な存在だ。結果として、彼の人生は無価値なのだ、と。

ある日のほとんど午後いっぱい、彼がこのことをえんえんと話していたとき、わたしは口を挟んだ。「このマット・リドレーって人は一つ見落としてることがあるわ」

ウィルはパソコンの画面から顔を上げた。「へえ、なんだ？」

「その遺伝的に優れたオスが実はとんでもないろくでなしだったらどうするの？」

五月の第三日曜日に、トリーナとトーマスが帰ってきた。ママは二人がまだ通りの半分も来ないうちに、玄関から出て、庭の小道に立っていた。トーマスを固く抱きしめながら、いないあいだに四インチは背が伸びたと言い張った。トーマスは変わった、すっかり立派になって、小さいけどもう大人だわ、と。トリーナは髪を切り、妙に洗練されて見えた。前に見たことのないジャケットを着て、ストラップ・サンダルを履いていた。どこにそんなお金があったんだろう、とわたしは意地悪く考えた。

「それで向こうはどうなの？」ママがトーマスを連れて庭を歩き回り、小さな池のカエルを見せているあいだにわたしは訊いた。パパはおじいちゃんとサッカーの試合を観ていて、またしてもいいところでチャンスが流れ、ちょっといらだった声を上げている。

「うまくいってる。すごくいいよ。まあ、トーマスのことで手伝ってくれる人がいないのは大変だし、託児所に慣れてくれるまでけっこうかかったんだけど」彼女はこちらに身を乗りだした。「ママには言わないでよ——トーマスは大丈夫って言ってあるから」

「でもコースは気に入ったんだね」

トリーナの顔は笑顔になった。「最高。なんて言っていいか分かんないくらいだよ、ルー。また脳みそを使うのって最高だわ。自分の中に、使わないでずっとほったらかしだったこんな大きな部分があって……それを再発見した気分なの。なんかかっこつけてるみたいに聞こえる？」

わたしは首を振った。実際、妹のために喜んでいた。わたしはトリーナに図書館のことや、パソコンのことや、わたしがウィルのためにやったことを話したかった。でも、今はたぶん、彼女の話を聞いてあげるべきだろう。わたしたちはくたびれた日よけの下の折りたたみ椅子に座り、マグカップの紅茶をすすった。気がつくと、彼女の指先はまともな肌色になっていた。

「ママが寂しがってたよ」わたしは言った。

「これからはほとんど毎週帰ってくるよ。あのね、ルー……ほんとはトーマスを慣れさせなきゃならないだけじゃなかったの。わたし、いろんなことから離れる時間が少し必要だったのよ。違う人間に生まれ変わる時間がほしかったんだ」

妹はたしかにちょっと別人になったように見えた。妙な感じだった。家からほんの数週間離れただけで、誰かの慣れ親しんだところが薄れていくなんて。妹がわたしには想像もつかない誰かになるための道を歩みはじめたような気がした。なんだか取り残された気分だった。

「ママが、あんたの障害者の友達が夕食に来たって言ってたよ」

「わたしの障害者の友達じゃないもん。ウィルって名前があるんだから」

「ごめん、ウィルね。じゃあうまくいってるんだね、あの〝死なないためにやることリスト〟は？」

「まあまあね。うまくいった外出も何回かはあるよ」わたしはみじめな失敗に終わった競馬と、クラシック・コンサートの予想外の大成功を話した。ピクニックのことを話し、誕生日のディナーの話をしたときはトリーナは笑った。

「それで……」なんと言おうか言葉を選んでいるのが分かる。「あんた、勝てそう？」

なにかのコンテストじゃあるまいし。

わたしはハニーサックルの蔓《つる》をひっぱり、葉をむしりはじめた。「分かんない。レベルアップしないとだめだと思ってるけど」そしてトレイナー夫人が海外旅行についてわたしに言ったことを話した。

「でも、あんたがクラシック・コンサートに行ったなんてね。ルーがねえ、ありえないよ」

「楽しかったよ」

彼女は片眉を上げた。

「ほんとだってば。よかったんだって。なんか……感動したよ」

彼女はわたしを注意深く見た。「彼、すごくいい人なんでしょ、ママが言ってた」

「すごくいい人よ」

「で、ハンサムなんだよね」

「脊髄が傷ついてもカジモドに変身するわけじゃないからね」**お願いだから、なんてもったいないって言わないでよ**、わたしは心の中で言った。

でも、妹は思ったより賢明なようだった。「とにかく、ママはほんとびっくりしたみたいね。カジモドが来るって身構えてたんだろうね、きっと」

「そこが問題なのよ、トリーナ」わたしは言い、お茶の残りを花壇に捨てた。「みんなそうだから」

その晩の夕食の席で、ママは朗らかだった。トリーナの好物のラザニアを作り、トーマスは特別に夜更かししていいことになった。みんなは食べたり話したり笑ったりし、話題はサッカーチームやわたしの仕事や、トリーナの同級生がどんな人たちかといった無難なものだった。ママは、ほんとうにトリーナが一人でやっていけるのか、トーマスのために必要なものはないのかと百回は訊いた——両親にあの子になにかしてあげる余裕があるわけでもないのに。二人がどれだけ切羽詰《せっぱ》まっているか、先にトリーナに話しておいてほっとした。トリーナは、大丈夫よ、とさらりと自信たっぷりに断った。わたしが、そういえばそれはほんとうなのか訊かなくちゃと思ったのは、あとになってからのことだった。

その晩、わたしは真夜中の泣き声で目を覚ました。物置部屋のトーマスだった。トリーナがトーマスをなだめ、落ちつかせようとしている声、ライトをつけたり消したりする音、ベッドを直す音が聞こえる。わたしは暗闇の中で横になり、ブラインドの隙間から新しくペンキを塗った天井に射しかかるナトリウム灯の光を見つめ、物音が止むのを待った。でも、同じかぼそい泣き声が再び二時にはじまった。今度は、ママが廊下をぱたぱたとやって来て、ささやき声で言葉を交わすのが聞こえた。そしてようやくトーマスは静かになった。

四時、わたしは自分の部屋のドアがきしみながら開く音で目を覚ました。わたしは朦朧としながらまばたきし、明かりのほうを向いた。トーマスの影がドアのところに立っていた。大きすぎるパジャマのズボンがぶかぶかで、お気に入りのブランケットが半分、床にとぐろを巻いている。顔は見えなかったけれど、トーマスは次にどうしていいか分からないように、心細げだった。

「おいで、トーマス」わたしはささやいた。裸足で近づいてきたトーマスはまだ半分眠っているようだった。足取りはおぼつかず、親指は口の中に突っこまれ、大事なブランケットを小脇にしっかり抱えている。わたしが上掛けを持ち上げると、トーマスはベッドのわたしの隣にもぐりこんだ。髪がぼさぼさの頭をもう一つの枕にうずめ、胎児のように丸くなる。わたしは上掛けをトーマスの上に引き上げ、横になって彼を見ながら、一瞬のうちに熟睡してしまったことに感心した。

「おやすみ、ベイビー」わたしはささやき、額にキスした。丸々とした小さな手がそろそろと差し出され、わたしがどこにも行かないことを確かめるように、Tシャツを握りしめた。

「これまでに行った中ではどこが一番よかった?」

わたしたちはにわか雨が止んだらお城の裏の庭を散歩しようと、雨宿りをしていた。ウィルは大きいほうの庭に行くのは好きではなかった——じろじろ見る人が多すぎるからだ。でも菜園は訪れる人の少ない穴場の一つだ。ひっそりしたいくつもの果樹園ははちみつ色の小砂利の道で区切られ、ウィルの車椅子は快調に進むことができた。

「どういう意味で? それからそれはなんだ?」

わたしは水筒からスープを注ぎ、彼の口元に運んだ。「トマト」

「まあいい。なんだ、熱いじゃないか。ちょっと待って」彼は目を細めて遠くを見た。「三十歳になったときにキリマンジャロに登ったんだ。あれは相当すごかったな」

「高さはどれくらいなの?」

「最高峰のウフル・ピークまで一万九千フィートちょっとだ。とは言っても、最後の千フィートかそこらは這って登ったようなものだけどね。高山病で参ったよ」

「寒かった?」

「いや……」彼はわたしに微笑みかけた。「エベレストじゃないからね。とりあえず、僕が行った季節はそうじゃなかった」彼は遠くを見る目つきになり、ふと思い出にふけった。

「美しかったな。アフリカの屋根、って呼ばれてるんだ。あの上では、ほんとうに世界の果てまで見えるような気がした」

ウィルは少しのあいだ、黙りこんだ。わたしは彼を見ながら、今、この人はどこにいるんだろうと考えた。こういう会話をすると、彼はわたしのクラスメートだったあの男の子になる。冒険の旅に出て、わたしたちと遠く隔たってしまったあの少年に。

「ほかに気に入ったところはあった？」

「モーリシャスのトゥルー・ドウ・デュース湾だね。人は親切だし、ビーチは綺麗だし、ダイビングに最高だ。それから……ケニアのトサボ国立公園。土が赤くて、野生動物がいっぱいいてね。ヨセミテ。カリフォルニアだ。岩がとにかく高くそそり立って、スケールの大きさに頭がついていけないくらいだった」

彼は、ロッククライミングをして、何百フィートもの高さの岩棚でキャンプした夜のことを話してくれた。どんなふうに自分を寝袋の中に固定し、それを岩の表面に取りつけたか。もし眠ったまま寝がえりを打ったら大変なことになるからだ。

「今、話してくれたことって、わたしだったら悪夢の中の悪夢なんだけど」

「もっと都会っぽい場所も好きだよ。シドニーは最高だった。北カナダ。アイスランド。空港からたいして離れていないところで、火山の温泉に入れるんだ。不思議な、荒涼とした景色だった。ああ、それから中国の内陸部をバイクで横断したこともある。四川省の省都から二日くらいかけてそこまで行ったんだけど、地元の人たちにつばを吐きかけられてさ。これまで白人を見たことがなかったからね」

「行ったことのない場所なんてあるの？」

彼はもう一口、スープをすすった。「北朝鮮かな?」考えこむ。「ああ、ディズニーランドには行ったことがない。それは数に入る? ユーロディズニーにも行ってない」

「わたし、一度、オーストラリア行きの航空券を予約したことがあるの。行かなかったけど」

彼は驚いてわたしのほうを向いた。

「いろいろあってね。いいの。いつか行くかもしれないし」

「〝かも〟じゃない。クラーク、君はここから出ていくべきだ。僕に約束してくれ、これからの人生、君はずっとこのランチョンマットみたいなつまらん場所でくすぶっていないって」

「僕に約束しろ? なぜ?」わたしは声を何気ない響きに保とうとした。「どこかに行っちゃうの?」

「僕はただ……君がここで永久にじっとしていると思うと我慢できないんだ」彼はごくりと喉を鳴らした。「こんなに頭がいいのに。こんなに面白い人間なのに」視線をそらした。「人生は一回しかないんだぞ。それをせいいっぱい生きることは、実際、人間の義務なんだ」

「分かったわ」わたしは用心深く言った。「それじゃ、どこに行くべきか教えて。どこにでも行けるとしたら、どこに行く?」

「今すぐ?」

「今すぐ。あ、キリマンジャロって言わないでね。わたしが自分が行くところを想像できる場所じゃないと」

ウィルの顔がリラックスすると、ほとんど別人のように見えた。顔いっぱいに微笑みが浮かび、目の周りには嬉しそうな笑いじわが寄る。「パリだな。マレ地区のカフェで外のテーブルに座ってコーヒーを飲みながら、皿に載った温かいクロワッサンを食べる。無塩バターとストロベリージャムをつけてね」

「マレ地区？」

「パリの中心部の小さな地区だよ。石畳の道が縦横に走っていて、傾きかけたアパルトマンが立ち並んで、ゲイとオーソドックス派のユダヤ人と、かつてブリジット・バルドーみたいな美貌を誇ったそういう年代の女たちがたむろしている。パリで過ごすならそこしかない」

わたしはまっすぐ彼の顔を見て、声を落とした。「行きましょうよ」わたしは言った。「ユーロスターで行けるわ。簡単よ。ネイサンに一緒に来てって頼まなくても平気よ。わたし、パリに行ったことないの。すごく行ってみたい。ほんとに行きたいの。土地勘のある人となら言うことないもの。ねえ、どう思う、ウィル？」

自分がそのカフェにいるところが目に浮かんだ。そこにいて、テーブルにつき、たぶん、シックな小さいブティックで買ったばかりのフランスの靴にうっとりしている。それともパリ風の赤いマニキュアを塗った指先でペイストリーをつまもうか。コーヒーの味さえした。隣のテーブルのゴロワーズ煙草の煙の薫《かお》りも。

「だめだ」

「え？」その道端のテーブルから自分を引き戻すのに一呼吸かかった。

「だめだ」

「でも今、言ったじゃない――」

「分かってないな、クラーク。これ――こいつに乗って行くのはごめんなんだ」彼は車椅子を指し、声を落とした。「僕は、**僕**としてパリにいたいんだ。椅子に座り、背もたれに寄りかかって、お気に入りの服を着て。可愛いフランス娘たちが通りすがりに僕に視線を投げてくる。そこに座っているほかの男たち全員にするようにね。でかすぎる乳母車に乗った男だと気づいてあわてて目をそらすんじゃなく」

「でもやってみましょうよ」わたしは敢《あ》えて言った。「そんな心配――」

「だめだ。行けないよ。だってね、今ここで目を閉じれば、僕にはその感覚がはっきり蘇《よみがえ》ってくるんだ。フラン・ブルジョワ通りで、片手に煙草を持ち、前にはクレメンタイン・ジュースの細長い冷えたグラス、誰かの注文したステーク・フリットが料理されている匂いが漂い、遠くを走るモペッドの音がする。僕はその感覚を隅々まで覚えている」

　彼はスープを飲みくだした。「このいまいましい機械に乗って二人で出かけていったら、そういう記憶のすべて、感触の全部が上書きされてしまう。テーブルにつこうと大汗かいたり、パリの道の縁石でがたがた揺さぶられたり、タクシーの運転手に乗車拒否されたり、車椅子のくそいまいましい電源パックが、フランスのコンセントでは充電できなかったりすることで上書きされてしまうんだ。分かるか？」

彼の声は厳しかった。わたしは保温水筒の蓋を回して閉じた。そうしながら自分の靴をしげしげと観察した。彼に顔を見られたくなかったから。

「分かったわ」わたしは言った。

「よし」ウィルは深呼吸した。

見下ろすと、観光バスが停まり、城門の前にまた観光客たちを降ろしていた。わたしたちは黙ったまま、彼らがぞろぞろと乗り物から降り、おとなしく一列に並んで、今ではない時代の廃墟を見ようと古い城塞《じょうさい》に入っていくのを眺めていた。

たぶんわたしが少し静かになったことに気づいたのだろう。彼はわたしのほうにやや身体を傾けた。その表情はやわらいでいた。「さて、クラーク。雨が止んだみたいだな。今日の午後はどこに行く？　迷路？」

「ううん」その言葉は思ったよりも早く口から出てしまい、ウィルがこちらを見たのが分かった。

「閉所恐怖か？」

「まあね」わたしは荷物をまとめはじめた。「もう帰りましょう」

その次の週末、わたしは夜中に水をくみに階下に降りた。寝つかれず、頭の中で渦を巻く考えごとを払いのけながらベッドに横たわっているよりは、実際に起きてしまったほうがましな気がしたからだ。

夜、起きているのは好きではない。お城の向こう側で、ウィルも目を覚ましているだろうか、と考えずにはいられなかった。わたしの想像力は彼の心の中にしつこく入りこもうとする。そこは入っていくには暗い場所だった。

ほんとうのことを言おう。わたしは彼のことでお手上げ状態だった。時間は迫りつつある。パリへ旅行に行くことすら説得できなかった。そして彼が話してくれた理由を聞いたら、反論するのは難しかった。彼には、わたしが提案する長めの旅行をほとんど一つ残らず却下する立派な理由があった。そしてわたしがなぜこんなに熱心に彼を連れていきたがっているのか、わけを話さないままでは、わたしに勝ち目はほとんどなかった。

居間の前を通りすぎたとき、物音がした——おさえた咳、それとも驚いた声だろうか。わたしは立ち止まって、後戻りし、入口に立った。そっとドアを押し開ける。居間の床に、ソファのクッションで間に合わせのベッドのようなものが作られ、両親が客用の上掛けをかぶって横たわっていた。二人の頭はガスストーブと同じ高さにあった。わたしたちは、薄暗がりの中で一瞬、見つめ合った。わたしの手に持ったグラスが静止した。

「なに——なにやってるの、ここで?」

ママが肘をついて起き上がった。「シーッ。声が大きいよ。わたしら……」そう言ってパパを見た。「ちょっと気分転換にね」

「え?」

「気分を変えたかったんだって」ママが応援を求めるようにパパを見た。

「トリーナにベッドを譲《ゆず》ったんだよ」とパパが言った。肩のところが破けている古い青いTシャツを着て、片側の髪が立っている。「トリーナとトーマスがな、物置部屋だと具合がよくなかったんだ。だからわしらの部屋を使えと言ったんだ」

「でも、ここで寝るなんてだめよ！　こんなんじゃ身体が休まらないわ」

「なんでもないさ」パパは言った。「ほんとに」

そして、わたしが突っ立ったまま、事態を把握しようとしていると、パパはまた言った。

「週末だけだよ。おまえを物置部屋で寝かすわけにいかんし。おまえはちゃんと眠らんとな。なにせ……」ごくりと喉を鳴らす。「なにせうちで働いてるのはおまえだけなんだから」

小山のような身体のわたしの父は、わたしと目を合わせられなかった。

「ベッドに戻りなさい、ルー。いいから。わたしらは大丈夫だから」ママはほとんど追い払うように言った。

わたしは階段をのぼった。カーペットの上を歩く裸足の足音はしなかった。階下からかすかなささやき声で会話が交わされるのがぼんやりと耳に入った。

わたしは両親の部屋の外でためらった。前には聞こえなかったものが聞こえる――トーマスの小さいいびきが響いていた。それからわたしは廊下を横切ってゆっくりと自分の部屋に戻り、そっとドアを閉めた。わたしは大きすぎるベッドに横になり、通りのナトリウム灯の明かりで照らされた窓の外を見つめた。そして夜明けごろ、ようやく、ありがたいことに数時間の貴重な眠りが訪れた。

カレンダーに残された日数は七十九日。わたしはまた焦りはじめた。

そしてそれはわたし一人ではなかった。

あるランチタイムにネイサンが来てウィルの世話をするのを見計らって、トレイナー夫人はわたしに母屋に一緒に来るように言った。わたしを居間に通すと、見たところどんな状況なのか、と訊いた。

「そうですね、前よりはずいぶん出かけるようになってます」とわたしは言った。

彼女は同意するようにうなずいた。

「前より話すようになりましたし」

「あなたにはね、そうかもしれないわ」そう言って半笑いしたが、それはほんとうは笑いなどではなかった。「外国に行くことは話してみたの？」

「まだです。話します。ただ……彼って難しくて。ご存じだと思いますけど」

「わたしのほうはほんとにいいのよ」彼女は言った。「あなたたちがどこかに行きたいなら。わたしたち、前はあなたのアイディアにもろ手を挙げて賛成というわけではなかったけれど、あれからいろいろ話したし、納得しているんだから……」

わたしたちは黙って座っていた。彼女はソーサーつきのコーヒーカップにコーヒーを注いでくれた。わたしはそれをすすった。ソーサーを膝にのせてバランスを取っていると、いつも自分が六十歳くらいになったような気がする。

「そういえば――ウィルがあなたのおうちに伺ったんですってね」

「はい、わたしの誕生日だったんです。両親がディナー・パーティを開いてくれて」

「息子はどうだった？」

「楽しそうでした。とっても。うちの母にもすごく優しくしてくれましたし」そのことを思いかえすと微笑まずにはいられなかった。「妹と妹の息子が家を出たんで母は少し落ちこんでいたんです。寂しがっていて。ウィルは……ウィルはちょっと母の気を紛らわせてくれようとしたんだと思います」

トレイナー夫人は驚いたようだった。「それは……いいことをしたわ」

「母もそう思ってます」

彼女は自分のコーヒーをかきまぜた。「この前、ウィルがわたしたちと一緒に夕食をとると言ってくれたのはいつだったかしら。思い出せないわ」

彼女はもう少し探りを入れてきた。もちろん、決して直接の質問はしない。それは彼女のやり方ではないから。でも、わたしには彼女が望む答えをあげられなかった。日によってはウィルは楽しそうに見える――文句を言わずにわたしと一緒に出かけ、わたしをからかい、わたしの心を突っつき、以前よりは離れの外の世界と少し交流しているように見えるときもある。でも、わたしになにが分かるだろう？　ウィルと一緒にいると、彼の内側に広大な未踏の地があるのが感じられる。彼がわたしに垣間見せようともしない世界が。この二週間、その未踏の地がだんだん広がっていくような、不穏な気配があった。

「前よりは少し楽しそうに見えるわ」彼女は言った。まるで自分に言いきかせようとしているように聞こえた。

「わたしもそう思います」

「ほんとに――」彼女の視線がわたしのほうにちらりと動く。「――報われた気がするわ、あの子が昔どおりの顔を少しでも見せてくれると。こういうふうによくなってきたのはみんなあなたのおかげだということはよく分かっているのよ」

「みんなではないですけど」

「わたしではあの子の心を開けなかった。近くにも寄れなかったんですもの」彼女はコーヒーカップとソーサーを膝に置いた。「ウィルはね、変わった子だったの。思春期になったころから、あの子の目には、どういうわけか、わたしがなにか間違いをしたように映っている気がしてしかたがなかった。それがなんだかはっきりとは分からないのだけれど」彼女は笑おうとしたが、それはぜんぜん笑いではなかった。彼女はわたしをちらりと見て、目をそらした。

　カップはもう空だったが、わたしはコーヒーをすするふりをした。

「あなたはお母様とうまくいっているの、ルイーザ？」

「はい」わたしは言って、付け加えた。「わたしの頭をおかしくさせるのは妹です」

　トレイナー夫人は窓の外を見ていた。彼女が丹精《たんせい》している庭は、これから満開を迎えようとしている。そこに咲く花々はピンクと薄紫と青が入り混じる淡く上品な色合いだった。

「あと二か月半しかないわね」彼女は頭をめぐらせずに言った。わたしはテーブルの上にコーヒーカップを置いた。音を立てないようにそっと。「できるだけのことはしています、ミセス・トレイナー」

「分かっているわ、ルイーザ」彼女はうなずいた。

わたしは一人、部屋を出た。


レオ・マキナニーは五月二十二日、スイスにある人知れぬフラットの一室で、お気に入りのサッカーのユニフォームを着、両親を傍《かたわ》らに、死んだ。弟は立ち会うことを拒否したが、兄ほど愛され、応援されていた人間はいない、というメッセージを発表した。レオは午後三時四十七分に致死量のバルビツール酸系催眠薬のミルク状の溶液を飲み、両親によれば、数分以内にぐっすりと眠りこんだようになった。不正行為が指摘されたときのためにビデオカメラが回る横で、午後四時を少し回ったときに、一部始終を見届けた立会人が死亡を伝えた。「あの子は穏やかな顔をしていました」という母親の言葉が伝えられた。「それだけが救いです」

レオの両親は警察によって三回、事情聴取され、告訴されるかと思われた。嫌がらせの手紙が家に届いた。母親は実際の年齢よりも二十歳くらい老けて見えた。しかしそれでも、彼女が口を開いたときのその表情には別のなにかがあった。悲嘆と怒りと不安と極度の疲労のほかに、深い、深い安堵のようなものが。

「最後に、あの子はもう一度レオらしく見えました」

15

「なあ、クラーク。今晩はなにかエキサイティングな予定はあるのか？」

わたしたちは庭にいた。ネイサンがウィルの理学療法をやっている。膝をそっと胸に近づけるように上げ下げし、ウィルはブランケットの上に横になって、顔を太陽に向け、まるで日光浴をするように両腕を広げていた。わたしは二人の傍らの芝生に座り、サンドウィッチを食べていた。このごろ、昼休みに外出することはめったになくなっていた。

「どうして？」

「興味があるからさ。君がここにいないあいだ、どんなふうに時間を過ごしているか気になってね」

「ええと……今晩は格闘技の達人と一勝負してから、ヘリコプターが迎えにきてモンテカルロに夕ごはんを食べにいくの。帰りにカンヌに寄ってカクテルを一杯ひっかけるかも。だいたい――そうね――午前二時くらいに空を見上げてみて。通りすがりに手を振るから」わたしは言った。サンドウィッチの両側を開いて中身を確かめる。「本を読み終えるつもりよ」

ウィルはネイサンをちらりと見上げた。「十ポンド」彼はにやりと笑って言った。

ネイサンがポケットに手を伸ばす。「またか」彼は言った。

わたしは二人を見つめた。「またかってなに？」ネイサンがお金をウィルの手に握らせる。「ウィルは君が読書するだろうって言ったんだよ。俺はテレビを観るんじゃないかって言ったんだけど。いつもこいつの勝ちだ」

サンドウィッチがわたしの口元で止まった。「いつも？　あんたたち、わたしの人生がどれだけ退屈かでずっと賭けをしてきたわけ？」

「そうは言ってないよ」ウィルは言った。彼の目に浮かんだかすかにうしろめたげな表情で、言葉とは裏腹なことは明らかだった。

わたしはまっすぐ座り直した。「はっきりさせたいんだけど。あんたたち二人で、金曜日の夜、わたしが家で読書してるかテレビ観てるかでほんとにお金を賭けてたってこと？」

「いや」とウィルが言った。「トラックでマラソン・マンに会うのにイーチウェイで賭けてた」

ネイサンがウィルの脚を離し、腕をまっすぐにひっぱって、手首から上にかけてマッサージをはじめた。

「もしわたしがぜんぜん違うことをやるつもりって言ったらどうするの？」

「でもそんなこと一度もねえもん」ネイサンが言った。

「あのね、それわたしがもらう」わたしはウィルの手から十ポンド紙幣を取り上げた。「今晩は二人とも間違ってるから」

「本を読むつもりって言ったじゃないか！」彼が抗議する。

「これもらったから」わたしは十ポンド札をひらひらさせながら言った。「映画に行こうっと。ほら。予期せぬ結果の法則っていうんだっけ、こういうの」

わたしは立ち上がり、お金をポケットに入れて、お弁当の残りを茶色の紙袋に突っこんだ。二人から遠ざかりながらわたしは笑顔だったのに、おかしなことに目に涙がにじんできた。すぐには自分でも理由がわからなかった。

その朝、グランタ・ハウスに来る前にカレンダーを前に一時間あれこれ悩んできたのだった。ときどき、わたしはただベッドに座ってそれを見つめ、マジックを片手に、どこにウィルを連れていけるか思いつこうとする。今のところ、あまり遠くまでウィルを連れていける自信がなかったし、ネイサンの手助けがあっても、一泊で旅行することを考えると気が重かった。

地方紙に目を通し、サッカーの試合、村のお祭りに目が留まっても、競馬の大惨事のあとではウィルの車椅子が草地で立ち往生するのが怖かった。人混みは、彼がさらし者の気分になるのではないかと気がかりだった。馬関連のイベントは全部はずさなくてはならなかったが、そうすると、このあたりでは驚くほどたくさんの屋外の行事が除外になる。彼がパトリックが走るところを見たくないのは知っていたし、クリケットやラグビーでは身体が冷えてしまう。新しいアイディアを思いつけない自分のふがいなさに身動きがとれない気持ちになる日もあった。

たぶん、ウィルとネイサンは正しいのだろう。たぶん、わたしは退屈なのだ。たぶん、ウィルの生きようという意志に火をつけるようなことを思いつこうにも、この世で一番、お粗末な脳みそしかない人間なのだ。

本、それともテレビ。

言葉にしてみると、自分はそんな人間じゃない、とはとても思えなかった。

ネイサンが帰ったあと、ウィルがわたしを探しにキッチンに来た。わたしは小さいテーブルを前に座り、彼の夕食のためのジャガイモの皮をむいていて、彼がキッチンの入口に車椅子を止めても、顔を上げなかった。あまりじっと彼が見つめるので、わたしの耳はピンク色に染まった。

「でもね」わたしはとうとう言った。「さっき、わたしだってひどいこと言って、やりかえしてもよかったのよ。あなただってなんにもしてないって言うこともできたんだから」

「僕がダンスに出かけることに、ネイサンがたいして高いオッズで賭けたとは思わないけどな」ウィルが言った。

「冗談なのは分かってるのよ」ジャガイモの長い皮を捨てながら続けた。「でも、すごく気分悪かった。二人でわたしの退屈な人生について賭けをするつもりなら、それをわたしに知らせる必要ある？　あなたとネイサン、二人だけのジョークみたいなものにしといてくれればよかったでしょう？」

彼はしばらく黙っていた。わたしがようやく顔を上げると、彼はこちらを見ていた。「悪かった」彼は言った。

「悪かったと思ってるように見えない」

「うん……まあ……君に聞かせたかったんだろうな。君に自分の現状について考えてもらいたかったから」

「それって、わたしが人生を無駄にしてるってこと……？」

「まあ、そうだ」

「勘弁してよ、ウィル。頼むからわたしに指図するのやめてくれない？　わたしがテレビ観るのが好きだったらどうするの？　本を読む以外、なにもしたくなかったらどうするのよ？」声がうわずってくる。「家に帰ったときには疲れてたら？　毎日、ぎゅうぎゅう予定を詰めこまなくてもいいタイプの人間だったらどうするの？」

「でもいつかそうしておけばよかったって思うかもしれない」彼は静かに言った。「もし僕が君だったらなにをするか、分かるか？」

わたしはピーラーを置いた。「どうせ話すんでしょ」

「ああ。話して別に恥ずかしいことなんかないからな。僕なら夜間学校に通う。裁縫師かファッションデザイナーか、とにかく君がほんとうに好きなことを生かせるなにかになるための訓練を受ける」彼はわたしの着ているミニドレスのほうを示した。六〇年代にヒントを得たエミリオ・プッチ風のドレスで、昔、おじいちゃんのカーテンだった布で作ったものだ。

はじめてパパがそれを見たとき、わたしを指さして「おい、ルー。ちゃんと前を合わせるんだぞ！」と大声で言い、たっぷり五分間、笑い転げていたものだ。

「僕が君ならあまり金のかからないものを探すだろう——エクササイズのクラスとか、水泳、ボランティア、なんでもいい。音楽を独学するのもいいな。それとも誰かの犬を連れて長い散歩に行くとか、それから——」

「分かった、分かったわよ。言いたいことは分かった」わたしはいらいらしながら言った。「でも、わたしはあなたじゃないの、ウィル」

「幸運なことにね」

わたしたちはそこにしばらく座っていた。ウィルは車椅子でキッチンの中に入ってきて、テーブルを挟んで顔が向き合うように座席の高さを上げた。

「なるほど」わたしは言った。「それじゃ、あなたは仕事のあとなにをしてたの？　さぞかしご立派なことだったんでしょ？」

「そうだな、仕事のあとにはたいして時間がなかったけど、毎日なにかしようと努力はしたよ。屋内センターでロッククライミングをやったり、スカッシュをやったりね。コンサートにも行ったし、新しいレストランを開拓したり——」

「お金があるからできるのよ」わたしは抗議した。

「それからランニングもした。そうだよ、ほんとうだって」わたしが片眉を上げるのを見て、彼は言った。

「それからいつか行くかもしれないと思っていた国の新しい言葉を学ぼうともした。友達――というか友達だと思っていた人間とも会った……」彼は一瞬、ためらった。「それから旅行の計画を立てた。行ったことがない場所や、恐怖を感じたり、自分を極限に追いこんでくれそうなものを探した。一回、英仏海峡を泳いで渡ったことがある。パラグライダーもやった。山に登って、スキーで降りてきたこともある。たしかに」わたしが口を挟もうとすると、彼は言った。「――こういうことにたいてい金がかかるのは分かってる。でも、かからないものもたくさんある。それに、どうやって僕が金を稼いだと思う？」

「シティでみんなからお金を巻き上げたの？」

「どうしたら自分が幸せになるか、自分はなにをしたいのかを考えて、この二つを実現できる仕事に就けるように、自分を鍛えたんだ」

「ずいぶん簡単に言っちゃうのね」

「簡単なんだよ」彼は言った。「ただ、相当努力もしなくちゃいけない。そして人間は努力することを嫌うんだ」

わたしはジャガイモをむき終えていた。皮をゴミ箱に投げこみ、後で使う鍋をコンロの上に置いた。わたしは振りかえり、両手をついて身体を持ち上げると彼の前にあるテーブルの上に腰かけ、足をぶらぶらさせた。

「ビッグな人生だったのね」

「ああ、そうだ」彼は少し近づき、車椅子の高さをほとんど同じ目線になるまで上げた。

「だから腹が立つんだよ、クラーク。君にはこんなに才能があるのが分かるから。こんなに……」彼は肩をすくめた。「こんなにエネルギーも聡明さも、それに——」

「可能性って言わないで……」

「……可能性も。そうだ。可能性だよ。だからどうしても僕には分からないんだ。なぜこんなちっぽけな人生を送ることに君が満足できるのか。半径五マイル以内でほぼすべてが完結する人生だよ。君を驚かせたり、刺激したり、見たあとで頭がくらくらして夜も眠れなくなるようなものを見せてくれる人間なんか誰もいない」

「それが、あなたのジャガイモの皮をむくよりも、わたしはもっとずっと価値のあることをすべきである、っていうあなたなりの言い方なのね」

「僕が言うのは、外には広い世界があるってことだ。ただ、先に僕のジャガイモをやってくれると非常にありがたいけどね」彼は微笑み、わたしも笑顔を返さずにはいられなかった。

「こう思うことはないの——」わたしは言いかけて、言葉をとぎれさせた。

「なんだい？」

「だから、そのせいでもっと大変になったんじゃないかって……慣れるのが。そうやっていろんなことをやってきたから」

「僕がそういうことをまったくやってこなければよかったと思ってるかって訊いてるのか？」

「ただ、そのほうが楽だったかもしれないなって思って。もっと地味な人生を送ってたら。

今みたいな生活でも」

「やってきたことは一つも後悔してないよ。だってね、ほとんどいつもこういう椅子に座って身動きがとれなければ、行ける場所は記憶の中にしかないんだから」彼は笑顔を浮かべた。それは無理をしているような、硬い笑みだった。「だから、僕がミニマートの店先からの城の眺めや環状交差点《ラウンドアバウト》に並んでいる可愛らしい商店のことを思い出しているほうがましだったんじゃないか、という君の質問に対する答えは、ノーだ。僕の人生はあれで完璧だった。大きなお世話さ」

　わたしはテーブルからすべり降りた。どうしてかははっきりと分からなかったけれど、またしても自分が説きふせられ、隅に追いつめられたような気がした。水切りの上のまな板に手を伸ばす。

「それからルー、悪かったよ。金を賭けたことだけど」

「うん。でも」わたしは背を向けて、まな板をシンクですすぎはじめた。「謝ったからって十ポンドが返ってくると思ったらおあいにくさま」

　二日後、ウィルは感染症で入院することになった。念のための措置だ、とは言われたけれど、彼がかなり苦痛を感じているのは誰の目にも明らかだった。四肢麻痺患者によってはまったく感覚がないこともあるが、ウィルは温度には無感覚なのに、胸から下は痛覚も触覚もある。わたしは二度、お見舞いに行き、音楽や美味しい食べ物を差し入れし、話し相手になろうと申し出たが、妙に邪魔をしているような気分になった。そしてすぐにウィルはここで特別扱いされたくないのだということに気づいた。彼はわたしに、帰って自分の時間をエンジョイしろよ、と言った。

一年前なら、その休みを無駄に過ごしてしまっただろう。店をめぐり、たぶんパトリックに会いにいってランチでもしたかもしれない。きっと昼間のテレビ番組を観たり、なんとなく服の整理をしようとしたりしただろう。寝てばかりいたかもしれない。

でも今のわたしは、なぜかじっとしていられず、戸惑っていた。早起きをする理由がなく、一日の目的がないことで手もち無沙汰な気分になった。

午前中の半分かかって、この時間を有効活用できるかも、ということにやっと気がついた。わたしは図書館に行って、リサーチをはじめた。見つけられるかぎりの四肢麻痺患者に関するウェブサイトを調べ、ウィルが元気になったら二人でできることを考えた。リストを書き、それぞれの項目に、そのイベントのために検討したほうがいい用具や物について補足をつけた。

脊髄損傷のある人たちのチャットルームを見つけ、世の中にはウィルのような人たちが、男も女も何千人もいて、ロンドンやシドニーやバンクーバーや、それどころかここからほんの目と鼻の先で、ひっそりと、友人や家族に支えられ、あるいは胸が痛むことに、たった一人で暮らしていることを知った。

こうしたサイトに関心をもつ介護者はわたしだけではなかった。どうすれば自分のパートナーにもう一度外に出る自信を持ってもらえるかと質問する女性たち。最新の医療機器についてのアドバイスを求める夫たち。そこには砂の上やオフロードで使える車椅子、性能のいい吊り上げ具や空気で膨らませて使う入浴用の補助具の宣伝が掲載されていた。

彼らのディスカッションには暗号があった。ＳＣＩは脊髄損傷《スパイナル・コード・インジュリー》、ＡＢは健常者《エイブル・ボディ》、ＵＴＩは尿路感染症《ユリナリー・トラクト・インフェクション》だとわたしは見当をつけた。Ｃ４／５脊髄損傷が、多くの患者がまだ腕や胴体を使えるＴ11／12よりもずっと重傷であることを知った。愛と喪失の物語があり、自由を失った配偶者と向き合い、幼い子供たちの世話に苦闘するパートナーたちの物語があった。かつて夫が自分を殴るのをやめてくれますようにと祈り、もう夫に殴られることは二度とないのだと気づいて自分を責める妻たちがいた。身体の不自由な妻を捨てたいと思いながら、周囲の反応を恐れる夫たちがいた。そこは疲労、絶望、そしてブラックユーモアにあふれていた――カテーテルバッグの破裂、善意の他人の愚かしさ、酔ってはめを外したこと。車椅子から転げ落ちることはみんなの共通の話題のようだった。それから、自殺に関するスレッドがあった――自殺を望む人、もう少し自分に時間を与え、人生を別の視点で見ることを学んだほうがいいと励ます人。わたしはスレッドを一つ一つ読みながら、ウィルの頭の中がどうなっているのかこっそり覗き見している気がした。

お昼になるとわたしは図書館を出て、頭をすっきりさせるために町を少し散歩することにした。ちょっと贅沢をしてエビのサンドウィッチを買い、低い壁に座って、お城の下の湖にいる白鳥を眺めた。上着を脱ぎたくなるほどの暖かさで、わたしは顔をのけぞらせ太陽を仰いだ。世の中がふだんどおりにそれぞれに動いているのを見ると、不思議とほっとした。午前中いっぱい、閉じこめられた人たちの世界にどっぷりと浸かっていたあとでは、散歩に出て陽だまりでランチを食べられるということだけにも自由を実感した。

食べ終わると、わたしは図書館に戻り、さっきのパソコンの前に座った。わたしは息を吸いこみ、メッセージを打ちこんだ。

　こんにちは。わたしは三十五歳のC5／6四肢麻痺患者の友人／ヘルパーです。彼は以前はとても成功してエネルギッシュな人生を送っていた人で、今、新しい生活になじめずに苦労しています。実を言うと、彼がもう生きていたくないと思っていることを知ってしまい、その気持ちを変えさせる方法を必死で考えているところです。どなたか、どうすればいいか教えていただけませんか？　彼が楽しめそうなことや、考え方を変えてもらうためのアイディアはないでしょうか？　どんなアドバイスでもいただけたら幸いです。

わたしは〝ビジー・ビー《働き者のミツバチ》〟というハンドルネームを名乗った。そして椅子にもたれ、親指の爪をしばらく噛んでいたが、ついに〝送信〟を押した。

翌朝、そのパソコンの前に座ってみると、十四件の回答が来ていた。チャットルームにログインし、名前のリストを見ながら目をぱちくりさせた。回答は世界じゅうから、昼夜を問わず寄せられていた。

一通目はこうだった。

ビジー・ビーへ

掲示板にようこそ。自分のことを気にかけてくれる誰かがいて、お友達もとても慰められていると思います。

さあ、それはどうかしら。

ここにいるわたしたちのほとんどは、人生のある時点で誰の目にも明らかな障害にぶつかってしまいました。お友達もそうなのでしょうね。彼があなたを遠ざけようとしても、負けないでくださいね。前向きでいてください。そして、この世に生まれ、この世を去る時を決めるのは彼ではなく、主のお仕事であることを思い出させてあげましょう。主は、御心のもとにお友達の人生を変える決断をなされました。

そこには主の試練が――

ざっとスクロールして次に行く。

ビーへ。

解決策はないよ。四肢麻痺になるのはほんとに最低だからね。君の友達がけっこう遊んでたんなら、さらに辛いんじゃないかと思う。僕にとって助けになったものを書いてみる。周りに大勢の仲間がいること。そんな気分じゃなくてもね。うまい食事。いい医者。いい薬、必要なときにはうつの薬。どこに住んでるか書いてなかったけど、SCIのコミュニティのほかの人間と話すのもいいかもしれない。僕もはじめはかなりしりごみしたんだけど（自分が四肢麻痺だと認めたくない気持ちがどこかにあったんだと思う）、自分だけがこうなんじゃないと知るのはたしかに救いになる。

ああ、それから『潜水服は蝶の夢を見る』的な映画を観せちゃだめだ。ものすごく落ちこむからね！

どんな様子か掲示板で教えてくれ。

がんばって。

リッチー

わたしは『潜水服は蝶の夢を見る』を調べた。「脳溢血《いっけつ》で全身麻痺になった男性の、外界とコミュニケーションを取ろうとする努力の物語」とそこにはあった。メモ帳にそのタイトルを書いたが、ウィルに映画を観せないようにするためか、自分が観るのを忘れないためか、自分でも分からなかった。

次の二通の回答は、セブンスデー・アドベンティスト派の信者からと、ウィルを元気にする方法として、わたしの雇用契約からは明らかに逸脱していることを提案する男性からだった。わたしは赤面し、背後から誰かに画面を見られないように、あわててスクロールダウンした。それから次の回答で手を止めた。

やあ、ビジー・ビー。

君の友達だか患者だか知らないけど、どうしてそいつの気持ちを変えさせなきゃならないと思うんだ？　もし尊厳をもって死ぬ方法を思いついて、それで家族が嘆き悲しむことがないと分かっていれば、僕はそれを選ぶよ。車椅子になって八年になるけど、僕の生活はひたすら屈辱といらだちのくりかえしだ。ほんとうに彼の身になって考えたことはあるか？　これがどういう気がするものか分かっているのか？　人の手を借りなければ、排せつさえできない。未来永劫、ベッドに寝たきりで、誰かが手伝ってくれなければ食べることも、服を着ることも、外の世界と意思の疎通を図ることもできないのが、自分で分かっているんだ。二度とセックスもできない。これから先、待ってるのは床ずれや病気や、へたすると人工呼吸器だ。君はいい人らしい。きっとよかれと思ってやっているんだろう。でも、来週、彼の世話をするのは君じゃないかもしれない。彼を落ちこませたり、もしかしたら彼のことをたいして好きじゃない人間かもしれない。それも、ほかのことと同じで、彼にはどうしようもない。僕らSCIは自分でコントロールできることはほとんどないのがあたりまえだ。誰が食べさせてくれ、服を着せ、身体を洗い、投薬の管理をしてくれるかも含めてね。それを知りながら生きるのはすごく辛いんだよ。

だから君の問いは間違っていると思う。健常者のくせに僕らの人生がどうあるべきか決めるなんておこがましくないか？　この人生が君の友達にとって間違っているなら、君の問いはこうあるべきじゃないのか？　〝わたしはどうしたら彼がそれを終えるのを助けてあげられますか？〟とね。

Gフォース、アメリカ・ミズーリ州

わたしはそのメッセージを見つめた。指がキーボードの上で少しのあいだ、止まった。それからわたしは下にスクロールした。次の二、三通はほかの四肢麻痺患者からで、Gフォースの希望のない言葉について批判し、自分は前に進む道を見つけた、自分の人生には生きる価値があると反論していた。ウィルにはほとんど関係のないように見える議論がしばらく続いていた。

それからスレッドはわたしの質問にようやく戻った。抗うつ剤やマッサージの勧め、奇跡的な回復、メンバーたち自身の人生にどんなふうにして新しい価値がもたらされたかについてのストーリーが書かれていた。実際的なアドバイスもいくつかあった。ワイン・テイスティング、音楽、アート、特別仕様のキーボード。

「パートナーね」とバーミンガムのグレース31は書いていた。「愛があれば、生きていけると感じるわよ。それがなかったら、わたしは何倍も辛かったと思う」

そのフレーズは、図書館を出たあともずっと頭の中でこだましていた。

ウィルは木曜日に退院した。わたしは車椅子用の車で迎えにいき、彼を家に連れて帰ってきた。彼は顔色が悪く消耗していて、帰り道ずっと、だるそうに窓の外を見つめていた。

「ああいうところはぜんぜん眠れなくてね」わたしが大丈夫かと訊くと彼は説明した。「いつも、隣のベッドで誰かがうめいているんだ」

わたしは、週末はゆっくりして元気を取り戻してもらうけど、そのあとはいろいろ外出の計画があるから、わたしのために一緒に来てくれるかしら、と言った。彼のアドバイスをとり入れて新しいことをやろうと思うから、つきあってほしいの、と。趣旨がややずれるけれど、彼に一緒に来てもらうにはそれしかないことが分かっていた。

実際、わたしは次の二週間のために細々と計画を立ててあった。それぞれのイベントを、カレンダーに黒い字で丁寧に書きこみ、注意すべき点を赤で、必要な装備を緑のペンで書いた。ドアの内側を見るたびに、かすかに胸が高鳴った。自分がこんなに計画的で有能だというだけでなく、こういうプランのどれかが、ウィルの世界観を変えてくれるかも、と思うからだった。

パパの口癖どおり、やっぱり妹はわが家のブレーンだ。

アートギャラリー見学にかかった時間は二十分少々だった。ただし、これには適当な駐車スペースを探してそのブロックを三回ぐるぐる回った時間も含まれる。そこにたどり着いて、彼の背後のドアを閉めたか閉めないうちに、彼はそこの作品は全部ゴミだ、と言った。理由を訊くと、わたしが自分で分からないなら僕には説明できない、という返事だった。映画館は、スタッフが申し訳なさそうにエレベーターが故障中です、と言うのを聞いて出てくるしかなかった。他には——水泳は未遂に終わった。一番、時間もかかったし準備も大変だったのに。スイミングプールに前もって電話し、ネイサンの超過勤務の予約をし、さてそこに着いたと思ったら、レジャーセンターの駐車場で無言で水筒に入った温かいココアを飲みながら、ウィルは頑として入ることを拒否した。

次の水曜の晩、わたしたちは彼がニューヨークで一度聴いたことのある歌手のコンサートを聴きにいった。それは素敵な外出だった。音楽を聴いていると、ウィルは深く集中した表情をする。普段はたいてい、ウィルはどこかうわの空だった。彼の一部が痛みや記憶や、暗いもの思いと戦っているように見えた。でも、音楽があるとそれががらりと変わってしまう。

その翌日はワイン・テイスティングに連れていった。専門のワインショップで、あるワイナリーが開催したプロモーションのためのイベントだ。わたしはネイサンに、ウィルをくれぐれも酔っぱらわせないように、と約束させられた。グラスを一つずつ持ち上げてウィルに香りをかがせると、ウィルは味も見ないうちにそれを当ててしまう。彼がビーカーにワインを吐き出すときは、わたしは鼻を鳴らさないようにかなり必死で我慢しなければならなかった（だってほんとに変だったんだもの）。ウィルは上目づかいにわたしを見ながら、君はほんとにガキだな、と言った。店の主人は、車椅子の男性が店にいることになんだかそわそわしていたけれど、そのうち、すっかりウィルに脱帽してしまった。午後だいぶたってから、主人は座ってほかのボトルを開けてウィルと産地やブドウの話をはじめ、その横でわたしは行ったり来たりしながらラベルを眺めた。正直言うと、少し退屈しはじめていた。

「座れよ、クラーク。教養が身につくぞ」彼は言って、横に座るようわたしに向かってうなずいた。

「嫌よ。母がぺって吐き出すのは行儀が悪いって言ったもの」

男たち二人は、どうかしてるんじゃないかというように顔を見合わせた。でもウィルは毎回、吐き出していたわけではない。わたしはちゃんと見ていたのだ。そして午後の残りいっぱい、彼はうさんくさいほどおしゃべりで――よく笑い、普段よりもさらにけんかっ早かった。

それから、家に帰る途中で、わたしたちは町の、いつもは行かないエリアを車で通った。渋滞で動かない中で座ったまま、その辺を見渡すと、タトゥーとピアスの店が目に入った。

「昔からタトゥーって入れてみたかったの」わたしは言った。

ウィルの前でそういうことを言ったらだめだ、とあとでつくづく思った。ウィルには雑談とか無駄話というものが通用しないのだ。彼はすぐさまなぜわたしがタトゥーをしていないのか、理由を知りたがった。

「え……分かんない。ほかの人がなんて言うかなと思うからかな」

「なぜ？　なんて言われるんだ？」

「父が嫌がるもの」

「君、いくつだって言った？」

「パトリックもタトゥーが嫌いなの」

「それで、彼は君が好きじゃない可能性のあることは**なにも**やらないんだな」

「わたし狭いとこ苦手だもの。やってみたら気に入らないかもしれないし」

「そしたらレーザーで消せるはずだろ？」

わたしはバックミラーに映る彼を見た。目が笑っている。

「ほら言えよ」彼は言った。「なにを彫りたいんだ？」

自分が笑顔になるのが分かる。「さあ。ヘビじゃないわね。誰かの名前もなし」

「〝お母さん《マザー》〟っていうバナーのついたハートじゃないだろうな」

「笑わないって約束する？」

「そんな約束できないのは分かってるだろう。まさか、インドのサンスクリット語のことわざかなんかじゃないよな？　**試練を乗りこえ、人は強くなる**とか」

「違うわ。ミツバチ。ちっちゃい黒と黄色のミツバチ。大好きなの」

彼はうなずいた。まるでそれを望むのはまったく理にかなっているというように。「それで、どこに彫るんだ？　訊いちゃまずいところか？」

わたしは肩をすくめた。「さあ。肩かしら？　腰の下のほうとか？」

「車を停めろ」彼は言った。

「なんで？　気分が悪いの？」

「いいから停めろ。そこが空いてる。ほら、左側だ」

わたしは縁石に車を寄せて、彼を振りかえった。

「よし行くぞ」彼は言った。「今日はほかになにも予定はないし」

「行くってどこに？」

「タトゥー・パーラーさ」

わたしは笑いだした。「なにそれ」

「なにがおかしい？」

「さてはワイン吐き出してなかったわね」

「答えになってない」

わたしは座席で身体の向きを変えた。彼は真剣だった。

「ただ行ってタトゥーを入れてくるなんて無理。そんな簡単に」

「なぜだ？」

「だって……」

「だって彼氏がだめだって言ったから。だって君は二十七歳でもまだいい子ちゃんでいなくちゃならないから。だって、それは**怖い**から。ほら、クラーク。ちょっとは自分らしく生きてみろ。なにをためらってるんだ？」

わたしは少し離れた道沿いのタトゥー・パーラーの正面を見つめた。うす汚れたウィンドウに大きなネオン管のハートと、アンジェリーナ・ジョリーとミッキー・ロークのフレームに入った写真が飾られている。

ウィルの声が、わたしの迷いを破った。「分かった。僕もやる。君がやるなら」

わたしは彼を振りかえった。「タトゥーを入れるの？」

「それで君が一度でもそのちっぽけな箱から出てくる気になるならね」

わたしはエンジンを切った。わたしたちは座って、それがカチカチと音を立てて冷えていくのを聞いていた。わたしたちの横の、道に並んだ車の列が鈍くくぐもった音を立てている。

「彫ったらまず消えないのよ」

「〝まず〟じゃないだろ」

「パトリックが嫌がるし」

「それぱっかり言ってるな」

「不潔な針で二人とも肝炎になっちゃうかも。そしたらわたしたちじわじわ苦しみながら死ぬのよ」わたしはウィルを見た。「もしかしたら今はできないかもしれないわ。今すぐじゃ」

「たぶんね。でも、とにかく行って訊いてみよう、な？」

二時間後、二人でタトゥー・パーラーを出てきたとき、わたしの財布は八十ポンド軽くなり、腰に貼った絆創膏《ばんそうこう》の下ではまだインクが乾きかけだった。タトゥーの彫り師が言うには、サイズは小さめだということで、一回で線画と色入れができた。だから、ほらこのとおり。いっちょう上がり、タトゥー入り。それとも、パトリックなら間違いなく言うように、一生消えない傷ものだ。その白いガーゼの下には、丸々とした小さなミツバチがいる。店に入ったときにタトゥー彫り師が手渡してくれたラミネート製のリング・バインダーのデザインの中から選んだものだ。わたしは興奮でどうにかなりそうだった。あまり何度も振りかえってそれを見ようとするので、とうとうウィルにもうよせ、そのうちどこか脱臼《だっきゅう》するぞ、と言われてしまった。

思いがけず、ウィルはその店でリラックスして楽しそうだった。店の人たちは彼を二度見したりしなかった。これまでに何人か四肢麻痺患者のお客がいたよ、という話で、なるほど、彼らのウィルの扱いがスムーズなわけだった。ウィルが針の感触が分かると言ったら、驚いていた。六週間前、下半身不随の人のインク入れをして、そのときは片足の側面全体に本物そっくりな生体工学モデルを彫ったそうだ。

耳にボルトを貫通させている彫り師がウィルを隣の部屋に連れていき、わたしの担当の彫り師に手伝ってもらって、彼を専用の台に寝かせたので、開いたドアから見えたのは彼の膝から下だけだった。タトゥーの針のブーンという音に混じって、二人の男が低い声で話しながら笑っているのが聞こえた。消毒薬の臭いが鼻をついた。

針がはじめて肌に刺さったとき、わたしはウィルに悲鳴を聞かせてなるものかと、唇を嚙んだ。隣室で彼がなにをしているのかに意識を集中しようとし、会話に耳をすませ、なにを彫ってもらおうとしているのか想像した。わたしのが終わったあと、やっと彼が出てきたが、見せてくれようとはしなかった。きっとアリシアになにか関係があるのだろう。

「あなたってわたしに悪いことばかり教えるわよね、ウィル・トレイナー」わたしは言いながら、車のドアを開けて傾斜板を下げた。にやにや笑いが止まらない。

「見せろよ」

わたしは通りに目をやり、それからうしろを向いて腰の絆創膏を少しめくった。

「いいな。そのハチ、気に入った。実にいい」

「一生、両親の前ではハイウエストのパンツをはかなくちゃ」わたしは彼を手伝って車椅子を回し、傾斜板に載せて引き上げた。「言っとくけど、あなたも彫ったってあなたのお母さんが訊いたら……」

「公営住宅に住んでる女の子が僕に道を踏みはずさせたんだって言うさ」

「まあいいわ。それじゃトレイナー、あなたのも見せなさいよ」

彼は半ば微笑みながらわたしをじっと見つめた。「家に着いたら絆創膏を貼りかえなくちゃならないだろ」

「ふん。そんなこと言っちゃって。ほら。見せてくれるまで運転しないわよ」

「じゃあ、シャツを持ち上げて。右のほう。君から向かって右」

わたしは前の座席から身を乗りだし、彼のシャツをひっぱって、その下のガーゼをめくった。彼の青白い皮膚の上に黒々と見えたのは白黒のストライプの長方形で、あまりに小さくて書かれているものを読み取るには二度、見直さなくてはならなかった。

賞味期限：2007・3・19

わたしはそれを見つめた。半笑いしながら、目が涙でいっぱいになった。「それって——」

「事故の日だ。うん」彼は目を天に向けた。「頼むから、めそめそしないでくれないか、クラーク。ジョークなんだから」

「面白いわよ。がっくりくる感じで」

「ネイサンが笑うだろうな。おい、そんな顔するなって。別にこの手で僕の完璧な肉体を台無しにしたわけじゃないだろ」

わたしはウィルのシャツを下ろしてもとどおりにし、向きなおってエンジンをかけた。なんと言っていいか分からなかった。これがどういう意味をもつのか分からなかった。彼が自分の置かれた状況と折り合いをつけたということ？　それとも自分の身体に対する怒りを、ただ別の形で表しただけ？

「おい、クラーク。ちょっといいか」ちょうど車を出そうとしたとき、彼が言った。「バックパックの中を見てくれ。ファスナーのついたポケットだ」

わたしはバックミラーをちらりと見ると、またハンドブレーキをかけた。フロントシートのあいだから身を乗りだし、片手をバッグに入れ、彼の言うとおりに中を探る。

「痛み止めがいるの？」わたしは彼の顔から数インチの距離にいた。病院から帰ってきてからこんなに彼の顔色がよかったことはなかった。「わたし持ってるけど――」

「いや。いいから探して」

わたしは一枚の紙を引き出して座り直した。それは折りたたんだ十ポンド札だった。

「それだ。緊急用の十ポンド」

「で？」

「君のだ」

「なんで？」

「タトゥーだよ」彼はにやっと笑いかけた。「君があの椅子に座るまで、まさかほんとうにやるとはこれっぽっちも思ってなかったからさ」

16

どうにもお手上げだった。誰がどこに寝るかの割り当てがどうしてもうまくいかないのだ。毎週末、トリーナが帰ってくると、クラーク一家は夜ごと、長ったらしいベッド取りゲームをはじめる。金曜日の夕食が終わると、ママとパパが二人の寝室を明け渡すと言い、トリーナがそれを受けいれる。二人は、いやいや、ぜんぜん不便なんかじゃないよ、トーマスは自分の知ってる部屋のほうがよく眠れるからね、と請け合い、トーマスが寝れば、みんながぐっすり眠れるんだから、と言う。

でもママが階下で眠るということは、ママとパパは自分たちの上掛けと、自分たちの枕と、シーツまで必要だということだ。ママは自分の好きなように作ったベッドでないとよく眠れない。そこで夕食後、ママとトリーナは両親のベッドから寝具を剝《は》がし、新しいシーツをかけ、念のためトーマスが事故にあわないよう、ベッドの柵をとりつける。一方、両親の寝具はたたまれて居間の隅に置かれ、トーマスがそれに飛びこみ、飛び乗り、さらにシーツを食卓の椅子のあいだにひっかけてテントごっこをする。

おじいちゃんが部屋を明け渡すと言ったけれど、誰もそこで寝ると言わなかった。黄ばんだ《レーシング・ポスト》紙とオールド・ホルボーンの巻き煙草の臭いがして、その悪臭を取ろうとしたら週末いっぱいかかってしまう。わたしは罪悪感が交互に頭をもたげたりひっこんだりした——結局のところ、これはみんなわたしが原因なのだ。でも、自分が物置部屋に戻るとは言わないことは分かっていた。あの窓のない息のつまる部屋はわたしにとって一種の恐怖の種になっていた。あそこでまた寝ると思うと、胸が苦しくなった。わたしは二十七歳だ。一家の稼ぎ手だ。本来は収納庫であるものの中で眠るわけにはいかない。

ある週末、わたしがパトリックのところで寝る、と申し出たら、みんなひそかにほっとした顔をした。でも、わたしがいないあいだに、トーマスがべとべとの手で、取りつけたばかりのブラインドをそこらじゅう触り、油性ペンで新しい布団カバーに落書きした。そこで両親は**自分たちが**わたしの部屋で寝て、トリーナとトーマスが自分たちの部屋で寝るのが一番だと決めた。二人の部屋なら少しくらいマジック・ペンの跡が残っていてもなんでもないということらしい。

でも、結局、ベッドの寝具を剝がすことと洗濯を考えると、金曜と土曜の夜にわたしがパトリックの家に泊まってもたいして助けにはならない、とママは言った。

それからパトリックも問題だった。パトリックは今やなにかにとりつかれたようになっていた。食べても飲んでも息をしても、すべてはエクストリーム・バイキングのためだった。フラットは、普段なら家具も少なくて掃除が行き届いているのに、トレーニング・スケジュールやダイエット・シートが一面に貼られている。新しく買った軽量バイクが廊下に鎮座し、そのバランスの微妙な軽量レース性能とやらをくるわせたらいけないというので、わたしは触ることも許されなかった。

それに彼はめったに家にいなかった。金曜日や土曜日の夜でさえもだ。彼のトレーニングとわたしの勤務時間のおかげで、二人で過ごす時間は減っていたが、それがあたりまえになっていた。わたしにできるのは、トラックに行く彼についていって、必要なマイル数に届くまで、彼がぐるぐると必死に走りつづけるのを眺めるか、家にいて彼の巨大な革のソファの端に丸くなって一人でテレビを観るかのどちらかだった。冷蔵庫にはターキーの胸肉の切れ端と、カエルの卵みたいなとろりとしたひどい味のエナジー・ドリンクのほか、なにも入っていなかった。トリーナとわたしは一度飲んでみたことがあるけど、すぐに吐き出して、子供みたいに大げさにげえげえする真似をした。

実を言えば、わたしはパトリックのフラットが好きではなかった。一年前、やっと彼のお母さんが一人でもやっていけると思えるようになって、彼はそこを買った。ビジネスはうまくいっていたし、二人のどちらかが将来のことを考えて不動産レースに参戦するのは大事だ、と彼は言った。それは、二人で一緒に住むかどうかについて話し合うきっかけになったはずだと思うけれど、なぜかそうはならず、さらにわたしたちのどちらも、なんとなく言いにくい話を持ち出すタイプではなかった。その結果、こんなに長い年数付き合っているのに、そのフラットにはわたしらしいところはまったくなかった。彼には言えなかったけれど、わたしは自分の家で騒音やがらくたに囲まれて暮らすほうが、無機質で無個性な独身男の部屋にいるよりも好きだった。たとえ専用駐車スペースがあり、お城の絶景が望めるにしても。

それに、そこにいるのはちょっと寂しかった。

もしわたしがそう言ったら、「スケジュールを守んなきゃならないんだよ、ベイブ」と、彼は答えるだろう。「この段階で二十三マイル以下にしたら、元のペースに戻すのは不可能だからさ」そして痛めた脛《すね》の最近の状態について話すか、冷却スプレーを取ってくれ、と言うのだ。

トレーニングをしていないときは、チームのほかのメンバーとの果てしないミーティングで、キットの比較や、旅行の計画の最終調整をしていた。その中に座っているのは、韓国語を話す人たちに囲まれているみたいだった。なにを言っているのかさっぱり分からないし、自分もその中に入りたいという気もたいして湧いてこない。

そして七週間後にわたしは彼らと一緒にノルウェーに行くことになっていた。トレイナー家に休暇をもらえるようまだ頼んでいないことを、パトリックにどう言えばいいかまだ思いつかなかった。どうして頼めるだろう？　エクストリーム・バイキングが開催されるころには、わたしの契約はあと一週間も残されていないのだ。わたしは子供のようにそのことをどうにかするのを後回しにしていたのだろうと思うけれど、ほんとうは、頭の中はウィルのことと、刻一刻と迫ってくる時間のことでいっぱいだった。ほかは目に入らないような気がした。

なにより皮肉なのは、わたしはパトリックのフラットではよく眠れないことだった。それがどういうことなのか分からないけれど、そこから仕事に行くと、ガラスの瓶を通して話しているみたいな気分になった。そして両目を殴られたような顔になり、わたしは目の周りのくまにコンシーラーを塗るようになった。その手つきは、壁にペンキを塗るようにぞんざいだった。


「いったいどうした、クラーク？」ウィルが言った。

わたしは目を開けた。彼はわたしのすぐ横にいて、頭を一方にかしげ、わたしを見ていた。しばらくそこにいたのかもしれない。よだれが出てるかも、と手が自動的に口元にいった。わたしが観ていたはずの映画は、もうゆっくりと流れていくクレジットの列になっていた。

「なんでもないの。ごめんなさい。ただ、ここ暖かいから」わたしは座り直した。

「この三日間で居眠りしたの、二度目だぞ」彼はわたしの顔をじっと見つめた。「それにひどい顔だ」

それで彼に話したのだった。妹のこと、寝場所の準備について、父の顔を見ると、家族みんなが満足に眠れる家も持てないという情けなさがにじみ出ているのが分かるから、文句を言いたくないということを。

「まだ仕事は見つかってないのか？」

「そうなの。年齢のせいだと思う。でもみんなそのことは話さないの。だって……」わたしは肩をすくめた。「みんな、いたたまれないもの」

わたしたちは映画が終わるのを待ち、それからわたしはプレーヤーのところに行って、DVDを取り出してケースに戻した。なにかがおかしい気がした。ウィルにわたしの問題を話すなんて。彼の問題に比べたら、それは恥ずかしくなるくらい些細なことのように思えた。

「そのうち慣れるから」わたしは言った。「大丈夫よ、ほんとに」

ウィルはその午後ずっとなにかに気を取られているようだった。わたしは食器を洗い、それから部屋に戻って、パソコンを彼のためにセットした。飲み物を運んでいくと、彼は車椅子を回して向き直った。

「簡単なことだ」まるで会話の続きのように彼は言った。「週末はここに泊まればいい。部屋が余ってるんだから――使えばいいじゃないか」

わたしは、ストローカップを手に立ち止まった。「そんなのだめよ」

「なぜ？　ここに泊まったって残業代は払わないぜ」

わたしは彼のホルダーにストローカップを置いた。「でも、あなたのお母さんがなんて思う？」

「さあね」

わたしはきっと困った顔をしていたのだろう。彼は付け足した。「大丈夫。送り狼はやらないから」

「え？」

「僕が君を誘惑しようと邪悪な秘密の計画を練っているのが心配なら、ただ僕のプラグを抜けばいい」

「冗談よしてよ」

「いや真面目な話だよ。考えておけ。万一のプランBだと思えばいい。ものごとは思ったより早く変わっていくしね。妹さんも毎週末を家で過ごそうと思わなくなるかもしれない。それとも、彼女も誰かに出会うかもしれない。いろんなことが変わっていくんだ」

そして、二か月後にはあなたはここにいないかもしれない、わたしは心の中で彼に言い、すぐにそんなことを思った自分を憎んだ。

「訊いてもいいか」彼は部屋を出ようとしながら言った。「なんでマラソン・マンは自分の家に来いと言ってくれないんだ?」

「あら、言ってくれたわ」わたしは言った。

彼はわたしを見た。その目つきはまだその先を話しそうに見えた。

それから思い直したようだった。「さっきの話」彼は肩をすくめた。「有効だからな」


ウィルが好きだったものを書いてみる。

1　映画、特に字幕付きの外国映画を観ること。たまにアクション・スリラーやロマンス大作にうんと言ってくれることもあるけれど、ロマンチック・コメディ作品には一線を引いている。もしわたしが借りてこようものなら、一二〇分間ずっと、馬鹿にするみたいに鼻を小さく鳴らしつづけるか、プロットのありきたりの展開を指摘して、わたしの楽しみを台無しにする。

2　クラシック音楽鑑賞。クラシックならものすごくいろいろ知っている。新しい音楽で好きなものもあるけれど、彼に言わせるとジャズのほとんどは気取ったオナラだ。ある日の午後、わたしのMP3プレーヤーの中身を見たとき、笑いすぎてチューブが一本外れそうになったことがある。

3　暖かくなってきてからは、庭に座ること。ときどきわたしは窓際に立って、頭をうしろにそらして、顔に降りかかる太陽の光を愉しんでいる彼を見たものだ。じっとして今を愉しむことができるって素敵ね、と言ったら――わたしにはどうしてもできないからそう言ったんだけど――彼は腕も脚も動かせなければ、実際、他にあまり選択肢がないからな、と指摘した。

4　わたしに本や雑誌を読ませて、それについて話をさせること。「**知識は力だ、クラーク**」が彼の口癖だ。はじめはそれがすごく嫌だった。学校で記憶力のテストをされているような気がした。でもしばらくたって、ウィルの目から見ると、どんな答えも間違いではないことに気づいた。彼はわたしが彼に意見を言うのを喜んだ。新聞に書かれていることをどう思うか尋ね、本の登場人物についてのわたしの見方に反対した。彼はほとんどあらゆるものについて意見を持っているようだった――政府がやっていること、ある会社が別の会社を買収するべきか、ある人物は刑務所に送られるべきか。わたしが適当に流したり、両親やパトリックの考えを受け売りしていると感じると、彼は冷たく「いや、それじゃ足りないな」とだけ言う。わたしがそのことについてなにも知らない、と言うとひどく失望した顔をした。わたしは彼の先回りをして、なにか訊かれても大丈夫だと思えるように、バスの行き帰りで新聞を読むようになった。「たしかにそのとおりだ、クラーク」と彼が言うと、頰がゆるむのが分かる。それから、またしてもウィルが大きな顔をするのを許してしまった自分を蹴っ飛ばしたくなる。

5

髭を剃ってもらうこと。今では二日に一度、わたしは彼の顎に剃刀をあて、見苦しくないようにしてあげていた。調子の悪い日でなければ、彼は車椅子に寄りかかり、目を閉じ、わたしが見る中では快感に一番近いものが顔に広がっていく。たぶん、それはわたしの思いこみかもしれない。見たいものを見ていただけかもしれない。でも、そっと彼の顎に剃刀をあて、なめらかに剃っていると、彼はほんとうに静かになる。目を開けたときのやわらいだ表情は、とりわけ深い眠りから目覚めた人のようだった。一緒に屋外で過ごした時間のおかげで、このごろは顔に赤みが差している。彼の肌は日焼けしやすかった。わたしは剃刀をバスルームの戸棚の高いところの、コンディショナーの大きな容器のうしろに隠していた。

6

男っぽく振る舞うこと。特にネイサンと一緒のとき。ときどき、夕方の日課の前に、二人は庭の端に出ていって座り、ネイサンが二本のビールの蓋を開ける。二人がラグビーについて話し合ったり、テレビで観た女の人のことでジョークを言ったりしているのを耳にすると、ウィルではない別人みたいに聞こえた。でも、彼にはこれが必要なのだと分かっていた。彼には男っぽいことをして、一緒に男っぽく振る舞える誰かが必要だった。それは、彼の奇妙で孤独な生活の中でわずかに〝あたりまえの〟部分だった。

7

わたしのワードローブについてコメントすること。というか、わたしのワードローブについて片眉を上げること、と言ったほうがいいかもしれない。例外は黒と黄色の縞のタイツで、それをはいていった二回とも、彼はなにも言わずに、ただうなずいただけだった。この世にも正義はある、とでも言いたげに。

「この前、僕の父を町で見かけただろう」

「え？　うん」わたしは洗濯物を物干し綱に掛けていた。物干し綱は、目立たないようにトレイナー夫人が呼ぶところのキッチン・ガーデンに隠されている。きっと、洗濯物みたいなつまらないものに大事なボーダー花壇の眺めを台無しにされたくないのだろう。うちのママはといえば、まるでプライドの証みたいに白い洗濯物を表に洗濯バサミでずらりと留めている。それは近所に対する一種の彼女の挑戦状なのだ。**奥さんたち、悔しかったらこれに勝ってごらん！**　パパは、玄関前にもう一台、回転式物干しを置くのを思いとどまらせるのがせいいっぱいだった。

「そのことで君がなにか言ってたか、と訊かれたんだ」

「ふうん」わたしはわざとらしく、何気ない表情を続けた。それから、彼が待っているように見えたので、付け加えた。「言ってないのは明らかじゃない」

「父は誰かと一緒だったか？」

わたしは最後の洗濯バサミを洗濯バサミ入れに戻した。それを丸めると、空になった洗濯物の籠に入れる。わたしは彼のほうを向いた。

「うん」

「女性だな」

「うん」

「赤毛？」

「うん」

ウィルはしばらくこのことについて考えていた。

「あなたに言ったほうがよかった？　ならごめんなさい」わたしは言った。「でも……わたしには関係ないことのような気がしたから」

「それに話しやすいことでもないしな」

「そうなの」

「気休めになるかどうかだが、クラーク、これがはじめてというわけじゃないんだ」そう言うと、彼は部屋に戻っていった。

ディアドレ・ベローズに二度、名前を呼ばれてわたしはようやく顔を上げた。メモ帳に、場所の名前や、クエスチョンマーク、いい点と悪い点についてせっせと書きこんでいて、自分がバスに乗っていることさえほとんど忘れていた。ウィルを観劇に連れていく方法を考えようとしていたのだった。車で二時間以内の距離には劇場は一か所しかなく、かかっている演目はミュージカルの『オクラホマ！』だった。ウィルが《美しい朝》の歌に合わせて首を振っているところは想像しにくいけれど、本格的な劇場はロンドンにしかない。そしてロンドンは相変わらず手の届かない行き先に思えた。

おおむね、ウィルを家の外に連れ出すことはできるようになった。でも、半径一時間以内にあるものの選択肢がほぼ尽きてしまい、さらに遠くに彼を連れていくにはどうすればいいか、わたしには思いつけなかった。

「考えごとでおつむがいっぱいね、ルイーザ？」

「あら、こんにちは、ディアドレさん」わたしは座席で身体を横にずらして、場所を空けた。ディアドレはママの幼馴染みだ。カーテンやクッションの店を持っていて、三度の離婚歴がある。かつらにしてもいいほど髪が多くて、ふくよかで愁《うれ》いを帯びた顔は、いまだに白馬の騎士が現れて自分をさらっていってくれる夢を切なく温めているように見える。

「普段はバスに乗らないんだけど、車を修理に出してるの。元気？　お母さんからあなたの仕事のことをいつも聞いてるわよ。**すごく**興味深そうね」

小さな町で育つというのはこういうことだ。人生の隅々まで話の種にされてしまう。秘密にしておけることはなに一つない――十四歳のころ、町はずれのスーパーマーケットの駐車場で煙草を吸っているところを見つかったことから、うちのパパがトイレのタイルを貼り直したことまでなにもかも。毎日の生活のささいなことが、ディアドレのような女たちのあいだで貨幣のようにやりとりされる。

「ええ、いい仕事です」

「それにお給料もいいんですってね」

「はい」

「《バタード・バンズ》のあとだから、ほんとによかったと思ってるのよ。あのカフェが閉店したなんて残念よねえ。この町では便利な店がみんな、どんどんなくなるわ。童謡じゃないけど昔は食料品店もパン屋もお肉屋さんもハイストリートにあったのに。まあロウソク立ての店はなかったけどね」

「ええ」彼女がわたしのリストをちらちら見ているのに気づいて、メモ帳を閉じた。「でも、まだ少なくともカーテンを買うところはありますよね。お店はどうですか?」

「あら、まあまあよ……ところで、それはなに? なにか仕事に関係あるの?」

「ただ、ウィルがやりたそうなことについて考えていただけです」

「あなたのお世話してる障害者の男性?」

「ええ。わたしのボスです」

「ボスね。うまい言い方だわね」彼女はわたしを小突いた。「そうそう、あなたのお利口な妹さんは大学でどうなの?」

「うまくやってます。トーマスも」

「きっといつか、天下を取るわよ、あの子。でもね、ルイーザ、正直ね、あの子より先にあなたがどうして町を出なかったのかしらと思って。みんな、あなたのことほんとに賢い子だと昔から思ってたから。あら今は思ってないって意味じゃないわよ、もちろん」

わたしは礼儀正しく微笑んだ。ほかにどうすればいいか分からなかった。

「でもねえ。誰かの役目ではあるものね？　それに二人のうちのどちらかが、進んでそばにいてくれるって、お母さんにとっては嬉しいことよ」

わたしは反論しようとした。でもそのとき気がついた。この七年間なに一つやってこなかったということは、わたしには自分の家のある通りのはずれより先に行こうという野心も望みもまったくないということなのだ、と。わたしはそこに座っていた。わたしたちの下でバスのくたびれた古いエンジンがうなり、がたがた振動している。そしてとつぜん、時間は飛ぶように流れているのだと――わたしが同じ道をたどってつましく行ったり来たりしているあいだに、それがまるまる消えていこうとしているのだと気づいた。お城の周囲をぐるぐる回っているあいだに。パトリックがトラックをぐるぐる回るのを眺めているあいだに。かわりばえのしないちっぽけな心配事、同じ日々のくりかえしの中で。

「やれやれ。うちのバス停だわ」ディアドレは隣で億劫《おっくう》そうに立ち上がり、エナメルのハンドバッグを肩に掛けた。「お母さんによろしくね。明日、顔を出すって言っておいて」

わたしは顔を上げてまばたきした。「わたし、タトゥーを彫ったんです」だしぬけに言った。「ミツバチの」

彼女は座席の脇につかまりながら、ためらった。

「腰に彫ったんです。本物のタトゥー。ずっと消えないの」わたしは言い足した。

ディアドレはバスのドアのほうに目をやった。少し戸惑っているようだったが、それからわたしに向けた表情は、今思えば、なだめようとする笑顔のつもりだったかもしれない。

「まあ、それは素敵ね、ルイーザ。さっきも言ったけど、明日伺うってお母さんに伝えてちょうだいね」

毎日、ウィルがテレビを観ているか、ほかのことをしているとき、わたしは彼のパソコンの前に座って、**ウィルをハッピーにする**かもしれない魔法のイベントがないか調べることに没頭した。でも時間がたつにつれ、わたしたちができないことや、行けそうもない場所のリストは、わたしが思いつくできることよりも、かなりの割合で増えていった。一方の数がもう一方を上回りはじめたとき、わたしはあのチャットルーム・サイトに戻り、アドバイスを求めた。

やあ！　とリッチーが言った。**僕らの世界へようこそ、ビー。**

その後の会話で、わたしが学んだのは、車椅子で酔っぱらうことには、それ特有の危険がつきものだ、ということだった。それにはカテーテルの破裂、歩道からの落下、ほかの酔っぱらいに間違った家に連れていかれることが含まれる。ここだったら一般人がそれなりに親切だと言える場所はとりたててないけれど、その中でもパリは地球上で最も車椅子の利用者に不親切な土地だと言われていることも知った。これにはがっかりした。わたしの心の隅にある楽観的な部分が、ウィルと二人でそこに行けるかもしれない、という望みを捨てていなかったから。

わたしは新しいリストを作りはじめた——四肢麻痺患者と一緒にできないことのリストだ。

1　地下鉄に乗ること（ほとんどの地下鉄の駅にはエレベーターがない）。つまり、タクシー代を払わないかぎり、イベントに行くにしてもロンドンの半分は除外されてしまう。

2　水泳に行くこと。手助けがあって、数分以内にがたがた震えないですむ程度に気温が高くなければ無理。プール用の吊り上げ具がなければ、障害者用の更衣室もあまり役に立たない。いずれにせよ、ウィルはプール用吊り上げ具に乗るとは絶対に言わない。

3　映画に行くこと。一列目の座席が確実にとれて、その日のウィルのけいれんがまあまあでなければ無理。一度、『裏窓』を観にいったとき、ウィルの膝がいきなり動いてポップコーンを宙に跳ね上げ、わたしは二十分以上、床に這いつくばって拾い集める騒ぎになった。

4　ビーチに行くこと。車椅子が〝極太ホイール〟に対応していれば別。ウィルのは対応していない。

5　障害者用〝割当て〟が満席の飛行機に乗ること。

6　買い物に行くこと。全部の店に法定の傾斜ランプが設置されていないかぎり難しい。お城の回りの店のほとんどは重要文化財建築なので、傾斜ランプを取りつけられないと言っている。おまけにそれが嘘じゃない店も中にはある。

7　暑すぎる場所や寒すぎる場所に行くこと（体温調節の問題）。

8　気が向いたときにふらっと出かけること（荷物を作り、車椅子が使えるか、ルートを二重にチェックする必要がある）。

9　外食に行くこと。特に食べ物を口に運んでもらうことに抵抗を感じる場合。それから、カテーテルの状況によっては、レストランのトイレが階段を降りたところにある場合。

10　長距離列車の旅（疲れるのと、手助けなしに重い電動車椅子を列車に乗せるのが難しい）。

11　雨が降っているときに散髪すること（髪の毛が全部、ウィルの車椅子の車輪についてしまう。おかしな話だけど、二人ともこれで吐き気がしてくる）。

12　車椅子用の傾斜板のない友達の家に行くこと。ほとんどの家には階段がある。傾斜板を持っている人はほとんどいない。わが家はめったにない例外だ。ウィルはどうせ会いたい人間なんていない、と言う。

13　大雨の中、お城から丘を下ること（ブレーキがいつも安全とはかぎらないし、車椅子はわたしが押さえるには重すぎる）。

14　酔っぱらいがいるかもしれない場所に行くこと。ウィルは酔っぱらいを磁石みたいに引き寄せる。彼らはしゃがんで、彼に臭い息を吐きかけ、目を丸くして同情する。ときどき、彼を車椅子に乗せたままどこかに連れ去ろうとする。

15 人が集まっていそうな場所に行くこと。これは、夏が近づいてくるにしたがって、お城の周りの散歩が難しくなることを意味する。さらに、わたしが考えついた、一緒に行けそうな場所——移動遊園地、野外劇場、コンサート——の半分は除外される。

アイディアにつまると、わたしはオンラインの四肢麻痺患者たちに、この世で一番したいことはなにか、と質問した。返ってくる答えはほとんどいつも〝セックスをすること〟だった。それには頼んでもいない細かいディテールがたっぷりとついてきた。

でも基本的に、それはたいした助けにはならなかった。あと残りは八週間で、わたしのアイディアは尽きかけていた。

物干し綱の下での会話の二週間後、家に帰るとパパが玄関に立っていた。それだけでも珍しいことだったが（ここ二、三週、パパはおじいちゃんの相手をするという建前《たてまえ》で、日中はソファに座ったままらしかったから）、アイロンをかけたシャツを着て、髭を剃り、玄関を《オールド・スパイス》の匂いで満たしていた。あのアフターシェーブのボトルは一九七四年からずっと持っていたに違いない。

「おう、お帰り」

わたしはドアを閉めた。「ただいま」

わたしは疲れて気が重かった。バスで帰ってくるあいだずっと、携帯電話で旅行会社と、ウィルを連れていけそうな場所について話し合っていたのだが、お互いにどうしていいか分からずお手上げだった。わたしはどうしても彼をもっと遠くに連れていきたかった。でも、ウィルが行く気になれそうな場所はお城の半径五マイルの外には一つもないらしかった。

「今晩の夕食はおまえ一人だが、かまわないかい？」

「うん。あとでパブに行ってパトリックに会えばいいし。でもなんで？」わたしはコートを空いたフックに掛けた。

トリーナとトーマスのコートが全部なくなっていると、ラックはずいぶん空いたところが目立つ。

「ママを夕食に連れていこうと思ってね」

わたしは頭の中でさっと暗算した。「お誕生日だっけ？」

「いや。お祝いだよ」パパはまるでなにかの秘密のように声をひそめた。「仕事が見つかったんだ」

「嘘でしょ！」そのときやっと、パパの全身がふわふわと浮き上がりそうなことに気づいた。また前のように胸を張り、顔いっぱいに微笑みを浮かべている。何歳も若がえったみたいだ。

「パパ、やったね」

「まったくだ。ママは天にも昇りそうな様子だよ。おまえも知ってのとおり、トリーナが家を出たり、おじいちゃんのことやなんかでここ何か月か、ママは大変だったからな。それで今夜は外に連れ出して、ちょっとご馳走《ちそう》してやりたいんだよ」

「それで、どんな仕事？」

「修繕の責任者さ。城のね」

わたしはまばたきした。「でも、それって――」

「トレイナーさんだよ。そうなんだ。電話をくれて、人を探しているって言ってね。おまえのほら、ウィルが、わしが働けるって話してくれてあったんだ。今日の午後、先方に行ってわしができることを見せてきたよ。一か月は試用期間だ。土曜日からな」

「ウィルのお父さんの下で働くの？」

「まあ、一か月の試用期間をやって、正式な手続きやなにかをすませないとならんらしいが、トレイナーさんはわしが就職できない理由は思い当たらんと言ってたよ」

「それは――よかったわ」わたしは言った。その知らせに妙に足をすくわれた気分だった。

「仕事の話があるなんて知りもしなかった」

「わしもさ。でもありがたいことだよ。あの人は本物が分かる人間だな、ルー。グリーン・オーク材の話をしたんだがね、そうしたら前任者がやった仕事を少し見せてくれてさ。いやおまえ、目を疑うよ。ひどいもんだ。トレイナーさんはわしの仕事にたいそう感心したって言ってたよ」

パパはここ何か月も見たことがないほど生き生きとしていた。

いつのまにかママがパパの横にいた。口紅をひき、よそゆきのハイヒールを履いている。「バンもあるのよ。パパ専用のバンが使えるんですって。お給料もいいの、ルー。家具工場でもらっていたよりもちょっと多いくらいなのよ」

ママはパパを世界を征服したヒーローかなにかのように見上げた。わたしのほうを向いたその顔には、あんたもそうしなさいと書いてある。ママの顔は百万ものメッセージを伝えられる。今の顔は、今はパパをいい気分にさせてあげて、と言っていた。

「すごいわ、パパ。ほんとに」わたしは前に一歩出て、パパを抱きしめた。

「いや、ほんとにウィルには礼を言わないといかんな。実にいい男だ。わしのことまで考えてくれるなんて、感謝に堪《た》えんよ」

わたしは二人が出かける物音を聞いていた。ママが廊下の鏡の前であれこれ騒ぎ、パパがくりかえし、綺麗だしそのままでもどこにも変なところなんかない、と請け合っている。パパがポケットを叩いて鍵と財布と小銭を確かめる音がし、そのあと、短く笑いだす声が聞こえた。それからドアがバタンと閉まり、低い音を立てて車が出ていくと、そのあとは、おじいちゃんの部屋からかすかにテレビの音が聞こえるだけだった。わたしは階段に座った。それから電話をひっぱり出し、ウィルの番号にかけた。

彼が出るまでしばらくかかった。わたしは彼がハンズフリー装置に向かい、親指でボタンを押すところを思い描いた。

「もしもし?」

「あなたのしわざ?」

短い沈黙があった。「クラーク、君か?」

「あなた、わたしの父に仕事をくれたの?」

彼は少し息を切らしているようだった。わたしはぼんやりと、彼はちゃんとまっすぐに座っているだろうか、と考えた。

「喜ぶかと思ったんだが」

「喜んでるわ。ただ……なんて言うか、変な気がして」

「そんなふうに思うなよ。君のお父さんは仕事が必要だった。僕の父は技術のある修理工が必要だったんだ」

「ほんとう?」どうしても声に疑わしげな響きが混ざってしまう。

「なにが?」

「このことは、こないだあなたが訊いてきたことに関係ないの? あなたのお父さんと別の女の人について」

長い沈黙があった。彼があの、いつもの居間にいて、フランス窓から外を眺めている姿が目に浮かんだ。

彼の声が聞こえたとき、それは用心深そうだった。「僕が、君のお父さんを雇えと言って、自分の父親を脅迫したと思ってるのか?」

そう言われると、ありそうもない話に聞こえる。

わたしは座り直した。「ごめんなさい。よく分からなくて。ただ変でしょ、タイミングが。ちょっとうまくいきすぎで」

「なら喜べよ、クラーク。いい知らせなんだから。君のお父さんはうまくやるさ。それにそうすれば……」彼はためらった。

「そうすれば、なに？」

「……いつか君は、両親がどうやって食べていくか心配しないで、翼を広げて羽ばたいていける」

まるで彼に殴られたようだった。肺から空気が抜けるのを感じた。

「ルー？」

「はい？」

「ずいぶん静かだな」

「わたし……」わたしはつばを飲んだ。「ごめんなさい。ちょっと気が散っちゃって。おじいちゃんが呼んでるの。でもそうね。ありがとう――父のために口をきいてくれて」わたしは電話を切らなくてはならなかった。なぜなら、とつぜんどこからともなく現れた巨大な塊が喉につかえ、それ以上、なにも言えそうになかったから。

わたしはパブに歩いていった。花の香りが濃くただよい、道行く人々は通りすがりにわたしに微笑みかけた。わたしは一度も挨拶を返すことができなかった。ただ、考えごとで頭をいっぱいにしたまま一人ぼっちで家にはいられないと思っていただけだった。トライアスロン・テラーズのみんなはビア・ガーデンにいた。日差しがまだらに落ちる片隅に二つのテーブルをくっつけ、そこからピンク色の筋張った腕や脚が三角にはみ出している。数人が挨拶がわりにうなずき（女の子からは一人もなし）、パトリックが立ち上がって、隣に隙間を空けてくれた。トリーナがいてくれたらいいのに、と自分が本気で思っていることにわたしは気づいた。

パブの庭は満員で、騒々しい学生たちと、仕事が終わったシャツ姿のセールスマンたちという、奇妙にイギリス的な組み合わせの顔ぶれだった。このパブは観光客にも人気で、イギリス人たちの声に混じって、さまざまなアクセント――イタリア語、フランス語、アメリカ英語――が聞こえてきた。西の壁からはお城が見え、毎年の夏と同じように、観光客たちがお城を遠景に写真を撮ろうと列を作っている。

「来ると思わなかったよ。なんか飲む？」

「もうちょっとしたら」わたしはただそこに座って、頭をパトリックにもたせかけていたかった。以前のように――普通で、なんの心配もない感じを味わいたかった。死について考えないでいたかった。

「今日、ベストタイムを更新したぜ。十五マイルをたった七十九・二分で走ったんだ」

「すごい」

「やっと調子が出てきたな、え？　パット」誰かが言った。

パトリックは両のげんこつを突き上げて、エンジンがぶるぶる震えるみたいな音を立てた。

「ほんとすごいわ」わたしは彼のために喜んでいる顔をしようとした。

わたしはお酒を飲み、お代わりした。彼らが、走ったマイル数について、皮がむけた膝について、低温での水泳レースについて語るのを聞いていた。意識をよそに向け、パブにいるほかの人たちを眺めながら、彼らの人生について想像した。みんなそれぞれに家に帰ればいろいろなことがあるのだろう――赤ん坊が生まれたり、死んだり、暗い秘密や、素晴らしい喜びや、悲しみや。この人たちがそういうものをいったん脇に置くことができるなら、そしてパブの庭で晴れた夏の夕べを愉しめるのなら、わたしにだってできるはずだ。

それからわたしはパトリックに父の仕事の話をした。さっきわたしも、今の彼のようなこんな顔をしたのだろう。わたしは話をくりかえさなければならなかった。聞き間違えたわけではないと彼を納得させるために。

「それって……すごい接近だよな。親子してあいつのために働くなんて」

そのとき、彼に話してしまいたかった。ほんとうにそうしたかった。ウィルを生かしておこうとするわたしの戦いに、いろんなことが紛れこんでしまったのだと、説明したかった。ウィルがわたしのために自由を買ってくれようとしているらしいことがどんなに恐ろしいか彼に話したかった。でも、なにも言えないことは分かっていた。そうだ、今のうちにもう一つの話もしてしまおう。

「あとね……それだけじゃないの。彼ね、好きなときに予備の部屋に泊まっていいって。うちのベッド問題を解決するために」

パトリックはわたしを見た。「あいつの家に住みこむってことか?」

「まあね。ありがたい話なのよ、パット。うちがどんな状態か知ってるでしょ。それにあなたいつもいないし。あなたの家に行くのはいいんだけど……正直言って、自分の居場所っていう気がしないの」

彼はまだわたしを見つめていた。「なら、自分の居場所にしろよ」

「え?」

「引っ越してこいよ。わが家にするんだよ。自分の物を置いてさ。服を持ってこいよ。そろそろ一緒に暮らしてもいいころだ」

後になって気づいたのだけれど、考えてみるとそう言った彼は、実際ものすごく暗い顔をしていた。恋人がそばにいなくては生きていけないとついに悟り、喜びいさんで二人の人生を一つに結び合わせようと望んでいる男の顔ではなかった。それはまんまとハメられたと感じている人間の顔だった。

「ほんとうに引っ越してきてほしいの?」

「ああ、もちろんだ」彼は耳をこすった。「そりゃ、結婚しようとか言ってるわけじゃないよ。でも、筋は通るだろ?」

「相変わらずロマンチックなんだから」

「マジだって、ルー。潮時なんだよ。たぶんずっと潮時だったんだと思うけど、俺も次々、いろんなことに頭突っこんでたからさ。引っ越してこい。それがいいよ」彼はわたしをハグした。「それが絶対いいって」

わたしたちの周囲では、トライアスロン・テラーズがそつのないおしゃべりを再開していた。思いどおりの写真が撮れた日本人観光客の一団から、小さな歓声が上がった。小鳥たちがさえずり、太陽が傾き、世界は回っていた。わたしはその一部になりたかった。しんとした部屋でじっと車椅子に座った男のことを思い悩むのではなく。

「そうね」わたしは言った。「それがいいよね」

17

ヘルパーをやっていてなによりきついのは、たぶん人が思うようなことではない。持ち上げたり、清拭したり、投薬したり、拭いたり、かすかだけれど、なぜかいつも消毒薬の匂いが鼻から消えないことでもない。頭が悪くてほかにできることがないからこの仕事をやっているのだろうと、たいていの人に思われることですらない。それは、一日じゅう、誰かにべったり寄り添っていて、相手の気分から逃れようがないことだ。そして自分自身の気分からも。

わたしがはじめて計画を話したあと、ウィルは午前中ずっとよそよそしかった。他人がどうこう言うようなことではないのに、いつもより冗談が減り、軽口をたたくことも少ない気がした。その日の新聞についてどう思ったか、わたしにコメントを求めもしなかった。

「それが……君の望んでることなのか？」彼の目がちらりと動いたが、その表情はまったく読めなかった。

わたしは肩をすくめた。それからもっとはっきりとうなずいた。肩をすくめた答えではなんとなく幼稚で、無責任な感じがしたからだ。「そろそろ潮時だもの」わたしは言った。「なにしろ、**もう**二十七だしね」

彼はわたしの顔を見つめた。顎のあたりがどこか硬くこわばっていた。

わたしは急に、どっと疲れを感じた。妙に謝りたい衝動にかられたが、その理由は分からなかった。

彼は軽くうなずくと、笑みを浮かべた。「うまく解決してよかった」彼は言い、車椅子でキッチンに入っていった。

わたしは彼にひどく腹が立ってきた。ウィルに今、そうされたみたいに、誰かにだめ出しされた気分を味わわされたことはこれまでなかった。恋人と身を固めようと決心したことで、彼にとって、わたしの人間としての面白味が減ったみたいだった。わたしはもう、彼の大事なプロジェクトではなくなったとでもいうのだろうか？　でももちろん、そんなことを言うわけにはいかなかった。でも彼がわたしに対するのと同じように、わたしも彼に対して冷めていた。

それは、率直なところ、とても疲れることだった。

その午後、裏のドアをノックする音がした。洗い物をしていて手が濡れたまま廊下を急ぎ、扉を開けると、ブリーフケースを手にしたダークスーツ姿の男性が立っていた。

「ああ、だめだめ。うちは仏教徒ですから」と断固とした口調で言い、ドアを閉めようとすると、男性が抗議をはじめた。

二週間前、ウィルが十五分間も新興宗教の勧誘の二人組に裏口で捕まったことがあったのだ。ウィルはといえば、そのあいだじゅうずれたドアマットを乗りこえて車椅子をバックさせようとやっきになっていた。やっとのことでわたしがドアを閉めると、彼らはレターボックスの投函口を開け、そこから「その人は、ほかの誰より来世を待ちわびる気持ちをお分かりになるはずですよ」と呼びかけてきた。

「あの……トレイナーさんにお目にかかりに伺ったのですが?」その男性は言い、わたしはドアを用心深く開けた。グランタ・ハウスに来てから、裏のドアからウィルを訪ねてきた人ははじめてだ。

「その人を通してくれ」ウィルがわたしのうしろに来て言った。「来てくれるように頼んだんだ」わたしがまだそこに立っていると、彼は付け加えた。「いいから、クラーク……こちらは僕の友人だよ」

男性は敷居をまたぎ、片手を差し出してわたしの手を握った。「マイケル・ロウラーです」彼は言った。

ほかになにか言いかけたが、ウィルが車椅子を動かしてわたしたちのあいだに割って入り、巧みにそれ以上の会話をさえぎった。

「僕らは居間にいるから。コーヒーを淹れてくれるか? それからしばらく二人だけにしてほしい」

「ええ……分かりました」

ロウラー氏は少し気まずそうにわたしに微笑みかけ、ウィルのあとについて居間に入っていった。数分後、コーヒーのお盆を持って部屋に入ると、二人はクリケットについて話し合っていた。〝レッグ〟やら〝ラン〟やらについての会話は、わたしがそこにうろうろしている理由がなくなるまで続いた。

目に見えないスカートのゴミを払いながら、わたしは身体を起こすと言った。「それじゃ、向こうに行ってますから」

「ありがとう、ルイーザ」

「ほんとうにほかになにもいらない？　ビスケットは？」

「けっこうだ、ルイーザ」

ウィルがわたしをルイーザと呼ぶことは滅多になかった。それになにかから追い払おうとすることも。

ロウラー氏は一時間ほどいた。わたしは家事をすませ、それからキッチンで手持ち無沙汰になりながら、盗み聞きする勇気はあるだろうかと自問自答していた。勇気はなかった。わたしは座り、ブルボン・クリーム・ビスケットを二枚食べ、爪を噛み、彼らのはっきりしない低い声に耳を傾け、なぜウィルが彼に正面玄関を使わないように頼んだのかと、心の中で十五回目の問いをくりかえしていた。

さっきの人は医師にも、コンサルタントにも見えなかった。ファイナンシャル・アドバイザーかもしれないが、なんとなくそういう雰囲気はなかった。理学療法士にも、作業療法士にも、栄養士にももちろん見えない——それから、役場に雇われて、めまぐるしく変化するウィルのニーズを評価しにたまに立ち寄る人たちとも違う。あの人たちは一マイル離れたところからでもすぐ分かる。みんな疲れきって見えるのに、きびきびとして、意地でも朗らかな態度を崩さない。地味な色のウールの服を着て、実用的な靴を履き、ファイルや器具を入れた箱を満載した埃まみれのステーションワゴンを運転している。ロウラー氏の車はネイビー・ブルーのBMWだった。彼のぴかぴかの5シリーズは町役場の使う車には見えなかった。

やっとロウラー氏が出てきた。ブリーフケースを閉じ、上着を腕に掛けている。彼はもう気まずそうではなかった。

わたしは素早く廊下に出た。

「ああ、お手洗いはどこか教えてもらえますか？」

わたしは黙ったまま指さし、彼が出てくるまでそこでそわそわしながら立っていた。

「さて。今日のところはこれで」

「ありがとう、マイケル」ウィルはわたしを見なかった。「連絡を待ってるよ」

「今週の終わりにはまたご連絡します」ロウラー氏が言った。

「手紙よりメールのほうが助かるな――少なくとも今のところは」

「ええ、分かりました」

わたしは彼を送り出すために裏のドアを開けた。それから、ウィルの姿が居間に消えると、わたしはロウラー氏のあとについて中庭に出て、何気ない調子で言った。「それで――遠くまで戻られるんですか？」

　彼の服は見事な仕立てだった。カットには都会的でシャープなエッジがきき、縫い目から
お金の匂いがぷんぷんした。

「ロンドンです、残念ながら。でも午後のこの時間なら帰り道はそれほど混んでないだろう
とふんでるんですがね」

　わたしは彼のあとについて表に出た。太陽が高く、目を細めないと彼が見えなかった。

「それで……あの……ロンドンのどちらに？」

「リージェント・ストリートです」

「あのリージェント・ストリート？　すごい」

「ええ。悪くないところですよ。ところで、コーヒーをありがとう、ミス……」

「クラークです。ルイーザ・クラーク」

　彼はふと立ち止まり、一瞬わたしを見た。正体を探ろうとしているのがばれたかしら、と
わたしは心配になった。

「ああ、ミス・クラークでしたね」彼は言い、職業的な笑顔にさっと戻った。「ごちそうさ
ま」

　彼はブリーフケースを注意深く後部座席に置くと、車に乗りこみ、行ってしまった。

　その晩、わたしはパトリックの家に帰る途中で図書館に寄った。彼のパソコンを使っても
よかったが、まず断らないと悪い気がしたし、こうするほうが気が楽だった。パソコンの前

に座り、〝マイケル・ロウラー〟と〝ロンドン、リージェント・ストリート〟と検索エンジンに打ちこんだ。知識は力よ、ウィル、と心の中で彼に言う。

三千二百九十件の検索結果が出て、そのはじめの三つが〝マイケル・ロウラー、弁護士、遺言状、検認、委任状の相談専門〟で、事務所があるのはリージェント・ストリートだった。わたしは数分間、画面を見つめ、それからもう一度、彼の名前を打ちこんだ。今度は画像検索をかけると、そこに彼がいた。どこかの円卓パーティで、ダークスーツを着ている。マイケル・ロウラー、遺言状作成と検認の専門家。ウィルと一時間を過ごしたその同じ人物だった。

わたしはその晩、パトリックの家に引っ越した。仕事を終えた後、彼がトラックに出かけていく前の一時間半のあいだに。持っていったのはベッドと新しいブラインド以外の全部だ。彼は車で来てくれて、ゴミ袋にわたしの荷物を一緒に詰めた。二回の往復で、屋根裏にある学校の教科書を除いて、なにもかも彼の家に運びこんだ。

ママは泣いた。自分が追い出したような気がしているのだ。

「なに言ってるんだ、おまえ。この子も一歩踏み出していい頃合いだよ。二十七になるんだからな」パパがママに言った。

「そうは言っても、いくつになったってわたしのベビーなんですからね」ママは言い、フルーツケーキの缶を二個と、洗剤の入った買い物袋をわたしの腕に押しこんだ。

わたしはなんと言っていいか分からなかった。フルーツケーキなんか好きでもないのに。

パトリックのフラットに自分の持ち物をおさめるのは驚くほど簡単だった。いずれにせよ、彼はほとんど物を持っていなかったし、わたしも物置部屋で過ごした五年間のおかげでなにも持っていないも同然だった。口論になったのはわたしのCDコレクションについてだけで、それはまずシールを貼ってから、彼のCDと一緒にアルファベット順に並べるしかなさそうだった。

「気楽にしてくれよな」彼はまるでわたしがお客かなにかのように、くりかえし言った。わたしたちは神経質になり、初デートの二人のように互いに対して妙にぎこちなかった。荷物を解いていると、彼がお茶を運んできて言った。「これ、君のマグカップでいいよね」彼はキッチンにある物の置き場所をすっかり教えてくれてから、一度ならず言った。「もちろん、好きなように物を置いていいけど。俺は気にしないから」

彼は予備の部屋の引き出し二つと、ワードローブを空けておいてくれた。引き出しのあとの二段分は彼のエクササイズ用のウェアがいっぱいに詰まっていた。ストレッチ素材とフリースにこんなにいろんな組み合わせがあるなんて知らなかった。わたしの目の覚めるようなカラフルな服を入れても、まだ数フィート分は空きがあり、クローゼットの中で針金のハンガーがぶつかってもの悲しげな音を立てた。

「この隙間を埋めるためだけにでも、もっとなんか買わなくちゃ」わたしはそれを見ながら言った。

彼は神経質そうに笑った。「それはなんだい？」

彼は、予備の部屋の壁に貼ったわたしのカレンダーを見ていた。思いついた案は青、実際に計画したイベントは黒で記入してある。なにかがうまくいったときは（コンサート、ワイン・テイスティング）、その隣にスマイル・マークを描いた。うまくいかなかったときは（競馬、アートギャラリー）、空白のままだ。この後の二週間はほとんど書きこみがなかった――ウィルが近場の外出先に飽きてしまい、今のところ、わたしはもっと遠くに足を延ばすことについて彼を説得できていなかった。わたしはパトリックのほうを見やった。彼が八月十三日に気づいたのが分かった。それは、いくつもの黒のビックリ・マークで強調されている。

「ええと……ただの仕事のメモよ」

「向こうは契約を更新してくれそうもない？」

「分かんない」

パトリックは留め具からペンを外し、翌月を見て、二十八週目の下に書きこんだ。〝就職活動開始〟。

「こうしとけばなにが起きても大丈夫だろ」彼は言い、キスをしてからわたしを残して出ていった。

わたしはクリーム類をそっとバスルームに並べ、彼のミラー付きキャビネットの中に剃刀と化粧水とタンポンをきちんとしまった。予備の部屋の窓の下の床に本をそろえて並べた。その中には、ウィルがわたしのためにアマゾンから注文してくれた新しい本も何冊かあった。

パトリックは時間ができたら棚を取りつけると請け合った。
それから、彼はランニングに出かけ、わたしは工業団地の向こうのお城のほうを眺めた。そしてわが家《ホーム》という単語を何度もくりかえし練習した。そっと、声に出さずに。

わたしは嘘をつくことにかけてはほんとうに役立たずだ。あんたって嘘をつこうと思っただけで、その瞬間にばれるよね、とトリーナに言われる。それもかなり分かりやすいばれかたで。学校をさぼった後、自分で書いた欠席届は今でも両親の笑い話だ。「〝トロウブリッジ先生〟」二人は読んだ。「〝女性特有の問題でわたくし、たいそう辛《つろ》うございますから、ルイーザ・クラークは本日の授業を欠席させていただきとう存じます〟」ほんとうならわたしを叱りとばすべきなのに、パパは真面目な顔を保つのでせいいっぱいだった。

ウィルの計画を家族に黙っているのはともかく——わたしは両親に隠しごとをするのは得意だから（つまるところ成長の過程で身につくことでもあるし）——一人でその不安に立ち向かうのは、まったく別の話だった。

それから二晩ほど、わたしはウィルがなにをたくらんでいるのか、どうすれば彼を止められるのか答えをずっと探していた。パトリックとおしゃべりをしているときも、狭いキッチンで一緒に料理しているときも、そのことが頭を駆けめぐった（わたしはパトリックについてもうすでに新しいことを発見しつつあった。たとえば、ターキーの胸肉を料理する方法をほんとうに百通りも知っている、とか）。夜になると、わたしたちはセックスした——それはほとんど強迫観念みたいな気がした。好きにやれるんだから、目いっぱいやらないと損だ、とでもいうように。わたしがいつもウィルの身近にいることで、パトリックはわたしに貸しがあるように思っているらしかった。でも彼が眠りに落ちたとたん、わたしはまた考えごとに没頭した。

残されているのはたった七週間余りだった。

そしてわたしが計画を立てていないのに、ウィルは立てている。

次の週、わたしがなにかに気を取られているのに気づいていたとしても、ウィルはなにも言わなかった。わたしたちは、毎日の日課を機械的にこなした――彼を田舎のほうに何度か短いドライブに連れ出し、食事を作り、家にいる間の世話をした。彼はマラソン・マンについての冗談を口にしなくなった。

わたしは彼が勧めてくれた新しい本について話した。わたしたちは『イギリス人の患者』（わたしのお気に入り）と、スウェーデン作家のスリラー（こっちは苦手）を読み終わったところだった。互いに気をつかい合い、礼儀正しすぎるほどだった。彼の憎まれ口や、気難しさが懐かしかった――それがないと、どうしても振り払えない不吉な気配が、なおさら覆いかぶさってくるように感じた。

ネイサンはまるでなにか新種の生き物でも観察するようにわたしたち二人を見ていた。

「お二人さん、けんかでもしたの？」ある日、わたしがキッチンで食料品を袋から出していると、彼がそう訊いた。

「向こうに訊いてよ」わたしは言った。

「あいつもまさに同じことを言ってたよ」

彼はわたしを横目で見て、ウィルの薬品棚の鍵を開けにバスルームに消えた。

その一方で、マイケル・ロウラーの訪問から三日後、我慢できなくなったわたしはトレイナー夫人に電話をかけた。彼女の家以外のどこかで会えないか、と尋ね、お城の敷地に開店した小さなカフェで待ち合わせる約束をした。皮肉なことにわたしから仕事を取り上げた、まさにそのカフェだった。

そこは《バタード・バンズ》よりもずっと洒落た店だった——淡い色のオーク材の内装で白い木製のテーブルと椅子が並んでいる。ちゃんとした野菜がたっぷり入った自家製のスープや綺麗に飾ったケーキを出していた。そして普通のコーヒーはなくて、ラテかカプチーノかマキアートしかなかった。建設作業員も、美容院に勤める女の子もいなかった。わたしは紅茶をちびちびと飲みながらそこに座り、タンポポ夫人のことを考えた。あの人だったらここに座って午前中いっぱい新聞を読もうという気になるだろうか。

「ルイーザ、遅れてごめんなさい」カミラ・トレイナーがきびきびした足取りで入ってきた。ハンドバッグを小脇に抱え、グレーのシルクのシャツと濃紺のパンツ姿だ。

わたしは思わず立ち上がりそうになる自分をおさえた。彼女と話すときは、どうしてもなにかの面接を受けているような気分になってしまう。

「裁判所で手間取ってしまったの」

「すみません。あの、お仕事から呼び出したりして。わたし、ただ……その、あまりぐずぐずしていられないと思って」

彼女は片手を上げ、ウェイトレスになにか伝えると、わたしに向かい合って座った。彼女の視線の前では、なにもかも見透かされそうな気がする。

「ウィルが家に弁護士を呼んだんです」わたしは言った。「その人が遺言作成と検認の専門家だってことを、わたし突きとめたんです」もっと穏便な会話のはじめ方を思いつけなかった。

彼女は、わたしに今まさに顔を平手打ちされたように見えた。この人はわたしからなにかいい知らせが聞けるかと思っていたのかもしれない、と気づいたときはもう遅かった。

「弁護士ですって？　確かなの？」

「インターネットで調べたんです。事務所はリージェント・ストリートです。ロンドンの」それは余分だった。「名前はマイケル・ロウラーです」

彼女はこのことを理解しようとするように、ゆっくりとまばたきした。「ウィルはこの話をあなたにした？」

「いいえ。わたしには知らせたくないようでした。わたし……名前を聞いて、調べたんです」

カプチーノが運ばれてきた。ウェイトレスがそれを彼女の前に置いたが、トレイナー夫人は気づいていないようだった。

「ほかにご注文は？」ウェイトレスの女の子が言った。

「いいえ、けっこうよ」

「本日のスペシャルでキャロット・ケーキをお出ししてるんです。お店の手作りなんですよ。美味しいバタークリームが中に……」

「**いいえ**」トレイナー夫人の声は鋭かった。「**けっこう**」

女の子は少しのあいだ、そこに立って、むっとしたことをわたしたちに見せつけると、大股で去っていった。片手にぶら下げたメモ帳がこれ見よがしに揺れた。

「すみません」わたしは言った。「重要なことはお知らせするようにって前に伺ってたので。お話ししたほうがいいのか夜中まで考えて眠れませんでした」

彼女の顔はほとんど色を失っていた。

どんな気持ちでいるかが伝わってくる。

「あの子はどうしてるの？　あなた、なにか思いついた？　外出は？」

「ウィルの気が乗らないんです」わたしはパリのこと、それからわたしがまとめたリストのことを話した。

話しているあいだずっと、わたしは彼女がわたしの先回りをし、計算し、判断を下しているのを感じた。

「どこでもいいわ」彼女はようやく言った。「費用はわたしが出します。行きたい場所がどこでもかまいません。もちろん、六か月分以上のお給料もお支払いするわ」

「それは……それはほんとうに問題じゃないんです」

わたしたちは黙ったままコーヒーを飲み干した。二人とも、もの思いに沈んでいた。こっそりと彼女を観察すると、一本の乱れもなく整えられた髪には白髪が混じり、目の周りにはわたしと同じようにくまができていた。彼女に話して、自分の中の高まっていく不安を彼女の肩に預けても、まったく気分は軽くならなかった——でもほかにどうすればよかったのだろう？　一日過ぎるたびに状況は難しくなっていく。二時を打つ時計の音で、夫人は静止状態からふいにわれに返ったようだった。

「そろそろ仕事に戻るわ。なにか……思いついたことがあったらなんでも教えてちょうだいね、ルイーザ。この話は離れじゃないところでしたほうがいいわ」

わたしは立ち上がった。「そうでした」わたしは言った。「新しい電話番号をお渡しします。引っ越したばかりなんです」彼女がペンを出そうとハンドバッグに手を伸ばしたとき、わたしは付け足した。「パトリックの家に引っ越したんです……彼なんですけど」

なぜこのニュースが彼女をそれほど驚かせたのか分からない。彼女ははっとした顔をし、それからペンをこちらによこした。

「あなたに恋人がいるとは知らなかったわ」

「お話しする必要はないかと思って」

彼女は、片手をテーブルに置いて立ち上がった。「ウィルがこの前……あなたが離れに引っ越してくるかもしれないって言っていたけれど。週末だけ」

わたしはパトリックの家の電話番号を書いた。

「ええ、でも、わたしがパトリックと住めば、みんなにとっていろいろもっと単純になるかと思って」わたしは紙切れを彼女に渡した。「でも遠くなるわけじゃありません。工業団地のすぐそばです。勤務時間には影響ありませんし、ちゃんと出勤時間も守ります」

わたしたちはそこに立っていた。トレイナー夫人は動揺していた。手を髪に走らせ、首周りの鎖に触れた。とうとう――まるでおさえきれなくなったように――口走った。「待ってくれるわけにはいかなかったの？　ほんの何週間かのことよ？」

「なんですって？」

「ウィルは……ウィルはあなたをとても気に入っていると思うの」彼女は唇を噛んだ。「このことが……これがどう作用するかわたしには分からないわ」

「待ってください。わたしが自分の彼氏の家に引っ越すべきじゃなかったっておっしゃるんですか？」

「ただ、タイミングとしては理想的ではなかったって言ってるの。ウィルの心はとても弱くなっているわ。みんなであの子の前向きな気分を保とうと努力しているの……それなのにあなたが――」

「わたしがなんですか？」ウェイトレスがわたしたちを見ているのが分かる。メモ帳が静止していた。「わたしがなんですか？　仕事以外の生活を持つなんて身のほど知らずだって？」

彼女は声を低めた。「わたしはできることをすべてやっているの、ルイーザ。この……ことを止めるために。わたしたちが立ち向かっている問題は分かっているわよね。だから、息子があなたをとても好いているという事実を踏まえて——あなたの……あなたの幸せをあの子に見せつけるのはもう少し待ってくれたらよかったのに、と言っているだけよ」

自分が耳にしていることが信じられなかった。顔が赤らんでくるのが分かる。わたしは深呼吸してから、また口を開いた。

「わたしがウィルの気持ちを傷つけるような真似をしたなんてよくおっしゃいますね。わたしなにもかもやってきたんですよ」声が裏がえる。「思いつくかぎりのことをやってきたんです。いろいろ考えて、彼を連れ出して、話をして、本を読んで、世話をして」最後の言葉は胸の奥から爆発した。「彼の後始末もしたわ。カテーテルだって交換した。わたし、彼を笑わせたんですよ。あなたがた家族がやってきたことなんかより、ずっとずっといろんなことをやってきたのに」

トレイナー夫人はじっと立ち尽くしていた。彼女は胸を張ると、腕にハンドバッグを抱えた。「この会話は終わりのようね、ミス・クラーク」

「ええ。そうですね、ミセス・トレイナー。そう思います」

彼女はうしろを向き、早足にカフェから出ていった。

ドアがバタンと叩きつけられ、わたしは自分も震えていることに気づいた。

トレイナー夫人とのやりとりがそのあと二日間、耳を離れなかった。彼女の言葉——わたしが自分の幸せを彼に見せつけている、という見解がくりかえし蘇った。わたしのすることがウィルに影響を与えるなんて思いもしなかった。わたしがパトリックと一緒に住むと決めたことに彼が賛成しないように見えたのは、わたしに特別な気持ちがあるからというよりも、パトリックを好きではないせいだと思っていた。さらに問題なのは、自分が特に幸せそうに見える気がしないことだった。

家に戻っても、このざわざわする気持ちを振り払えなかった。それは低レベルの電流のようにわたしの中を通過し、することすべてに流れこんだ。わたしはパトリックに尋ねた。

「妹に実家のわたしの部屋を明け渡さなくてよかったら、こうはならなかったのかな？」

彼はなにを馬鹿なことを、というような顔をした。身を乗りだしてわたしを引き寄せると、頭のてっぺんにキスをした。それから目線を下げた。「そのパジャマ着ないとだめなのか？　パジャマ姿はちょっとなあ」

「楽なんだもん」

「うちの母親が着てそうだよ」

「あなたが喜ぶからって、毎晩、コルセットとガーターなんてつけないわよ。それに質問に答えてない」

「どうかな。たぶんね。こうなったんじゃないか」

「でも、そういう話はしてなかったよね？」

「ルー、たいていは、そうしたほうが合理的だから一緒に住むんだぜ。誰かを好きになって、かつ金とか実際面でも利点があるって判断するのはありだろ」

「ただ……わたしのせいでこうなったと思ってほしくなくて。わたしが無理にこうさせたと思うのは嫌なの」

彼はため息をつき、ごろりと転がって仰向けになった。「女ってなんでおんなじことを何度もくりかえして問題にしちまうんだ？　俺は君が好きで、君は俺が好きで、付き合ってもう七年になる。そして君の実家には部屋が足りなくなった。実際はすごく単純なことじゃないか」

でも単純な気がしなかった。

まるで、自分が先を思い描く余地もない人生を送っているような気分だった。

その金曜日は一日中、雨だった――温かく重いその帳《とばり》が、まるで熱帯にいるかのようにわたしたちを包み、雨どいがうがいのような音を立て、植え込みの花々の茎は、懇願するように弓なりに垂れさがった。ウィルは散歩に連れていってもらえなかった犬のように、窓の外を見つめていた。ビニール袋を頭の上に広げたネイサンが来て、帰っていった。ウィルはペンギンについてのドキュメンタリー番組を観たあと、パソコンを起動し、わたしは自分の仕事をして、お互いに話をしないですむようにした。二人とも相手に対して居心地悪い思いをしているのがひしひしと感じられた。ずっと同じ部屋にいるせいでその気分はさらにひどくなった。

わたしはとうとう、掃除がもたらす慰めというものが理解できるようになった。モップをかけ、窓を拭き、掛け布団のカバーを交換する。わたしはくるくると動きつづけた。わたしの目を逃れる埃はなく、警察の鑑識並みの入念さでテーブルに残ったお茶の輪染みを拭いた。キッチンペーパーにお酢を染みこませてバスルームの蛇口についた石灰かすを取っているとき（ママゆずりのワザだ）、背中でウィルの車椅子の音が聞こえた。

「なにしてるんだ？」

わたしはバスタブの上に低くかがんでいた。振りかえらないまま言った。「蛇口にこびりついた石灰を取ってるの」

彼がこちらを見つめているのが分かる。

「もう一回言ってくれ」彼は一呼吸おいて言った。

「え？」

「もう一回言うんだ」

わたしは背を伸ばした。「どうしたの、耳が聞こえなくなったの？　蛇口の石灰を取ってるんだってば」

「違う、言ってることを自分自身で聞いてほしかっただけだ。クラーク、うちの蛇口の水垢《みずあか》を掃除する意味なんかない。母は気づかないし、僕は気にしない。そのせいでバスルームがフィッシュアンドチップスの店みたいな匂いになってるじゃないか。もう一つ、僕は外出したい」

わたしは顔にかかったほつれた髪を撫でつけた。言われてみればそのとおりだ。巨大なタラのフライにかかったビネガーの匂いが空気の中に間違いなく漂っている。

「来いよ。やっと雨が止んだんだ。さっき父と話したんだが、五時を回って、観光客がいなくなったら城の鍵を貸してくれるって言ってる」

お城の敷地を歩きながら、よそよそしい会話をしなければならないことを思うと、それほど気が進まなかった。でも、離れから外に出るのはいいかもしれない。

「分かったわ。五分だけいい？　手についたお酢の臭いが取れるかやってみるから」


わたしのような育ち方と、ウィルのような育ち方の差は、彼がそこはかとなく漂わせている特権意識に表れる。彼のような育ち方をし、裕福な両親のもとで立派な家に住み、いい学校に通い、高級なレストランに行くのがあたりまえだったら、たぶん、いいことは起こって当然だし、自分は世の中で上の立場にいるものと自然に思うようになるのだろう。

子供時代はずっと、誰もいない城に逃げこんでばかりいたよ、とウィルは言った。彼がなにも触らないことを信用して、彼の父はウィルに自由に城を歩き回らせてくれた。五時三十分を過ぎて最後の観光客が帰り、庭師たちが剪定《せんてい》や掃除をはじめ、清掃員たちがゴミ箱のゴミを空け、空っぽのジュースのカートンや土産物のトフィー・ファッジの箱を掃き集めるころ、そこは彼だけの遊び場になった。彼が話すのを聞きながら、もしトリーナとわたしがお城で、しかも二人だけでそんなふうに好き勝手をしていいと言われたら、信じられなくてガッツポーズを作り、有頂天で跳ね回っただろうと思った。

「女の子に生まれてはじめてキスしたのは、跳ね橋の前だった」二人で砂利道を進みながら、彼は速度をゆるめてそちらの方向を見た。

「その子に、ここはあなたのお城だって言った？」

「いいや。そう言えばよかったかもな。その一週間後、彼女は僕を捨てて、ミニマートで働いてた奴のところに走ったからね」

わたしは振りかえり、驚いて彼を見つめた。「まさかテリー・ローランズ？　黒い髪をうしろに撫でつけて、両肘までずっとタトゥーをしてる？」

彼は片眉を上げた。「そいつだ」

「あの人、今もあそこで働いてるのよ。ミニマートで。気休めになるか分からないけど」

「僕の今の身の上をあいつが羨《うらや》ましがるとは思いにくいけどな」ウィルは言い、わたしはまた黙りこんだ。

こんなふうに静かなお城を眺めるのは不思議だった。時折、遠くに見かける庭師のほかは、わたしたち二人きりだった。観光客を見たり、彼らのアクセントや珍しい生態に気をとられる代わりに、わたしはたぶんはじめてお城そのものを見ていた。その歴史の一端が心に沁《し》みわたる。硬い燧《すい》石《せき》造りの城壁はもう八百年以上もそこに立っている。そこで人々が生まれ、死に、幸福に胸をふくらませ、あるいは悲しみに胸破れる思いをした。今、静寂の中にいると、彼らの声、小道を行く彼らの足音が聞こえるようだった。

「オーケー。告白タイムよ」わたしは言った。「ここを歩き回りながら、こっそり騎士の真似をしたことある?」

ウィルが横目でわたしを見た。「正直に言うのか?」

「もちろん」

「あるよ。一度なんか、大広間の壁にかかってる剣を一本借りたこともある。ものすごく重くてね。持ち上げて台に戻せなくなるんじゃないかと思って焦ったのを覚えてるよ」

わたしたちは丘のなだらかな頂上に着いた。ここ、濠《ほり》の正面からは、かつて境界線を示していた崩れかけた城壁まで続く広い草地を見下ろせる。

その向こうには町があり、ネオンサインに車の列、小さな町のラッシュアワーを知らせる喧騒があった。ここは、小鳥のさえずりとウィルの車椅子の低くうなる音が聞こえるだけだ。

彼は少しのあいだ車椅子を止め、向きを変えて城の敷地を見下ろした。「僕らが一度も出会わなかったのは不思議だな」彼は言った。「僕が子供のころって意味だけど。きっとどこかですれちがってはいたはずなのに」

「そうかしら? わたしたち行動範囲が重なってたとは言えないんじゃない? それにすれちがったとしてもわたしは乳母車の赤ちゃんだったもの、あなたは剣を振り回してたでしょうけど」

「ああ、そうだった——君に比べれば、僕はよぼよぼの年寄りだったな」

「八歳差があれば、どうみたって〝年上の男性〟と言っておかしくないでしょ」わたしは言った。「十代のころだって、うちの父は年上の男性と出かけるなんて絶対に許してくれなかったわ」

「その男が自分の城を持っていても？」

「ああ、それなら話は別ね、もちろん」

歩き回ると芝生の甘い香りが立ちのぼってきた。ウィルの車椅子の車輪が、小道の透明な水たまりを通るときに耳障りな音を立てた。わたしはほっとしていた。会話は以前どおりとはいかなかったが、たぶんそれはしかたがないことだろう。トレイナー夫人の言うように、ほかの人々の人生が前に進んでいくのを見ているのは、ウィルにとって辛いことに決まっている。わたしは自分の行動がどんなふうに彼の生活に影響を与えるか、もっとよく考えるようにしよう、と心に刻んだ。もう腹を立てているのは嫌だった。

「迷路に行こう。ずっと行ってないんだ」

わたしは考えごとから引き戻された。「ああ、ううん、それはやめとく」わたしは周囲に目をやり、自分たちがいる場所に気づいた。

「なんだ、迷うのが怖いのか？　やってみろよ、クラーク。自分への挑戦だ。入るときの道順を覚えていて、それを逆に戻って出てこられるかどうか、ほら。時間を計っててやるよ。昔、よくやったんだ」

わたしは家のほうをちらりと振りかえった。「ほんとにやりたくないの」そのことを考えただけでも、胃がきりきりするようだった。

「ああ、また安全第一か」

「そうじゃないけど」

「いいよ別に。それじゃ、またつまらん散歩をして、つまらん離れに戻るとするか」

彼が軽口をたたいているのは分かっていた。でも彼の声の調子のなにかが、胸にひどくこたえた。バスでディアドレに会ったこと、姉妹の一人が後に残ってほんとによかった、と彼女が言ったことを思い出した。わたしの人生はこれからもちっぽけで、わたしの野心は取るに足りない。

わたしは迷路のほうに視線をやり、暗く密に茂ったセイヨウツゲの生垣を見た。くだらない。たぶん、わたしは何年も愚かしい振る舞いをしてきたのだろう。結局、すべて終わったことなのだ。わたしは前に進んでいるのだから。

「曲がる角を覚えておいて、出てくるときに逆に曲がればいいだけだよ。見かけほど難しくはない、ほんとに」

わたしはそれについて考えてしまう前に、小道に彼を残し、深呼吸をして、〝お子様は必ず保護者の方とお入りください〟という注意書きを通りすぎ、まだ雨のしずくが光っている暗く湿った生垣のあいだに、大股でどんどん入っていった。

なんでもない、なんでもない。わたしはいつのまにか小声でつぶやいていた。**ただ古い生垣がたくさんあるだけじゃないの**。わたしは右に曲がり、それから左に曲がって生垣がとぎれているあいだを入った。また右に、そして左に曲がり、前に進みながら、頭の中で来た道を逆にくりかえす。**右、左、生垣の隙間、右、左**。

心臓の鼓動が少し速くなり、耳元で脈うつ音が聞こえた。ウィルが生垣の向こうで時計を見下ろしているところを、必死で思い浮かべようとした。ただのくだらないテストじゃないの。わたしはもう、あんななにも知らない若い娘じゃない。もう二十七歳だもの。恋人と同棲だってしてる。責任のある仕事もある。わたしは昔のわたしじゃない。

わたしは曲がり、まっすぐに進み、また曲がった。

そしてそのとき、ほとんど不意打ちのように、パニックが苦い胃液のようにこみ上げてきた。生垣の端を、男がさっと通ったのが見えた気がした。ただの想像だ、と自分に言いきかせはしたけれど、そうやって自分をなだめているうちに、来た道を逆にたどる道順を忘れてしまった。右。左。隙間。右。右だっけ？　そこは逆だったかしら？　息が喉につまる。無理やり前に進み、気がつくと完全に方向を見失っていた。わたしは立ち止まり、あたりを見回して影の伸びる方向から西がどちらか判断しようとした。

そうやってそこに立っていると、自分にはできないということが、身に迫ってきた。ここにはいられない。わたしは急に向きを変え、南だと思う方向に歩きはじめた。出られるわよ。もう二十七歳なんだから。大丈夫。でもそのとき、わたしは彼らの声を聞いた。はやしたて、からかうような笑い声。彼らが、生垣の隙間を素早く出たり入ったりするのが見える。わたしは酔っぱらいのようにハイヒールの下で足元が揺らぐのを感じ、つかまろうとして生垣の容赦のない棘の上に倒れかかった。

「もう外に出たい」わたしは彼らに言った。その言葉はろれつが回らず危うげだった。「もうたくさん」

するると誰もいなくなった。迷路は静まりかえり、ただ遠くのささやきが聞こえるだけ。それは生垣の反対側にいる彼らだったかもしれないし――風に吹き散らされる木々の葉だったかもしれない。

「もう外に出たいの」わたしは言った。わたしの声は自分にさえ頼りなく聞こえた。わたしは空を見上げ、星がちりばめられた頭上のその広大な黒い空間に、わずかによろめいた。そして、誰かに腰をつかまえられて飛び上がった――あの黒髪の男だ。南米に行ったことのある男。

「まだ帰らせないよ」彼は言った。「ゲームがつまらなくなるじゃないか」

そのとき、腰にかかった彼の手の感触だけで、わたしには分かった。なにか均衡《きんこう》のようなものが崩れ、理性のたがが外れようとしていることが。そしてそれに気づいたことを相手に悟られまいと、わたしは笑い、彼の手をふざけないでよ、と押しやった。彼が大声で仲間を呼ぶのが聞こえた。そしてわたしは彼を振り払い、いきなり出口に向かって走りだそうとした。わたしの足は、濡れた芝生にめりこんだ。自分を取り囲む彼らの声が聞こえる。荒らげた声、姿は見えない。恐怖で息がつまる。背の高い生垣はざわめきつづけ、こちらに傾いてくる。わたしはひたすら走り、必死で角を曲がり、つまずきながら、空き地にさっと飛びこみ、彼らの声から逃がれようとした。でも出口は現れなかった。曲がっても曲がっても、ただ、また別の生垣が広がり、別の嘲る声が聞こえるだけだった。

つんのめるようにしてひらけた場所に出ると、自由はすぐそこだと、一瞬、心が高揚した。でもそのとき、自分がまた迷路の中心に、出発点に戻っていることに気づいた。彼ら全員がそこに立っているのを見て、わたしはよろめいた。みんなずっとただそこでわたしを待っていたみたいだった。

「ほら見ろ」一人が言い、その手がわたしの腕をつかんだ。「この子もその気なんだって言っただろ。おいで、ルールー。キスしてくれたら出口を教えてやるよ」彼の声はとろんとして、間延びしていた。

「全員にキスしてくれたら、みんなで出口を教えてやるよ」

彼らの顔がぼやけた。

「ただ……わたしただ――」

「ほらほら、ルー。俺のこと好きなんだろ？　一晩中、俺の膝に座ってたくせに。キス一回だけだよ。それくらいたいしたことないよな？」

忍び笑いが聞こえた。

「そしたら出口を教えてくれる？」わたしの声は、自分の耳にさえみじめったらしく聞こえた。

「一回だけ」彼が近づいてくる。

自分の口にかぶさる彼の口、太腿を握りしめる手。

彼が身体を離し、わたしは彼の息づかいが変わったのを聞いた。「次はジェイクだ」

そのとき自分がなんと言ったか分からない。誰かがわたしの腕を押さえた。笑い声が聞こえ、手が髪をまさぐり、別の口が口を覆う。しつこく、ずうずうしく、そして――。

「**ウィル……**」

わたしはしゃがみこんで、すすり泣きはじめた。「**ウィル**」と何度も何度も彼の名を呼んだ。張り裂けるような声が胸のどこかからこみ上げてきた。そして、遠く、生垣の向こうに彼の声がした。

「ルイーザ？　ルイーザ。どこだ？　どうしたんだ？」

わたしは生垣の下のできるだけ隅にもぐりこんでいた。涙で目が曇り、腕で身体を固く抱きしめる。わたしは出られない。わたしはここに永久に留《とど》まったままだ。誰もわたしを見つけてくれない。

「ウィル……」

「どこだ――？」

そして彼が現れた。わたしの前に。

「ごめんなさい」わたしは言い、くしゃくしゃの顔を上げた。「ごめんなさい。わたし……無理」

彼は数インチ、腕を上げた。それが彼のせいいっぱいだった。「いったい、どうしたんだ――？　こっちへ来い、クラーク」彼は前に進み、じれったそうに自分の腕を見下ろした。

「くそ、この役立たずめ……大丈夫だ。息をして。ここにおいで。ただ息をするんだ。ゆっくり」

わたしは目を拭いた。彼を見たら、パニックは収まってきた。わたしはよろけながら立ち上がり、平静な顔に戻ろうとした。「ごめんなさい。わたし……どうしちゃったんだろう」

「閉所恐怖症なのか？」わたしから数インチのところにある彼の顔は、心配そうだった。

「入りたくないのは分かってた。僕はただ……僕が思ったのは、君がただ――」

わたしは目を閉じた。「もう帰りたいの」

「手につかまれ。出よう」

彼は数分でわたしをそこから連れ出してくれた。自分は迷路の逆向きの道順を知っているから、と一緒に進みながら彼はわたしに言った。その声は落ち着いていて、心強かった。子供のころ、通りぬける方法を覚えるのは彼にとっての冒険だった。わたしは指を彼の指にからめ、彼の手の温《ぬく》もりに安らぎのようなものを感じた。ずっと自分がいたのがこんなに入口に近いところだと知ったときは、馬鹿馬鹿しくなった。

わたしは迷路のすぐ外のベンチに座り、彼の車椅子のうしろをひっかき回してティッシュを探した。わたしたちは黙ってそこに座っていた。わたしはベンチの端、彼はその隣で、二人でわたしのしゃっくりが収まるのを待った。

彼は座ったまま、こちらを横目で盗み見た。

「それで……？」ようやく、また取り乱さないで話ができそうに見えたのだろう。彼が言った。「どういうことか話してくれるか？」

わたしはティッシュを手の中で握りしめた。「無理」

彼は口を閉じた。

わたしはつばを飲みこんだ。「あなたが悪いんじゃないの」わたしは急いで言った。「誰にも話したことなくって……それって……馬鹿だったの。それにずっと昔のことだし。わたし、思ってなかった……こんな……」

自分を見る彼の目を感じ、見ないでくれればいいのに、と願った。両手の震えが止まらず、胃が百万ものしこりの塊でできている気がした。

わたしはかぶりを振り、なにも話せることはないと彼に伝えようとした。また彼の手を取りたかったが、できそうもなかった。彼の視線が刺さるようで、言葉にならない問いが耳に聞こえるようだった。

眼下で、二台の車が門のそばに停まった。二人の人影が降りてきて——ここからは誰か見分けるのは不可能だ——抱き合った。彼らは数分間、そこに立ち、たぶん話をし、それぞれの車に戻って、反対方向に走り去った。わたしは二人を見つめていたが、考えることはできなかった。心が凍りついていた。なにについてなにを言えばいいのか、もう分からなかった。

「よし。じゃあこうしよう」彼は、やっと言った。振り向くと、彼はわたしを見ていなかった。「誰にも話したことのない話を君にするよ。いいね?」

「いいわ」わたしは両手でティッシュをボールのように握りしめて、待った。

彼は深呼吸した。

「僕は、これが将来、どんなふうになっていくのか、ものすごく怖い」彼はその言葉が二人のあいだに染みこむのを待ち、また低い、落ち着いた声で続けた。「たいていの人間は、僕のような人生は、起こりうることの中でほぼ最悪のことだと思ってる。それは僕も知っている。でも、それがさらに悪くなる可能性もあるんだ。僕は自分で息ができなくなり、話もできなくなるかもしれない。血流に問題が起きて、手足を切断することになるかもしれない。永久に病院から出られなくなるかもしれない。今だってたいした人生じゃないよ、クラーク。だが、この状態がこれからどれだけ悪化していくか考えると——ベッドに横になったまま、ほんとうに息ができなくなる夜もあるんだ」

彼は息を吸いこんだ。「そして、分かるか？　誰もそういう話を聞きたがらないんだ。誰かが怯《おび》えているとか、苦しんでいるとか、たまたまかかったつまらん感染症で死ぬことを恐れている話なんて、聞きたい奴はいないんだ。二度とセックスすることもなく、自分の手で作った食事を食べることも、自分の子供を抱くこともないと分かっているのが、どういう気がするものか知りたいなんて人間はいないんだよ。僕がこの車椅子に座りながら閉所恐怖でどうしようもなくなることも、また今日もそこに座るのかと思うと、ただ正気を失ったように叫びたくなることも、誰も知りたくない。僕の母は神経の糸が切れる寸前で、僕がまだ父を愛していることを許してくれない。妹は、またしても僕のせいで自分の影が薄くなったと思って僕を恨《うら》んでいる。おまけに、この怪我のせいで、あいつは僕をまともに嫌うこともできないんだ。子供のころはずっと嫌ってたけどね。父はただすべてが終わってほしいと願ってる。そもそも、みんな、ものごとの明るい面を見たいんだ。みんなが僕に明るい面を見てほしがっている」

彼は息をついだ。「みんな、明るい面が**ある**と信じることが必要なんだ」

わたしは暗闇に向かってまばたきした。「わたしも同じ?」わたしはそっと言った。

「君は、クラーク」彼は両手を見下ろしながら言った。「僕がこんな姿になってから、はじめて話ができるような気がした唯一の人間だよ」

だから、わたしは彼に話した。

わたしは彼の手を取った。わたしを迷路から連れ出してくれたその手だ。そして足元にまっすぐ視線を落として、深呼吸し、その晩のことをすっかり話した。どんなふうに男たちがわたしをあざ笑い、酔っぱらってフラフラだと言ってからかい、そしてどんなふうにわたしが気を失ったか。あとになって、それはかえってよかったかもしれない、あいつらにされたことをなにも覚えていないんだから、と妹に言われたこと、けれど記憶のないその三十分間が、そのときからずっとわたしを苦しめつづけていること。分かるだろうか。わたしは自分でその空白を埋めてしまうのだ。彼らの笑い声、彼らの身体、彼らの言葉でその時間を満たしてしまう。そしてわたし自身の屈辱で。町の外に出るたびにどんなふうに彼らの顔を見てしまうかを彼に話した。パトリックとママとパパがいるこぢんまりしたこの生活が、それなりの問題や欠点はあっても、わたしにはちょうどいいのだということを話した。三人がいればわたしは安全な気がするから。

話し終えたころには、空は暗くなり、わたしたちの居場所を心配するメッセージが、携帯電話に十四通も届いていた。

「君が悪かったんじゃないと僕に言ってもらいたくないんだろ」ウィルは静かに言った。

わたしたちの頭上で、空は果てしなくどこまでも広がっている。

わたしはハンカチを手の中でねじった。「そうね。ええ。まだわたし……自分の責任だと思ってるし。注目を集めたくて飲みすぎたんだもの。ほんと軽率だった。わたし――」

「違うな。悪いのはそいつらだ」

その言葉を口に出してわたしに言ってくれた人は今まで誰もいなかった。トリーナの同情した表情でさえ、言葉に出さない非難がどこかに混じっていた。**まあね、酔っぱらって男とふざけてたら、どうなるか……。**

彼の指がわたしの指を握りしめた。かすかな動きだったが、それはたしかに感じられた。

「ルイーザ。君が悪いんじゃない」

そして、わたしは泣いた。今度はすすり泣きではなかった。涙が静かにこぼれ落ち、涙ではない別のなにかがわたしから去っていこうとしていることを教えた。罪悪感。恐怖。いまだに表現する言葉を見つけられないなにかが。わたしは頭をそっと彼の肩にもたせかけ、彼は頭を傾けてわたしの頭にぴったりと寄せた。

「さて。僕の言うことを聞いてくれるか？」

わたしはつぶやくようにイエスと言った。

「それじゃ、いいことを言うからな」彼は言い、そしてわたしがちゃんと聞いているか確かめるように一呼吸おいた。「過ちによっては……ほかのものよりも重大な結果をもたらすことはある。でも、その晩のできごとで、自分がどういう人間かを決めつけてはいけない」

わたしの頭に寄りかかる彼の頭の重み。

「クラーク、君にはそれをしないという選択肢があるんだ」

そのときわたしがついたため息は長く、震えていた。わたしたちは黙ってそこに座り、彼の言葉が沁みとおっていくのにまかせた。そこに一晩じゅうでも座っていられただろう。世界を見下ろし、ウィルの頭の温もりを自分の頭に感じ、自分の最悪の部分がゆっくりと薄れていこうとしているのを感じながら。

「そろそろ帰るか」とうとう彼が言った。「捜索隊が招集される前に」

わたしは少し残念に思いながら彼の手を離して立ち上がった。肌に当たる風が涼しい。そして、ほとんどうっとりとしながら、両腕を頭上高く差しのべ、伸びをした。指を夜の空気の中にまっすぐに伸ばし、何週間、何か月、もしかすると何年もの緊張が、わずかにゆるんでいくのとともに、深い吐息をついた。

眼下に、町の明かりがまたたいていた。暗い田園地帯に浮かぶ光の輪を、わたしたちは見下ろした。わたしは彼を振りかえった。「ウィル？」

「うん？」

薄闇の中で彼の顔はほとんど見えなかった。でも、彼がこちらを見ているのは分かった。

「ありがとう。わたしを見つけにきてくれて、ありがとう」

彼は首を振ると、車椅子を小道のほうに向けた。

18

「ですから、ディズニーランドがよろしいですよ」

「言ったでしょ、テーマパークはだめだって」

「そうはおっしゃいますけど、なにもジェットコースターとくるくる回るティーカップしかないわけじゃないんですよ。フロリダには映画スタジオも科学センターもありますし。実のところかなり教育的なんです」

「三十五歳の元会社社長に教育は必要ないと思うけど」

「どっちを向いても身障者用のトイレだらけで。それに、スタッフが信じられないほど親切です。まず困ることはありません」

「次には身障者用のライドもあるとか言い出すんじゃないの？」

「ライドはみなさんお乗りになれます。クラークさん、フロリダになさったらいかがです？もし気に入らなければシーワールドに行かれたら。気候もよろしいですよ」

「ウィル対シャチの闘いなら、こてんぱんにやられるのはどっちかもう見えてるわ」

相手は聞いていないようだった。「それに、あの会社は障害に理解のあることではトップクラスの企業なんです。ほら、死にかけてる人たちのためのメイク・ア・ウィッシュ財団（アリゾナにある難病と闘う子供たちの夢をかなえる組織）みたいなのがあちらにはたくさんありますでしょう？」

「彼は**死にかけてません**」ウィルが入ってきたので、旅行会社の担当者が話している途中で電話を切った。あわてて受話器をフックに戻そうとし、メモ帳をぴしゃりと閉じる。

「どうかしたか？　クラーク」

「なんでもない」わたしは明るく微笑んだ。

「それはよかった。よそゆきのドレスは持ってるか？」

「え？」

「土曜日の予定は？」

彼は期待をこめて待っている。わたしの頭はまだシャチ対旅行会社の担当者の死闘から立ち直っていなかった。

「ええと……ないわ。パトリックは一日中トレーニングでいないし。なぜ？」

それを言う前に彼はほんの数秒、黙りこんだ。わたしが驚くのが楽しみだというように。

「二人で結婚式に行くからさ」

後になっても、なぜアリシアとルパートの結婚式についてウィルの気が変わったのかはっきりとは分からなかった。たぶん、その決断には、生まれつきのへそまがりの性格がかなり影響していたのだとにらんでいる——誰も彼が来るとは予想していないし、一番予想していないのはおそらくアリシアとルパートの当人たちだ。最後の幕引きという意味もあるかもしれない。でも、わたしの見たところ、この二か月で、彼女には彼を傷つける力はもうなくなっていた。

わたしたちは、ネイサンの助けを借りなくてもなんとかなる、と考えた。わたしは屋外パーティの会場がウィルの車椅子にも対応しているか確かめるために電話をかけた。わたしたちがほんとうに招待を辞退しないらしいと知ったアリシアがあまりにうろたえた声を出したので、彼女が送ってきたエンボス加工の招待状はやっぱり体裁をつくろうためだけだったのだと判明した。

「ええと……その……会場に入るところにとても小さい段差はあるけど、設営する人たちが傾斜板も付けられるって言ってたような……」

「それは助かります。ありがとうございます」わたしは言った。「では当日に」

わたしたちはインターネットで結婚のお祝いを選んだ。ウィルは百二十ポンドの銀のフォトフレームと、もう一つ、彼が言うところの〝悪趣味そのもの〟な花瓶を六十ポンドで買った。そんな大金を、ほんとうは好きでもない誰かのために使うなんて、わたしには衝撃だったけれど、トレイナー家に雇われて数週間で、この家ではお金に関する考え方が違うことに気づきつつあった。彼らは考えもしないで四桁の数字の小切手を書く。ウィルの銀行取引明細書を一度、見たことがある。彼に見せるためにキッチンのテーブルに置いてあったのだ。そこにはわたしの実家を二回買っても余るくらいのお金が入っていた——しかもそれは当座預金だけだった。

わたしはあの赤いドレスを着ることにした——一つにはウィルがそれを気に入っているのを知っていたからだったけれど（そして今日の電話で、彼にはどんなものでも気分が上がるものを総動員する必要がありそうだと思ったし）——でも、それ以外にそんな集まりに着ていく勇気が出そうなドレスをほかに持っていなかったからだった。上流階級の結婚式に、まして〝ヘルパー〟として行くなんて考えると怖くてしかたがないのに、ウィルはそこをまったく理解してくれなかった。人々の騒々しい声や、わたしたちに向けられる品定めするような視線のことを思うたびに、パトリックがぐるぐる走っているのを眺めてその日を過ごすほうがましな気がした。たぶん、そんなことを気にやむなんて、人間ができていないのだと思うけど、どうしようもなかった。わたしたち二人を見下すゲストたちのことを考えると、今から胃がきゅっと縮まってしまう。

ウィルには黙っていたが、彼のことを思うと心配でしかたなかった。別れた恋人の結婚式に行くなんて、たとえ絶好調なときだって自虐的だと思うのに、大勢が集まる場に出て、そこには昔の友人や同僚がいっぱいで、そのうえ彼女がかつての友人と結婚するところを見守るなんて、うつな気分へまっしぐらなルートとしか思えなかった。出発の前日にそのことをそれとなく伝えようとしたが、彼は耳を貸さなかった。

「クラーク、僕が心配してないんだから、君が心配する必要はないと思うね」彼は言った。

わたしはトリーナに電話して訴えた。

「車椅子に炭疽《たんそ》菌か爆薬がしかけられてないか見ときなさいよ」彼女が言ったのはそれだけだった。

「家からこんなに離れた場所に連れてくのははじめてなのに、きっとひどいことになっちゃう」

「もしかしたら、彼、死ぬよりも悪いことはあるって自分に思い出させたいだけじゃないの？」

「なによそれ」

トリーナは半分しか電話に集中していなかった。〝未来のビジネスリーダー候補生〟のための一週間の合宿コースの準備をしているのだ。そのあいだはママとわたしがトーマスの面倒をみなくてはならない。絶対すごいわよ、と彼女は言った。ビジネス界のトップの名前もいくつかそこに連なることになっている。指導教官の推薦で、彼女だけが学科全体でただ一人、講座料を免除されることになった。話しながら、トリーナがパソコンでなにかしているらしいのが分かった。指がキーボードを叩く音が聞こえる。

「よかったじゃん」わたしは言った。

「オックスフォードのカレッジでやるのよ。専門学校《ポリテクニック》から昇格した大学なんかじゃないの。本物の〝夢の尖塔《せんとう》〟のオックスフォードよ」

「すごい」

彼女は一瞬、黙った。「彼、自殺をたくらんでないよね？」

「ウィル？　いつもと同じよ」

「そう、進歩じゃない」わたしのメールの着信音がした。

「もう切らなきゃ、トリーナ」

「分かった。楽しんできて。あ、あの赤いドレスは着ないでね。胸の谷間が丸見えだから」


結婚式の朝は、わたしがひそかに確信していたように、爽やかな晴天で幕を開けた。アリシアのような女性はなんでも思いどおりになるように決まっているのだ。たぶん誰かが天気の神様に口をきいてくれたのだろう。

わたしがそう言うと、「ずいぶんな皮肉だな、クラーク」ウィルは答えた。

「まあね、先生がいいからね」

家を九時前に出られるように、ネイサンが早めに来てウィルの支度をした。車で二時間の道のりで、わたしは途中、休憩を何回か挟み、できるだけ整った施設を利用できるように、丹念にルートを計画していた。わたしはバスルームで着替え、剃ったばかりの脚にストッキングをはき、化粧をしたが、そのあとでお上品なゲストたちにコールガールみたいだと思われるのが心配になってふき取った。襟元にスカーフを巻きはしなかったけれど、肩掛けは持っていくことにした。もし胸の開きが気になったら羽織ればいい。

「どう、悪くないだろ？」ネイサンが一歩下がると、そこにはダークスーツを着、ヤグルマギクのような青のシャツにネクタイを締めたウィルがいた。きちんと髭を剃り、顔はかすかに日焼けしている。そのシャツのおかげで彼の目はいっそう鮮やかに見えた。にわかに太陽のきらめきを宿したように。

「悪くないじゃない」わたしは言った――おかしなことに、彼がどんなに素敵に見えるか、声に出して言いたくなかった。「とりあえず、彼女、あの口ばっかりのラードの塊と結婚するのを後悔するわね、間違いなく」

ウィルは目を天井のほうに向けた。「ネイサン、全部バッグに入ってるな?」

「ああ。準備完了、出発進行だ」彼はウィルのほうを向いた。「花嫁の介添えの女の子たちにおイタしちゃだめだぞ」

「そんなのありえないでしょ」わたしは言った。「みんなアップルパイの縁みたいな襟のブラウスを着て馬の臭いがするんだから」

ウィルの両親が見送りに出てきた。けんかでもしたところなのかしら、とわたしは思った。それより離れたら隣の州にでも行ってしまいそうなほど、トレイナー夫人が夫と思いきり距離をおいていたからだ。ウィルを乗せるためにわたしが車をバックしたときも、しっかりと腕を組んだままだった。

「息子にあまりお酒を飲ませすぎないでね、ルイーザ」目に見えない糸屑をウィルの肩から払いながら彼女は言った。

「なぜ?」ウィルが言った。「僕は運転しないよ」

「いや、まったくだ、ウィル」父親が言った。「結婚式なんてものは、うまくて強い酒を一杯か二杯ひっかけなきゃやりすごせないものな」

「ご自分の結婚式もね」トレイナー夫人はつぶやき、もっと聞こえるように付け加えた。「とても素敵よ、ウィル」ひざまずき、ウィルのズボンの裾を整える。「ほんとうにとっても素敵」

「君もね」運転席から降りるわたしを見ながら、トレイナー氏がうなずきながら言った。「実に目を惹くよ。ほら、回って見せてごらん、ルイーザ」

ウィルが車椅子の向きを変えた。「そんな時間はないんだ、お父さん。クラーク、もう出よう。花嫁に遅れて車椅子で入っていくのは不作法だ」

わたしはほっとしてまた車に乗りこんだ。ウィルの車椅子を後部に固定し、しわにならないように彼のスマートなジャケットを助手席にきちんとかけ、わたしたちは出発した。


アリシアの両親の屋敷がどんなふうか、そこに着く前からきっと言い当てられたと思う。実際、あまりに想像していたとおりで、わたしは車の速度をゆるめながら笑いだし、ウィルにどうしたのかと訊かれたほどだった。大きなジョージ王朝時代の司祭館で、背の高い窓を半ば隠すように淡い色の藤が垂れさがり、車回しにはキャラメル色の細かい砂利が敷かれていた。いかにも大佐が住んでいそうな家だ。そこで育ってきたアリシアが目に浮かんだ。ブロンドを二本のきっちりしたおさげに結い、芝生の上ではじめてもらった丸々としたポニーにまたがっている姿が。

反射ベストを着た二人の男が車を屋敷と並びの教会のあいだの空き地に誘導していた。わたしは窓を下げた。「教会の横に駐車場はありますか?」

「ゲストはこちらです、マダム」

「あの、わたしたち車椅子なの。ここの芝生だと沈んじゃうのよ。見て、あそこに行くわ」

二人は顔を見合わせ、こそこそと話していた。ほかになにか言いだす前に、わたしは車を動かし、教会の横のひっこんだ場所に停めた。**さあはじまるわよ**、わたしは自分に言いきかせ、エンジンを切りながらバックミラーに映ったウィルの目を見つめた。

「肩の力を抜けって、クラーク。大丈夫だから」彼は言った。

「肩の力は抜けてるわよ。なんで抜けてないって思うの?」

「君はあきれるほど考えてることが見え見えだからね。それに運転しながら爪を四本分噛み切ってたし」

わたしは駐車した車から降り、身体に巻いた肩掛けを直して、傾斜板を下げるコントローラーをかちりと押した。「オーライ」ウィルの車輪が地面に着くと、わたしは言った。道の反対側の草地では、人々が巨大なドイツ車から降りてくるところだった。フクシアの花のような濃いピンク色のドレスをまとった女性たちが、ヒールを芝生に食いこませながら、それぞれの夫になにかつぶやいている。夫たちはみな脚が長く、薄い落ち着いた色合いのスーツ姿ですらりと立っている。わたしは自分の髪をいじり、口紅が濃すぎたかしらと不安になった。搾るとケチャップが出てくるプラスチック製のトマトみたいに見えたらどうしよう。

「それで……今日の作戦は？」

　ウィルがわたしの視線をなぞった。「正直に言うのか？」

「もちろん。わたしは知っとかないと。お願いだからイラク戦争もどきの〝衝撃と畏怖《いふ》〟作戦はなしね。なにかとんでもないことをたくらんでるの？」

　ウィルの目がわたしの目と合った。青く、心の内を見せてくれない目。わたしはお腹の中に蝶の小さな群れが舞い降りたように心が騒いだ。

「僕らは信じがたいほど行儀よく過ごすのさ、クラーク」

　蝶たちはまるでわたしのあばら骨の内側に閉じこめられたように激しく羽ばたきはじめた。わたしは口を開きかけた。でも彼がそれを止めた。

「いいな、なんとしてもとにかく楽しむんだ」

　楽しむって言ったたって。元恋人の結婚式に出るなんて、歯医者に歯の根っこをほじられる痛みに比べたらぜんぜんましとでも言うのだろうか。でもこれはウィルが選択したことだ。今日はウィルの日なのだ。わたしは息を吸いこみ、気持ちを落ち着けようとした。

「一つだけ」わたしは言って、肩掛けを十四回目に肩の周りに掛け直した。

「なんだい？」

「例のクリスティ・ブラウンのふりはしないこと。クリスティ・ブラウンごっこをはじめたら、わたしは家に帰っちゃって、あなたを気取り屋どもと一緒にここに置いてきぼりにするわよ」

ウィルが向きを変え、教会のほうに進みだしたとき、「なんだ面白くないな」とつぶやいたのが聞こえた気がした。

わたしたちはつつがなく式のあいだを座って過ごした。アリシアは、きっとそうだろうと思ったとおり、ものすごく綺麗で、肌は薄いキャラメル色に輝き、バイアスカットのオフホワイトのシルクのドレスが彼女のほっそりとした身体をうやうやしく包んでいた。彼女が教会の通路を軽やかに歩いていくのを見つめながら、こんなに背が高くて脚が長くて、たいていの人間がエアブラシで修正したポスターでしかお目にかからないような生き物でいるのはどんな気分だろうと考えた。プロの一団が寄ってたかって髪のセットやお化粧をしたんだろうか。矯正下着をはいているんだろうか。もちろんそんなはずはない。きっとつけているのはふわふわした淡い色のレースっぽい——なに一つ矯正する必要がない女性がつける下着に決まっている。そしてそれはわたしの一週間分のお給料より高価なのだ。

教区牧師がえんえんと話しつづけ、バレエシューズを履いた小さな付き添いの少女たちが信者席でもぞもぞしている。わたしは周囲のゲストたちを見回した。高級ファッション誌から抜け出してきたみたいに見えない女性は一人もいないと言ってよかった。靴の色は着ているものとぴったり合っていて、まるでおろしたてのように見える。若い女性たちは四インチか五インチの高いヒールで優雅に立ち、完璧なペディキュアを施している。年長の婦人たちは、キトンヒールの靴を履き、シルクの裏地の色が鮮やかな、かっちりしたスーツや肩パッド入りのジャケット姿だ。そして重力が働いていないように見える帽子。

男性たちはそれに比べれば観察する面白味はなかった。でも、ほとんど全員が、ときどきウィルにも感じるあの空気をまとっていた——財力と特権意識の空気だ。世の中は放っておいても自分の思いどおりになると思っている。わたしは彼らが経営し、彼らが住んでいる世界について想像した。この人たちはわたしみたいな人間がいることに気づいているだろうか。彼らの子供たちの世話をし、レストランで彼らに給仕する存在に。それとも、**彼らのビジネス・パートナーのためにポールダンスをする存在に。**ジョブ・センターでの面接が胸をよぎった。

わたしが行くような結婚式では、誰かが刑務所からの仮釈放の条件を破るのを心配して、花嫁と花婿《はなむこ》の家族を引き離しておかなくてはならないのが普通だ。

ウィルとわたしは教会の最後列に座り、ウィルの車椅子はわたしの座った列の端の右側に停めた。アリシアが通路を歩いてきたとき、彼はふと目を上げたが、それ以外はまっすぐ前を見つめ、その表情は読めなかった。四十八人（わたしの数えたところによると）の聖歌隊がなにかラテン語で歌っていた。ルパートがペンギンみたいなスーツで汗を拭き拭き、嬉しさ半分、照れくささ半分というように片眉を上げた。二人が夫と妻になったことが宣言されても、誰も拍手したりはやしたてたりしなかった。ルパートは少しきまり悪そうに、まるでリンゴくわえゲームの勢いで花嫁のほうにかがみこみ、唇をちょっと外したキスをした。上流階級の人たちは教会の祭壇で本物のキスをするのは少し〝下品〟だと思うのだろう。

それで終わりだった。ウィルはもう教会の出口に向かっていた。まっすぐに上げ、妙に堂々とした後頭部を見つめながら、わたしはやっぱり来なければよかったかと訊きたかった。まだ彼女に気持ちが残っているのかと訊きたかった。外見がどうであれ、あなたはあの馬鹿なキャラメル女にはもったいなさすぎる、と言いたかった。そして……ほかになんと言いたいか分からなかった。

ただ、わたしは彼を励ましたかった。

「大丈夫?」わたしは追いついて言った。

だって、あそこにいるのは彼だったはずなのだから。

ウィルは二度、まばたきした。「ああ」彼は言い、それまでこらえていたみたいに、小さく吐息を漏らした。それからわたしを見上げた。「さあ、行って飲もう」

披露宴会場は壁に囲まれた庭にしつらえられ、鋳鉄製の入口には薄いピンク色の花飾りがからまっていた。バーは奥にあり、もう人でいっぱいだ。わたしは飲み物を取ってくるから外で待ってて、とウィルに言った。白いリネンのクロスをかけ、これまで見たこともないほどたくさんのカトラリーやグラスを並べたテーブルのあいだを縫っていく。椅子はファッションショーで見かけるような金ぴかの背もたれで、テーブルに置かれたフリージアとユリのセンターピースの上に白いランタンが下がっている。花の香りが濃く垂れこめ、むせかえりそうだった。

「ピムスですか?」列の順番が来ると、バーテンダーが言った。

「ええと……」あたりを見回すと、実のところ出されているのはそれだけらしかった。「あ、じゃあそれ。二つください」

彼は微笑みかけてきた。「あとでほかの飲み物も出るらしいですよ。でもみなさんにピムスではじめていただきたいというミス・デヴォーのご意向で」ここだけの話ですけどね、と言うような目つきだった。その表情は、かすかに上げた片方の眉と合わせて、それについて彼がどう思っているかを物語っていた。

わたしはそのピンク色のレモネードを見つめた。金持ちほど金に吝《しわ》いもんだ、とパパが言うけれど、披露宴をはじめるのにアルコールも出さないことにわたしはびっくりした。「それじゃしょうがないわね」わたしは言い、グラスを二つ受け取った。

ウィルを見つけたとき、男の人が彼に話しかけていた。若くて眼鏡をかけ、半分しゃがんでウィルの車椅子の肘掛けに片腕をのせている。もう太陽が空高くのぼっていて、目を細めないと二人がはっきり見えなかった。みんながかぶっているつば広の帽子の意味が急に分かった。

「ほんとにまた会えて嬉しいです、ウィル」彼は言っていた。「いらっしゃらなくなってから会社はすっかり変わっちゃって。こんなこと言ったらまずいんですけど……でも前とは違うんです。とにかく違うんですよ」

彼は若い会計士みたいに見えた――スーツを着ていないと落ち着かないようなタイプだ。

「そう言ってくれて嬉しいな」

「とにかくすごく変な感じですよ。なんだか崖から落ちたみたいで。昨日はあなたがそこでなにもかも指示を出していたと思ったら、今日は僕らはただ……」

彼はわたしがそこに立っているのに気づいて視線を上げた。「あ」彼は言い、わたしはその目がわたしの胸に釘づけになるのを感じた。「こんにちは」

「ルイーザ・クラーク、こちらフレディ・ダーウェントだ」

わたしはウィルのグラスをホルダーに置くと、若い男性の手を握った。

彼は視線を調節した。「ええと」彼は言い、「その――」

「ウィルの友達です」わたしは言い、なぜかはよく分からないけれど、片手を軽くウィルの背に置いた。

「じゃあ、人生はそれほど悪くないってことですね」フレディ・ダーウェントは言い、少し咳《せ》きこむように笑った。「それじゃ……ほかの人たちにも挨拶してこないと。こういうのって――ネットワーキングのチャンスとしてとらえるべきらしいですね。でもお会いできて嬉しいです、ウィル。ほんとうに。それから……あなたにも、ミス・クラーク」

「いい人そうね」二人でその場を離れながらわたしは言った。ウィルの肩から手をどけ、ピムスをぐっと飲んだ。見かけよりは美味しい。キュウリが入っていることに気づいて目を丸くする。

「ああ、そうだね。あいつはいい奴だよ」

「それじゃ、そんなに居づらくないわね」

「ああ」ウィルがちらりと目をあげ、わたしと視線が合った。「いや、クラーク。まったく居づらくなんかないよ」

フレディ・ダーウェントの行動を見てほっとしたのか、次の一時間は、ほかにも何人かウィルに挨拶にやって来た。握手問題のジレンマから解放されようと彼から少し離れて立つ人たちもいたし、ズボンの膝をつまみ上げ、ほとんど彼の足元にしゃがみこむようにする人たちもいた。わたしはウィルの隣に立ち、だいたい黙っていた。そういう中である二人組が近づいてきたとき、彼が少し身体を硬くするのが分かった。

一人は――葉巻をくわえた大柄で威張った感じの男で、ウィルの前に来たとき、なんと言っていいか分からないようだった。それでとりあえずのように言った。「いい結婚式だったな、え？　花嫁は最高だったじゃないか」わたしはこの人はアリシアの恋愛遍歴を知らないのだろうと推測した。

もう一人は、ウィルの仕事上のライバルらしく、もっと丁寧な口調だったけれど、そのまっすぐな視線や、ウィルの状態についての率直な質問には、ウィルを緊張させるなにかがあった。二人の様子は牙をむくべきかどうか決めかねて互いの周りを回っている二頭の犬さながらだった。

「前の会社の新しいＣＥＯさ」男が手を振ってやっと去っていったあとにウィルは言った。「ただ僕が乗っ取りをたくらんでいないか確かめにきたんだろう」

太陽の光が強くなってきた。庭は香りのるつぼになり、人々はまだらな影を落とす木々の下に避難した。わたしは彼の体温が心配になって、会場のテントの中にウィルを連れていった。テントの中では巨大な扇風機が夢から醒めたように頭上でゆっくりと回っていた。遠くのあずまやの日陰では、弦楽四重奏団が音楽を奏でている。それはまるで映画の一場面さながらだった。

アリシアは、庭を漂うように歩きまわり――この世のものとは思えない美しさで、エアキスを交わしたり、歓声を上げたりしていたが、こちらには近づいてこなかった。

ウィルがピムスを二杯飲み干すのを見ながら、わたしはひそかにほっとしていた。

昼食は午後四時に供された。お昼を出すにはずいぶん妙な時間だと思ったけれど、ウィルが指摘したとおり、これは結婚式だった。時間が引きのばされ、意味を失ったようだった。いずれにせよ、その流れはひっきりなしに続くお酒と、とりとめのない会話によってぼやけていた。暑さのせいか、空気のせいかは分からないが、テーブルに着いたときには、わたしはほとんど酔っぱらったような気分だった。左側に座ったご老人につじつまの合わない話をくどくどしている自分に気づき、もしかしてほんとうに酔っぱらっているのかも、と気がついた。

「ひょっとしてピムスってアルコール入ってる?」塩入れの中身を膝にこぼす芸当をやったあとで、わたしはウィルに訊いた。

「ワインのグラス一杯分と同じくらいだな。一杯につきね」

わたしはぎょっとして彼を見つめた。彼が二人見える。「嘘でしょ。果物が入ってたのに！　アルコールじゃないと思ってた。どうやってあなたを乗せて車を運転して帰ればいいの？」

「たいしたヘルパーだよ、君は」彼は言った。片方の眉を上げている。「母に黙っている代わりになにをもらおうかな？」

その一日、ウィルの反応にわたしは目をみはっていた。予想していたのは、〝むっつりウィル〟、〝皮肉屋ウィル〟だった。百歩譲っても〝もの静かなウィル〟だ。それが、彼はみんなを魅了してしまった。昼食のスープが出されたときも、彼はあわてなかった。礼儀正しく、どなたかスープをパンと交換していただけないだろうか、と尋ねただけで、テーブルの離れた席の女の子二人が――〝小麦不耐性〟とか言って――ロールパンを投げてきそうな勢いだった。

どうやって酔いをさまそうかとわたしがどんどん不安になっていく横で、ウィルはますます陽気になり、リラックスしていった。彼の右側の老婦人は障害者の権利のための運動をしていた元国会議員だということで、わたしはウィルにこれほどなんのてらいもなく話しかける人をほかにほとんど見たことがなかった。一度などは、彼女は彼にミートロールを食べさせていた。彼女が一瞬テーブルを離れたとき、彼は、あの人はキリマンジャロに登ったことがあるんだ、とささやいた。「ああいうばあさまはいいな」彼は言った。「ラバを連れてサンドウィッチの包みを持ってる姿が目に浮かぶよ。古いブーツみたいにたくましくてね」

わたしのほうは彼ほど隣人に恵まれていなかった。左隣の男性はだいたい四分間で――わたしが誰か、どこに住んでいるか、その場の誰と知り合いかについて恐ろしくシンプルな質問をすると、わたしは彼にとって興味深い話題をなにも持っていないという結論に至った。彼は左側の女性のほうに身体を向けてしまい、わたしは昼食の残りを黙ったまま口に詰めこむしかなかった。ほんとうにいたたまれない気分になりはじめたとき、わたしはウィルの腕が車椅子からわたしの横にすべり落ちて、彼の手がわたしの腕に載ったのを感じた。顔を上げると彼は片目をつぶった。わたしは彼の手を取り、握りしめた。分かってくれていることが嬉しかった。それから彼は車椅子を六インチうしろに下げ、わたしをメアリー・ローリンソン元議員との会話の仲間に入れてくれた。

「ウィルが言うには彼のお世話を任されてらっしゃるんですってね」彼女は言った。刺すような青い目をし、しわ深い肌が、お手入れの習慣とは無縁な生活を物語っている。

「そう努力してます」わたしは彼をちらっと見ながら言った。

「以前からこの分野のお仕事をなさってたの？」

「いいえ。前は……カフェで働いてました」この結婚式にいるほかの誰かだったら、そのことを話したかどうか分からない。でもメアリー・ローリンソンはそれはいいわ、というようにうなずいた。

「昔からカフェで働くのは面白そうだと思ってたんですよ。人間が好きで、ちょっとおせっかいならね。あたくしがそうなんですけど」彼女は微笑んだ。

ウィルは腕を車椅子の上に戻した。「僕はルイーザをせっついて、なにか別のことをして、少し世界を広げるように言っているんですけどね」

「どんなことがしたいの？」彼女はわたしに訊いた。

「彼女、分からないんですよ」ウィルが言った。「ルイーザは僕の知っている人間の中でも一番頭がいいうちに入るんですが、どうしても自分の可能性に気づいてくれなくてね」

メアリー・ローリンソンは彼に鋭い目を向けた。「そんな見下したようなもの言いをするもんじゃありませんよ、あなた。この人は自分でちゃんと答えられるわ」

わたしはまばたきした。

「それは誰よりもあなたが一番分かっているはずよ」彼女は付け加えた。

ウィルはなにか言おうとしたように見えたが、口を閉じた。テーブルを見つめ、わずかに首を振った。でもその顔は微笑んでいた。

「そうね、ルイーザ、今のお仕事はずいぶん精神的に消耗するんじゃないかしら？　こちらの若い方は特に扱いやすいクライアントとは言えそうもないし」

「おっしゃるとおりです」

「でも可能性を探すことについてはたしかにウィルの言うとおりよ。この名刺差し上げるわ。あたくし、再訓練を推進するチャリティ組織の理事をしてますの。もしかしたらあなたも将来、なにか別のことをしようと思うかもしれないものね？」

「ありがとうございます。でもウィルのところの仕事にとても満足してるんです」

わたしはそれでも差し出された名刺を手に取り、この女性がわたしが人生でやってきたことに、わずかでも興味を持ったらしいことに少し驚いていた。でも、それを手にしながら、裏切っているような気がした。なにを学びたいか、たとえ分かっていても、仕事を辞めることなどできるはずがない。自分が再訓練に向いているかどうかも自信がなかった。それに、ウィルに生きていてもらうことがわたしの最優先事項だ。そんな考えに気を取られ、わたしは少しのあいだ、隣にいる二人の話を聞いていなかった。

「……いわゆる辛い時期を乗りこえたのはほんとうによかったわ。打ちのめされたって当然ですもの、新しい展望に合わせてこんなに劇的に人生を再編せざるをえなかったらね」

わたしは食べかけのポーチト・サーモンに目を落としていた。誰かがこんなふうにウィルに話すのを聞いたのははじめてだった。

彼はテーブルに向かって苦い顔をし、それから彼女のほうを向いた。

「辛い時期を乗りこえたかどうか分かりません」彼は静かに言った。

彼女は少しのあいだ彼を見つめ、それからちらりとわたしのほうに視線を投げた。

顔に出てしまったのだろうか、わたしは思った。

「どんなことも時間がかかるものよ、ウィル」彼女は手をちょっと彼の腕に置いて言った。「あなたの世代の人たちはね、それに自分を合わせるのがずっと難しく感じるの。あなたはものごとはすぐに自分の思いどおりになるものと思って育ってきたでしょう。自分が選んだ人生を生きるのが当然だと思っているわ。特にあなたみたいな成功した若い男性はね。でも時間がかかるものなのよ」

「ローリンソン夫人――メアリー――僕は自分が回復するとは思っていません」彼は言った。「肉体的なことを言ってるんじゃないのよ」彼女は言った。「あたくしが言っているのは新しい人生を認めて受けいれること」

そして、ウィルが次になにを言うかわたしが耳をすましたちょうどそのとき、グラスをスプーンで叩く音が響き、スピーチに備えて会場は静まりかえった。

彼らがなにを言っているかほとんど聞いていなかった。次から次へと偉そうなペンギン・スーツの男性たちが、わたしの知らない人々や場所について語り、礼儀正しい笑いを誘っていた。わたしは座って、銀のバスケットに入ってテーブルに運ばれてきたダーク・チョコレート・トリュフをもぐもぐと食べ、コーヒーを三杯つづけざまに飲んだので、酔っぱらっているうえに目が冴《さ》えてらんらんとしてきた。一方、ウィルは絵に描いたように静かだった。そこに座って、ゲストたちがかつての恋人に向かって拍手を送り、ルパートがろれつの回らぬ口で彼女がいかに完璧で素晴らしい女性か、くだを巻くのを聞いていた。誰もウィルに注意を向けなかった。それは彼の気持ちに配慮しようとしたのか、彼がそこにいることが実はちょっとばつが悪かったからなのか、わたしには分からなかった。時折、メアリー・ローリンソンが身を乗りだし、なにか彼の耳元にささやくと、彼は同意するようにかすかにうなずいた。

ようやくスピーチが終わると、スタッフが大勢現れてダンスのために会場の中央に場所を作りはじめた。ウィルがわたしのほうに身を乗りだした。「メアリーと話していて、道をちょっと行ったところにとてもいいホテルがあるのを思い出したんだ。電話をかけて、泊まれるか訊いてくれ」

「なんですって?」

メアリーがホテルの名前と電話番号を走り書きしたナプキンをわたしに渡した。

「気にするな、クラーク」彼女に聞こえないように彼は小声で言った。「払いは僕が持つ。ほら、そうすればどれだけ飲んでも心配しないですむだろう。バッグから僕のクレジットカードを出せ。たぶんホテルのほうで番号を控えると言うからね」

わたしはカードを出し、自分の携帯電話を手に、庭の奥に歩いていった。二部屋、空室がございます、とホテル側は言った——一階のシングルとダブルのお部屋でございます。はい、障害のあるお客さまのアクセスに問題はございません。「完璧だわ」わたしは言い、値段を聞いて小さな悲鳴を飲みこまなければならなかった。ウィルのクレジットカードの番号を伝えたが、数字を読みながら少し気分が悪くなった。

「どうだった?」わたしが戻ると、彼が言った。

「予約したけど……」わたしは二部屋がいくらになったかを言った。

「かまわないよ」彼は言った。「それじゃ、君の彼氏に電話して一晩外泊するって伝えろよ。それからもう一杯だ。いや、六杯だな。君がアリシアの父親の払いで思いっきり酔っぱらうのを眺めるのは実に痛快だからな」

だからわたしはそうした。

その晩、なにかが起きた。照明が薄暗くなったのでわたしたちの小さなテーブルはさっきより目立たなくなった。花々の強すぎる香りが夜風でやわらげられ、音楽とワインとダンスのおかげで、こんな思いもよらない場所で、三人ともほんとうに楽しい気分になりつつあった。こんなにリラックスしたウィルを見たのははじめてだった。わたしとメアリーのあいだに挟まれて、彼女に話しかけたり笑いかけたりし、束の間、幸福そうな彼の姿には、普段なら彼を遠巻きにしたり、憐れむような視線を向ける人々をはねかえすなにかがあった。彼はわたしに肩掛けをはずして背筋を伸ばして座れ、と命じた。わたしは彼のジャケットを脱がせ、ネクタイをゆるめ、二人でダンスを眺めながらくすくす笑いを押し殺すのに苦労した。お上品すぎる人たちが踊る姿を見たとたん、口では言えないほど、せいせいした気分になった。男たちは感電したのかと思うほどぎくしゃくして、女たちは指をぴんと伸ばして星々を指しながら、ターンするときまで恐ろしくしゃちこばっていた。

メアリー・ローリンソンが「あらまあ」と何度かつぶやいた。彼女はわたしをちらりと見た。お酒を一杯飲むごとに彼女の語彙《ごい》はますますカラフルになるようだった。「ルイーザ、あなた、出てってそっくりかえった姿を人様にご披露する気はないでしょうね？」

「まさか、とんでもない」

「それが賢明ね。農村青年部のディスコのほうがまだましなダンスにお目にかかれましたよ」

九時に、ネイサンからメールが来た。

順調かい？

うん、最高。信じないかもしれないけど、ウィルはすごくご機嫌よ。

そしてほんとうにそうだった。ウィルがメアリーの言ったことで爆笑しているのを見ながら、わたしはなぜか変に息苦しくなった。うまくいくかもしれない、と悟ったから。ウィルが彼にふさわしい人たちに囲まれ、車椅子の男ではなく、病気のデパートでも、憐れみの対象でもなく、ウィル自身でいることができれば、彼は幸せでいられる、と。

それから、十時になって、スローダンスがはじまった。招待客からの礼儀正しい賞賛を浴びて、ルパートがアリシアをリードしてダンスフロアを回っていくのをわたしたちは眺めた。彼女は髪がほどけかかり、支えがいるみたいに両腕を彼の首に巻きつけていた。ルパートは両腕を彼女の身体に回し、組んだ手を腰のくびれに置いていた。美しくて裕福だけれど、わたしは彼女のことが少し気の毒になった。彼女が自分がなにを失ったかに気づいたときは、きっともう手遅れなのだろう、と思いながら。

曲の半ばで、ほかのカップルたちが踊りに加わったので、二人の姿は陰になって少し見えづらくなった。メアリーが介護ヘルパーの手当について話しているのに気を取られているあいだに、ふと見上げるとそこに彼女が立っていた。わたしたちの目の前に、白いシルクのドレスをまとったスーパーモデルが。わたしは心臓が喉元にせり上がった。

アリシアはメアリーにうなずいて挨拶し、音楽に負けずにウィルに声が聞こえるように腰を少しかがめた。彼女の顔は、まるで覚悟を決めてきたみたいに、少しこわばっていた。

「来てくれてありがとう、ウィル。ほんとうに」彼女は横目でわたしを見たが、なにも言わなかった。

「どういたしまして」ウィルはさらりと言った。「綺麗だよ、アリシア。いい一日だった」

驚きが彼女の顔をよぎった。それからかすかに悲しげな表情。「ほんとうに？　ほんとうにそう思う？　あのね……あなたに言おうと思ってたことはいっぱいあって――」

「ほんとうだよ」ウィルは言った。「なにも言わなくていい。ルイーザは覚えてるか？」

「ええ」

短い沈黙があった。

ルパートがわたしたち全員に用心深い目を向けながら、背後でうろうろしている。彼女は彼のほうに視線を投げかけ、それから手を差しのべて半ば振るようにした。「それじゃ、ありがとう、ウィル。来てくれたなんてあなたは最高よ。それからプレゼントだけど……」

「鏡ね」

「そうそう。あの鏡、すごく嬉しかったわ」彼女は姿勢を直すと、夫のもとに戻り、夫はあっという間に彼女の腕をつかんで背を向けた。

わたしたちは二人がダンスフロアを横切っていくのを見つめた。

「あなたが買ったの、鏡じゃないわ」

「知ってるよ」

二人はまだ話していた。ルパートの目がちらちらとこちらに向けられる。まるで、ウィルが単純に好意でここに来たとは信じられないようだった。言っておくけれど、信じられないのはわたしも同じだ。

「その……傷ついた？」わたしは彼に訊いた。

彼は二人から視線を離した。「いや」そう言うと、わたしに微笑みかけた。彼の笑顔はお酒のせいで少しゆがんでいて、目は悲しげで憂《うれ》いを帯びていた。

そのとき、次のダンスのためにフロアが一瞬、空いた。わたしは思わず口に出していた。

「どう、ウィル？　わたしと踊ってくれる？」

「なんだって？」

「いいじゃない。しょぼいあいつらに話題を提供してやりましょうよ」

「それはいいわ」メアリーがグラスを上げた。「やっておやんなさい《ファッキン・マーヴェラス》」

「ほら早く。曲がゆっくりなうちに。それに乗ってぴょんぴょん跳ねるわけにいかないでしょ」

わたしは彼に有無を言わせなかった。ウィルの膝にそっと座り、両腕を彼の肩に回して身体を支えた。彼はわたしを拒絶できるだろうかと考えるように、しばらく目の中を覗きこんでいた。それから、驚いたことに、ウィルは二人を乗せた車椅子を動かしてダンスフロアに出ると、ミラーボールの眩《まぶ》しい光の下で小さな円を描いて回りはじめた。

わたしは人目をひどく意識し、少しあわてた。斜めに座ったので、ドレスが太腿の真ん中までずり上がっている。

「ほっとけよ」ウィルが耳元でささやいた。

「だって……」

「ほら、クラーク。この期に及んでがっかりさせるなよ」

わたしは目を閉じ、両腕を彼の首に巻くと、頬を彼の頬に寄せ、彼のアフターシェーブのシトラスの香りを吸いこんだ。彼が音楽に合わせてハミングしているのが聞こえる。

「あいつら、まだぼうぜんとしてるか？」彼は言った。わたしは片方の目を開けて、ほの明るい光の中をちらっと見た。

二人ばかりが応援するように微笑んでいたけれど、ほとんどはこれをどう考えていいのか分からないようだった。メアリーがお酒を掲げて敬意を表した。それから、アリシアがわたしたちを見つめているのが見え、彼女は一瞬、暗い顔をした。わたしが見ているのに気づくと、彼女はルパートのほうに向きなおり、なにかささやいた。彼はまるでわたしたちがなにか下品で恥ずかしいことをしているように首を振った。

悪戯《いたずら》っぽい笑みが顔に広がってくるのを感じる。「ええ、もちろん」わたしは言った。

「ふん。もっと近づけよ。君、すごくいい香りがする」

「あなたもよ。でもずっと左回りに回ってたら、わたし吐いちゃうかも」

ウィルは向きを変えた。わたしは腕を彼の首にかけたまま、少し身を引いて彼を見た。もう人目は気にならなかった。彼はわたしの胸元を見下ろしていた。ただし彼の名誉のために言っておくと、わたしがそこに座っていたら、彼に見えるものはそれしかなかった。彼はわたしの谷間から視線を上げて、片方の眉を上げた。「もし僕が車椅子じゃなかったら、絶対、こんなにおっぱいのそばに寄らせてくれなかっただろ」彼はささやいた。

わたしは澄まして彼を見返した。「車椅子じゃなかったらわたしのおっぱいなんか絶対、見もしなかったくせに」

「なんだって？　絶対見るよ」

「見ませんよーだ。背が高いブロンドの女の子たちを見るのに忙しすぎたでしょ。そういう子たちはとんでもなく脚が長くてふわふわにふくらませた髪形で、四十歩くらい離れててもお金の匂いをかぎつけるのよ。それにどっちにしても、わたしはここにいなかったわ。向こうでお酒を出してたわよ。透明人間の一人」

彼はまばたきした。

「ね？　わたしの言うとおりでしょ？」

ウィルはバーを振りかえり、それからわたしを見た。「そうだな。だが言い訳させてもらうと、クラーク、僕はクソ野郎だったからな」

わたしがあまり大きくふきだしたので、さらにたくさんの視線がこちらに集まった。

真顔になろうとする。「ごめんなさい」わたしはつぶやいた。「ハイになっちゃってるみたい」

「知ってるか？」

一晩中でも彼の顔を眺めていられそうな気がした。彼の目の端に寄るしわ。彼の首が肩とつながるところ。「なにを？」

「ときどきな、クラーク。僕を朝、起きようという気にさせてくれるのは、たった一人、君くらいのものなんだってこと」

「ならどこかに行きましょうよ」その言葉は、自分でなにを言おうとしているかも分からないうちに飛び出していた。

「え？」

「どこかへ行きましょうよ。一週間、二人で楽しいことだけしましょうよ。あなたとわたしで。こんな……」

彼は待った。「クソ野郎ども？」

「……クソ野郎どもがいないところで。うんと言って、ウィル。お願い」

彼の視線はわたしから離れなかった。

自分がなにを言っていたのか分からない。それがいったいどこから出てきたのかも。ただ分かっていたのは、今宵、星々の下で、フリージアの香りと笑い声に包まれ、メアリーに見守られて、彼にイエスと言わせられなければ、決してわたしにチャンスはないということだった。

「お願い」

彼が返事をする前の数秒間は永遠に続くような気がした。

「いいよ」彼は言った。

19

ネイサン

二人は俺らが気づいてないと思ってたんだ。で、翌日の昼ごろやっと結婚式から帰ってきたんだが、トレイナー夫人はかんかんで、ほとんど口もきこうとしなかった。

「電話くらいできたでしょう」彼女は言った。

二人が無事に戻ってきたのを確かめるためだけに、彼女はずっと家にいた。俺が朝八時に着いてから、隣の母屋のタイル張りの廊下を彼女が行ったり来たりするのがずっと聞こえてたよ。

「あなたがた二人に十八回は電話したりメールしたりしたはずよ。デヴォー家に電話したらどなたかが〝車椅子の男性〟がホテルに行ったと言うから、それでようやく二人で高速道路でとんでもない事故に巻きこまれたわけじゃないと分かったんだから」

「〝車椅子の男性〟か。いいね」ウィルがコメントした。

でも、奴が気にしていないのは見れば分かった。すっかり緊張がゆるみリラックスして、二日酔いと機嫌のよさをひきずっていた。少し痛みがあるのは分かったけどな。おふくろさんがルイーザを叱りはじめるまで、ずっとにやにやしていた。でもそのとたん、奴はすぐ口を挟んで、言いたいことがあるなら自分に言え、一晩、泊まろうと決めたのは自分で、ルイーザはそれにただ従っただけなんだから、と言った。

「それにお母さん、三十五歳の男として、一晩ホテルで過ごすことを選択した場合、厳密に言って誰かに報告する義務はないと思うね。たとえ両親であっても」

彼女は二人をじっと見つめ、〝当然のエチケットでしょ〟的なことをつぶやいて、それから部屋を出ていった。

ルイーザは少しびくついてるみたいで、奴がそばに行って、なにかささやいた。そのとき俺はぴんときたんだ。彼女は頬を少しピンク色に染め、笑った。笑っちゃまずいと分かってるときに笑う感じでさ。なにか二人で申し合わせてるみたいな笑いだよ。それからウィルは彼女に向かって、今日はゆっくりしろよ、と言った。家に帰って、着替えて、昼寝でもしたらいいってね。

「そんな見るからに朝帰りの人間と、城の周りの散歩なんかできないからな」

「朝帰りって？」俺は声に混じった驚きを隠せなかった。

「**そういう**朝帰りじゃないわよ」ルイーザは言い、マフラーで俺を叩いて、帰ろうとコートをつかんだ。

「車を使えよ」奴が呼びかけた。「そのほうが帰るのが楽だろう」

ウィルの目が裏口まで彼女のあとをずっと追っていくのを俺は見つめていた。その目つきだけで七対四のオッズで賭けてもいいくらいだったよ。

彼女が帰ったあと、奴はちょっとしぼんだ感じだった。おふくろさんとルイーザが離れを出るまで、気を張ってたんだな。奴を注意深く観察してると、笑顔が消えたあとの顔つきが気に食わなかった。肌が少し赤みを帯び、見られてないと思ってたのか、二度ほど顔をしかめた。ここからでも奴が鳥肌を浮かべてるのが見えた。俺の頭の中で、小さな警報のベルが鳴りはじめた。遠く、しかし甲高く。

「大丈夫か、ウィル？」

「大丈夫だ。たいしたことない」

「痛いところを教えてくれるかい？」

それでちょっとあきらめたみたいだった。俺には全部お見通しだって分かったみたいでね。なにしろ奴のことはずっと見てきたし。

「ああ。ちょっと頭痛がする。それと……その……カテーテルを替えてほしい。たぶん、かなり切迫してる」

俺は奴を車椅子からベッドに移動させ、器具の準備をはじめた。「今朝、ルーが交換したのは何時だ？」

「やらなかった」彼は顔をしかめた。そしてちょっと申し訳なさそうな顔をした。「昨日の晩も」

「なんだって?」

俺は奴の脈をとり、血圧計をつかんだ。思ったとおり、とんでもなく上がっていた。額に手を置くと、うっすらと汗がついた。薬品棚のところに行き、血管拡張剤をすりつぶす。それを水に溶き、一滴残らず飲ませた。それから奴の身体を起こし、両脚をベッドの横にかけて、手早くカテーテルを交換した。そのあいだ奴をじっと見ていた。

「ADか?」

「ああ。まずいことやったな、ウィル」

AD、つまり自律神経過反射っていうのは、俺らにとってこれ以上ないほどの悪夢と言っていい。ウィルの身体が、痛みや不快感——つまり、交換しないままのカテーテルに対して強烈な過剰反応を示すんだ。損傷した神経系が、無駄にコントロールを維持しようと見当違いにがんばってね。こいつはとつぜん起きて、奴の身体をメルトダウンさせてしまう。奴は真っ青で、息づかいは荒かった。

「皮膚はどうだい?」

「ちょっとちくちくするな」

「視力は?」

「大丈夫だ」

「まずいな。助けが必要かな?」

「十分間くれ、ネイサン。必要なことは君が全部やってくれたと思う。十分、時間をくれ」

奴は目を閉じた。俺はまた奴の血圧を測り、あとどれくらいで救急車を呼ぶべきだろうかと考えた。ＡＤはどっちに転ぶか見えねえから、ものすごくびびるんだよ。俺が奴のところで働きだしたころだったか、前にもこういうことがあって、あのとき奴は二日間入院するはめになった。

「大丈夫だ、ネイサン。まずいと思ったら言うよ」

奴はため息をつき、俺は奴を手助けしてベッドのヘッドボードに寄りかからせてやった。ルイーザがものすごく酔っぱらったんで、装置を触らせるリスクを犯したくなかった、とウィルは言った。「カテーテルをどこに突っこまれるか分からないからな」そう言いながら半分笑ったような顔をした。ルイーザときたら車椅子からベッドに移すのだって、三十分もかかったんだ、と奴は言った。二人して二度も床に転がった。「ラッキーなことに、二人とも相当酔ってたんで、どっちもなにも感じなかったけどね」ルイーザは、フロントに電話するだけの理性は残っていて、二人はポーターに頼んでウィルを抱え上げてもらった。「いい奴だった。チップを五十ポンドやれってルイーザに言い張ったような記憶がぼんやりあるよ。うんと言ったから、こりゃ彼女もかなり酔ってるなって分かったんだ」

ルイーザがやっと部屋を出たら、彼女が自分の部屋にたどり着けないんじゃないかとウィルは心配になった。階段で赤いボールのように丸まって眠っているところが目に浮かんだ。

俺自身のルイーザ・クラークに対する意見は、そのときはそれほどおおらかなものじゃなかった。「ウィル、次は自分のことにもう少し気を配ってくれよな、いいかい？」

「僕は大丈夫さ、ネイサン。なんでもない。もう気分がよくなってきたよ」

俺は脈を測りながら奴の目が俺を見ているのを感じていた。

「ほんとうに、彼女のせいじゃない」

血圧は下がっていた。俺が見ている前で顔色が正常に戻ってきた。俺はため息をつき、自分が息を止めていたことに気づいた。

俺らはちょっとしゃべって、全部が落ち着くまで様子を見た。話題は前日のできごとだった。元カノのことはなんとも思ってないみたいだった。奴はあまり話さなかった。でも、もちろん疲れ果ててはいたが、平気そうに見えた。

俺はウィルの手首を離した。「ところで、そのタトゥーいいな」

奴は皮肉めいた顔をした。

「〝消費期限〟までは卒業すんなよ、いいな?」

汗だくで、痛みと感染症を抱えながら、奴ははじめて、自分を食い尽くそうとしているもの以外のなにかについて考えているように見えた。もしトレイナー夫人がこのことを知ったら、さっきみたいな勢いで出ていきはしなかったろうな、と思わず考えた。

ランチタイムに起きたことについて、俺らは彼女に話さなかった——ウィルがそう約束させたんだ。でも、その日の午後、帰ってきたとき、ルーはずいぶんおとなしかった。顔色が悪く、洗った髪を、真面目に見せようとしてるのか、うしろでひっつめていた。どんな気分なのかなんとなく分かった。夜中過ぎまで酔っぱらっても朝起きたら気分爽快ってときがあるけど、ほんとはそれはまだちょっと酔ってるってことなんだ。前の晩の二日酔いがただこっちをからかってるだけで、いつ飛びかかろうかと狙っている。たぶん彼女は昼ごろにそいつに捕まったんだろうと俺は思った。

でもしばらくたって、彼女を悩ませているのは二日酔いだけじゃないことが分かってきた。ウィルがどうしてそんなに静かなんだってしつこく訊くんで、彼女は言った。「うん、まあね、彼氏の家に引っ越したばかりで一晩外泊するのは、あまり賢明じゃなかったみたい」彼女は笑顔でそう言ってたけど、無理に微笑んでるみたいで、ウィルと俺はこりゃなんかヤバイ話になったな、と分かった。

俺はそいつを責めないけどね。俺だって嫁がどこかの男と一晩外に泊まってきたら嫌だもんな。たとえ四肢麻痺患者だろうとさ。おまけにそいつはウィルが彼女をどう見てるか知らないんだぜ。

その日の午後は俺たちはたいしたことはしなかった。ルイーザはウィルのバックパックの中身を空けて、ホテルの無料のシャンプーやコンディショナー、ミニチュア・ソーイング・セット、シャワーキャップとか手あたりしだいに持ってきたものを披露した（「笑わないでよ」彼女は言った。「あの値段なら、ウィルはシャンプー工場だって買えたんだから」）。俺らは、ウィルが二日酔いのときに観るのにぴったりだ、という日本のアニメ映画を観た。俺が残ってたのは、一つには奴の血圧に注意していたかったのと、もう一つには、正直言うと、ちょっと悪戯心が湧いたからだった。俺も二人に付き合うって言ったらウィルがなんて言うかと思ってさ。

「ほんとうか?」彼は言った。「おまえミヤザキなんか好きだっけ?」

奴はすぐに気づいて、もちろん俺だって気に入るはずだ……すごくいい映画だからとかなんとかいろいろ言った。奴のために嬉しかったよ。あいつは一つのことを長く考えすぎてたからね。

というわけで俺らは映画を観た。ブラインドを下ろして、電話の受話器を外し、この変てこなアニメ映画を観た。異世界に迷いこむ女の子の話でさ、そこに変な生き物がいっぱいいるんだけど、その半分もいい奴なのか悪い奴なのかさっぱり分からない。ルーはウィルのすぐそばに座って、飲み物を差し出したり、一度は、ウィルの目を拭いたりしてた。なんか入ったらしくてね。ほんと、なかなか心温まる眺めだったよ。ただ、俺は心のどこかで、これがいったいどこにつながっていくんだろうと考えてはいた。

そのあとで、ルイーザはブラインドを上げ、みんなにお茶を淹れた。二人は秘密を打ち明けようか迷ってるような顔でお互いを見てから、俺に旅行のことを話した。十日間。行き先はまだ決まっていないけど、たぶん長距離で、楽しい旅になると思う。一緒に来て手を貸してくれないか? と。

貸すに決まってるだろ?

あの子には脱帽だったよ、まったく。四か月前に、ウィルを長旅に連れてく――いや、この家から外に連れ出すなんて誰かが言ったら、おまえちょっと頭どうかしてんじゃないのって答えたと思う。もちろん、出発前にウィルの医療的なケアについてルイーザに一言言うつもりだけどね。なんにもないところで立ち往生して、あんなニアミスをまたやる余裕はないからさ。

ちょうどルイーザの帰りがけにミセス・Tが顔を出したとき、二人は彼女にもそのことを話した。ウィルが話したんだけど、城の周りの散歩に行くのと別に変わらないような口ぶりだった。

正直言うと、俺はけっこう嬉しかったんだ。オンラインのポーカー・サイトですっかり金を食われちゃってたし、今年は旅行の計画もしてなかったからね。ウィルにカテーテルを交換しなくていいと言われて、うのみにしたルイーザの馬鹿さかげんも許す気になったよ。ほんと、そのことではかなり頭にきてたんだ。というわけで、万事めでたしって感じになったところで、口笛を吹きながら上着に袖を通した。白い砂と青い海がもう楽しみでね。もしかしてついでにオークランドの実家にちょっと顔を出せないかな、なんて計算をはじめていた。

そしたらそのとき見えたんだ――トレイナー夫人は裏口の外に立っていて、ルーは道のほうに向かおうとしているところだった。二人がそれまでにどんな話をしてたかは知らないが、二人とも難しい顔をしていた。

俺に聞こえたのは最後の一言だけだったけど、実際、それで十分だった。

「自分のやっていることが分かってるんでしょうね、ルイーザ」

20

「なんだって?」

彼に話したとき、わたしたちがいたのは町の外に連なる丘陵《きゅうりょう》の上だった。パトリックは十六マイルのランニングの折り返しあたりで、わたしは彼に頼まれて自転車であとについて走り、タイムを計っていた。わたしの自転車の腕前は、素粒子物理学についての知識をやや下回る程度なので、ののしりながらよろよろとハンドルをとられまくり、パトリックは腹を立てて怒鳴りまくっていた。彼はほんとうは二十四マイルをやりたかったのだけれど、わたしはお尻がもたないと思う、と言った。それにわたしたちのどちらかが、家に帰ったあとで週一回の買い物に出なくてはならなかった。歯磨き粉とインスタント・コーヒーが切れていた。ただし、コーヒーが必要なのはわたしだけだ。パトリックはハーブティーを飲む。

息を切らし、鉛のように重くなった脚でシープコート・ヒルの頂上に着くと、そこで言ってしまおう、と決心した。彼が機嫌を直すのにあと十マイルあるし。

「エクストリーム・バイキングには行かない」

彼は立ち止まらなかったけれど、近づいてきた。脚は動かしたまま、顔をわたしに向けた。

あまりにもあぜんとした表情だったので、わたしはあやうくハンドルを切って木に突っこむところだった。

「なんだって？　なぜ？」

「だから……仕事があるの」

　彼は道のほうに向きなおって、ペースを上げた。そこは丘の頂上を越えたあたりで、わたしは彼を追い抜かないように、ブレーキにかけた指に少し力を入れなければならなかった。

「いつそういうことになったんだ？」細かい汗の玉が彼の額にふき出し、ふくらはぎの腱が浮いてみえる。それを長く見ていると頭がくらくらしてきそうだ。

「この週末。ちゃんと確認してからと思って」

「でも、飛行機やらいろいろ予約したのに」

「格安のイージージェットでしょ？　もしそれが困るなら、三十九ポンド返すよ」

「金のことじゃないよ。ルーが応援してくれると思ってたんだぜ。応援しにくるって言ったじゃないか」

　パトリックはときどき、ひどいふくれっ面《つら》をする。付き合いはじめたとき、そのことでよくからかったものだ。彼のことを〝ぷんぷんズボンさん《ミスター・グランピー・トラウザーズ》〟と呼んだ。その呼び名でわたしは笑い、彼はかんかんに怒ったが、わたしをおとなしくさせようと、ふくれっ面をやめたものだった。

「ええ？　でも今だって応援してないとは言えないでしょ？　わたし自転車に乗るの大嫌い

なんだよ、パトリック。嫌いなの知ってるよね。でも応援してるじゃない」

さらに一マイル進むまで、彼は口をきかなかった。気のせいかもしれないけれど、パトリックの足が地面を蹴る単調な音は、重苦しい決意の響きを帯びているように思えた。今は小さな町をずっと見下ろす場所に来ている。わたしは上り坂で荒い息をついていた。車が横を通過するたびに、心臓の鼓動が速まるのをおさえきれない。わたしはママの古い自転車に乗っていた（パトリックは、自分の悪魔みたいなレース用自転車にわたしを近寄らせてくれないから）。それにはギアがなく、わたしはしょっちゅう彼に置いていかれた。

パトリックは振り向き、わたしが追いつけるようにほんの少しペースをゆるめた。「なんで、派遣のスタッフを雇えないんだ？」

「派遣のスタッフ？」

「トレイナー家に来るスタッフさ。だって、六か月、あそこで働いてたら休暇をとる権利があるはずだ」

「そんな単純な話じゃないのよ」

「だめな理由が分からないな。なんだかんだ言ってルーもなにも知らないまま働きはじめただろ」

わたしは呼吸を止めた。自転車で完全に息を切らしているときにこれをやるのはけっこう難しい。「彼、旅行に行かなくちゃいけないの」

「え？」

「彼が旅行に行かなくちゃいけないの。だからわたしとネイサンで付き添ってほしいって」

「ネイサン？　ネイサンって誰だ？」

「彼の治療を担当してる看護師よ。ウィルがママのところに来たとき会ったでしょ」

パトリックがこのことについて考えているのが分かった。彼は目にかかった汗をぬぐった。

「それから訊かれる前に言うけど」わたしは付け加えた。「違うからね、ネイサンと浮気してるわけじゃないから」

彼はペースを落とし、アスファルトを見下ろしながら、いつのまにかその場でジョギングしているのと変わらなくなった。「どういうことなんだ、ルー？　だってさ……だって、俺から見ると境目があいまいになってきてるよ。なにが仕事で、なにが……」彼は肩をすくめた。「……普通のことか」

「普通の仕事じゃないもん。知ってるでしょ」

「だけど、このごろなんでもウィル・トレイナーが優先だよな」

「へえ、それじゃこれはどうなの？」わたしはハンドルから片手を離し、彼の動きつづけている足元を指した。

「これは別だよ。奴が呼べば、ルーは走っていくじゃないか」

「そしてあなたが走りにいけば、わたしも走りにくるよね」わたしは微笑もうとした。

「しゃれのつもりかよ」彼は顔をそむけた。

「六か月よ、パット。六か月。それにこの仕事をやったほうがいいって言ったの、あなただったじゃない。それを真剣にやってるからって文句言わないでよ」

「違うな……仕事のことじゃない気がする……ただ……ルーが俺に話してないことがある気がするんだ」

わたしはためらった。ほんの心もち、それが長引いた。「そんなことないよ」

「でもバイキングには来ないんだろ」

「言ったでしょ、わたし——」

彼はまるでわたしの言うことがよく聞こえないかのように、かすかに首を振った。それからまたわたしから離れて、道を走りはじめた。そのこわばった背が、彼がどんなに怒っているかを物語っていた。

「ねえ、パトリック。ちょっとだけ止まってこのことを話せない？」

彼の口調は頑固だった。「いや。タイムがくるう」

「じゃあ時計を止めようよ。五分間だけ」

「だめだ。実際の条件でやらないと意味がない」

彼は、まるで新たな勢いを得たように速度を上げた。

「パトリック？」わたしは言い、急に必死になって追いつこうとした。脚がペダルですべり、わたしはののしると、ペダルを蹴ってもとに戻し、また漕《こ》ぎだそうとした。「パトリック？パトリック！」

わたしは彼の後頭部を見つめながら、なにを言おうとしているか分からないうちに言葉が口から飛び出していた。

「分かったわ。ウィルはね、死のうとしてるの。彼は自殺したがってるの。そしてこの旅行は、彼に決心を変えさせるためのわたしの最後の挑戦なの」

パトリックの歩幅が縮まり、そしてスピードがゆるんだ。彼は道路の前方に立ち止まった。背を伸ばして立ち、顔はまだ向こうを向いたままだ。彼はゆっくりと振りかえった。ようやくジョギングをやめてくれた。

「もう一回言ってくれ」

「彼、〈ディグニタス〉に行こうとしてるの。八月に。わたし、その決心を変えさせようとしてるの。これがわたしの最後のチャンスなのよ」

彼はわたしの言うことを信じるべきか判断がつかないようにわたしを見据えていた。

「わけわかんない話でしょ。でも、彼の決心を変えさせなくちゃいけないの。だから……だからエクトリーム・バイキングには行けないの」

「なんでもっと前にこの話をしてくれなかった？」

「彼の家族に誰にも話さないって約束しなくちゃならなかったから。外に漏れたら、あの人たちひどいことになるでしょう。ほんとひどいことになるもん。それにね、わたしが知ってるってことを彼は知らないのよ。なにもかも……難しいの。ごめん」

わたしは彼のほうに手を差し伸べた。「話せたら話してたよ」

彼は答えなかった。わたしがなにかとんでもないことをしでかしたみたいに、彼は打ちのめされたように見えた。かすかにしかめた顔。そして彼は二度、息を深く吸いこんだ。「いいか?」

「パット――」

「悪い。ただ……今は走らせてくれ、ルー。一人で」彼は片手で髪をすいた。

わたしも深呼吸した。「うん」

彼は、ふと、なぜわたしたちがそこにいるのか忘れてしまったように見えた。それから再び走りだし、わたしは、彼の姿が道路の前方に消えていくのを見つめていた。頭はゆるぎなく前を向き、脚が身体の下の道路を刻んでいく。


二人で結婚式から帰ってきた翌日、チャットルームの掲示板にわたしは質問を書きこんだ。

どなたか、四肢麻痺患者が冒険できる素敵な場所をご存じないですか? 探しているのは、健常者もできることで、落ちこんでいる友人に、彼の人生に少しばかり制約があることをしばらく忘れさせてくれそうなものです。自分がどういうものを望んでいるのかはっきりしていないのですが、どんなアドバイスでもいただければありがたいです。できるだけ急ぎでお願いします。ビジー・ビーより。

チャットルームにログインすると、わたしは画面を見つめ、目を疑った。八十九件の回答がそこにあった。はじめはすべてが自分のリクエストへの回答とは信じられず、画面を上下にスクロールした。それから図書館のほかのパソコンを使っている人たちにちらりと目をやった。誰かこちらを見てくれないかしら。そうしたら言えるのに。八十九件もよ！　たった一つの質問に！

四肢麻痺患者のバンジー・ジャンプ、水泳、カヌー、特別なフレームの助けを借りた乗馬の体験談まであった（これにリンクされていたネット上の映像を見たとき、ウィルが馬にはどうしても我慢できないと言っていたことをちょっと残念に思った。ほんとうに素晴らしかったから）。

イルカと一緒の遊泳、介助者に付き添われたスキューバ・ダイビングがあった。水に浮く車椅子があって、それを使えば釣りに行けるし、四肢麻痺患者用の特別な自転車もあって、オフロード・サイクリングができる。何人かはこうしたアクティビティをやったときの自分の写真やビデオを添付していた。リッチーを含め、わたしの以前の投稿を覚えている人たちが何人かいて、彼の様子を知りたがった。

いい知らせだね。彼、元気になってきた？

わたしは急いで返事を打ち込んだ。

たぶんね。でも、この旅行でほんとうに状況がひっくりかえるのを願ってるの。

リッチーの返事。

よし！　軍資金があるなら、やれることは際限なくあるよ！

スクータガールが書きこんだ。

バンジー・ハーネスをつけた彼の写真を必ず投稿してね。逆さまになったときのみんなの顔見るの大好き！

わたしは彼らが——こうした四肢麻痺患者とそのケアをしている人たちが——大好きになった。なんて勇気があって、心が広くて、想像力豊かなんだろう。その晩、わたしは二時間かけて彼らの提案を書きとめ、彼らがチャレンジした内容に関連するウェブサイトへのリンクをたどり、チャットルームで数人と話をしさえした。図書館を出るときには、旅の目的地は心に決まっていた。行き先はカリフォルニアにあるフォー・ウィンズ・ランチ《牧場》。ウェブサイトによると、ここは〝サポートが必要なことも忘れるような〟サポートを、経験にもとづいて提供する専門施設だった。施設自体は、ヨセミテ近くの森の中のひらけた場所に建つ丸太づくりの低層の建物で、元スタントマンが、脊髄損傷によって行動が制限されることを拒否して設立した。ウェブ上のビジターブックには喜びと感謝にあふれた滞在者たちの言葉がずらりと並び、みんな、彼のおかげで障害と——自分自身に対する見方がこれまでと一変した、と断言していた。チャットルームのユーザーの少なくとも六人がそこに行ったことがあり、人生が一八〇度変わった、と口をそろえた。

車椅子に優しいだけでなく、すべての設備が高級ホテルに期待されるような内容になっている。目立たない吊り具が備えられた、屋外の床に埋めこみ式のお風呂と、専門のマッサージ師。訓練を受けた医療スタッフが常駐し、映画館には普通の座席の隣に車椅子用のスペースが設けられている。アクセスがしやすい露天風呂もあり、中に座って星空を眺められる。そこで一週間過ごし、それから海岸のホテル複合施設で数日過ごして、ウィルは泳いだり、岩の切り立った海岸線を見にいったりできる。なにより素晴らしいのは、ウィルにとって絶対忘れられないような旅のクライマックス——スカイ・ダイビングを見つけたことだった。四肢麻痺患者がジャンプするときの介助について訓練を受けたインストラクターが、パラシュートをつけて付き添ってくれる。ウィルをインストラクターに結びつける特殊な装置もある（どうも一番大切なのは、脚を固定して、膝が跳ね上がって顔にぶつからないようにすることらしい）。

わたしはホテルのパンフレットは彼に見せようと思っていたが、これは秘密にしておくつもりだった。ただ彼と一緒にそこに行って、彼がそれをやるところを見届ける。その貴重な数秒間、ウィルは体重を失い、解き放たれ、忌まわしい車椅子から逃れられる。彼は重力から自由になるのだ。

わたしはそうした情報をすべて印刷すると、その一枚を一番上に置いた。それを見るたびに胸が高鳴る気がした。わたしにとって生まれてはじめての長旅だったし、そして、これならきっとうまくいく、と思えたから。

これなら、きっとウィルの決心を変えられる、と。


翌朝、それをネイサンに見せた。キッチンでコーヒーを前に二人でこっそり背中を丸めた姿は、なにか悪だくみをしているとしか思えなかった。彼はわたしが印刷してきた紙をめくっていった。

「スカイ・ダイビングについてはほかの四肢麻痺患者に意見を聞いたの。医学的にできない理由はないって。それからバンジー・ジャンプも。脊髄に圧迫がかかるかもしれないから、その圧がかかるポイントを緩和する特別なハーネスがあるんだって」

わたしは彼の顔を不安げに見つめた。ウィルの医学的な方面のケアに関しては、ネイサンがわたしの能力を買ってくれていないことは知っていた。この計画に彼が満足してくれないと困るのだ。

「この場所にはわたしたちが必要なものは全部そろってるの。前もって連絡して、お医者さんの処方箋《せん》を持っていけば、いりそうなジェネリック薬も用意しておいてくれるんですって。そうすれば絶対足りなくならないでしょ」

彼は眉間にしわを寄せた。「いいんじゃないかな」ようやくそう言った。「よく調べたね」

「彼、喜んでくれると思う?」

彼は肩をすくめた。「さあ、どうかな。でも――」書類をわたしに手渡す。「――君にはずっと驚かされっぱなしだからな、ルー」その微笑みは、ほっぺたの片側をゆがませた、悪戯っぽい笑いだった。「今度だってやれない理由はないんじゃないの」

それをトレイナー夫人に見せたのは、その晩、家に帰る前だった。

ちょうど彼女が車を車回しに停めたところで、わたしはウィルの窓から見えない場所でためらってから、彼女に近づいた。「費用がかかることは分かってます」わたしは言った。「でも……すごくいいと思うんです。ウィルは絶対、人生最高の時間を過ごせると思います。その……言っている意味、お分かりですよね」

彼女は無言のままそのすべてに目を通し、わたしが計算した数字を検分した。

「そのほうがよければ、自分の分は自分で払います。食費も宿泊費も。だって誰かに変に思われたくないんです――」

「かまわないわ」彼女はわたしをさえぎって言った。「必要なことをしてちょうだい。息子を連れていけると思うなら、すぐ予約して」

わたしは彼女が言っている意味を理解した。もうほかになにかする時間はないのだ。

「説得できると思う?」彼女は言った。

「その……もし、わたしが……説明すればですけど……」わたしはつばを飲みこんだ。「つまり、これがわたしのためでもあるって。彼はわたしがこれまで人生を無駄にしてきたと思ってます。いつも旅をしろって言うんです。いろんなことを……経験すべきだって」

彼女はわたしをじっと観察していた。そしてうなずいた。「そうね。いかにもウィルが言いそうだわ」

「わたし……」彼女は書類をこちらによこした。

た。わたしは二度、ごくりとつばを飲んだ。

「前におっしゃってたことですけど。わたし——」

彼女はわたしが話すのを待っていたくないようだった。頭をひっこめると、細い指が首の周りの鎖を探った。「ああ、いいのよ。そろそろ中に入らないと。また明日ね。息子がなんと言ったか教えてちょうだい」

その晩、わたしはパトリックの家に帰らなかった。帰るつもりだったのだけれど、なにかがその工業団地からわたしの足を遠のかせ、その代わり、わたしは道路を渡ると実家に向かうバスに乗りこんだ。わが家までの百八十歩を歩き、家に入った。暖かな夕方で、そよ風を入れようと、全部の窓が開け放たれていた。ママはキッチンで歌いながら料理をしていた。パパはお茶の入ったマグカップを手にソファに座り、おじいちゃんは自分の椅子で、頭を一方にかしげて居眠りをしていた。トーマスが自分の靴に黒のフェルトペンで慎重に落書きをしていた。わたしはただいま、と言い、みんなの前を通りすぎながら、どうしてこんなにあっという間に、ここはもう自分の居場所じゃないという気がするんだろう、といぶかしんだ。トリーナがわたしの部屋で勉強していた。ドアをノックし、中に入ると、彼女はデスクについていて、教科書の山の上に背中を丸め、見たことのない眼鏡を鼻にのせていた。自分のために選んだものに彼女が囲まれているのを見るのはおかしな気分だった。おまけにもうトーマスの描いた絵が、あんなにわたしが丁寧に塗った壁を埋め、わたしのブラインドの隅にもペンで落書きした絵がそのまま残っていた。反射的にむっとしないように心を落ち着かせなければならなかった。

彼女は肩ごしにちらりとこちらを見た。「ママが呼んでるの？」と言い、時計を見上げる。

「トーマスの夕食はママがやってくれるはずなんだけど」

「やってるよ。フィッシュ・フライだって」

彼女はわたしを見て、眼鏡を外した。「どうかした？　なんかブスな顔」

「そっちだって」

「知ってる。馬鹿らしいんだけどデトックス・ダイエットってやつをやったの。そしたら肌がぼろぼろ」彼女は片手を上げて顎に触れた。

「ダイエットなんかいらないじゃん」

「うん。それがね……会計学Ⅱの授業に気に入った男の子がいるのよ。がんばってみようかなと思って。でっかいぶつぶつが顔じゅうにあったら、美人間違いなしだから」

わたしはベッドに座った。それはわたしの掛け布団カバーだった。クレイジーな幾何学模様で、きっとパトリックは嫌がるだろうと思ったのだ。トリーナが気にしていないのは驚きだった。

彼女は本を閉じ、椅子に寄りかかった。「それでどうしたの?」

わたしは唇を噛み、彼女がもう一度、尋ねるまでそうしていた。

「トリーナ、わたし再訓練を受けられると思う?」

「再訓練? なんの?」

「分かんない。なにかファッション関係のこと。デザインとか。それとも服の仕立てだけでも」

「そうね……コースはいろいろあるよ。たしか、うちの大学にもあると思ったな。よかったら調べてあげるけど」

「でも、わたしみたいな人、取ってもらえる? 資格もないのに」

彼女はペンを宙に投げ上げ、受けとめた。「ああ、成人の学生は大歓迎されるよ。特に、しっかりした職業意識のある大人の学生はね。予備コースに入らなくちゃならないかもしれないけど、やるのはいいんじゃないの。でもなんで? なんかあったの?」

「分かんない。ただ、だいぶ前にウィルにちょっと言われたんだ。その……わたしがどう人生を生きていくべきかについて」

「それで?」

「それで、ずっと考えてたの……たぶん、そろそろあんたがやってるようなことをやるときかなって。パパも前みたいに稼げるようになったし、もしかして、なにかになれるのはあんた一人ってわけじゃないかもしれないしさ？」

「お金はかかるよ」

「知ってる。ずっと貯金してたの」

「ルーが貯金できた額よりもう少しかかるような気がするけど」

「奨学金を申しこむよ。それともローンか。それに、しばらくはやっていけるだけのお金はあるの。国会議員だった女の人に会ってね、その人、わたしを助けてくれそうな組織に関係があるんだって。名刺をもらったの」

「待って」トリーナは椅子に乗ってくるりと回り、言った。「これって変じゃない？　あんたはウィルと一緒にいたいんだと思ってたよ。これまでやってきたことはみんな、彼に生きててもらって、彼のところで働きつづけたいと思ってたからじゃなかったの？」

「そうだよ、でも……」わたしは天井をじっと見上げた。

「でも、なによ？」

「複雑なの」

「量的緩和も複雑だけどね。それでも、お金を印刷することだっていうのは分かってる」

彼女は椅子から立ち上がると、歩いていって寝室のドアを閉めた。外に聞こえないように声をひそめる。

「失敗しそうなの？　彼、やっぱり……？」

「ううん」わたしはあわてて言った。「とにかく、そうじゃないことを願ってる。計画があるの。すごいプランよ。あとで教えるけど」

「でも……」

わたしは両腕を頭上に伸ばし、指を組み合わせた。「でもね、わたしウィルが好きなの。すごく」

彼女はわたしを探るように見た。例の頭を回転させている表情をしている。自分にまっすぐ向けられると、妹がなにか考えているときの表情ほど怖いものはない。

「やっちゃったか」

「やめてよ……」

「**これは**興味深いね」彼女は言った。

「分かってる」わたしは両腕を下げた。

「仕事がほしいのは……」

「ほかの四肢麻痺患者の人たちが教えてくれたの。掲示板で話した人たちがね。両方は無理だって。介護者と兼ねるのは、その……」わたしは両手を上げて顔を覆った。

わたしを見ている彼女の視線を感じる。

「彼は知ってるの？」

「ううん。**わたし**だってよく分からないんだもん。ただ……」わたしは彼女のベッドにうつぶせに身体を投げ出した。そこはトーマスの匂いがした。かすかなマーマイト（イーストエキスのペースト）の匂いが混じっている。「自分がなに考えてるか分かんない。分かってるのは、ほとんどいつも、彼と一緒にいたいと思ってることだけ。知ってるほかの誰よりもね」

「そこにパトリックも入るんだ」

ああ、ついに出てしまった。真実がそこに。自分でもどうしても認められなかった事実が。

わたしは頰に色がのぼってくるのを感じた。「うん」わたしは掛け布団に顔をうずめたまま言った。「ときどきね、うん」

「やれやれ」しばらくたって、彼女は言った。「人生を複雑をするのが好きなのは**わたし**だと思ってたのにね」

彼女はベッドのわたしの隣に寝そべり、わたしたちは二人で天井を見つめた。階下で、おじいちゃんが調子はずれの口笛を吹いている。なにかうなるような音と、がちゃんと物のぶつかる音がした。トーマスがリモコン・カーを操縦して行ったり来たりさせながら、幅木にぶつけている。なぜかは説明できないけれど、目に涙があふれてきた。少したって、妹の腕が身体に回されているのにわたしは気づいた。

「あんたどうかしてるよ」彼女は言い、二人とも笑いだした。

「心配しないで」わたしは言い、顔をぬぐった。「馬鹿なことはしないから」

「そうだね。だって、考えれば考えるほど、これは状況の重さのせいだって気がするもの。現実じゃないよね。ドラマみたい」

「なにが？」

「だから、これって結局、ほんとに生きるか死ぬかの問題でしょ。で、ルーは毎日この男の人の生活の中に閉じこめられてるわけよね。彼の普通じゃない秘密の中に。そんなことしてたら、なんか親密な気分になってもおかしくないよ。実際はそうじゃなくても。それか、なんか変なフローレンス・ナイチンゲール症候群みたいなのにかかってるか、どっちかだわね」

「信じてよ、絶対それじゃないから」

わたしたちはそこに寝転がり、天井を見ていた。

「でも、ちょっとおかしいよね。その……なんて言うか、愛し返そうにもできない人を愛するって考えると。もしかしたら、やっとパトリックと一緒に住みはじめたことでパニックになってるだけじゃないの？」

「分かってる。そうかもしれない」

「だって二人は長く付き合ってきたからさ、ほかの人にのぼせるのはありうるよ」

「特に、パトリックはマラソン・マンになるのに夢中だしね」

「それにまたウィルのこと嫌いになるかもよ。彼のことクソ野郎だって言ってたの覚えてるもん」

「今もときどきそう思うよ」

妹はティッシュに手を伸ばし、わたしの目元を拭いた。それから頬についたなにかを親指で取った。

「いろいろ言ったけど、大学に行くっていう考えはいいと思うよ。——ぶっちゃけ、ウィルがさよならしちゃっても、そうならなくても、やっぱりちゃんとした仕事は必要だもの」

「ウィルはあんたが言うみたいに、〝さよなら〟なんてしないもん。彼は……彼は元気になるの」

「もちろん」

ママがトーマスを呼んでいた。その声が聞こえてくる。わたしたちの下のキッチンで歌っている。「トーマス、トムトムトムトムトーマス……」

トリーナがため息をつき、目をこすった。「今晩はパトリックの家に戻るの？」

「うん」

「だったら《スポティッド・ドッグ》で軽く一杯やってその計画を教えてよ。ママにトーマスをわたしの代わりに寝かしつけてくれるか頼んでみるから。そうだ、おごってもらっちゃおう。今じゃ大学に行けるくらいお金持ちなんだもんね」

パトリックの家に戻ったときには十時少し手前くらいだった。

意外なことに、トリーナはわたしの旅行プランにもろ手を挙げて賛成した。いつもやるように「そうね、でもこうしたらもっとよくなるんじゃない……」と口を出すことすらしなかった。一時は単に気をつかってくれているだけかと思ったくらいだった。なにしろ、わたしはちょっと常軌を逸しかけていたわけだし。でも、彼女はずっと「わあ、こんなの見つけたなんて信じらんない！　彼がバンジー・ジャンプしてるとこいっぱい写真に撮ってね」みたいなことをくりかえすだけだった。それか、「スカイ・ダイビングの話をしたらどんな顔するかしらね、考えてもみてよ！　ああすごい最高」とか。

パブでわたしたちの様子を見ていた人がいれば、きっと、お互いが大好きな仲良し二人組だと思っただろう。

まだそのときのことをあれこれ思い出しながら、わたしはそっと部屋に入った。外から見たときフラットは暗く、パトリックは集中トレーニングの一環として早寝をしたのだろうかと思った。バッグを廊下の床に置くと、居間のドアを押し開けた。明かりをつけておいてくれるなんて優しいじゃない、と思いながら。

そのとき彼の姿が目に入った。彼はテーブルの前に座っていた。テーブルには二枚のランチョンマットがしかれ、そのあいだにキャンドルの火が揺れている。わたしがドアを閉めると、彼は立ち上がった。キャンドルは根元まであと半分ほどになっていた。

「悪かった」彼は言った。

わたしは彼を見つめた。

「俺が馬鹿だった。ルーのほうが正しい。君のこの仕事はほんの六か月だけなのに、俺の態度はガキみたいだった。ルーが価値あることをやって、そんなに真剣に取り組んでることを俺は自慢に思うべきなんだ。でも、ちょっと……面くらっちゃったんだよ。だから謝る。ほんとに悪かった」

彼は手を差し出した。わたしはその手をとった。

「あいつを助けようとしてることは立派なことだ。偉いよ」

「ありがとう」わたしは彼の手を握りしめた。

また彼が口を開いたのは、まるで先に練習しておいたスピーチをうまくやり遂げたように、一息いれたあとだった。「夕食を作ったよ。またサラダで悪いけど」彼はわたしの前を横切って、冷蔵庫の中から、二枚の皿を取り出した。「バイキングが終わったらどこかで豪勢な食事をしよう。約束するよ。それか、俺がカーボ・ローディングに入ったらね。たださ……」彼は頰をふくらませた。「最近、ほかのことをあんまり考えられなかったんだよな。それも問題の一部だったんだと思うよ。それにルーの言うとおりだ。俺のあとをついて回る理由はない。これは俺が好きでやってることだもんな。ルーがそれよりも働くって言うなら完全にその権利はある」

「パトリック……」わたしは言った。

「けんかしたくないんだ、ルー。許してくれるかい?」

彼の目は不安げで、身体からコロンの香りがした。その二つの事実が、重石《おもし》のようにゆっくりとわたしの上にのしかかってきた。

「座れよ、とにかく」彼は言った。「食おうぜ。それから……ええとどうしよう。くつろぐか。なんか別のことを話してさ。走ることじゃなくて」彼は無理に笑った。

わたしは座り、テーブルを見た。

それから微笑んだ。「とっても素敵」わたしは言った。

パトリックはほんとうにターキーの胸肉で百通りの料理を作れるのだ。

わたしたちはグリーンサラダに、パスタサラダに、シーフードサラダを食べ、彼がデザート代わりに作ったトロピカルフルーツのサラダを食べた。わたしは白ワインを飲み、彼はミネラルウォーターを飲んでいた。少し時間はかかったけれど、二人ともだんだん気持ちがほぐれてきた。目の前にいるのは、しばらくわたしが会っていなかったパトリックだった。彼は面白くて、よく気が利いた。自分を厳しくチェックして、ランニングやマラソンについて一言も言わず、会話がそっちの方向にそれていこうとするのに気づくと、笑い声を立てた。テーブルの下で彼の足がわたしの足に触れ、脚と脚がからまるのを感じた。ゆっくりと、さっきからつかえていた苦しくて不快な感じが、胸の中でゆるんでいく。

妹の言うとおりだ。わたしの生活は妙な具合にねじれて、知っている人たちみんなから切り離されてしまったのだ――ウィルの苦しみと秘密に圧倒されて。そうじゃない自分を見失わないようにしなくては。

さっき妹と交わした会話について、申し訳ないような気がしてきた。パトリックはわたしを立ち上がらせようとせず、お皿を下げるのさえ手伝わせなかった。十一時十五分に彼は席を立つと、お皿やボウルを小さなキッチンに運び、食器洗浄機に入れはじめた。わたしは座って、狭い入口の向こうから話しかけてくる彼の声に耳を傾けた。首の付け根を揉《も》み、そこに頑固に居座っている塊を少しほぐそうとする。目を閉じ、そのままリラックスしようとしていたせいで、数分のあいだ、会話がとだえていることに気づかなかった。

わたしは目を開けた。パトリックが入口に立って、わたしの旅行のファイルを手にしていた。何枚かの紙を掲げている。「いったいこれはなんだ?」

「それは……例の旅行よ。話したでしょ」

わたしはさっき妹に見せた書類を彼がめくっていくのを見つめた。旅程、写真、カリフォルニアのビーチ。

「俺はてっきり……」出てきた彼の声には、妙にしめつけられたような響きがあった。「てっきりルルドの泉とかのこと言ってるんだと思ってた」

「え?」

「それとも……分かんないけど……ストーク・マンデヴィル病院とか……その手の場所だとばっかり。あいつを手伝わないといけないから来られないって言うから、マジに仕事なんだと思ったんだ。理学療法とか、信仰の癒《い》やしとかさ。これは……」彼は信じられないように首を振った。「これは〝一生に一度の旅〟って感じだ」

「まあ……そうよ。でもわたしのじゃないわよ。彼のね」

パトリックは苦い顔をした。「だよな……」彼は首を振った。「ルーはこいつを**ぜんぜん**楽しんだりしないよな。満天の星空の露天風呂も、イルカと泳ぐのも……見ろよ、〝五つ星ホテルの贅沢〟に〝二十四時間ルームサービス〟だってさ」彼は顔を上げてわたしを見た。

「これは出張じゃないよ。こいつは新婚旅行だ」

「そんな言い方ひどいよ！」

「じゃあこれはひどくないのかよ？　ルーは……ルーは自分が**こんな**旅行に別の男と悠々と出かけといて、俺は指をくわえてここで待ってると思ってるのか？」

「看護師も一緒よ」

「へえそうか。そうだよな、**ネイサン**か。だからぜんぜん問題なしってわけだ」

「パトリック、お願いだから——いろいろ難しいんだってば」

「じゃあ、説明してくれよ」彼は書類をこちらに突きつけた。「これを説明してくれよ、ルー。俺が少しでも理解できるように」

「ウィルに生きていたいと思ってもらうのが、わたしにとって大事なことなの。彼が未来にいいことが待ってると思ってくれることがね」

「それでそのいいことにはルーも含まれてるってわけか？」

「そんなこと言ってないでしょ。ねえ、あなたがすごく気に入ってる仕事を辞めてってわたしが頼んだことある？」

「俺の仕事にはよその男と熱い湯船につかることは入ってないよ」

「別に、入ってたってわたしは気にしないよ。よその男とお風呂に入ったらいいじゃん！　好きなだけ。ね？」わたしは彼もそうしてくれることを願いながら笑顔になった。

でも彼は意にも介さなかった。「どんな気がする、ルー？　もし俺がどっかのフィットネス大会に——そうだな——テラーズのリアンと一緒に行くって言ったら？　彼女が応援がほしいからってさ？」

「応援？」リアンと彼女の風になびくブロンドと、完璧な脚を思い浮かべた。そして、どうして彼は彼女の名前を一番に思い出したのだろうと心のどこかで考えた。

「それから、俺と彼女でしょっちゅう一緒に食事に行って、風呂でくつろいで、何日もよそに行くって聞いたらどんな気がする？　ただちょっと彼女が落ちこんでるからって、六千マイルも離れたところにさ。それでもほんとにルーは気にしないのか？」

「彼は〝ちょっと落ちこんでる〟んじゃないの、パット。自殺しようとしてるの。〈ディグニタス〉に行って、人生を終わりにしたいと思ってるのよ」耳の中で血が激しく脈打っている。「こんなふうに話をねじまげるのおかしいよ。ウィルを〝障害者なんか〟呼ばわりしたのはあなたじゃない。彼が自分にとって脅威になんかなるわけないって思ってたのはあなたでしょ。〝完璧な雇い主〟って言ったじゃん。心配する価値もないって」

彼はキッチンカウンターの上にファイルをもとどおりに置いた。

「ルー……今は心配してるよ」

わたしは両手に顔をふせ、しばらくそのままでいた。外の通路で、防火扉が開くのが聞こえ、ドアの鍵が開き、閉まり、人声を呑みこんだ。

パトリックはキッチンキャビネットの端に沿って、片手をゆっくりと前後にすべらせていた。顎の小さな筋肉がひきつっている。「これがどんな気分か分かるか、ルー？　走ってるのに、フィールドにいるほかの奴らにほんのちょっとだけどうしても追いつけない。そんな気分だよ。俺は……」彼は自分を立て直そうとするように深呼吸した。「角を曲がった向こうになにか悪いことが待ってる気がする。みんなはそれがなにか知ってるのに俺だけが知らないんだ」

彼は目を上げ、わたしと視線が合った。「俺は自分が無理なことを言ってるとは思わない。ルーに行ってほしくないんだ。バイキングに行きたくないのはいいけど、この……この旅行には行ってもらいたくない。あいつと一緒に」

「でもわたし――」

「もうじき七年なんだぞ、俺たち付き合って。君がこの男と知り合って、この仕事をはじめてから五か月だ。たったの五か月だ。奴と一緒に行くなら、俺たちの関係についてルーがどう考えてるか俺に言ってるのと同じことだ。二人のことをどう考えてるか、ね」

「そんなのあんまりだよ。わたしたちのことなんか関係ないじゃない」わたしは抗議した。

「こんだけ俺が言って、それでも行くって言うなら関係あるよ」

小さなフラットがわたしたちの周りでしんと静まりかえった気がした。彼は、これまで見たこともない表情でわたしを見ていた。

声が出たとき、それはささやき声だった。「でも、彼にはわたしが必要なの」

それを口に出し、ねじれながら空中で組み合わさり形を作るその言葉が耳に届くか届かないうちに、わたしは気づいていた。もし彼が同じことを言ったら、自分はどんな気持ちになるかということに。

彼は深く息を吸いこみ、わたしが言ったことが理解できないようにわずかに首を振った。片手をカウンターの横に置き、わたしを見た。

「俺がなにを言っても、どうにもならないんだろ？」

パトリックはそういう人だ。わたしが認めるよりも彼はいつも頭がよかった。

「パトリック、わたし――」

彼はほんの一瞬、目を閉じ、背を向けると居間を出ていった。最後に残った空の皿がサイドボードの上に載っていた。

21

スティーヴン

あの子は週末に引っ越してきた。ウィルはカミラにもわたしにもなにも言わなかったが、土曜の朝にネイサンが遅刻するというので、ウィルがなにか手伝いがほしいかと思い、パジャマのまま離れに行ってみたら、あの子がいて、片手にシリアルを入れたボウルともう一方の手に新聞を持って廊下を歩いていた。わたしを見たらさっと顔を赤くした。どうしてだろう――わたしはドレッシングガウン姿で、どこにも見苦しいところはなかったのに。朝になるとウィルの寝室から若くて可愛い女の子がこっそり出てくるのがあたりまえだった時代があったことを、そういえば思い出した。

「ウィルに郵便物を持ってきただけだよ」とわたしはそれを振ってみせた。

「まだ寝てます。声をかけてみましょうか？」彼女の手は胸元にあがり、新聞で身を隠そうとしているようだった。ミニーマウスのTシャツと刺繡入りのズボン姿だ。香港で中国人の女性がはいているのを見かけるような。

「いやいや、寝てるならそのままでいい。ゆっくりさせてやろう」

カミラに話したとき、喜ぶだろうと思った。なんと言っても、あの子が恋人と同棲をはじめたことでひどく腹を立てていたからだ。しかし、少し驚いたような顔をしただけで、それから例の張りつめた表情を浮かべた。その顔をするということは、もうありとあらゆる望ましくない結果につながる可能性を検証しているということだ。口に出しはしなかったが、彼女がルイーザ・クラークをあまり買っていないのはよく分かっていた。とは言っても、そのころ、誰だったらカミラの気に入るのか見当もつかなかったが。彼女のデフォルト設定は〝気に入らない〟に決まっていたらしかったから。

ルイーザがなぜうちに泊まることになったのか、背後の事情は結局分からなかった――ウィルはただ〝家庭の事情で〟と言っただけだったし――だが、彼女はよく働く子だった。ウィルの面倒をみていなければ、駆けずり回って掃除したり洗濯したり、えらい勢いで旅行会社や図書館を往復したりしていた。目立つ子だから、町のどこにいてもすぐ分かっただろう。南国以外では見たこともないような原色の服を着ているし。宝石のような色合いの短いワンピースに奇妙な靴といった具合でね。

あの子のおかげで家が明るくなったと言いたかったが、そういう話をもうカミラにするわけにいかなかった。

ウィルは、あの子に自分のパソコンを使っていいと言ったようだった。しかし彼女は図書館のを使うほうがいいと言って断っていた。図々しいと思われるのが嫌だったのか、それとも、なにかやっていることをウィルに見られたくなかったのかどちらかだろう。

いずれにせよ、あの子がそばにいるとウィルは少し嬉しそうだった。二度ほど、二人の会話がわたしの部屋の開いた窓から聞こえてきて、間違いなくウィルは笑っていたと思う。バーナード・クラークに、ルイーザがうちに泊まることを了解しているのか念のため確かめたくて話をしたところ、彼は、少しごたごたしていて、娘は長く付き合った恋人と別れたばかりで、家ではいろんなことが中途半端な状態だと言った。それから、ルイーザが勉強を続けるために、なにかのコースに申しこんだとも言っていた。そのことについてはカミラには話さないでおくことにした。それがなにを意味するのか、思いわずらわせたくなかったのだ。ウィルはあの子がファッションとかその手のことに興味があると言っていた。たしかにあの子は魅力的だし、スタイルも素晴らしい——ただし、正直なところ、あの子が着ているような服をいったい誰が買うものか、わたしには想像がつかなかった。

月曜の晩、あの子はカミラとわたしにネイサンと一緒に離れに来てくれないかと頼んできた。テーブルの上にはパンフレットや時刻表や、保険の書類、それにインターネットからプリントアウトしたそのほかの書類が並んでいた。一人一人のためにクリアファイルに入れた一式が用意されていた。まったく申し分なく整えられていた。

彼女は旅行についての計画をわれわれに説明したいと言った（その恩恵を受けるのは誰よりも自分であるかのような話し方をする、とあの子は前もってカミラに断っていたが、それでも、あの子が三人のために予約したもろもろの詳細を説明を聞きながら、カミラの目が少し冷ややかに光ったのが分かった)。

それはありとあらゆる珍しいアクティビティが詰めこまれた、途方もない旅だった。たとえ事故の前でもウィルがそれをやるなんて想像できないようなね。しかし、ルイーザはなにか口にするたびに——急流のカヌー下りやらバンジー・ジャンプやらいろいろだが——書類をウィルの前に差し出し、ほかにも怪我をした若者たちが参加していることを見せてはこう言った。「こういうこと、わたしにやれってさんざん言ってるのはあなたでしょ。わたしがこれを全部やるなら、あなたもわたしと一緒にやってくれなくちゃ」

正直なところ、顔には出さなかったが彼女にはずいぶん感心した。たいした情報通だ。ウィルは彼女の言うことに耳を傾け、見ていると自分の前に置かれた書類を読んでいるのが分かった。

「どこでこんなにたくさんの情報を見つけてきたんだ?」読み終わってウィルが言った。

彼女は眉毛を上げてみせた。「知識は力よ、ウィル」彼女は言った。

それを聞いて息子は微笑んだ。まるで彼女が特別に気の利いたことを言ったみたいに。

「それじゃ……」ルイーザは、すべての質疑が終わると言った。「八日後に出発します。よろしいですか、ミセス・トレイナー?」その口調には、ノーと言うなら言ってみろと言わんばかりの、なんとなく挑むような雰囲気があった。

「あなたがたみんながそうしたいと言うなら、わたしに異存はないわ」カミラは言った。

「ネイサン?　まだ行く気ある?」

「当然」

「それから……ウィルは？」

全員がウィルを見た。そう遠くない過去、こんな活動のどれ一つをとってもお話にもならなかった時期があった。ウィルが母親を悩み苦しませるためだけに、ノーと言うことに喜びを見出していた日々もあった。あれは――われわれの息子は昔からそうだった。自分が相手に従っていると思われたくないばかりに正しいことの逆をいくようなところがある。こんな反抗癖を、どこで身につけたものだろう。しかしだからこそ、あれほど優秀な交渉人になれたのかもしれないが。

息子はわたしを見上げた。その目の表情は読み取れず、わたしは自分の顎が緊張でこわばるのを感じた。それからウィルはあの子を見て、微笑んだ。

「いいんじゃないか？」彼は言った。「クラークがどこかの急流に身投げするのを見るのが楽しみだ」

彼女はほんとうに少し空気が抜けてぺしゃんこになったように見えた――ほっとしたのだろう。半分、ウィルがノーと言うのを予想していたのかもしれない。

おかしな話だが――今だから言うが、あの娘がはじめてわれわれの暮らしに紛れこんできたとき、わたしは多少、あの子を疑いの目で見ていた。ウィルはさんざん空威張《からいば》りはしても、心は弱っていた。わたしは息子がいいように操られるのではないかと少し恐れていた。ウィルはなんといっても裕福な若者だし、あのろくでもないアリシアがあいつの友達に走ったせいで、自分には価値がないと思いこんでいた。ああいう状況では誰でもそうなるものだが。だが、そのときルイーザが彼を見る目つきが見えた。誇らしさと感謝が不思議に入り混じったような表情だった。とつぜん、わたしは彼女がそこにいてくれることに心底、感謝した。わたしたちは一度も口にしたことはなかったが、息子は実に困難きわまりない状態にあった。ルイーザがなにをやっているにしろ、そのおかげで息子は束の間でも安らぎを得ているように見えた。

数日間は、かすかな、しかし紛れもない祝賀ムードが家の中に漂っていた。カミラは黙っていたが希望を持っているようだった。それがそうだとは認めようとしなかったが。口に出さなくても彼女の言いそうなことは分かる。つまり、いったいなにを祝わなくてはならないの？　ということだ。彼女が夜遅く、ジョージーナと電話で話し、自分が同意したことについて言い訳しているのが聞こえた。この母にしてこの娘ありで、ジョージーナは、ルイーザがなにかの形で自分の得になるようにウィルの状況を利用してはいないかと、もうあら探しをしていた。

「彼女、自分の分は自分で払うと申し出たのよ、ジョージーナ」カミラは言った。それから「いいえ、ダーリン。ほんとに選択の余地はないと思うわ。時間はほとんどないし、ウィルが行くと言っているの。だから最善を祈るだけなのよ。あなたももうそうしてくれるしかないと思うの」

ルイーザを庇《かば》うことが、いや、親切にするだけでも、カミラにとってどんなに業腹《ごうはら》かわたしは知っていた。だが、それでもあの子に我慢していたのは、わたしと同じように、ルイーザだけが息子に、たとえ完全ではなくても幸せを感じさせてくれる唯一の存在だと分かっていたからだ。

わたしたちのどちらも口にはしなかったが、ルイーザ・クラークは、息子の命をつなぐわたしたちの最後の切り札になっていた。

わたしは昨日の晩、デッラと飲みに出かけた。カミラは自分の姉を訪ねていたので、わたしたちは帰り道、川沿いを散歩した。

「ウィルが旅行に行くんだ」わたしは言った。

「まあ素敵」彼女は応じた。

憐れなデッラ。彼女が二人の将来についてわたしに尋ねたくなる本能的な衝動と戦っているのが見てとれた。この予想もしない展開がそれにどう影響するか、推し量ろうとしている。だが、彼女は決して尋ねまい。このすべてに決着がつくまでは。

わたしたちは歩き、白鳥を眺め、まだ早い夕方の日差しの中で、ボートに乗って水をはねかしている観光客たちに微笑みかけた。そして彼女は、こうしたことがみんな、ウィルにとってさぞかし素晴らしいことだろうとか、もしかしたら彼が自分の状況に適応することを今度こそ学ぶきっかけになるかもしれないなどと話しつづけた。そう言ってくれるのは、彼女の優しさだった。なぜなら、彼女がすべてが終わることを望んだとしても、ある意味、当然だと、わたしには分かっていたからだ。なんと言っても、人生を共に過ごそうというわたしたちの計画をそんなふうに奪ったのは、ウィルの事故だったのだから。彼女は、わたしのウィルに対する責任がいつの日か終わり、わたしが自由になることを心のどこかで望んでいたはずだ。

そして、わたしは彼女の隣を歩きながら、肘を曲げたところに置かれた彼女の手の感触を味わい、歌うような声に耳を傾けていた。彼女に真実を告げることはできなかった――われわれほんの数人しか知らない真実を。もしあの娘が牧場《ランチ》やらバンジー・ジャンプやら露天風呂やらで失敗すれば、逆説的に、あの子によってわたしは解き放たれることになる。なぜなら、わたしが自分の家族のもとを離れられるとすれば、それはウィルが、われわれがこれだけ手を尽くしてもなお、スイスのあの非道な場所に行く決心はゆるがないと決断するということだから。

わたしはそれを知っていた。カミラも知っていた。しかし、われわれのどちらもそのことを認めようとしなかった。自分の息子の死によってのみ、わたしは自由になり、自分の選んだ人生を歩めるようになるということを。

「やめて」彼女は、わたしの表情を見て言った。

いとしいデッラ。わたし自身が気づいていなくても、彼女にはわたしが悩んでいることが分かる。

「いいニュースじゃありませんの、スティーヴン。ほんとうに。分かりませんわよ、もしかしたらウィルにとって、新しくひとり立ちして生きていくスタートになるかもしれないわ」

わたしは彼女の手に自分の手を重ねた。もっと心が強い男だったら、ほんとうに考えていることを彼女に言ったかもしれない。もっと心が強い男だったら、ずっと前に彼女を自由にしていただろう——彼女を、そして恐らく妻をも。

「そうだね」わたしは無理をして微笑みながら言った。「あいつが、バンジー・ロープかなにか知らんが、若い連中がお互いにやっては喜んでいる恐ろしげなものの話を土産に帰ってくることを願うとしようか」

彼女はわたしを小突いた。「彼、あなたに言ってお城になにか作らせようとするかもしれませんわよ」

「濠でカヌーの急流下りかね？」わたしは言った。「来年の夏のシーズンの目玉候補として頭に入れておくよ」

こんなありそうもない絵に励まされて、わたしたちは時折、笑い声を上げながら、ボートハウスまでずっと歩いていった。

そして、ウィルが肺炎を起こした。

22

わたしは救急救命センターに駆けこんだ。病院の無秩序なレイアウトと、わたしが生まれつきどんな種類の方向感覚も持ち合わせていないせいで、重症管理病棟にたどり着くのにおそろしく時間がかかった。三度も尋ねて、やっとのことで誰かが正しい方向を教えてくれた。ようやくC12棟のドアを、息を切らしあえぎながら押し開けると、そこにネイサンがいて、廊下で座って新聞を読んでいた。わたしが近づくと、彼は顔を上げた。

「どんな様子？」

「酸素吸入中だ。安定してるよ」

「どうしてなの。金曜日の夜は元気だったのに。土曜日の朝はちょっと咳してたけど、でも……こんなのって？　なにがあったの？」

心臓が激しく鼓動を打っていた。とりあえず座り、息を整えようとする。一時間前にネイサンからメールを受け取ってからほとんどずっと走りっぱなしだった。彼は居ずまいをただし、新聞をたたんだ。

「これがはじめてじゃないんだよ、ルー。ウィルは肺の中にちょっと細菌が入っても、咳で排出するしくみが本来の機能を果たしてないから、あっという間に容体が悪化するんだ。土曜の午後、痰を取ったりいろいろやってみたんだけど、痛みがひどくてね。とつぜん、熱が出て、胸に刺すような痛みが起きてさ。それで土曜の夜、救急車を呼ぶことになったんだよ」

「最悪」わたしは言い、身体を前に倒した。「あんまりだわ、どうしたらいいの。中に入ってもいい?」

「相当ぐったりしてるよ。たいして話はできないと思うな。それにミセス・Tがついてるし」

わたしはネイサンにバッグを預け、両手を消毒液で清潔にしてから、ドアを押して中に入った。

ウィルは病院のベッドの真ん中に寝ていて、身体をブルーの毛布で覆われていた。点滴につながれ、ときどきピーという音を立てるさまざまな機械に囲まれていた。顔は酸素マスクで半分隠れ、目を閉じていた。顔色は悪く、その青白い色が、わたしの中のどこかを締めつけた。トレイナー夫人は彼の隣に座って、片手を毛布に包まれた彼の腕に置いていた。彼女は反対側の壁を見つめていたが、その目にはなにも映っていなかった。

「ミセス・トレイナー」わたしは言った。「ああ、ルイーザ」

彼女はびくっとして目を上げた。

「どんな……彼はどんな様子です?」近づいてウィルのもう一方の手を取りたかったけれど、

座れるような雰囲気ではなかった。わたしはドアのそばをうろうろしていた。彼女のこんなに意気消沈した表情を見るだけで、部屋にいることすら邪魔をしている気がした。

「少しいいわ。とても強い抗生剤を打っていただいたから」

「わたしになにか……できることはありますか？」

「なさそうね。わたしたち……わたしたち、待つしかないの。医長の先生があと一時間くらいで回診にお見えになるわ。きっともう少し、様子を教えてくださるでしょう」

世界は動きを止めたようだった。わたしはそこにもう少し立っていた。機械の単調な電子音が脳裡《のうり》にリズムを刻んでいく。

「しばらく交代しましょうか？　少し休まれたら？」

「いいえ。ここにいるわ」

心のどこかでわたしはウィルにわたしの声が聞こえることを願っていた。心のどこかで彼の目が、あの透明なプラスチック製のマスクの上で開き、こうつぶやくのを願っていた。

「クラーク。さっさと来て座れ。そんなところに立ってるとうっとうしいじゃないか」

でも彼はただそこに横たわっていた。

わたしは片手で顔をぬぐった。「あの……飲み物をなにかお持ちしましょうか？」

トレイナー夫人は顔を上げた。「今、何時？」

「九時四十五分です」

「まあほんと？」彼女は信じられないというように首を振った。「ありがとう、ルイーザ。

そうね……お願いしようかしら。わたし、ずいぶん長いあいだここにいたのね」

わたしは金曜日、休みをもらっていた。一つには、トレイナー家の人たちがわたしは休みをとる権利があると言い張ったからだったが、大きな理由は、急ぎでパスポートを手に入れるには、ロンドンに列車で行って、パスポート・オフィスに並ぶしか手立てがなかったからだ。金曜日の夜、ロンドンからの帰りに、ウィルに戦利品を見せるついでに彼のパスポートがまだ有効かを確認しようとトレイナー家に顔を出した。ウィルは少し口数が少ないような気はしたが、それは特に珍しいことでもなかった。彼は日によって普段より不快感が強いことがあるからだ。それでわたしはそういう日なのだろうと思った。正直言うと、わたしの頭は旅行の計画でいっぱいで、ほかのことを考える余裕があまりなかった。

土曜の朝は、パパと一緒にパトリックの家に荷物を取りにいき、午後はママとハイストリートに買い物に出かけて、水着や旅行に必要な細々としたものを買いそろえ、土曜と日曜の夜は両親の家に泊まった。トリーナもトーマスもいたので、家はぎゅうぎゅう詰めだったけれど。月曜の朝は、八時にトレイナー家に着けるように七時に起きた。でも着いてみると、家はすっかり戸締まりされ、玄関にも裏口にも鍵がかかっていた。書き置きもなかった。わたしは玄関ポーチの下に立って、ネイサンに三度、電話をかけたが出なかった。トレイナー夫人の電話は留守番電話になっていた。階段に座りこんで四十五分間たったとき、ようやくネイサンからメールが届いた。

みんな州立病院に来てる。ウィルが肺炎を起こした。C12病棟だ。

ネイサンが帰り、わたしはもう一時間、ウィルの病室の前で座っていた。誰かがたぶん一九八二年にテーブルの上に残していったらしい雑誌をぱらぱらとめくり、バッグからペーパーバックを取り出して読もうとしたが、まったく頭に入らなかった。

医長が回診に来たけれど、ウィルの母親がそこにいるあいだは、くっついて入っていくのは気が引けた。十五分たって、医師が出てきたとき、トレイナー夫人もうしろからついてきた。彼女がわたしに話してくれたのは、ただ誰かに話さずにはいられなくて、手近にわたししかいなかったからだと思うけれど、お医者様は感染を抑制できたと自信を持っていらっしゃるわ、と言ったその声はほっとしていた。それは特別に悪性の細菌だった。ウィルがあのタイミングで病院に来たのは運がよかった。彼女の「そうでなければ……」という言葉はとぎれたまま、二人のあいだに沈黙が流れた。

「それでこれからどうします？」わたしは言った。

彼女は肩をすくめた。「待つのよ」

「なにかお昼を買ってきましょうか？　それとも、わたしがウィルについてますから、お食事されてきます？」

ごくたまに、理解に似たなにかがわたしとトレイナー夫人のあいだをよぎることがあった。彼女の顔が一瞬やわらぎ――いつもの堅苦しい表情が消え――彼女がどれだけ絶望的に疲れ果てて見えるかに、わたしはふと気づいた。わたしがトレイナー家で働きはじめてから、この人は十歳も老いてしまった、とわたしは思った。

「ありがとう、ルイーザ」彼女は言った。「もし息子についていてもらえるなら、急いで家に戻って、服を着替えてきたいの。今、ウィルを一人にしたくなくて」

彼女が去ったあと、部屋に入ってドアを閉め、彼の隣に座った。彼は奇妙に空っぽに見えた。わたしの知っているウィルは、どこか別の場所にちょっと出かけていて、ここにいるのはただの抜け殻であるかのように。わたしはふと、人が死んだらこんな感じなのだろうか、と思った。そして、死のことなんか考えちゃだめ、と自分を戒《いまし》めた。

わたしは座って、時計の針がカチカチと動いていくのを見つめていた。時折、外の低い声やリノリウムの上をこする靴のきしむような音が聞こえた。二度、看護師が入ってきていろいろな数値をチェックし、いくつかボタンを押し、彼の体温を測った。でもウィルは目を覚まさなかった。

「彼……大丈夫ですよね？」わたしは彼女に訊いた。

「眠ってるわ」彼女は安心させるように言った。「今はそれがたぶん一番よ。心配しないようにね」

言うのは簡単だ。でもわたしには、その病室で考える時間がたくさんあった。わたしはウィルのこと、彼が恐ろしいスピードで、危機的に病状を悪化させたことについて考えた。わたしはパトリックのことを考えた。そして彼のフラットから自分の持ち物を集め、壁に貼ったカレンダーを剝がしてくるくると丸め、彼のチェストの引き出しに丁寧にしまった服をたたみ、荷造りしながら、悲しみが、予想していたようなひどい苦痛をもたらさなかったことを思った。わたしは心細くもなく、ぼうぜんともせず、数年ごしの恋人と別れたときに感じるはずのものをまったく感じなかった。わたしは淡々とし、少しの悲しみと、そしてたぶん、どこかうしろめたさを感じていた――その別れに対する自分の責任と、本来感じるべきものを感じないことへの両方に。メールを二通、彼に送った。ほんとうに、心からごめんなさい、と。そして彼がエクストリーム・バイキングで素晴らしい成績を残すことを願っている、とも。でも彼からの返事はなかった。

一時間たって、わたしは身を乗りだし、ウィルの腕から毛布を持ち上げた。白いシーツの上に淡い褐色の彼の手が横たわっていた。カニューレが手の甲にサージカルテープで固定されている。その手を返してみると、あの傷痕が、彼の手首の上で今も青白く見えた。これが薄れていくことはあるのだろうか、それとも、彼は一生、自分がしようとしたことを思い出させられつづけるのだろうか。

わたしはそっと彼の指を持ち、自分の指に絡めた。その指は温かく、力強く生きている人のものだった。それが自分の手の中にある感触に妙にほっとして、そのまま握りつづけた。彼の手を見つめる。デスクに座ってばかりで人生を過ごしてきたわけではないことを物語る、たこ。これからずっと誰かに切ってもらわなければならない、ピンク色の貝殻のような爪。

ウィルの手は男らしい手だった――魅力的でなめらかで、指が角ばっている。それを見ると、そこにまったく力が入らないとは信じられなかった。この手がテーブルからなにかを取り上げたり、腕を撫でたり、こぶしを握ることが決してないなんて。

わたしは指で彼の指の節をなぞった。心のどこかで、もし今、ウィルが目を開けたら気まずいだろうか、と自問したが、そうは思わなかった。彼の手をこの手に握っていることは、彼にとっていいことだと、そこはかとない確信があった。薬で眠っていても、なにかの形で彼もこのことに気づいてくれていることを願いながら、わたしは目を閉じ、待った。


ウィルは午後四時過ぎにようやく目を覚ました。わたしは廊下に出ていて、椅子を並べた上に横になり、捨てられていた新聞を読んでいた。トレイナー夫人がわたしに教えようと出てきて、わたしは飛び上がった。彼が口をきき、わたしに会いたがっていると言ったとき、彼女は少し晴れやかに見えた。彼女は階下に行って、トレイナー氏に電話をしてくると言った。

そして、自分をおさえられないように付け足した。「あの子を疲れさせないでね」

「もちろんです」わたしは言った。

そして満面の笑みを浮かべた。

「どう?」わたしは言い、ドアから頭を覗かせた。

彼はゆっくりと顔をわたしのほうに向けた。「君こそ、どうだ」

彼の声は、この三十六時間眠っていたのではなく、叫びつづけていたかのように、しゃがれていた。わたしは座り、彼を見た。彼はまばたきして下を向いた。

「マスクをちょっと外す?」

彼はうなずいた。わたしはそれを取り、そっと彼の頭の上から外した。手が触れた彼の皮膚にはうっすらと汗がにじんでいて、わたしはティッシュを取るとそっと彼の顔の周りを拭いた。

「気分は?」

「だいぶいいよ」

大きな塊が、思いがけず、喉元にこみ上げてきてわたしはそれをおさえつけようとした。

「まったくもう。あなたったら注目を浴びるためならなんでもするんだから、ウィル・トレイナー。きっとこれもみんな——」

彼は目を閉じ、わたしの言葉を途中でさえぎった。もう一度、目を開けたとき、そこには謝るような色があった。「悪いな、クラーク。今日は冗談が湧いてきそうもない」

わたしたちは座っていた。そしてわたしはおしゃべりした。自分の声を、その狭い薄緑色の部屋にぺちゃくちゃと響かせつづけた。自分の物をパトリックの家から取ってきたこと、彼が完璧な分類システムにこだわっているおかげで、CDを彼のコレクションからより分けるのがずっと楽にできたことについて語った。

「大丈夫か?」わたしが話し終えると、彼は言った。彼の目には同情がこもっていた。実際よりもわたしがもっと傷ついたと思っているみたいに。

「うん、平気」わたしは肩をすくめた。「そんなにひどくもないわ。それにほかに考えることがあるし」

ウィルは黙りこんだ。「問題は」彼はしばらくたって言った。「当分、僕はバンジー・ジャンプに行けそうもないことだな」

そのことは分かっていた。ネイサンのメールをはじめに受け取ったときからそれは半ば予想していた。でも、その言葉が彼の口からこぼれるのを耳にすると、ぶたれたような気がした。

「心配しないで」わたしは声を平静に保とうとしながら言った。「大丈夫よ。また別のときに行きましょ」

「ごめん。君はすごく楽しみにしてたのにな」

わたしは彼の額に手をのせ、髪をうしろに撫でつけた。「シーッ。ほんと、たいしたことじゃないから。ただ早くよくなってね」

彼はかすかに顔をしかめながら目を閉じた。わたしはそれがなにを告げているか知っていた。彼の目の周りのしわ、あきらめた表情。それが告げるのは、必ずしもまた別のときが来るとはかぎらないということだった。それが告げるのは、彼が自分は二度と回復しないと思っているということだった。

わたしは病院からの帰り道にグランタ・ハウスに寄った。ウィルの父親が中に入れてくれたが、トレイナー夫人と同じくらい疲れた顔をしていた。ちょうど出かけようとしていたのか、古ぼけた防水ジャケットを手にしていた。わたしはトレイナー夫人はまたウィルについていると言い、抗生剤はよく効いているという話だけれど、今晩も病院に泊まるという伝言を頼まれた、と告げた。なぜ彼女が自分で言わないのか、わたしには分からなかった。たぶん、考えることがありすぎるのだろう。

「息子はどんな様子だね？」

「朝よりは少しいいです」わたしは言った。「わたしがいるあいだに、飲み物を飲みました。ああ、それから、看護師の一人についてなにか失礼なことを言ってました」

「あいかわらず困った奴だな」

「ええ、あいかわらず困った奴です」

束の間、トレイナー氏の口元が引き締まり、目に光るものが浮かぶのが見えた。彼は窓のほうを向き、またわたしを見た。よそを向くべきかどうか分からなかった。

「三度目だよ。二年間で」

意味が分かるのに一瞬、間があった。「肺炎ですか？」

彼はうなずいた。「いまいましい病だ。息子はずいぶん勇敢にがんばっているんだよ。あやってふんぞりかえっていてもね」彼は息を吸いこみ、まるで自分に言いきかせるようにうなずいた。「それを分かってくれて君には感謝するよ、ルイーザ」

わたしはどうしていいか分からなかった。手を差し伸べ、彼の腕に触れた。「もちろん、分かってます」

彼はかすかにうなずき、それから廊下のコート掛けからパナマ帽を取った。ありがとうのような、さよならのようななにかをつぶやきながら、トレイナー氏はわたしの前を通りすぎ、玄関から出ていった。

ウィルがいない離れは妙にしんとしていた。遠くで彼の電動車椅子が行ったり来たりする音に、彼が隣の部屋でネイサンと交わす会話の聞き取りにくい声に、ラジオが低く鳴る音に、自分がどれだけ慣れ親しんできたのかにわたしは気づいた。今、離れは静かで、空気はわたしの周囲から吸い取られてしまったかのようだった。

わたしは翌日、彼が必要になりそうなものを片っぱしから一泊旅行用のバッグに詰めた。新しい着替え、歯ブラシ、ヘアブラシ、薬、元気が出て音楽を聴けるようになったときのためのイヤフォン。そうしながら、わたしはこみ上げてくるわけのわからないパニックと戦わなければならなかった。不穏な小さな声がわたしの内側で湧きおこりつづけ、こう言う。**彼が死んだら、きっとこういう感じなのよ**、と。それを別の音でかき消そうと、わたしはラジオをつけ、離れに生気を取り戻そうとした。掃除をし、新しいシーツでウィルのベッドを作り直し、庭の花を摘《つ》んで居間に飾った。それから、すっかり部屋が整ってから、見回すと、テーブルの上の旅行用ファイルが目に入った。

明日は一日、さまざまな書類仕事をかたづけ、予約した全部の旅行やオプションのアクティビティのキャンセルをして過ごすことになるだろう。ウィルがいつになったらこのうちのどれかに参加できるほど回復するかは分からない。主治医は、ウィルに休息し、抗生剤治療を終え、温かくして身体を濡らさないようにすること、と厳命していた。カヌーの急流下りやスキューバ・ダイビングは処方された回復期の計画には含まれていなかった。

わたしはファイルを見つめた。そこには多くの努力や時間や想像力が詰めこまれていた。列に並んで手に入れたパスポートを見つめ、列車に乗って都会に向かいながら、高まっていった興奮を思い出した。そして、この計画に取りかかってからはじめて、わたしは本格的な挫折を味わっていた。もうあと三週間と少ししかない。そしてわたしは失敗したのだ。わたしの契約はもうじき終わり、ウィルに決心をはっきり変えさせられるようなことはなにもできなかった。これからどうなるのか、トレイナー夫人に訊くことすら怖かった。わたしはとつぜんこみ上げる感情に押し流された。頭を両手にうずめ、しんとした小さな家の中で、そのままじっとしていた。

「やあ」

わたしは頭をさっと上げた。ネイサンがそこに立っていて、大きな身体で狭いキッチンをいっぱいにしていた。肩にバックパックを掛けている。

「奴が帰ってきたときのために、ちょっと処方薬を置きにきたんだよ。ルー……大丈夫か？」

わたしはごしごしと目元をこすった。「もちろん。なんでもないの。ただ……ただ、これを全部キャンセルするんでちょっとへこんでただけ」

ネイサンは肩からバックパックを下ろすと、わたしの向かいに座った。「そりゃへこむよな」彼はファイルを取り上げ、ぱらぱらとめくりはじめた。「明日、手がいるかい？　病院には来なくていいって言うからさ、朝一時間、ここに寄れるんだ。電話かけるの手伝うよ」

「ありがとう。でもいいわ。平気。わたしがやったほうが話が簡単だと思う」

ネイサンがお茶を淹れてくれ、わたしたちは向かい合って座りながらそれを飲んだ。思えばネイサンとわたしがちゃんと話したのはそれがはじめてだった――少なくともウィルが一緒にいるのでなければ。彼は、以前のクライアントのことを話してくれた。C3／4レベルの四肢麻痺患者で人工呼吸器を使っていた。彼がそこで働いていたあいだ、その人は月に一度は体調を崩していた。彼はウィルが前に肺炎を起こしたときのことも話してくれた。一回目、彼はほとんど死にかけ、回復するまでに何週間もかかった。

「目を見るとなんかこう、表情がさ……」彼は言った。「マジで調子が悪いときだけど、かなり怖いよ。ただ……内側にひっこんでいくっていうか。まるでそこにいないみたいになるんだよな」

「知ってる。あの目つき大嫌い」

「奴は――」彼は言いはじめ、そして、不意にわたしから目をそらして口を閉じた。

わたしたちはマグカップを抱えて座っていた。目の端でネイサンをじっと観察する。彼の人懐っこい開けっぴろげな顔が、少しのあいだ、閉ざされたように見えた。そして、訊こうとしている問いの答えを自分がもう知っていることに気づいた。

「知ってるんでしょ？」

「知ってるってなにを？」

「あのこと……彼がしようとしてること」

部屋はとつぜん、重苦しい沈黙に包まれた。

ネイサンは、どう答えるか考えるように、用心深くわたしを見た。

「わたし知ってるの」わたしは言った。「知る予定じゃなかったんだけど、知っちゃったの。それが……それが旅行のほんとうの目的のはずだったの。あんなにいろんなところに出かけたのもそのためよ。わたし、彼の決心を変えさせようとしてたの」

ネイサンはテーブルにマグカップを置いた。「そんな気はしてた」彼は言った。「君はなんか……使命を帯びてる感じだったからね」

「そうよ。今だって」

彼は首を振った。あきらめるなと言おうとしているのか、もうやれることはないと言おうとしているのか、わたしには分からなかった。

「これからどうしよう、ネイサン？」

しばらく間があって、彼は口を開いた。「あのさ、ルー。俺はほんとにウィルが好きなんだ。君には言うけどさ、俺、あいつを愛しちゃってるよ。奴のところで働くようになってもう二年だ。あいつが一番辛かったときも、調子のいい日も見てきた。その俺が言えるのは、世界じゅうの金を積まれても、あいつみたいな状態にはなりたくないってことだ」

彼はお茶をごくりと飲んだ。「以前、ここに泊まってたとき、あいつが叫び声を上げて目を覚ますことがよくあった。夢の中ではあいつはまだ歩いたりスキーをしたりいろんなことをやってる。で、ほんの数分、そうやって油断して素《す》になるだろ、で、そういうことが二度とできないんだって思い出すと、文字どおり、耐えられなくなる。あいつは耐えらんねえんだよ。俺は奴のそばに座って、かける言葉も見つからなくてさ。なにを言っても状況はよくなんてならねえもん。想像できる限り最低のカードを、奴は引いちまったんだ。あのさ、俺、昨日の晩、奴を見ながら考えてたんだ。奴の人生とか、これからどうなるかとか……。もちろん、あいつが幸せになってくれるのがなにより俺がこの世で望むことだけど……奴がやろうとしてることを、俺には批判できないよ。それは奴の選択だ。奴の選択であるべきなんだ」

わたしは息が喉元で詰まりかけていた。「でも……それは前のことでしょ。みんなそれはわたしが来る前のことだって言ってたじゃない。今の彼は違うわ。わたしと一緒のときの彼は違う、そうでしょ？」

「ああ、でも――」

「でも、彼が元気になるって、もしかしたら回復だってするかもってわたしたちが信じなかったら、この先いいことも起きるかもってどうして彼が信じてくれる？」

ネイサンはテーブルにマグカップを置いた。彼はまっすぐにわたしの目を見つめた。

「ルー。奴は回復しないよ」

「分かんないでしょ」

「いや分かる。幹細胞研究でものすごい発見でもないかぎり、ウィルはあと十年は車椅子だ。最低でもね。奴はそのことを知ってる。家族は認めたくなくてもな。それが問題の半分でもあるんだ。彼女は、なにがなんでも奴を生かしておきたいんだよ。ミスター・Tは、俺らが奴に決断させてやらなきゃならないときがくると思ってる」

「もちろん、決断するのは彼よ、ネイサン。でも、どんな選択肢がほんとうはあるのかちゃんと知ってからじゃないと」

「奴は頭いいぜ。自分の選択肢がなんなのか、はっきり分かってるよ」

わたしの声が小さな部屋に甲高く響いた。「違う。あなたは間違ってる。わたしが来てからもなにも変わらないって言うの？　わたしがここに来てからも、彼のものの見方がちっとも変わってないって言うの？」

「俺には奴の頭の中は見えないよ、ルー」

「わたしがあの人の考え方を変えたのは知ってるでしょ」

「いや、俺が知ってるのは、君を喜ばせるためならあいつはたいていのことはなんでもやるってことさ」

わたしは彼を見つめた。「彼がわたしを喜ばせるためだけにふりをしてるってこと？」わたしはネイサンに怒りをぶつけた。誰もかれもに激怒していた。「こんなことをしてもなんにもならないって思ってるんなら、なんで一緒に来るつもりだったのよ？　なんでこの旅行に来たいなんて言ったの？　ただの素敵な休暇ってだけ？」

「違う。俺だって奴に生きてほしい」

「でも――」

「でも、俺は**奴が**生きたいと望むなら生きてほしいと思ってる。そうじゃなくて、生きつづけることを無理強いするんなら、君も、俺も――どんなに俺らが奴を愛してたって、あいつからまたしても選択肢を奪うクソ野郎になっちまうんだ」

ネイサンの言葉が静けさの中にこだました。わたしは頬に流れた一筋の涙をぬぐい、心臓の鼓動を落ち着けようとした。ネイサンは、わたしの涙に困惑したらしく、ぼんやりと首のあたりを掻いていたが、黙ってキッチンペーパーを一枚、渡してよこした。

「わたしにはただ見てるなんてできない、ネイサン」

彼はなにも言わなかった。

「できないよ」

わたしはキッチンテーブルの上にあるパスポートを見つめた。それはひどい写真だった。まったく別人みたいに見えた。生活も、生き方も、わたしとはぜんぜん違う誰かみたいに。わたしはそれを見つめ、考えた。

「ネイサン？」

「うん？」

「もしわたしが別の、お医者さんたちがいいって言うような旅行を計画したら、やっぱり来てくれる？　わたしを助けてくれる？」

「もちろん」彼は立ち上がり、マグカップをゆすいで、バックパックを肩に掛けた。彼はキッチンを出る前に振りかえってわたしを見た。「でも、正直なとこ言っとかないとな、ルー。今回はさすがの君でも成功させるのは難しい気がするよ」

23

きっかり十日後、わたしたちはガトウィック空港でウィルの父親の車から吐き出された。ネイサンはみんなの荷物をカートに載せようと奮闘し、わたしはウィルが快適かどうか、いくら彼でもうんざりするまで、何度もくりかえし確認した。

「みんな気をつけてな。それから楽しんでおいで」トレイナー氏が言い、片手をウィルの肩に置いた。「悪さはほどほどにするんだぞ」そう言いながら、なんとわたしに向かってウィンクした。

トレイナー夫人は、仕事の休みが取れず、来られなかった。ほんとうは、夫と二時間も同じ車に乗っていたくなかったからではないかとわたしは疑っていた。

ウィルはうなずいたが、なにも言わなかった。彼は車の中で、拍子抜けするほど静かで、ネイサンとわたしが道の混み具合やもう忘れ物に気づいたことについてぺちゃくちゃしゃべっているのも無視して、いつもの心を閉ざした目で窓の外を見つめていた。

コンコースを横切りながらも、わたしはこれでよかったのか確信が持てなかった。トレイナー夫人は彼を行かせたくなかった。でも、わたしの見直したプランに彼が同意した日から、彼女は彼に行くなと言うのが怖かったのだと思う。その前の週は、わたしたちの誰かと口をきくことそのものを怖がっていたようだった。彼女は黙ってウィルのそばに座り、話しかけるのは医師や看護師たちだけだった。そうでなければ庭仕事をし、怖くなるような勢いで、なにかを切り落としていた。

「航空会社が迎えにくるはずなんだけど。迎えにくるって言ってたのに」わたしは、チェックイン・カウンターに向かいながら、書類をめくった。

「落ち着けって。まさか入口に人を立たせときゃしないよ」ネイサンが言った。

「でも車椅子は〝精密医療機器〟として飛行機に載せないといけないのよ。電話で三回も女の人に確認したんだから。それから、ウィルの機内用の医療機器を飛行機に載せられないとか言いださないようにしなきゃ」

オンラインの四肢麻痺患者のコミュニティが、膨大な情報や注意事項や法的権利やチェックリストをわたしに入れ知恵してくれた。それにしたがって、わたしは、座席は壁のうしろの席を割り当ててもらうこと、ウィルを一番に搭乗させ、実際にゲートに着くまで電動車椅子から彼を動かさないことを、くどいほど航空会社に念押しした。ネイサンは地上に残り、ジョイスティックを外して手動に切り替え、注意深く椅子を縛って保護し、ペダルを固定する。そして破損することがないよう、積みこむところを自分の目で確認する。車椅子には、取り扱う人たちに特別精密な機械だということが分かるようにピンクのタグが取りつけられる。座席は、ネイサンが人目に煩わされずに必要な医療的介助をできるように並んだ三席を割り当ててもらった。航空会社は、アームレストは持ち上げられるので、車椅子から飛行機の座席に移動するときにウィルの腰にあざをつくらないですむと請け合った。ウィルはいつもわたしたちの真ん中に座るようにする。それからわたしたちは飛行機から最初に降ろしてもらうことになっていた。

これがみんなわたしの〝空港〟チェックリストの内容だった。その次には〝ホテル〟チェックリストが控えているが、その前には〝出発前日〟チェックリストと旅程があった。これだけの予防対策をしていても、わたしは吐き気がしそうだった。

ウィルを見るたびに、自分がしていることが正しいのか不安になった。ウィルが主治医から旅行を許可されたのはほんの前の晩のことだった。彼はほとんど食事をとらず、毎日ずっと眠って過ごしていた。病気のせいでだるいだけでなく、生きることに疲れ果てているように見えた。わたしたちの干渉に、明るく会話をしようとするわたしたちの態度に、彼のために状況を改善しようとするわたしたちの執拗《しつよう》な決意に、うんざりしているようだった。彼はわたしを遠ざけなかった。でも、時折、彼が一人にしておいてほしいと思っているのが感じられた。それだけはできないことを、彼は知らなかった。

「航空会社の人だわ」わたしは言った。制服姿の女の子が明るい笑顔で、クリップボードを手にきびきびした足取りでこちらに向かってくる。

「ふん、車椅子の乗り換えにはずいぶん役に立ってくれそうだな」ネイサンがつぶやいた。

「冷凍エビの一匹だって持ち上げられそうもねえじゃん」

「二人でできるわよ」わたしは言った。「わたしたちでやりましょう」

自分がなにをしたいのか分かってからというもの、それがわたしの決まり文句になっていた。離れでネイサンと話してから、みんなが間違っていることを証明してみせるという熱意が、改めてわたしの中に満ちていた。計画した旅行が実現しなかったからって、ウィルになに一つできないということにはならないはずだ。

わたしは掲示板にアクセスし、質問を次から次へと投げかけた。前よりずっと弱ってしまったウィルが保養に行くのにいい場所はどこだと思う？　誰かわたしたちが行けそうな場所を知らない？　わたしが主に気にしていたのは気温だった——イギリスの気候はあまりにも変わりやすすぎる（雨のイギリスの海辺のリゾート地ほど気分の落ちこむ場所はない）。七月の終わりだと、ヨーロッパのほとんどの地域は暑すぎる。イタリアも、ギリシャも、南フランスも、そのほかの地中海沿岸地域もだめ。分かってもらえるだろうか。わたしには心に描く絵があった。わたしの目には、海辺でくつろぐウィルの姿が映っていた。問題は、計画して出発するまでほんの数日しかなく、それを現実にするチャンスは時間を追って少なくなっていくことだった。

みんなからは同情の言葉と、肺炎についてのエピソードが数えきれないほど寄せられた。それは彼ら全員にとりついた怪物であるかのようだった。わたしたちが行けそうな場所についてのアドバイスもいくつかあったが、そのどれにもわたしはぴんとこなかった。いやむしろ、もっと大切なのは、そのどれにも、ウィルがぴんときそうもない気がした。わたしが望んでいたのはスパでも、彼が自分と同じ立場の人たちを目にするような場所でもなかった。自分が望んでいるものはあいまいだったけれど、みんなのアドバイスのリストをさかのぼってスクロールしながら、そのどれもが違うことは分かっていた。

とうとうわたしを救ってくれたのが、チャットルームの勇者、リッチーだった。ウィルが病院から退院した午後、彼はこう書いた。

君のEメールのアドレスを教えてくれ。いとこが旅行会社で働いてる。そいつにこの話を持ちかけてみたんだ。

わたしは彼が教えてくれた電話番号に電話をかけ、ヨークシャー訛りがきつい中年男性と話をした。彼がアイディアを話してくれたとき、わたしの記憶の奥深くのどこかで、小さなベルが鳴った。そして二時間以内に、わたしたちはその手配を終えていた。わたしは感謝のあまり泣きだしそうになっていた。

「いやいいってこったよ、お嬢さん」彼は言った。「そのあんたの大事な人に楽しんでもらってくれたらばそれでいいんだからね」

そう言いつつも、出発のときまでには、わたしもウィルに負けないほどぐったりしていた。毎日、四肢麻痺患者の旅行に必要な細かいあれこれを整え、出発の朝まで、ウィルが旅行できるほど回復しているかどうか気をもんだ。今、荷物に囲まれて座りながら、空港の騒音の中で内に引きこもって顔色の悪いウィルを見ると、やっぱり間違っていたのではないかとまた不安がこみあげた。急にパニックが襲ってくる。もしまた彼が病気になったら？　競馬のときみたいに、彼が旅行が嫌でしょうがなかったら？　もしわたしがなにもかも誤解していて、ウィルに必要なのは夢のような旅行じゃなくて、わが家の自分のベッドで過ごす十日間だったとしたら？

でも、わたしたちには十日間の余裕はなかった。これしかない。これがわたしの最後の賭けなのだ。

「俺らのフライトがアナウンスされてるよ」ネイサンが免税店から戻ってきて言った。彼はわたしを見て、片方の眉を上げた。わたしは息を吐いた。

「よし」わたしは応じた。「行くわよ」

フライト自体は、十二時間もの空の旅にもかかわらず、わたしが恐れていたような試練の時ではなかった。ネイサンはブランケットの目隠しの下で、ウィルのいつもの交換を器用にやってのけた。航空会社のスタッフは配慮が行き届き、控えめで、車椅子にも注意してくれた。ウィルは約束どおり一番に搭乗させてもらい、あざをつくることなく座席に移動して、わたしたちに挟まれて落ち着いた。

飛び立って一時間で、気づいたことがあった。妙な話だけれど、雲の上で、斜めに傾いた座席で動かないように身体を固定されていると、ウィルはキャビンにいるほかの人たちとほとんど変わらない。スクリーンの前に釘づけで、どこにも行けず、なにもすることがないと、高度三万フィートの上空では彼とほかの乗客を隔てるものはほとんどなかった。彼は食べ、映画を観、そしてだいたい眠っていた。

ネイサンとわたしは用心深く笑顔を交わし、すべて順調だというふりをしようとしていた。わたしは窓の外を眺めたが、心の中はわたしたちの下にある雲のようにうずを巻き、今やっていることが単なる移動という問題ではなく、自分にとっても冒険なのだという事実をまだうまく飲みこめていなかった。わたし、このルー・クラークが、ほんとうに世界の反対側に向かっているなんて、どうしても実感が湧かなかった。ウィルのこと以外なにも考えられなかった。まるでトーマスを産んだときの妹みたいだった。「煙突の中を覗いてるみたいなの」彼女は生まれたばかりの彼の姿を見つめながら言った。「世界がわたしとこの子だけに縮まっちゃったみたいに」

空港にいたとき、彼女からメールが来ていた。

ルーならやれるよ。お姉ちゃんはほんとにすごい。XXX

わたしはただそれを見るために、メールを開き、急に胸がいっぱいになった。たぶん彼女の選んだ言葉のせいかもしれない。それとも、わたしが疲れて怯えていて、こんなところまで自分たちを連れてきてしまったことがいまだに信じられないせいだろうか。とうとう、考えごとをやめるために、わたしは小さなモニター画面のスイッチを入れた。そして、わたしたちを包む空が暗くなるまで、アメリカのコメディ・シリーズを観るともなく眺めた。

目を覚ますと客室乗務員が朝食を持ってこちらを見下ろし、ウィルがネイサンに、二人でちょうど観終わった映画について話していた。そして——ありえないことに、まったく不意打ちのように、わたしたち三人がモーリシャスに着陸するまで、あと一時間を切っていた。

これが現実に起きているのだと、サー・シウサガル・ラングーラム国際空港に着陸するまで信じられなかった。わたしたちはふらふらしながら、長時間の空の旅のせいでまだこわばった身体で到着ゲートを抜けた。手配された特別仕様のタクシーが見えたときは、ほっとして涙が出そうだった。その初日の朝、運転手がわたしたちを乗せてリゾートに向かって車を走らせているあいだ、島の様子はほとんど目に入らなかった。もちろん、さまざまな色彩はイギリスよりも鮮やかだったし、空は目に染みるようで、その紺碧《こんぺき》の青はどこまでも吸いこまれそうに深かった。島はみずみずしい緑に覆われ、サトウキビの畑が何エーカーも縁取りのように続いている。火山の丘が連なる向こうに海が細い水銀のように見えた。空気にはいぶした生姜《しょうが》のような香りがあり、太陽が空高くのぼっていて、その白い光を通して目を細めなくてはならなかった。疲れ果てていたわたしにとって、それはまるで寝ているところを起こされて、つやつやの高級雑誌の中で目覚めたようだった。

五感が馴染《なじ》みのないものと格闘しているあいだにも、わたしの視線は何度もウィルの、青ざめて疲れた顔と、妙に肩のあいだに埋もれたように見える頭のほうに戻っていった。それからわたしたちはヤシの木が植えられた私道に入り、低い建物の外に停まった。運転手はもう外に降りて、わたしたちの荷物を降ろしていた。

わたしたちは勧められたアイスティーも、ホテル一周ツアーも断った。ウィルの部屋を見つけ、荷物を置くと、彼をベッドに寝かせた。カーテンを引くか引かないうちに、彼はまた眠りこんでいた。さあついにここまで来た。とうとうやってのけたのだ。わたしは彼の部屋の外に立って、深いため息をついた。ネイサンは窓の外の、遠くのサンゴ礁《しょう》に打ち寄せる波を眺めていた。その旅のせいか、それとも人生でこんなに美しい場所を見たことがなかったからなのか、わたしは急に涙が出そうになった。

「大丈夫だよ」その表情に目をとめたネイサンが言った。そして、まったく思いがけず、彼はわたしに近づいて、大きな熊のような身体でわたしを抱きしめた。「力を抜けよ、ルー。きっとうまくいくから。君はほんとによくがんばった」


その言葉を信じる気になるまでにだいたい三日かかった。ウィルははじめの四十八時間、ほぼ眠りっぱなしだった――それから、驚いたことに、回復してきたように見えはじめた。肌は血色を取り戻し、目の周りの青い翳が消えた。けいれんが減り、また食べるようになった。彼は果てしなく続く豪華なビュッフェテーブルに沿ってゆっくりと車椅子を進め、お皿に載せてほしいものをわたしに言った。いつもの調子を取り戻してきたらしいのが分かったのは、意地悪を言って、わたしが今まで一度も食べたことのないもの――スパイシー・クレオール風カレーとはじめて名前を聞くシーフード――を、無理やり味見させたからだ。彼はわたしよりもこの場所になじむのが早いようだった。考えてみればあたりまえだ。人生のほとんどを、ウィルはこういう場所で生きてきたのだということをわたしは改めて自分に思い出させなくてはならなかった。お城の影が差すあの小さな離れではなく、この世界全体、この広々とした浜辺がウィルの場所だったのだ、と。

ホテルは約束どおり、幅の広い車輪付きの特別な車椅子を用意してくれていて、ほとんど毎朝、ネイサンがウィルをそれに乗せ、三人でビーチに散歩にいった。日差しが強くなりすぎたらウィルに差しかけるために、わたしはパラソルを持っていた。でも、そんな必要は一度もなかった。わたしたちのいた島の南側は、爽やかな潮風で知られ、季節はずれのその時期は、リゾートの気温が二十度前半を超えることはほとんどなかった。ホテルの本館がちょうど見えなくなる、ごつごつした岩場のそばの小さなビーチでわたしたちは一休みする。わたしは椅子を開いてヤシの木の下でウィルの隣に座り、ネイサンがウィンドサーフィンやウォータースキーに挑んでいるところを二人で眺め、砂の上のわたしたちのいる場所から、ときに大声で声援を送った。悪口を言うこともたまにあったけれど。

はじめ、ホテルのスタッフはウィルのためにやりすぎなくらい手を貸そうとした。車椅子を押すことを申し出、ひっきりなしに冷たい飲み物を彼に押しつけた。わたしたちが彼らになにを望んでいないかを説明すると、彼らは笑顔で下がっていった。でも、わたしがウィルと一緒にいないときに、ポーターやフロントのスタッフが立ち止まって彼と言葉を交わしたり、わたしたちが行くべきだと彼らが思うおすすめの場所を教えてくれたりするのはありがたかった。ナディールという痩せた背の高い若者がいて、ネイサンがいないときは、勝手にウィルの臨時介護人を引き受けることにしたらしかった。ある日、わたしが外に出ると、彼とその友達が、〝わたしたちの〟木のそばに置いたクッション付きのサンベッドにウィルを車椅子からそっと降ろしているところだった。

わたしが砂浜を横切っていくと、彼は「このほうがいいね」と言って親指を上げてみせた。

「ミスター・ウィル、椅子に戻りたかったら、呼ぶ、ください」

彼を動かすなんて、とわたしは抗議しようとしたが、ウィルが目を閉じ、思いがけないほど満足そうな顔で横たわっているので、口を閉じ、ただうなずいた。

わたしはといえば、ウィルの健康状態についての不安が消えていくにつれて、自分はほんとうに天国にいるのではないかと本気で思いはじめたところだった。生きているうちに、こんな場所で自分が時間を過ごすことがあるなんて想像もしなかった。毎朝、波が優しく浜辺に打ち寄せる音で目を覚ますと、知らない鳥たちが木々のあいだで啼《な》き交わしている。天井を見上げて揺れる木漏《こも》れ日を見つめ、隣の部屋のドア越しに低く漏れてくる会話で、ウィルとネイサンがずっと前から目を覚ましていたことを知る。わたしは水着とサロンを身につけ、肩と背中に当たる太陽の温もりを愉しんだ。肌にはそばかすが浮き、爪は色あせ、そして味わったことのない幸福を感じていた。ここに自分が存在しているという単純な喜びに――浜辺を歩くこと、珍しい食べ物を食べること、黒い魚が火山岩の下からこっそり覗いている、温かで透明な水の中で泳ぐこと、あるいは、水平線に真っ赤に燃えながら沈んでいく太陽を見つめることに。ゆっくりと、この数か月間が消えていこうとしていた。申し訳ないけれど、パトリックを思い出すことはほとんどなかった。

わたしたちの毎日には一定のリズムができた。朝食は、三人そろってプールサイドの柔らかな日陰のテーブルでとる。ウィルはたいていフルーツサラダを食べ、わたしはそれを手で彼の口元に運ぶ。食欲が増すにしたがって、それにバナナ・パンケーキが続くこともあった。そのあと、ビーチに降りていき、そこでずっと過ごした——わたしは読書をし、ウィルは音楽を聴く。ネイサンはウォータースポーツの腕を磨く。ウィルはわたしもなにかやってみろとうるさく言ったけれど、はじめのうちは断っていた。わたしはただ彼の隣にいたかった。ウィルがあまり言い張るので、ある朝、ウィンドサーフィンとカヤックをやってみたけれど、やっぱり彼の隣でのんびりしているのが一番幸せだった。

ときどき、ナディールがその辺にいて、リゾートに人が少ないとき、彼とネイサンとで、ウィルを小さいほうのプールの温かな水の中でくつろがせることもあった。ネイサンが彼の頭を下から支えて、浮いていられるようにした。二人がその作業をしているとき、ウィルはほとんどなにも言わなかったけれど、身体が長く忘れていた感覚を思い出すように、静かな満足を味わっているようだった。彼のすんなりした白い胴は、黄金色になった。傷痕は白くなり、薄らぎはじめていた。彼はシャツを着なくても気にしなくなっていた。

昼食の時間、わたしたちは、リゾートにある三つのレストランのどれかに車椅子を押していく。建物全体の床はタイル張りで、小さな階段が数段とスロープがあるだけなので、ウィルはまったく自由に車椅子を動かすことができた。ささいなことだけれど、わたしたちのどちらにも付き添われずに自分で飲み物を取りにいけるのは、わたしとネイサンが楽になるよりも、むしろウィルにとって、日々のいらだちの一つから束の間、解放されることを意味した。なにもかも他人に依存しなくてすむわけだから。とはいえ、わたしたちの誰も、たいして動く必要はなかった。どこにいても、ビーチでもプールサイドでも、スパでさえも、笑顔のスタッフの誰かがわたしたちの気に入りそうだと思う飲み物を手に現れる。その飲み物にはたいてい香り高いピンクの花が飾られている。たとえビーチで寝転がっていても、小さなバギー車が通りかかり、にこにこしたウェイターが水や、フルーツジュースや、もっと強いものを勧めてくれた。

午後は気温が一番高くなるので、ウィルは部屋に戻り、二時間ほど昼寝をする。わたしはプールで泳いだり、本を読んだりし、夕方になるとまたみんなで集まって、ビーチサイドのレストランで夕食をとった。わたしはあっという間にカクテルのとりこになった。ナディールは、ウィルにちょうどいいサイズのストローを渡し、背の高いグラスをホルダーに入れれば、ネイサンとわたしが手出しする必要がまったくないことを覚えた。夕闇が訪れ、三人で子供のころや、初恋や、はじめて就いた仕事や、家族のこと、これまで行った旅行についておしゃべりし、わたしはだんだんいつものウィルが蘇ってくるのを感じた。

それ以外では、ウィルは別人だった。この場所は、わたしが彼を知ってから、一度も見たことのない平安を彼に与えてくれたようだった。

「あいつ、いい感じじゃん？」ネイサンは、ビュッフェのそばでわたしに会ったときに言った。

「うん、そう思う」

「あのさ――」ウィルに、二人で彼のことを話しているのを見られたくないので、ネイサンはわたしのほうに身体を傾けるようにした。「――あの牧場とかいろんな冒険とかもすごくよかっただろうと思うけどさ。でも今のあいつを見てると、この場所のほうが合ってたんじゃないかって気がするんだ」

チェックインした初日、心配で胃をきりきりさせながら、帰るまであと何日かもう数えていたときに、わたしが心に決めたことを彼には黙っていた。わたしが努力すべきなのは、その十日間の一日一日を、自分たちがそこにいる理由を忘れて過ごすことだと――六か月の契約も、慎重に計画を立てたカレンダーも、これまでのことなにもかもを。わたしがすべきことは、ただ今を生きて、ウィルも同じようにするように仕向けること。自分自身が幸せでいて、ウィルにも幸せになってもらうように願うことだ、と。

もう一切れメロンを取って、わたしは微笑んだ。「で、このあとどうする？　カラオケ行く？　それともネイサンは昨日の晩からまだ耳が回復してない？」

四日目の晩、ネイサンはほんのちょっと照れくさそうにしながら、デートがあるんだ、と打ち明けた。カレンは隣のホテルに泊まっている同じニュージーランド人で、町に行く彼女に付き合う約束をしたのだ。

「ただ、ちょっと心配だからさ。ほら……彼女が一人で行っても平気な場所か分かんねえから」

「いやもっともだ」ウィルは澄ました顔でうなずきながら言った。「実に騎士道精神にかなった行いだよ、ネイト」

「すごく責任感のある態度よね。善良な市民はこうでなくちゃ」わたしは同意した。

「ネイサンの自己犠牲の精神にはいつも感服してるんだ。ご婦人のこととときたらなおさらね」

「うるせえよ、おまえら」ネイサンはにやりと笑うと姿を消した。

カレンはあっという間に仲間になった。ネイサンはたいていの晩は彼女と一緒に消えた。遅い時間の仕事には戻ってきたが、わたしたちはそれとなく、できるだけ彼が自由に過ごせるようにはからった。

それに、わたしはひそかにほっとしていた。ネイサンは好きだし、来てくれたことに感謝もしていたけれど、わたしはウィルと二人きりでいるほうが好きだった。誰もそばにいないときに二人にだけ通じる言葉で話すことや、二人のあいだに気安い親密さが湧いてくるのが好きだった。彼が顔をこちらに向け、わたしが予想を裏切って、別人のように変わったことを面白がって見ている表情も好きだった。

最後から二番目の晩、わたしはネイサンに、カレンをこちらのホテルに連れてきたら、と言った。毎晩、彼は彼女のホテルで夜を過ごしていて、夜、最後にウィルの世話をするために片道二十分も歩くのは、大変だと知っていたからだ。

「こっちは大丈夫よ。もし……その……それでネイサンのプライバシーが保てるんだったら」

彼は上機嫌で、もうその晩のことで頭がいっぱいで、ただ乗り気という以外、わたしの言ったことについて考えていなかった。「助かるぜ、サンキュー」

「ルーは親切だな」その話をしたとき、ウィルは言った。

「あなたが親切なのよ」わたしは言った。「提供したのはあなたの部屋なんだから」

その晩、わたしたちは彼をわたしの部屋に移動させ、カレンがバーで待っているあいだに、ネイサンはウィルを介助してベッドに寝かせて薬を飲ませた。バスルームでわたしはTシャツとショーツ姿になり、ドアを開けると枕を抱えてソファのところに行った。ウィルの視線が自分に注がれているのを感じ、先週ほとんどずっと、ビキニ姿で彼の前をうろうろしていたくせに、妙に緊張した。わたしは枕を膨らませてソファのアームの上に置いた。

「クラーク？」

「なに？」

「ほんとにそこで寝なくたっていいんだぞ。このベッドはサッカーチーム全員で寝られるくらい広いんだから」

実を言うと、そのことについて考えもしていなかった。そのときまでは、そうだった。ビーチで裸のような格好で何日も過ごしていたせいで、みんな少し気持ちがゆるんでいたのかもしれない。たぶん、ネイサンとカレンが壁の向こう側で、お互いに腕を巻きつけ、自分たちだけの繭《まゆ》をつむいでいるのが頭にあったせいかもしれない。それとも、ただ彼のそばにいたかっただけかもしれない。わたしはベッドのほうに向かい、だしぬけに響いた雷のとどろきでびくりと身体を震わせた。明かりがちらつき、誰かが外で大声を出した。隣から、ネイサンとカレンがふきだすのが聞こえた。

わたしは窓のところに行くと、カーテンを開けた。いきなり風が吹きつけ、急に気温が下がった。沖合で、嵐が爆《は》ぜるように命を帯びていた。ぎざぎざした稲妻のドラマチックな閃《せん》光《こう》が空を照らし、それからまるで思い出したように、豪雨が重いドラムの激しいビートでわたしたちの小さなバンガローの屋根を打った。その烈しさに、はじめすべての音がかき消された。

「雨戸を閉めなきゃ」わたしは言った。

「いや、閉めるな」

わたしは振りかえった。

「ドアを開け放ってくれ」ウィルは外を顎でさした。「見たいんだ」

わたしはためらったが、ゆっくりとテラスに面したガラスドアを押し開けた。雨はホテルの上に打ちつけるように降りそそぎ、水は屋根から滴《したた》りおちて、テラスから海に向かって川のように流れていく。湿気が顔に押し寄せる。空気が電気を帯びていた。腕の産毛が立ち上がる。

「感じるか？」彼が背後から言った。

「世界の終わりみたい」

わたしはそこに立ち、電流がわたしの中を通過し、白い閃光がまぶたに焼きつくにまかせた。息が喉元で止まる。

振りかえって、ベッドに近づき、その端に座った。彼が見つめる中で、わたしは前のめりになって、彼の日に焼けて褐色になった首をそっと自分に引き寄せた。今では彼をどう動かせばいいか、彼の重みと、彼のがっしりした大きさとどう付き合えばいいのかわたしは知っていた。彼を自分にしっかりと抱き寄せながら、その身体ごしに手を伸ばし、ふっくらとした白い枕を彼の肩の下に置いて、そっとその柔らかみに彼を沈めた。彼は太陽の匂いがした。それは彼の肌の奥深く染みついているようだった。そして気がつくと、まるで彼がなにか美味しいものででもあるかのように、わたしは無言でそれを吸いこんでいた。

それから、まだ少し湿った身体で、わたしは彼の隣にもぐりこんだ。脚が彼の脚に触れるほど近く。そして二人で、稲妻が海を撃つ青白い炎を、銀色の猛烈な雨を、そしてほんの百フィート離れたところに横たわり、静かに揺れる青緑色の塊を見つめた。

わたしたちの周囲で世界は縮み、嵐の音と、紫がかった濃紺の海と、優しくたなびくガーゼのカーテンだけになった。夜風に漂う蓮《はす》の花の香りをかぎ、かすかにガラスがぶつかり合う音、せわしげに椅子を引く音、どこか遠くの祝宴の音楽を耳にし、自然の電荷が解き放たれるのを感じた。わたしは手を伸ばしてウィルの手を取り、それを握った。世界に、自分以外の人間に、こんなに強くつながっていると感じたことはそれまでになかった。

「悪くないだろう、クラーク?」ウィルの声が静けさの中に響いた。嵐の光に照らされ、彼の顔は落ち着きはらっていた。彼はちょっとこちらを向くと微笑んだ。そのとき、彼の目の中になにかがあった。なにか勝ちほこったようなものが。

「うん」わたしは言った。「悪くない、ぜんぜん」

わたしは横たわったまま、彼の呼吸がゆったりと深まっていくのを、そしてそれに混じる雨の音を聞き、彼の温かな指がわたしの指にからむ感触を味わった。帰りたくなかった。二度と帰らないかも、と思った。このわたしたちの小さな楽園に閉じこもっていれば、ウィルとわたしは安全だ。イギリスに帰ることを思うたびに、恐怖の爪が胃に食いこみ、それを握りしめる。

きっとうまくいく。わたしはネイサンの言葉をくりかえそうとした。**きっとうまくいく**。とうとう、わたしは横向きになって、海に背を向け、ウィルを見つめた。彼はほの明るい光の中で、わたしを振りかえるように頭を向けた。そしてわたしは彼も同じことをわたしに言っているのを感じた。**きっとうまくいく**。人生ではじめて、わたしは先のことを考えないようにした。ただ、そこに存在して、その晩のさまざまな感覚がわたしの中を過ぎていくのに身をゆだねようとした。ただ互いに見つめ合いながら、どれくらいそんなふうにしていたかは分からない。でも次第にウィルのまぶたが重くなり、最後に申し訳なさそうに、なんだかそろそろ……とつぶやいた。息づかいが深くなり、眠りの小さな谷に彼は落ちていった。そしてわたしは一人残され、彼の顔を見つめ、目を縁取る、分かれて尖《とが》っているまつ毛の先を、できたばかりのそばかすを見ていた。

わたしは間違ってない、と自分に言いきかせた。間違ってなんかいない。

嵐がようやく止んだのは一時を回ったころだった。嵐はどこか海の彼方に去っていき、憤怒の閃光は少しずつ薄らぎ、ついには消えてしまった。どこか別の見知らぬ場所に猛《たけ》りくるう大気を運んでいくのだろう。二人をとりまく空気が少しずつ静まっていく。カーテンが動きをやめ、最後にごぼごぼと音を立てて水が流れていった。夜明け前のいつか、わたしは起き上がり、そっとウィルの手から自分の手を外すと、フランス窓を閉じ、部屋を静けさの中に包んだ。ウィルは眠っている――それは家ではめったにない、深く安らかな眠りだった。

わたしは眠らなかった。わたしはそこに横になって彼を見ていた。そしてなにも考えまいと心の中で戦っていた。

最後の日に、二つのことが起こった。まず、ウィルからのプレッシャーに耐えかねて、わたしはスキューバ・ダイビングをやってみることを承知した。彼は来る日も来る日もそのことをわたしにうるさく言っていて、こんなところまで来て、海に潜《もぐ》らないなんてありえない、とがんばった。わたしは、ウィンドサーフィンはお話にもならず、セイルを波から持ち上げることすらできなかったし、ウォータースキーときたら、ほとんど湾中、うつぶせのままひきずられただけ。でも、彼は耳を貸さず、その前日、昼食の席に戻ってくると、わたしのために半日の初心者ダイビングコースを予約したぞ、と宣言した。

それはあまり見通しの明るいはじまり方ではなかった。インストラクターがわたしに水中でも息はできるんですよ、と信じさせようとする横で、ウィルとネイサンがプールサイドに座っている。二人が見ていると思うと、もうお手上げだった。わたしだって馬鹿じゃない——背中の酸素タンクがあれば肺は動きつづけることも、今にも溺《おぼ》れるわけでもないことも頭では分かっている。でも、頭が水中に潜るたびに、パニックになってあわてて水面から飛び出してしまう。何千ガロンものモーリシャスの最高に透明な海水の下で息をしつづけられるとは、身体がどうしても信じてくれないのだ。

「これ、わたしには無理だと思う」わたしは水をはね飛ばしながら七回目に浮かび上がると言った。

ダイビング・インストラクターのジェイムズがわたしの背後にいるウィルとネイサンにちらりと目をやった。

「無理」わたしは腹を立てながら言った。「向いてない」

ジェイムズは男たち二人に背を向け、わたしの肩を叩き、身振りで広い海のほうを指した。

「あっちでやるほうがやりやすいっていう人もいるんですけどね」彼はこっそり言った。

「海ってこと?」

「人によっては深いところに放りこまれるほうがいい場合もあるんですよ。行きましょう。ボートで沖に」

四十五分後、わたしは水中で、視界から隠されていた鮮やかな色とりどりの光景に目を奪われていた。酸素が届かなくなるかもしれないことも、いくら大丈夫だといっても、やっぱり海底に沈んで溺れ死ぬかもしれないことも、それどころかそれを自分が怖がっていることも忘れてしまった。わたしは新しい世界の秘密に夢中になった。シュー、シューという自分の拡大された呼吸音だけが破る沈黙の中で、小さな虹色の魚たちの群れを観察した。もっと大きな白黒の魚たちがぼんやりともの問いたげな顔でこちらを見つめる。イソギンチャクが優しく揺れ、流れの中の微細で目に見えない獲物たちを濾《こ》しとっている。遠くの景色は地上の倍も色鮮やかで変化に富んでいた。見知らぬ生物が潜《ひそ》む洞窟やくぼみがあり、遠く、太陽の光に照らされてさまざまな形がきらめいていた。わたしは地上に戻りたくなかった。その場所に、その沈黙の世界に永久に留まりたかった。ジェイムズが自分の酸素タンクのダイヤルを示し、ようやく、そうするほかないことを悟った。

浜辺をウィルとネイサンのほうに満面の笑みを浮かべて歩み寄りながら、ほとんど口もきけなかった。頭の中にはまだ、見てきたものたちのイメージが押し寄せ、なぜか両足の感覚も、水中で前に進んでいるときのままだった。

「よかっただろ？」ネイサンが言った。

「なんで言ってくれなかったの？」わたしはウィルに向かって大声で言い、彼の前の砂の上に水かきを放った。「どうしてもっと早くやれって言ってくれなかったのよ？　あれが全部、ずっとそこにあったなんて！　こんなすぐ目の前に」

ウィルは動じずにわたしを見た。なにも言わなかったが、ゆっくりと微笑が顔いっぱいに広がった。「さあね、クラーク。言ってもきかない奴もいるからな」

最後の晩、わたしは自分に酔っぱらうことを許した。翌日が出発だからということだけではない。そのときはじめて、ウィルの体調がよく、はめを外しても大丈夫だとほんとうに思えたからだ。わたしは白いコットンドレスを着て（今では日焼けして、白を着ても即、シーツを巻かれた死体みたいには見えない）、銀色のストラップサンダルを履き、ナディールが真紅の花を一輪くれて、髪に飾るように言っても、鼻で笑ったりはしなかった。一週間前ならそうしただろうけれど。

「これはこれは、カルメン・ミランダのご登場だ」わたしが二人とバーで会ったとき、ウィルは言った。「実に艶《あで》やかだな」

わたしは憎たらしい返事をしそうになったところで、彼が本気で嬉しそうにこちらを見ていることに気づいた。

「ありがとう」わたしは言った。「あなたのほうもまあまあじゃない」

ホテルの本館にはディスコがあったので、十時少し前に、ネイサンがカレンのところに行くと、わたしたちは音楽を耳に溜めながら、浜辺に降りていった。三杯のカクテルの快い酔いがわたしの動きを甘やかにする。

　あぁでも、そこはなんと美しかったことだろう。その晩は暖かく、風に乗って遠くのバーベキューの匂い、皮膚に塗ったオイルの温《ぬく》もった香り、かすかに刺激のある磯の香が漂ってきた。ウィルとわたしは二人のお気に入りの木の近くで止まった。誰かが浜辺でたき火をしたらしかった。なにか料理したのだろう。光っている燃えさしの山だけが残っていた。

「帰りたくないわ」声が闇に吸いこまれる。

「去りがたい場所だよな」

「こんな場所が映画の外にもあるなんて思わなかった」わたしは言い、振りかえって彼と向き合った。「おかげで、あなたが言ってたほかのこともみんな、ほんとうの話かもしれないって思うようになったわ」

　彼は微笑んでいた。顔全体がリラックスして幸せそうだった。わたしを見る目の目尻にくしゃっとしわが寄っている。わたしは彼を見た。身の内側をむしばみつづけるかすかな不安を意識することなく彼を見たのはそれがはじめてだった。

「来てよかった？」わたしはためらいながら訊いた。

　彼はうなずいた。「ああ、もちろん」

「やった！」わたしは宙にこぶしを突き上げた。

　それから、誰かがバーのそばで音楽の音量を上げ、わたしはサンダルを脱ぎ捨てると、踊りだした。こう言うと馬鹿みたいに聞こえるかもしれない――別の日なら、そんなこと恥ずかしくてできっこない。でも、そこでインクのような闇に包まれ、睡眠不足でほろ酔いで、たき火と、果てしない海と、永遠に続く空の下、音楽が耳に響き、ウィルが微笑み、自分でも言葉にできないなにかで心臓がはちきれそうで、だからわたしは踊らずにはいられなかった。わたしは踊り、笑った。思いきり、誰の目も気にすることなく。わたしは自分に注がれるウィルの視線を感じ、彼が知っていることを知った。これがこの十日間に対する唯一の答えだと。いや、この六か月に対する答えなのだと。

歌がやみ、わたしは息を切らしながら彼の足元にどさりと腰をおろした。

「君は……」彼は言った。

「なによ?」わたしの微笑みは悪戯っぽかった。わたしは水のように自由で、電気が流れているみたいに刺激的だ。なにをしてもかまわない気がする。

彼は首を振った。

わたしはゆっくりと裸足で立ち上がり、まっすぐに彼の車椅子に近づくと、すべるように彼の膝に座った。わたしの顔は彼の顔から数インチしか離れていない。昨晩のあとでは、そんなこともたいしたことではないように思えた。

「君は……」彼の青い目が、たき火の光を受けてきらりと光り、わたしの目をしっかりととらえた。彼は太陽と、たき火と、それからつんとしたシトラスの香りがした。

わたしは自分の内側の奥深くで、なにかがゆるんでいくのを感じた。

「君は……変わったな、クラーク」

わたしは思いつけるたった一つのことをした。身体を傾け、唇を彼の唇に重ねた。彼はほんの一瞬ためらい、それからくちづけを返した。そしてその瞬間、わたしはすべてを忘れた──忘れてはいけない百万と一つの理由も、恐怖も、わたしたちがそこにいるわけも。わたしは彼にキスをし、彼の肌の香りを吸いこみ、柔らかな髪を指先に感じ、彼がわたしにキスを返したときは、なにもかもが消え失せ、そこにいるのはウィルとわたしだけになった。果てしない海に囲まれた島で、千ものきらめく星々の下で。

そして彼が身を引いた。「僕は……ごめん。だめだ──」

わたしは目を開いた。片手を上げて彼の顔に触れ、その美しい骨格をなぞった。指先に感じるわずかな塩のざらつき。「ウィル……」わたしは口を開いた。「大丈夫。あなたは──」

「いや」その言葉には金属の響きがあった。「僕にはできない」

「どうして」

「そこに入りこみたくないんだ」

「でも……わたし、あなたはそこに入りこむべきだと思う」

「できないというのは僕が……」彼は喉をごくりと鳴らした。「僕が、君と一緒にいたいと思える男ではいられないからだ。つまり、これも──」彼は視線を上げてわたしの顔を覗きこんだ。「──これもただ、自分があるべき自分でないことを、僕に思い知らせるだけのものになってしまう」

わたしは彼の顔を離さなかった。額を前に傾け、彼の額に合わせる。二人の息が混じり、わたしはそっと言った。彼にだけ聞こえる声で。「あなたが……あなたの頭の中にある、自分になにができるとかできないとかは、わたしにはどうでもいいの。そんなに白黒はっきり割り切れるものじゃないもの。ほんと言うとね、わたし同じ状況にいるほかの人たちと話したの……できることもいろいろあるのよ。わたしたち二人が幸せになる方法が……」わたしは少し言葉につまりはじめた。こんな会話をすることすら奇妙に思えた。顔を上げて彼の目を見つめる。「ウィル・トレイナー」わたしはそっと言った。「こういうことなの。二人でできることは——」

「やめろ、クラーク——」彼は言いかけた。

「二人でできることはいっぱいあると思うの。これが普通のラブストーリーじゃないことは分かってる。今、わたしが言ってることだって言うべきじゃない理由がいっぱいあるのも分かってる。でも、わたし、あなたを愛してる。愛してるの。パトリックと別れたときにはもう分かってた。それに、あなたもほんのちょっとはわたしのことを愛してくれてるんじゃないかって気がするの」

彼は黙っていた。その目はわたしの目を探った。その中には押しつぶされそうなほどの大きな悲しみがたたえられていた。わたしはまるでそうすればその悲哀が軽くなるかのように、彼の髪をこめかみからうしろに撫でつけ、彼は頭を傾けてわたしの手のひらに触れ、そこに安らいだ。

彼は息を吸いこんだ。「君に話さなくちゃならないことがある」

「知ってる」わたしはささやいた。「全部、知ってる」

ウィルは言葉を飲みこんだ。二人の周りの空気がしんと動かなくなった気がした。

「スイスのことは知ってる。知ってるの、どうしてわたしが六か月の契約で雇われたのかも……」

彼はわたしの手から頭を離した。彼はわたしを見て、それから空を見上げた。彼の肩はがっくりと落ちていた。

「全部知ってるのよ、ウィル。何か月も知ってたわ。それでね、ウィル、どうかわたしの話を聞いて……」わたしは彼の右手を手に取り、それを自分の胸元に寄せた。「わたし、二人ならこれができるってことも知ってるの。以前のあなただったら選ばなかったものだろうってことも分かってるけど、わたしがあなたを幸せにできることも知ってる。そしてこれだけは言えるのは、あなたはわたしを……あなたはわたしを自分でも思いもかけなかった誰かに変えてくれたってこと。あなたはわたしを幸せにしてくれるの。すごく嫌みなときでもね。あなたと一緒にいたいの――あなたは自分は損なわれてしまったと思ってるみたいだけど、でも、わたしはそのあなたと一緒にいたいの。この世界のほかの誰よりも」

指を握る彼の指にほんの少し力がこもったのを感じ、わたしは勇気が湧いた。

「わたしがあなたに雇われてるのが変だと思うんだったら、辞めてよそで働くわ。話そうと思ってたんだけど――大学のコースに願書を出したの。インターネットでいっぱいリサーチして、ほかの四肢麻痺患者の人たちや、その介護をしてる人たちと話して、いろんなことを知ったわ。これがうまくいく方法をたくさんね。だからできるの。あなたと一緒にいられるの。分かる？　なにもかも考えて、なにもかもリサーチしたのよ。これが今のわたしなの。あなたが悪いのよ。あなたがわたしを変えたんだから」わたしは半分、笑っていた。「あなたのおかげでわたし、妹のトリーナみたいになっちゃった。服のセンスはわたしのほうが上だけど」

彼は目を閉じた。わたしは両手で彼の手を包み、彼の指の節を口元に持ち上げ、キスした。自分の肌に触れる彼の肌を感じ、彼を離すことはできないと知った。こんなふうになにかを確信したことは一度もなかった。

「返事は？」わたしはささやいた。

永久にその瞳を見つめていたかった。

彼がそれをあまりに静かに言ったので、一瞬、聞き違えたのかと思った。

「え？」

「ノーだ、クラーク」

「ノー？」

「すまない。それじゃ足りないんだ」

わたしは彼の手を下ろした。「意味が分からない」

彼が口を開くまで時間がかかった。今度ばかりはふさわしい言葉を選ぶのに迷っているように。「これは——僕の世界は、僕にとって十分じゃないんだ。たとえ君がそこにいてもね。

君が来てくれてから、僕の生活はなにもかもいいほうに変わった。それは信じてくれ、クラーク。でもそれでも足りないんだ。それは僕が望む人生じゃない」

　今度はわたしが身体を引く番だった。

「問題は、それはいい人生だろうというのが僕にも分かることだ。それどころか、君がそばにいてくれれば、すごくいい人生かもしれない。でもそれは**僕の**人生じゃない。僕は君が話をしたそういう人たちと同じじゃない。それは僕が望んでいる人生とはまったく違う。あまりにかけ離れすぎている」その声はとぎれとぎれで、割れていた。彼の表情がわたしを怯えさせた。

　わたしは息を吸いこみ、頭を振った。「あなたは……一度、わたしに言ったわよね。迷路の夜のことで、わたしという人間を決めつける必要はないって。自分がこういう人間だと定義するものは自分で選べるんだって。だったら、あなただって、その……その車椅子にあなたがどういう人間か、決めさせる必要はないわ」

「しかし、これで僕という人間は決まってしまっているんだ、クラーク。君はほんとうの僕を知らない。これが起きる前の僕に会ったことがない。僕は自分の人生を愛していたんだ、クラーク。ほんとうに愛していた。仕事も、旅行も、自分であることのすべてを愛していた。運動好きな自分であることを愛していた。バイクに乗ることも、ベース・ジャンプにチャレンジすることも。ビジネスの取引で相手をぺしゃんこにするのも好きだった。セックスするのも好きだった。数えきれないほどセックスしたよ。僕は**桁ちがいの人生**を生きていたんだ」彼の声は大きくなった。「僕はこういうものに座って存在するようにできていない――だが、僕という存在の趣旨や目的とはかかわりなく、今、僕という人間を定義するのはこれなんだ。これしか僕を定義するものはないんだ」

「でも、やってみてもいないじゃない」わたしはささやいた。わたしの声はわたしの胸から外に出ていきたくないようだった。「わたしにチャンスもくれてないじゃない」

「君にチャンスをやるとかやらないという問題じゃない。この六か月、僕は君が全く新しい人間に生まれ変わっていくのを見てきた。自分の可能性に気づきはじめたばかりの人間にね。それがどんなに嬉しかったか君に分かるか？　君には僕に縛られてほしくないんだ。僕の病院の予約に、僕の人生に降りかかった制約に縛られてほしくないんだよ。ほかの誰かなら君に与えられるいろいろなものを逃してほしくない。そして、自分勝手だけど、いつか君が僕を見て、ほんのこれっぽっちでも後悔や憐れみを感じてほしくない――」

「そんなこと**絶対**思わない！」

「それは分からないよ、クラーク。この先どうなっていくか君には見当がつかない。今から六か月後だって、自分がどんな気持ちでいるか分からないだろう。それに、毎日、君を見て、裸の君を見て、君があのクレイジーなドレスを着て離れの中をうろうろしているのを見つめているのに、君にしたいことができないなんて嫌だ。ああ、クラーク。今ここで僕が君になにをしたいか、君に分かるか？　僕は……僕はそのことを知っていながら生きることはできない。無理なんだ。それは僕という人間じゃない。僕はただ……黙って**受け容れる**ような男じゃないんだ」

わたしは泣きだしていた。「お願い、ウィル。お願いだからそんなこと言わないで。わたしに一回だけチャンスをちょうだい。わたしたちにチャンスをちょうだい」

「シーッ。聞くんだ。ほかの誰でもない君だから、僕の言うことを聞いてくれ。今日は……今夜は……君が僕にくれた最高の贈りものだ。君が僕に言ってくれたことも、僕をここに連れてくるために君が手をつくしてくれたことも……。考えてみればはじめはあんなひどいクソ野郎だった僕の中から、まだ愛すべきものを救いだした君は驚嘆に値するよ。だが――」

わたしは彼の指がわたしの指を握りしめるのを感じた。「――僕はここで終わりにしたいんだ。車椅子も。肺炎も。焼けつくような手足も。痛みも身体のだるさも、毎朝、もう終わってほしいと願いながら目を覚ますことも。戻ったら、僕はやっぱりスイスに行くつもりだ。そしてもし君がそう言ったように、僕を愛しているなら、クラーク、君が僕と一緒に来てくれたらそれほど嬉しいことはない」

わたしはさっと振りかえった。

「なんですって？」

「僕が今よりもよくなる見込みはない。ほぼ確実に僕は弱っていく。僕の人生は、ただでさえこんなに小さく縮んでいるのに、さらに小さくなる。医者たちもそう言っているんだ。僕にはすごい数の症状がとりついている。それを感じるんだよ。もう痛みに耐えるのは嫌だ。僕こいつに縛りつけられるのも、みんなに頼るのも、恐怖も嫌なんだ。だから、君に頼んでいるんだ――もし君が感じていると言うとおりの気持ちがあるのなら――そうしてくれ。僕のそばにいてくれ。僕が望む最期を僕に与えてくれ」

わたしはがくぜんとして彼を見つめた。耳の中で血が激しく脈打っていた。その言葉はほとんどわたしの中に入ってこなかった。

「どうしてそんなことわたしに頼めるの？」

「分かってる、それが――」

「わたし、あなたを愛してるって、あなたと一緒に未来を築いていきたいって言ったのよ。なのに、あなたは一緒に来て自分が自殺するところを見守ってくれって言うの？」

「すまない。無神経な言い方をするつもりはなかった。でも、僕にはもう時間の余裕がないんだよ」

「な――どういうこと？　まさか、もう予約したっていうの？　守らないと困る予定があるってこと？」

ホテルの人々が足を止めるのが見えた。たぶん、わたしたちの大きな声が聞こえたのだろう。でもわたしは気にも留めなかった。

「そうだ」一瞬、間をおいてウィルは言った。「そう、予約した。ずっとコンサルテーションを受けてきた。クリニックは僕がふさわしいケースだと認めた。そして、両親も八月十三日で同意してくれた。僕らは前日に飛行機で向かうことになっている」

眩暈がした。あともう一週間もないなんて。

「信じられない」

「ルイーザ――」

「わたし思ってたのに……わたしがあなたの決心を変えさせたって、そう思ってたのに」

彼は頭を横にかしげてわたしを見た。彼の声は穏やかで、そのまなざしは優しかった。

「ルイーザ、どんなものも僕の決心を変えさせはしないよ。僕は両親に六か月の猶予《ゆうよ》を約束した。その言葉どおり、僕はそれを与えた。君のおかげでその時間は君には想像もつかないほど貴重なものになった。君のおかげでそれは我慢くらべみたいなものにならないですんだ――」

「やめて！」

「え？」

「もうなにも言わないで」わたしは息がつまりそうだった。「あなたはほんとに勝手ね、ウィル。そして大馬鹿だわ。たとえわたしがあなたと一緒にスイスに行く可能性がこれっぽっちでもあったって……これだけあなたのためにやっておきながら、そんなことができるような人間だとわたしのことを思っているにしたって、それしか言うことはないの？　わたしはあなたの前で自分の心をさらけ出したの。なのにあなたに言えることは、『いや、君じゃ僕には十分じゃないんだ。さて、ところで、君が思いつくかぎり一番見たくないものを見にきてほしいんだけど』だなんてありえる？　はじめて知ったときからずっとわたしが恐れてきたものをよ。自分がなにを頼んでるのか、あなた分かってるの？」

わたしは怒りに目がくらんでいた。彼の目の前に立って、われを忘れてわめいていた。「くたばれ、ウィル・トレイナー。勝手にすればいい。こんな馬鹿らしい仕事に就かなきゃよかった。あなたなんかに出会わなきゃよかった」わたしは泣きじゃくり、砂浜を走り、ホテルの部屋に駆け戻った。彼を置き去りにして。

わたしの名を呼ぶ声が、ドアを閉めた後もずっと耳の中で鳴り響いていた。

24

通りすがりの人々にとって、車椅子の男性が、彼の世話をすることになっている女に向かって懇願している姿ほど気がかりなものはない。世話をすべき身体障害者にたいして腹を立てるのは普通のことではないらしい。

しかも、その人が動けないのが明らかで、優しい声で「クラーク。頼む。戻ってきてくれ。**お願いだ**」とくりかえしているとなればなおさらだ。

でも、わたしにはできなかった。彼を見ることができなかった。ネイサンがウィルの物を荷造りし、わたしは翌朝、ロビーで二人と顔を合わせた――ネイサンは二日酔いでまだぐったりしていた。そしてまたお互いに一緒にいなければならなくなった瞬間から、わたしは彼にかかわるのを完全に拒絶した。わたしは激怒していた。そしてみじめでもあった。頭の中では怒りに燃える声がしつこくわめきたて、ウィルとできるだけ距離をとるように命じていた。家に帰るのよ。二度と彼に会っちゃだめ。

「大丈夫か？」ネイサンがわたしと肩を並べると訊いた。

空港に到着したとたん、わたしは二人から離れ、チェックイン・カウンターに向かっていた。

「大丈夫じゃない」わたしは言った。「でもそのことは話したくないの」

「二日酔いか？」

「違う」

短い沈黙があった。

「てことは、俺が思ってることかな？」彼は急に真面目な顔をした。

わたしは口がきけなかった。うなずくと、ネイサンの顎の線が一瞬、こわばるのを見つめた。でも彼はわたしよりも強かった。つまるところ、彼はプロなのだ。数分のうちに彼はウィルのところに戻り、雑誌で見つけたものを見せ、二人が知っているどこかのサッカーチームの今後について予想を話し合っていた。二人を見ていたら、わたしがたった今、打ち明けた知らせの重大さなど、誰も思いもよらないだろう。

わたしは空港での待ち時間じゅう、どうにか忙しくしていることができた。些細なやることを山のように見つけ――スーツケースのタグをいじってみたり、コーヒーを買いにいったり、新聞を熟読したり、トイレに行ったり――全ては、彼を見ないですむようにするためだった。彼に話しかける必要はなかった。でも、時折、ネイサンが姿を消し、わたしたちだけになると、隣り合って座る二人の隙間に、言葉にならない非難が鳴り響くようだった。

「クラーク――」彼が言いかけた。

「やめて」わたしはそれをさえぎった。「あなたと話したくないの」

わたしはこんなに自分が冷たくなれることに驚いていた。客室乗務員たちが驚いたのは間違いない。わたしが頑固にウィルから顔を背《そむ》け、イヤフォンを耳に突っこみ、そっぽを向いたままの様子に、彼女たちはフライトのあいだじゅう、お互いにひそひそと言葉を交わしていた。

今度ばかりは、彼は腹を立てなかった。一番悪いのはそこだと言ってもいいくらいだった。彼は腹も立てず、皮肉も言わず、ただ静かになってほとんど口をきかなくなっただけだった。会話を進めるのは気の毒なネイサン一人の仕事になり、お茶やコーヒーやロースト・ピーナッツのおまけの一袋について訊いたり、トイレに行きたいけど二人をまたいでもいいかと尋ねてばかりいた。

今、振りかえると、大人げなく聞こえるかもしれない。でも、それは単なるプライドの問題ではなかった。わたしは耐えられなかったのだ。耐えられなかったのは、彼を失うと思うこと、そして彼があまりにも頑固で、素敵なものにも、これからよくなっていくかもしれないものにも頑として目を向けず、まるで石に彫りこまれ、決して変えられないもののように、その一日にこだわりつづけていることだった。わたしの頭の中を、無数の声にならない議論が駆けめぐった。**なんであなたはこれじゃ満足できないの？　なんでわたしじゃ不足なの？　なんでわたしに打ち明けてくれなかったの？　もし時間があったら状況はもっと違っていたの？**　時折、わたしは自分が彼の日焼けした手を、あの角ばった指をじっと見下ろしているのに気づいた。わたしの手からほんの数インチのところにある。わたしたちの指がどんなふうにからみ合ったか、その感触を思い出した――彼の温もり、じっと動かなくても、力強さを錯覚させる――そして塊が喉元にこみ上げてきて、わたしはほとんど息もできなくなり、トイレに逃げこまなくてはならなかった。そこでわたしはシンクに寄りかかり、細長いライトの下で声を出さずにすすり泣いた。ウィルが今もやろうとしていることについて考えると、叫びだしたくなる衝動と、まさに戦わなくてはならない瞬間が何度もあった。胸のはりさけそうな思いに押し流され、通路に座りこんで、誰かがどうにかしてくれるまで、大声でわめきたててしまいそうな気がした。誰かが、彼にそれをさせないようにしてくれるまで。

だから、大人げなかろうが――キャビン・スタッフの目にこの世で一番薄情な女だと映ろうが（なぜなら、わたしはウィルに話しかけることも、彼を見ることも、彼に食べさせることも拒否したから）――そこに彼がいないふりをするのが、どうしてもそばにいなくてはならないこの数時間をなんとかやり過ごす唯一の方法だと分かっていた。ネイサンが一人でこなせると思えたなら、本気でフライトを変えただろう。いや、姿を消したかもしれない。わたしたちのあいだが大陸一つぶん離れたことを確信するまで。こんな数インチしか離れていないありえない近さではなく。

男たち二人は眠り、ある意味、ほっとした時間が訪れた――緊張からの束の間の解放だ。わたしはモニター画面を見つめ、一マイルずつ家に近づくごとに心が重くなり、不安が増していくのを感じていた。わたしの失敗はわたしだけのものではないことに気づきはじめていた。ウィルの両親は絶望するだろう。きっとわたしを責めるだろう。ウィルの妹はわたしを訴えるかもしれない。そしてそれはウィルにとってわたしは失格だったということでもあった。彼の説得に失敗したのだから。彼に差し出せるかぎりのものは全部、自分自身を含めて差し出した。でもわたしが示したものでは、彼は生きつづける理由として納得してくれなかった。

たぶん、といつのまにかわたしは考えていた。彼にはわたしよりももっといい人がふさわしかったんだ。もっと頭がいい人ならよかったのだ。トリーナみたいな人だったら、もっとましなやり方を思いついたかもしれない。そういう人なら貴重な医学研究の論文とか、彼を助けられる可能性のあるなにかを探し当てられたかもしれない。そういう人なら彼の気持ちを変えさせられたのだろう。残りの人生、このことを知りながら生きていかなくてはならないという事実に、わたしは目の前が暗くなりそうだった。

「なにか飲むか、クラーク？」ウィルの声がわたしの思考を破った。

「いいえ、けっこうよ」

「僕の肘が君のアームレストの上に出っ張りすぎてないか？」

「いいえ、大丈夫」

その最後の、暗がりの中の数時間でようやく、わたしは彼を見ることができた。光っているモニター画面から視線がゆっくりと横にすべっていき、小さな客室の薄暗い光の中で、こっそりと彼を見つめる。すっかり日焼けした、整った彼の顔、こんなに平和に眠っている顔を見ながら、一粒の涙がわたしの頬を伝ってこぼれ落ちた。わたしの凝視を感じたのか、ウイルは身動きしたが、目は覚まさなかった。キャビン・スタッフにも、ネイサンにも気づかれず、わたしはウィルのブランケットをそっと首の周りに引き上げ、丁寧にたくしこんだ。客室の空調の冷たい風に当たって、ウィルが寒さを感じないように。

二人は到着ゲートで待っていた。なんとなくそんな気はしていた。パスポート審査場を通過してウィルの車椅子を押しながら、かすかな吐き気が身体の内側で広がってくるのを感じた。列に並んで何時間でも、できれば何日も待たされたい、というわたしの願いもむなしく、誰か係員がよかれと思って優先的に通過させてくれた。わたしが荷物のカートを、ネイサンが車椅子のウィルを押しながら、三人で広々としたリノリウムの床を横切っていき、ガラスのドアが開くと、そこに彼らがいた。フェンスのところで珍しく心を一つにしてといってもいい風情で並んで立っている。ウィルを見たトレイナー夫人の顔がぱっと明るくなったのを目にし、わたしはぼんやりと、**そうよね――彼、とても元気そうだもの**、と考えた。それから、情けない話だが、わたしはサングラスをかけた――疲れた顔を隠すためではなく、無防備な表情から、これから告げなくてはならないことを彼女がすぐさま読み取ってしまうことを恐れたからだった。

「まあどうしましょう！」彼女は声を上げた。「ウィル、とっても元気そうね。ほんとに元気そうだわ」

ウィルの父親はかがみこみ、車椅子を、そして息子の膝を軽く叩いた。その顔いっぱいに微笑みが浮かんでいた。「ネイサンが、おまえが毎日ビーチに行ってるって話してくれたときは二人とも耳を疑ったよ。おまけに泳いだんだって！　海はどうだったかね――温かくて気持ちよかったかね？　こっちは大雨でな。いつもどおりの八月だ」

ああそうか。ネイサンは二人にメールを送るか、電話をしていたのだろう。あんなに長いあいだ、二人がなにも連絡なしに行かせてくれるはずがない。

「その……ほんとに最高の場所でしたよ」とネイサンが言った。彼も口数が少なくなっていたが、笑顔を浮かべ、普段どおりの自分でいようと努力していた。

わたしは身体が凍りついたようだった。これから別のどこかに行こうとしているように、手にパスポートを握りしめていた。息をすることを自分に思い出させなくてはならなかった。

「それで、みんなで特別なディナーでもどうかと思ってね」ウィルの父親が言った。「インターコンチネンタル・ホテルの中になかなかいいレストランがあるんだよ。シャンパンはこっち持ちだ。どうだね？　お母さんもわたしもなかなかいいお祝いだと思うんだが」

「ぜひ」ウィルが言った。彼は母親に微笑みかけ、彼女はまるでそれを胸にしまいこみたいというように彼を見つめかえしていた。**なんでそんなことできるの？**　わたしは彼を怒鳴りつけたかった。**これから母親をどんな目にあわせるかもう分かっているくせに、なんでそんな顔できるのよ？**

「じゃあ、行こうか。身障者用の駐車場に車を停めてあるんだ。ここから車でちょっと行ったところでね。みんな少し時差ぼけだろうと思ったんだよ。ネイサン、どれか荷物を持とうか?」

わたしの声が会話に割って入った。「あの」わたしは言った——もうカートから荷物をひっぱっていた。「わたし、帰ります。でもお誘いありがとうございました」

わたしは荷物に意識を集中し、わざと一同を見ないようにした。でも空港のざわめきの中でも、自分の言葉がもたらした短い沈黙が感じとれた。

はじめにそれを破ったのはトレイナー氏の声だった。「いいじゃないか、ルイーザ。軽くお祝いしよう。わたしたちも君の冒険話を楽しみにしてるんだよ。その島のことをいろいろ知りたいしね。約束する、**全部**を話せとは言わんから」笑いを含んだような声だった。

「そうよ」トレイナー夫人の声にはかすかな棘があった。「ぜひ来てちょうだい、ルイーザ」

「いいえ」わたしは息を吸いこみ、何気ない微笑を浮かべようとした。サングラスが盾《たて》になってくれた。「ありがとうございます。でもほんとに帰ったほうがいいんです」

「どこに?」ウィルが言った。

彼の言っていることが分かった。ほんとうはどこにも帰るところなどないのだから。

「両親のところに行くわ。大丈夫よ」

「一緒に来てくれ」彼は言った。その声は優しかった。「帰るなよ、クラーク。頼む」

その場で泣きたかった。でも、彼のそばにはいられないことを心の底から確信していた。

「いいえ、いいの。ありがとう。お食事を楽しんできて」わたしはバッグを肩に掛け、ほかに誰かがなにか言いださないうちに、一同から離れて歩きだし、ターミナルの雑踏に紛れた。

あと少しでバス停というときに、彼女の声を聞いた。カミラ・トレイナーが舗道にヒールの音を響かせながら、半ば歩き、半ば走りながら追いかけてきた。

「待って、ルイーザ。お願い、待って」

振りかえると、彼女は観光バスの一行のあいだを無理やり通ろうとしていた。バックパックを背負ったティーンエージャーたちを、海を割って進むモーセみたいにかき分けてくる。空港の照明がその髪を輝かせ、赤銅色に見せていた。薄いグレーのパシュミナ・ストールを巻いていて、そのドレープが芸術的に一方の肩から垂れている。ほんの数年前、彼女はさぞ美しかっただろう、とぼんやりと思ったのを覚えている。

「お願い。お願い、待って」

わたしは立ち止まり、振りかえって道を見、バスが今すぐ現れて、わたしを連れ去ってくれることを願った。なにかが起こってくれることを願った。小さな地震だっていい。

「ルイーザ？」

「彼は旅行を楽しんでくれました」切り口上で言った。なんだか彼女の話し方に似てる、とわたしは思った。

「あの子、ほんとうに元気そうだわ。とても元気そう」舗道に立っているわたしに目を据える。周囲で動き回る人々の海の中で、彼女はとつぜん、完全に静止した。

わたしたちは黙っていた。

それからわたしは言った。「ミセス・トレイナー、わたし仕事を辞めさせていただきたいと思います。無理です……この最後の数日間、耐えられません。いただくことになっているお金はけっこうです。いえ、それどころか今月のお給料はいりません。なにもいりません。わたしただ――」

そのとき彼女は青ざめた。顔から血の気がひいていき、身体がわずかに揺らぐのが見えた。トレイナー氏がうしろから近づいてくる。早足で、一方の手で頭のパナマ帽をしっかりと押さえながら。謝罪の言葉をつぶやきながら人混みを押し分けてくる。その目は数歩離れた距離で凍りついたように立っているわたしと妻に注がれていた。

「あなた……あなた、息子は幸せそうだと思うって言ったわよね。これであの子は決心を変えるかもしれないって」すがるようなその声は、わたしに違うことを言ってほしい、彼女に違う結論を与えてほしいと懇願しているようだった。

わたしは絶句した。彼女を見つめながら、なんとかできたのはほんの少し、首を振ることだけだった。

「ごめんなさい」わたしはささやいた。彼女には聞こえないくらいの小さな声で。

彼女が倒れたとき、彼はもう手が届きそうなところにいた。まるで、彼女の脚は身体の下で支える力を失ったようだった。そしてトレイナー氏の左腕がさっと差し伸べられ、口を大きなOの字に開けて彼女が崩れ落ちるのを抱きとめた。彼女の身体はがっくりと彼の身体に寄りかかった。

彼の帽子が舗道に転がっていた。彼はわたしを見上げた。その顔は、今なにが起きたのかまだ把握できないように、混乱していた。

そしてわたしは見ることができなかった。わたしは向きを変え、ぼうぜんとしながら歩きはじめた。一歩、そしてまた一歩、自分がなにをしているのか気づかないうちにわたしの脚は動き、空港から離れていった。自分がどこに向かおうとしているのか、分からなかった。

25

カトリーナ

ルイーザは旅行から帰ってから三十六時間、部屋から出てこなかった。日曜日の晩遅く、空港から帰ってきたときは、日焼けの下の肌が幽霊みたいに青白かった――そもそもわたしたちはそのことからしてわけが分からなかった。それに、たしか月曜の朝一番に顔を出すと言っていたのだ。とにかく寝かせて、と言って、彼女は自分の部屋に閉じこもるとベッドに直行した。みんな、なにかおかしいとは思ったけど、分かりっこないじゃない？　どっちにしてもルーは生まれつき変な子なんだもの。

朝になってママがマグカップにお茶を淹れて持っていったけど、ルーはぴくりともしなかった。夕食時になって、ママは心配になって彼女を揺すって生きているか確かめた（ママはちょっとメロドラマっぽいところがあるから――ただし、このときはフィッシュパイを作ったから、たぶんルーが食べ損なわないようにしたかったんだろうけど）。でもルーは食べようとしないし、話もしないし、階下に下りてこようともしなかった。もうちょっとこうさせといて、ママ、と枕に顔をうずめながら言った。とうとう、ママは彼女を一人にしておいてきた。

「いつものあの子じゃないわ」とママが言った。「パトリックとのことで、ショックみたいなものが遅れてやってきたのかしらねえ？」

「あいつはパトリックのことなんぞ屁《へ》とも思ってやしないさ」パパが言った。「例のバイキングで百五十七位になったってパトリックが電話をかけてきた話をしたけど、ぜんぜん興味なさそうだったぞ」パパはお茶をすすった。「まあ、そりゃ無理もないけどな。わしだって百五十七位で興奮しろって言われても困るよ」

「病気かしら？　日焼けしてるけどすごく顔色が悪いの。それにあんなに寝てばっかり。ぜんぜんあの子らしくないわ。もしかしてとんでもない南国の病気でももらってきたのかも」

「ただの時差ぼけよ」わたしは言った。いかにもものを知っているような口ぶりで言ったのは、ママとパパはわたしをなんでもその道のプロみたいに扱うからだ。ほんとうはうちの誰もさっぱり分かってないことでも。

「時差ぼけね！　へえ、長旅であんなになるんなら、わしはテンビーで十分だな。どうだい、ジョジー？」

「さあねえ……旅行であんなふうに病気みたいになるって誰も思わないものねえ」ママは首を振った。

わたしは夕食後、二階に上がった。ノックはしなかった（厳密に言えば、どっちみちそこはわたしの部屋だったから)。空気は重苦しくよどんでいて、わたしはブラインドを上げると窓を開け放った。ルーはぼんやりした顔で布団の下でこちらを向き、目に入る日差しをさえぎった。塵がその周りを舞っていた。

「なにが起きたのか話す気ある?」わたしはお茶の入ったマグカップをベッドサイドテーブルに置いた。

彼女はまばたきしながらこちらを見た。

「ママはあんたがエボラウイルスに感染したって思ってるよ。ビンゴ・クラブのポルトアベンチュラ旅行を予約した近所の人たちに警告しなきゃって大騒ぎ」

返事はなかった。

「ルー?」

「わたし辞めたの」彼女は小さな声で言った。

「なんで?」

「なんでだと思う?」彼女はまっすぐに起き上がり、不器用にマグカップに手を伸ばして、お茶をごくりと飲んだ。

モーリシャスでほぼ二週間過ごしてきたばかりにしては、ひどい姿だった。目はしょぼしょぼして縁が赤く、肌はもし日焼けしていなければもっとまだらになっていたかもしれない。髪は一方が立ち上がっていた。何年も眠っていない人みたいだった。でもなによりも、彼女は悲しげだった。姉のこんなに悲しそうな顔は一度も見たことがなかった。

「彼、ほんとうに例のことをやり遂げるつもりだってこと?」

彼女はうなずいた。そして息を吸いこんだ。深く。

「そうか。ああ、ルー。ほんとに残念だったね」

わたしは彼女に少しずれるように身振りをすると、ベッドの隣にもぐりこんだ。彼女はもう一口、お茶を飲むと、頭をわたしの肩にもたせかけた。わたしのTシャツを着ている。それについて文句は言わないでおいた。それくらいルーのことが気の毒だったのだ。

「どうしたらいい、トリーナ?」

その声は小さかった。トーマスが怪我をして、いっしょうけんめい泣かないようにしてるときみたいな声だった。外で、隣の犬が近所の猫たちを追いかけて庭のフェンスに沿って行ったり来たりしているのが聞こえる。時折、ものすごい勢いで吠える声がした。きっと欲求不満で目を真ん丸にしてフェンスの上に頭を覗かせているのだろう。

「できることはなにもないような気がするな。ああ、あんなに彼のためにいろんなことをやってきたのにね。あんなにがんばったのに……」

「わたし、彼に愛してるって告白したの」彼女の声は、ささやき声になっていた。「なのに彼は、それじゃ足りないって」彼女の目は大きく広がってどんよりとしていた。「それを聞いちゃって、これから先、どうやって生きていけばいいの?」

家族の中でなんでも知っているのはわたしだ。誰よりもたくさん本を読むし、大学に行っている。すべての答えを持っているのはわたしのはずだ。

でも、わたしは姉を見つめながら、首を振った。「分かんないよ」わたしは言った。

翌日、彼女はようやく部屋から出てきて、シャワーを浴びると服を着替えた。わたしはママとパパになにも言うなと釘をさした。恋愛関係のトラブルだと匂わせたので、パパは眉毛を上げると、それでなにもかも説明がついた、まったくみんなしてあんなに大騒ぎしたのはなんだったんだ、というような苦い顔をしてみせた。ママはあわててビンゴ・クラブに電話しにいき、飛行機での旅の危険について考え直したとみんなに言った。

ルーはトーストを一枚食べ（お昼はいらないと言った）、大きなひらひらした日よけ帽子をかぶり、トーマスがアヒルに餌をやりに行くのに付き合って、わたしたちと一緒にお城に登った。ほんとうは出かけたくなかったんだろうと思うけれど、ママがみんな新鮮な空気を吸ったほうがいいと言ってきかなかった。これは、うちのママの辞書によると、寝室に入っていって、空気を入れ替え、寝具を交換したくてうずうずしている、という意味だ。トーマスは、手にパンくずを詰めこんだビニール袋を握りしめ、スキップしたりぴょんぴょん跳ねながらわたしたちの前を行く。わたしたちは長年の慣れで、あっちへ行ったりこっちへ来たりする観光客を楽々とよけ、揺れるバックパックにぶつからないようにひょいとかわし、ポーズをとっているカップルたちに出くわすと二手に分かれてそのうしろで合流した。お城には夏の太陽の熱で焦げるように熱く、地面はひび割れ、芝生は禿《は》げたおじさんの頭の最後に残った毛みたいにみじめな姿だった。植木鉢の花々はうなだれていて、もう半分秋の準備をしているように見えた。

ルーとわたしはあまり話さなかった。言うことなんてないじゃない？

観光客用の駐車場を通りすぎながら、彼女が帽子のつばの下でトレイナー家をちらりと見たのに気づいた。それは優美な赤レンガの建物だった。ずらりと並ぶ背の高い無表情な窓のうしろに隠れて、あそこでは人の生死にかかわるドラマが繰り広げられている。たぶん、今この瞬間にも。

「行って彼と話してきてもいいよ」わたしは言った。「ここで待っててあげる」

彼女は胸の前で腕を組んだまま、地面を見つめ、わたしたちは歩きつづけた。「行ってもしょうがないもん」彼女は言った。わたしには別の言葉が聞こえた。彼女が声に出さなかった言葉が。**彼はきっともうあそこにはいないから。**

わたしたちはゆっくりとお城の周りを歩き、トーマスが丘の急なところを転がり降りたり、アヒルたちに餌をやったりするのを眺めた。アヒルたちは夏のこの時期になると、まるまると太っていて、たかがパンのためにわざわざ近づいて来ようともしない。わたしは歩きながら姉を観察した。ホルターネックのトップスを着てむきだしになった茶色の背中や前かがみになった肩を見ながら、本人はまだ気づいていないかもしれないけれど、彼女がすっかり変わったことを感じていた。ウィル・トレイナーとのことがどうなるにしても、もうこの人はここにとどまってはいないだろう。姉の周囲にはそんな空気が漂っていた。知識と、その日で見てきたものと、行ってきた場所の空気だ。姉はついに新たな地平を切りひらいたのだ。

「あ、そうだ」門のほうに戻りはじめたとき、わたしは言った。「手紙が来てたよ。いないあいだに、大学から。ごめん――開けちゃったの。わたし宛てだと思っちゃって」

「開けたの？」

わたしは奨学金の追加の知らせだといいなと思っていたのだ。

「面接してくれるって」

彼女はとうに忘れ去っていた知らせを受け取ったように目をぱちぱちさせた。

「そうなのよ。そして大ニュースなんだけど、それが明日なの」わたしは言った。「だから今晩、訊かれそうな質問のおさらいを一緒にやっとこうよ」

彼女は首を振った。「明日、面接なんて行けないよ」

「ほかに用事あるの？」

「無理だよ、トリーナ」彼女は悲しげに言った。「こんなとき、どうしてなにか考えたりできる？」

「いい、ルー？　誰でも彼でも面接してくれるってわけじゃないんだよ、アヒルに餌をやるんじゃないんだから。馬鹿なこと言わないの。これはすごいことなのよ。あんたが成人学生で、願書を出した時期もずれてるのに、それも承知で会ってくれるって言ってきてるんだよ。それを迷惑かけちゃだめ」

「どうでもいい。そんなこと考えられない」

「でもあんた――」

「ほっといてよ、トリーナ。いい、**無理だって言ってるの**」

「ちょっと」わたしは言った。彼女の前に回って、そのまま歩いていけないように通せんぼした。トーマスが何歩か先で鳩とおしゃべりしている。「今こそ、そのことを考えなくちゃいけないのよ。嫌でもなんでも、あんたのこれからの人生、どうやって生きていくか考えるときが今、やっと来たんだから」

わたしたちは道を塞《ふさ》いでいた。今度は観光客たちが二手に分かれてわたしたちを迂回する番だった――彼らはうつむき、あるいは口論している姉妹に少し好奇の混じった視線を向けながらそうしていった。

「無理」

「そりゃお気の毒。だってね、忘れてるかもしれないけど、あんたもう仕事はないんだよ。つじつまを合わせてくれるパトリックだっていない。この面接を逃したら、二日のうちにジョブ・センターに舞い戻って、生きてくためにあんたが逃げ出した前の工場みたいなところで働くか、ラップダンサーになるか、別の誰かのおケツ《バム》を拭くかを決めなきゃなんないんだからね。おまけにまさかと思うかもしれないけど、もうじき三十になるってことは、もうあんたの人生はそれでほぼ決まりなの。そしてこの全部が――あんたがこの六か月で学んできた全部が――時間の無駄だったってことになっちゃうのよ。なにもかも」

彼女はわたしをにらみつけた。わたしが正しいことを知っていて、なにも言いかえせないときのいつもの無言の怒りの表情を浮かべていた。トーマスがわたしたちのうしろに来て、わたしの手をひっぱった。

「ママ……ママ、**おケツ**《バム》って言った」

姉はまだわたしをにらんでいた。でも、わたしには彼女が考えているのが分かった。

息子のほうを振りかえった。「ううん、違うのよ。ママは菓子**パン**って言ったの。そろそろおやつしに帰りましょう——いいでしょ、ルー？　もしかしたら菓子パンがあるかもね。それから、おばあちゃんがトーマスをお風呂に入れてくれてるあいだ、ママはルーおばちゃんの宿題をお手伝いするからね」


　翌日、わたしは図書館に行った。ママがトーマスの面倒を見てくれていたので、わたしはルーをバス停まで見送った。これで夕ごはんまで彼女と顔を合わせないですむ。面接にはたいした希望は持っていなかった。でも別れたあとは彼女のことをいろいろ考えたりはしなかった。

　ちょっと自己中に聞こえるかもしれないけど、大学の勉強に遅れるのは嫌だし、それにルーのみじめな様子からしばらく離れられるのは少しほっとした。あんなに落ちこんでる人のそばにいると、けっこう疲れるものだから。そういう人のことは気の毒には思うけど、いい加減しっかりしなさいよ、とどうしても言いたくなる。わたしは家族と、姉と、姉が勝手に巻きこまれたとんでもないごたごたを心の中のファイルに入れて引き出しを閉め、付加価値税控除に意識を集中した。会計学Iのコースで学年二位の成績をとったからには、英国歳入関税庁の定率制度が意味不明だからって、そこから転落するわけにはいかない。

　わたしは六時十五分前くらいに家に着いた。ファイルを廊下の椅子の上に重ねる。みんなはもう食卓について待っていて、ママが盛りつけをはじめていた。トーマスがわたしに飛びついてきて、両脚を腰に巻きつけた。わたしは彼にキスし、酸っぱいような小さな男の子のいい匂いを吸いこんだ。

「座って座って」ママが言った。「パパもちょうど帰ってきたとこよ」

「おまえの本どもの調子はどうだ、うまいこといってるか?」パパは椅子の背に上着をかけながら言った。パパはいつも〝おまえの本ども〟と言う。本がそれぞれ生きていて、おとなしく言いつけを守らせなきゃならないみたいに。

「うん、順調よ。会計学Ⅱのコースの四分の三まできたとこ。明日は会社法をやるの」わたしはトーマスをひっぱがし、隣の椅子に降ろして、片手を息子の柔らかい髪の上にのせた。

「聞いたか、ジョジー？　会社法だとさ」パパはお皿からジャガイモを盗んで、ママに見つからないうちに口に詰めこんだ。パパの言い方はまるでその響きを味わっているみたいだった。たぶんほんとうにそうだったのかもしれない。みんなでわたしのコースに関係あることをちょっとおしゃべりした。それからパパの仕事の話になった――だいたいは、旅行者がいかになんでも壊すかについてだった。修繕の仕事はおおわらわだそうだ。駐車場の門の木の柱ですら、二、三週間ごとに交換しなくちゃならない。馬鹿どもが幅十二フィートもあるのに車で通りぬけられないから。わたしなら、その費用をカバーするために駐車券の値段にサーチャージを上乗せすると思うけど——でもそう思うのはわたしだけかな、たぶん。

　ママが盛りつけを終わって、やっと腰を下ろした。トーマスは誰も見ていないと思って手づかみで食べていて、こっそり**おケツ**《バム》と言っては一人でにたにたしていた。おじいちゃんは視線を上に向けながら食べていて、なにかぜんぜん関係ないことを考えているみたいだった。わたしはルーのほうを見た。彼女はお皿を見つめながら、ごまかそうとするみたいにローストチキンを突っつきまわしていた。やれやれ、とわたしは思った。

「お腹空いてないの、ルー？」わたしの視線を追って、ママが訊いた。

「あんまり」彼女は言った。

「チキンには暑すぎる気候だけど」ママは認めた。「あんたの元気が出るかと思ったのよ」

「それで……面接はどうだったか話してくれんのか？」パパのフォークは口に運ばれる途中で止まっていた。

「ああ、それね」ルーはほかに気を取られている様子だった。その言い方は、もう五年も前のことを今さらなに言ってるのよ、というふうに聞こえた。

「そう、それだよ」

　彼女は鶏肉のかけらをフォークで突き刺した。「いいんじゃない」

　パパがわたしをちらりと見た。

　わたしはちょっと肩をすくめた。「いいんじゃないだけ？　結果がどうなのか、当たりがつくことをなんか言われたでしょ」

「受かった」

「え？」

彼女はまだお皿を見下ろしていた。わたしは食べ物を噛むのをやめた。

「わたしはちょうど向こうが求めてたような志願者だったんだって。なんか一年の基礎課程みたいなのをやって、それからそっちのコースに変更するの」

パパが椅子の背に寄りかかった。「そりゃすごいじゃないか」

ママが手を伸ばして彼女の肩を叩いた。「あんた、ほんとよくやったわ、立派よ」

「別に。四年間の学費は出せないと思うし」

「今はその心配はするな。ほんとにさ。トリーナはこんなにうまくやってるじゃないか。ほら――」パパは彼女を小突いた。「――なんとかなるさ。いつもなんとかやってきただろう、なあ？」パパはわたしたち二人に顔いっぱいの笑顔を向けた。「このごろ、いろんなことがわしらにとっていい方向にめぐってきた気がするな、なあ、おまえたち。わが家にとってきっとこれからいい時代になるぞ」

そしてそのとき、不意に、彼女がわっと泣きだした。本物の涙だった。トーマスが泣くような泣き方だった。声を上げ、鼻水と涙でぐちゃぐちゃになり、誰に聞こえようがおかまいなしに。そのすすり泣く声は、ナイフのようにしんとした小さな部屋を切り裂いた。

トーマスは口をぽかんと開けて彼女を見ていた。だから膝の上に抱き上げ、あの子まで泣きださないように注意をそらさなくちゃならなかった。わたしがジャガイモのかけらをいじったり、豆とおしゃべりして馬鹿みたいな声を出している横で、彼女は両親に打ち明けた。彼女はなにもかも告白した――ウィルのこと、六か月の契約のこと、そしてモーリシャスに行ってなにがあったか。ルーが話しているあいだ、ママの両手が口元に上がっていった。おじいちゃんは難しい顔をした。チキンは冷め、グレーヴィーはピッチャーの中で固まっていった。

パパは耳を疑うように首を振っていた。それからインド洋から帰ってくる飛行機の中でのことを細かく話しながら、姉の声は小さくささやくようになっていき、トレイナー夫人に言った最後の言葉のところまでくると、パパは椅子をうしろに引いて立ち上がった。ゆっくりとテーブルを回ると、わたしたちが子供のころにしてくれたみたいに、ルーを腕に抱いた。そこに立って、強く強く抱きしめていた。

「ああ、なんてひどい話だ、ほんとに気の毒に。ルー、おまえもかわいそうになあ。ああ、神様」

これまでパパがそんなにショックを受けた顔を見たことはきっとないと思う。

「まったくなんてことだ」

「これを一人で我慢してきたの？　なにも言わないで？　なのにわたしらが受け取ったのはスキューバ・ダイビングの絵葉書だけ？」ママは信じられないようだった。「みんな、あんたは一世一代の休暇を楽しんでると思ってたのに」

「一人ぼっちじゃなかったよ。トリーナには話したから」彼女は言って、わたしを見た。

「トリーナはすごく助けてくれた」

「わたしはなにもしてないよ」わたしはトーマスを抱きながら言った。ママがセレブレーションズのキャンディ缶を開けて前に置いたので、トーマスはもう会話に興味をなくしていた。

「わたしは話を聞いただけ。やったのは全部あんたじゃない。いろんなアイディアを考えついたのもみんな」

「でも、アイディアもこんなふうになっちゃって」パパに寄りかかりながら、彼女はすべての希望を失ったように言った。

パパはルーの顎を持ち上げて、無理やり自分のほうを向かせた。「しかし、おまえはできることを全部やったんだ」

「そして失敗したの」

「誰が失敗したなんて言うんだ？」パパはルーの髪を顔からうしろに撫でつけた。その表情は優しかった。「ウィル・トレイナーについてわしが知ってることを思い出してみてるんだけどな。つまり、ああいうタイプの男について知ってることをね。これだけはおまえに言ってやれるよ。いったんこうと決めたら、あの男を説得できる人間がこの世にいるとは思えん。あれはそういう人間なんだ。誰も、他人の本質を変えることはできんよ」

「でも、親がいるでしょう！　あの人が自殺するのを黙って見てるなんてありえませんよ」ママが言った。「まったくどういう人たちなんだろうね」

「あの人たちは普通の人たちよ、ママ。トレイナー夫人はほかにどうしていいか分からないだけなの」

「ふん、そのクリニックにあの人を連れてかないことがまず第一だよ」ママは怒っていた。両方の頬骨にぽっと赤い点が浮いている。「わたしならあんたたち二人と、トーマスのために戦うよ、息があるうちはね」

「彼、もうすでに自殺しようとしたんだよ。それでも?」わたしは言った。「ほんとにひどいやり方で」

「あの人は病気ですよ、カトリーナ。うつ病なのよ。心が弱くなってる人たちには、そんなことをするような機会を与えちゃだめなの、だって……」その言葉はとぎれ、無言の怒りに変わった。そしてママはナプキンで目元を押さえた。「あの女は人でなしよ。**人でなし**。考えてごらん、ルイーザをこんなことに巻きこんだんだよ。あの女は治安判事じゃないの、こともあろうに。治安判事ならほかの誰より、なにが正しくてなにが間違ってるか分かってそうなもんでしょう。わたしはね、今すぐあそこに出かけてって、ウィルをここに連れてきたっていいんだよ」

「そんな簡単な話じゃないの、ママ」

「いいえ、簡単よ。ウィルは心が弱ってるんだから、あの女はそんな考えを受けいれたりしたら絶対だめなの。ああ、なんてひどい話なんだろう。かわいそうにねえ。かわいそうなウィル」ママは食卓から立ち上がるとチキンの残りを下げ、憤然とキッチンに立っていった。

ルイーザは少しあぜんとした表情でママのうしろ姿を見つめていた。ママは怒ったことがない。最後にママが大きな声を出すのを聞いたのは確か一九九三年だった気がする。

パパは首を振っていた。なにか別のことを考えているようだった。「今思ったんだが――どうりでトレイナーさんを見かけなかったわけだ。どこに行ったのかと不思議だったんだよ。みんなで家族旅行にでも行ったのかと思ってたんだが」

「あの人たち……もう行っちゃったの？」

「トレイナーさんはここ二日、休んでるよ」

ルーはまた椅子に寄りかかるとうなだれた。

「ああ、クソ」わたしは言ってしまい、両手でトーマスの耳をぎゅっと押さえた。

ルーがわたしを見て、わたしは壁のカレンダーを見上げた。

「明日だわ」

「八月十三日。明日よ」


その最後の日、ルーはなにもしなかった。わたしより先に起きて、キッチンの窓の外を見つめていた。雨が降り、晴れ、それからまた雨が降った。彼女はおじいちゃんと一緒にソファに寝ころび、ママが淹れたお茶を飲み、三十分おきくらいにその視線はマントルピースのほうにそっとすべっていっては時計を確認していた。それを見ているのは辛かった。わたしはトーマスを泳ぎに連れていき、ルーも一緒に来させようと努力した。あとで買い物したかったら、ママがトーマスを見ててくれるから、と言った。パブに行こうよ、わたしたち二人だけで、とも言った。けれど、彼女はなにを言っても断った。

「わたし、間違ってたのかな、トリーナ?」彼女は言った。その声はあまりにも小さくて、わたしにしか聞こえなかった。

わたしはちらっと目を上げておじいちゃんを見たけれど、おじいちゃんの目はひたすら競馬に注がれていた。ママにはやってないと言ってるけど、パパはいまだにおじいちゃんのためにイーチウェイの馬券をこっそり買っているのだと思う。

「どういう意味?」

「わたし、彼と一緒に行くべきだったのかな?」

「でも……無理だって言ってたじゃない」

外を見ると、空は灰色だった。彼女は磨き上げられた窓の向こうのみじめったらしい一日を見つめていた。

「言ったのは言ったよ。でも、なにが起こってるのか知らないでいるのがどうしても耐えられないの」その顔が少しゆがんだ。「彼がどんな気持ちでいるか知らないのが耐えられない。さよならも言えなかったことが耐えられない」

「今から行けないの? フライトを探してみたら?」

「もう遅いよ」彼女は言った。そして目を閉じた。「ぜったい間に合わない。あと二時間しかないの……今日、そこが閉まる時間まで。調べたの。インターネットで」

わたしは待った。

「五時半以降は、それを……それをやらないんだって」ルーはゆらゆらと頭を振っている。「スイスのお役人が同席しなくちゃいけないとかそういうことで。業務時間外に……それを……認定するのはだめみたい」

わたしは笑いだしそうになった。でも、ルーになんと言えばいいか分からなかった。彼女が今、待っているように、どこか遠くで起きようとしていることを知りつつ待たなければならない状況を想像できなかった。彼女はウィルを愛しているらしいけど、わたしはそんなふうに男の人を愛したことは一度もない。もちろん、男の人は好きだし、寝たいとも思うけど、ときどき自分には感受性の回路が欠けてるのかも、と思うことがある。付き合った誰かのために自分が泣くところは想像もつかない。唯一それに近いとすれば、トーマスが見知らぬ国で死ぬのを待っているところを想像したら、ってことだけど、そう思ったとたん、身体の内側がほんとうにひっくりかえるみたいになった。そんなの恐ろしすぎる。だからわたしはそれも心の中のファイリング・キャビネットにしまいこんだ。**問題外**というラベルを貼った引き出しに。

わたしはソファの姉の隣に座り、黙って三時半の未勝利馬戦を見つめ、それから四時のハンディキャップ・レースを見た。勝ち馬にこの世の全財産がかかっているみたいにまばたきもしなかった。

そのときドアのベルが鳴った。

ルイーザはソファから立ち上がってあっという間に廊下に出ていった。彼女はドアを開け、そのぐいと開ける勢いでわたしは心臓が止まりそうになった。

でも、ドアの前にいたのはウィルではなかった。濃い化粧を一分の隙もなく施した若い女で、髪は顎のあたりで短いボブに切りそろえている。彼女は傘をたたむとにっこりし、反対側の肩に掛けた大きなバッグに手を回した。ふと、これがウィル・トレイナーの妹だろうか、という思いがよぎった。

「ルイーザ・クラークさん？」

「そうですけど？」

「《グローブ》紙の者です。ちょっとお話しできるでしょうか？」

「《グローブ》紙？」

ルーの声に混じった戸惑いが聞きとれた。

「新聞なの？」わたしは姉の背後に足を踏みだした。そのとき、その女の手にメモ帳があるのが見えた。

「お邪魔してもよろしいですか？　ウィリアム・トレイナー氏のことで少しお話しさせていただきたいと思って。彼のところで働いてらっしゃるんですよね？」

「お話しすることはありません」わたしは言った。そしてその女にほかになにか言う暇も与えず、目の前でドアを叩きつけるように閉めた。

姉は廊下でぼうぜんと立っていた。またドアベルが鳴って、びくっと身体を震わせる。

「出ちゃだめ」とわたしはささやいた。

「でもどうして――?」

わたしは彼女を二階に押しやった。まったく、信じられないくらい鈍くさいんだから。まるで半分、眠ってるみたいだ。「おじいちゃん、玄関に出ないでよ!」わたしは怒鳴った。

「あんた、誰に話した?」踊り場まで行って、わたしは訊いた。「誰かが新聞に話したはずよ。知ってるのは誰?」

「クラークさん」女の声が郵便受けの隙間から聞こえてくる。「ほんの十分間いただければ……これがとても微妙な問題だということはこちらとしても承知してます。あなたの側のお話を掲載したいと……」

「これ、彼が死んだってこと?」彼女の目は涙でいっぱいだった。

「違う、ただ、どっかのゲス野郎がお金を稼ごうとしただけ」わたしは少しのあいだ、考えた。

「あんたたち、どなただったの?」ママの声が階段の下から聞こえてきた。

「誰でもない。ママ、絶対に玄関に出ないで」

わたしは手すりごしに覗いた。ママは両手にふきんを持ったまま、玄関のドアのガラスパネルに映る人影に目を凝らしている。

「玄関に出るなって?」

わたしは姉の肘をつかんだ。「ルー……あんた、パトリックになにも言ってないよね?」

なにも答える必要はなかった。そのこわばった顔がすべてを物語っていた。

「よし。落ち着いて。とにかく玄関に近づかないこと。電話に出ないこと。あいつらに一言も口きかないこと。いいわね？」

ママは面白くなかった。電話が鳴りだしたあとはますます面白くなくなった。五本目の電話のあとで、わたしたちは全部の電話を留守番電話につながるように切り替えたけれど、それでもあいつらの声が、わが家の狭い廊下に侵入してくるのが聞こえた。四人か五人いて、みんな同じだった。全員が、あいつらの言うルーの側から見た〝話〟とやらを掲載するチャンスを提供させてほしいと申し出ていた。今や、ウィル・トレイナーはあいつらみんながかっさらおうとするコモディティかなにかのようだった。電話が鳴り、ドアベルが鳴った。わたしたちはカーテンを閉めきって座り、門のすぐ外の舗道にいる記者たちが、互いに言葉を交わしたり、携帯電話で話す声を聞いていた。

まるで籠城《ろうじよう》戦だった。奴らが門を入ってくるたびに、ママは両手をもみしぼりながら、うちの前庭からとっとと出ておいき、と郵便受けの隙間から怒鳴りつけた。トーマスは二階のバスルームの窓から外を眺めて、なんでうちの庭に人がいるのか知りたがった。近所の人が四人、電話をかけてきて、なにが起きているのか尋ねてきた。パパは車をアイヴィー・ストリートに停め、裏庭から家に帰ってきた。わたしたちは城攻めと煮えたぎる油についてかなり真剣に議論した。

それから、少し考えてから、わたしはパトリックに電話し、そのけちくさくて卑《いや》しいタレこみで、いくらもらったの、と訊いてやった。すべてを否定する前のわずかな間が、わたしが知りたかったことを雄弁に物語っていた。

「このクズ」わたしは怒鳴った。「次に顔を見たら、その脛を思いっきり蹴っ飛ばしてやるからね。アホみたいにマラソンばっか走ってさ。この先百五十七位が取れたら御《おん》の字の目にあわせてやるわよ」

ルーはただキッチンに座って泣いていた。本格的に声を出して泣くのではなく、ただ静かに顔を伝って流れる涙を手のひらでぬぐっていた。わたしにはかける言葉が見つからなかった。

でもそれはそれでよかった。ほかの奴らに言ってやることはいっぱいあったから。

記者たちは一人を除いて七時半までには退散した。あきらめたのか、それとも郵便受けにメモを入れるたびにトーマスのレゴのかけらが飛び出してくるのに飽きたのかは分からない。わたしはルイーザにトーマスをお風呂に入れるのを代わってもらった。それは主に、彼女をキッチンから外に出すためだったけど、そうすれば留守番電話のメッセージを聞いて、新聞社のは彼女の耳に届かないように消せるからでもあった。二十六件。馬鹿が二十六人。そして全員が超親切で、超理解がありそうなしゃべり方だった。何人か、お金をくれるとまで言っていた。

わたしは一件ずつ消していった。お金を出すと言っているのも消した。まあ、いくら出すつもりなのかほんのちょっぴり知りたい気持ちになったことは認めるけど。そのあいだずっと、ルーがバスルームでトーマスに話しかけているのが聞こえた。トーマスがぐずったり、バットモービルで深さ六インチの泡風呂に急降下攻撃をしかけて水をバシャバシャやったりしている。そこが子供を持っていないと分からないところだ——お風呂の時間や、レゴや、フィッシュナゲットのおかげで、人はずっと悲劇にひたってはいられない。そしてわたしは最後のメッセージを押した。

「ルイーザ？　カミラ・トレイナーです。電話してくれる？　できるだけ早く」

わたしは受話器を見つめた。巻き戻し、再生する。そして二階に駆け上がると、トーマスをお風呂からひったくるように抱き上げた。あまりに素早かったので、わたしの坊やはなにが起きたのかも分からないほどだった。トーマスは止血帯みたいにタオルでぐるぐる巻かれてそこに立ち、ルーはつまずき、混乱しながらもう半分階段を降りていた。その肩をわたしは押した。

「もしすごく怒ってたら？」

「怒ってるみたいには聞こえなかったよ」

「でも、新聞があの家も囲んでるんだったらどうしよう？　もしみんなわたしのせいだと思ってたら？」彼女は目を大きくして怯えていた。「もし彼がやったって言うために電話してきたんだったら？」

「もう、いいかげんにしてよ、ルー。人生で一回くらい、しっかりしたらどうなの。電話するまではなにも分からないじゃん。電話しなさいよ。電話しなってば。ほかに逃げ道はないの」

わたしはバスルームに駆け戻り、トーマスをほどいてやった。大急ぎでパジャマを着せると、キッチンに走っていったらおばあちゃんがビスケットをくれるよ、と言いきかせた。それからわたしはバスルームのドアから外を覗いた。姉が階下の廊下で電話をしているのが見えた。

わたしに背を向けていて、片手で頭のうしろの髪を撫でつけている。つと手を伸ばして身体を支えた。

「はい」彼女は言っていた。「分かりました」それから「大丈夫です」それから間があって、「はい」

彼女は足元をたっぷり一分間見つめたあと、受話器をもとに戻した。

「それで？」わたしは言った。

彼女ははじめてそこにいるわたしに気づいたように顔を上げ、首を振った。

「新聞のことなんかじゃなかった」彼女は言った。その声はまだショックでぼうぜんとしていた。「頼まれたの――どうかお願いって――スイスに来てほしいって。今晩の最終の飛行機をわたしのために予約してあるって」

26

ほかの状況だったら、このわたし、ルー・クラークが――二十年間、生まれた町からバスで行ける距離より遠くに滅多に行ったこともない娘が、一週間もたたないうちに自分にとって三番目の国に飛行機で向かうのは、不思議なことに思えただろう。でも、わたしはフライト・アテンダント並みの手際のよさで、一泊分のスーツケースを詰めた。入れたのはほんとうの必需品だけだった。トリーナがなにも言わずに駆けずり回ってそのほかにいりそうなものを集めてくれ、それから二人で一階に降りた。わたしたちは階段の途中で立ち止まった。両親がもう廊下で、二人並んで立っていた。昔、わたしたちが夜遊びから遅い時間にこっそり帰ってきたときのような不吉な気配が漂っていた。

「なにやってるの？」ママがわたしのスーツケースに目を注いだ。

トリーナがわたしの前に進み出た。

「ルーがスイスに行くの」彼女は言った。「今すぐ出ないとだめなの。今日はもうあと一便しかないから」

わたしたちが進もうとしたとき、ママが前に出た。

「いけません」その口は見たこともないほどぎゅっと結ばれていた。腕をぎこちなく身体の前で組んでいる。「本気よ。あんたに巻きこまれてほしくないの。それがわたしの思ってるとおりのことなら、だめよ」

「でも――」トリーナが言いかけ、わたしをちらりと振りかえった。

「だめよ」ママが言った。その声には珍しい断固とした響きがあった。「でももへったくれもないよ。ママはね、ずっとこのことを考えてたの。あんたがした話をね。間違ってますよ。道徳的に間違ってるのよ。もしあんたがこれに首を突っこんで、誰かが自殺するのに手を貸したのが世間に知れたら、ありとあらゆるトラブルに巻きこまれることになるんだよ」

「ママの言うとおりだ」パパが言った。

「ニュースでもやってたよ。このことであんたの人生は全部くるっちゃうのよ、ルー。大学の面接も、なにもかも。犯罪歴がついたら、大学の学位だってちゃんとした仕事だってなにももらえなくなって――」

「彼がルーに来てほしいって頼んでるの。無視するなんてできないよ」トリーナがさえぎった。

「いいえ、いいえ、できますとも。この子はあの一家のために人生の六か月を捧げたんだよ。今のありさまから見たら、それがこの子のなんになったの。うちの家族にとってどんないいことがあったの。大勢やって来て玄関のドアをどんどん叩いて、ご近所はみんな、わたしらが給付金詐欺かなんかをやったと思ってるわよ。いいえ、この子はようやく自分を生かすチャンスを見つけたんだからね、それなのにあの人たちはスイスのそのおぞましい場所に来いなんて言ってきて、とんでもない罰当たりなことにひっぱりこもうなんて。とにかく、ママは反対よ。だめよ、ルイーザ」

「でも行かなくちゃいけないのよ」トリーナが言った。

「いいえ、行かなくていいの。もう十分やったでしょ。自分でそう昨日の夜、言ったじゃないの。できることは全部やったって」ママは首を振った。「トレイナー家の人たちがどんなごたごたを起こして自分たちの人生をこんな……こんな……。とにかくね、あの人たちが自分の息子になにをしようと、ルイーザが巻きこまれてたまるもんですか。この子が自分の人生をめちゃくちゃにするなんてわたしはごめんだよ」

「わたし、自分で自分の決心がつけられると思うんだけど」わたしは言った。

「できるかどうか怪しいもんだね。これはあんたの友達のことなのよ。これから長い人生が待ってる若い男性のね。そんなことに手を貸しちゃいけないよ。あんたがそんなことを考えるなんてそれだけでママはショックだよ」ママの声にはこれまでにない硬い響きがあった。

「わたしはね、あんたを、誰かが自分の命を終わらせるのを手助けするような子に育てた覚えはないよ。あんた、おじいちゃんの命を取れるの？　うちもおじいちゃんを〈ディグニタス〉に送ったほうがいいと思うのかい？」

「おじいちゃんとは違うよ」

「いいえ、違わないよ。おじいちゃんだって前にできたことが今はできないじゃないの。でも、おじいちゃんの命は大事なのよ。ウィルの命が大事なのと同じにね」

「わたしが決めたことじゃないの、ママ。ウィルが決めたことなの。今、大切なのはウィルを支えてあげることなのよ」

「ウィルを支えるって？　そんな馬鹿げた話、聞いたこともありませんよ。あんたは子供なの、ルイーザ。なにも見てきてないし、なにもやってきてないでしょ。だからこれが自分にどう降りかかってくるか、ぜんぜん分かってないの。あの人がそれをやる手伝いをしたら、夜も眠れなくなるわよ。あんたは人が**死ぬ**のを助けるんだから。そこをほんとに分かってるの？　あんた、ウィルが、あんな素敵な頭のいい青年が**死ぬ**のを手伝おうとしてるのよ」

「夜は眠れるよ。ウィルは彼自身にとってなにが正しいことか分かってるって信じてるから。それに、彼にとって一番辛かったのが、自分でなに一つ決断できなくなって、自分の力でなにかをする自由を失ったことだから……」わたしは両親を見て、分かってもらおうとした。「わたしは子供じゃない。わたし、彼を愛してるの。彼を愛してるんだから、彼を一人にしちゃいけなかったの。それにその場にいなくて、知らないままでいるのが耐えられないの……なにが……なにが彼に……」わたしは息を吸いこんだ。「だから、そうよ。わたし行くわ。二人に心配してもらったり、理解してもらえなくてもいい。自分でどうにかする。でも、わたしはスイスに行く――ママたちがなんと言っても」

　狭い廊下がしんとした。ママは誰だか分からないような目つきでわたしを見つめていた。わたしは分かってもらおうと、一歩、ママに近づいた。でも、そうすると、ママは一歩うしろに下がった。

「ママ？　わたし、ウィルに**借り**があるの。行くっていう借りが。誰がわたしに大学に願書を出させたと思う？　誰がわたしに自分で身を立てたり、いろんなところに旅行したり、夢を持ったりするように励ましてくれたと思う？　誰がわたしのものの見方を変えてくれたと思う？　自分自身に対する見方までよ？　ウィルなのよ。今までの二十七年間の人生を全部合わせたよりも、この六か月、わたしはもっといろんなことをやって、ずっと毎日が充実してた。だから、彼がわたしにスイスに来てほしいって言うなら、もちろん、わたしは行きます。あとがどうなっても」

短い沈黙があった。

「リリー叔母さんそっくりだな」パパがそっと言った。

わたしたちはみんな立ったまま顔を見合わせていた。パパとトリーナが、互いに相手がなにか言いだすのを待っているみたいに視線を交わしていた。

でも、沈黙を破ったのはママだった。「もし行くなら、ルイーザ、帰ってこなくていいからね」

その言葉は小石のように口からこぼれおちた。わたしは自分の母親をがくぜんとして見つめた。彼女の視線は揺るがなかった。わたしの反応を観察しながら、その目つきは緊張をはらんでいた。まるで、そこにあることを知らなかった壁が、わたしたちのあいだにとつぜん、立ちふさがったようだった。

「ママ?」

「本気よ。これは人殺しと変わらないんだからね」

「ジョジー……」

「本当のところはそうでしょう、バーナード。わたしはそんなことにかかわるのはごめんなの」

　こんなに頼りなげな顔をしたトリーナを見るのははじめてだと、まるで他人事《ひとごと》のように思ったのを覚えている。パパの手が伸びてママの腕に触れた。諫《いさ》めるためか、なだめるためかわたしには分からなかった。わたしの心はその短いあいだ、空白になっていた。それから自分でもなにをしているのか気づかないうちに、わたしはゆっくりと階段を降り、両親の横をすり抜けて玄関のドアに向かった。そして一瞬おいて、妹がついてきた。

　パパの口の両端が下に曲がった。いろんなことを内におさえこもうと戦っているみたいだった。それからママのほうを向き、片手をママの肩に置いた。ママの目はもうパパの言おうとしていることが分かっているようにパパの顔を探った。

　そしてパパはトリーナに鍵の束を放った。妹はそれを片手で受けとめた。

「ほら」パパは言った。「裏口から出なさい。ドハーティさんの家の庭を通って、バンに乗っていくんだ。今出れば、道もそんなに混んでないからなんとか間に合うだろう」

「このあといったいどうなるか見当がついてるの?」トリーナが言った。

スピードを上げて高速道路を走りながら、彼女はわたしを横目で見た。

「ぜんぜん」

わたしはそちらをずっと見ているわけにはいかなかった――ハンドバッグをかき回して、忘れものがないか確認しようとしていた。トレイナー夫人の電話ごしの声がずっと聞こえていた。**ルイーザ？　お願い、来てくれないかしら？　わたしたち、いろいろ意見の相違があるのは分かっているけれど……あなたが今、来てくれることがほんとうに大事なの。**

「びっくり。あんなママ見たことないよ」トリーナが続けた。

パスポート、財布、うちの鍵。うちの鍵？　なんのために？　わたしにはもう家がないのに。

カトリーナが横目でわたしをちらっと見た。「今、ママすごく怒ってるけど、ショックなんだと思うよ。結局は元に戻るって分かってるよね？　わたしも帰ってきて妊娠したって言ったとき、もう二度と口きいてくれないって思ったもん。でもほんの――何日だっけ？――二日か、二日たったら機嫌直したじゃない」

彼女が隣でしゃべりつづけているのは聞こえていたが、ほんとうは耳を素通りしていた。ほとんど集中することができなかった。あらゆる神経の末端が目を覚まし、期待に満ち、ざわざわと音を立てるようだった。ウィルに会える。ほかのことはどうでもいい。わたしにはそれがある。二人のあいだの距離が縮んでいくのが感じられる気がした。まるでわたしたちが見えないゴム紐の両端にいるみたいに。

「トリーナ？」

「なに？」

わたしは喉をごくりと鳴らした。「飛行機に間に合わせて」

妹から意地を取ったらなにも残らない。わたしたちは横入りをし、走行車線でスピードを上げ、制限速度を破り、ラジオの道路情報に耳を傾け、ついに空港が見えてきた。彼女は悲鳴のような音を立てて車を停め、わたしはもう車を降りて走りかけた。そのときうしろから声がかかった。

「待ってよ、ルー！」

「ごめん」わたしは振りかえって、二、三歩駆け戻った。

彼女はわたしをしっかりと抱きしめた。「お姉ちゃんは間違ってないからね」彼女は言った。泣きそうな顔をしていた。「ほらさっさと行って。わたしの免許に違反点数を六点も付けさせたうえに、飛行機を逃したりしたらもう口きかないよ」

わたしは振りかえらなかった。スイス国際航空のデスクまで走りつづけた。うまく口がきけず、チケットをもらうまでに三度も名前を言わなくてはならなかった。

深夜零時少し前にチューリッヒに到着した。時間が遅いので、トレイナー夫人は約束どおり、わたしのために空港のホテルを予約しておいてくれ、翌朝九時に車が迎えにくると言った。眠れないだろうと思っていたのに、わたしは眠った——奇妙な、重苦しい、支離滅裂な夢に何時間もひきずりまわされた――翌朝七時に目を覚ましたときは自分のいる場所が分からなかった。

わたしは見慣れない部屋を朦朧としながら見回した。重々しいバーガンディ色の遮光カーテン、大きなフラットスクリーンのテレビ、荷物を解きもしなかったわたしの一泊旅行用バッグ。時計を確認する。スイス時間で七時を少し回っていた。そして自分がどこにいるのかを思い出し、とつぜん、胃が恐怖でぎゅっと締めつけられるのを感じた。

ベッドからあわてて飛び出すと、小さなバスルームで吐いた。タイルの床に座りこみ、髪を額にはりつかせ、頬を冷たい陶器に押しつけた。母の声が、彼女が抗議する声が聞こえ、暗闇がわたしを包んでいくのを感じた。こんなのわたしには無理。また失敗したくない。ウィルが死ぬのを見なくちゃならないなんて嫌。声を出してうめきながら、もがくように身体を起こし、また吐いた。

食事は喉を通らなかった。どうにかブラックコーヒーを一杯、流しこむと、シャワーを浴びて着替えた。それだけで八時になった。わたしは昨晩、放りこんできた淡い緑色のドレスを見つめ、これから行こうとしている場所にふさわしいかどうか迷った。みんな黒を着るんだろうか？　それともウィルが気に入っているのを知っている赤のドレスみたいに、もっと鮮やかで生き生きとした色の服を着るべきなんだろうか？　なぜトレイナー夫人はわたしをここに呼んだんだろう？　トリーナに電話しようかと思いながら、わたしは携帯電話を見た。向こうでは今、朝の七時だ。いや、でも彼女はトーマスに着替えをさせているだろう。そしてママと話をすることを考えるのは辛すぎた。わたしは軽く化粧をすると、窓のそばに座った。一分ずつ時間がゆっくりと過ぎていった。

人生でこんなに孤独だったことはなかった。

それ以上、その狭い部屋にいるのが耐えられなくなると、わたしは荷物の残りをバッグに詰めて部屋を出た。新聞を買って、ロビーで待とう。自分の部屋のしんとした静けさの中で、あるいは衛星放送のニュースを聞きながら、カーテンを引いた暗がりで息を殺して待っているよりはましなはずだ。ちょうどフロントを通りすぎたときだった。わたしは隅に目立たないように置かれているパソコンを見つけた。そこには**〈ご宿泊客様専用。フロントにお申し出ください〉**という表示があった。

「これ、使ってもいいですか？」わたしはフロント係に声をかけた。

彼女がうなずいたので、わたしは一時間分の券を買った。急に自分が誰と話したいのかはっきりと分かった。彼は、この時間にチャットルームにいるのがあてにできる数少ない一人だと直感していた。わたしはチャットルームにログインし、掲示板に書きこんだ。

リッチー、そこにいる？

おはよう、ビー。今日は早いね？

わたしはほんの一瞬ためらって、また書きこんだ。

これから人生で一番ありえない一日がはじまるの。スイスに来てるのよ。

彼はそれが意味することを知っていた。彼らの全員が、それが意味することを知っていた。そのクリニックは何度も白熱した議論のテーマになっていた。わたしは書きこんだ。

わたし、怖いの。

なら、なんでそこにいるんだ?

ここにいないわけにいかないから。彼に頼まれたの。今、ホテルで彼に会いにいくのを待ってるところ。

わたしはためらい、また打ちこんだ。

今日がどんなふうに終わるのか想像できない。

ああ、ビー。

わたし、彼になんて言えばいい？　どうしたら彼に決心を変えさせられる？

彼がまた文章を打ちこむまで間があった。彼の言葉は普段よりもずっとゆっくりと画面に現れた。まるで特別な注意を払っているように。

彼がスイスにいるんなら、ビー、決心を変えるとは思えないな。

喉に巨大な塊がこみあげてくるのを感じ、わたしはそれを飲みくだした。リッチーはまだ打っていた。

僕はそれを選ばない。この掲示板にいるほとんどのみんなも選ばないだろう。僕は自分の人生を愛してる。こうでなければよかったとは思うけどね。でも、君の友達がもううんざりしたんだというのも理解できるよ。疲れるんだ、こういうふうに生きるのは。この疲労のほんとうのところは健常者にはどうしても理解できない。もし彼の心が決まっていて、それ以外、自分にとって方法がないとほんとうに思ってるんなら、君にできる最善のことは、ただそばにいてやることなんじゃないかな。

彼が正しいかどうか考える必要はない。でも、君はそこにいてやれよ。

わたしは自分が息を凝らしているのに気づいた。

幸運を祈るよ、ビー。落ち着いたら僕に会いにきてくれないか。これから君も少し大変だと思う。いずれにしても、君みたいな友達を持つのは悪くない。

わたしの指がキーボードの上で止まった。わたしは打ちこんだ。

会いにいくわ。

そしてそのとき、フロント係が迎えの車が外に来ている、と告げにきた。

自分がなにを思い描いていたのか分からない——たぶん、湖か、雪を頂く山のそばに立つ白い建物かもしれない。それとも金メッキの銘板を掲げた、病院のような大理石の正面玄関だろうか。でも工業団地を走り抜け、工場に囲まれ、奇妙なことにサッカー場が隣接する、拍子抜けするほどなんの変哲もない普通の住宅のような建物に連れてこられるとは予想していなかった。わたしはウッドデッキを横切り、金魚の泳ぐ池を通りすぎると、中に入った。

ドアを開けてくれた女性は、すぐにわたしの目的が分かった。「こちらにいらっしゃいますよ。ご案内しましょうか？」

そのときわたしは足がすくんだ。閉じたドアを見つめた。不思議なことに、何か月も前に同じようにその前で立ち尽くしたウィルの離れのドアにそっくりだった。わたしは深呼吸をし、うなずいた。

彼に気づく前に、まずベッドが目に入った。マホガニー製のそれは部屋の大部分を占領していて、古風な花柄のキルトと枕が、その状況で異様に場違いに見えた。トレイナー氏が一方の側に座り、トレイナー夫人が反対側に座っていた。

彼女は幽霊のように青白い顔をして、わたしを見ると立ち上がった。「ルイーザ」

ジョージーナは隅の木の椅子に座って、膝の上に身体を折り曲げ、両手を祈るように合わせていた。わたしが入っていくと彼女は視線を上げた。目の周りの翳が濃く、悲しみで赤くなっていた。彼女への同情が一瞬、胸を刺した。

もしトリーナが同じことをする権利を主張したら、わたしはどうしただろう？

その部屋自体は、高級な別荘のように明るくて風通しがよかった。床はタイル張りで高価なラグが敷かれ、一方の壁際のソファは小さな庭に面している。わたしは言葉がなかった。三人がそこに座っているのは、あまりにも馬鹿げた、ありふれた眺めだった。まるでその日、どこに観光に行こうか計画を立てている家族のようだった。

わたしはベッドを見た。「さて」とわたしは、バッグを肩に掛けたまま言った。「ルームサービスはたいしたことなさそうね」

　ウィルの目とわたしの目が合い、こんなにいろんなことがあっても、こんなに恐ろしくても、二度も嘔吐し、一年も寝ていないような気分でも、わたしは来たことを喜んだ。いや、喜んだのではなく、ほっとしたのだ。しつこくつきまとってわたしを苦しめる自分自身の一部を切り離し、手放したように。

　そのとき彼が微笑んだ。それは大好きな、ウィルの微笑みだった。ゆっくりと広がる、こちらをはっきりと認める微笑み。

　妙なことに、わたしは気がつくと微笑みかえしていた。「いい部屋ね」わたしは言い、その言葉の愚かしさにすぐに気づいた。わたしはジョージーナ・トレイナーが目を閉じたのに気がつき、顔を赤くした。

　ウィルが母親に顔を向けた。「ルーに話があるんだ。いいかな？」

　彼女は微笑もうとした。そのときわたしを見た彼女のまなざしには数えきれないほどさまざまなものがこめられていた――安堵、感謝、この数分間、締め出されることへの軽い腹立ち、さらにわたしの登場がなにかを意味するかもしれない、この運命がまだ軌道を変えるかもしれないというかすかな希望。

「もちろんよ」

　彼女はわたしの横を通りすぎて廊下に出た。入口から一歩下がって彼女を通そうとすると、彼女は手を伸ばしてわたしの二の腕にそっと軽く触れた。わたしたちの視線が合い、そのとき彼女の目がやわらいだ。その瞬間、彼女はぜんぜん別人のように見えた。そして彼女は背を向けた。

「いらっしゃい、ジョージーナ」娘が動こうとしないので、彼女は言った。

ジョージーナはのろのろと立ち上がり、黙って外に出た。その背中は、不満であることを声高に語っていた。

そして、わたしたちは二人きりになった。

ウィルはベッドで半身を起こしていて、左側の窓の外を見ることができた。小さな庭の噴水から、細く透明なせせらぎがデッキの下にちょろちょろと楽しげな音を立てて流れていく。壁にはひん曲がった額に入った、ダリアの版画がかかっていた。死ぬ前にこんなつまらない絵を見なくちゃならないなんて、と思ったのを覚えている。

「それで……」

「君にその気はないんだよな――」

「あなたの決心を変えようとする気はないわ」

「ここにいるってことは、君が僕の選択を受けいれてくれたってことだ。事故からこっち、僕がなにかの主導権を握ったのはこれがはじめてだよ」

「知ってる」

そしてそのとおりだった。彼はそれを分かっていたし、わたしも分かっていた。わたしにできることはなにも残されていなかった。

なにも言わないでいるのがどれだけ難しいか分かるだろうか？　自分を構成する全原子がその逆をしようと全力を尽くしているときに？　わたしは空港からの道すがらずっと、なにも言わない練習をしてきたけれど、それでも苦しくて死にそうだった。わたしはうなずいた。ようやく口を開いたとき、その声は小さく、かすれていた。口から出たのは、言っても安全な唯一の言葉だった。

「会いたかった」

そのとき彼は緊張を解いたようだった。「こっちへおいで」わたしがためらうと、言った。「頼む。来てくれ。ここ、ベッドの上に。僕の隣に」

そのとき彼の表情がほんとうにほっとゆるんでいるのが分かった。彼はその理由をはっきり口に出すわけにいかないけれど、会えたことを喜んでいた。そしてわたしは、それで満足しよう、と自分に言いきかせた。わたしは彼が望むことをしよう。それで満足しなければ、と。

わたしはベッドの彼の隣に横になり、一方の腕を彼の上に回した。頭を彼の胸に預け、それが穏やかに上下する感覚を全身で受けとめようとした。背中に触れたウィルの指先にこめられたかすかな力を、髪に当たる彼の温かな息を感じとることができた。わたしは目を閉じ、彼の香りを吸いこんだ。その部屋の味気ない爽やかさと、どこか不安をかきたてるひそかな消毒の匂いには関係なく、それはいつもどおりの高価なシダーウッドの香りだった。わたしは頭を空っぽにしようとした。わたしはただそこに存在して、愛する男を少しずつ自分の中に吸いこもうとした。わたしに残された彼を自分に刻みこもうとした。わたしは黙ったままだった。そのとき彼の声がした。彼にぴったりと寄り添っていたので、彼が話すと、それは優しい振動になってわたしに伝わってくるようだった。

「なあ、クラーク」彼は言った。「なにかいい話をしてくれないか」

わたしは窓の外の、晴れたスイスの青空を見つめながら、ある二人の物語をした。出会うはずがなかった二人が出会い、会ったときはお互いが嫌いだったけれど、やがて互いを理解できる人間は世界でこの二人だけだということに気づいた。そして、わたしは二人がした冒険のことを、二人が行ったいろいろな場所のことを話し、わたしがそれまで想像もしなかったたくさんのものを見た話をした。彼のために電気の走る空を、虹色の海を、笑いとふざけた冗談でいっぱいの夜を描いた。わたしは彼のために世界を描いた。スイスの工業団地からはるか遠い世界、彼が今もそうありたかった自分でいる世界を。わたしは彼がわたしのために作り上げてくれた世界、驚きと可能性に満ちた世界を描いた。傷ついた心が、彼が知るはずもなかった形で癒やされ、その一つだけをとっても、わたしの一部はずっと彼のおかげでこの世にあることを語った。そして話しながら、わたしはこれらの言葉は自分が口にした中で一番大切な言葉だと気づいた。それは正しい言葉だから大切なのだと。主義主張でもなく、彼の心を変えさせようとするのでもなく、ウィルが言ったことを尊重する言葉だから。

わたしは彼にいい話をしてあげられた。

時間の流れが遅くなり、やがて止まった。わたしたち二人だけがいて、わたしは空っぽの日当たりのいい部屋でささやいていた。ウィルはあまり話さなかった。彼は返事をせず、冷淡なコメントもせず、馬鹿にしたりもしなかった。彼は時折うなずき、頭をわたしの頭に押しつけ、つぶやいたり、また別の楽しい思い出に満足げな声を小さく漏らしていた。

「この六か月は」とわたしは彼に言った。「わたしの人生最高の六か月だったわ」

長い沈黙があった。

「変な話だけどね、クラーク。僕にとってもそうだったよ」

そしてそのとき、とつぜん、わたしは胸が張り裂けそうになった。顔がくしゃくしゃになり、平静さは消え、わたしは彼をしっかりと抱きしめ、むせび泣く身体の震えが彼に伝わってしまうこともう気にしなかった。悲しみがわたしを飲みこんだ。それはわたしを圧倒し、心臓と胃と頭を引き裂き、わたしを踏みにじり、わたしは耐えられなかった。ほんとうに耐えられないと思った。

「泣くな、クラーク」彼はささやいた。わたしは髪に触れる彼の唇を感じた。「頼む。泣かないで。僕を見るんだ」

わたしは目をぎゅっと閉じ、首を振った。

「僕を見ろ、頼む」

わたしにはできなかった。

「君は怒ってる。頼む。僕は君を傷つけたり、無理に——」

「違うの……」わたしはまた首を振った。「そうじゃないの。わたし嫌なの……」頰を彼の胸に押しつける。「あなたが最後に見るのが、わたしの赤く腫れたブスな顔なのは嫌なの」

「まだ分かってないな、クラーク」彼の声が微笑を含んでいるのが聞きとれた。「その点について君に選択の余地はない」

また落ち着きを取り戻すのに少し時間がかかった。わたしは鼻をかみ、長い深呼吸をした。やっとわたしは肘をついて身を起こすと、彼を見返した。彼の目は、あんなに長いあいだ、緊張し、不幸せだった目は、不思議なほど澄んで、穏やかだった。

「君はほんとうに綺麗だよ」

「嘘ばっかり」

「おいで」彼は言った。「僕のすぐそばに」

わたしはまた横になり、彼のほうを向いた。ドアの上の時計が見え、とつぜん、時間がもうないことに気づいた。わたしは彼の腕を取ると、しっかりと自分に巻きつけ、両腕と両脚を彼に巻いて、二人は身体を固くからみ合せた。わたしは彼の手を――動くほうの手を――取り、彼の指を持つと、その指がわたしの指を握りしめるのを感じながら、その関節にキスした。彼の身体は今ではわたしにとってほんとうになじみ深いものになっていた。パトリックの身体を知っていたのとはまったく違う。わたしはそれの持つ力と、弱さと、傷と、匂いを知っていた。わたしの顔は彼の顔のあまりに近くにあったので、その顔はぼやけ、その中で溺れそうになった。わたしが彼の髪を、肌を、眉を指先で撫で、涙をとめどなく頬に伝わせ、鼻を彼の鼻に押しつけるあいだ、彼はずっとなにも言わずにわたしを見つめ、わたしの分子を一つ残らず心にとどめようとするかのように一心に目を凝らしていた。彼はもう退いていこうとしている。どこかわたしの手の届かない場所にひっこんでしまおうとしている。

わたしは彼にくちづけし、彼を引き戻そうとした。彼にくちづけし、唇を彼の唇に押しつけ、二人の息が混じり、わたしの目から流れた涙で彼の皮膚は塩辛くなった。わたしは自分に言いきかせた。どこかで、彼の小さなかけらが、わたしの小さなかけらになって、取りこまれ、飲みこまれ、生きて、永遠になるのだと。わたしは自分のすべてを彼に押しつけたかった。彼の中になにかを送りこみたかった。わたしの感じている命の最後のひとかけらまで彼に与え、彼を生きさせたかった。

彼なしで生きるのが恐ろしい、そう思っていることにわたしは気づいた。**どうしてあなたはわたしの人生をめちゃくちゃにしてよくて、**とわたしは彼を問いただしたかった。**わたしにはあなたの人生について一言も言わせてくれないの？**

でもわたしは約束したのだ。

だからわたしは彼を抱いた。ウィル・トレイナー、かつてシティで鳴らした凄腕《すごうで》の実業家、大胆不敵なダイバー、スポーツマン、旅行家、恋人だった彼を抱いた。わたしは彼を抱きしめ、なにも言わなかった。そしてそのあいだずっと、心の中で彼に言いつづけた。あなたは愛されていたのよ、と。ああ、でもほんとうに彼は愛されていたのだ。

どれくらいのあいだそんなふうにしていられたのかは分からない。外で静かに会話が交わされ、どこか遠くで教会の鐘がかすかに鳴っているのにぼんやりと気がついた。とうとう、わたしは彼が深い息を、まるで身体を震わせるように吐くのを感じた。そして彼はお互いがはっきり見えるようにほんの少し頭をうしろに引いた。

わたしは彼の顔を見つめながらまばたきをした。

彼はわたしに小さく微笑んだ。まるでほとんど謝るように。

「クラーク」彼は静かに言った。「両親を呼んでくれるか？」

27

検察庁
公訴局長官　殿
部外秘　提言書
内容：ウィリアム・ジョン・トレイナーの件
二〇〇九年九月四日

表題につき関係者全員の警察による聴取が終了したので、関連する全文書を含むファイルを添付する。

調査の主な対象はロンドン・シティに本社を置くマディングリー・ルウィンズ社の前共同経営者、ウィリアム・トレイナー氏（三十五）である。トレイナー氏は二〇〇七年の交通事故により脊髄損傷を負い、片腕の非常に限定的な可動域のみを残したC5／6レベルの四肢麻痺の診断を受け、二十四時間の介護を要した。同氏の医療歴は添付のとおり。

各文書によれば、トレイナー氏はスイスに出発する以前より正当な法的手続きを踏むべく努力を払っていた。本人署名と立会人署名のある同氏の弁護士であるマイケル・ロウラー氏作成による趣旨書及び、それに先立つクリニックとのコンサルテーションに関連するすべての文書の写しは先に提出済みである。

トレイナー氏の家族及び友人は全員、本人が表明した自死の希望に反対の立場を示したものの、本人の医療歴と、過去の数度にわたる自殺企図（詳細は病院記録を参照）、本人の知力及び生来の意志の強さにより、翻意を促すことを主目的として本人との交渉で得た六か月間の猶予期間にもかかわらず、制止しえなかった模様である。

注目すべき点として、トレイナー氏の遺言対象者のうち一名が、同氏に雇用されていた女性介護者、ミス・ルイーザ・クラークであることが挙げられる。トレイナー氏との交流期間が限定的なことから、彼女に対する氏の寛大な扱いについて若干の疑念が生じる可能性があるものの、トレイナー氏によって表明され、法に基づいて文書化された遺志に対して、関係者全員が異議を申し立てることを望まないと陳述した。ミス・クラークは数度にわたり長時間の聴取を受け、警察は彼女がトレイナー氏に翻意を促すため、最大限の努力を払ったことを認めている（証拠品として彼女の〝冒険カレンダー〟を参照）。

なお、同氏の母親であるカミラ・トレイナー夫人は、長年、治安判事として人望を得てきたが、本件を取り巻く社会的注目にかんがみて辞職を希望している。子息の死後まもなく、夫人と夫であるトレイナー氏の離婚が明らかにされている。

外国の医療機関における自殺幇《ほう》助の利用は英国検察庁によって推奨される事例ではないものの、提出された証拠から判断する限り、トレイナー氏の家族と介護者二名の行動は、自殺幇助及び故人の近親者に対する起訴の可能性に関連して定められた現在のガイドラインに抵触しないことは明白である。


一．トレイナー氏は法的能力を有すると見なされ、当該の決断を行うにあたり〝自発的、明確、沈着冷静であり、かつ知識に基づく〟意思を有していた。

二．精神疾患、またはいかなる点においても強要の証拠が存在しない。

三．トレイナー氏は自死の意思を明確に表明していた。

四．トレイナー氏の障害は重度かつ治癒不能であった。

五．トレイナー氏の付添人の行動は限定的協力あるいは影響のみにとどまった。

六．トレイナー氏の付添人の行動は、被害者側の断固とした意思に直面した結果の不本意な協力と位置づけられる。

七．関係者全員が本件の警察による調査に全面的な協力を申し出ている。


以上の事実、関係者全員のこれまでの善良な市民としての経歴及び、添付した証拠をふまえ、本件の訴追手続きを進めることは公衆の利益に値しないことを提言する。

また、本件について公的な発表が行われる場合、公訴局長官においては、本件はあらゆる意味で前例となるものではなく、今後、英国検察庁は引き続き、個々の実態、状況に基づいて各件の判断を行う旨表明されるよう進言する。

以上

シェイラ・マッキノン
英国検察庁

エピローグ

わたしはただ、指示に従っただけだった。

カフェの濃い緑色の日よけの陰に座り、フラン・ブルジョワ通りをずっと見渡した。パリの秋の弱い日差しがわたしの顔の片側を温めていた。わたしの前にはウェイターがいて、フランス風の尊大な手つきでクロワッサンをのせたお皿とフィルターコーヒーの大きなカップを置いている。通りの百ヤードほど先では自転車に乗った二人が信号の近くで停まり、おしゃべりをはじめていた。一人が背負っている青いバックパックから二本の大きなバゲットが変な角度で突き出していた。空気は動かずよどんでいて、コーヒーとペイストリーと誰かの煙草の鼻をつく強い香りがした。

わたしはトリーナの手紙を読み終わった（電話をしようと思ったけど、国際電話料金が高くって、と彼女は書いていた）。彼女は会計学IIで学年トップになり、新しい恋人ができた。サンディープという。ヒースローのすぐ近くでお父さんの貿易業を手伝おうかと迷っていて、トリーナに輪をかけて音楽の趣味が悪い。トーマスは進級するのが楽しみで大騒ぎしている。パパは今も仕事がとんとん拍子にうまくいっていて、ルーによろしくと言っている。ママもすぐ許してくれるだろうと、妹はかなり自信を持っていた。間違いなくルーの手紙は受け取ってるよ、と彼女は書いていた。読んだのも知ってる。もうちょっと時間をあげてね、と。

わたしはコーヒーを一口すすり、少しのあいだ、レンフルー・ロードに――百万マイルも遠く離れてしまった気がするわが家に思いを馳《は》せた。

わたしは座ったまま、低くなった太陽に少し目を細め、サングラスをかけた女性が店のウィンドウのガラスで髪を直すのを眺めた。自分の姿に向かって口を引き結び、ちょっと姿勢を直して、それからまた道を歩いていった。

わたしはカップを置くと、深くため息をつき、それからもう一通の手紙を取り上げた。これでもう六週間くらい持ち歩きつづけている手紙を。

封筒の表に、大文字で、わたしの名前の下にこう印刷されている。

フラン・ブルジョワ通りの《カフェ・マルキ》で、クロワッサンとLサイズのカフェ・クレムを注文してから読むこと。

はじめてこの封筒の文章を読んだとき、わたしは泣いていたのに笑ってしまった――ほんとにウィルらしい。最後までボス風を吹かせて。

ウェイターが――背が高い、動作のてきぱきした男で、エプロンの上にたくさん紙を覗かせている――こちらを振りかえり、わたしの視線をとらえた。大丈夫《オール・オーケイ》ですか？　と、眉を上げて言った。

わたしは「ええ《イエス》」と言ってから、ちょっと照れながら「ウイ」と言った。

手紙はタイプされていた。見覚えのあるフォントだ。彼がずっと前に送ってくれたカードのフォント。わたしは椅子に寄りかかると、読みはじめた。

クラークへ
君がこれを読むまでに二、三週間が過ぎているだろう（いくらこのごろの君が事務処理能力に目覚めたとはいっても、九月のはじめまではパリにたどり着くのは無理だろうからね）。コーヒーがうまくて濃くて、クロワッサンが焼きたてであることを祈る。それから、外に座れるくらいまだ天気がいいことをね。舗道の上でどうしてもがたがたする金属製の椅子に座っているか？　悪くないよ、《マルキ》は。ステーキもうまいんだ。あとでランチに戻ってくるつもりならね。それから、君の左側の道路の先を見ると、《ラルチザン・パフューム》が見えるはずだ。これを読み終わったら行って、パピオン・エクストリームとかいう（はっきり思い出せないけど）香りを試してこい。きっと君に似合うだろうとずっと思っていたんだ。
さて、指示は終わりだ。君に言いたいことがいくつかあって、顔を見て話したかったんだが、（a）君は大泣きして、（b）これを僕に全部、口に出して言わせてくれなかっただろう。君はいつだってしゃべりすぎだったもんな。

だからこうしたんだ。マイケル・ロウラーからの一通目の封筒に入っていた小切手は全額じゃない。ちょっとした贈り物で、君が仕事のない数週間をやり過ごすのとパリへ来るための足しのつもりだ。

イギリスに帰ったら、この手紙を持ってロンドンのオフィスにマイケルを訪ねろ。彼が必要な書類をくれるから、それで僕が君の名前で作っておいた口座を使えるようになる。その口座には君がどこかにいい家を買って、大学で正規の学生として教育を受けるあいだ、学費と生活費をまかなうのに十分な金が入っている。

僕の両親はそれまでにその話を聞いているはずだ。この手紙とマイケル・ロウラーの法的な手続きで、できるだけ面倒が起きないことを願っている。

クラーク、ここにいても君が過呼吸を起こしかけてるのが聞こえるよ。パニックになって、それを手放そうとするなよ——その金だけじゃ残りの人生、悠々自適で暮らすには足りないんだから。でも、その金で君は自由を買うことができる。僕ら二人が故郷と呼ぶあの閉所恐怖になりそうな小さな町と、それから君がこれまで義務だと思っていた選択からの自由をね。

僕が君に金を渡すのは、君に悲しんでほしいからでも、恩義を感じてほしいからでもない。形見とかそういうくだらないものだと思うなよ。

僕がこうするのは、もう僕を幸せにしてくれるものはたいしてないからだ。君以外にはね。

僕と知り合ったために、君に痛みや悲しみを味わわせたことはよく分かっている。いつか、僕への怒りがやわらいでもう少し落ち着いたら、僕がああするしかなかったということだけでなく、このことがあったからこそ、僕に出会わなかったよりもほんとうにいい人生、より素晴らしい人生を送れるようになるんだと君が思ってくれたら嬉しい。

しばらく、君は新しい世界で居心地悪い思いをするだろう。自分の安全地帯から飛び出すのはいつだって違和感がある。でも、ちょっとわくわくしてこないか？　あのとき、ダイビングから戻ってきた君の顔を見て僕にはすべてが見通せた。君の中には飢えがあるんだ、クラーク。恐れを知らない大胆さも。君はただそれを埋没させていた。たいていの人たちと同じようにね。

高い建物から飛び降りてみろとか、クジラと泳げとかそういう話をしてるんじゃないよ（君がやってみたらいいなとは心の底で思ってるけど）。そうじゃなくて、大胆に生きろ、ということだ。自分を駆り立てろ。小さくまとまるな。あの縞柄のタイツを威張ってはけ。そしてどこかの馬鹿な男とどうしても身を固めると言うなら、この金の一部はどこかにリスみたいに隠しておくんだ。自分にはまだ可能性があると知っているのは贅沢なことだからな。君にそれを与えたのが僕かもしれないと思うと、気が安らぐ。

さて、そういうわけだ。クラーク、君は僕の心に刻みこまれている。部屋にはじめて入ってきたその日から、あのふざけた服も、下手くそな冗談も、気持ちを一つも隠せないその馬鹿正直さも。君は、この金が君の人生を変えるよりも、もっと大きく僕の人生を変えてくれた。

　僕のことをあまり考えるな。君がめそめそしてばかりいると思うのは嫌だ。ただ、よく生きろ。

　生きろ、ひたすらに。

愛をこめて
ウィル

　一粒の涙が、わたしの前のぐらぐらするテーブルの上にぽたりと落ちた。わたしは手のひらで頬をぬぐい、テーブルに手紙を置いた。視界がはっきりするまでしばらくかかった。

「コーヒーのお代わりは？」とわたしの前に現れたウェイターが言った。

　わたしはまばたきして彼を見た。思ったよりも若く、かすかに漂っていた見下したような態度は消えていた。たぶん、パリのウェイターたちは、カフェで泣いている女性に親切にするよう訓練されているのだろう。

「それとも……コニャックでも？」彼は手紙に視線をやり、理解に似たなにかがこもった微笑を浮かべた。

「いいえ」わたしは微笑み返した。「ありがとう。でもわたし……することがあるの」

わたしは勘定を払い、手紙を大切にポケットにしまいこんだ。

そしてテーブルから立ち上がり、肩に掛けたバッグをまっすぐに直して、通りを歩きはじめた。香水店に向かって、その先に待つパリに向かって。

謝辞

この物語の本質――ラブ・ストーリー――を一瞬で見抜いてくれた、カーティス・ブラウン社の担当エージェント、シェイラ・クローリー、ペンギン社の担当編集者、マリ・エヴァンズに感謝します。

わたしがほんとうに書けるのか、書くべきなのか葛藤していたとき、背中を押してくれたマディ・ウィカムには特別な感謝を。

カーティス・ブラウン社の素晴らしいチームのみなさん、特にジョニー・ゲラー、タリー・ガーナー、ケイティ・マクゴーワン、アリス・ラッチェンズ、サラ・ルイスの熱意と見事なエージェント魂に敬意を表します。

ペンギン社では、ルイーズ・ムーア、クレア・レディンガム、シャーン・モーリー・ジョーンズに大変お世話になりました。

〈Writersblock 掲示板〉は、わたしの個人的なファイト・クラブになってくれました（ただし殴り合いは抜き）。感謝の気持ちでいっぱいです。

同じく、インディア・ナイト、サム・ベイカー、エマ・ベディントン、トリッシュ・デセーヌ、アレックス・ヘミンズリー、ジェス・ラストン、サリ・ヒューズ、タラ・マニング、ファニー・ブレークに謝意を表します。

リジーとブライアン・サンダース、それからジム、ビー、クレミー・モイーズ、ありがとう。でも誰よりも、そしていつものように、チャールズ、サスキア、ハリー、ロッキーのみんなに感謝します。

解説 —— 選ぶことの意味

中江　有里

ある日、出演していた情報番組で尊厳死のニュースが取り上げられて、VTRを見ながらどうコメントすべきかとめまぐるしく考え、結局答えが出ず、言葉を濁した。

尊厳死を希望するのはアメリカ人の女性。病に冒されて、現代の医学では治る見込みがない。病が見つかる前のはつらつとした写真と現在の姿をあえて公開したのは、意図的だったのだろうと思う。モデルのようにほっそりと美しかった彼女の顔は薬の副作用のためにすっかり変わっていた。二枚の写真を通して、彼女の死への切実さが伝わって胸が痛んだ。若い女性にとって、残酷すぎるほどの変化だったからだ。

本書においても、尊厳死は大きなテーマである。もし自分の身の回りの人が、いや、知り合いの知り合いだったとしても、尊厳死を希望する人がいたら、と思うと手が止まる。「なぜ」「どうして」頭の中を飛び交うどんな言葉も、多分無力だ。

自ら死を選ぶ、それも衝動的にではなく、考えに考え抜いた上での決断なのだから。

突き詰めた答えに対し、どんな疑問も説得もほとんど意味を持たない。この世には動かしがたいものがあるのだと、どうしたって太刀打ちできないものがあるのだと、ただ打ちのめされる。それを前にすると、自分の言葉も存在もフワフワと浮き上がってしまう。まるで無重量の空間に投げ出されたように。自分では何一つ動かせない。それだけ目の前にある意志は堅く、重いものなのだ。

本書を読みながら、まさに無重量空間に投げ出されたかのような感覚を覚えた。

これほどに深刻な題材を軽妙にしているのは、主人公の造型のおかげ。特別な才能はないけれど、正直でおしゃべり好き、明るい性格の愛すべき主人公だ。

ルイーザ・クラーク二六歳・元カフェ店員・恋人あり、お金なし、家族はリストラ寸前の父と祖父を介護中の母、シングルマザーの妹&甥っ子ひとり。生活力があるのはルイーザのみ。しかしカフェが閉店し、いきなり無職になってしまう。ジョブ・センターで見つけてきた介護ヘルパーの仕事に躊躇したものの、その週暮らしのクラーク一家に選択の余地はない。ルイーザは母のスーツを借りて面接に出かけ、ヘルパー経験がないにもかかわらず採用された。

「息子には誰か明るい、前向きな人が必要」という理由で。

ルイーザが介護するのはウィル・トレイナー三五歳。恋人あり。仕事も休暇もアクティブで裕福な「勝ち組」。交通事故に巻き込まれて四肢麻痺状態になってしまうまでは――。

ルイーザとウィルは、それぞれ不幸な出来事（事故）を経て出会う。きっとそうでなければ出会うことなどなかったはずだ。反発していた二人だが、いつしか惹かれ合っていく……だけだったら定番のラブストーリー。しかし本書はそうではない。

最初に書いたように、ウィルの尊厳死の問題をはらんでいることもあるが、それ以上に

「人間の生き方」について迫っているからだ。

それはルイーザとウィルの家族の描き方からもわかる。ルイーザは今で言うフリーター、二六歳という若さで家計をひとり支えている。彼女なしで家族は立ちゆかないのだ。そんなルイーザにウィルは言う。

「だから腹が立つんだよ、クラーク。君にこんなに才能があるのが分かるから。こんなに……」

彼は「なぜこんなちっぽけな人生を送ることに君が満足できるのか」と彼女に問う。ウィルは記憶の中にしか行ける場所がない。だから自由なはずのルイーザがどこにも行かず、家族のために仕事をしているのが歯がゆい。

ウィルの腹立ちは自身の不自由さから来るのか、それともルイーザが現状に満足していることへの苛立ちなのか、きっと両方が入り交じっているのだろう。

いつの時代も、どんな国でも家族の問題はやっかいだ。そして家計の問題は個人の努力だけではどうにもならない。最初から持っている人と、持っていない人では埋めがたい格差がある。ルイーザの家族たちは、悪い人間ではないけど、彼女ひとりに大きな負担を強いていることにあまり自覚的ではないから、余計に始末が悪い。

一方、ウィルの家はもっと複雑かもしれない。特に母親のミセス・トレイナーは、息子をなんとか死なせまいと、（それほど気に入ってはないようだけど）ルイーザを雇い入れる。

本来なら自身の手でなんとかしてやりたい、と思っているはずだ。母にとっては息子がいくつになっても子どもであり、事故後のウィルの帰還は、もう一度母になるチャンスでもあった。でも母の介護はウィルの心を傷つける行為となる。彼は母親と距離を置き、ミス・トレイナーは敷地内の屋敷で息子を見守り続けている。

本編ではあまり存在感を示さないウィルの父トレイナー氏もまた、息子をどう扱って良いのか未だに分からないのだろう。親子であれ、相手の心が分かるわけがなく、むしろ親子だからこそ、分かってもらえない苛立ちが生まれる。

ウィルの両親は、息子の事故がなければ離婚するはずだった。父は別の女性ともう一度人生をやり直そうと決めていたが、息子の事故のせいでそれどころではなくなった。時間を見つけては逢いに出かけるトレイナー氏の恋人も宙ぶらりんのままに置かれている。

ウィルの妹ジョージーナとルイーザの妹カトリーナは、自分の兄、姉に対して愛情ととともに嫉妬や憎しみなど複雑な感情を抱いている。兄妹、姉妹というのは同じ親から生まれたのにこれほど違う個性を持つ相手で、きっと生涯にわたって互いを意識せずにいられない。一筋縄ではいかない関係だと思う。

たいていの人は、死を恐れながら生きている。その恐れがフワフワと生きている私たちの足をこの地に着けているのかもしれない。

明日友達と食事の約束をし、来週は映画、次の春には旅行の予定を立てて、飛行機や宿の予約をする。明日生きている保証はないけれど、きっと生きているとなぜか信じている。どんなに心配性な人も、普段は少々楽天的でなきゃ生きていかれない。未来の約束や予定を入れるのは、今よりもちょっとだけ良い未来の可能性があるからだ。

今よりはちょっと良い、今より少しまし、大きく勝てなくても、小さな勝利は得られるかもしれない。そんな望みを繋ぎながら生きている。

ウィルは望みを繋げない。ルイーザと気持ちが通じたとしても、その事実は変わらないのだ。この物語のすばらしいところは、恋愛と生き方を一緒にしないところだ。

恋愛はすばらしいものだ。愛し愛される相手がいることは至上の喜びで幸せだ。しかしそれは人生の一瞬のことであって、結果的に人はひとりで生きていく。どんなに愛していても二人はひとりにはならない。ひとりとひとりが並んでいるだけなのだ。たとえ愛する人に寄り添うことが出来たとしても、それだけを支えにして生きていくのを、本当に生きていると言えるのか？　この物語は何度もそう問いかけてくる。

恋人のため、家族のため、子どものため、仕事のため……実はすべては自分のためである。たとえば自分の生き方が愛する相手を悲しませても、生き方を貫けるか。ルイーザは家族のために働いていたが、一方で広い世界に自ら背を向けようとしていたのだ。

しかしウィルが命を終わらせようとしていると知ったとき、「なんでわたしじゃ不足なの」と怒り、自分の無力さに打ちひしがれ、そして必死に止めようとする。そしてハッと気づく。「彼なしで生きるのが恐ろしい」だから引き留めようとしているのではないか、と。

愛する相手が尊厳死を選ぼうとしているのを引き留めたい。でもそれは相手の選択の自由を奪うことである。

　では自分の気持ちと相手の気持ち、どちらを優先させるのか。

　読みながら、考えずにはいられない。ルイーザの行動を通して、わたしは相手の気持ちを尊重することが出来るのか、と自分に問いかけずにはいられない。

　あるいはウィルの決断を通して、自ら死を選ぶということとは?と。自分が望んでいる人生とはまったく違うからそうするのだ、とウィルは言う。事故以前の人生があまりに恵まれた輝かしいものだったからではないか、と思う反面、治る見込みのない、もっと悪くなるかもしれない体で、死ぬまで人に頼るしかないまま生きていくことの苦しみは想像を絶するものだ。

　人は親も生まれる場所も、育つ環境も選べない。生きている間は進学先だの、就職先だの、結婚相手、住まい、車だのと選択ばかりに思えるけど、死にゆく場所と日時は選べないのだ。

　尊厳死とは端的に言えば死にゆく場所と日時を選ぶ制度だ。

　そして選んだあとには、選ばれないものが残る。選ばれずに残ったものは、そこからの時をどう生きるかを考え続けるだろう。選ぶことの意味、その答えを見守っていただきたい。

　本書を読み終えて、様々な思いが頭や体を駆け巡り、涙し、本を閉じて一息ついた。

　わたしもきっと考え続ける。本書に問いかけられた答えは出ないけど、ただ考えて、いずれ自分にもやってくる死、愛する誰かの死を前にしたら、ようやく答えが出るかもしれない。

集英社文庫

ミー・ビフォア・ユー　きみと選《えら》んだ明日《あした》

2015年2月25日　第1刷
2023年6月17日　第5刷

定価はカバーに表示してあります。

著　者　ジョジョ・モイーズ
訳　者　最所篤子《さいしょあつこ》
発行者　樋口尚也
発行所　株式会社　集英社
東京都千代田区一ツ橋2-5-10　〒101-8050
電話　【編集部】03-3230-6095
【読者係】03-3230-6080
【販売部】03-3230-6393(書店専用)

印　刷　図書印刷株式会社
製　本　図書印刷株式会社

フォーマットデザイン　アリヤマデザインストア　　マークデザイン　居山浩二

ISBN978-4-08-760700-0 C0197